▲ 잉카 황제 아타우알파

아타우알파는 몸값으로 방 하나를 가득 채울 만큼의 황금을 주면 목숨을 살려주겠다는 스페인 정복자들의 제안을 따랐지만 결국 정복자들에게 교수형을 당했다. 그가 처형되던 날, 수십 명의 여자들이 내세에서 그를 섬기기 위해 스스로 목숨을 끊었다. 아타우알파의 죽음 이후 정복자들은 마침내 쿠스코에 입성했다.

◀ **스페인의 왕 카를로스 1세**
신성로마제국의 황제이자 스페인 왕이며, 유럽에서 가장 부유한 군주인 카를로스 1세는 프란시스코 피사로 총독을 파견해 중남미를 정복하기에 이르고, 이로써 스페인은 '태양이 지지 않는 나라'라고 불리던 황금시대를 맞게 된다.

▶ **프란시스코 피사로**
스페인의 잉카 제국 정복자. 잉카 제국의 황제 아타우알파를 처형하고 제국의 수도 쿠스코를 점령하여, 카를로스 1세에게 잉카 제국의 부(富)를 바쳤다.

◀▲ 피지배자들의 축제

암울한 식민지 시대에도 잉카인들은 그 이전 시대의 숱한 환희와 열정을 억누르지 못했다. 스페인 치하의 가톨릭 축제에서는 교회 성직자들이 열을 지어 대성당까지 이동하는 행사가 있었다. 이것은 신성한 군주의 미라를 태양신 신전까지 모시고 가는 잉카 고유의 전통 의식을 대신한 것이었다.

▶ 구름다리

매우 험준한 지형에 잉카인들이 매달아놓은 구름다리. 이는 콩키스타도르들의 감탄을 자아냈다.

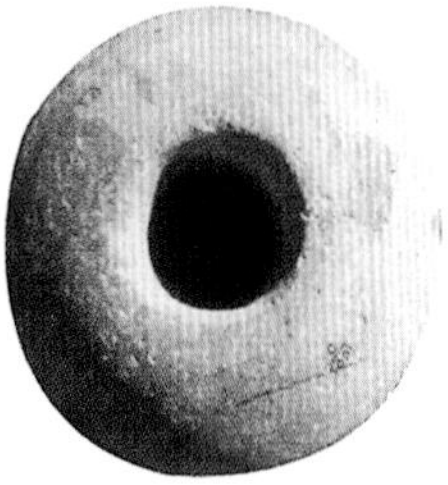

▶ 잉카 전사들의 무기
잉카인들의 무기는 주로 다루었던 투석기 이외에, 돌이나 청동으로 된 도끼와 곤봉 정도였다. 고도로 정교한 야금술이 있긴 했지만 쇠를 다루는 법은 몰랐던 그들은 결국 콩키스타도르의 예리한 금속 무기 앞에 무참히 무너지고 말았다.

잉카

INCA
L'OR DE CUZCO(volume 2)
by Antoine B. Daniel

International rights management for XO Editions: Susanna Lea Associates

이 도서의 국립중앙도서관 출판시도서목록(CIP)은
e-CIP 홈페이지(http://www.nl.go.kr/cip.php)에서 이용하실 수 있습니다.
(CIP제어번호: CIP2007003448)

잉카

앙투안 B. 다니엘 장편소설 | 진인혜 옮김

2

쿠스코의 황금

문학동네

잉카
전3권

1권 · 태양의 공주

2권 · 쿠스코의 황금

3권 · 마추픽추의 빛

"나의 동지이자 친구들이여, 이쪽에는 가난과 허기, 질병, 억수 같은 비,
그리고 절망이 기다리고, 저쪽에는 쾌락이 있네.
이쪽에 서면 파나마와 가난으로 돌아갈 것이고
저쪽에 서면 페루와 황금을 얻을 것이다. 자, 이제 어디로 갈 것인가?"

프란시스코 피사로

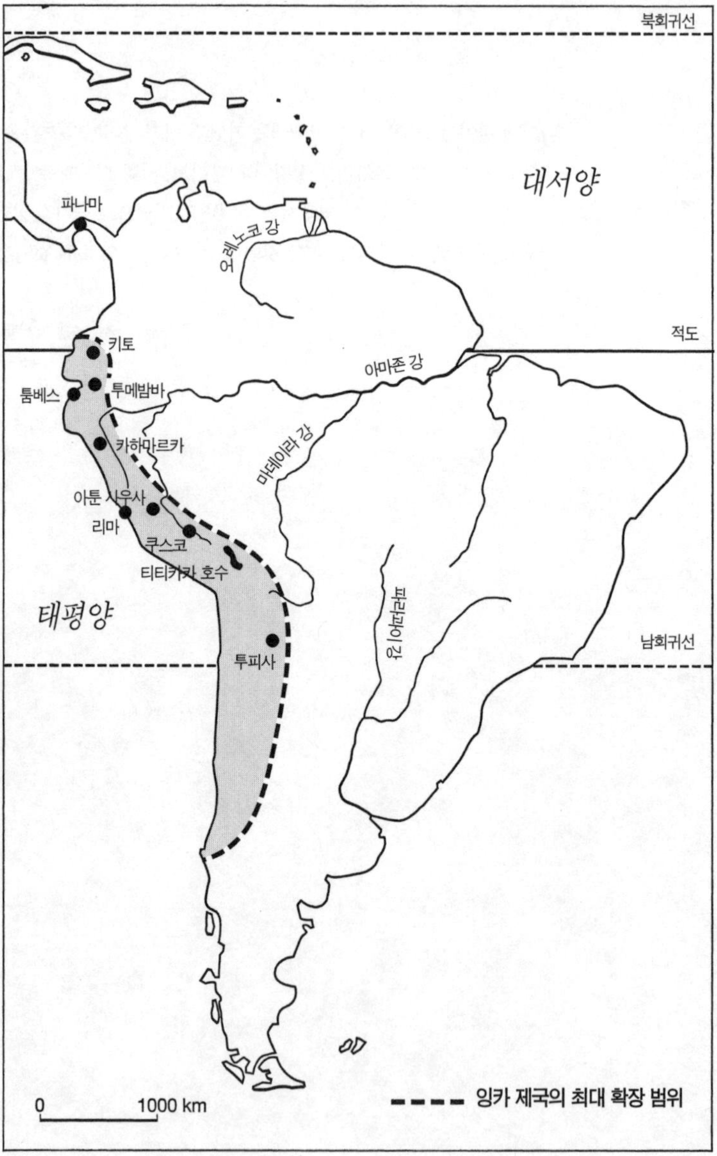
북회귀선
대서양
파나마
오레노코 강
적도
키토
아마존 강
툼베스
투메밤바
카하마르카
마데이라 강
아툰 사우사
리마
쿠스코
티티카카 호수
태평양
파라과이 강
남회귀선
투피사
0
1000 km
잉카 제국의 최대 확장 범위

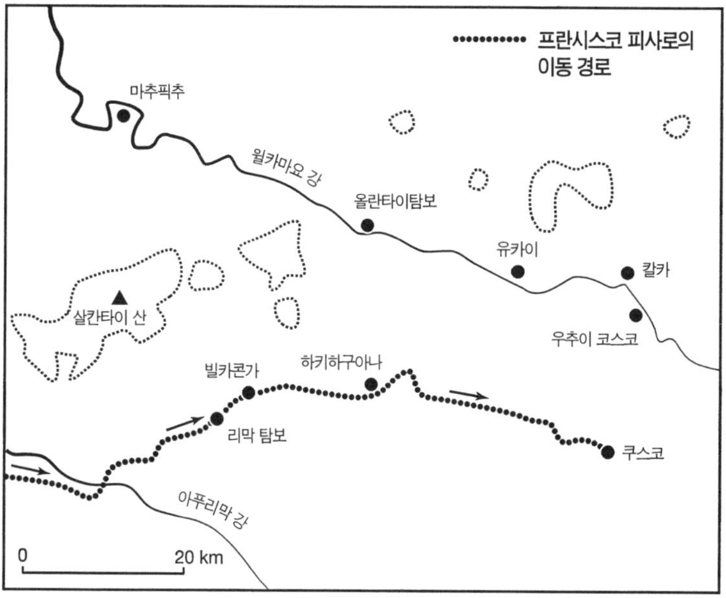
프란시스코 피사로의
이동 경로
마추픽추
윌카마요 강
올란타이탐보
유카이
칼카
우추이 코스코
살칸타이 산
빌카콘가
하키하구아나
리막 탐보
쿠스코
아푸리막 강
0
20 km

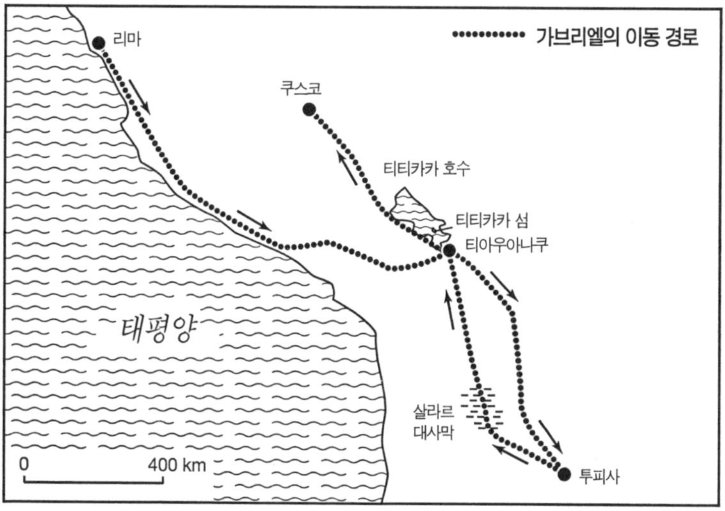
가브리엘의 이동 경로
리마
쿠스코
티티카카 호수
티티카카 섬
티아우아나쿠
태평양
살라르
대사막
투피사
0
400 km

:: **일러두기**

1. 스페인 콩키스타도르들의 잉카 제국 정복 당시, 잉카인들의 공용어는 케추아어였다. 하지만 문자언어가 아니었던 까닭에 케추아어의 정확한 표기에 대한 기록이 남아 있지 않으며, 케추아어의 표준 표기법이 만들어진 지금에도 정확한 표기법에 대해 의견이 분분한 상황이다. 따라서 이 책에 나오는 잉카 제국의 고유 지명이나 인명 등은 원서에 쓰인 알파벳 발음대로 한글 표기했음을 밝혀둔다.

2. 이 책에 나오는 생소한 잉카 관련 용어들은 본문에 별도로 표시하지 않고 책 뒷부분에 '용어 해설'을 실어두었다.

제2권
등장인물

아나마야 미지의 푸른 눈을 지닌 잉카 왕족 혈통의 소녀. 우아이나 카파 왕의 모습을 황금상으로 만든 분신 형제의 아내, '코야 카마켄' 이 되어, 잉카 제국의 참담한 비극의 역사 한복판에 놓이게 된다. 제국의 적, 콩키스타도르인 가브리엘을 사랑하지만, 그 사랑을 이루기 위한 여정은 소금사막을 가로지르는 길만큼이나 멀고도 험난하다.

가브리엘 몬테루카르 이 플로레스 스페인 탈라베라 후작의 서자. 피사로 총독 휘하의 콩키스타도르가 되어 잉카 제국 땅에 발을 내딛지만 그가 원하는 것은 황금도 명예도 아니다. 스페인과 잉카 제국의 평화로운 조화를 위해, 아나마야의 운명의 사랑을 위해, 불의와 탐욕, 학살의 전장 한가운데로 뛰어든다.

프란시스코 피사로 콩키스타도르의 총독. 잉카 왕 아타우알파와의 약속을 저버리고 그를 처형한다. 제국 정복의 1인자를 꿈꾸는 그에게 걸림돌이 되는 것은 아무것도 없다.

세바스티안 데 라 크루스 비천한 출신인 자신을 우정과 온정으로 대하는 가브리엘을 물심양면으로 돕는 의리 있는 친구.

페드로 데 칸디아 콩키스타도르의 일원이자, 가브리엘이 세바스티안과 더불어 신뢰하는 그리스인 친구.

바르톨로메 세비야 감옥에서 가브리엘과 함께 투옥되었던 스페인의 수도사. 콩키스타도르의 일원이 되어 다시 가브리엘과 조우한다. 곤경에 처하는 가브리엘을 이성적으로 돕는다.

아타우알파 잉카 제국의 13대 왕. 피사로 총독의 포로가 되자, 몸값으로 방을 가득 채울 황금을 주겠다고 약속하지만 피사로 총독에게 배신당한다. 화형당하지 않기 위해 가톨릭으로 개종한 뒤 콩키스타도르들에게 교수형을 당한다.

빌라 오마 잉카 제국의 현자이자, 태양신 신전의 대신관. 차가운 피와 이성의 소유자.

찰쿠치막 아타우알파 휘하의 충직한 장군. 뼈와 살을 태우는 콩키스타도르들의 참혹한 고문에도 신음도 비명도 흘리지 않는다. 결국 콩키스타도르들에게 화형당한다.

망코 쿠스코의 우아스카르 씨족으로, 콩키스타도르의 정복 아래 잉카의 '유일한 군주'가 된다. 잉카 제국이 콩키스타도르들에게 유린당하는 것을 지켜보아야만 하는 비운의 왕.

구아이파르 키토의 아타우알파 씨족으로, 잉카족 장교. 망코와 파울루에게 원한을 품고 있다. 아나마야의 마음을 얻기 위해 몸부림친다.

난쟁이 침부 어린 시절 잉카족에게 생포된 카나리족 부족민으로, 이후 우아이나 카팍 왕의 양자가 된다. 아나마야의 헌신적인 친구가 되어, 가브리엘과의 사랑을 맺어주기 위해 애쓴다.

인티 팔라 우아이나 카팍의 딸들 중 하나. 어린 시절부터 아나마야를 질투한다. 아타우알파가 죽자, 회한을 품은 채 스스로 목숨을 끊는다.

돈 디에고 데 알마그로 피사로 총독의 옛 동료. 애꾸눈의 키 작고 허약한 추남. 콩키스타도르의 1인자 자리에서 피사로 총독에게 밀리자, 원한을 품고 제 몫의 탐욕을 채우기 위해 나선다.

에르난도 피사로 피사로 총독의 첫째 동생. 오만하고 악랄한 성품의 소유자. 가브리엘에 대한 질투와 분노가 대단하다.

후안 피사로 피사로 총독의 둘째 동생. 총독의 세 동생 중에서 그나마 인간적인 면모를 갖춘 인물. 망코 왕의 코야(왕비) 대신 코야로 가장한 인구일을 아내로 맞는다.

곤살로 피사로 피사로 총독의 막내 동생. 자신의 탐욕을 채우기 위한 악행이라면 물불을 가리지 않는다.

카타리 '돌의 대가' 라 불리는 잉카 제국의 젊은 현자. 아나마야와 함께 유일한 군주 망코를 보좌하고 위기에 처한 가브리엘을 구한다.

프레이 비센테 발베르데 콩키스타도르 일행인 도미니크 회 신부. 신을 섬기는 성직자인가 하는 의문이 들 만큼 잉카 제국을 무참히 짓밟는 데 비정하게 앞선다.

에르난도 데 소토 피사로의 옛 동료. 뒤늦게 피사로의 정복대에 합류해 콩키스타도르의 대장이 된다. 가브리엘을 신뢰한다.

인구일 망코의 씨족 처녀. 아나마야를 섬기고 따른다. 유일한 군주 망코의 코야가 콩키스타도르의 희생양이 되는 것을 막기 위해 코야로 가장하고 자진해서 후안 피사로의 품으로 들어간다.

| **차례** |

프롤로그

1533년 4월 5일, 우아이라스 산맥

천막용 천을 운반하는 짐꾼 둘만 앞세운 채, 가브리엘은 말고삐를 쥐고서 쉬이 바스러지는 돌들 위로 장화 신은 발을 조심스레 내디디며 나아갔다. 오솔길이 꽤 넓은 덕분에 그의 밤색 말은 겁내지 않고 뒤를 따랐다.

새벽부터 아무런 지표도 없이 낭떠러지를 따라 전진하는 중이었다. 안개가 너무 짙어서 하늘도 강도 보이지 않았고, 저 아래 멀리서 으르렁거리는 강물 소리만 들려왔다. 그런데 갑자기 거인의 입으로 빨려 들어가기라도 하듯 낭떠러지 아래에서부터 안개가 걷혀 올라왔다. 안개는 길게 늘어났다가 다시 모이더니 바위산 꼭대기에 걸려 찢어졌다. 미지근한 한줄기 바람이 가브리엘의 얼굴을 쓰다듬고 지나갔다.

그는 눈을 깜박이며 말의 등에 한 손을 올려놓고 꼼짝도 하지 않았다. 한순간 빛이 강렬해지더니 하늘은 티끌 한 점 없이 푸르러졌다.

그제야 그는 깊디깊은 절벽 길의 중간쯤밖에 이르지 못했음을 알아차렸다. 길은 골짜기가 아니라 산의 갈라진 틈을 거슬러 나 있었다. 그 균열 면이 어찌나 좁은지 마치 커다란 도끼로 내리친 단면 같았다. 잎이 두툼한 수많은 식물과 낭떠러지 내벽에 달라붙은 지의류에 맺힌 물기가 햇빛에 반짝였다. 이백여 미터 아래 낭떠러지에서는 며칠 전부터 내린 비로 불어난 강물이 소용돌이치며 맹수처럼 으르렁거렸다. 산기슭에서 쏟아져 내린 자갈과 흙이 너무 많아, 강물은 짙은 황톳빛이고 벽토를 만드는 진흙처럼 질척거렸다. 여기저기서 나무줄기, 나뭇가지, 잡초나 난초, 칸투타 더미가 강물에 떠내려가고 있었다.

가브리엘이 흘끗 뒤를 돌아보자, 저만치 뒤따라오는 긴 행렬이 보였다. 마치 초록빛 바위에 색 테이프를 붙여놓은 것 같았다. 황금을 잔뜩 짊어져 허리를 펴지 못하는 백여 명의 짐꾼과 당나귀처럼 길마를 얹은 백여 마리의 라마 뒤로 말고삐를 잡아당기는 스페인 사람들과 에르난도 피사로의 은을 박아 넣은 투구의 핏빛 깃털 장식이 보였다. 맨 끝에는 그들의 특별 '손님' 인 잉카 장군 찰쿠치막의 거대한 가마가 보였다.

황금, 그것도 가능한 한 많은 양의 황금을 찾으러 남쪽으로 떠난 에르난도와 합류하기 위해 카하마르카를 떠난 지 이제 다섯 주가 되었다. 그들은 기대 이상으로 임무를 완벽하게 수행하고 다시 카하마르카로 돌아가는 길이었다.

거짓말은 물론이고 구타도 서슴지 않는 난폭하고 교활한 자기 방식대로, 에르난도는 포로가 된 잉카 아타우알파의 최고 장군을 설득했다. 그리하여 가장 잔인하다는 잉카 전사 찰쿠치막이 자기 주인을 만나려고 가마를 타고 카하마르카까지 그들과 동행하는 길이었다. 고작 스무 명의 병사가 그를 호위하고 있었다! 가브리엘은 날이 갈수록 에르난도의 행동을 더욱 경멸하면서도 그 공적을 높이 사지 않을 수 없었다. 잉카 장군을 평화로운 방식으로 사로잡은 일은 아마도 일행이 떨쳐버리지 못하는 두려움을 가라앉힐 것이었다. 스페인인들은 잉카족과 치른 전투를 '11월의 대전투'라고 즐겨 불렀다. 그 전투 이후, 아침에 눈을 뜰 때마다 아타우알파 군대와 맞서야 한다는 두려움을 느끼지 않는 병사는 단 한 명도 없었다. 소문에 따르면 그의 군대는 여전히 막강하다고 했다.

"어이! 나리께서 앞으로 전진해주실 건가, 아니면 우리가 크리스마스 때까지 이대로 풍경 속에 박혀 있어야 하는 건가?"

그리스인 페드로가 가브리엘의 등 뒤에서 투덜거렸다.

가브리엘은 대답 없이 미소만 지었다. 키다리 그리스인은 아침부터 불평이 많았다. 많은 이들처럼 말을 타고 가기보다는 끌고 가는 데 지친 탓이다! 그게 아니라면, 단짝인 흑인 세바스티안이 곁에 없어서 심사가 뒤틀렸거나. 종대로 늘어서느라고 세바스티안은 조금 멀찌감치 떨어져서 걷고 있었다.

그들은 길에서 벗어나지 않도록 말고삐를 재갈 가까이 바투 쥐고 조심스럽게 다시 행진을 시작했다. 잠시 그들은 얼굴을 따사롭게 비추는 햇볕을 느끼며 즐거운 기분으로 정연하게 올라갔다. 그런데 그림자 하나가 한순간 해를 가리고 낭떠러지 옆구리에 검은 줄을 긋듯 지나갔다.

가브리엘은 얼굴을 들었다. 커다란 새 한 마리가 날갯짓도 하지 않고, 계곡의 브이 자로 패어 들어간 부분에서 느릿느릿 조심스레 날고 있었다. 새는 높이 있는데도 거대해 보였다. 가브리엘은 아나마야와 자신을 멀리 떼어놓으며 한없이 천천히 흘러가는 시간을 반나절씩 헤아렸다. 그는 매번 산꼭대기를 유심히 살피며, 터무니없는 기대인 줄 알면서도 그게 마지막 꼭대기여서 마침내 카하마르카를 향해 내려가게 되기를 바랐다.

그는 그녀의 모든 것이 그리웠다. 그녀의 목소리, 그녀의 입술, 그녀의 목덜미, 마른 풀과 톡 쏘는 꽃내음 같은 그녀의 향기가 그리웠다. 그녀의 어깨와 배에 키스하고 싶은 그의 입은 산의 냉기만 들이마실 뿐이었다. 밤이면 그는 잠을 이루지 못했다. 함께 사랑을 나누던 그녀의 애무와 속삭임과 푸른 시선을 기다리는 것처럼. 그리고 공상에 잠겼다. 교묘히 감추는 듯 내어주는 그녀의 몸, 야생적인 부드러움, 그가 사랑한다고 속삭일 때면 반쯤 눈을 감은 채 고개를 숙이던 몸짓…… 그는 스페인어로 '사랑'이라는 낱말을 가르쳐주었을 때 그녀가 수줍어하던 모습을 떠올리며 미소 지었다.

한기를 느낀 그는 축축한 이불로 몸을 감싸고 여명을 맞으러 갔다. 안개와 빗줄기 너머, 산꼭대기와 구불구불한 골짜기 안에서 그녀를 다시 찾고 싶었다. 페루, 하늘에 박힌 별처럼 신비로운 그곳은 바로 그녀의 나라인 까닭에 그에게 찬란해 보였다. 낮에 오랜 행진을 하는 도중에 그는 이따금 짐꾼들의 겁 많은 짙은 눈을 살피기도 했다. 그들의 용모에서 그녀의 모습을 찾고 싶었던 것이다.

"이봐! 몽상가, 뭐가 우릴 기다리고 있는지 좀 봐!"

갑자기 페드로 데 칸디아가 장갑 낀 손으로 손짓하며 등뒤에서 소리쳤다. 삼백 보쯤 떨어진 곳의 약간 아래쪽 강 굽이에 밧줄로 동여맨 다리가 있었다. 깊은 계곡의 가파른 양편을 연결하는 다리는 마치 오목한 가슴팍에 길게 늘어진 목걸이처럼 보였다.

가브리엘은 발걸음을 늦추었다. 덥수룩한 수염 사이로 두 뺨이 새하

애진 페드로가 그에게 다가오며 중얼거렸다.

"난 저런 거 싫은데. 그리고 말들은 나보다 훨씬 더 싫어할걸!"

가브리엘은 그의 말은 듣지도 않고 휘파람을 불며 감탄했다.

"세상에! 어떻게 저런 걸 만들었을까?"

"거참, 난 그런 거 전혀 궁금하지 않아, 친구! 그보다는 어떻게 저 위로 지나갈지 생각해보라고. 저게 버틸 수 있을지 말이야……"

"한 발 한 발 앞으로 내디디면 되겠지. 그리스인, 자네 겁내는 거야?"

가브리엘이 놀렸다.

"겁 안 나. 단지 저런 게 싫을 뿐이지!"

"정말이지, 앞으로 자네 저런 걸 좋아하려고 애쓰는 일밖에 없을까 봐 걱정이군! 아니면 자네 말을 페가수스*로 변하면 모를까……"

페드로는 다소 뿌루퉁해졌다.

그들은 낭떠러지를 따라 다시 전진하다가, 길 끝에서 다리의 밧줄이 매어 있는 거대한 기둥들을 발견했다. 나뭇가지를 세심하게 엮어 만든 기둥들은 사람 엉덩이 높이였다. 노끈을 매듭 지어 만든 다리 난간의 높이는 그들이 방금 지나온 길보다 더 넓었다.

가브리엘은 잠시 넋을 잃었다. 잉카의 노동자와 건축가 들은 철제 도구나 톱, 끌, 대패 하나 없이도 실용적이면서도 멋진 건축물을 만들어낸 것이다. 굵직한 노끈 세 개가 세밀하게 배치된 통나무 바닥을 받치고 있었다. 통나무 위에는 가느다란 나뭇가지들을 고르고 평평하게 올려놓아 바닥이 덜 미끄럽고 덜 위험하게 만들었다.

"빌어먹을, 이것 좀 봐! 봐, 가브리엘, 움직여! 쑥 들어간다고……"

---

* 날개 달린 천마(天馬).

페드로가 투덜거렸다.

"그렇군. 무게 탓에 저 아래 으르렁거리는 강 쪽으로 다리가 기울었군. 바람 때문에 천천히 흔들리긴 하지만 그리 심하지는 않은걸."

"말의 무게를 절대로 버텨내지 못할 거야!"

페드로가 말했다.

"어이, 그리스인! 난 자네가 용감한 줄 알았는데! 노끈 굵기와 나무줄기들을 봐, 견고하잖아."

계곡 반대편에 인디언 호위병들이 나타났다. 나머지 일행이 가브리엘과 합류하기 시작했다. 짐꾼들은 무심한 체하면서도 호기심 어린 태도로 이방인들이 말과 함께 첫발을 내딛기를 기다렸다.

가브리엘은 늘 목에 매고 다니는 기다란 머플러를 벗어서 밤색 말의 눈에 묶기 시작했다. 아나마야의 눈빛처럼 푸른 머플러였다.

"나처럼 해봐, 페드로. 말의 눈을 가려. 허공도 강도 보이지 않게."

가브리엘이 말했다.

그는 고삐를 높이 잡고 나직한 목소리로 말의 용기를 북돋우며 기둥 사이로 들어섰다. 몇 발짝 걸어가자 허공에 있게 되었다. 앞으로 나아갈수록 포효하는 강물 소리는 더욱 거세어져, 개 짖는 소리가 심연에서 끊임없이 올라오는 듯했다.

옆의 밧줄 사이로 흘낏 시선을 던지자 행렬과 잉카 장군의 가마, 다리 가장자리에 당도하는 에르난도의 투구 깃털 장식이 보였다. 모두들 가브리엘을 살피고 있었다. 가브리엘이 소리쳤다.

"날 따라와, 페드로! 괜찮을 거야!"

"이미 자네 뒤에 있어! 내가 자네 혼자만 영웅이 되게 내버려둘 줄 알았나!"

페드로가 큰 소리로 고함을 질렀다.

페드로의 말에 가브리엘은 미소를 짓고 발걸음을 좀더 빨리 했다. 나아갈수록 경사가 더 심해지는 듯했다. 가브리엘은 발걸음을 옮길 때마다 어깨를 뒤로 젖혀야 했다. 나뭇가지 더미가 아니라 마치 진흙투성이 바닥에 장화 뒤꿈치를 쑤셔 박기라도 하는 것처럼. 그가 왼손으로 꺼칠꺼칠한 노끈을 움켜잡고 있는 사이, 말의 발굽이 미끄러지며 통나무를 찾아 디뎠다.

요란한 강물 소리가 귀청을 찢는 듯했다. 흐르는 진흙탕 속에 거대한 물결이 보였다. 바위에 부딪혀 부서지는 물살이 어찌나 세차게 거품을 뿜어대는지, 깊은 계곡에서 이슬비가 올라오는 것 같았다.

그때 둔탁한 소리와 함께 비명 소리가 들렸다. 밤색 말이 가브리엘의 어깨에 부딪치며 소란스럽게 숨을 내쉬었다. 가브리엘이 뒤돌아본 순간, 페드로의 고함 소리가 들렸다.

"망할 놈의 다리!"

가브리엘은 하마터면 웃을 뻔했다. 페드로가 미끄러져서 엉덩방아를 찧고, 장화 한 짝은 이미 허공에 날아가 있었던 것이다. 하지만 말고삐는 놓치지 않아서, 목을 활처럼 구부린 말이 앞발로 기를 쓰고 버티면서 주인을 붙잡았다.

옆으로 쓰러지던 페드로가 밧줄을 움켜잡고 숨을 몰아쉬며 다시 무릎을 꿇었다. 투구의 장밋빛 깃털이 부러져 미끄러지더니, 허공 속으로 천천히 맴돌며 날아갔다. 한참 후에야 깃털은 사나운 강물 속으로 사라져버렸다.

"괜찮아?"

가브리엘이 물었다.

"대체 왜 이렇게 된 거지?"

페드로가 소리쳤다.

가브리엘은 저 위 다리 입구에서 심복들한테 둘러싸여 웃고 있는 에르난도를 보았다. 거리가 떨어져 있는데도, 수염 때문에 에르난도의 얼굴에 그늘이 졌는데도, 가브리엘은 그의 웃음에서 증오에 찬 경멸을 알아보았다.

"계속 가자."

그는 스스로에게 소리쳤다.

그러나 그 일로 균형이 깨져버린 다리는 이상하게도 살아 움직이는 것 같았다. 좌우로 흔들리는 데다 마치 다리 바닥이 갑자기 파도에 휩쓸리기라도 한 듯 괴이한 물결처럼 일렁였다. 그들이 앞으로 가면 갈수록 그 일렁임은 더욱 격해졌다. 다리가 흔들릴 때마다 말은 멈칫거렸다. 가브리엘이 고삐를 잡아당기는데 구토가 밀려왔다. 셔츠와 꽉 끼는 윗옷이 순식간에 땀에 젖어 옆구리에 달라붙었다.

그러더니 한순간 모든 것이 멈추었다. 그들은 노끈이 팽팽해질 만큼 반대편 기슭에 가까이 있었다. 인디언 호위병들이 그들에게 미소 지었다. 창자와 심장이 입으로 쏟아져 나올 것 같은 메스꺼움을 느끼며, 가브리엘은 거의 달리다시피 해서 도강을 끝냈다. 그는 자기도 모르게 적을 공격할 때처럼 소리를 질렀다. 인디언 호위병들이 웃음을 거두고는 벽으로 둘러싸인 건물들 사이로 뛰어가 사라져버렸다.

페드로가 다리 출구의 널따란 평지에서 가브리엘과 합류했다. 두 사람은 손바닥으로 서로의 어깨를 치고 큰 웃음을 터뜨리며 얼싸안았다.

✲

한 시간 남짓 걸려 라마와 인디언 짐꾼 들도 무사히 다리를 건넜다. 가마꾼들의 몸놀림은 기가 막혔다. 그들은 앞뒤로 흔들리는 데 개의치 않고, 그야말로 노끈을 따라 미끄러져 가는 듯했다. 가마는 안정되게 수평을 유지했고, 장막도 거의 흔들리지 않았다.

스페인 기병과 보병 들의 몸놀림은 엉성하기 짝이 없었다. 그들은 공연히 큰 소리를 질러대며 스스로 용기를 북돋웠는데, 그들 행동에는 인디언들의 절도와 정확성이 부족했다. 어떤 자들은 다리 위에서 구토를 해댔고, 대다수가 하얗게 질려서 반대편 기슭에 도착했다. 세바스티안도 무사히 다리를 건너 두 친구 옆에 자리를 잡고 간단히 눈인사를 했다.

태양이 곧 천정점에 이르렀다. 골짜기 서쪽을 가득 메운 마지막 구름이 미풍에 흩어졌다. 소관목의 초록색이 강렬한 빛을 받아 짙은 에메랄드빛을 띠었다. 짙푸른 하늘에 줄무늬를 그리면서 장엄한 발레를 추듯 선회하는 콘도르는 더이상 한 마리가 아니었다. 두 마리, 세 마리, 열 마리…… 가브리엘은 점점 가까이 다가오는 콘도르를 보고 넋을 빼앗긴 채 감탄하지 않을 수 없었다. 콘도르의 기다란 목, 터키의 큰 식칼처럼 끝이 구부러진 커다란 부리가 보였다. 특히 인상적인 것은 날개였다. 거대한 다마스쿠스 강철판처럼 햇볕을 반사시키는 새까만 날개들은 바람결에 가볍게 떨릴 뿐 움직임이 없는 듯했다. 제일 큰 콘도르의 날개 폭이 말의 몸길이를 족히 넘어설 듯 보였다!

새들은 느낄 수 없을 만큼 천천히 넓게 선회하기 시작하다가 단번에 방향을 틀어 강 상류로 멀어졌다. 그러더니 지면에 닿을 듯이 되돌아왔다. 공기를 가르는 마찰음 같은 것이 으르렁거리는 강물 소리 너머 들려왔다.

그때 마지막으로 다리를 건너던 짐꾼들은 다리 중간쯤에 있었다. 스페인 사람들이 향연을 베풀 때 즐겨 먹는 어린 라마의 시체를 매단 기다란 대나무 줄기를 어깨에 메고서, 십여 명의 인디언이 짝을 지어 조심스럽게 앞으로 나아갔다. 어렵사리 균형을 잡고 있는 듯한 한 쌍의 낙오자를 제외하고는 다들 다리의 흔들리는 리듬을 잘 따랐다.

갑자기 선두의 짐꾼들이 걸음을 멈추고 불안한 시선으로 하늘을 올려다보았다. 그때 가브리엘은 깨달았다. 콘도르 한 마리가 아주 낮게, 마지막 두 짐꾼의 머리에 부딪칠 듯 아주 가까이 미끄러져 내려왔다. 깜짝 놀란 두 인디언은 팔을 들어 몸을 가리려고 했다. 라마의 시체가 흔들리다가 제자리를 돌며 떨어졌다. 라마 시체가 급류에 잠기기 직전, 두번째 콘도르가 뒤를 쫓았다.

거대한 새는 다시금 다리로 덤벼들기 위해 우아하게 곡선을 그리다가 당당하고 거만하게 높이 날아올랐다. 마치 먹이를 놓쳐서 화가 난 듯싶었다. 다른 새 무리들이 차례로 합세했다. 새들은 때 묻지 않은 깃 속에 목을 집어넣은 채 날개를 앞으로 모으고서 짐꾼들 쪽으로 하나씩 하나씩 급강하했다. 다리에 누워버린 짐꾼들이 공포에 질려 울부짖고 있었다.

그들의 외침이 들려왔다.

"쿤투르! 쿤투르!"

기슭에 있는 사람들 모두가 경악하여 쳐다보는 가운데, 두 인디언이 밧줄 위로 라마의 시체를 휘둘렀다.

마지막 콘도르가 내려앉으려는 듯 아주 천천히 그들에게로 날아왔다. 콘도르는 사람 손처럼 기다란 갈퀴 발톱으로 먹이를 낚아채어 하늘로 가져갔다. 가브리엘은 짧은 숨을 내쉬었다. 새들이 사라지는 사이 인디언들의 입에서 새어 나오는 울부짖음이 들렸다.

"쿤투르! 쿤투르!……"

"맙소사, 저 사람들 도대체 어떻게 된 거야?"

페드로가 눈을 휘둥그렇게 뜨고 묻자 가브리엘이 말했다.

"콘도르는 저들에게 신성한 동물이야. 잉카족은 콘도르를 태양신의 사자라고 생각해. 그리고……"

가브리엘은 말을 더 이을 수 없었다. 사나운 고함 소리에 그는 뒤를 돌아보았다. 다리 입구에서 에르난도가 정신없이 달려오는 짐꾼들에게 욕설을 퍼붓고 있었다.

"이 망할 멍청이들아! 새를 무서워하다니! 누가 라마를 던져버리라고 했어?"

두려움에 사로잡힌 짐꾼들은 에르난도한테서 몇 발짝 떨어진 곳에서 꼼짝도 하지 않았다. 갑자기 에르난도가 펠리피요의 어깨를 움켜쥐었다. 툼베스에 상륙할 때부터 그들이 데리고 다닌 통역자였다.

"저 원숭이 같은 놈들에게 식량을 낭비하고 싶지 않다고 말해!"

에르난도가 명령했다.

펠리피요가 몇 마디 말을 중얼거렸다. 인디언들 중 가장 나이 많은 자가 머리를 숙이고 기어들어가는 목소리로 대답했다.

"콘도르가 배고파할 때는 먹이를 줘야 한답니다. 그렇지 않으면 태양신이 화를 낼 거랍니다!"

"빌어먹을 야만인들! 새들에게 먹이를 주다니, 무슨 개소리야! 태양신의 분노 같은 거 내 알 바 아냐! 네놈들에게 내 분노를 알게 해주지……"

에르난도가 소리쳤다.

그는 기둥 아래로 가더니 늙은 짐꾼을 잡아채어 들어 올리고는 나무꾼처럼 끙끙거리며 다리 밧줄 위로 내던졌다.

가브리엘은 자기 눈을 의심했다. 경악한 얼굴, 허공이라도 쥐려는 듯 버둥거리는 짐꾼의 손, 비명조차 새어 나오지 않는 크게 벌어진 입이 보였다. 이제 짐꾼은 요란한 몸짓을 해대는 꼭두각시 인형에 불과했다. 그는 바위 꼭대기에 부딪혔다가 물컹한 반죽처럼 강으로 내던져졌다. 그리고 마치 전혀 존재하지 않았던 것처럼 강물 속으로 사라져버렸다.

침묵이 흘렀다. 에르난도는 스페인인들을 돌아보며 사악한 미소를 지었다.

"날 줄 모르는 놈인가 보군."

그는 쾌활하게 말했다.

인디언들은 감히 급류를 내려다보지도 못한 채 어리둥절해 있었다. 놀란 세바스티안은 딸꾹질을 참을 수 없었고, 늘 미소가 어려 있던 얼굴은 찌푸려져 있었다. 흑인 노예인 그는 얼굴이 잿빛이 되어 무력감에 떨고 있었다. 분노에 사로잡힌 가브리엘은 에르난도에게 다가가 그의 앞에 우뚝 섰다. 에르난도의 뺨에 자신의 숨결이 느껴질 만큼 아주 가까이.

"돈 에르난도, 당신은 정말 고약한 냄새를 풍기는 똥덩어리로군!"

에르난도는 대꾸하지 않았다. 단춧구멍처럼 가느다래진 그의 두 눈에서 증오가 번득였다. 깊고 끝없는 증오.

이윽고 그가 낮은 소리로 말했다.

"구린내 나는 사생아, 네 말을 잘 못 들었는데."

"당신의 존재가 공기를 더럽힌단 말이오, 돈 에르난도. 당신은 사람도 아니고 가톨릭교인도 아니야. 당신은 당신 이름에 먹칠을 하고 있어. 당신 피는 더러운 진흙이고, 당신 머릿속은 오래전에 썩었어!"

"빌어먹을!"

에르난도의 검이 칼집에서 튀어나왔다. 가브리엘은 한쪽 어깨를 기울여 목을 파고드는 칼날을 아슬아슬하게 피했다.

"하!"

에르난도가 고함을 지르며 허공을 후려치고 몸을 굽혔지만, 가브리엘은 또다시 날렵하게 움직였다. 가브리엘은 팔을 쭉 뻗어, 춤추는 듯한 동작으로 단번에 비켜났다.

"돈 에르난도, 당신이 죽으면 썩은 고기를 먹는 짐승조차 당신 몸뚱어리에는 입도 대지 않을 거야!"

가브리엘은 감정을 누르고 떨림이 가라앉은 목소리로 다시 말했다.

"덤벼! 검을 잡아, 이 얼간이 사생아 놈!"

에르난도가 움직이기 수월하게 투구를 내던지며 소리쳤다.

주위에 있던 사람들 모두가 물러섰다. 가브리엘이 간단한 손놀림으로 칼을 꺼내자, 유연한 칼날이 쇳소리를 내며 반짝였다. 두 칼날이 쨍그랑 소리를 내며 맞부딪쳤다. 마치 눈에 보이지 않는 뛰어넘을 수 없는 영역이 그들 사이에 형성된 듯, 그들은 잠시 느리게 움직였다.

그러더니 에르난도가 오른다리를 앞으로 내밀었다. 그의 칼날이 가브리엘의 칼날 위로 미끄러졌다. 가브리엘은 허리와 무릎을 굽히고 어깨 위로 검을 들어 올리며 몸을 피했다. 옷에 달린 딱딱한 매듭 장식이 격렬하게 부딪쳤다. 가브리엘은 에르난도를 밀치고, 입가에 미소를 머금은 채 돌면서 빠져나왔다. 분노로 숨을 헐떡이고 난폭함에 얼이 빠진 에르난도의 몸놀림은 둔하기 그지없었다. 그는 개가 꼬리를 휘두르듯 칼날로 허공을 후려쳤다. 가브리엘은 보잘것없는 공격을 가볍게 피했다. 그는 에르난도의 눈에서 광기 어린 분노를 읽고는 윗몸을 옆으로 기울여 단번에 다가섰다. 그의 칼날이 에르난도의 검 밑으로 미끄러지며 재빨리 검을 감쌌다. 가브리엘은 안간힘을 다해 검을 짓누르다가, 힘차게 손목을 움직여 에르난도의 팔을 오른쪽으로 밀쳐냈다.

쨍그랑 소리가 나면서 에르난도의 검이 페드로의 발치로 날아갔다. 페드로는 웃음을 참지 못했다.

가브리엘은 칼끝으로 상대방의 상체를 지그시 밀어 물러서게 만들었다. 에르난도의 입이 실그러지고, 눈에서는 가브리엘이 한 번도 보지 못한 표정이 스쳤다. 그가 두려워하고 있다고 생각하며 가브리엘은 즐거워했다.

"당신은 고통에 두 가지 얼굴이 있다는 걸 모르는군, 돈 에르난도. 다른 사람들 눈에서 보는 두려움은 당신을 흥분시키겠지만, 이제 당신의 창자를 뒤틀리게 하는 고통에 대해선 뭐라 하실 텐가? 한 번만 더 힘을 쓰면, 당신이 입은 바지의 무게가 달라질걸……"

가브리엘이 말했다.

그는 계속 말하면서 에르난도를 강가까지, 그가 불쌍한 짐꾼을 내던진 바로 그 지점까지 물러나게 만들었다.

"그러니 엉덩이를 꽉 조이시지. 당신을 죽이진 않겠어. 하지만 돈 프란시스코 총독께서 당신의 악행을 심판하시리라는 걸 명심해. 당신은 카하마르카에 많은 황금을 가져가고 있어. 그곳 군주의 훌륭한 장군도 함께 말이지. 하지만 그것으로 당신의 모든 잘못이 용서되지는 않을 거야."

"위협할 테면 해봐, 제기랄! 끝에 가서 누가 고통 받게 될지는 두고 보자고."

에르난도가 비웃었지만, 그의 속마음은 그게 아니라는 걸 모두가 느꼈다. 그가 방금 받은 모욕은 너무도 명백한 것이었으므로. 페드로가 가브리엘의 팔을 잡으며 말을 가로막았다.

"자, 두 사람 다 진정해요. 주어진 교훈이 있지 않습니까! 내게는 신이 그 증인이지요. 정복의 위업을 위해, 두 콩키스타도르가 품위도 없이 서로 싸울 수 없다는 것 말입니다! 위험을 무릅쓸 일도 아닌데요. 돈 에르난도, 여기 당신 검이 있습니다. 제발 다시 길을 갑시다."

에르난도와 가브리엘은 서로를 노려보았다. 가브리엘이 검을 치웠다. 에르난도는 눈길을 떨어뜨렸다. 그들 뒤에서, 찰쿠치막 장군의 가마 장막이 소리 없이 내려갔다.

행렬이 움직이기 시작하자 세바스티안이 가브리엘의 팔을 잡았다. 그는 가브리엘과 함께 조용히 몇 발짝 걷다가 가브리엘의 귀에 대고 속삭였다.

"고맙네."

제1부

1

1533년 4월 14일 새벽, 카하마르카

"사랑해요."

카하마르카 위로 떠오르는 희미한 여명 속에서 아나마야가 나직이 말했다. 아직 어두운 밤이지만, 벌써 밀짚 지붕 위로 떠도는 연기는 푸른빛이다.

아나마야는 홀로 있었다.

그녀는 아타우알파가 포로로 붙잡혀 있는 궁전을 가벼운 발걸음으로 나섰다. 궁전이 내려다보이는 좁은 비탈길을 지나 그림자처럼 날렵하게 멀어졌다. 잠시 후, 그녀는 대로에 이르는 길과 강에 다다랐다.

"사랑해요. 테 퀴에로!"

그녀가 거듭 말했다.

아나마야는 스페인어를 너무 쉽게 떠올려 콩키스타도르나 인디언들 모두를 놀라게 했다. 그 때문에 그녀의 동족들은 옛날의 의혹을 다시 품기까지 했다. 또 한 번 사람들이 그녀의 등 뒤에서 수군댔다. 하지만 무슨 상관이랴!

보초병들이 아타우알파의 궁전과 잉카의 몸값으로 무수한 보물이 쌓여 있는 방을 지키고 있었다. 그녀는 그들의 눈을 피하기 위해 어두운 벽에 바싹 붙어서 집들을 따라 미끄러지듯 달려갔다.

카하마르카 전투에서 승리하고 유일한 군주 아타우알파에게 감히 손을 댄 자들은 그 귀한 물건들을 보는 것만으로도 열광하는 듯했다. 마치 그들이 갖지 못한 마력을 황금이 줄 수 있기라도 한 것처럼! 아나마야는 그 약탈에 무언의 깊은 슬픔만을 느꼈다.

그들의 탐욕은 끝이 없었다. 몸값을 쌓아두는 커다란 방을 더 많이 채우기 위해, 돈 에르난도 피사로는 머나먼 남쪽 바다 기슭에 있는 파차카막 신전을 약탈하러 갔다. 그가 돌아오는 것이 늦어지자, 돈 프란시스코 피사로 총독은 가브리엘과 믿을 만한 몇몇 부하를 뒤따라 보냈다.

가브리엘…… 그녀는 그의 이름이 가슴속으로 스며들게 내버려두었다. 너무도 낯설면서도 부드러운 울림…… 그녀는 태양빛 머리카락을 지닌 이방인의 얼굴, 그 하얀 피부, 그의 어깨에 웅크린 퓨마 형상의 점을 떠올렸다. 그 점은 그들의 관계, 언젠가 그녀에게 밝혀질 비밀스러운 관계를 예고하고 있었다.

가브리엘은 황금을 좋아하지 않았다. 그녀는 그의 무관심을, 금조각을 만지는 것만으로도 미친 듯이 기뻐하는 동료들 때문에 짜증스러워하기까지 하는 그를 여러 번 보았다. 가브리엘은 사소한 일로 인디언들과 싸우거나 그들을 사슬로 묶고 해치는 것을 용납하지 않았다. 가브리엘은 검으로 유일한 군주를 구했다.

아나마야는 아타우알파가 유일한 군주로서 아직 전권을 쥐고 있었을 때 한 말을 떠올렸다. 대전투 전날, 처음으로 이방인들을 보고 그는 중얼거렸다.

"난 그들의 말은 좋아하지만 그들은 이해할 수 없다."

그녀도 아타우알파처럼 말할 수 있을 것 같았다.

'난 그들 중 한 사람, 나를 위해 대양을 건너온 그는 좋아해. 하지만 그들은 이해할 수 없어' 라고.

✲

아나마야는 카하마르카의 높다란 벽들을 지나쳐, 대로의 첫 비탈길을 올라가며 발걸음을 늦추었다. 흙벽으로 된 집들이 드문드문 떨어져 있었다. 새벽빛이 언덕 비탈길 위로 미끄러지며, 아침의 미풍에 흔들리는 옥수수와 퀴노아 밭을 깨웠다. 이따금 벌써 구부정하게 짐을 짊어진 농부의 그림자가 밝아오는 희끄무레한 새벽빛에 뚜렷이 드러났다. 아나마야의 가슴은 근심 섞인 애정으로 가득 찼다. 그녀는 무거운 짐을 드는 것을 도와주려고 농부에게 달려갔다. 자기 종족을 짓누르는 고통을 생각하면서.

그녀의 종족! 오랫동안 푸른 눈을 지닌 이상한 아이였던 그녀, 키가 훌쩍 크고 비쩍 마른 계집아이였던 그녀는 이제 잉카 왕국에 사는 모든 사람들이 '그녀의 종족' 이라는 것을 잘 알고 있었다. 그들은 모두 같은 언어로 말하지 않고, 똑같은 차림새를 하지 않으며, 겉으로만 같은 신을 믿었다. 종종 그들은 서로 전쟁을 벌였고, 전쟁의 기운이 아직도 그들 내부에 존재하고 있었다. 하지만 아나마야는 마음속으로 그들이 피를 나눈 형제라고 생각하고 싶었다.

그녀가 고개에 이르렀을 때는 해가 완전히 떠 있었다. 빛이 늪에서 번쩍이고 드넓은 평원으로 나아가, 쿠스코로 가는 길이 숨겨져 있는 언덕까지 가 닿았다.

아나마야는 여기에 올 때면 늘 그렇듯이 밀려드는 추억의 물결을 막을 수가 없었다. 그리 오래지 않은 일이지만, 그때는 평원 전체가 아타우알파의 무적 군대의 천막으로 하얗게 덮여 있었다. 쿠스코의 미치광이 형제 우아스카르의 잔인성에 맞서 싸워 승리했던 유일한 군주.

저 아래, 그녀가 있는 비탈길 맞은편에서는 목욕탕의 물이 김을 내뿜고 있었다. 아타우알파가 쉬기도 하고 오랜 단식을 통해 인티에게 감사를 드리던 목욕탕이었다. 아나마야는 가쁜 숨을 내쉬며, 이방인들이 다가온다고들 예고하던 기나긴 날들을 떠올렸다. 마치 그날들이 영원히 그녀의 몸속에 새겨져 있는 것처럼. 모두들 비웃었지만 그녀의 마음속에서는 두려움이 커져갔던 그때를. 그 다음에는 그가, 한순간 그가 그녀의 눈을 가득 채우던 그 황혼녘이 떠올랐다. 불가해하리만큼 아름답고 매혹적인 가브리엘!

나머지는 더 생각하고 싶지 않았다. 포로가 되어 자기 궁전에 갇힌 유일한 군주 아타우알파는 이제 한낱 그림자에 지나지 않았고, 그의 신전들은 파괴되었다.

그렇게 해서 태양신의 뜻이 이루어진 것이다.

그렇게 해서 고인이 된 잉카 우아이나 카팍이 어린아이의 모습으로 그녀를 만나러 왔을 때 했던 끔찍한 말이 이루어진 것이다.

'낡은 것은 깨지고, 너무 커다란 것도 깨지고, 너무 강한 것은 더이상 힘을 갖지 못해…… 그게 바로 위대한 파차쿠티야…… 어떤 자들은 죽고 어떤 자들은 강해지지. 너에 대해서는 전혀 걱정할 것 없어, 아나마야…… 지금 그대로의 너로 충분해. 두려워하지 마. 퓨마가 미래의 시간으로 널 따라갈 거야!'

그렇게 해서 다른 세상의 옛 잉카가 아타우알파의 종말과 함께 가브리엘의 도래를 그녀에게 예고한 것이다!

가브리엘의 입술에 자신의 입술을 포갠 뒤로, 기이한 표시가 있는 그의 어깨에 입을 맞춘 뒤로, 아나마야로서는 도저히 이해할 수 없는 많은 일들이 일어났다. 알지 못했던 수많은 감각과 감정이 이제 그녀 안에 생생히 살아 있었다! 진짜 퓨마의 발톱이 그녀의 심장을 잔인하게 도려내기라도 하는 것처럼 아주 강렬하게.

'사랑해요' 라는 말이 뜻하는 바가 있었다. 그녀가 웃으면서 듣기만 하고 따라 하지 않자 가브리엘이 화를 낼 정도로 고집스럽게 가르쳐주려 했던 말!

그리고 그 수수께끼가 있었다. 어떻게 이방인 중 하나가, 적이 그녀를 미래로 데려갈 퓨마일 수 있을까 하는 수수께끼.

아나마야는 고개 꼭대기로 길게 이어진 고원 끝까지 천천히 걸어갔다. 비탈길 바로 위의 아직 축축한 풀밭에 그녀는 망토로 몸을 감싼 채 길게 누웠다. 그리고 동쪽의 제일 높은 봉우리 쪽으로 눈을 돌려 첫 태양빛을 응시했다.

그녀는 눈을 감았다. 빛이 눈꺼풀을 어루만지고 눈물을 말리도록 그대로 있었다. 햇볕이 그녀의 얼굴을 따사로이 데워주자, 불그스름한 눈꺼풀 위로 가브리엘의 모습이 어렸다. 이글이글 타는 듯한 눈빛과 아이 같은 웃음과 부드러운 몸짓을 지닌 너무도 아름다운 이방인.

그녀의 입술 위로 또다시 그 말이 떠올랐다. 마치 그 말이 벌새처럼 땅 위로 날아갈 수 있는 듯이 그녀는 속삭였다.

"사랑해요."

✲

카하마르카에 가까워지자, 가브리엘은 참을 수 없는 충동에 사로잡혀 말에 박차를 가했다. 그는 서둘러 행렬의 선두 쪽으로 다시 올라갔다. 그의 심장에서 피가 끓어올랐다. 에르난도와 싸운 뒤로 사흘이나 잠을 이루지 못한 터였다. 야영지나 탐보의 숙소에서 감시병들과 함께 불침번을 서고 별을 바라보며 사흘 밤을 지새웠다. 하지만 오늘로써 마침내 끝이었다.

그녀를 다시 만나게 될 터였다.

조금 있으면 그녀의 푸른 눈 앞에 있게 되리라. 부드럽고 달콤한 그녀의 입술을 스칠 수 있으리라. 그를 달래주며 모든 현실을 잊게 해주는 입맞춤. 팔 킬로미터쯤만 더 가면, 인디언 여자들 틈에서 유독 늘씬한 자태의 그녀를 보게 되리라. 이런 생각을 하자 벌써부터 그의 가슴이 고동쳤다.

또한 그는 자기가 없는 동안 그녀에게 아무 일도 일어나지 않았기를 바랐다. 그가 카하마르카를 떠날 때, 돈 프란시스코의 옛 동료인 알마그로 대장이 말과 부하 들을 이끌고 도착할 거라는 예고가 있었다.

그는 기쁨으로 몸을 떨면서도, 감히 그럴 수만 있다면, 두려움을 떨쳐버리기 위해 한바탕 고함이라도 지르고 싶었다.

그는 인디언들이 들고 가는 들것을 지나쳐 갔다. 들것에는 제일 무거운 물건들, 커다란 황금 수반, 황금 조각상, 황금 의자, 신전 벽에 거는 황금 판자가 실려 있었다! 황금, 황금! 버들 광주리에도, 가죽 가방에도, 융단으로 된 길마에도, 어디에나 황금이 있었다! 짐꾼들은 무거운 짐에 허리가 휘고, 라마 몸뚱이는 등에 실린 보물에 가려 보이지도 않았다. 행렬의 속도가 느려졌다. 마치 그들 일행 전체가 하우하에서부터 그렇게 페루의 모든 황금과 은을 짊어지고 온 것처럼.

그런데 그것도 일부분에 불과하다고 했다. 떠도는 소문에 따르면, 그 보물은 쿠스코에서 곧 도착할 보물에 비하면 아무것도 아니라는 것이었다. 총독이 수색차 고약한 페드로 마르틴 데 모게르를 포함해 세 사람을 쿠스코로 보냈다고 했다.

스페인 기병들은 한시도 경계를 늦추지 않았다. 온순한 인디언들인데도, 기병들은 초조해하며 적의에 찬 눈으로 아주 미미한 동요의 징후라도 찾으려 했다. 그들 중에는 가브리엘의 친구가 많지 않았다. 그들은 모두 에르난도의 부하였다. 총독의 동생과 가브리엘의 개인적인 반감은 오래전부터 익히 알려진 사실이었다. 그러한 반감은 둘의 결투로 인해 차디찬 증오심으로 굳어졌다. 에르난도는 현명하면서도 신중하게 어떻게든 가브리엘을 피했다.

가브리엘이 파차카막 신전의 두 대신관(그들은 에르난도의 지시에 따라 묶여 있었다)의 가마가 있는 곳에 이르렀을 때, 친숙한 목소리가 그를 소리쳐 불렀다.

"바쁘십니까, 나리?"

가브리엘은 고삐를 세게 잡아당겼다. 그의 말이 우아하게 원을 그리고는 온순하게 세바스티안 옆으로 다가가 나란히 걸었다. 그들의 서사시가 시작된 이래 절친한 친구로 지내는 키다리 흑인은 이십 일 전부터 걸어서 가고 있었다. 말값이 엄두도 내지 못할 만큼 오른 탓도 있지만, 무엇보다도 에르난도가 막았기 때문이다. 파차카막을 떠나기 이틀 전에 병에 걸려 죽은 사람의 말을 세바스티안이 차지하려 하자, 돈 에르난도가 모욕을 퍼부었던 것이다.

모욕적인 말이 아직도 두 친구의 귓전에 울렸다.

'이봐, 검둥이! 넌 네가 뭐라도 되는 줄 아는 거야? 검을 든 귀족만 말에 오를 수 있다는 걸 잊은 모양이지? 인디언 엉덩이를 걷어찬다고 해서 너한테 사람 될 권리가 주어지는 건 아니야!'

가브리엘은 말의 목 위로 몸을 기울여 세바스티안이 내민 손을 꽉 쥐었다. 비록 타고 갈 말은 없지만, 세바스티안의 꽉 끼는 가죽 윗옷은 아주 새것으로 제2의 피부처럼 유연했다. 그의 짧은 바지들은 스페인에서 카하마르카까지 가져온 갖가지 직물로 만든 것으로, 카스티야의 최신 유행 스타일이었다. 벨벳이나 새틴으로 된 바지의 부풀어 오른 부분에는 초록색, 붉은색, 노란색 또는 연푸른색의 넓게 터진 틈이 있고, 그 터진 틈을 다발로 한데 모아주는 레이스 끈까지 달려 있었다. 그 때문에 차림새가 늘 수수한 가브리엘은 그를 블라우스로 엉덩이를 가린 톨레도의 변덕쟁이 아가씨 같다고 놀려댔다.

"어딜 그렇게 급히 달려가는 거야?"

세바스티안이 물었다.

"여긴 악취가 나서 말이야. 더 깨끗한 공기를 마셔야겠어."

가브리엘이 에르난도의 호위대 쪽을 쳐다보며 투덜거렸다.

키 큰 흑인이 웃으며 장난스레 말했다.

"오, 난 자네가 더 고상한 일로 초조해하는 줄 알았더니!"

가브리엘이 살짝 미소를 띠었다.

"사실 총독님께 내 임무를 서둘러 보고하는 것 말고 달리 뭐가 있겠어?"

"아닌 게 아니라 다른 일은 아무것도 없지."

세바스티안은 조용히 고개를 끄덕였다.

가브리엘의 시선이 카하마르카를 둘러싼 산꼭대기들로 쏠렸다. 몇 달 전, 이 미지의 풍경에는 위협만이 서려 있었다. 그런데 이제는 친숙하고 정겨웠다. 물론 그 풍경에는 가장 아름다운 약속이 포함되어 있었다.

갑자기 가브리엘이 말 등자에서 오른발을 빼내어 땅으로 날렵하게 뛰어내렸다. 그는 한 손으로 말을 끌고 다른 한 손으로는 세바스티안의 어깨를 감싸고는 세바스티안에게 몸을 기울였다.

"자네 말이 맞아. 난 마음이 급해. 그건 저 에르난도라는 쓰레기와는 아무 상관 없는 일이야."

그가 눈을 반짝이며 작은 소리로 말했다.

"그럼?"

가브리엘은 언덕을 끌어안는 듯한 막연한 몸짓을 했다.

"그녀가 나와 결혼할 수 없대. 그녀는 그네들 옛 종교에서 일종의 사제 같은 존재야. 결혼은 그녀에게 허락된 일이 아니어서, 심지어 인디언하고도 결혼할 수가 없대. 하지만……"

"하지만?"

"난 그녀를 사랑해, 빌어먹을. 세바스티안, 그녀 생각만 하면 마구 퍼부어대는 포탄처럼 가슴이 폭발할 것만 같아! 이렇게 누군가를 사랑하는 마음은 처음인 것 같아."

세바스티안이 웃음을 터뜨렸다.

"나처럼 행동해, 친구. 동시에 여러 여자를 사랑해보라고. 여기서 한 여자, 저기서 한 여자, 하지만 자네를 원하는 여자가 언제나 하나쯤은 있도록 말이야. 여기서는 부드러운 잠자리, 저기서는 뜨거운 잠자리…… 그러면 사랑한다는 게 뭔지 알게 될 거야!"

가브리엘은 동의하지 않는 미소를 지으며 다시 말에 올랐다.

"가끔은 말이야, 친구, 잠깐이라도 좋으니 자네가 그만 좀 놀렸으면 좋겠어……"

세바스티안은 살짝 미소를 띠었지만, 그의 눈은 피부만큼이나 여전히 어두웠다.

"나도 가끔은 그러고 싶어. 그런데……"

"그런데 뭐?"

행렬이 느려지고 길어지더니 멈춰 섰다. 카하마르카 위의 마지막 고개가 가까워지면서 대로가 좁아지고 있었던 것이다.

"그런데 뭐?"

가브리엘이 채근했다.

세바스티안은 고개를 저었다. 그는 가브리엘에게 멀리 앞으로 달려가라고 손짓했다.

"다음에 얘기해주지. 자네가 좀 덜 초조할 때 말이야."

*

아나마야는 망치질 하는 듯한 소리에 소스라치게 놀라 잠이 깼다. 그것은 그녀의 가슴에서 새어 나오는 소리가 아니었다. 땅에서 올라오는 사람들과 말들의 발소리였다. 반쯤 몸을 일으킨 그녀는 대로에서 조금 떨어진 아카시아와 용설란 울타리 안으로 가서 몸을 숨겼다.

근처 풀밭에서 조용히 풀을 뜯던 라마 떼가 그녀 바로 옆으로 튀어나오더니, 성난 듯 펄쩍 뛰어서 고개 반대편으로 달아났다. 스페인인들의 강철 무기 부딪는 특이한 소리가 미지근한 공기 속으로 울려 퍼졌다. 그 소리는 서서히 커지면서 웃음소리, 터져 나오는 목소리, 포석에 말발굽 부딪치는 소리와 뒤섞였다.

그녀는 비탈길 아래 숲에서 모습을 드러내는 그들을 알아보았다. 먼저 기병들의 색색가지 깃털 장식과 창이 보이고, 다음에는 투구 아래 수염으로 덮인 어두운 얼굴들, 인디언 짐꾼들, 말에서 내려 걷는 스페인 사람들이 조금씩 보이더니, 총독 형제가 이끄는 기다란 행렬이 나타났다.

아나마야는 가쁜 숨을 쉬었다. 눈으로 그를 찾았다. 하지만 기병들의 얼굴이며 옷차림, 모자를 유심히 살펴도 소용없었다. 가브리엘은 그들 틈에 있는 것 같지 않았다. 그의 검은색 윗옷도, 엉덩이에 기다란 흰 점이 있는 그의 밤색 말도 보이지 않았다. "당신의 눈빛을 지니고 다니기 위해서"라며 그가 늘 목에 두르던 푸른색 머플러도 찾을 수 없었다. 그 머플러 때문에 멀리서도 그를 알아볼 수 있었는데.

아나마야의 손가락이 저도 모르게 떨렸다. 심장이 미친 듯이 고동쳤다. 그녀는 자신의 두려움이 부끄러우면서도, 다른 사람 눈에 띌 위험을 무릅쓰고서라도 더 잘 보려고 아래쪽 나뭇가지를 잡아당겼다.

드디어 머플러의 푸른 점이 가마 뒤에서 불쑥 솟았다가 이내 사라졌다. 밤색 말이 언뜻 보였다. 그러자 그녀의 입가에 옅은 미소가 절로 피어났다.

그런데 그 미소가 갑자기 얼어붙었다. 그녀의 시선은 가브리엘에게까지 미치지 못했다. 가마를 덮은 장막에 그대로 고정되어 있었다. 그녀는 장막의 문양과 색깔을 알아보았다. 핏빛과 황금빛, 푸른 하늘빛의 직사각형과 삼각형으로 이루어진 비스듬한 선들. 그것은 아타우알파의 가장 강인한 전사, 찰쿠치막 장군의 가마였다.

그러니까 이방인들이 그를 유일한 군주의 감옥까지 오도록 설득한 것이다! 대체 어떤 함정을 파고 어떤 비열한 짓을 벌여 그렇게 한 것일까?…… 이제 아타우알파 씨족의 강력한 군주들은 모두 그들의 포로가 되리라.

아나마야는 가마를 보호하듯 가마 앞으로 지나가는 가브리엘을 보았다. 다시 그를 보게 되어 기뻤지만, 그녀의 가슴은 이제 그리 가쁘게 고동치지 않았다. 그녀의 기쁨에 그늘이 드리워졌다. 그녀는 사태가 어떤지 잘 알고 있었다. 유일한 군주가 필경 어떻게 될지 어느 누구보다 잘 알고 있었다.

고함 소리에 그녀는 뒤를 돌아보았다. 고개 반대편에서 소규모의 기병들이 무척 가파른 비탈길을 오르느라 애쓰고 있었다. 선두에 선 스페인 사람은 프란시스코 피사로 총독이었다. 그는 온통 검은 복장에 구멍이 촘촘히 뚫린 하얀 천으로 회색 수염을 받치고 있었다. 조금 뒤에서는 키 작고 허약한 알마그로가 자기 체구보다 훨씬 큰 암말을 타고 왔다. 그는 험상궂은 얼굴로, 초록색 헝겊 띠로 한쪽 눈을 가리고 있었다. 갈라진 피부는 곰보인 데다 듬성듬성한 수염으로는 잘 감춰지지 않는 불그스름한 반점으로 뒤덮여 있었다. 입술은 두툼하고 이가 별로 없었다. 하지만 그 입에서 나오는 목소리는 이따금 부드럽고 애처롭기까지 했다.

또다시 고함 소리가 공기 속으로 울려 퍼지고 다른 고함 소리가 이어졌다. 웃음소리가 진동하고, 창들이 위로 올라가며 흔들렸다. 길게 늘어선 기병들이 돌을 던져 닿을 만한 거리에 이르자, 돈 프란시스코가 말에서 날렵하게 뛰어내려 두 팔을 벌리고 동생에게 다가갔다.

그들이 서로 끌어안기도 전에, 아나마야는 이미 높은 풀밭에 이르러 목동들의 가파른 오솔길을 지나 도시를 향해 달려갔다.

✻

마지막 고갯길은 말들한테 너무 가팔랐다. 가브리엘은 어깨 높이로 고삐를 팽팽히 당긴 채 조심스럽게 말을 끌었다. 포석이 미끄러워서 짐꾼들이 비틀거렸다. 그가 다가가자 짐꾼들의 대화가 뚝 끊겼다. 가브리엘이 자기들 말을 조금 할 줄 안다는 걸 인디언들도 알고 있었다.

부르는 소리와 고함 소리가 행렬 선두에서 터져 나왔다. 가브리엘은 말을 몰아 잉카 장군의 가마에서 멀어졌다. 저 위 평지에서 프란시스코와 에르난도 피사로가 만나는 모습이 보였다.

가브리엘은 비웃음을 누를 수가 없었다. 돈 프란시스코는 동생을 맞이하기 위해 가장 멋진 옷차림을 하고 있었다. 그의 목에 두르기까지 틀림없이 엄청난 값을 치렀을 카디스 산 레이스 목가리개는 섬세하게 다듬어진 그의 수염을 돋보이게 했다. 하지만 총독이 아무리 노력해도, 훨씬 큰 키와 타고난 고상함, 강인한 몸을 자랑하는 동생 에르난도가 진짜 왕족처럼 보였다.

군대 전체가 지켜보는 가운데 두 형제는 감격적인 포옹을 했다. 몇 걸음 뒤에는 총독의 다른 두 동생이 모자를 들고 입가에 웃음을 머금은 채 그들의 포옹을 바라보았다. 짙은 색깔의 곱슬머리 미남 곤살로와 목에 멋진 구슬을 매단 키 작은 후안이었다. 가브리엘은 그들의 웃음이 뭘 뜻하는지 알고 있었다.

허약한 몸에 아이들을 겁먹게 할 정도로 추하게 일그러진 얼굴이 보였다. 가브리엘의 눈길은 그 얼굴에서 멈추었다. 비록 수년 전 페루의 해안으로 떠나기 전에 몇 번밖에 보지 못했지만, 가브리엘은 그를 한눈에 알아보았다.

가브리엘이 없는 사이, 돈 디에고 데 알마그로가 파나마에서 도착한 것이다! 십 년 전부터 돈 프란시스코의 광적인 모험을 지지하기 위해 몸과 돈을 다 바친 사람, 식민지 총독이 되기를 꿈꾸었으나 옛 동료에게 총독 자리를 빼앗긴 사람, 카를로스 1세가 최고경관이라는 칭호와 얼마 안 되는 보수와 함께 일개 툼베스 행정관으로 임명한 사람, 그자가 당당히 제 몫을 챙기러 온 것이다!

도시로 들어서는 내리막길의 널따란 계단은 여전히 미끄러웠다. 짐꾼들은 조심조심 느린 행진을 다시 시작했다. 통역자 펠리피요는 얇은 입술을 꼭 다문 채 사람의 눈길을 피하듯 끊임없이 두리번거리며, 가장 화려하게 장식된 찰쿠치막의 가마 옆에 붙어 있었다.

피사로 총독과 그의 형제들과 돈 디에고 데 알마그로가 앞서서 광장으로 들어섰다. 이어서 행렬이 광장 가까이에 이르자 가마의 장막이 반쯤 열렸다. 가브리엘은 라마의 목을 짓누를 만큼 커다랗고 건장한 손 하나가 나오는 것을 보았다.

펠리피요가 다가가 공손히 몸을 굽히고 뭔가 중얼거렸다. 하지만 가브리엘에게는 들리지 않았다. 펠리피요가 다시 몸을 일으키더니 큰 소리로 명령을 내렸다. 짐꾼들이 시선을 떨어뜨린 채 멈춰 섰다. 가마를 덮은 장막이 들리며 활짝 열렸다.

찰쿠치막 장군은 면과 라마 모직물로 된 화려한 운쿠를 입고 있었다. 튜닉 천에는 번쩍이는 황금 조각이 점점이 박혀 있고, 허리께에는 정교한 토카푸가 자줏빛 띠를 그리고 있었다. 굵은 머리카락은 어깨까지 내려와 귀마개를 반쯤 가렸다. 황금으로 된 귀마개였지만, 가브리엘이 보았던 다른 귀족의 귀마개보다 작았다. 하지만 찰쿠치막의 얼굴에는 위엄이 서려 있었다. 나이를 가늠하기는 어려우나 그의 얼굴은 동상처럼 무표정하고 강인했다. 마치 산속 성스러운 바위에 새겨진 듯한 얼굴이었다.

찰쿠치막은 몸을 앞으로 내밀고 가브리엘에게 흘깃 눈길을 던졌다. 그의 입에서 몇 마디 말이 흘러나왔다.

"주인님을 뵈러 가야겠다."

투덜거리는 듯한 말소리였다. 가브리엘은 자기가 제대로 알아들은 것인지 확신이 서지 않았다. 펠리피요가 가마 발치로 재빨리 다가갔다. 잉카 장군은 손을 들어 그를 물리쳤다.

찰쿠치막은 한 짐꾼에게 다가가 그의 짐을 벗겨냈다. 짐꾼은 빈손으로 시선을 바닥에 붙박은 채 떨고 있었다. 찰쿠치막은 자기 등에 커다란 바구니를 올려놓았다. 그러고는 그 무게에 눌려 허리가 반으로 꺾인 채 도시로 들어갔다.

✲

"이제 그들이 나를 풀어줄 것이다."

아타우알파가 천천히 말했다.

유일한 군주는 어깨에 모직 망토를 걸치고 왕의 삼각 의자에 앉아 있었다. 그의 목소리는 둔탁했다. 어렵사리 침묵을 밀어내는 듯한 목소리.

커다란 방은 항상 어두웠다. 공기도 빛도 들어오지 않고, 화로 연기 때문에 방 안의 돌과 자줏빛 벽걸이 융단의 윗부분, 골조의 들보는 시꺼메졌다. 수많은 벽감은 비어 있거나, 성스러운 술을 담기 위해 조각한 화려한 의식용 나무 단지만 들어 있었다. 대부분의 황금 항아리, 은잔, 신의 동상들은 몸값의 방에 모조리 쌓아둔 지 오래였다.

아나마야가 찾아갈 때면 늘 그렇듯이 유일한 군주는 하녀들과 후궁들을 내보냈다. 한순간 누리는 그 은밀함이 이제 그에게 남은 자유의 전부였다. 궁전 안뜰로 나 있는 출구의 문턱까지만 햇볕이 들어왔다. 햇볕은 포석 위에 노르스름한 직사각형을 그렸다.

아타우알파의 윤곽이 어둠 속에 희미하게 드러났다. 아나마야는 태양빛으로 눈부시게 빛나던 잉카가 저 아랫세상으로 천천히 미끄러져 가고 있다는 생각에 몸서리치지 않을 수 없었다.

왕의 머리띠 라우투는 유일한 군주의 최고 권력의 표시인 쿠리긴그의 검은색과 흰색 깃털과 함께 여전히 그의 이마 위에 있었다. 아나마야는 그의 귀에 황금 귀마개가 없는 것을 눈여겨보았다. 죽은 살로 된 고리처럼 뻥 뚫린 왼쪽 귓불이 어깨까지 늘어져 있었다. 찢어진 오른쪽 귓불은 머리카락을 둘러싸는 띠로 가려져 있었다. 그 띠는 그의 아내들이 알파카 모직실로 짜준 것이었다.

아나마야는 사그라지는 권력의 가련한 표시들을 차마 볼 수 없어 눈길을 돌렸다. 그녀가 보기에, 아타우알파에게서는 하루하루 영혼이 빠져나가는 듯했다. 여전히 처녀들은 날마다 그의 튜닉을 짰다. 그는 아무도 손대지 않은 도기로 음식을 먹었다. 남자든 여자든 그의 집안사람들과 카하마르카 궁전에 똑같이 포로로 잡혀 있는 몇몇 세력가들은 예전처럼 그의 말을 두려워했다. 이방인들은 말을 하기 전에 그의 앞에서 몸을 굽혔고, 스페인 총독은 군주에게 마땅히 표해야 할 존중의 예를 갖추었다. 하지만 아나마야는 그 모든 것에서 점점 퇴색해가는 가면무도회를 보는 것만 같았다. 유일한 군주의 허리는 굽고, 얼굴은 빛을 잃고, 두 눈의 붉은빛은 흐려졌다. 그의 입은 예전처럼 아름답지도 거만하지도 않았다. 그는 꼼짝도 하지 않을 때가 많았고 몸은 너무도 둔했다. 그의 몸이 이상하게도 더 작아 보였다.

그에게서 위대한 우아이나 카팍의 아들인 정복자의 모습이 지워지고 있었다. 아타우알파는 여전히 카하마르카 궁전에 머무는 유일한 군주였지만, 더는 쿠스코의 미치광이 형제를 물리친 태양신의 강력한 아들이 아니었다. 그는 사슬에 묶이지 않은 채 갇혀 석방을 꿈꾸는 포로에 불과했다.

아나마야는 고갯길에서 방금 본 것을 아타우알파에게 전해주고 싶었다. 찰쿠치막이 가마를 타고 여기에 왔다는 것을 알려주고 싶었다. 장군은 이방인들이 쉼없이 운반해 온 금으로 된 패물들 중 최상품인 셈이었다. 하지만 아나마야는 감히 말하지 못했다. 아타우알파가 다시 말했다.

"이제 금이 충분하니 그들이 날 풀어줄 것이다."

"모르지요."

아나마야는 눈길을 돌리며 대답했다.

"무슨 말이냐?"

"모르는 일이지요."

그녀가 거듭 말했다.

아타우알파는 밖에 있는 몸값의 방을 가리키며 짜증스러운 몸짓을 했다.

"나는 내 궁전에서 가장 큰 방을 골라, 내 몸값으로 쌓이게 될 보물의 높이를 나타내는 선을 벽에 표시했다. 이제 그 선이 다 찼다."

"기억하고 있습니다, 유일한 군주님. 이방인들은 웃었고, 군주님께서 광기에 사로잡혀 계신다고 생각했지요."

아나마야가 공손히 시인했다.

"난 그들에게 황금과 은으로 된 우리의 물건들을 어디서 찾을 수 있는지 알려주었다. 내 아버지의 집만 제외하고는 어디에 있는 것이든 다 가져도 좋다고 말했지."

"알고 있습니다, 유일한 군주님."

아타우알파의 눈이 미소로 빛났다.

"내 말을 듣고 있는 사람이 내 아버지의 분신 형제의 아내라는 걸 모르지 않는다……"

아나마야는 잠시 사이를 두었다가 말했다.

"유일한 군주님, 파차카막으로 떠났던 자들이 오늘 돌아왔습니다."

"네가 그걸 어찌 아느냐?"

아나마야는 대답하지 않았다. 그녀는 자신의 나약함을 드러내고 싶지 않았다.

"그들이 많은 금을 가지고 도착했습니다."

잉카의 얼굴이 미소로 밝아졌다.

"내가 말하지 않았느냐? 난 풀려날 거다."

"유일한 군주님, 금은세공사들이 만든 지 얼마 안 된 것이든 가장 오래된 것이든 우리의 모든 성물과 황금으로 방은 가득 차게 될 것입니다. 하지만 이방인들은 군주님의 왕국을 떠나지 않을 거예요. 성스러운 도시까지 가려고 할 겁니다. 커다란 방을 가득 채우고 나면 쿠스코의 황금을 가지러 갈 것입니다. 설령 그들이 군주님의 아버지 우아이나 카팍에게 속하는 것은 아무것도 손대지 않겠다고 그들 신과 국왕을 걸고 약속했다 해도, 일단 황금을 보면 약속을 저버릴 거예요. 그걸 아셔야 합니다, 유일한 군주님……"

그녀는 거의 들리지 않을 만큼 작은 목소리로 말했다.

아타우알파는 시선을 떨어뜨렸다.

아나마야는 더이상 입을 다물고 있고 싶지 않았다. 그녀는 부드럽게 다시 말을 이었다.

"다른 이방인들이 군주님의 왕국에 도착했어요, 유일한 군주님. 말과 무기와 함께. 그들 역시 금을 원하고 있습니다."

"그래. 아주 못생기고 눈이 하나밖에 없는 그놈이 난 싫다……"

아타우알파가 중얼거렸다. 마치 주저하는 어린애가 된 것처럼 입속으로 우물우물 단어를 내뱉었다.

"그자의 이름은 알마그로예요."

"난 그놈이 싫다. 그놈의 눈은 거짓을 말하고 있어! 그놈과 함께 온 자들과 그놈은 내 허락도 없이 여자들을 데려갔지. 그놈들은 내가 웃지 말라는데도 웃는다. 그놈은 자기가 피사로의 친구라고 하지만, 그놈 눈에서 거짓을 읽을 수 있지……"

"유일한 군주님, 금을 더 많이 가져가려는 게 아니라면, 그자들이 왜 여기 왔겠어요?"

"피사로의 동생이 날 보호해줄 거다. 그는 강하니까."

아타우알파가 단언했다.

"에르난도 말인가요? 용서하세요, 유일한 군주님, 하지만 그를 믿어서는 안 됩니다. 그는 음흉한 사람이에요."

아타우알파는 고개를 저었다.

"아니다. 그는 강하고, 사람들이 두려워해."

"그가 멋지고 당당한 풍모와 신뢰 가는 눈빛을 지녔고 다른 사람들과 달리 옷차림에 신경 쓰기 때문에 그런 말씀을 하시는 겁니다. 다른 사람들은 우리의 길을 휩쓸고 다니는 그네들 짐승처럼 더럽고 아무렇게나 옷을 입는데 말이지요. 그의 투구 깃털 장식은 붉은색이지만 그의 마음은 시커멓습니다."

수치심 가득한 어떤 희망이 아타우알파의 얼굴에 밀려들었다.

"그가 날 도와주겠다고 약속했다. 만약 약속을 지키지 않으면……"

그의 목소리가 잦아들었다. 그는 아나마야에게 가까이 오라고 손짓했다. 다시 빛이 찾아든 그의 눈동자가 순진하게 흥분하며 반짝였다.

"만약 그가 약속을 지키지 않으면, 내 충직한 장군들이 모아놓은 수천 명의 투사들이 나를 구하러 올 거다. 하우하에 있는 찰쿠치막이 준비를 끝냈으니, 그가 다른 장군들한테 말할 것이다……"

아나마야는 비명을 억눌렀다.

"오, 유일한 군주님……"

그녀가 주저하는 사이 고함 소리가 안뜰에 울려 퍼졌다. 하인 하나가 방문턱에 와서 몸을 숙였다. 아나마야는 그가 무슨 말을 하려는지 알아차리고는 피가 얼어붙었다.

"유일한 군주님…… 찰쿠치막 장군이 왔습니다. 군주님 뵙기를 청합니다."

처음에 아타우알파는 움직이지 않았다. 그러다 그 말의 의미를 깨닫자 얼굴에서 핏기가 가셨다.

"난 죽었군."

그가 내뱉었다.

"들어오라고 할까요?"

듣지 못한 하인이 되물었다.

"난 죽었어."

아타우알파가 되뇌었다.

✲

궁전 입구에서도 찰쿠치막은 등에 진 짐을 내려놓지 않았다. 가브리엘은 십자가를 진 탄원자처럼 허리가 반으로 꺾인 그를 바라보았다.

알마그로가 투덜거렸다.

"이 잘난 코미디를 끝내자고! 저 원숭이가 해야 할 일은 나머지 황금을 어디에 숨겨놓았는지 우리에게 말하는 것뿐이야."

돈 프란시스코가 검은 장갑을 낀 손을 들어 올렸다.

"기다리게, 디에고. 기다려……"

안뜰 입구를 지키는 잉카 전사들이 찰쿠치막에게 경의를 표하며 물러났다. 안뜰 중앙에 있는 낮은 분수의 돌로 된 뱀의 입과 꼬리에서 물이 솟아 나왔다. 주변에는 잉카의 꽃 칸투타의 생생한 붉은빛 꽃부리가 온통 피어 있었다. 하녀 하나가 거기에서 시든 꽃잎을 따고 있었다.

찰쿠치막이 무릎을 꿇은 채로 안뜰 가운데에 이르자, 아타우알파가 방에서 나왔다. 가브리엘에게는 그가 눈에 들어오지 않았다. 잉카 뒤에서 아나마야를 발견한 것이다. 그녀의 얼굴 윤곽을 일부분 가리는 희미한 빛 속에서.

드디어 그녀가 그를 향해 얼굴을 들었을 때, 그는 그녀에게 걸어가고 싶은 마음을 가까스로 억눌렀다.

아타우알파는 붉은 나무 의자에 천천히 앉았다. 그것은 높이가 한 뼘밖에 안 되는 아주 낮은 의자로, 늘 그가 앉는 의자였다. 여자들이 그의 시중을 들려고 다가갔다.

마침내 찰쿠치막이 도시 입구에서부터 따라온 짐꾼의 두 손에 짐을 내려놓았다. 그는 신발을 벗고 두 손을 들어 손바닥이 하늘을, 감추어진 태양을 향하게 했다.

그의 거친 얼굴에서 눈물이 흘렀다. 그의 입술에서 말이 새어 나왔지만, 가브리엘은 인티를 향한 감사의 말과 잉카를 향한 충심에 대해 우물거리는 말밖에 알아듣지 못했다. 그러더니 찰쿠치막이 자기 주인에게 다가갔다. 그는 끊임없이 눈물을 흘리면서 잉카의 얼굴과 두 손과 발에 입을 맞추었다.

마치 유령이 스치는 것처럼 아타우알파는 꼼짝도 하지 않았다. 그의 눈은 멍하니 먼 곳을 향해 있었다. 가브리엘은 종종 잉카를 보았지만, 그의 반응이나 표정은 이해할 수 없었다.

"잘 왔다, 찰쿠치막."

이윽고 잉카가 열의 없고 단조로운 목소리로 말했다.

찰쿠치막이 일어나 또다시 손바닥을 하늘로 향하게 했다.

"제가 그곳에 있었다면 아무 일도 일어나지 않았을 겁니다. 이방인들이 군주님께 손도 대지 못했을 겁니다."

그가 떨리는 목소리로 말했다.

이윽고 아타우알파가 장군을 돌아보았다. 가브리엘의 눈이 아나마야의 눈을 찾은 순간, 다소 감동한 돈 프란시스코가 그의 어깨를 움켜쥐고 낮은 소리로 물었다.

"저들이 뭐라는 건가?"

"환영의 말입니다."

"환영하는 방식이 이상도 하군."

찰쿠치막이 다시 일어섰다. 그의 얼굴은 위엄과 무표정함을 되찾았다.

"저는 군주님의 명령을 기다렸습니다, 유일한 군주님. 날마다, 우리 아버지 태양신이 하늘에 떠오를 때마다, 저는 군주님을 도우러 가고 싶었습니다. 하지만 아시다시피 군주님의 뜻 없이는 그렇게 할 수 없었지요. 군주님의 명령을 제게 전달하는 차스키는 결코 오지 않았습니다. 오! 유일한 군주님, 왜 제게 이방인들을 쳐부수라는 명령을 내리지 않으셨습니까?"

찰쿠치막이 나직한 소리로 말했다.

아타우알파는 대답하지 않았다.

잉카 장군은 말없이 대답을 기다렸다. 열의에 찬 말을 기다렸다. 하지만 그 말은 나오지 않았다. 결코 나오지 않을 터였다.

돈 프란시스코가 또 물었다.

"저자가 뭐라는 건가?"

아나마야의 찬란한 푸른 눈이 가브리엘에게 말을 하고 있었다. 그녀의 두 눈에 압도된 가브리엘은 불현듯 깨달았다. 아타우알파를 그토록 꼼짝 못하게 만드는 것, 그 끔찍한 침묵 속에 얼어붙게 만드는 것은 바로 분노였다.

"장군은 잉카를 제대로 섬기지 못한 것을 유감스러워하고 있습니다.

잉카가 포로가 된 것을 유감스러워하는 겁니다……"

가브리엘이 낮게 속삭였다.

찰쿠치막이 두 걸음 물러났다.

"저는 군주님의 명령을 기다렸습니다, 유일한 군주님. 하지만 군주님의 명령은 오지 않고, 저희들뿐이었습니다. 군주님의 장군들, 구아이파르 대장과 함께 있는 퀴즈퀴즈와 다른 이들도 마찬가지입니다. 군주님께서 명령을 내리지 않으시면, 그들은 군주님을 구하러 오지 않을 것입니다."

그는 자기 주인이었던 이를 등지고는, 마치 들어올 때보다 더 무거운 짐을 짊어진 듯 어깨를 늘어뜨린 채 느린 걸음으로 안뜰을 나갔다.

*

희미한 빛 속에서, 가브리엘은 자루와 바구니와 단지 들 사이로 조심조심 나아갔다. 궁전 울타리 안, 잉카족의 의식에 매우 귀중한 장밋빛 조가비 물루가 보관된 작은 방 안쪽에 통로가 열려 있었다. 대전투가 끝난 직후 아나마야가 그에게 보여준 통로였다. 그는 비밀을 지키겠다고 약속해야 했다. 그는 "내가 여기로 총독을 데려와줄까요?" 하고 농담했던 것을 떠올렸다.

그때는 둘 사이의 말이 불확실해서 몸짓으로 문장을 대신했고, 둘만의 방법으로 사랑을 말하고 나누었다. 그들은 첫날밤을 보냈던, 뜨거운 물이 솟는 샘 근처의 오두막집으로 늘 자유롭게 달아날 수는 없었다. 그리하여 그 통로가 둘의 만남의 장소가 되었다.

가브리엘은 방을 가로질러 가다가, 커다란 조가비 단지에 손을 집어넣었다. 바다가 느껴졌다. 묘하면서도 쾌적한 느낌이었다. 방은 사다리꼴 벽감으로 둘러싸여 있었다. 그 벽감들은 이제 그에게 친숙했다. 황금 물건들이 들어 있던 벽감은 스페인인들의 점령 초기에 모두 비워졌고, 면 장막으로 덮여 있었다. 그는 뛰는 가슴으로 장막 하나를 들어 올렸다.

약간 비탈진 오르막길에 굴이 패어 있고, 다져진 흙 한 층이 바위를 얇게 덮고 있었다. 아나마야가 설명해준 바에 따르면, 옛날에는 굴이 언덕 전체를 관통해 아클라우아시를 거쳐 달팽이 모양의 성채에 이르렀다고 했다. 그 성채는 콩키스타도르들이 도착하자마자 파괴되었다.

통로는 놀랍도록 깨끗하고 건조했다. 튼튼하게 보강된 부분에는 비상식량과 옷가지가 들어 있었을 상자까지 군데군데 놓여 있었다. 깊은 땅속에서 으르렁거리는 소리가 올라왔다. 산을 꿰뚫고 흐르는 지하 강물의 소리였다.

어둠이 아직 눈에 선 그는 어떤 손이 나비 날갯짓처럼 살포시 그의 손을 잡자 놀라서 비명을 질렀다.

"아나마야!"

젊은 여자의 손이 그의 얼굴로 날아올라 두툼한 입술을 막았다. 그러고는 수염으로 뒤덮인 그의 뺨과 눈꺼풀과 이마를 쓰다듬었다. 그는 그녀를 껴안고 키스하려 했지만, 그녀는 그를 감싸는 듯하면서 빠져나갔다. 둘은 소리 죽여 웃었다.

그가 그녀를 붙잡으려는 것을 그만두자 그녀도 멈춰 섰다. 아주 가까이서 그녀의 숨소리가 들리고, 자기에게 얼굴을 내미는 그녀가 느껴졌다. 어둠의 보호를 받으며, 그들은 보이지 않는 서로에게 미소 지었다.

"당신 여기 있군요."

마침내 그녀가 속삭였다.

그는 그녀 목소리에서 극도의 수줍음과 부끄러움을 알아채고선 감동에 휩싸였다. 그 짧은 한마디가 기나긴 여정을 거친 후에야 그녀의 입술에까지 이른 것이다.

그녀의 향기를 느낄 수 있을 만큼 가까이 있었다. 그가 끌어당기자 그녀는 수줍게 고백하듯 가만히 끌려왔다. 가브리엘의 팔이 그녀를 감쌌다. 그는 가슴에 닿는 그녀의 단단한 젖가슴과 다리에 와 닿는 그녀의 다리를 느꼈다. 그들은 아찔한 욕망에 사로잡혀 배와 허리가 아플 정도로 서로를 밀착시켰다.

그들 안의 온 힘과 격정, 여러 날 쌓여온 기다림이 애무로 달래는 전율 속에 단번에 솟구쳐 올랐다.

가브리엘은 오직 부드럽게만 하고 싶었다. 그의 손이 아나마야의 숱 많은 머리타래를 파고들었다. 그들은 잠시 꼼짝도 하지 않고 그대로 있었다. 그들의 가슴이 마치 서로를 때리듯 세차게 고동쳤다.

그녀가 그의 입술에 자기 입술을 포개었다. 그녀는 그를 만지고, 그를 발견해 나갔다. 그녀가 조금씩 밀어내자, 가브리엘은 무릎을 굽히고 천천히 바닥으로 미끄러졌다. 등에 차디찬 바위가 느껴졌다.

아나마야는 끊임없이 입술을 뗐다 붙였다 하며 그의 얼굴과 목과 가슴에 뜨거운 물결을 흘려보냈다. 가브리엘은 탄탄하고 날씬한 허벅지에 힘있게 손을 올려놓았다. 모직 튜닉 속의 그녀는 알몸이었다. 가브리엘의 두 손은 꼼짝도 하지 않은 채 그녀의 허벅지에 자국을 남겼다. 그에게는 물소리와 어우러진 속삭임, 새로운 신음 소리가 들리는 듯했다.

아나마야는 그의 귀에 대고 알아들을 수 없는 말, 생기 있고 즐거운 말을 속삭였다.

'아나마야는 가볍구나.'

그들의 벗은 몸이 불타오르고 서로에게 녹아드는 동안 그는 생각했다. 둘은 애무에 휩쓸려 가고, 그는 그녀와 함께 날아올랐다.

2

1533년 4월 14일, 카하마르카

아나마야는 방에서 눈을 감은 채 쉬고 있었다. 작은 방은 부드럽고 어렴풋한 빛 속에 잠겨 있었다. 코야 카마켄은 잉카의 궁전에서 자기만의 방을 가질 수 있는 특권이 있었다. 하지만 아타우알파의 방과는 달리 그녀의 방은 벽감이 비어 있고 벽걸이 융단은 사라져버렸다. 벽 위로 튀어나온 가느다란 돌뱀들이 유일한 장식품이었다. 그 뱀들의 구불구불한 기복이 빛과 만나 이따금 진짜 뱀처럼 보이기도 했다.

아나마야는 남편 곁에 있는 아내처럼 밤새도록 가브리엘 옆에서 잠들 수 있는 날을 꿈꾸어보았다. 그런 날이 과연 올까? 불가능한 일이 너무도 많았다.

그녀는 그와 나눈 격정에 여전히 휩싸여, 온몸이 사랑의 행복으로 무겁기도 하고 가볍기도 했다. 미지근한 미풍에 입구의 장막이 흔들렸다. 미풍이 애인의 애무 뒤에 찾아오는 마지막 애무처럼 그녀의 몸을 쓰다듬었다.

갑자기 밀려든 한줄기 세찬 바람에 그녀는 소스라치게 놀랐다.

"코야 카마켄!"

잦아드는 속삭임. 그녀는 팔꿈치로 몸을 일으켰다.

"코야 카마켄!"

아나마야는 어슴푸레한 빛 속에서 겁먹은 작은 동물처럼 웅크린 형상을 발견했다.

"누구세요?"

그녀는 소리 죽여 물었다.

"코야 카마켄! 도움이 필요해요……"

"누구세요?"

대답 대신 가쁘고 긴장된 숨결만이 느껴졌다. 그녀는 돗자리 위에 앉아서, 웅크린 형상을 향해 손을 내밀었다.

"이리 가까이 와요…… 겁내지 말고."

아주 천천히, 조심스럽게 그 형상이 몸을 일으켰다. 생기 있고 짙은 두 눈, 헝클어진 머리카락이 나타났다. 앳되어 보이는 처녀였다. 뾰족한 얼굴에 헐렁한 회색 망토와 진흙으로 더러워진 수수한 튜닉을 입고 있었다. 그녀는 마치 짐을 진 듯 몸을 구부린 채 앞으로 나오더니, 돗자리 가장자리에서 꼼짝도 하지 않았다. 그녀는 목덜미를 떨며 애원하는 자세로 손바닥을 뒤집어 작은 두 손을 돗자리에 올려놓았다.

"여기서 뭐 하는 거지?"

아나마야가 물었다.

검은 눈이 대답 없이 그녀를 응시했다.

아나마야는 가녀린 미지의 처녀에게 한없는 애정을 느꼈다. 그녀는 처녀가 자기한테 오려고 호위병들 틈을 뚫고 안뜰을 가로질러 달려야 했을 때 느꼈을 공포를 상상해보았다.

"말하지 않으면, 내가 도와줄 수 있을지 없을지도 알 수 없잖아!"

아나마야가 짐짓 엄한 척하며 말했다.

"제 이름은 인구일이고, 쿠스코에서 왔어요. 저는 강력한 군주님 망코의 씨족이지요."

젊은 처녀가 단숨에 대답했다.

망코! 아나마야의 목이 메어왔다.

망코, 씨족간의 증오와 전쟁을 초월한 변함없는 친구! 대학살이 벌어지고 아타우알파가 체포된 그 끔찍한 밤, 카하마르카 언덕에서 그녀의 충고를 따라 황금 분신 형제와 함께 쿠스코로 떠났던 망코!

망코, 고인이 된 잉카 우아이나 카팍이 다른 세상에서 마지막으로 그녀를 찾아왔을 때 '미래 시간의 첫 매듭' 이라고 지목했던 사람.

그녀는 갑작스러운 불안에 휩싸여 인구일의 어깨를 움켜쥐었다.

"망코는 어떻게 지내지?"

"그분이 저를 여기로 보내셨어요. 이렇게 말씀하셨죠. '가서 코야 카마켄을 만나라. 그녀는 네게 자리를 만들어줄 수 있을 거다. 그녀는 우리 앞으로 다가오는 시간의 흐름을 볼 줄 아는 여자야……' 라고요."

어린 처녀는 다소 겁에 질려 대답했다.

아나마야는 한숨을 참았다. 그럴 수만 있다면! 이제 망코에게 뭐라고 말할 것인가? '아뇨, 난 더이상 다른 세상에 갈 줄 몰라요. 한 이방인이 내 가슴을 뒤흔들어놓고 어떤 남자도 손대지 않은 내 몸에 손을 댄 뒤로 유일한 군주님 우아이나 카팍은 더이상 나를 찾아오지 않아요' 라고? 다른 사람들과는 너무도 다른, 몸에 퓨마의 표식을 지닌 이방인이라고?

그녀는 어린 처녀의 어깨를 살짝 어루만지며 미소만 지어 보였다.

"그러니까 잘 지내는구나!"

인구일은 고개를 끄덕이고 비로소 긴장을 풀었다.

"그분과 분신 형제에 대해선 걱정할 필요 없다는 말씀도 하셨어요. 저마다 자기가 있어야 할 자리에 있는 거라고요."

아나마야는 눈을 깜박여 동의의 뜻을 비치며 말했다.

"두려워 말고 얘기해봐요……"

"아시다시피 아타우알파 군주님 대신에 잉카가 되고 싶어했던 우아스카르는 아타우알파 군주님의 군대가 이방인들에게 패배하고 난 후 얼마 안 되어 죽었어요. 하지만 바로 여기, 이 카하마르카 궁전에서 아타우알파 군주님이 우아스카르에게 복종한 쿠스코 씨족에게 내리신 복수의 명령은 끔찍했어요. 제 가족도 포함되어 있었지요. 아타우알파 군주님의 병사들은 도시로 들어와 남자들을 모조리 죽였어요. 잠을 자다가도 청동 망치로 사람들의 머리를 으깼어요. 그리고 길의 도랑에 성스러운 물 대신 피가 흐르기 시작할 즈음 우리를 데려갔어요. 우리, 어린애들, 젊은 여자들과 부인들을…… 그들은 창으로 우리를 밀치고 웃으면서 도끼 자루로 때렸지요. 퓨마에게 우리의 피를 주겠다, 콘도르가 우리 내장에서 미래를 읽게 될 거라고도 했어요…… 그들은……"

인구일은 그때까지 차분한 목소리로 말했다. 그 순간에도 그녀의 목소리는 떨림 없이 잦아들기만 할 뿐이었다. 너무 작아서 잘 들으려면 그녀 가까이 몸을 구부려야 할 정도로.

"그들은 임신중이던 제 어머니 뱃속에서 아기를 꺼냈어요. 그리고 죽기 전의 어머니 눈앞에서 아기의 몸을 둘로 갈랐지요……"

아나마야는 대답하지 못했다. 눈물이 시야를 흐려 모든 사물이 흔들리고, 더이상 인구일의 모습을 분간할 수 없었다.

아주 멀리서 찾아든 한 장면이 그녀를 엄습해 가슴을 찢고, 무뎌졌다고 믿었던 고통을 일깨웠다. 사랑스럽고 부드러운 엄마의 얼굴이 그녀의 머릿속을 가득 메웠다. 그리고 잉카 병사가 던진 투석기 돌이 엄마의 이마에 박히는 일그러진 영상! 정확하게 그리고 견딜 수 없을 만큼 느리게, 자신의 손을 잡고 진흙탕 속으로 쓰러지는 엄마가 다시 보였다. 정신 나간 채 혼자 서 있는 그녀 자신의 모습도.

아나마야는 고통으로 숨이 멎을 것 같았다. 그녀는 더이상 존재하지 않았다. 위대한 우아이나 카팍의 보호를 받는 여자, 아타우알파를 구한 여자, 제국의 미래를 아는 여자 코야 카마켄은 더이상 존재하지 않았다!

잠시 동안 아나마야는 잔혹한 전사들 때문에 공포에 질린 어린 소녀, 밤이 와도 잠들지 못하고 홀로 깨어 있는 어린 소녀로 되돌아갔다. 그녀는 인구일이 덧붙이는 말을 겨우 들었다.

"어느 날 밤 병사들이 치차를 마셨어요. 우아스카르를 지지했던 씨족을 영원히 무찌른 것에 대해 태양신과 번개신 일라파에게 감사드리려고요. 그들이 잠들자, 저는 도망쳤어요. 어디로 가야 할지 몰라서 쿠스코로 돌아갔어요. 강력한 군주님 망코는 조상들의 신전에 몸을 숨긴 채 지내고 계셨어요. 그분의 형제 파울루는 얼마 전에 도시에서 도망쳐 티티카카 호수 근처로 숨었고요…… 저한테 더이상 가족도, 자매나 형제도, 돌아갈 집도 없는 걸 알고 망코 군주님이 제게 말씀하신 거예요. 코야 카마켄한테 가면 도와주실 거라고요."

"도와줄게."

아나마야가 중얼거렸다. 그녀는 인구일의 손을 잡았다. 처녀는 망설이다가 아직 두려움으로 굳어 있는 손으로 맞잡았다. 몸의 떨림이 차츰 멈추었다. 그때 눈물이 솟구쳤다. 처녀는 아나마야의 배에 얼굴을 묻었다. 흐느낌이 사정없이 처녀의 가슴을 후벼 팠다. 그녀는 더듬더듬 말했다.

"여러 날 전에 출발했는데…… 절대 도착하지 못할 줄 알았어요. 제가 하우하 산을 넘을 때는 눈이 내렸죠. 이젠 죽었구나 싶었지요…… 그러던 어느 날 이방인들의 행렬을 보았어요…… 찰쿠치막 장군님도 보았지요. 저는 짐꾼들 틈으로 미끄러져 들어갔어요…… 모두들 아무 말도 하지 않았어요! 저는 그저 하루 종일 황금컵이 가득 든 망타를 날라야 했어요……"

"됐어, 이제 됐어."

아나마야가 인구일의 목덜미를 쓰다듬으며 말했다.

인구일은 좁다란 손등으로 눈물을 훔치며 몸을 일으켰다. 그러고는 살짝 미소를 띠며 말했다.

"여기서는 이방인 병사들을 조심해야 했어요. 그래서 이 방에 더 빨리 올 수 없었던 거예요. 처음에는 그들이 너무 무서웠어요. 저를 보자 웃으면서 붙잡으려고 했거든요. 하지만 그들은 그리 빨리 달리지 못하더군요……"

두 여자는 다시 침묵을 지키며 숨을 가다듬었다. 북풍이 좀더 거세졌다. 방문턱의 장막이 더 규칙적으로 흔들렸다.

인구일의 손을 잡고 있던 아나마야는 그녀의 손이 떨리는 것을 느꼈다. 마음을 가라앉힌 아나마야는 고개를 끄덕이고는 아주 작은 소리로 말했다.

"대학살로 인해 전에 있던 모든 것이 없어졌어. 옛 질서는 죽었지. 예측이라도 하는 양 당연한 걸 알은체하면서 지금 상황에 대해 이러쿵 저러쿵하는 사람들은 눈먼 아이들과 같아. 대낮에도 아무것도 못 보는 꼴이지. 이곳 사람들은 모두 아직 그 사실을 깨닫지 못하고 있어. 세상이 뒤바뀌었고, 강했던 것은 약해지는 거야. 그리고 내일은 여전히, 검은 하늘의 별들 사이에 있는 하나의 점일 뿐이야…… 아버지 태양신과 어머니 달의 신은 조용히 우리를 지켜보실 뿐, 우리가 뭘 해야 하는지 말씀해주시지 않아. 저마다 멋대로 행동하고, 잘못하는 사람들이 많단다. 이방인들은 오직 황금만 생각하고 말이야. 그리고 유일한 군주님이신 아타우알파를 섬기는 사람들 중 많은 이들이 아직도 쿠스코 사람들에 대한 복수심에 사로잡혀 있지…… 넌 이제부터 입을 다물어야 해, 인구일. 아무한테도 네 얘기를 해선 안 돼."

"알아요. 망코 군주님이 말씀해주셨어요. '아나마야에게만 말하거라, 그녀는 들어줄 것이다!' 라고요."

"오늘부터 더이상 울어서도 안 돼. 웃고, 잉카를 섬기는 것이 얼마나 행복한지 보여줘야 해."

"옆에 있게만 해주신다면 원하시는 건 뭐든 하겠어요, 코야 카마켄!"

인구일이 서 있는 아나야마의 발치로 달려들었다.

"먼저 옷을 찾아드리는 것부터……"

인구일은 감탄하며 아나마야를 바라보았다.

"너무 아름다우세요…… 망코 군주님은 코야 카마켄이 사방위 제국의 여자들 중 가장 아름답다고 단언하셨죠…… 저는 그분이 단지 코야 카마켄에게 너무 집착하기 때문에 그렇게 말씀하시는 거라고 생각했어요. 그런데 정말 아름다우시네요. 두 눈은……"

"아냐, 그런 말 하지 마! 그리고 잊지 마. 우리끼리 있을 때가 아니면, 내가 허락할 때만 내게 말해야 한다는 거……"

아나마야는 무정한 마지막 말을 씻어내려는 듯, 두 손으로 처녀의 얼굴을 잡고 자기 얼굴로 가까이 가져가 뺨을 맞댔다.

"내게 자매가 없다는 걸 모두들 알고 있으니 널 내 하녀라고 할 수밖에 없겠다. 하지만 마음속으로는 내 동생으로 생각할게. 망코 군주님이 내게 보내준 자매로 말이야."

✲

"기분이 좋지 않군. 그 이유는 자네가 알겠지."

프란시스코 피사로 총독은 가브리엘의 눈을 똑바로 쳐다보면서 나무라듯 말했다.

"말씀해주십시오, 돈 프란시스코. 총독님께 직접 듣겠습니다."

총독은 한숨을 내쉬었다. 그는 궁전 밖, 광장에서 멀리 떨어진 곳으로 가브리엘을 데려갔다. 그들은 잉카의 궁전을 따라 오르막이 진 골목길을 지나, 이상한 건물이 있는 언덕으로 향했다. 병사도 무기도 전혀 발견되지 않은 곳이지만, 스페인 사람들은 습관적으로 그 건물을 '성채' 라고 불렀다.

"자넨 내 동생 에르난도를 심하게 모욕하고, 사람들 앞에서 결투를 벌이게 했어……"

"그가 총독님께 한 야비한 얘기가 그건가요?"

"그냥 묵과할 수 없네!"

엄한 어조에도 가브리엘은 불안해하지 않았다. 에르난도에게 설득당했다면, 총독이 당연히 요구할 것은 정식 재판이지 이런 도시 산책이 아니었다. 신중한 총독은 틀림없이 페드로에게 사건의 정황을 물었을 것이다.

"돈 프란시스코, 우리 시간을 절약하도록 하지요. 최악의 벌을 주겠다며 저를 위협했다고 에르난도에게 말씀하세요. 총독님께 깊은 후회를 표명했다고 인정하는 굴욕은 제가 감수하겠습니다……"

"단지 그뿐이라면 좋겠네!"

가브리엘은 낙담한 듯한 총독을 보고 당황했다.

"도대체 무슨 일입니까? 에르난도가 신의 은총에 감화되어 죄를 뉘우치고, 수도원에 들어가 속죄하며 성스러운 냄새 속에서 죽겠다고 위협이라도 합니까?"

"빈정거리지 말게, 풋내기! 에르난도는 그 장군과 함께 돌아온 뒤로 모두의 영웅이 되었어. 모든 인디언들이 녀석을 경외하고 있지. 에르난도는 사과를 요구하네……"

가브리엘은 낭랑한 웃음을 터뜨렸다.

"에르난도는 아직도 저를 잘 모르는군요. 그렇지만 제 생각에는 제 검의 끝이……"

"그만! 더는 알고 싶지 않네."

총독이 두 귀를 막고 소리쳤다.

"그럼 제게 더이상 요구하지 마십시오, 돈 프란시스코."

두 사람은 카하마르카 시가 펼쳐진 평원이 내려다보이는 언덕에 이르렀다. 저 멀리, 아타우알파가 그들을 기다리던 잉카 목욕탕의 뜨거운 샘에서 김이 피어오르는 것이 보였다.

“자넬 이해해. 내가 자네라 해도 아마 거부할 걸세. 하지만 난 그래도 자네에게 요구해야겠네.”

총독이 무거운 목소리로 중얼거렸다.

총독의 어조가 바뀌자, 가브리엘은 위급한 상황임을 깨닫고 다음 말을 기다리며 꼼짝도 하지 않았다.

“난 에르난도가 필요해. 녀석의 악행이라면 낱낱이 알고 있네. 하지만 난 녀석의 후안무치와 타고난 권위가 필요해. 녀석의 돈도 필요하고……”

“보물이 겹겹이 쌓이는데도요!”

“자넨 정말 아무것도 모르는군! 그 보물은 산더미 같은 내 빚에 비하면 아무것도 아니네. 내 협력자 애꾸눈 알마그로가 기대하는 것에 비하면 아무것도 아니고, 내가 한 약속에 비해서도 아무것도 아니야. 정복이 내 머릿속의 한낱 미친 꿈에 불과했을 때 후하게 나누어준 약속 말일세. 에르난도가 날 버리면 난……”

총독은 말을 끝맺지 않았지만, 손으로 목을 베는 시늉은 긴 이야기보다 더 설득력이 있었다. 그의 진지한 태도가 위협보다 가브리엘을 더 흔들어놓았다.

“만약 제가 사과하지 않으면……”

“……공개적인 사과……”

“공개 사과를 하지 않으면 에르난도가 모든 걸 버리고 떠나겠다고 위협하고 있군요.”

총독이 동의했다. 가브리엘은 심장이 걷잡을 수 없이 뛰고 등에서는 식은땀이 흘렀다.

“모르겠어요, 돈 프란시스코, 정말 모르겠어요.”

총독은 고개를 끄덕였다.

"자네 하고 싶은 대로 하게."

가브리엘은 아무 말도 하지 않았다. 하지만 마음속으로는 총독의 요구를 받아들였음을 이미 알고 있었다. 묘하게 뒤섞인 위안과 분노로 그는 몸을 떨었다. 총독의 눈에 구름처럼 가볍게 스치는 미소를 그는 보지 못했다.

✲

몸집이 곰처럼 큰 찰쿠치막은 사나운 기세로 광장에 꼼짝 않고 서 있었다. 그가 소리쳤다.

"무슨 일이 벌어지고 있는 거요?"

그의 뒤를 따르는 몇몇 귀족 중 어느 누구도 감히 대답하지 못했다. 그들은 휘둥그레진 눈으로 앞만 똑바로 바라보았다.

우스누의 우아한 피라미드가 서 있던 곳에는 이제 돌더미뿐이었다. 먼지를 뒤집어쓴 이방인들이 잔해를 가지고, 벽과 지붕뿐인 기이한 건축물을 세우고 있었다. 잉카 제국에서는 한 번도 보지 못한 모양새였다. 벽들은 너무 얇아 잔뜩 뒤틀려 있었고, 돌들은 우스꽝스럽게 쌓아 올려져, 한줄기 바람만 불어도 하늘이 노하면 모조리 뒤집혀 진흙탕이 될 것만 같았다.

찰쿠치막은 펠리피요를 돌아보고 고함을 질렀다.

"이 끔찍한 광경이 뭐냐?"

"'하늘에 계신 아버지'를 위한 신전입니다. 저들은 유일한 군주님 아타우알파를 이기게 해준 신을 그렇게 부릅니다."

펠리피요가 과장되게 복종하는 태도를 보이며 대답했다.

"'그것'을 위해 우스누를 파괴하라고 누가 허락했더냐?"

분노로 안색이 어두워진 찰쿠치막이 다시 소리쳤다.

펠리피요는 경계하는 눈초리로 귀족들 얼굴을 살피며 도움을 청했지만, 귀족들은 꿈쩍도 하지 않았다.

"아무도 허락하지 않았습니다."

찰쿠치막이 분노의 몸짓을 하는데, 그때 기병 하나가 광장의 한 건물에서 튀어나왔다. 잉카 장군은 당혹스러움에 온몸이 굳었다.

"저자가 태양신의 신전에 동물과 함께 있었다니……"

찰쿠치막 장군은 자기 눈을 믿을 수 없다는 듯이 중얼거렸다.

그의 주위에 있던 세력가들과 펠리피요는 입을 다물고 고개를 숙였다. 찰쿠치막은 기병에게서 눈을 떼지 않은 채 그를 가리키며 노기 띤 목소리로 부르짖었다.

"저자가 태양신의 신전에 저 짐승과 함께 있었다니! 대체 여기서 무슨 일이 일어나고 있는지 말하라!"

펠리피요는 윗몸을 숙였다.

"피사로 총독이…… 음, 저들의 마추 카피투가 신전을 택해서 자기 집으로 삼았는데……"

펠리피요는 말을 멈추었다. 거대한 광장 위를 구르던 말발굽 소리가 갑자기 노호하듯 거칠어진 것이다. 기병이 정반대편의 목욕탕 문 가까이 말을 몰고 가더니 거침없이 회전시켰다. 그의 장화에서 박차가 반짝였다. 기병은 박차를 가해, 운집한 잉카족을 향해 똑바로 돌진했다. 모자를 푹 눌러쓴 채 등자에서 반쯤 몸을 일으키고 말을 전속력으로 몰았다. 펠리피요와 귀족들은 말의 벌어진 입에서 눈을 떼지 못한 채, 말의 커다란 콧구멍과 동그란 눈에 정신이 아뜩해졌다. 하지만 찰쿠치막은 천천히 입을 다물고 거만하게 비죽거릴 따름이었다.

질주의 소동이 그들의 가슴을 뒤흔들어놓았다. 말이 겨우 백 보쯤 떨어진 곳에 이르자, 잉카 귀족들이 두려움의 비명을 지르며 말의 진로 밖으로 물러났다. 펠리피요는 껑충 뛰어 그들 뒤로 슬며시 숨었다. 앞머리 부분에 흰 반점이 있고, 누런 이빨 위로 입술이 젖혀진 말은 앞다리를 높이 들어 올리며 숨을 내쉬었다. 말이 오십 보 앞에 있는데도 찰쿠치막은 움직이지 않았다.

장군은 안장 위에서 엉덩이를 들고 있느라 얼굴을 찌푸린 키 작은 기병을 쳐다보았다. 눈은 하나뿐이고 얼굴에는 피부병이 퍼져 있는, 기이하게 못생긴 남자였다.

기병과 말발굽이 코앞까지 다가오자, 찰쿠치막은 어깨를 쫙 폈다. 마치 자기 몸을 더 크게 만들려는 것 같았다. 증오와 경멸로 그의 입꼬리가 처졌다. 그는 이제 알았다. 이방인들이 그들의 우스꽝스러운 집을 짓기 위해 어떻게 감히 우스누를 파괴시킬 수 있었는지. 그리고 깨달았다. 그들이 무엇을 할 수 있는지. 무엇이 유일한 군주 아타우알파를 그토록 무기력하고 나약하게 만들었는지. 그 짧은 순간, 힘없는 귀족들의 비명 소리를 들으며 그는 격한 분노에 돌로 변해버릴 것만 같았다.

찰쿠치막 바로 위에서 기병의 두꺼운 입술이 흥분으로 떨리고 있었다. 마지막 순간, 말이 발굽으로 다리에 자갈을 튀기는 사이, 기병은 왼팔로 고삐를 당겼다. 찰쿠치막은 어깨에 부딪는 장홧발의 충격을 느끼면서 말의 시큼한 악취를 들이마셨다. 말의 꼬리가 찰쿠치막 머리 위의 허공을 후려쳤다.

찰쿠치막은 움직이지 않았다. 이방인이 계속 웃으면서 그의 그림자가 밟힐 만큼 가까이서 말을 타고 주위를 맴돌 때도, 그는 눈길 한번 돌리지 않았다.

찰쿠치막은 그대로 꼼짝하지 않았다. 그의 피가 얼어붙었다. 이방인들에 대한 증오와 그러한 수치를 겪게 한 아타우알파에 대한 분노만이 그의 안에 살아 있을 뿐.

말은 돌고 또 돌았다. 짐승의 침과 땀과 먼지가 찰쿠치막 장군의 알파카 운쿠를 더럽혔다. 그러나 그에게는 더이상 기병의 웃음소리가 들리지 않았다. 아무것도 존재하지 않았다.

단지 언덕 너머에, 산속에, 성스러운 길에 머무는 인티와 킬라, 아푸, 돌의 조상들만이 실재할 뿐이었다.

구름 낀 하늘에서 한줄기 태양빛이 쏟아졌다.

기병은 찰쿠치막 바로 앞에 와서 멈춰 섰다. 그는 무릎으로 말의 몸통을 조여 앞발을 들어 올리게 했다. 말은 울음소리를 내면서, 정복당한 장군의 머리 위 허공을 발굽으로 사납게 후려쳤다.

찰쿠치막은 그대로 꼼짝도 하지 않았다.

그는 태양신을 올려다보며 웃었다. 그의 얼굴에 태초의 산맥처럼 주름이 졌다.

두려움을 느낀 것은 외눈박이 이방인이었다.

*

돈 에르난도 피사로가 거주하는 궁전은 총독이 자리잡은 궁전 옆에 있었다. 에르난도의 궁전은 스페인의 궁전과 흡사했다. 어떻게 했는지는 몰라도 총독은 동생 에르난도가 짐을 꾸리지 않게 하는 데 성공했고, 그의 거주지는 인디언 장인들의 끊임없는 웅성거림으로 채워졌다. 그중 최고 장인의 솜씨는 어느 정도 스페인인들의 난폭함에 힘입어 이루어진 것이었다.

에르난도가 식당으로 꾸민 방은 조잡하게 조각된 커다란 식탁과 나뭇가지 모양의 큰 촛대, 금은제 식기를 갖추어 놓고, 카를로스 1세의 궁전과도 같은 거만함을 과시했다. 하인들마저 그의 깃털 장식처럼 붉은색의 독특한 제복을 입고 있었다. 돈 에르난도의 하인들은 보잘것없는 하찮은 인물에게 속한 하인들이 아니었으므로……

돈 프란시스코와 가브리엘이 들어갔을 때, 에르난도는 두 동생 곤살로와 후안, 소토, 스페인의 주요 대장들과 함께 식탁에 앉아 있었다. 그들 중 페드로만 빠져 있었다. 에르난도는 큰 웃음소리로 두 사람을 맞이했다.

"형님, 형님, 에르난도 형님이 그 야만인에게 새처럼 날아가라고 충고하면서 어떻게 강물 속으로 내던졌는지 얘기해주던 참이었어요."

소심한 후안이 말했다.

후안의 거짓 웃음 주위로 다시 침묵이 내려앉았다. 모두의 시선이 가브리엘에게 쏠렸다.

"형이 그 다음 이야기도 해주었나요, 돈 후안? 떠도는 소문에 따르면 뒷애기가 더 재미있다던데."

"난 기억나지 않는데. 그쪽이 우리에게 진상을 알려주려는 건가?"

에르난도가 내뱉었다.

"그 문제에 관해 내가 아는 바는 일부분에 지나지 않지요, 돈 에르난도. 당신이 잊어버린 일은 나도 기억할 수 없을 테니까."

돈 프란시스코는 가브리엘 옆에 뻣뻣하게 서 있었다. 가브리엘은 그를 사로잡고 있는 극도의 긴장감을 느꼈다.

"뒤늦게 지혜를 깨달은 모양이로군."

에르난도가 발끈해서 말했다.

"신중함일 뿐이지요. 아니면 나약함이거나. 난 그 망각에다 지혜라는 아름다운 이름을 붙이진 않겠습니다."

"하긴 지혜라고 하기엔, 꼭 필요한 뭔가가 부족하긴 하지."

가브리엘은 활기차게 웃으며 말했다.

"지혜에 다가가기엔 내겐 많은 것들이 부족하지요……"

"그럼 노력해보시지."

"아무리 노력해도 거기에 이르지 못하니까요. 그건 어리석은 일이지요."

"어리석지, 말할 수 없이 어리석어……"

에르난도가 충독의 눈을 사납게 쏘아보며 으르렁거렸다.

에르난도는 두 손으로 식탁을 움켜쥔 채 분노에 떨었다. 그는 의자를 뒤로 넘어뜨리며 벌떡 일어나 가브리엘에게 다가갔다.

가브리엘은 재빨리 돌아서서 문으로 쓰이는 벽걸이 장막 쪽으로 갔다. 그러고는 에르난도를 등진 채로 중얼거렸다.

"미안합니다, 돈 에르난도."

그가 어찌나 순식간에 자취를 감추었는지, 에르난도는 흔들리는 장막 앞에서 어리둥절해 있었다. 그는 화가 나서 좌중을 돌아보았다.

"저 작자가 뭐라는 거야?"

후안이 당황한 어투로 대답했다.

"형한테 사과를 했어요. 무슨 일 때문이죠?"

3

1533년 6월, 카하마르카

유일한 군주 아타우알파의 안뜰에 묘한 분위기가 감돌았다.

잉카의 의자 바로 앞, 푸른 등심초로 정교하게 짠 돗자리 위에, 여자들이 아타우알파의 식기로 쓰일 그릇을 내려놓았다. 금과 은, 구운 흙으로 만든 그릇들이었다. 이방인들에게 점령되기 전처럼 그릇에는 가장 맛있는 고기와 먼 대양에서 잡아 온 생선이 담겨 있었다. 하지만 그 감미로운 행복을 예고하는 움직임은 침묵 속에 진행되었다.

거기서 몇 발짝 떨어진, 화로에서 멀찍한 벽 그늘에 가브리엘과 아나마야가 나란히 서 있었다. 완전히 마주 선 것도 아니고, 어깨를 나란히 한 것도 아니었다. 둘은 이제 다른 사람들이 볼 때 그런 자세로 있는 것이 익숙했다. 서로를 만지고 싶은 욕망을 억누르며, 꼼짝도 하지 않은 채. 하지만 두 사람이 이런 야릇한 결합에서 떨림을 느끼는 것은 그 무엇도 막을 수 없었다. 아타우알파 궁전 구석구석에 스민 슬픔조차도.

에르난도 피사로가 찰쿠치막에게 주인인 아타우알파와 만날 필요성을 주장하면서 어떤 거짓말로 속였는지 가브리엘은 작은 소리로 이야기했다. 그리고 계속 묘사했다. 금과 은에 대한 에르난도의 집요한 요구 앞에 장군이 보여준 경멸 섞인 무관심을. 에르난도의 고집과 위장된 협박을. 쿠스코에 도착한 모게르와 그의 동료들이 그때껏 그들이 발견한 것보다 훨씬 엄청난 양의 보물을 보냈다는 소문이 퍼졌을 때 일행 모두가 내비치던 흥분을.

"당신이 그들의 광기 어린 눈을 봤어야 해요. 영원한 삶을 약속 받았어도 그보다 더 흥분하지는 않았을 겁니다. 보물이 도착하는 때를 놓칠까봐 밤에 잠들지 않으려고 하는 이들도 있었죠."

"몸값의 방은 이미 거의 찼는데."

아나마야가 나직이 말했다.

"아나마야, 그들에게 필요한 건 방 하나가 아니라 궁전이고, 황금으로 된 도시 전체예요. 그걸로도 성에 차지는 않겠지만……"

"당신 동료들은 이상한 사람들이에요. 그들과 당신이 어떤 점이 같고 또 어떤 점이 다른지 알고 싶어서 줄곧 그들을 쳐다보지만……"

가브리엘은 대답할 말이 없었다. 그는 고개를 기울여 아나마야를 바라보았다. 그녀의 푸른 시선은 대개 바닥을 향해 있었지만, 순간순간 가브리엘의 생기 있는 얼굴에 꽂혔다.

"아타우알파 군주님은 결코 풀려나지 못하실 거예요."

그녀가 중얼거렸다.

"돈 프란시스코가 그에게 약속했어요. 그가 태어난 북부의 키토에서 조용히 통치할 수 있게 해주겠다고."

"그런 일은 없을 거예요."

아나마야가 조용히 고개를 저었다.

"총독님이 약속했다니까요. 모두들 반드시 그의 명령에 따를 겁니다. 우리 일은 전부 그런 식으로 진행되니까. 심지어 돈 프란시스코 총독보다 더 높은 왕도 아타우알파가 당신들의 유일한 군주로 남기를 바라고 있어요……"

가브리엘이 이맛살을 찌푸리며 항변했다.

"당신이 방금 말했잖아요. 황금이 당신들의 유일한 법이라고……"

"그들의 법이죠!"

가브리엘이 당당하게 고쳐 말했다.

"당신이 법을 바꾸게 할 생각이에요?"

가브리엘은 또 한 번 말문이 막혔다. 아나마야는 그의 눈을 뚫어져라 쳐다보았다. 그는 그 강한 시선에, 잔잔한 호수처럼 맑고 순박한 그 아름다움에 빠져 떠돌며 자신의 말에 일관성이 없음을 깨달았다. 말 한마디 하지 않고도, 그녀는 자신의 확신과 진실에 대한 냉혹한 인식을 그에게 전할 수 있었다. 가브리엘은 매번 마음이 동요되어 그 눈싸움에서 빠져 나왔다. 매번 어떤 힘이 느껴지는 듯했다. 이제껏 그 존재를 전혀 의심해보지 않았던 힘이.

그대로 설복당하지 않으려고, 그는 어린애처럼 다시 한번 반박했다.

"그들이 아타우알파에게 해를 입히려고 들면 내가 용납하지 않을 겁니다!"

그가 하도 큰 소리로 말하는 바람에 주위의 여자들이 깜짝 놀랐다. 아나마야가 돌아보자, 새가 날아가듯 하녀들이 흩어졌다. 가브리엘은 얼굴을 붉히며 더 작은 소리로 말했다.

"그가 붙잡힌 뒤로, 총독님이 당신 왕의 목숨을 지키라고 내게 당부했어요. 그날도 사람들이 그를 죽이려는 걸 내가 막았죠."

아나마야는 망토를 여며서 가느다란 목 위로 끌어올렸다.

"당신도 반드시 벌어지게 마련인 일에 맞서서는 싸울 수 없을 거예요……"

그녀가 또다시 입을 다물자, 가브리엘은 자기도 모르게 거칠게 물었다.

"반드시 벌어지게 마련인 일이라니요?"

"시간은 흘러가요. 대항해봤자 아무 소용 없는 필연적인 일이 있는 법이에요. 심지어 당신도, 착한 당신도 어쩔 수 없어요……"

그 다정한 어조에 감동받아 가브리엘은 머리를 숙였다. 그는 방을 나서는 아타우알파를 보지 못했다. 유일한 군주는 최고급 갈색 모직 망토를 두르고, 보물이 박힌 금 투푸로 여미고 있었다.

한 여자가 달려가 군주의 의자에 이르는 몇 미터의 길을 비로 쓸었다. 뒤에서도 아나마야는 인티 팔라의 뚱뚱해진 실루엣을 알아보았다. 아나마야의 파멸을 수없이 원했던 진짜 적이자 거짓 친구. 실제로 한 지붕 아래 살면서도 두 사람은 여러 달 전부터 서로에게 말을 걸지 않았다. 아나마야는 일어나서 속삭이는 목소리로 가브리엘에게 조금 물러나달라고 부탁했다.

그 순간, 고함 소리가 침묵을 갈랐다. 멀디먼 언덕까지 메아리가 울렸다. 차갑도록 뚜렷한 울부짖음, 아니 차라리 포효하는 소리였다. 모든 것이 그대로 굳어버린 듯하더니, 쉰 목소리의 비통한 탄식이 거듭되었다.

"찰쿠치막이에요!"

아나마야가 잉카를 돌아보며 속삭였다.

가브리엘은 몸이 얼어붙는 것을 느꼈다.

그들 앞에서, 아타우알파는 무슨 소리를 들은 기색을 드러내지 않았다. 그가 황금 그릇 하나로 손을 내밀자, 인티 팔라가 몸을 숙여 그릇을 집어 들고 그에게 가까이 가져갔다. 포효하는 소리가 다시 한번 카하마르카의 하늘을 가르는 순간, 잉카는 얇은 라마 고기 한 점을 입으로 가져갔다. 고깃점의 핏물이 입술 위로 조금 흐르다 그의 튜닉에 한 방울 떨어졌다.

더이상 기다리지 않고 잉카의 성스러운 안뜰에 경의를 표하지도 않은 채, 아나마야와 가브리엘은 문으로 달려갔다. 가브리엘은 검을 칼집째로 높이 치켜들고, 궁전 입구를 지키는 스페인 병사들과 잉카 전사들을 밀쳐냈다.

인티 팔라가 고기 그릇을 든 채 아나마야와 가브리엘이 사라진 문 쪽으로 눈길을 돌리는 사이, 아타우알파 역시 그들 쪽으로 살짝 얼굴을 들었다. 그는 옥수수 알갱이를 씹으며 잠시 기다리더니 의자에서 몸을 일으켰다. 그러고는 시간과 공간을 다스리는 사람의 느린 발걸음으로 궁전 안의 어둠 속으로 사라졌다.

*

광장 위, 프란시스코 피사로 총독이 거주지로 삼은 옛 태양신 신전 입구에 사람들이 모여 있었다. 신전을 보호하는 벽토로 만든 울타리 벽에는 여전히 퀴노아가 한 줄로 심어져 있었다. 가브리엘과 아나마야는 말 없는 인디언 무리를 뚫고 지나갔다. 신전 입구에서, 가브리엘은 키다리 그리스인 페드로 데 칸디아의 매부리코와 기다란 윤곽을 발견했다.

"무슨 일이야, 페드로?"

"소토가 황금이 숨겨진 곳을 아는지 공손하게 묻는데, 저자가 대답을 거부하고 있어."

페드로는 가브리엘의 어깨 너머로 아나마야를 발견했다. 그는 회심의 미소를 지었다.

가브리엘이 몇 사람을 밀치고 나아갔다. 그는 스페인 풍으로 다소 가구를 갖춰놓은 방을 가로질러 환한 안뜰에 다다랐다. 곁에 있는 아나마야한테서 작은 비명 소리가 새어 나왔다.

안뜰 한가운데 기둥 하나가 세워져 있고, 그 기둥에 찰쿠치막이 단단히 묶여 있었다. 그의 발치에는 밀짚과 장작더미가 쌓여 있었다. 불이 피워져 있지는 않았지만, 장군의 튜닉이 부분적으로 검게 타서 연기를 내뿜고 장딴지도 꺼멓게 그을려 있었다. 그의 뒤에서 카나리족 인디언들이 횃불을 들고 있었다. 앞에는 통역자 펠리피요 옆에 소토가 서 있었다. 상반신은 건장한데 다리가 너무 짧은 소토 대장은 바닥에 쇠를 붙인 장화로 안뜰의 포석을 짓밟았다. 보통 때는 평온하지만 쉽사리 비웃음을 떠올리던 그의 시선이 분노로 불타고 있었다. 그는 집게손가락으로 찰쿠치막의 가슴을 찌르며 소리쳤다.

"내 말 잘 들어라! 넌 용맹한 장군이고, 소처럼 튼튼한 머리와 돌처럼 단단한 심장을 지녔다. 그런데 일개 대장인 이 몸이 네 황금이 어디 있는지 알고 싶단 말이다! 또한 네 군대가 어디 있는지, 네가 네 부하들에게 내린 명령이 뭔지도 알고 싶다. 그걸 알고 싶다고. 알아내게 될 거다, 그렇지 않으면 널 돼지 새끼처럼 구워버릴 테니까!"

통역자 펠리피요는 마치 함께 불태워지기라도 할까 봐 두려운 듯 짚단 위로 몸을 구부렸다. 그는 눈을 감은 채 찰쿠치막의 귀에 대고 중얼거렸다. 잉카 장군의 얼굴은 여전히 무표정했지만 목의 혈관은 팔딱팔딱 뛰었다.

가브리엘은 안뜰로 나아갔다.

"소토!"

대장이 분노에 찬 눈길로 그를 돌아보았다.

"상관하지 말게."

"총독님이……"

"돈 프란시스코가 이 멍청한 놈을 심문하라고 명령하셨고, 그래서 내가 이놈을 심문하는 거네."

소토가 단호하게 말을 잘랐다. 가브리엘은 그가 거짓말할 사람이 절대로 아니라는 걸 잘 알고 있었다.

그 순간, 찰쿠치막의 입에서 고함이 터져 나와 대기를 울렸다. 아타우알파의 궁전에서 들었던 것과 같은 소리였다. 가브리엘은 그 울부짖음이 어떤 단어를 말한다는 것을 눈치챘지만 그게 무엇인지는 알아듣지 못했다. 그는 아나마야를 돌아보았다. 그곳에 있는 스페인 사람들이 고약한 웃음을 머금은 채 그녀를 살피고 있었다. 그녀는 가브리엘을 보고 있지 않았다. 그녀의 푸른 눈은 찰쿠치막의 얼굴에 고정되어 있었다. 그녀의 입술은 장군의 고함 소리와 같은 리듬으로 달싹거렸다. 중얼거림, 단어. 가브리엘은 그 단어가 무엇인지 알아차렸다.

"인티! 인티!"

잉카 장군은 고통이나 두려움 때문에 소리치는 게 아니었다. 그의 목구멍에서 나오는 것은 산꼭대기에서 울려 퍼지는 나팔 소리처럼 힘찬 부르짖음이었다.

"인티!"

찰쿠치막은 태양신을 부르고 있었다! 한치의 의혹도 없이, 완전한 믿음 속에서 태양신에게 모든 것을 맡기고 있었다. 아나마야와 눈이 마주치자, 장군이 조용한 목소리로 덧붙였다.

"코야 카마켄, 내 주인인 유일한 군주님을 불러주시오."

"그는 내장이 타들어가도 당신에게 아무것도 말하지 않을 겁니다. 당신을 파리만큼도 두려워하지 않아요. 그가 자기 왕을 만나겠다는군요. 오직 왕만이 그의 입을 열 수 있을 겁니다."

격분한 가브리엘이 소토에게 말했다.

소토 대장은 가브리엘의 얼굴을 뚫어지게 바라보며 분노를 폭발시키려 했다. 그런데 그의 눈꺼풀이 흔들렸다. 그러더니 어깨를 으쓱하며 한숨을 쉬고 동의했다.

위압적인 정적이 안뜰에 자리잡았다. 아나마야가 자리를 뜨는 동안, 기다림의 분위기가 허공을 감돌았다. 모두의 시선이 흩어졌지만, 잉카 장군만은 눈도 깜박이지 않았다. 그는 경멸에 찬 도전적인 태도로 소토를 응시했다.

뒤에서 들려오는 소리에, 모인 사람들 모두가 뒤를 돌아보았다. 가브리엘 역시 돌아보았다. 피사로 총독이 안뜰로 들어왔고, 총독 옆에는 아타우알파가 서 있었다. 돈 프란시스코의 시선이 가브리엘을 지나 소토에게로 옮겨 갔다. 총독의 수염 사이로 미소가 번졌다. 그가 잉카를 가리키며 말했다.

"아타우알파 군주가 장군과 이야기하겠다고 하오. 대장은 설득하는데 실패했지만 어쩌면 군주는 성공시킬지도 모르지, 소토……"

가브리엘은 아나마야가 주저하는 것을 느꼈다. 그녀는 찰쿠치막에게 다가가는 잉카를 가서 맞이하고 싶은 것을 애써 참고 있는 듯했다.

장군은 기둥에 묶인 채 주인을 아래위로 훑어보았다. 주인을 다시 만나 그토록 깊은 충성심을 보여준 그가 아타우알파가 다가가는 동안 눈썹 하나 까딱하지 않았다. 애정의 표시도 없었다. 오히려 그의 입은 활처럼 휘며 냉혹한 경멸감을 드러냈다.

아타우알파는 화형대에서 몇 발짝 떨어진 곳에서 멈춰 섰다. 그의 말소리는 작지만 가브리엘이 알아들을 수 있을 만큼 분명했다.

"저들이 그대를 불태워 죽이겠다고 위협하지만, 그걸 믿어서는 안 된다. 저들은 그대에게 해를 끼치지 않을 것이다. 그건 내게 해를 끼치는 것이 될 테니까. 저들은 그렇게 고약하지 않아."

찰쿠치막은 대답이 없었다. 그는 잉카를 뚫어지게 쳐다보더니, 스페인인들은 그림자에 불과하다는 듯 무시하고 무거운 눈길로 아나마야를 바라보았다. 그가 물었다.

"유일한 군주님, 군주님은 아직 아버지 태양신의 의지를 잊지 않으신 겁니까? 군주님은 내일도 모레도 여전히 우리의 잉카이십니까?"

아타우알파는 빰이라도 맞은 듯 부르르 몸을 떨었다. 그러고는 자세를 바로 했다. 잠시 스페인인들은 그의 분노에서 예전의 거만하고도 강인한 모습을 보았다.

"그대가 어떻게 감히 나한테 그 따위 말을 하는가?"

아타우알파가 찰쿠치막에게 분노를 터뜨렸다.

"제가 보기에 군주님은 죽음을 두려워하시는 것 같습니다, 유일한 군주님. 맞습니까?"

군주에게 도전하기로 결심한 장군이 대꾸했다.

"제정신이 아니군, 찰쿠치막. 이방인들 앞에서 입을 다물고 있는 게 낫겠다. 그대는 내가 죽음을 두려워하는 것보다 더 그들의 불을 두려워하고 있다. 그 누구도 인티의 아들에게 손대지 못할 것이다."

"그들은 이미 군주님께 손을 댔습니다."

"쳐다보지 마라. 듣지도 말고."

"왜지요?"

찰쿠치막이 무례하게 물었다.

가브리엘은 아타우알파가 거북해하는 것을 느꼈다. 스페인인들 어느 누구도 "왜지요?"가 무엇에 대해 말하는 것인지 알지 못했지만, 찰쿠치막과 아타우알파는 서로의 말을 완벽하게 알아들었다.

"입을 다물라."

마침내 잉카가 말했다.

"저는 준비가 다 되어 있었는데, 왜 부르지 않으셨습니까? 제가 군주님의 석방을 위해 죽는 것을 왜 거절하셨습니까? 저는 눈물과 애정을 가득 지닌 채 군주님 앞에 왔습니다. 그런데 군주님은 제게 침묵밖에 주지 않으셨습니다. 군주님이 이방인들 앞에서 떨고 계시는 게 보이는군요. 그들은 신전을 약탈하고 황금을 도둑질하는 자들일 뿐입니다. 사방위 제국을 파괴하는 것은 그들이 아니라 아타우알파, 바로 당신의 두려움입니다!"

찰쿠치막은 으르렁거리는 쉰 목소리와 함께 화형대 밀짚에다 침을 뱉었다. 아타우알파는 얼굴을 돌렸다. 그의 두 눈이 눈동자까지 핏빛으로 물드는 듯했다. 아나마야는 고개를 떨어뜨리고 있었다. 가브리엘은 가서 그녀를 품에 안고 싶은 욕망을 주체하지 못해 두 주먹을 불끈 쥐었다. 그렇게 하면 좋은 결과보다 나쁜 결과를 더 많이 낳게 되리라는 걸 그는 알고 있었다.

소토의 신호에 따라 카나리족 인디언들이 어느새 밀짚에 다가가 횃불을 올려놓았다. 밀짚이 작은 불꽃으로 환히 타올랐다.

안뜰을 엄습한 갑작스러운 침묵 속에서, 아나마야는 불길이 타오르는 소리를 듣고 고개를 들었다. 비명을 지르려는 듯 입이 벌어져 있었다. 가브리엘이 채 움직이기도 전에 총독의 손이 그의 팔을 꽉 쥐었다.

"걱정하지 말게. 잉카 말이 맞아. 이건 그저 장난일 뿐이네……"

돈 프란시스코가 중얼거렸다.

밀짚의 불꽃이 탁탁 튀는 소리를 내며 죽은 나무에 불을 붙였다. 짙고 자극적인 연기가 입을 반쯤 벌린 채 앞을 똑바로 쳐다보고 있는 찰쿠치막 주위로 너울거렸다.

아타우알파가 다시 장군을 마주 보았다. 그는 화형대 전체로 번지는 불길을 차분하게 응시했다. 불길은 거세어지고, 장작은 삐걱 소리를 냈다. 아나마야는 손마디가 하얘지도록 두 주먹을 꼭 쥐었다. 불꽃의 열기가 가브리엘의 얼굴에 닿았다. 그때 찰쿠치막이 아타우알파를 향해 얼굴을 돌리고 다시 한번 분노의 고함을 질렀다.

"이 군주를 내 눈앞에서 사라지게 해주시오! 그를 내보내시오! 내게서 멀리…… 말하겠소, 그러니 들으시오!"

그가 말을 끝내자마자 펠리피요가 큰 소리로 통역을 했다.

"그가 말하는 대로 해주고 불을 꺼라."

돈 프란시스코가 차분한 목소리로 명령했다.

카나리족 인디언들이 화형대 위로 물단지를 내던지는 동안, 병사들이 아타우알파를 조용히 안뜰 밖으로 밀어냈다. 그는 뒤도 돌아보지 않고 안뜰을 떠났다.

불은 고약한 냄새가 나는 하얀 연기로 변했다. 아나마야의 푸른 눈길이 드디어 가브리엘에게 이르렀다. 코야 카마켄의 아름다운 얼굴은 침착하면서도 슬퍼 보였다. 가브리엘은 그녀의 눈을 마주 바라볼 수 없어 고개를 돌렸다. 그는 눈앞에 보이는 것도 떠오르는 생각도 견딜 수가 없었다.

재로 덮여 시커메진 찰쿠치막에게선 숨소리밖에 들리지 않았다. 사람들이 그의 포승을 풀어주었다. 발부터 무릎까지 그의 살은 피가 배어 나오는 딱딱해진 누더기 조각 같았고, 손과 팔에는 물집이 잡혀 있었다. 몸을 누일 돗자리를 내밀어도, 늙은 전사는 거절했다. 그는 화형대에서 몇 발짝 떨어진 곳으로 옮겨졌다. 거기서 그는 카나리족들을 팔꿈치로 밀쳐냈다. 그리고 가슴을 들썩이는 가쁜 숨 말고는 그 어떤 고통도 드러내지 않은 채 그대로 서서 총독이 다가오기를 기다렸다.

소토는 미친 사람을 쳐다보듯 고개를 절레절레 흔들었다.

굴복할 줄 모르는 장군에게서 복수심에 찬 말이 모욕처럼 솟구쳐 나왔다.

그렇다, 쿠스코에는 황금이 많다. 그렇다, 그곳에는 보물이 많다. 아타우알파가 아버지인 잉카 우아이나 카팍의 재산에 손대지 못하게 한 것은 그가 모든 지배자 중에서 가장 강력하고 부유하기 때문이다. 그는 이 세상에서는 죽었지만 다른 세상에서는 살아 있다. 그는 마시고, 먹고, 그의 신전에는 황금이 넘쳐흐른다……

하지만 또다른 게 있었다. 찰쿠치막은 유일한 군주의 요구에 따라 군대를 대동하고 네 번이나 카하마르카 가까이 왔었다. 잉카는 네 번이나 마지막 순간에 물러섰다. 네 번이나 공격 명령을 내리지 않았고, 찰쿠치막, 그는 분노를 가슴에 안고 물러나야 했다.

가브리엘은 아나마야가 안뜰을 떠나는 것을 미처 깨닫지 못했다. 화형대의 연기가 눈을 찌르고, 공기 속으로 굴욕의 냄새와 불에 그을린 살 냄새를 퍼뜨렸다.

찰쿠치막은 총독과 소토가 듣고 싶어하는 말을 하고 또 했다. 하지만 그것은 복수의 말이었고, 그 말에 단 한 조각의 진실이라도 들어 있는지는 아무도 알지 못했다.

✲

대장간 화덕이 카하마르카의 밤을 환히 밝혔다. 전리품을 분배하는 일이 밤낮으로 이어졌다. 궁전 한복판에 있는 몸값의 방에 쌓인 황금이 잉카가 그어놓은 선을 넘어서자, 짐은 곧장 이곳 대장간으로 왔다. 화덕은 붉은빛을 띠었고, 황금은 흘러 개울이 되고 찬란하고 신비한 액체가 되었다. 그리고 다시 차가워져서 환희의 벽돌이 되고 분동이 되었다. 황금이 쌓였다. 조개탄 바구니와 자루에 빽빽이 쌓였다.

처음에는 스페인인들 모두가 거기에 있었다. 화덕의 달아오른 불처럼 벌게진 얼굴로 풀무에 맞춰 뺨을 부풀리기도 하면서. 심지어 행복의 조개탄을 성급히 만지려다가 손가락에 화상을 입기도 했다! 플라테로들이 주철 국자로 퍼 붓는 황금 수프에 눈을 고정시키면 모든 것이 지워졌다. 나쁜 기억, 두려움, 질병, 증오, 우정, 그 모든 것이. 하지만 황금이 흐르고 또 흐르자, 그것은 결국 해가 뜨는 것만큼이나 일상적인 일이 되어버렸다.

이제 스페인 병사들은 엉덩이든 불알이든 둘 중 하나를 태울 수밖에 없다는 핑계로 그곳의 보초로 지명되는 것에 얼굴을 찌푸렸다. 하지만 밤이고 낮이고 옥수수 이삭, 라마, 물병, 목걸이, 귀마개, 우상이나 단순한 판 같은 매우 놀라운 황금 물건들이 녹는 동안, 인디언은 어느 누구도, 가장 충직한 인디언조차 그곳에 접근할 수 없었다.

세바스티안은 대장간 화덕 앞에 방금 내려놓은 잡다한 황금더미를 주시하고 있었다. 언제나 그렇듯이 단지와 식기가 있었고, 정교하게 만들어진 분수 수반과 통, 의자, 황금 조약돌까지 있었다. 그 모든 보물이 달빛과 불꽃 속에서 붉은빛으로 그의 얼굴에 반사되었다.

가브리엘이 세바스티안 옆에서 투덜거렸다.

"어떤 날 밤은, 전리품을 빼앗겨서 아무것도 없는 게 만족스럽기도 해. 내 가장 귀한 보물은 여전히 내 말이지!"

"흠! 진짜 보물은 보물이지. 오늘 시세로 금화 삼천 페소니까!"

"멋대로 상상하지 마. 내 말은 파는 게 아냐."

"감상적인 체하지 마. 말한테 아직 이름도 안 지어줬으면서……"

가브리엘은 잠시 생각에 잠겼다.

"그럴 마음이 없는 건 아닌데, 왠지 모르게 그렇게 안 돼. 어떤 이름도 내 말에 어울리는 것 같지 않거든. 그건 내 말이고, 내겐 그걸로 충분해……"

세바스티안이 고개를 끄덕였다.

"나야 말 한 마리만 가질 수 있다면 원이 없을 텐데. 에르난도가 반대를 하니……"

"그 나쁜 놈!"

증오하는 이름을 듣자, 가브리엘의 입에서 침과 함께 고함이 튀어나왔다.

"자넨 화라도 낼 수 있지, 친구. 우리끼리니까 하는 얘긴데, 지난번 자네가 그자의 목을 간질였을 때 정말 기뻤어…… 그렇다 해도 내 조건은 바뀌지 않아. 난 노예고, 계속 가난해야 하니까."

"자넨 여기저기서 녹다 남은 찌꺼기를 얻어 모으면 되지……"

세바스티안이 온몸이 흔들리도록 소리 없이 웃었다. 그는 엄지손가락으로 대장간 사람들을 가리켰다.

"저들이 찌꺼기를 남기는지 좀 봐."

"기다려봐. 자네에게 나누어 줄 마음씨 좋은 사람을 만나게 될 거야. 그 불행의 황금 말이야!"

"저런! 여기, 이 정신 나간 세상에 내 친구가 둘 있긴 하지. 자네하고 페드로 말이야. 그런데 자넨 전리품에 대한 권리도 없고 게다가 황금을 좋아하지도 않는 유일한 콩키스타도르가 분명하니! 인디언 여자의 푸른 눈만 좋아하는 진짜 미치광이야!"

가브리엘은 화난 투로 동료를 아래위로 훑어보았지만, 세바스티안한테서는 애정과 즐거움과 감탄밖에 보이지 않았다. 이번에는 가브리엘이 슬며시 웃었다.

"페드로는 황금만큼이나 자네도 좋아해."

"슬픈 일이지만 페드로도 자네보다 나을 게 없어! 그는 절대로 부자가 되지 못할 거야!"

가브리엘은 여전히 미소를 머금고 한숨을 쉬었다.

"세바스티안, 어쩌면 우리 중에서 자네가 가장 부자가 될지 누가 알아?"

키 큰 흑인은 옆구리를 짚으며 웃음을 터뜨렸다.

"말도 없이? 검도 없이?"

"검은 갖게 될 거야. 무슨 일에나 때가 있고, 그에 마땅한 대가를 치러야 하는 법이지. 그것도 다른 일처럼……"

가브리엘은 두 인디언을 바짝 에워싸고 있는 몇몇 스페인 사람들을 쳐다보느라 말을 멈추었다. 인디언들은 커다란 인형만 한 황금 우상을 들고 있었다. 그 뒤에서 몇몇 측근에게 둘러싸인 돈 디에고 데 알마그로가 입을 비죽거렸다.

"돈 디에고는 이 모든 황금이 코앞에서 사라지는 걸 오래 두고 보지 못할 거야. 여기 도착한 뒤로 맛이 약간 간 것 같아!"

세바스티안이 중얼거렸다.

인디언들은 마치 연약한 어린애라도 되는 양 황금 우상을 조심스럽게 바닥에 내려놓았다.

"규칙은 이미 오래전에 정해졌어. 그 규칙에 따라 카하마르카의 황금은 대전투와 잉카를 사로잡는 데 동참했던 사람들에게만 돌아가는 거지!"

가브리엘이 아주 낮은 소리로 대답했다.

"규칙이란 바뀌라고 있는 거야. 가장 강하기만 하면 돼."

"무슨 말이야?"

"돈 디에고가 자기 수프 맛을 더 좋게 만들기까지 오래 걸리지 않을 거란 말이지."

"그가 총독님하고 전쟁이라도 벌일 거라는 거야?"

세바스티안이 어깨를 으쓱했다.

"그들은 모두 황금 때문에 여기 있어. 모두들 황금을 가져야만 할 거야."

가브리엘은 저기, 황금 우상 앞에서 흥분하고 있는 알마그로를 바라보았다. 그는 웅크리고 앉아 우상을 어루만지며 웃었다. 그의 하나뿐인 눈에는 불꽃이 가득했다.

"자네가 저 사람을 죽음에서 구해줬다는 게 사실이야?"

가브리엘이 턱짓으로 돈 디에고를 가리키며 물었다.

"오래된 일이야. 지금까지 그 일은 내게 권리보다는 의무를 더 많이 안겨줬지."

"그가 자네를 부자로 만들어줄 수 있을 거야."

세바스티안이 웃음을 터뜨렸다.

"아니, 나를 자유롭게 해줄 수는 있겠지! 난 그의 소유니까. 그는 단지 나를 총독 일행에게 빌려주었을 뿐이야. 그가 가지고 있는 황금, 그게 바로 내 자유야!"

✲

고함 소리와 싸우는 소리로 시끄러운 어두운 길을 걸으며 가브리엘은 생각했다. 단지 살아남는 일과 신을 경외하는 일에만 몰두하는 사람들이 이 도시에서 살았던 시절이 있었음을. 하지만 지금 여기에는 열에 들떠서 불길한 새처럼 황금과 영광을 탐하는 우리가 있었다! 이따금 길모퉁이에서는, 쉰 명의 기병 중 야간 보초를 서는 한 사람의 횃불이 반짝였다. 마지막으로 도착한 알마그로 휘하의 사람들이 가장 공격적이었다. 제일 가난하기 때문이었다. 돈도 없고, 여자도 없고, 마실 것도 거의 없었다.

"곧, 곧 있으면, 두고 보세요……"

금괴를 가지고 마늘 값을 치르는 카하마르카 사람들은 그들에게 이렇게 말했다.

광장에 이르자, 가브리엘은 총독의 궁전으로 가는 길로 접어들었다. 건너편에 건축중인 교회 뒤의 가장 커다란 건물 앞에 사람들이 모여 있는 것이 보였다. 인디언들이 칼란카라고 부르는 그 건물은 에르난도의 거처였다. 그날 저녁 그곳에서는 찰쿠치막이 쉬고 있었다. 팔과 발이 불타고 신경은 살아 있는 채로.

몇몇 병사들이 수군거리는 인디언 군중 앞에서 긴장된 얼굴로 침착하게 입구를 지켰다. 설사 군중들 눈에서 검은 광채가 뿜어져 나온다 해도 포착하기가 쉽지 않았다.

누군가의 손이 가브리엘의 어깨를 잡았다. 가브리엘은 소스라치게 놀라며 재빨리 검의 손잡이에 손을 갖다 댔다.

"겁내지 마세요……"

"아나마야!"

가브리엘의 놀란 모습에 둘은 함께 웃었다. 흰 아나코 차림의 그녀는 흡사 땅에 떨어진 별처럼 눈이 부셨다. 자주색 허리띠가 그녀의 허리를 조이고 있었다. 그녀는 그의 몸에 닿을 듯 가까이 있었다.

"저들이 뭘 기다리는 거죠?"

가브리엘이 인디언들을 가리키며 물었다.

"찰쿠치막을 섬기고 싶어하는 거예요."

"왜요?"

그녀는 그를 돌아보았다. 무표정한 얼굴이지만 그녀의 목소리에는 다정함이 담겨 있었다.

"그들은 잉카를 잃었지만 주인이 필요하니까요."

"잉카는 여전히 살아 있는데……"

"그의 아버지 태양신은 더이상 그를 위해 떠오르지 않아요."

"그럼 저자를 위해 해가 떴다는 얘기인가요?"

가브리엘은 궁전 문 쪽을 가리키며 물었다.

"아뇨. 난 다만 그들에게 섬기고자 하는 욕망이 있다는 걸 말하는 것뿐이에요."

"잉카가 아니라면 누구를 섬긴다는 말이죠?"

아나마야는 대답하지 않았다. 그녀는 언덕과 달, 산, 만년설을 망연히 바라보았다. 그러고는 다시 가브리엘에게 눈길을 돌리며 살며시 그에게 몸을 기댔다.

"이리 와요."

그녀가 속삭였다.

인디언들의 슬픔에도, 스페인인들의 도취에도 관심을 두지 않고, 두 사람은 광장 벽을 따라 잉카의 목욕탕 도로에 이르렀다. 바로 그 길을 통해 지난가을 아타우알파의 화려한 행렬이 도착했고, 단 하루 만에 그의 영광과 파멸을 경험한 것이다. 그날 저녁 두 사람이 도망쳐서 자신들의 운명을 발견한 것도 바로 그 길을 통해서였다.

둘이 어둠 속으로 들어가자, 둘의 속삭임과 물의 속삭임이 한데 뒤섞였다. 두 사람은 곧 밤과 하나가 되었다.

4

1533년 7월 25일 새벽, 카하마르카

동이 터오는 푸르스름한 빛 속에서, 가브리엘은 아툰마요 강이 내려다보이는 돌길을 따라 말을 달렸다. 울창한 나무숲이 아침 바람을 막아주는 가운데 멀리서 언덕 꼭대기가 드러났다. 떠오르는 태양의 창백한 황금빛으로 줄무늬가 그어져 있었다. 좋은 날씨였다. 밤의 습기가 나뭇잎 위에서 방울방울 사라졌다.

카하마르카 위로 올라갈수록 그의 가슴은 더욱 가뿐해졌다. 바람이 주는 환각, 미풍이 주는 취기…… 줄곧 말을 내달리면서, 콩키스타도르 집단을 끊임없이 휘감는 긴장감에서 비로소 벗어난 듯했다.

총독의 형제 에르난도는 몇몇 귀족을 대동하고 다시 스페인으로 떠났다. 그는 카하마르카의 승리라는 희소식을 스페인에 전할 터였다. 왕에게 바치는 조세, 황금을 가득 실은 배 한 척을 증거물로 가지고.

가브리엘은 그의 출발을 미처 즐거워할 겨를이 없었다. 비열하고 추잡한 행위로 말하자면 총독의 젊은 두 동생도 에르난도 못지않았던 것이다. 도시에는 '가진 자'와 '못 가진 자' 사이에 팽팽한 긴장감이 감돌았다. 황금, 늘 황금이었다…… 가지면 가질수록 욕심은 더욱 커졌다. 이미 부자인 자들은 더 많이 원했고, 찌꺼기밖에 움켜쥐지 못한 자들은 황금을 차지하기 위해 살인이라도 저지를 기세였다. 사람들은 파나마의 두 친구, 알마그로와 돈 프란시스코 사이의 갈등이 극에 달했다고들 수군댔다.

그리고 새로운 소문이 사람들의 신경을 곤두서게 했다. 에르난도 피사로의 궁전에 감금 당한 찰쿠치막이 비밀리에 지휘하는 인디언들이 도시 주변 산속에서 군대를 다시 모으고 있다는 것이었다. 통역자 펠리피요의 주장대로라면, 잉카 군사의 수가 너무 많아 보다 쉽게 생필품을 확보하려고 장군들이 군대를 서너 개의 분대로 나눌 정도라고 했다.

찰쿠치막은 또다시 심문을 받았다. 하지만 이번에는 끝까지 침묵을 지켰다. 돈 프란시스코는 사실 확인을 위해 분견대와 함께 소토를 카하스의 도로로 보냈다. 선두 부대의 흔적과 아직 개시되지 않은 공격 준비를 밝혀내기 위해, 기병들은 날마다 도시 주변의 길을 사방으로 돌아다녔다.

다시금 두려움이 서서히 은밀하게 자리를 잡았다. 그것은 지난 가을 잉카 제국의 힘을 발견했을 때의 끔찍한 두려움도 아니요, 전투 날 밤 한 사람이 수백 명과 싸워야 한다는 걸 알았을 때 느낀 갑작스러운 공포도 아니었다. 창자를 휘어잡고 놓아주지 않는 막연한 두려움이었다. 그것은 밤에는 약해졌다가 다시 찾아왔고, 바람결에 혹은 덤불숲에서 발을 구르는 동물의 발소리에 숨겨져 있었다……

그때 말이 달리는 소리에 놀라, 안장에 앉아 있던 가브리엘은 재빨리 뒤를 돌아보았다.

"돈 가브리엘! 돈 가브리엘!"

가브리엘은 꽉 끼는 짙은 초록색 벨벳 윗옷과, 은장식이 박힌 고삐를 매단 흰 바탕에 검은 무늬가 있는 말을 알아보았다. 멋쟁이 페드로 카타뇨는 가브리엘이 자신과의 동행을 기꺼이 받아들이는 몇 안 되는 스페인 사람이었다. 둘은 동갑내기였고, 대학 벤치에서 만났을 수도 있는 사이였다. 카타뇨는 그 모험가들 중에서 읽고 쓸 줄 아는 소수의 사람 중 하나였다. 게다가 그는 마치 자신의 이야기에 푹 빠져 있기라도 한 듯 글을 쓰는 데 많은 시간을 보냈다. 또한 11월 전투 때 가장 훌륭하고도 품위 있게 행동했고 결코 잉카를 모욕하지 않으려 했던 사람 중 하나였다. 그런 태도와 윤기 없는 안색, 인디언으로 착각할 만큼 툭 튀어나온 광대뼈 때문에 그에게는 '인디오'라는 별명이 붙었다.

"이봐, 카타뇨! 왜 그렇게 달리는 거야? 나쁜 소식인가?"

카타뇨는 미소를 머금고 고개를 저으며 가쁜 숨을 내쉬었다.

"아니! 자네가 나가는 걸 보고 따라가고 싶어서."

"내게 동행이 필요할지는 확신할 수 없는 일인데."

"가브리엘, 위험하게 언덕을 혼자 돌아다니지 말라는 명령이 있었던 걸로 아는데……"

"아, 명령!"

가브리엘이 체념 섞인 한숨을 내쉬며 투덜거렸다.

두 사람은 보통 속도로 첫번째 꼭대기에 다다랐다. 그들 아래로 강이 고요히 흘러갔다. 날은 완전히 밝았고, 미풍 때문에 열기는 올라오지 못했다. 도끼와 투석기로 무장한 수천의 사람들이 이 장관 속에 숨어 있다는 게 믿어지지 않았다.

카타뇨는 가브리엘이 있는 곳까지 말을 몰아왔다. 두 사람은 어깨를 나란히 한 채 지붕에서 연기를 내뿜는 도시의 아름다움에 감탄했다.

이윽고 가브리엘이 이를 갈듯 말했다.

"그 무슨 당찮은 소문인지! 내게 황금은 없지만 모든 황금을 걸고 내기하지. 사방 수십 킬로미터 안에 잉카 전사는 한 사람도 없어!"

카타뇨가 웃었다.

"거참 싼값에 내기를 하시네!"

"사람들이 우리한테 실없는 소리를 하는 거야, 카타뇨! 그리고 그 이유라면 우리가 알고 있잖아?"

카타뇨는 조심스럽게 입을 비죽거렸다. 그는 매우 신중하면서도 한편으로는 거의 한계를 느낄 수 없을 만큼 담대한 면이 있었다. 때로 그의 말은 단도직입적이었다.

"알마그로의 사람들이 잉카 아타우알파를 제거하고 싶어한다는 얘긴가? 왕의 명령을 어기면서까지 쿠스코에 가서, 서둘러 그들의 황금을 녹이고 싶어한다는 거야?"

"아타우알파의 몸값은 채워졌어. 채워진 정도가 아니라 초과되었지. 새로 온 사람들과 선두에 선 알마그로는 더이상 기다리는 걸 못 참아. 찰쿠치막의 병사들이 아직 살아 있는 아타우알파를 구하기 위해 공격할 위험이 있다는 얘기는 그들의 신경을 자극하는 일이지. 그리고 실제로 우리가 여기서 묻힐 수는 없는 노릇이고…… 자네 생각은 안 그래?"

가브리엘의 말에 카타뇨는 주저 없이 말했다.

"돈 프란시스코가 그렇게 되도록 내버려두지 않을 거야. 그러니까 내 말은 잉카를 죽이는 문제 말이야."

가브리엘은 밤색 말의 목을 다정하게 쓰다듬었다. 그는 사람들이 총독의 공정성을 언급할 때면, 이제는 찰쿠치막의 화형대 옆에서 들이마셨던 불에 타는 살 냄새가 콧구멍 안에서 맴도는 듯했다.

"물론 그러기를 바라야겠지."

"총독님이 이런 위협을 아시기나 할까?"

"돈 프란시스코는 모든 것을 다 알고 이해해. 여기 있는 누구보다도 상황을 잘 파악하고 있지. 그가 알마그로에게 다소 속임수를 썼다는 건 누구나 알고 있어. 두 사람은 함께 이 모험을 시작해, 십 년이라는 세월을 바람과 조수에 맞서 싸워온 동지였지. 그런데 지금에 와서 한 사람은 부자요 총독인데, 다른 한 사람은 그 모험에 전 재산을 잃었고 아직도 일개 대장에 불과하지!"

가브리엘의 말이 공중에 울려 퍼지는 사이, 그들은 다시 조용히 평원의 장관에 넋을 놓았다. 그러더니 카타뇨가 피로 어린 미소와 함께 고개를 끄덕였다.

"총독의 형제들이 왜 그렇게 자네를 미워하는지 이제야 알겠군, 돈 가브리엘. 지금까지 난 돈 프란시스코와 자네가 가까운 것을 질투해서 그러는 줄로만 알았어. 이제 보니 자네는 너무 날카로운 눈을 가졌어. 자네는 아무것도 용서받지 못할 거야……"

가브리엘은 부드럽게 웃으며 그를 쳐다보았다.

"이제 자네 눈도 날카로워질 수 있는지 없는지 판단하는 건 자네 몫이야, 카타뇨. 지나치게 눈이 좋으면 불쾌감을 살 수도 있다는 건 모르지 않겠지."

카타뇨는 대답 없이 그를 바라보았다. 하지만 그 말을 인정하는 듯 다정하게 반쯤 웃는 얼굴은 그의 마음이 이미 정해졌음을 말해주었다.

간단히 인사를 한 뒤, 가브리엘은 도시를 향해 박차를 가했다.

*

아나마야는 밀짚 샌들을 신다가, 가는 가죽끈에서 다리가 털로 빛나는 예쁘고 통통한 거미 한 마리를 발견했다. 처음에는 질색했지만, 거미가 자신의 맨다리를 기어올라오도록 내버려두었다. 거미는 무릎께에서 멈칫거리다가 도로 내려가 포석 위를 재빨리 기어갔다. 그러고는 그림자처럼 잽싸게 돗자리 밑으로 사라졌다.

그녀는 잠시 움직이지 않고 그대로 있었다. 그녀는 더이상 예전처럼 아침을 좋아하지 않았다. 궁전의 칸차를 짓누르는 무거운 침묵과 거짓말들로 마음이 어두워졌다. 그러다가 어떤 예감에 당혹스러워하다 땀에 젖어 깨어나기 일쑤였다. 잉카 아타우알파에게는 죽어가는 하인들, 도망치는 하인들, 차츰 악화되는 상황을 감추고 있었다. 잉카 주변으로 점점 더 작게, 보이지 않는 원이 그려졌다. 그 원 안에서 그는 여전히 절대 주인으로 군림했다. 그 너머에는 혼돈과 무능력과 혼란이 있을 뿐이었다.

가브리엘의 사랑이 아무런 확신을 가져다주지 못하고, 오히려 더 큰 불안감을 안겨주는 기이한 나날이었다.

"뭘 그렇게 생각하세요, 아나마야?"

인구일은 비스카차처럼 방 안으로 스르르 미끄러져 들어오는 습관을 쉬이 버리지 못했다. 그렇게 해서 그녀는 살아남았고, 또 그렇게 온 궁전을 돌아다녔다. 무질서가 판치는 가운데, 기적처럼 홀연히 나타난 그 하녀에 대해서는 아무도 의문을 제기하지 않았다. 누구의 일손이든 필요했으므로.

"잠을 깨려고 애쓰는 중이야."

"뭘 좀 말씀드려도 될까요?"

아나마야는 진지한 아이 같은 인구일에게 엄마가 된 느낌이었다.

"인티 팔라에 대한 소문을 들으셨지요?……"

"난 인티 팔라한테 관심 없어."

그러면서도 아나마야의 목소리에는 절로 분노가 어렸다. 그토록 아름다운 공주였던 그녀의 증오, 그 기억이 지워지지 않았다. 인구일은 놀라서 아나마야를 똑바로 쳐다보았다.

"미안하구나. 그래 무슨 소문인데?"

아나마야는 인구일의 손을 잡으며 좀더 부드럽게 말했다.

"인티 팔라가 스페인 사람들을 섬기며 통역해주는 자에게 유혹당했대요."

"펠리피요 말이야?"

인구일은 고개를 끄덕였다.

"인티 팔라가…… 펠리피요의 이불 속에도 들어갈까?"

"그거 모르고 계셨어요?"

아나마야는 경멸이 담긴 몸짓으로 어깨를 으쓱했다.

"그럴 리가. 인티 팔라는 아타우알파의 여자야! 어떻게 감히?"

인구일은 확신에 찬 태도로 아나마야의 손목을 꽉 쥐었다.

"정말이에요! 제가 봤어요. 간밤에 잠이 오지 않아서 칸차에 갔다가 신전 안으로 숨게 되었죠. 그런데 그들이……"

"그들이?……"

"펠리피요가 인티 팔라의 몸을 더듬었고 그녀는 행복해했어요……"

음흉한 공주에 대한 오랜 혐오의 찌꺼기가 아나마야의 마음속에서 다시 일었다. 그녀는 더 굳은 목소리로 물었다.

"그들도 널 봤어?"

"그런 것 같지는 않아요."

"내가 조심하라고 했잖아, 인구일!"

"코야 카마켄! 그들이 아타우알파 군주님의 이름을 말하는 걸 들었어요. 그래서 말씀드리러 온 거예요!"

"그래…… 고맙구나. 항상 조심해야 한다는 걸 잊지 마. 이제 가봐."

인구일은 잠시 아나마야를 쳐다보다가 마지못해 물러났다.

혼자 남겨진 아나마야는 손끝 하나 움직이지 않았다. 그녀는 허리에서부터 고통이 올라오는 것을 느꼈다. 수치심, 두려움, 환멸이 그녀의 몸 안에 독을 퍼뜨렸다. 그녀는 여러 달, 여러 해 전부터 자주 그랬던 것처럼, 잉카에게 달려가 말하고 위험을 예고해야 했다. 하지만 지금은 혼자 있고 싶은 욕구와 고통밖에 느껴지지 않았다.

✲

"멍청이! 얼간이!"

안뜰 입구 너머로 욕설이 들려왔다. 가브리엘은 말에서 내려, 칸차 앞을 늘 어슬렁거리는 인디언들 중 하나에게 고삐를 건네고 안뜰로 들어갔다. 스페인 사람 하나가 검의 둥그스름한 끝으로 한 인디언의 머리와 귀와 목을 세차게 후려치고 있었다. 인디언은 피를 흘리며 비명을 질렀다.

"무슨 일이오?"

가브리엘이 물었다.

스페인 사람이 뒤를 돌아보았다. 아직 앳돼 보이는 통통한 얼굴이 헝클어진 구불구불한 갈색 머리털에 감싸여 있어 흡사 아기 천사처럼 보였다. 가브리엘은 그 뒷모습에서 총독의 막내동생 곤살로 피사로임을 대번에 알아보지 못했다. 카하마르카에 있는 사람들 중 가장 아름다운 남자. 악마의 영혼이 뒤집어쓴 가면에 불과한 아름다움.

곤살로는 짐짓 상냥한 웃음을 지으며, 발치에 손도끼가 놓여 있는 탁자를 검 끝으로 가리켰다.

"이 짐승 같은 놈한테 대단한 값을 치르며 만든 탁자에 대한 책임을 묻고 있소. 탁자 말이오, 알겠소? 성가대석이나 정교한 강단이 아니라 탁자. 달랑 그뿐이라고!"

곤살로가 탁자에 기대자 탁자가 살짝 흔들렸다.

"그런데요?"

가브리엘이 곤살로만큼 자연스러운 미소를 지으려고 애쓰며 물었다.

"그런데 탁자가 흔들린단 말이지."

가브리엘이 탁자 반대편으로 다가가 손을 대보았다.

"안 흔들리는데."

그가 조용히 말했다.

"흔들린다니까."

가브리엘은 손도끼를 주워서 인디언에게 건네주었다. 인디언의 두 눈은 겁에 질려 있었다.

"받아. 겁내지 말고."

가브리엘이 케추아어로 말했다.

인디언은 주저하다가 곤살로를 향해 겁먹은 시선을 던지면서 멈칫

멈칫 연장을 잡았다.

"내가 보기에는 흔들리지 않는데 뭘. 설사 흔들린다 해도 당신 형인 총독님은 불쌍한 녀석의 목숨과 맞바꿀 일은 아니라고 하실 거요."

가브리엘이 곤살로에게 익살스럽게 말했다.

곤살로는 검의 손잡이를 움켜쥐었다. 총독이라는 말을 듣고 그는 생각에 잠겼다.

이윽고 그가 입을 열었다.

"조심해."

"저런, 난 낮이고 밤이고 경계하는걸."

가브리엘이 또 농담을 던졌다.

조롱당하자 곤살로의 광대뼈가 붉어졌다. 그가 씩씩거렸다.

"넌 우리 형 에르난도의 손에든 내 손에든 반드시 죽게 될 거야."

"알았어, 곤살로. 붉은 깃털 장식을 단 네 형이 그리운걸. 그리고 난 네 형만큼이나 네가 무서워. 내가 부들부들 떠는 거 안 보여?"

가브리엘은 발길을 돌려 안뜰을 나오며, 손끝 하나 꼼짝하지 않고 그의 말을 붙잡고 있던 인디언에게 과일 하나를 슬쩍 건네주었다.

곤살로는 두 눈을 바닥에 내리꽂고 있는 인디언 장인에게 주먹질을 했다.

"다시 만들어, 이 원숭이 같은 놈! 흔들리지 않게."

그는 이렇게 소리치고는 가브리엘이 사라진 출구 쪽으로 돌아서서 꽉 쥔 주먹으로 출구를 가리켰다.

"조심해."

그는 장난삼아 되뇌었다. 그리고 미소 지었다.

✲

유일한 군주는 왕의 자리인 티아나에 앉아 눈을 감고 있었다. 그의 얼굴은 이미 미라가 된 듯 미동도 없이 무표정했다. 그가 눈을 떴다. 동공이 홍채의 불그스름한 호수 한가운데에 고립된 작고 검은 점 같았다.

아나마야는 침묵을 지켰다. 아타우알파에 대한 분노보다 더 강하게, 슬픔과 고통보다 더 강하게 그녀는 옛 감정에 휩싸였다.

애정.

갑자기 그 감정을 눈치채기라도 한 듯, 유일한 군주가 놀라운 움직임을 보였다. 의자에서부터 야생 라마 가죽과 라마 털 이불이 덮인 바닥으로 미끄러지듯 내려온 그는 아나마야를 향해 손을 내밀었다. 숨소리와 뒤섞인 중얼거림이 겨우 들려왔다.

"코야 카마켄!"

그녀는 무릎을 꿇은 채 다가가, 태양신의 아들의 손바닥 위에 자기 손바닥을 올려놓았다.

그의 온몸이 떨렸다. 입술, 손, 가슴, 그의 모든 것이 이루 말할 수 없는 진동으로 떨리고 있었다. 이를 부딪칠 정도로 떨었다. 어머니인 땅의 신 파차 마마의 태내가 움직일 때면 수없이 다듬어진 다양한 각도의 돌들이 신전 안에서 흔들리듯이.

잉카는 두 팔로 아나마야를 세게 끌어안았다. 그의 아버지 우아이나 카팍이 죽기 전에 밤새도록 그녀의 손을 움켜잡았던 것처럼 그녀에게 달라붙었다. 그녀가 혜성의 안내를 받아 그에게 영광과 승리의 운명을 알려주었던 그 옛날에 그랬던 것처럼 그녀를 가슴에 안았다.

안뜰 포석에 장화 부딪치는 소리가 났다. 방문턱에 이른 돈 프란시스코 피사로 총독의 눈에 그렇게 끌어안고 있는 두 사람이 들어왔다.

✲

피사로 총독은 당황하여 문턱에서 멈칫거렸다. 그의 뒤를 따르던 펠리피요의 교활한 시선이 눈앞의 광경을 보고 깜짝 놀랐다. 총독은 잠시 기다리다가 아무 일도 없는 듯이 부드럽고 공손하게 말했다.

"아타우알파 군주님!"

잉카가 팔을 풀었다. 아나마야는 서두르지 않고 몸을 일으켰다. 그녀는 티아나에 다시 앉은 아타우알파 뒤로 가서 자리를 잡았다. 그녀는 펠리피요를 뚫어지게 응시했다. 통역자는 거북한 듯 그녀의 눈길을 외면했다. 그녀가 인구일의 말을 떠올리고 있을 때, 총독의 입에서 나온 세 마디가 그녀의 주의를 온통 사로잡았다.

"군주님은 이제 자유입니다!"

그녀는 자신의 귀를 의심했다.

총독은 아타우알파의 얼굴을 강렬한 눈빛으로 바라보며 다시 말했다.

"군주님은 자유입니다. 그런데 저는 군주님을 이해할 수가 없군요."

펠리피요가 아래쪽에서 아나마야를 쳐다보며 통역했다.

"그게 무슨 뜻이냐? 마추 카피투가 뭐라는 거냐?"

잉카가 물었다.

이번에는 아나마야가 같은 질문을 던지며 피사로 총독의 얼굴을 뚫어지게 바라보았다. 하지만 그의 속마음을 읽을 수가 없었다.

"소문을 들었습니다, 아타우알파 군주님! 그런 소문을 물리치긴 합니다만, 소문이 그치질 않는군요…… 제 궁전에는 거의 날마다 군주님의 추장들이 찾아오지요. 그런데 그들 말이, 우리에게 대항해 군대를 다시 규합하라는 군주님의 명령이 전국 방방곡곡으로 전달되었다더군요…… 찰쿠치막 장군은 여기에 우리와 함께 있지만, 퀴즈퀴즈와 루미냐위 같은 다른 대장들에게 군주님이 지시를 보낸다는 거지요. 하지만 전 군주님을 좋아하고, 사람들이 제게 하는 얘기를 모두 믿지는 않습니다. 그렇긴 해도 군주님께 여쭙겠습니다. 사람들의 말을 믿지 않는 제가 옳은 건지요?"

총독이 더 편하게 다시 말했다.

아타우알파의 얼굴이 환해졌다.

"당신 말이 옳소! 그건 근거 없는 얘기요."

총독은 펠리피요의 간단한 통역을 듣고 고개를 끄덕였다.

"잘됐군요! 그렇다면 제가 약속한 대로 군주님은 곧 북부 왕국으로 돌아가실 수 있을 겁니다. 거기서 제 보호 아래, 우리 황제 카를로스 1세와 우리 주님의 영광을 위해 평화로이 통치하실 수 있을 겁니다. 우선은……"

아타우알파는 주의 깊게 들었다. 그리고 기다렸다. 총독 역시 입을 다물었고, 초조한 기색은 조금도 드러내지 않았다.

"난 죽을 거요."

이윽고 아타우알파가 말했다.

"그게 무슨 말씀입니까, 죽다니요?"

총독은 놀랐다.

"난 곧 내 아버지에게 갈 거요."

피사로 총독은 부인도, 반박도 하지 않았다.

아나마야는 장막 사이로 갑자기 드러난 가브리엘의 윤곽을 보았다.

그는 총독 옆으로 미끄러지듯 다가갔다.

"용서하세요, 돈 프란시스코! 좀 늦었습니다."

그가 숨을 헐떡이며 낮게 속삭였다.

총독은 얼굴을 돌리지 않았다. 잉카에게서 눈을 떼지 않았다.

"그런 말씀 마십시오. 군주님은 죽지 않을 겁니다. 군주님께 적이 있다면, 우리가 그 적으로부터 보호해드리겠습니다! 그리고 가톨릭교도들 중 군주님을 이해하지 못하는 사람들로부터도 보호해드리겠습니다. 저는 군주님과의 우정을 아주 귀하게 여기고 있지요."

총독이 부드럽게 말했다.

"난 피곤하오."

잉카가 한결같은 목소리로 대꾸했다.

"쉬십시오. 편히 지내시고 좋은 하루 보내십시오."

총독이 야윈 몸을 깊이 굽혀 인사를 한 뒤 나가자, 펠리피요와 가브리엘도 그 뒤를 따랐다.

"그들은 어디 있나?"

총독이 안뜰에서 물었다.

두 병사가 다가왔다. 가브리엘은 속내를 알 수 없는 낯빛으로 어린아이 손목 굵기의 사슬을 들고 오는 세바스티안을 보고 깜짝 놀랐다.

"도대체 그걸로 뭘 하려는 거야?"

가브리엘이 물어도 세바스티안은 대답하지 않았다. 가브리엘은 피사로 총독을 돌아보았다.

"돈 프란시스코, 제발 말씀해주세요!"

"이리 오게. 할 얘기가 있네."

총독이 두 병사에게 잉카의 방 입구를 손짓으로 가리킨 다음 가브리엘에게 말했다.

아나마야는 아타우알파 뒤에 그대로 있었다. 장막이 다시 들어 올려졌다. 스페인 사람들의 손에 들린 사슬을 보고, 그녀는 움찔 물러섰다.

"걱정하지 마라. 모든 게 잘 되어가고 있으니."

아타우알파가 말했다.

세바스티안은 꼼짝하지 않는 잉카에게 다가갔다. 그는 이리저리 눈길을 피하다가 잠시 아나마야의 푸른 홍채를 바라보더니 다시 외면했다.

"저자들에게 해야 할 일을 하라고 말하라."

아타우알파가 조용히 부탁했다.

키 큰 흑인은 너무 조이지 않도록 조심하며 잉카의 목에 강철 목걸이를 둘렀다. 그리고 목걸이에 걸린 사슬 하나를 건물 골조를 이루는 대들보 중 가장 낮은 대들보에 걸어 자물쇠로 고정시켰다.

아타우알파는 여전히 움직이지 않았다. 창백한 미소가 그의 눈을 환히 빛나게 하고 굳은 얼굴을 풀어주었다.

아타우알파가 아나마야에게 말했다.

"보라, 난 자유다!"

5

1533년 7월 25일 밤, 카하마르카

태양신 신전의 가장 커다란 방은 사치스러운 스페인 궁전들의 어렴풋한 메아리로 하루하루 변해갔다. 조잡한 가구들과 탁자, 등받이가 높고 툭하면 흔들거리는 의자들이 만들어졌다. 벽에는 빛바랜 무늬의 장막이 걸리고, 여기저기 몇 개의 상자가 쌓였다. 벽감 안에는 퓨마 가면이나 금과 은을 녹여 만든 라마 상, 깨진 도기들 대신, 피사로 총독이 애지중지하는 아기 예수를 안은 성모 마리아의 모형이 자리잡았다.

큰 촛대에서 밀랍이 똑똑 떨어지는 커다란 탁자 위에 네 벌의 식기가 놓여 있었다. 당장은 회식자가 세 사람뿐이었다. 돈 디에고 데 알마그로가 가브리엘과 마주 보고 있고, 총독은 그대로 서 있었다.

그날 저녁, 알마그로는 곰보 얼굴을 가로지르는 띠를 두르지 않았다. 가브리엘은 그의 어느 쪽 눈을 쳐다봐야 할지 당황스러웠다. 인디언 창에 찔려 망가진 한쪽 눈의 기형적인 모양새가 이상하게도 눈길을 끌었다. 검고 메마른 덩어리인데, 때로 건강한 눈의 리듬에 따라 움직이는 듯 보였다. 열 명을 당해낼 만큼 용감하다고들 하는 알마그로는 투박스러운 태도 이면에 약삭빠르게 굴 줄도 알고 자신의 신체적인 약점을 유리하게 이용할 줄도 알았다.

"그를 봤네. 그의 독방으로 찾아가서 진정하라고 당부했지."

알마그로가 입에 밴 라만차 지방의 질질 끄는 억양으로 말했다.

"누구 얘기를 하는 겁니까, 돈 디에고?"

가브리엘이 물었다.

"페드로 카타뇨! 자네 친구 같던데! 그가 조금 전에 와서 회의에 물의를 일으켰지. 돈 프란시스코의 이야기를 가로막고 자네와 자기가 잉카에 대한 음모를 좌절시켰다고 주장하더군! 제기랄, 그가 잉카의 목숨 대신 자기 목숨을 내놓겠다고 소리 지르지 뭔가? 그렇게 말하는 걸 보면, 잉카의 천이백 명 되는 아들 중 하나인가? 하긴 그의 피부색을 보면 그런 의문이 들 만도 하지만……"

피사로 총독은 웃었다. 얼굴이 창백해진 가브리엘은 애꾸눈에게 욕설을 퍼붓고 싶은 걸 참느라 이를 악물었다.

"총독이 그를 독방에 가둬 진정시키라고 했지. 달리 어쩌겠나?"

알마그로가 웃으면서 말했다.

"독방에 가둘 게 아니라 조용히 하라고 충고만 했어야죠!"

가브리엘이 버럭 소리를 질렀다.

총독이 이번에는 장갑을 끼지 않은 두 손을 비비며 끼어들었다.

"둘 다 조용히 해! 우리 친구 카타뇨에게 함께 저녁을 먹자고 했네. 좋은 생각 아닌가, 돈 디에고?"

한쪽 눈알을 굴리며, 알마그로가 두 팔을 들어 올렸다.

"깊이를 헤아릴 수 없는 자네의 선량함이라면 나도 알고 있지, 프란시스코. 깊이를 헤아릴 수 없고, 또 이렇게 말해도 된다면, 위험한 것이기도 하지."

피사로 총독의 얼굴이 환해졌다. 그들 사이의 경쟁심이 아무리 치열하고 또 그 이유가 무엇이든 간에, 알마그로는 돈 프란시스코의 웃음을 끌어낼 수 있는 몇 안 되는 사람 중 하나였다. 그것은 그의 특권이기도 했다.

"제게 아량을 베푸시어 설명해주시겠습니까?"

가브리엘이 어떤 얘기인지 내심 짐작하면서도 다소 빈정거리며 물었다.

"자네 친구 카타뇨가 그렇게 갑자기 군사회의에 들이닥쳤을 때 우리는 잉카의 운명을 논의하고 있었네. 부속사제인 발베르데와 나는, 그도 사람이고 우리가 그를 가톨릭교도로 개종시킬 수 있을 거라고 생각하네만 다른 사람들은……"

흔들리는 큰 촛대 때문에 알마그로의 얼굴에 음산한 그림자가 너울거렸다. 알마그로가 싸구려 포도주가 담긴 컵을 만지작거리며 작은 목소리로 말을 이었다.

"다른 사람들은 위험한 일이라고 생각하지. 제국의 수도를 향한 원정을 더이상 미룰 수 없다고 말이야. 모게르와 부에노는 쿠스코에서 돌아올 때 단호했지. 쿠스코에는 우리가 지금까지 본 것보다 훨씬 더 많은 보물이 있어. 내 말은, 내 친구이자 총독인 돈 프란시스코를 따라온 자네들은 보물을 수집하고 녹이고 주머니에 은근슬쩍 챙겨 넣었는데……"

"어쨌든 우리 중 어느 누구도 기필코 이 계획에서 가톨릭 정신을 드러내야 한다는 걸 의심하지 않네. 카를로스 1세 황제께서도 우리 성과를 보고받으면 틀림없이 기뻐하실 거야."

피사로 총독이 냉철하게 다시 말했다.

"황제의 명령은 명백합니다. 되도록 인디언 왕과 왕자들과 군주들의 생명을 보호하라는 것이지요."

가브리엘이 끼어들었다.

"……되도록이면, 그러니까 배반을 하는 경우는 해당되지 않지."

알마그로가 투덜거렸다.

"무슨 배반 말입니까?"

가브리엘이 어조를 높이며 물었다.

"아니, 배반은 없네. 디에고! 단지 그럴 수도 있다는 것뿐이야. 잉카가 배반했다는 증거가 없으면, 우린 그의 목숨을 지켜줘야 해…… 우선은 소토가 돌아오길 기다리면서."

총독이 탁자로 다가오면서 부드럽게 말했다.

"우리에겐 증거가 있어!"

알마그로가 컵으로 탁자를 두드리며 흥분했다.

"무슨 증거죠?"

가브리엘이 물었다.

"그들 종족의 증언!"

"어리석은 소리입니다, 돈 디에고! 잘 아시다시피 그건 그들 사이의 음모이고 복수심일 뿐이에요."

"자네야말로 어리석은 소리를 하는군, 젊은 친구! 진실을 원하나? 내가 하나 알려주지. 우린 깃털 달린 동물 같은 그자를 끌고 쿠스코로

가는 비포장도로로 나설 수 없어! 이 세상 모든 인디언들이 우리에게 덤벼들 테니까!"

"아무것도 모르시는군요. 그는 한마디 말로 그들을 진정시킵니다! 그렇게 하는 걸 제 눈으로 봤어요."

"자넨 아무것도 못 봤어, 젊은이! 난 눈이 하나밖에 없지만 봤네! 그 놈들이 무슨 일을 할 수 있는지 사십 년 전부터 알고 있었어. 프란시스코도 나만큼 잘 알지, 안 그런가?"

"저는 법과 명령에 따라 상황이 해결되기를 바랍니다, 돈 디에고."

"그걸 말이라고! 그러니까 명령을 내리게, 총독! 쿠스코로 출발하는 날짜를 정하고, 깃털 달린 그자는 끌고 가지 않도록 하게!"

"비열해요! 당신은 정말……"

가브리엘이 일어나면서 소리쳤다.

돈 프란시스코는 가브리엘에게 진정하라고 손짓하고는 성모 마리아를 향해 돌아섰다.

"잉카는 내 보호 아래 있네. 그에게 죄가 있는 게 분명하다면, 스페인에서처럼 법정에서 결정할 거야."

격분한 알마그로는 큼직한 얼굴을 흔들며 작은 옥수수빵을 깨물다가 비명을 내질렀다.

"디에고, 왜 그래?"

"빌어먹을! 이가 부러졌어. 자네의 그 성모 마리아는 이제 그만 내버려두고 고기나 가져오라고 하게, 프란시스코. 배고파!"

돈 디에고 데 알마그로는 먼지 속에 송곳니를 뱉어냈다.

*

아타우알파의 궁전 구석구석이 어둠에 잠겨 있었다. 유일한 군주가 횃불을 밝히지 말라는 명령을 내린 것이다. 그는 쿠라카들의 방문과 후궁이나 하녀의 시중뿐 아니라 식사도 모두 거부했다.

그는 아나마야가 곁에 있어주기만을 원했다.

희미한 빛이 황금 퓨마의 벽감 안으로 미끄러져 들어오는 동안 그는 침묵을 지켰다. 그리고 한밤중이 되어서야 처음으로 입을 열었다.

"난 더이상 뛰어오를 줄 모르는 맹수다."

그 말에는 슬픔도 고통도 없었다. 확인만이 있을 뿐. 그는 목걸이를 만지고 벽에 매달아놓은 사슬을 뒤흔들었다.

"가까이 오너라, 코야 카마켄. 날 안아다오……"

아나마야는 유일한 군주의 몸에 손을 올려놓았다. 부드러운 옷 속으로, 녹초가 된 그의 육신이 느껴졌다. 온기는 거의 느껴지지 않았다. 자기 의지로 죽어가는 사람. 이미 아랫세상에 속한 사람.

"이제야 모든 걸 알겠구나. 늦었지만 후회는 없다. 그 앎의 대가가 바로 내 목숨이니까. 난 아버지가 돌아가시기 전에 네게 하신 말씀이 뭔지 안다. 지금 난 아버지와 똑같이 어둠 속에 있고, 곧 아버지를 만나게 될 테니까. 내 목소리는 더이상 말을 하지 않아도, 아버지의 목소리는 여전히 네게 말씀하시지. 자, 들어봐…… 우리 목소리 뒤에는 우리 조상들의 목소리가 있다! 내 목소리는 나보다 더 오래된 것, 우리 뒤로도 오랫동안 계속될 게다. 코야 카마켄, 호수의 눈을 지닌 다정한 여인이여, 인티의 아들들의 목소리를 전하는 것을 절대 잊지 마라!"

아타우알파가 차분하게 말했다.

"여러 달 전부터 저는 알고 있었어요, 유일한 군주님, 군주님이 떠나셔야 한다는 것을요. 하지만 그 순간이 온 지금 저는 두려워요."

마침내 아나마야가 낮은 소리로 말했다.

"난 두렵지 않다. 아버지 곁에 남아 있었던 것처럼 내 곁에 남아 있어다오."

아나마야와 잉카의 숨결이 뒤섞이고, 둘은 어둠 속에서 하나가 되었다.

"쿠스코에는 더이상 씨족이 없다. 술 취한 사람처럼, 분노에 사로잡혀 분별을 잃어버린 사람처럼 내가 복수를 했지. 더이상 형제도 없고, 적도 없다…… 오늘날 제국의 아이들은 나처럼 사슬에 묶여 있지. 그들은 내 잘못으로 고통 받으며 울고 있다."

아타우알파가 속삭였다.

휘청거리는 다리로 버티고 선 그를 아나마야가 잡아주었다. 강철 목걸이가 잉카의 목을 짓누르고, 고통스러운 신음이 그의 가슴을 뒤흔들었다.

"남부와 북부는 내 잘못으로 힘이 약해졌고, 나 때문에 태양신의 피가 뿌려졌다. 찰쿠치막이 옳았어. 이방인들은 그 일과 아무 상관이 없다! 그들은 먹이가 제풀에 지치기를 기다리는 맹금류와 같아. 나 아타우알파, 인티와 위대한 우아이나 카팍의 아들인 내가 사방위 제국을 갈라지게 했고, 이방인들은 그걸 이용한 게야. 하지만 그들은 다른 세상의 힘에 대해서는 아무것도 모르지. 불의 산 위에 먼지로 집을 짓고 있지. 하지만 언젠가 불의 산이 깨어나 그들을 태울 것이다. 타고 남은 재는 흩어져 그들을 실어온 대양에 뿌려질 것이다."

그가 쉰 목소리로 말을 이었다.

그것은 더이상 가슴에서 울려 나오는 소리가 아니었다. 땅속 깊숙한 곳에서 새어 나오는 바람 같은 소리, 세상이 창조된 이래 끝없는 혈통을 만들었던 아버지와 아들, 모든 조상들의 목소리였다.

"오래전에 난 내 형제 망코를 거부했다. 네가 보고도 감히 내게 말하지 못한 게 무엇인지 이제는 내게도 보이는구나. 그가 미래 시간의 첫 번째 매듭이라는 것 말이다."

"그럼 퓨마는요?"

아나마야의 입에서 자기도 모르게 질문이 튀어나왔다. 대답하는 아타우알파의 목소리에는 전혀 놀라는 기색이 없었다.

"퓨마는 나와 함께 있지 않지만, 넌 퓨마를 믿어야 한다. 아버지가 네게 명령하신 대로 행하고, 그분의 충고를 따르도록 해라……"

아나마야는 가슴을 파고드는 위안을 느꼈다. 그리고 그 순간 자신의 목구멍을 짓누르던 침묵의 사슬이 깨지는 것을 깨달았다. 그녀가 몇 달 전부터 보고 알게 된 것을 유일한 군주도 드디어 직접 보고 알게 된 것이다. 드디어 또다시 다른 세상의 족장들 가까이 있는 것이다. 그렇다, 그의 육신은 끝을 향해 가고 있었다.

어둠 속에서 유일한 군주와 코야 카마켄은 오랫동안 눈을 감고 평온한 마음으로 서로의 기쁨을 결합시켰다. 그들의 깨어 있음과 꿈 사이에는, 밤과 낮, 육신과 육신의 부재 사이에는 더이상 경계가 없었다. 투명한 새처럼, 그들은 날개를 펴고 여행을 했다. 사랑하는 나라의 산과 평원 너머, 그 나라의 고대와 미래의 시간 속에서, 그 나라의 기원이 되는 호수와 하늘의 신성한 강 속에서, 은빛 달과 금빛 태양 속에서.

포로인 그들은 자유의 몸이 되었다.

✲

페드로 카타뇨가 비틀거리며 피사로 총독의 식당으로 들어섰을 때, 그들은 벌써 식사를 마치고 과일 껍질을 벗기고 있었다. 감금으로 인한 두려움과 분노로 카타뇨의 얼굴이 상해 있었다. 돈 프란시스코가 일어나서 그의 어깨를 잡았다. 그것은 가브리엘도 익히 알고 있는 몸짓이었다. 총독은 그 몸짓으로 애정을 주고 복종을 요구했다.

"진정하게, 카타뇨! 앉아서 들지!"

카타뇨는 미끄러지듯 의자에 주저앉았다. 그러고는 앞에 앉은 알마그로를 똑바로 노려보며 오랫동안 심사숙고했던 말을 내뱉었다.

"여러분, 총독님, 아타우알파 군주가 합당한 재판을 받게 해주신 것에 감사드립니다."

알마그로가 망고를 입에 문 채 낄낄거리는 동안, 총독이 못 들은 것처럼 물었다.

"카드 한 게임 어떤가?"

"카드라니요!"

가브리엘은 자기 귀를 의심했다.

"우리의 고매하신 돈 가브리엘께서는 카드놀이를 하기에는 너무 학구적이지 않나?"

알마그로가 빈정거렸다.

"좋아. 디에고, 자네가 카타뇨와 함께 게임을 하게. 그래도 그에게 닭고기 먹을 시간은 줘야겠지?"

돈 프란시스코가 인디언 하녀들에게 손짓하며 말했다. 기분이 상한 알마그로가 체념한 듯 카드를 잡는 동안, 카타뇨는 주석 사발에 코를 박았다.

그때 안뜰에서 소란스러운 소리와 고함 소리가 들렸다. 가브리엘은 문턱을 넘어갔다. 두 병사가 니카라과 출신의 인디언 노예 한 명을 양쪽에서 붙잡고, 보초병들의 저지를 뚫고 들어오려 애쓰고 있었다. 가브리엘은 페드로 데 아냐데스를 알아보았다. 수염이 듬성듬성하고 작달만한 그 남자는 알마그로의 둘도 없는 충복이었다. 그는 땀을 줄줄 흘리고 있었다.

"저런, 아냐데스, 무슨 일입니까?"

가브리엘이 소리쳐 불렀다.

"이자들이 우리를 못 들어가게 하네요. 당장 돈 디에고 데 알마그로를 뵈어야 하는데요."

아냐데스가 보초병들을 가리키며 소리쳤다.

"당장? 서두를 것 없어요! 돈 디에고는 총독님과 카드놀이를 하고 있으니까요."

아냐데스의 얼굴이 환해졌다.

"마침 잘됐군요, 돈 가브리엘. 총독님도 뵈어야 하거든요."

"이유를 물어봐도 될까요?"

아냐데스는 노예를 가리키며 우쭐한 태도로 말했다.

"내 생각에, 윗분들께 이놈의 증언을 전해드리지 않으면 원망을 들을 것 같아서요……"

"증언이라고요?"

아냐데스는 입술에 손가락 하나를 갖다 댔다.

"용서하세요, 돈 가브리엘. 하지만 워낙 심각한 사안이라 총독님과 돈 디에고 앞에서가 아니면 말씀드릴 수가 없습니다."

아냐데스의 얼굴에서 간사한 희열의 불꽃 같은 것이 엿보였다. 가브리엘은 그것이 화형대의 불꽃과 흡사하다고 얼핏 생각했다. 그가 보초병들에게 손짓했다.

"들여보내시오."

일단 식당에 이르자 아냐데스가 허식을 차리며 입을 열었다.

"두 분 각하, 대단히 중요한 일인데……"

"간단히 말하게."

피사로 총독이 말을 잘랐다.

당황한 아냐데스는 목표에 이르는 가장 빠른 지름길을 찾으려는 듯 탁자와 음식과 카드 위로 흘낏 눈길을 던졌다. 결국 그는 자기가 끌고 온 인디언을 윽박질렀다.

"그럼 말해라, 네가……"

인디언은 입을 다문 채 겁에 질린 눈으로 사방을 두리번거렸다. 그의 입술이 달싹거렸지만 아무 소리도 새어 나오지 않았다. 그러자 아냐데스가 이마를 번쩍거리며 나섰다.

"이자가 말하기를, 카하마르카에서 십이 킬로미터쯤 떨어진 곳에서 수많은 인디언 전사들이 도시를 향해 행군하는 것을 봤답니다……"

"내 귀에는 저자의 말이 하나도 들리지 않는다."

총독이 싸늘하게 지적했다.

"좀 참게, 프란시스코! 제기랄, 위협이 우리 목전에 있는데도 자넨 세비야 법정에서처럼 말하는군!"

알마그로가 카드를 내던지고 의자에서 벌떡 일어서며 끼어들었다.

"저자는 말을 하거나 하지 않거나 둘 중 하나야. 난 저자가 하는 말을 듣고 싶네."

"얘길 해라. 네가 본 것을 우리에게 얘기해봐. 우린 그것으로 만족할 테니."

가브리엘이 부드럽게 요구했다.

노예는 정신을 그러모았다. 그의 문장이 토막토막 끊겼다.

"전사들을 봤어요. 많아요, 아주 많아요…… 그들은 북쪽에서 와요…… 저는 마을에 숨어 있었어요. 그들이 옥수수 밭을 망가뜨렸어요. 노래를 했어요. 다음 날 밤에 도시를 공격한댔어요."

인디언이 시선을 떨어뜨리고 이야기를 계속하는 동안, 가브리엘은 입을 꼭 다문 채 눈살을 찌푸렸다. 인디언 노예가 한 문장 한 문장 말할 때마다 총독이 고개를 끄덕였다.

"그래서?"

아냐데스가 만족한 얼굴로 마지막으로 물었다.

대답이 없었다.

"각하는 카타뇨의 사랑을 위해 우리 모두가 죽기를 바라십니까?"

알마그로의 빈정대는 목소리가 울려 퍼졌다.

화가 난 총독이 그를 노려보며 말했다.

"바보 같은 짓 좀 하지 말게, 디에고. 자네의 바보 같은 짓거리라면 속속들이 알고 있으니까!"

피사로 총독은 장갑 낀 주먹을 불끈 쥔 채 가브리엘에게는 눈길 한 번 주지 않고 나갔다. 일어서 있던 알마그로가 그를 따라 나가고, 그 다음에는 아냐데스와 그의 동료와 노예가 뒤를 따랐다. 환한 불꽃에도 불구하고, 젊은 카타뇨의 갈색 얼굴은 온통 잿빛이었다.

"끝났어. 저들은 아타우알파를 죽일 거야. 우린 졌어, 그렇지?"

카타뇨가 중얼거렸다. 가브리엘이 천천히 고개를 저었다.

"카타뇨, 우리가 오늘 아침에 함께 있었지?"

가브리엘이 작은 목소리로 물었다.

카타뇨가 침울하게 고개를 끄덕였다.

"내가 본 것을 자네도 봤지? 밭, 공기, 고요함. 카하마르카 주변에 군대는 없어."

"그렇지만 저자가……"

가브리엘이 단언했다.

"저자는 거짓말을 하는 거야!"

6

1533년 7월 26일 아침, 카하마르카

“그의 말이 거짓말이라는 증거를 대보게!”

피사로 총독이 다그쳤다.

“증거는 필요 없습니다. 군대가 없는 밭과 산을 제 눈으로 직접 확인했으니까요! 맹세컨대, 그자가 거짓말을 하는 겁니다. 이런 빌어먹을, 돈 프란시스코! 제 말이 노예의 말보다도 못한 겁니까?”

가브리엘은 흥분했다.

그는 총독이 옷을 입는 시간에 방으로 들이닥쳤다. 돈 프란시스코는 하얀 레이스 목가리개를 세심하게 둘렀다. 그것은 모자의 색색가지 깃털 몇 개와 함께, 매일 똑같은 그의 검은색 옷차림을 꾸미는 유일한 장식이었다.

“돈 프란시스코, 적어도 소토가 돌아올 때까지 기다리십시오! 그가 오면 더 많은 것을 알게 될 겁니다. 여기서부터 카하스까지, 그와 그의 기병들이 협곡이란 협곡은 샅샅이 조사했을 겁니다. 무장한 인디언이 셋 이상 있다면, 그가 보았거나 적어도 소리라도 들었을 겁니다."

가브리엘의 목소리는 거칠고 눈길은 사나웠다. 그는 더 침착하고 신중해지고 싶었다. 총독이 강요당하는 걸 싫어한다는 것을 잘 알고 있었다. 총독은 경멸하듯 눈썹을 치켜 올리며 그의 제안을 거부했다.

"기다리라고? 그럼 오늘 아침 회의에서는 내가 뭐라고 말해야 하나? 알마그로와 왕의 장교들에게 뭐라고 하지?"

"총독 각하, 제 기억이 맞다면, 우리가 세비야를 출발할 때 총독님은 왕의 장교들에게 전혀 신경 쓰지 않으셨습니다…… 회의에 대해서도, 디에고에 대해서도요! 만사가 총독님의 방식대로 진행되었죠. 사람들이 총독님을 앞서 가기보다는 뒤따라오기를 원하셨지요……"

총독의 지친 눈동자에 유쾌한 빛이 스쳤다. 그는 사람들이 그 '엉뚱한 행동'을 상기시켜주는 것을 좋아했다. 하지만 그는 고개를 저었다.

"옛날은 옛날일세! 이제부터 나는 이 도시와 자네와 자네의 동료들을 책임져야 해. 난 총독이고, 이 나라는 스페인 법에 따라야 하네."

"바로 그겁니다! 아타우알파 군주가 증거도 없이 처형되었다는 것을 왕이 알게 된다면……"

가브리엘이 날카롭게 지적했다.

총독의 손가락이 그의 모자 가장자리에서 떨렸다. 흥분한 총독은 목소리를 낮추며 단어 하나하나를 끊어서 발음했다.

"몇 번이나 말해야 하나? 자네는 돈 디에고의 인디언이 거짓말을 한다는 증거를 내게 제시하지 못하고 있어! 마찬가지로 아타우알파가 우리를 속이려고 근거 없는 소리를 내뱉은 게 아니라는 것도 증명하지 못하고 말이야!"

"그 증거를 총독님께 보여드릴 시간을 주십시오. 그럼 증거를 갖게 되실 겁니다."

"이제 그만 해두게!"

처음으로 피사로 총독은 목소리를 높이고, 검은색 장갑을 낀 손으로 가브리엘을 가리켰다.

"이제 그만 해! 됐어, 가브리엘 몬테루카르 이 플로레스! 자네가 누구인지, 그리고 자네가 내게 빚지고 있는 게 무엇인지 기억하게! 자네가 내게 뭘 약속했는지 기억해봐!"

총독이 자신이 싫어하는 이름과 서출 신분을 빗대어 말하자, 가브리엘의 얼굴이 하얗게 굳었다. 나머지에 대해서라면 그는 첫날처럼 또렷이 기억했다.

총독은 당황한 듯 입술을 자근자근 깨물며 말했다.

"자네가 어디서 왔든 난 상관 안 하네. 자네도 알 걸세. 나도 자네와 마찬가지야. 그러나 나머지는 잊지 말게. 자네는 내 판단에 언제나 복종하겠다고 약속했어. 그런 조건 아래 자네는…… 그래, 자네는 내 아들과 마찬가지인 거야."

그들을 묶어주는 그 은밀하고 모호한 애정 위로 총독의 목소리가 누그러졌다.

'비겁한 늙은이……'

가브리엘은 이렇게 생각하면서도 마음의 동요를 억누를 수가 없었다.

"난 자네의 믿음이 필요하네, 가브리엘. 그 인디언 여자에게 너무 깊이 휘둘리지 않도록 하게. 아타우알파 측근의 그 마술 부리는 여자 말일세. 그건 좋지 않아."

총독이 그의 팔을 잡으며 말했다.

"그건 사적인 일입니다, 돈 프란시스코!"

"글쎄……"

두 사람은 잠시 서로의 눈을 들여다보았다. 이윽고 피사로 총독이 파리를 쫓듯 손을 흔들었다.

"뭐, 여자 문제는 중요한 게 아니지! 자네가 그 이상한 여자와 함께 있는 걸 보고 내 동생들이 가슴 아파하기에 말하는 걸세."

'이렇게 해서 드디어 그 문제에 이르게 됐군. 이 늙은이는 화제를 돌려서 내 약점이라고 생각하는 곳을 찌르려는 거야.'

가브리엘은 쾌감에 가까운 기분을 느끼며 생각했다.

"제가 총독님의 형제들을 어떻게 생각하는지 알고 계시죠, 돈 프란시스코. 저는 그들이 인디언 여자들에 대해 제멋대로 생각하고 내뱉는 의견은 개의치 않습니다……"

가브리엘은 총독의 늙은 얼굴에 즐거워하는 기색이 어렴풋이 떠올랐다고 확신했다. 그는 그 틈을 타서 덧붙였다.

"우린 진지한 문제를 논하고 있었습니다, 각하."

"그래…… 자네 말이 맞아. 자, 잘 들어보게. 난 여기서 단지 권력을, 왕의 권한만을 행사하는 게 아닐세. 내가 그런 것에 만족하지 않는 사람이라는 걸 자네도 잘 알지 않나. 나보다 더한 의무감과 정의감을 가진 사람은 없네. 아무도 없어, 알겠나?"

"압니다, 돈 프란시스코."

"자네는 내가 밤마다 헛되이 기도하느라 입으로 떠들어댄다고 생각하나? 아니면 성모 마리아께서 정말로 내게 말씀을 하신다고 생각하나?"

"압니다."

가브리엘이 반복했다.

"난 황금 때문에 여기 있는 게 아닐세, 가브리엘. 수많은 노예와 땅을 차지하기 위해서도 아니고. 그런 거라면 돈 디에고 데 알마그로와 다른 사람들에게 넘기지…… 난 말이야, 난 우리 주님 예수 그리스도와 카를로스 1세를 찬양하는 전설을 쓰기 위해 여기 있는 걸세."

"그럼 그 전설이 피로 얼룩지게 내버려두지 마십시오."

돈 프란시스코는 모자를 깊이 눌러써서 두 눈을 어둠에 잠기게 했다. 그는 어깨 끈의 고리를 재빨리 다시 조이고, 마치 화가 앞에서 포즈를 취하듯 손을 검의 황금 손잡이에 올려놓았다.

"자네는 아냐데스와 그의 노예가 거짓말을 한다고 주장하는 건가?"

"예."

"증거를 가져오게."

"그 다음에는요?"

"그 다음에는 아무것도 없네. 그 빌어먹을 증거를 내게 보여줘, 그게 다일세."

✲

이른 아침인데도 흥분된 카하마르카 광장 분위기에 가브리엘은 깜짝 놀랐다. 인디언들 무리는 낮은 소리로 수군댔고 스페인인들은 위협적인 얼굴로 순찰을 했다.

스페인 경비대가 두 배로 늘어났다. 밤새도록 수많은 기병들이 카하마르카 인근의 길과 도로로 연달아 밀려들었다. 스페인인들은 모두 무장을 한 채 잠을 잤다. 새벽에는 발베르데 사제가 아직 완성되지 않은 교회에서 미사를 올렸다. 카하마르카의 고참들은 기도하는 사람들의 창백한 얼굴과 열정을 보며 11월 대전투 때의 미사를 떠올렸다.

"가브리엘!"

그는 부르는 소리에 소스라치게 놀랐다. 세바스티안이 다가왔다. 세바스티안은 평소처럼 이를 드러내며 웃었다. 하얗고 튼튼해서 콩키스타도르들의 부러움을 사는 치아였다.

"잠깐, 나 좀 따라오겠어?"

두 사람은 나란히 교회를 끼고 돌았다. 중앙 홀 벽이 아직 사람 키만큼밖에 쌓이지 않았다. 돌제단 위에 간단한 나무 십자가가 세워져 있었다. 안데스 산맥의 푸른 하늘을 향해 세워진 그 기둥들은 기이한 인상을 주었다.

"잉카를 사슬로 묶은 사람이 왜 하필 자네지?"

가브리엘이 거칠게 물었다.

"그들이 명령을 내렸으니까."

"그들이라니?"

"알마그로와 총독이지."

"하지만 왜 자네냔 말이야?"

세바스티안이 불쾌한 냉소를 지으며 몹시 신랄한 투로 말했다.

"이봐, 자네에겐 가장 간단한 진실도 늘 다시 밝혀줘야 하나? 나로 말할 것 같으면, 돈 디에고의 물건이니까. 난 피부가 검지. 게다가 선량한 스페인인들은 누구도 왕의 목에 쐐기를 박는 일로 자기 손을 더럽히려 들지 않으니까! 페루의 깃털 달린 왕이라 하더라도 말이야. 백인이고 스페인인이고 '돈'이라는 호칭이 붙는 자들은 내일이 무엇으로 채워질지 결코 알지 못하지! 하지만 난 알아. 어제나 오늘과 똑같은 똥으로 채워지거든!"

가브리엘은 지그시 눈을 감았다. 엄청난 고통이 담긴 친구의 한마디 한마디가 주먹처럼 그의 배를 후려쳤다. 그 순간, 틀이 잡힌 교회의 모습이 거짓의 묵주처럼 흉물스러워 보였다.

"내가 어리석은 질문을 했군. 용서해줘."

"자네와 나 사이에는 바다가 가로놓여 있어, 돈 가브리엘. 그 바다 끝에서 끝까지 항해하기에는 우정만으로는 부족하지……"

세바스티안이 퉁명스럽게 말했다.

"나도 아니까 용서해달라잖아. 내가 무릎이라도 꿇고 빌어야겠어? 빌어먹을, 그래! 자넨 그 일과 아무 관계도 없어. 사람들이 내게 오줌보를 램프로 착각할 만큼 터무니없는 착오를 하게 만드는 데 넌더리가 날 뿐이야. 지난밤이 내게는 불빛 하나 없는 칠흑 같은 밤이었거든!……"

가브리엘이 양심에 가책을 느끼며 짜증을 냈다.

세바스티안의 입술에 다시 미소가 어렸다.

"어쩌면 내가 자네의 램프를 밝혀줄 수 있을지도 몰라. 어제 증언을 한 그 인디언이……"

"아냐데스의 부하 말이야?"

"맞았어. 인디언이고 특히 노예지. 그놈은 그 누구에 대해서도 아는 게 없어! 엊저녁에 그놈과 술 몇 잔을 마셨지. 목구멍으로 술술 넘어가는 인디언 술이었는데, 자네가 마셨다면 곧바로 혀가 풀렸을 거야. 세 번째 잔을 마시더니, 그자는 자기가 인디언 군대를 보았는지 라마 떼를 보았는지 확신하지 못했어. 네번째 잔을 마시고는, 자기가 언덕 주위의 밭에 가서 어슬렁거렸는지조차 헷갈려했지. 다섯번째 잔을 마셨을 때는, 그 꾸며낸 이야기를 하는 조건으로 아냐데스가 주었다는 황금핀을 보여줬어!"

"자넨 내 구세주야, 세바스티안! 그는 어디 있지?"

"그런데 그게……"

"무슨 일이야?"

"그놈이 술이 깨면서 겁을 집어먹는 바람에 붙잡아두지 못했어……"

"빌어먹을!"

"그래, 정말 빌어먹을 일이지! 자네가 그놈을 총독 앞에서 말하게 만들지 못하면, 난 유다가 되는 거야! 그들이 잉카를 포박하는 사람으로 나를 지목했으니까."

가브리엘은 친구의 눈을 똑바로 들여다보았다. 십 분 전이라면 친구의 눈에서 격한 분노를 보았을 것이다. 이제는 한없이 쓰라린 고통이 느껴졌다. 오직 마지막 희망만이 그의 가슴을 여전히 고동치게 했다.

"자네는 내게 왜냐고 묻지 않나?"

세바스티안이 거슬리는 목소리로 말했다.

"다시 시작하지 마, 그만!"

세바스티안은 그의 손목을 움켜쥐고 우울한 눈으로 그의 눈을 응시하면서, 낡은 창살에 톱이 스치는 소리보다 더 날카롭게 타격을 가했다.

"내가 잉카의 목을 비틀면 돈 디에고가 직접 내게 검을 줄 테고, 돈 에르난도 피사로는 내가 말 등에 엉덩이를 올려놓는 걸 더이상 반대하지 않을 거야. 모게르는 나를 돈 세바스티안이라고 부를 거고! 거래가 이루어지는 거지. 그것에 대해 자넨 어떻게 생각하나?"

가브리엘은 목구멍을 짓이기는 분노를 억눌렀다. 그는 입에서 쓸데없는 말이 튀어나오지 않도록 이를 악물었다.

세바스티안의 말이 옳았다. 거래가 이루어지는 거였다.

✲

아나마야는 잉카의 방으로 들어오는 이방인 무리를 마음의 동요 없이 바라보았다. 그녀는 그들 모두를 알아보았다. 총독이 맨 앞에 오고, 그 뒤로 애꾸눈 알마그로, 손에 성경을 든 발베르데 사제와 왕의 장교들이 들어왔다. 통역자 펠리피요도 있고, 총독의 젊은 두 동생, 수려한 용모의 곤살로와 오만함과 소심함이 뒤섞인 기묘한 태도를 보이는 후안이 있었다.

밤새도록 그녀는 아타우알파 곁에 있었다.

총독의 신호에 따라 한 병사가 아타우알파의 목걸이를 벗겼다. 아타우알파는 목을 매만졌다. 그는 혐오와 경멸, 무관심 어린 눈으로 이방인들을 하나하나 훑어보았다. 그리고 다시 총독에게 눈길을 돌렸다.

"왜 이런 짓을 하는 거요?"

피사로 총독은 대답하지 않았다. 그는 땅바닥에 버려진 강철 목걸이를 휙 걷어찼다. 마치 그것을 잉카에게서 멀리 떼어놓고, 그것이 존재했던 흔적을 지워버리려는 듯이.

"체스를 두려고 왔군, 안 그렇소?"

펠리피요가 통역하는 사이 스페인 사람들이 웅성대는 소리가 들려왔다. 아나마야는 웃음이 나오려고 했다. 아타우알파는 조용하고 침착하게 그렇게 말했다…… 지난밤은 유일한 군주에게 위안으로 가득한 밤이었다.

신호에 따라 하인 하나가 등심초로 짠 탁자를 가져왔다. 총독 옆에 의자 하나와 체스 판이 차례로 놓였다. 아타우알파는 포로로 잡혀 있는 동안 체스에 취미를 붙였다. 궁전 바로 근처, 지금은 비어 있는 직물 짜는 작업실 옆에서, 그가 세심하게 선택한 재료와 크기로 체스 판이 만들어졌다.

"당신이 백을 가지시오. 난 흑을 갖겠소. 그래야 사리에 맞지."

유일한 군주가 말했다.

총독은 놀랐지만 겉으로 드러내지는 않았다. 그는 오른손의 검은 장갑을 벗었다. 아나마아는 신경질적으로 말을 두는 그 작고 야윈 손을 보았다.

여전히 서 있는 유일한 군주는 권력의 상징물을 하나하나 떼어서 아나마아에게 건네주었다. 놀랍도록 정교한 장밋빛과 붉은빛 물루 가슴장식, 왕의 머리띠 라우투, 그리고 찢어진 귓불을 가려주는 머플러까지. 완전한 침묵이 흘렀다. 스페인인들은 모두 아타우알파에게 눈을 고정시키고 있었다. 그는 장식을 벗으면 벗을수록 더욱더 잉카임이 드러났다.

튜닉만 남자 그가 피사로 총독에게 조용히 말했다.

"둡시다."

하녀들, 잉카의 여자들, 수행 군주들이 방의 벽감 안으로 모여들었다. 스페인인들은 체스 두는 사람 둘만 남겨두고 안뜰로 물러갔다. 펠리피요는 이따금 겁먹은 눈길을 아나마아에게 던지며 총독 뒤에 조심스럽게 서 있었다.

안뜰에서 들이비치는 빛 속에서 집요하게 그녀의 눈을 찾는 눈길이 있었다. 총독의 형제 중 하나였다. 곤살로인가? 후안인가? 그녀는 언뜻언뜻 느껴지는 시선에서 자신을 농락하려는 듯한 비뚤어진 미소를 포착했다.

저기, 밖에서는 스페인 사람들 사이에 비밀회의가 열렸다. 목소리가 뒤섞이고 어조가 높아졌다.

무관심한 아타우알파는 차분하고 단호하게 폰*을 전진시켰다. 그럴수록 총독의 수는 정확성과 신중함을 잃었다. 얼마 안 있어 애꾸눈 알마그로가 방으로 다시 들어왔다. 그는 검의 손잡이가 총독의 어깨를 스칠 만큼 총독에게 가까이 다가갔다.

"돈 프란시스코, 우린 체스 게임을 구경하기 위해 여기 있는 게 아니오."

동의를 나타내는 웅성거림이 안뜰에서 올라왔다. 아나마야는 총독이 벌써 아타우알파보다 훨씬 많은 말을 잃었다는 것을 알아차렸다.

"돈 프란시스코!"

알마그로가 계속 버텼다. 피사로 총독은 그제야 고개를 돌렸다.

"무슨 일이오, 돈 디에고?"

"제기랄, 프란시스코! 그래, 뭐요, 총독 각하? 우린 게임을 하려고 여기 온 게 아니라 잉카에게 판결을 통보하러 왔단 말이오."

펠리피요가 통역을 멈추었다. 아나마야는 잉카의 상처 난 귀에 바싹 대고 작은 목소리로 통역해주었다. '판결' 이란 말에 그의 몸이 잠깐 경직되었다. 그는 고개를 끄덕였다.

"자, 실행하시오, 실행해요."

총독이 투덜거렸다.

격분한 알마그로가 머리를 흔들며 왕의 장교들 쪽으로 돌아서는 사이, 총독은 체스 판의 풀리지 않는 수수께끼를 쳐다보았다. 그는 남아 있는 말 중 하나에 되는 대로 손을 갖다 대더니 여전히 결단성 없이 다

---

* 체스에서 사용하는 말의 한 종류로, 한 칸씩 전진한다.

음 말로 옮겨 갔다.

이윽고 총독이 잉카를 향해 눈을 들었을 때, 아나마야는 그의 시선이 혼란에 빠져 있는 것을 보았다. 마치 총독이 유일한 군주에게 도움이라도 청할 것만 같았다.

마침내 가장 젊은 장교가 방으로 들어와 두루마리를 풀었다. 그는 숨을 돌리느라 문장마다 끊어서 읽기 시작했다. 펠리피요는 우스꽝스럽게도 그대로 따라 했다. 유일한 군주는 혀 차는 소리를 내어 그만두라고 명령했다. 하지만 스페인 장교는 단어의 두루마리를 길게 읽어 내려갔다. 잉카 옆에 무릎을 꿇은 아나마야는 가장 과격한 말만 통역했다. 위선…… 거짓…… 배반…… 살인…… 적대적인 군대……

단어를 들을 때마다 아타우알파의 웃음소리가 더욱 커졌다.

왕의 장교가 읽기를 끝내자, 잉카가 피사로 총독에게 말했다.

"당신들이 나를 죽이려는 게 바로 그 때문이군."

터무니없는 이야기였다. 총독은 당황한 나머지 다시 둘 데를 찾고 있던 말을 떨어뜨렸다. 아타우알파는 몸을 굽혀 말을 주었다. 그러더니 총독의 손에 쥐여주고는 천천히 주먹을 꽉 쥐게 했다.

그의 미소가 너무 아름답고 부드러워서 두 눈의 붉은색이 흐려졌다.

"당신들이 더 많은 황금을 원하지 않는다고 확신하오? 멋진 그릇과 조각상과 물통을 더 많이 원하지 않는다고?"

스페인인들이 방 한가운데까지 들어왔다. 그들의 숨소리가 들렸다. 무겁고 강렬한 침묵이 흘렀다. 유일한 군주는 마지막 폰을 움직였다. 총독에게는 말이 더이상 남아 있지 않은데, 잉카의 말은 거의 그대로였다.

"형님이 꼼짝없이 몰렸어요."

후안이 짐짓 열의를 드러내며 말했다.

아타우알파는 자신의 킹을 집어 체스 판 위로 들어 올렸다. 그러고는 마치 처음 보는 양 손가락 사이에서 돌리며 말했다.

"강력한 군대를 갖춘 위대한 왕이지…… 그런데 틀림없이 심각한 잘못을 저지른 모양이야……"

그는 날렵하게 체스 판 가장자리에 대고 말을 깨뜨렸다.

말의 머리가 바닥에서 주사위처럼 데굴데굴 굴렀다. 아무도 감히 그것을 줍지 못했다.

다시 정적이 엄습했다. 돈 프란시스코 피사로는 옆의 의자에 놓아둔 장갑을 집어서 손가락을 흔들며 손에 꼈다.

"위대한 왕이지만 진 게임이오. 난 아무것도 할 수가 없소."

총독이 한숨을 내쉬었다.

"확실하오?"

질문은 대답을 얻지 못했다.

스페인인들은 불안감에 눈을 찡그렸다. 잉카가 아나마야의 손을 찾을 때, 어떤 이들은 뒤로 움찔 물러섰다. 모두들 코야 카마켄의 손을 부서뜨릴 듯이 쥐고 또 쥐는 그 엄청난 손아귀의 힘을 주시했다.

그들은 그 행동의 의미를 알지 못했다. 잉카가 두려워하고 있다고, 그래서 여자의 도움이 필요한 거라고만 생각했다.

유일한 군주가 쥐고 있던 손을 풀자, 아나마야는 깨진 말에 다가가 체스 킹의 머리를 주워서 두 손으로 꽉 잡았다. 아타우알파는 고개를 살짝 끄덕이며 웃었다.

"자, 당신이 마땅히 가야 할 곳으로 나를 데려가시오, 피사로 양반."

7

1533년 7월 26일 황혼녘, 카하마르카

세바스티안과 가브리엘은 아냐데스의 거처에 헛걸음만 하고 말았다. 한 늙은 노예가 벽에 기대어놓은 흔들의자에 앉아 떨리는 입으로 두서없는 말만 더듬거렸다. 둘은 골목길이며 궁전, 부유하거나 가난한 칸차를 샅샅이 살피며 하루 종일 도시를 이리저리 뛰어다녔다.

마침내 그들은 그를 발견했다. 쥐들이 썩은 나뭇잎을 갉아먹으며 벌거벗은 아이들 사이로 뛰어다니는 초라한 마당에서였다. 거기서는 네 명의 노예가 투덜거리며 바퀴 달린 무거운 맷돌을 돌리고 있었다. 칸차 밖에서는 인디언 하인 몇 명이 옥수수 가루가 든 자루를 기다렸다. 세바스티안이 의자에 앉아 있는 한 사내를 가리켰다.

"저기 있다!"

가브리엘은 자신이 누군지 알아보고 두려움에 가득 차는 두 눈을 발견했다.

"그래, 저놈이야."

불쌍한 사내가 행동을 채 취하기도 전에, 그들은 동시에 펄쩍 뛰어 사내에게 달려들었다. 그 소동 속에서 쥐들이 찍찍거리며 달아나고, 아이들은 비명을 질러댔다. 확실히 조심성 많은 인디언들은 맷돌을 버려두고 초라한 방의 어둠 속으로 숨었다.

"널 죽이고 싶지 않아."

가브리엘이 사내를 마당 밖으로 밀어내며 나직이 말했다.

그들 앞으로 하인들이 골목길 끝까지 줄지어 도망쳤다.

"난 갈게. 그들이 기다리고 있거든. 빨리 해."

세바스티안이 말했다.

그가 멀리 뛰어가는 동안, 가브리엘은 노예를 흙벽에 밀어붙였다.

"이름은?"

"저는 이름이 없는데요……"

하루 종일 쌓일 대로 쌓인 실망감과 앞으로 저질러질 불의에 대한 분노로 가브리엘은 신경이 극도로 날카로워졌다. 그는 단단한 손등으로 사내의 얼굴을 후려쳤다. 사내의 코와 입에서 피가 흘렀다.

"이제는 네 이름도 모른다 이거야? 네가 아는 건 잊어버리고, 네가 보지도 않은 걸 기억하기 위해 얼마나 많은 투푸를 받은 거야? 대체 얼마나?"

사내의 시선에서 그는 아침에 본 세바스티안의 빈정거림을 다시 보았다. "자네와 나 사이에는 바다가 가로놓여 있어"라던…… 격한 수치심과 무기력에 사로잡혀, 그는 팔을 움직이지 못했다. 그가 사내를 풀어주자, 사내는 땀과 피로 범벅이 된 몸을 웅크렸다.

"이름은?"

사내는 경계하는 눈초리로 가브리엘을 올려다보았다. 그 눈에서는 두려움밖에 보이지 않았다. 가브리엘은 몸을 굽혀 노예의 어깨를 살며시 잡았다.

"겁내지 마, 더이상 때리지 않을 테니."

그는 사내 옆의 쓰레기가 굴러다니는 흙바닥에 그대로 주저앉았다. 쥐 한 마리가 장화 끝을 갉작거리는데도 내버려두었다. 웅크린 두 여자의 윤곽이 입구 너머로 얼핏 보였다. 멀리서 음산한 나팔 소리가 미풍에 실려왔다.

"말해. 네 주인이 뭘 시켰지?"

가브리엘이 다그쳤다.

"전 아무 말도 못 해요."

사내가 작은 소리로 중얼거렸다.

"알아. 하지만 어쨌든 말해야 해."

"시키는 대로 말하지 않으면 우리 모두 죽게 될 거라고 '이방인 군주님'이 말했어요. 나리의 주인님이 만족해서 우리를 살려줄 거라고 했어요. 그리고 내게 황금핀을 주었어요."

"넌 병사들을 보지 못했어. 잉카 전사들을 보지 못했어."

사내는 대답 없이 발로 바닥을 비벼댔다. 그는 쥐 한 마리를 붙잡아 난폭하게 내던졌다. 그러더니 마침내 고개를 끄덕였다.

"이제 내가 널 총독님 앞에 데려가면 뭐라고 말할 거야?"

"제가 사실대로 얘기하면, 나리가 등을 돌리는 순간 저는 죽은 목숨이에요."

"아니. 네가 사실을 말하면 죽지 않을 거라고 내가 약속하지."

가브리엘은 일어서서 몸에 묻은 먼지를 털면서 단언했다.

✲

아타우알파의 궁전과 광장 한가운데에 세워진 처형대 사이에 병사들이 줄지어 서서 군중 속에 통로를 만들었다. 사슬에 묶인 유일한 군주가 맨머리로 밖으로 나오자, 인디언들은 술 취한 이들처럼 비명을 지르며 바닥에 쓰러지듯 주저앉았다. 광장 주위에서는 투구 쓴 기병들이 검을 들고 인디언 군중의 동정을 살폈다.

아타우알파는 발베르데 신부, 통역자 펠리피요와 스페인 대장에게 둘러싸여 있었다. 아나마야가 몇 발짝 떨어져서 그를 따랐다. 잉카는 그녀를 돌아보며 말했다.

"내가 아버지를 뵐 수 있을 때까지 나와 함께 있어다오."

그녀는 목이 메어 대답도 하지 못하고 고개만 끄덕였다.

"왜 나를 죽이는지 저들에게 물어봐라."

아타우알파가 펠리피요에게 조용히 말했다.

통역자는 당황했다. 그는 아나마야가 듣지 못하게 아주 작은 소리로 대장과 신부에게 말했다.

"잉카가 황금을 더 주면 죽음을 피할 수 있는지 묻습니다."

통역자가 유일한 군주의 말을 왜곡시킨 것은 이번이 처음이 아니다. 아나마야가 막 항의하려는 찰나, 아타우알파가 자기 질문에 대한 대답에는 아랑곳없이 온 사방의 군중에게 들릴 만큼 큰 목소리로 말했다.

"이방인들아, 너희가 나를 손아귀에 움켜쥔 후로 황금을, 더 많은 금은보화를 너희에게 가져다준 것 말고 내가 한 일이 무엇이냐? 내 여자들과 하인들과 아들들이 너희를 섬기고, 무엇이든 너희에게 복종한 것 말고 한 일이 무엇이냐? 너희는 나의 군대가 너희를 향해 전진하고 있다고 주장한다. 그럼 그 군대를 내게 보이거라…… 너희는 나를 사슬로 묶어 가두고, 강력한 찰쿠치막은 고문을 했다. 여기서 너희 뜻대로 되지 않은 게 있더냐? 이제 너희는 내 존재가 귀찮아져 내 목숨을 앗아가려 하는 것이다. 그리 하라. 그러나 너희는 나의 이 세상 존재만을 가져가는 것뿐이다. 나는 타완틴수유*의 유일한 군주이고, 아무것도 다른 세상으로의 내 여행을 막을 수 없다. 오래전 내 아버지 태양신은 나의 탄생을 확고히 하기 위해 이 산 위에 황금의 씨앗을 뿌리셨다. 내 어머니 달의 신은 내가 힘세고 강인해지도록 내 입까지 은빛 젖이 흐르게 해주셨다. 드디어 인티 곁으로 돌아간다고 생각하니, 내겐 기쁨과 평화밖에 없도다."

그가 입을 다물자 무거운 고통의 울부짖음이 광장에 퍼졌다. 남자들의 뺨에서도 눈물이 흐르며 반짝였다. 잉카의 가혹함과 무관심에 불평했던 사람들조차 고통스럽게 몸을 굽혔다. 마침내 태양이 구름을 헤치고 나오듯, 그날 그의 용기와 고통은 그들 자신의 것이 되었다. 그와 함께 그들은 사방위 제국의 백성이라는 무력함과 맞닥뜨리고, 그와 함께 그들은 이방인들이 일으킨 거대한 파멸의 바람을 맞았다.

두 사람이 아타우알파의 팔을 잡아 삼나무 기둥에 꽁꽁 붙들어 맸다. 아나마야는 지난밤에 아타우알파의 목에 목걸이를 둘렀던 검은 피부의 남자를 알아보았다. 가브리엘의 친구였다. 그녀는 그의 눈을 쳐다보았다. 그 눈에서 읽히는 것은 끝없는 체념뿐이었다.

---

* 잉카 제국의 수도 쿠스코의 별칭으로, 동서남북 사방을 지배한다는 뜻.

"내 친구 피사로 총독은 어디 있느냐? 그와 얘기하고 싶다."

아타우알파가 물었다.

프레이 비센테 발베르데는 한숨을 쉬며, 돈 프란시스코를 찾아오라고 대장에게 손짓했다.

그때 갑작스러운 고함 소리가 군중의 입을 다물게 했다. 뒤를 돌아본 아나마야는 병사들의 울타리를 헤치면서 한 인디언을 끌고 나오는 가브리엘을 발견했다.

"총독님은 어디 계십니까? 증거가 있습니다! 총독님이 요구하신 증거가 있다고요! 아냐데스의 노예가 거짓말을 했어요, 아시겠어요? 인디언 군대는 없습니다. 잉카는 결백해요!"

가브리엘이 외쳤다.

발베르데는 한동안 놀라움에 사로잡혔지만 곧 짜증을 내며 말했다.

"총독님께 뭘 원하는 것이오?"

"신부님, 잉카는 결백합니다!"

"뭐가 결백하다는 거요? 하나님의 뜻을 우롱한 것은 분명 결백한 게 아니오! 이보시오, 이자에게 도움이 되고 싶다면, 미친 사람처럼 고함을 지르기보다 차라리 이자를 위해 기도를 해야 할 것이오."

가브리엘은 옆에서 떨고 있는 사내를 가리키며 소리쳤다.

"신부님, 그들의 신 때문이 아니잖습니까? 잉카가 자신의 군대로 우리를 전멸시키려 한다는 구실로 잉카를 죽이려는 것이라는 걸 내가 꼭 상기시켜줘야 합니까? 아냐데스의 명령에 따라 거짓말을 한 그 사내가 여기 있습니다. 사방 이백 킬로미터 안에 인디언 전사는 단 한 명도 없습니다! 그것이 당신에겐 흥미 없는 일입니까?"

도미니크 회 신부는 여전히 말이 없었다.

"빌어먹을, 프레이 비센테, 대답해보시오!"

하지만 신부는 대답할 필요가 없었다. 고함 소리가 그들의 주의를 끌었다.

"나리들! 나리들! 총독님이 어디에도 보이지 않습니다! 어디 계신지 아무도 몰라요……"

"그것 보시오, 일을 복잡하게 만들어도 소용없는 짓이오."

신부가 중얼거렸다.

가브리엘은 얼빠진 얼굴로 펠리피요를 돌아보았다. 펠리피요는 잉카에게 그의 말을 통역하고 있었다. 한순간 가브리엘은 아나마야의 입술 역시 중얼거리고 있음을 보았다. 아타우알파는 조금 놀라며 가브리엘의 눈을 찾았다. 그뿐이었다. 그는 손짓으로 펠리피요의 말을 가로막고 가브리엘에게 직접 말했다.

"총독에게 난 여전히 그의 친구이며 내 아이들의 보호를 부탁한다고 말해주오."

가브리엘이 미처 반응을 보이기도 전에, 신부가 십자가를 높이 치켜들고 그들 사이에 우뚝 서서 소리쳤다.

"아이들은 잊으시오, 잉카! 아내들도 잊으시오! 신을 생각하고, 신의 얼굴을 생각하고, 가톨릭교인으로서 죽으시오."

"내 아이들은 어리오. 숫자도 많고 너무 어리지."

아타우알파가 신부의 어깨 너머로 가브리엘의 시선을 찾으며 말을 이었다.

"당신이 이 세상에서 저지른 폭력의 대가로 하나님은 당신의 죽음을 원하셨소. 그 모든 것을 회개해야 하오. 그러면 하나님께서 용서해주실 것이오."

"내 아이들은 약하고 보호가 필요하오……"

가브리엘에게 아타우알파의 목소리는 들리지만, 신부가 들어 올린 팔에 가려 그의 얼굴은 보이지 않았다. 갑자기 아나마야의 두 눈이 가브리엘을 압박했다. 마치 그의 가슴에 손을 올려놓듯 그녀의 눈길이 그에게 쏠렸다. 그러자 그는 발베르데의 설교에 아랑곳하지 않고 케추아어로 크게 외쳤다.

"걱정하지 마십시오, 유일한 군주님. 군주님의 아이들을 위해 제가 총독님께 말씀드리겠습니다."

두 뺨이 붉게 상기된 발베르데가 휙 돌아서서 십자가로 위협했다.

"그만 하시오! 조용히 해요!"

그의 뒤에서 아타우알파의 얼굴이 웃고 있는 듯했다.

"내가 화형을 피할 수 있겠소?"

아타우알파가 신부에게 나직이 물었다.

"판결에 따르면 화형이오. 전능하신 하나님의 뜻에 감사하면서 죽는 경우를 제외하면."

발베르데가 한숨을 쉬며 투덜거렸다.

"그건 왜 그렇소?"

"하나님이 당신을 용서하고 당신은 하나님의 자비를 얻게 될 것이기 때문이오."

아타우알파는 발베르데한테서 눈길을 돌렸다. 그는 모두의 얼굴을 기억에 새기려는 듯 잠시 군중을 바라보았다. 그러더니 느닷없이 소리쳤다.

"타완틴수유의 백성이여, 나는 죽을 것이다!"

외침이 군중 속에서부터 올라왔다. 비명 소리는 나팔 소리보다 더

울림이 깊고, 소음은 북소리보다 더 요란했다.

"드디어 내 아버지를 만나기 위해 너희를 떠날 것이다! 아랫세상으로의 긴 여행을 시작할 것이다. 그리고 이미 한번 뱀의 형상으로 돌아왔던 것처럼 너희에게 돌아올 것이다. 이방인들이 말하기를, 내가 그들처럼 가톨릭교인이 되면 나를 불태우지 않을 거라고 한다. 그들은 내가 그들 신의 능력에 굴복하기를 바란다."

군중은 침묵을 지켰다. 사슬에 단단히 조여져 있는데도 아타우알파의 가슴이 들어 올려졌다.

"타완틴수유의 백성이여! 내 아버지께 다다를 때까지 나를 지탱할 수 있도록 내 육신은 재가 되어서는 안 된다. 그러니 나는 그들 말대로 할 것이다. 그러나 기억하라. 나는 인티의 아들이다!"

엄청난 긍지가 실린 그의 마지막 말에, 군중이 외치기 시작했다.

"그러합니다, 유일한 군주님!"

"나는 태양신의 아들이다!"

"그러합니다, 유일한 군주님!"

그리하여 비명과 고함과 눈물과 외침 속에서, 아타우알파는 의연하게 발베르데에게 세례를 받았다.

아나마야는 눈을 감고 회상했다. 유일한 군주가 도망치도록 자신이 도와주었고, 아연실색한 보초들은 그의 감옥에서 뱀 허물밖에 발견하지 못했던 날을. 그리고 대학살의 아침을. 그때 그는 군중에게 똑같은 말을 했다.

저녁 땅거미가 내려 거대한 골짜기는 이미 어둑어둑해지고 있었지만, 산꼭대기는 붉게 물들었다. 여기저기서 횃불이 밝혀졌다. 가브리엘은 아나마야에게 다가가 두 손으로 그녀의 몸을 힘껏 쥐고 싶었다. 가브리엘의 손에 그곳까지 끌려온 인디언이 얼빠진 얼굴로 그를 바라보았다. 그는 인디언에게 가버리라고 손짓했다. 다시 얼굴을 들자, 세바스티안의 시선이 보였다. 그 신호가 뭘 뜻하는지도 모르면서 그는 저도 모르게 고개를 끄덕였다.

세바스티안은 이상하리만치 부드럽게 잉카의 목에 가죽끈을 두르고, 줄을 비틀어 죄는 막대기의 구멍 안으로 두 가닥을 살짝 집어넣었다. 그것은 호두를 깨는 나사와 비슷한 나무 나사였다. 그가 손목을 한 바퀴 돌리자, 끈이 아타우알파의 살 속으로 파고들었다.

귀청을 찢을 듯한 군중의 울부짖음이 하늘까지 치솟았다.

세바스티안은 손목을 이용해 또다시 나사를 돌렸다. 유일한 군주의 갈색 피부가 끈의 압박으로 하얘졌다. 성문(聲門)이 몹시 떨리고, 입은 침묵을 향해 열렸다. 그토록 뚜렷한 윤곽의 입술이 고통 속에 팽팽해졌다.

아나마야는 다시 눈을 떴다. 아타우알파의 마지막 시선에 녹아들고 싶은 듯, 그녀는 그의 핏빛 눈을 응시했다. 군중은 여전히 울부짖고 발베르데는 격한 어조로 성스러운 시를 읊조리는 가운데, 가브리엘의 목소리가 겨우 들려왔다.

"더 세게, 세바스티안, 더 빨리!"

키 큰 흑인이 이번에는 나무 나사를 온몸으로 돌리는 듯했다. 삐거덕 하는 소리가 군중의 소동을 뚫고 울려 퍼졌다. 유일한 군주의 척추가 부러졌다. 그의 눈은 아무에게도 보이지 않는 세계로 옮아갔다.

가브리엘은 아나마야가 자신과 어깨가 닿을 만큼 가까이 와 있는 것을 알아차렸다. 그녀의 손등이 자기 손을 스치는 것을 느꼈다.

그녀가 낮은 소리로 말했다.

"어느 누구도 반드시 벌어지게 마련인 일에 맞서 싸울 수는 없어요, 당신도요."

여자들이 점점 더 어두워지는 하늘을 향해 날카롭게 울부짖었다. 남자들은 자기 옷을 찢고 제 가슴을 할퀴었다. 횃불 불꽃이 미친 듯이 너울거렸다.

아나마야가 그의 손을 꽉 쥐며 말했다.

"모든 게 잘 되었어요."

세바스티안은 처형대 발치에 앉아 있었다. 그의 얼굴은 차갑게 굳어 있었지만, 어깨는 열병에 숨이 넘어가듯 떨리고 있었다.

8

1533년 7월 26일 밤, 카하마르카

달의 신 킬라의 빛이 없는 깜깜한 밤. 유일한 군주 아타우알파의 궁전은 영원히 걷히지 않을 어둠에 빠져 있었다.

도처의 크고 작은 방에서, 뜰과 헛간에서 밤은 탄식 소리로 메아리쳤다. 어제만 해도 몇몇 아내와 후궁, 하녀 들은 이방인을 섬기기를 꿈꾸었다. 잉카에 대해 불만을 토로하고, 그의 냉혹함과 무관심을 떠올렸다. 하지만 이제는 모든 것이 고통일 뿐.

아나마야는 온몸이 타는 듯한 열감을 느끼고는 안뜰의 분수 가에 서서 맑은 물에 두 손을 집어넣었다. 물방울이 얼굴 위로 흘러내려도 시원하지 않았다.

인구일이 다가와 말없이 그녀의 가슴에 몸을 기댔다. 아나마야는 그녀가 하는 대로 내버려두고 그녀를 위로했다. 쿠스코의 처녀이며 망코의 보호를 받는 그녀 역시 유일한 군주의 죽음을 슬퍼하고 있었다. 그의 잔혹한 명령으로 어머니와 형제를 잃고도.

아나마야는 살며시 그녀에게서 몸을 뗐다. 그리고 그녀의 눈물 젖은 작은 얼굴을 어둠 속에서 잠시 쳐다보았다.

"이제 가봐. 난 할 일이 있어……"

아나마야가 부드럽게 중얼거렸다.

인구일은 어둠 속으로 사라졌다.

아나마야는 아타우알파의 넓은 방으로 슬그머니 들어갔다. 방 안쪽에 켜져 있는 횃불 하나는 아무것도 비춰주지 못하지만 다른 세상으로 서서히 떠나가는 집의 분위기를 자아냈다.

희미한 빛 속에서 더듬거리던 그녀는 금속성 소리를 내는 물건에 발을 부딪혔다. 조금 전까지 잉카를 묶었던 목걸이였다. 눈이 어슴푸레한 빛에 조금씩 익숙해지자 방 안 풍경이 눈에 들어왔다. 살아 있는 잉카를 둘러싸고 있었고, 그의 열기와 사라진 권력의 흔적을 여전히 간직한 모든 것이. 붉은 나무로 만든 티아나, 등심초로 엮은 탁자, 뒤엎어진 체스 판……

"너도 다시 왔구나!"

두려움이 섬광처럼 아나마야를 꿰뚫었다.

"인티 팔라!"

젊은 여자의 윤곽이 어둠 속에서 나왔다. 아나마야는 뒷걸음치다 잉카의 의자 위에서 비틀거렸다.

"겁내지 마……"

예전의 인티 팔라의 목소리가 아니었다. 그녀의 우정을 믿었건만, 질투심을 감춘 달콤한 말로 배신했던 인티 팔라.

"제발 내 손을 잡아줘."

인티 팔라는 애원하다시피 말했지만, 그녀의 말은 머나먼 세계에서 들려오는 듯했다. 아나마야는 망설이다가 인티 팔라가 내민 손을 잡았다. 습하고 포근한 밤인데도 그녀의 손은 얼음장처럼 차가웠다.

"밤이면 회한이 끝없이 밀려들어. 잠을 자건 깨어 있건 그 회한을 떨쳐버리느라 마음이 몹시 흔들리지만 헛일이야. 내 회한은 하나의 퀴푸야. 그 매듭이 헤아릴 수 없이 많은 퀴푸……"

인티 팔라는 가볍게 웃기 시작했다. 하지만 그것은 곧 기침으로 변해 그녀의 가슴을 뒤흔들었다.

"난 아무것도 아닌 하찮은 존재지만 잉카와 잠자리를 같이했어. 키토의 '처녀들의 집'에 너와 함께 있었을 때 내겐 다른 소망이 없었어. 난 원하는 걸 얻었지. 어떻게 그럴 수 있었는지 나도 이젠 모르지만, 그 뒤의 내 잠자리는 유일한 군주님보다는 배반으로 더 자주 채워졌지. 배반 뒤에는 복수와 실망이 이어졌고……"

공주가 아나마야에게 다가왔다. 그녀의 팔과 어깨가 아나마야를 스쳤다. 그녀의 살결은 이상하리만치 메마르고 까칠했다. 온몸이 다른 세상으로 갈 채비를 하고 있는 듯했다.

"넌 그 배반을 제대로 보았지. 난 네가 내게서 유일한 군주님을 빼앗아갈까봐 두려웠어. 병사들이 서로 나눠 갖는 잊혀진 후궁들처럼 버려질지 모른다는 두려움이었지. 내가 너무 예민했어!"

그녀는 다시 웃음 지었다. 기쁘지 않은 웃음.

"내 회한은 말이야, 거짓말을 한 것 때문이 아니야. 펠리피요 때문에 아타우알파를 배반해서도 아니고…… 내 회한은 바로 너, 푸른 눈의 처녀 때문이야. 난 누구보다도 널 많이 사랑했고 네게 감탄했어."

아나마야는 또다시 화들짝 놀라서 손을 빼냈다. 하지만 인티 팔라는 아나마야의 손바닥에 자신의 긴 손톱이 박히도록 그녀에게 매달렸다.

"넌 날 믿고 싶지 않겠지, 그렇지? 날 몹시 경계하겠지? 넌 내 입에서 나오는 얘기는 이제 아무것도 믿지 않는구나!"

"널 믿어, 인티 팔라……"

"제발 그래 주기 바라! 아나마야, 네가 아클라우아시에 도착했던 날보다 더 내 기억을 괴롭히는 순간은 없어. 처음으로 네가 나를 쳐다보았던 그날. 너무 아름답고 그윽해서 한순간 내 가슴을 질투로 괴롭혔던 너의 기이한 두 눈으로 말이야. 넌 내가 결코 가질 수 없는 뭔가를 지니고 있었어…… 시간이 지나면서 너의 시선이 실은 우정과 충실함만을 원할 뿐이라는 걸 깨달았지. 영원한 우정. 하지만 난 오만함과 두려움 때문에 이내 그것을 막았어. 영원히! 이제 난 죽을 거야. 바로 오늘밤, 가슴속에 이 회한을 품은 채로."

"넌 내 친구야."

아나마야는 이렇게 속삭이면서도 자기가 한 말에 놀랐다. 그 말은 거짓이 아니었다. 그것은 단지 아주 오래된, 아득한 감정을 되살아나게 할 뿐이었다. 그 순간 몰락한 공주에게 그녀가 베풀 수 있는 감정을. 그녀의 손에 쥐인 인티 팔라의 손이 꼼짝도 하지 않았다. 그 손이 덜 차갑게 느껴졌다.

이윽고 인티 팔라가 나직이 말했다.

"넌 정말 이상하다고 생각하겠지만, 난 더이상 두렵지 않아."

두 여자는 감옥이 되어버린 방 안에서 서로를 끌어안았다. 아나마야는 인티 팔라의 숨결이 진정되고 그녀의 몸이 새롭고 강한 의지로 긴장되는 것을 느꼈다.

"이제 네가 날 도와주면 좋겠어."

그토록 아름다웠던 공주가 부탁했다.

"그래."

아나마야가 말했다.

✲

피사로 총독은 맨머리에다 검은색 옷을 입고 팔에는 검은 띠를 두르고 있었다. 가브리엘이 들어가자 그가 은컵을 치켜들었다.

"자네, 내가 뭘 마시는지 아나?"

가브리엘은 대답하지 않았다. 아나마야 곁에서 지워졌던 분노가 총독 쪽으로 발걸음을 내디딜수록 마음속에서 다시금 치밀었다.

"고맙습니다만, 저는 됐습니다."

"맛 좀 보게!"

말대꾸를 허용하지 않는 말투였다. 가브리엘은 내미는 컵을 받아 입술을 적셨다. 그러고는 곧바로 뱉어냈다. 돈 프란시스코는 컵을 다시 받아 들며 웃음기 없이 말했다.

"식초야! 난 일주일 내내 이걸 마실 걸세. 애꾸눈 알마그로와 다른 사람들도 모두!"

"돈 프란시스코, 그게…… 소토!"

소토가 모자를 쓴 채 부하 몇 명을 거느리고, 무거운 발걸음으로 방에 들어섰다. 안색이 어두웠다. 눈은 피로의 기색이 역력하고, 먼지투성이 옷처럼 수염도 헝클어져 있었다. 그가 입을 열기 전에 이미 가브리엘은 그가 무슨 말을 할지 알고 있었다.

"아무것도 없어요! 아무것도, 돈 프란시스코! 인디언 병사의 엉덩짝 하나 없고, 군대도 종대도 없어요. 남쪽으로 사방 사백여 킬로미터 안에는 단언컨대 아무것도 없습니다! 내 손등에 아무것도 없듯이 도로에 잉카의 군대는 없어요…… 우리가 본 무기라곤 농부들의 돌삽뿐입니다! 그래요, 아무것도 없어요…… 우리에게 근거 없는 소리를 한 겁니다!"

총독은 한숨을 쉬었다. 그는 눈을 내리깔고 컵 안의 식초를 돌렸다.

"내가 속았군!"

소토가 가브리엘을 돌아보았다.

"여긴 무슨 일인가? 잉카가 죽었다던데? 내가 도시를 가로질러 오는데, 사방에서 피를 얼어붙게 만드는 울부짖음이 들리더군!"

피로 때문에 그의 목소리는 굳어 있었다.

가브리엘은 몸서리를 쳤다. 마치 그 자신이 여러 날을 꼬박 헛되이 말을 달린 양 모든 근육이 뒤틀리는 듯했다.

"교수형을 당했어요."

가브리엘이 중얼거렸다.

"교수형? 재판도 없이?"

"재판은 있었어요."

"하지만 내가 도착하기도 전에……"

소토 대장의 입술이 떨렸다. 그는 입을 다물었다. 알아차린 것이다.

"그러니까 알마그로가 소송을 이긴 거로군."

소토 대장이 잠시 고개를 숙이더니, 귀찮은 파리를 쫓듯 머리를 흔들었다.

"총독님, 잉카의 존재가 쿠스코 원정을 힘들게 만든 것은 사실입니다. 하지만 그렇게 처형하는 것 말고 다른 해결책도 있었습니다…… 인디언 군주의 죽음이 유감스럽군요. 그건 좋지 않습니다. 총독님에게도, 우리에게도."

소토가 천천히 엄숙하게 말했다.

'당신이 본 게 전부가 아니야.'

머릿속에서 강철 목걸이를 지울 수 없는 가브리엘이 생각했다.

돈 프란시스코는 한동안 소토의 눈을 마주 바라보다가 식초 컵을 가득 채웠다. 그는 눈살도 찌푸리지 않고 컵에 입술을 적셨다.

"나 역시 유감스럽소, 소토."

총독의 목소리에는 존경심을 품게 하는 엄숙함과 슬픔이 배어 있었다. 소토는 눈을 맞추려는 듯 조용히 그를 쳐다보며 다음 말을 기다렸다. 하지만 아무 말도 없었다. 소토는 모자를 다시 쓰고, 부하들보다 앞서 밖으로 나갔다. 그러자 돈 프란시스코가 가브리엘에게 말했다.

"내게 얘기해주게. 그가 어떻게 죽었는지……"

✲

아나마야와 인티 팔라는 궁전 뒷방의 운쿠 더미에 둘러싸여 있었다. 운쿠의 형태와 재료와 빛깔이 놀랍도록 다양했다. 그곳에는 여러 세대에 걸쳐 유일한 군주들이 입었던 옷이 있었다.

둘은 헛간에서 용설란 끈을 찾아내지 못했다. 인티 팔라는 스페인 사람들이 말을 묶어두는 기다란 가죽 고삐 하나를 훔쳤다. 그녀는 살짝 미소를 띠며 그것을 아나마야에게 건넸다.

"아타우알파 군주님도 이것과 아주 비슷한 끈에 매어 돌아가셨지."

아나마야는 인티 팔라의 목에 팔을 둘러서, 가는 가죽끈을 단단하고 유동적인 매듭으로 교묘하게 맸다. 육감적인 구릿빛 피부로 남자들의 정욕을 불러일으켰던 가녀린 살 위에 놓인 그것은 흡사 아름다운 목걸이 같았다.

아나마야는 공주를 바라보았다. 인티 팔라는 살짝 고개를 끄덕였다.

"끈이 끊어지면, 난 잉카의 튜닉 한가운데로 떨어져. 내가 잉카의 마지막 밤을 함께하는 여자라는 꿈을 꾸게 되겠지."

그녀는 의자 두 개를 겹쳐놓고, 그 흔들리는 의자 위로 가볍게 올라섰다. 그리고 밀짚 지붕을 지탱하는 가는 골조의 중심 들보에 능숙하게 끈을 걸었다.

"이제 나 혼자 있게 해줘."

아나마야는 뒤돌아보지 않고 방을 나갔다.

그녀가 안뜰에 이르자, 나무 의자 넘어지는 둔탁한 소리가 들렸다. 그 소리는 인티 팔라가 아랫세상으로 여행을 떠나는 순간에 낸 전부였다. 아나마야는 발걸음을 늦추지 않고, 물이 여전히 흐르는 분수로 시원한 물을 마시러 갔다.

그날 밤, 아타우알파의 궁전과 카하마르카의 여러 칸차, 아클라우아시에서는 수십 명의 여자들이 잉카의 뒤를 따라 그렇게 목숨을 끊었다.

*

판결 명령에 따르기 위해, 그래도 가느다란 화형대에 불을 붙여야 했다. 불꽃이 죽은 잉카의 옷을 핥고, 나중에 그가 화형 당했다고 전해질 수 있도록 그의 살과 머리카락을 그을렸다.

가브리엘이 총독의 거처를 떠날 때도 모의 화형의 악취는 카하마르카의 대기 중에 내내 떠돌았다. 계곡의 공기는 비명과 신음 소리로 숨이 막힐 듯해 들이마실 수 없을 지경이었다.

광장 중앙에는 처형대가 아직도 세워져 있었다. 거기에 아타우알파의 시신이 묶여 있었다. 모든 백성의 한탄으로 뒤덮인 밤의 순교자, 인디언 예수처럼. 그의 죽음으로 인해 퍼져 나간 고통은 수그러들지 않았다. 그것은 느린 화살처럼 사람들 심장에 깊이 박혀 상처를 내고 터뜨렸다.

가브리엘은 이를 악물고 군중을 가로질러 갔다. 그토록 무표정하던 얼굴들이 눈물로 반짝였다. 저녁나절에 화가 머리끝까지 치민 스페인 사람들이 몇 번이나 광장을 치우려고 했지만 헛수고였다. 남녀 인디언들이 두려움이나 고통을 모르는 시체처럼 장홧발에 걷어채고 창에 찔려도 꼼짝하지 않고 먼지투성이 땅바닥에 길게 드러누워 있었다. 어떤 자들은 말발굽에 짓밟혀 머리가 터지기도 했다.

멀리 도시를 둘러싼 골짜기에서, 더 멀리 높고 머나먼 산에서, 사방위 제국의 고동치는 심장에서, 나팔 소리와 북소리, 급류 소리, 뇌우 소리가 서로 화답하며 울려 퍼졌다. 하늘에서는 별들이 천천히 흐르고 있었다.

잉카 신들의 숨결이 컴컴한 어둠을 가로질렀다.

화형대에 이른 가브리엘은 그때껏 그 누구를 위해서도 해본 적이 없는 행동을 했다. 아타우알파의 시신 앞에 무릎을 꿇고 조용히 두 손을 모았다. 종교재판소의 감방에 갇힌 뒤로 두 번 다시 기도하지 않겠다고 스스로 맹세한 그였지만, 그 자신도 놀랄 만한 열정과 기도의 말들이 쉽사리 솟아났다.

"당신이 올 줄 알았어요……"

속삭임에 불과했지만 그는 그 목소리와 억양을 곧 알아차렸다. 그는 뒤돌아보지 않았다. 눈을 감은 채 고동치는 가슴으로, 사랑하는 여인이 그곳에 있음을 느꼈다.

"그를 죽이지 못하도록 온갖 노력을 다 했지만……"

가브리엘이 중얼거렸다.

악취가 멎고, 그녀의 향기가 코끝에 느껴졌다. 그녀는 가까이 있었다. 그녀가 두 팔로 그를 안고 한 손으로 그의 입을 살짝 막았다.

"알아요."

"내겐 증거가 있었어요. 소토가 돌아왔는데…… 총독님은 이제야 납득했어요. 하지만 아무 소용 없는 일이죠. 너무 늦었어요."

아나마야는 그를 부드럽게 끌어안았다. 그녀의 가슴이 가브리엘의 팔에 닿아 떨렸다.

"아뇨. 너무 이른 것도, 늦은 것도 아니에요. 제때에 일어난 일이죠. 내가 말했죠, 모든 게 잘 되었다고. 유일한 군주님은 이제 그분이 마땅히 계셔야 할 곳으로 가신 거예요. 당신은 당연히 할 일을 한 거고요. 우리의 영웅 중 한 사람처럼, 돌같이 차가운 병사들 가운데 살아 있는 한 명의 전사처럼……"

"돌같이?"

그녀는 가만히 고개를 끄덕였다.

둘은 어둠 속에 함께 있었다. 그들의 숨결은 하나가 되었다. 그들을 에워싼 공포에도 불구하고 그녀를 향해 솟구치는 격렬한 욕망이 그는 놀랍기만 했다. 가늘고 날렵한 아나마야의 손가락이 자신의 셔츠 속으로 미끄러져 들어오자, 그는 온몸이 팽팽해지는 것을 느꼈다. 그녀의 손가락이 퓨마의 윤곽을 따라 그의 어깨를 어루만졌다.

"알아둬야 할 게 있어요. 당신 어깨에 있는 이 점, 내가 첫날밤에 입맞췄던 점 말이에요……"

감미로운 애무가 그의 몸 구석구석으로 파고들었다.

"기억해요……"

"이건 우리 산에 있는 짐승을 나타내는 거예요. 우리 조상들의 힘과 의지를 지니고 있기에 우리가 숭배하는 강인하고 훌륭한 동물이지요."

"퓨마 말인가요?"

"예, 강력한 군주 퓨마죠. 어느 날 밤, 이미 몇 해 전 일인데, 내가 한낱 떨고 있는 소녀에 불과했을 때, 아타우알파의 아버지 잉카 우아이나 카팍이 나를 가까이 부르셨죠. 그분은 내게 옛 제국의 비밀을 말씀해주셨어요. 또한 미래의 비밀도……"

아나마야의 목소리는 손과 입술처럼 부드럽고 달콤했다. 그가 놀라움 없이 욕망에 이끌리는 사이, 그녀는 이야기를 계속했다. 어떻게 위대한 왕의 미라인 분신 형제의 아내 코야 카마켄이 되었는지. 어떻게 그를 따라갔고, 그를 잃었고, 성스러운 돌들의 미로인 우아카 속에서 다시 찾았는지.

"내가 당신을 처음 본 것은 바로 어둠과 공포에 빠져 있을 때였어요. 당신은 빛나는 눈을 지닌 퓨마였죠. 발톱이 무시무시하고, 펄쩍 뛰어 산을 넘는 퓨마…… 난 당신이 날 잡아먹으러 오는 건지 아닌지 몰랐어요. 그리고 '퓨마를 믿어라' 라는 우아이나 카팍의 목소리가 들렸죠……"

가브리엘은 아나마야가 하는 말을 자기가 모두 이해하고 있는지 확신이 서지 않았다. 그 말들은 야행성 새처럼 쉼없이 그의 머릿속을 가로지르고, 그의 꿈속으로 찾아올 터였다.

"당신이 내 앞에 섰을 때, 당신 어깨에서 퓨마를 봤을 때, 난 당신이 내게로 이른 것임을 알았어요. 당신이 어디서 왔는지, 어디로 돌아갈 것인지를……"

그녀는 눈을 들어 아타우알파의 시신을 바라보았다.

"이곳에는 한 가지 삶이 있지만, 다른 곳에는, 여러 세상에는 여러 가지 다른 삶이 있어요. 우리는 이 세상에서 아랫세상으로, 아랫세상에서 가장 아름답고 완벽한 하늘의 다른 세상으로 여행을 하는 거예요. 우리는 되돌아오고, 변화하지요……"

"당신도? 아나마야, 당신도 그…… 여행을 했어요?"

그녀는 대답하지 않고 푸른 눈으로 그의 눈을 쳐다보았다. 그녀의 호수 같은 눈, 하늘 같은 눈, 어두운 밤처럼 짙은 눈이 미소 때문에 더욱 커 보였다. 그는 여행을 하기 위해, 믿음을 안고 그 눈 속으로 빠져들었다. 결코 되돌아오고 싶지 않은 여행이 되리라는 것을 그는 이미 알고 있었다.

제2부

9

1533년 10월 5일, 우아이우아슈 산맥

"조심해!"

가브리엘의 머리 바로 위에서 고함 소리가 터져 나왔다. 본능적으로 그는 재빨리 치켜든 방패 밑으로 머리를 숙이고 고삐를 더욱 바투 쥐고는 말을 내벽으로 바짝 밀어붙였다. 돌조각들이 일제 사격처럼 협곡으로 내리박히고, 커다란 돌덩어리 몇 개가 굉음을 내며 기울어졌다. 포석과 방패의 철판에 부딪히는 돌들의 충격음이 망치질 소리처럼 울리는 동안, 그들은 숨을 죽였다. 자갈 몇 개가 거칠게 콧김을 내뿜는 말의 엉덩이에 맞고 튀어 나갔다. 그러고는 정적이었다.

거의 동시에 페드로와 세바스티안이 기다란 몸을 일으켰다. 그들 역시 가브리엘처럼 방패를 내려뜨리고 비탈길 꼭대기 쪽을 올려다보았다.

고개를 가린 돌출 부분 바로 위에서 낙반이 일어난 게 틀림없었다. 가브리엘은 불안해하며 뒤따라오는 짐꾼들을 돌아보았다. 하지만 저마다 몸을 피했고, 짐 보따리 몇 개만 찢어졌을 뿐이다.

“젠장, 대포가 따로 없군! 안 봐도 뻔해!”

그리스인 페드로가 투덜거렸다.

페드로의 눈이 빛났다. 세 친구는 똑같은 생각을 하고 있었다. ‘우연히 일어난 낙반일까, 아니면 퀴즈퀴즈나 구아이파르의 전사들이 일으킨 걸까?’ 하는 생각.

사실 지금 그들이 있는 위치에서는 사실을 알아내기가 불가능했다.

“오늘 아침부터 벌써 세번째야. 만약 그들 짓이 아니라면, 그들 대신 일을 처리해주는 신이 있는 게지!……”

세바스티안이 찡그린 얼굴로 빈정거렸다.

페드로가 투덜거리는 욕설이 허공으로 흩어졌다.

“출발! 여기서 얼어 죽을 필요는 없지.”

가브리엘이 밤색 말의 엉덩이를 고삐로 철썩 치며 명령했다.

그들 뒤로 대규모 행렬이 길게 이어지고, 산허리에서 뿌옇게 먼지가 일었다. 마치 민족 전체가 전진하는 듯했다. 피사로 총독, 소토 대장, 돈 디에고 데 알마그로가 이끄는 사백 명의 스페인인들은 노예나 카나리족 동맹군, 해안 지방의 전사들, 자발적이건 강제로건 이방인들의 매혹적인 새 권력에 가담한 지방 소군주들의 하인들을 비롯해 수천 명의 거대한 인디언 무리 속에 파묻혀 보이지 않았다.

하늘은 낮고, 날씨는 매섭고 습했다. 뾰족한 산봉우리와 고개가 치명적인 시련처럼 그들 앞에 꼿꼿이 버티고 있었다. 계속 높아지는 듯한 산은 안개와 차디찬 공기 속에 잠겨 있었다. 기침 소리와 신음, 고함과 저주의 소리가 합주를 이루며, 간격을 두고 이어지는 말발굽 소리와 뒤섞였다.

행렬 한가운데쯤의 피사로 총독을 둘러싼 기병대 조금 뒤에서 찰쿠치막의 가마가 따라오고 있었다. 멀리 희미한 빛 속에서도 가마는 다양한 색깔의 깃털 장식 때문에 눈에 띄었다. 아침에 첫걸음을 떼서 저녁에 기진맥진할 때까지, 스페인 보병들은 다섯 시간마다 교대를 하며 울타리처럼 빽빽이 가마를 에워쌌다. 잉카의 장군은 고문으로 몸이 허약해졌지만, 그의 용맹성은 인디언 전사들 사이에 여전히 대단한 전설로 남아 있었다. 피사로 총독과 그의 부하들은 찰쿠치막을 구하기 위한 잉카족의 공격을 두려워하지 않는 날이 없었다.

✲

제국의 수도에 이르는 대로는 가파르고 미끄러운 비탈 위로 점점 더 촘촘하게 구불구불한 길을 그렸다. 씩씩거리며 거친 숨을 몰아쉬는 말의 짐을 덜어주기 위해, 기병들은 오래전부터 말에서 내려 걷고 있었다.

보이지 않는 숨결을 따라 안개가 흩어지기도, 짙어지기도 했다. 고개가 가까워지면서 이따금 가브리엘은 강한 햇볕에 눈이 부셨고 하늘은 대양만큼이나 푸르러졌다.

그의 눈앞에 펼쳐지는 세상은 더는 지상 세계 같지 않았다. 비에 씻기고 광풍에 쓸린 비탈길들은 유연하고도 헐벗은 물결을 이루었다. 결빙으로 메말라버린 짧고 노란 풀에는 바위 부스러기가 뒤덮여 있었다. 소관목도 자라지 않고 나무 한 그루, 풀 한 포기 없었다. 이따금 커다란 검은 바위만이 황토색과 붉은색의 흙 위로 솟아나 있었다. 더이상 인간에게 속한 세상이 아니었다. 상처 없이 이 세상을 가로지르려면 운에 기대는 수밖에 없었다.

여기서는 겨우 숨만 쉴 수 있을 뿐이다. 마치 카하마르카에서 녹인 모든 황금이 장화 바닥 안으로 흘러 들어간 듯, 발걸음을 옮길 때마다 더욱 무겁게 느껴졌다.

가브리엘의 지난밤은 긴 악몽이었다. 그는 숨이 막혀 입을 벌린 채 땀 젖은 차가운 몸으로 수도 없이 잠에서 깼다. 공기 없는 고장을 걷고 있는 꿈을 꾸다가, 죽어가는 짐승처럼 신음하다 벌떡 몸을 일으켰다. 주위에서 비슷한 공포에 사로잡힌 동료들의 끙끙 앓는 소리가 귓가에 쟁쟁거렸다.

잠에서 깨어난 그는 거의 아무것도 먹지 못했다. 한낮의 오후가 되어서는, 계속 걸을 힘이 없어 길가에 낙오되리라는 두려움을 떨쳐버려야 했다. 그는 백여 걸음씩 세다가 십여 걸음씩 세었고, 이제는 한 걸음씩 세면서 아직도 발을 내디딜 수 있다는 사실에 놀라워했다.

밤색 말이 포석 위에서 미끄러지는 바람에 가브리엘은 잡고 있던 고삐에 끌려 균형을 잃었다. 그는 꿋꿋이 버티기 위해 안장머리에 매달려야 했다.

안간힘을 쓸 때마다 그는 조금씩 더 지쳤다. 하지만 힘을 쓴 덕분에 때로 마약처럼 엄습하는 무감각 상태에서 벗어날 수 있었다.

푸른 머플러로 입 주위를 둘렀어도 얼굴이 얼어붙기 시작했다. 두터운 가죽 장갑 속의 손가락은 감각이 없었다. 몸은 차가운 땀으로 축축했다. 관자놀이에서는 시야를 흐리는 소음이 윙윙댔다. 목구멍은 후추를 뿌려놓은 듯 따끔거렸다.

아나마야의 충고가 그의 희미한 의식 속을 맴돌았다.

'멈추지 마세요, 멈추지 마세요, 설사 견딜 수 없을 지경이 되더라도 쉬지 마세요. 훨씬 더 빨리 지칠 거예요! 피곤할 때는 이걸 천천히 씹어요……'

그녀는 그를 살며시 어루만지며 말했다.

그래, 그녀가 준 게 있었지…… 왜 진작 그 생각을 못 했을까?

그는 감각을 잃은 손가락으로 헝겊 주머니를 찾아서 아주 천천히 열었다. 그녀가 그의 어깨에 끈으로 매달아준 추스파였다. 모직 주머니에 서리가 엉겨붙어 있었다. 그는 주머니에서 초록색 잎사귀 몇 장을 꺼내어, 더 생각해보지도 않고 입속에 집어넣었다. 약간 씁쓰레할 뿐 아무 맛도 나지 않았다. 그는 곧바로 뱉으려다가 그대로 씹었다. 그러자 뭔가 가벼워지는 듯했고 두통도 잦아들었다.

길가 군데군데에는 높이 구 미터가 넘는 담이 쌓여 있었다. 담벼락의 돌들은 마술에 가까운 석공 기술로 접합되어 있었다. 이제는 가브리엘이 쉽게 알아볼 수 있는 기술이었다. 그의 말이 두려움을 느끼는 듯 다시 멈칫거렸다. 갑자기 낭떠러지가 위험할 정도로 가깝게 느껴지자, 가브리엘은 자기도 모르게 투덜거렸다.

"도대체 왜 이런 보잘것없는 장소 한가운데에 담을 만들어놓은 거지?"

하지만 그는 그렇게 자연의 힘에 맞서는 데 도취되어, 얼굴을 후려치는 싸라기눈의 돌풍에도 별로 아랑곳하지 않았다.

담벼락 다음에는 꼬부랑길이 이어졌고, 드디어 그 위로 고개가 보였다. 가브리엘은 그럭저럭 전진하고 있는 행렬을 돌아보았다. 옆으로 미끄러지고 쓰러지는 말들, 고생하는 짐꾼들, 옷 속으로 파고들어 뼛속까지 괴롭히는 차디찬 빗줄기가 보였다. 길 한가운데에서 기진맥진해 쓰러지거나 구역질을 하는 병자들 때문에 행렬은 이따금 멈춰 섰다.

"봤어?"

세바스티안의 미소 띤 얼굴이 유령처럼 나타났다. 가브리엘은 다시 한번 고개를 올려다보았다. 어두운 색깔의 거대한 두 암괴가 마치 거인이 깎아놓은 문처럼 고개의 통로를 드러내고 있었다. 그는 동의를 표하며 따라 웃었다. 매번 오르막길은 앞서 지나온 내리막길보다 더 길었지만, 그는 그것이 마지막 오르막길일지도 모른다는 터무니없는 희망을 떨쳐버릴 수가 없었다.

몇 주 전 카하마르카를 떠날 때, 피사로 파와 알마그로 파 사이에는 팽팽한 긴장감이 감돌았다. 피사로 총독은 유일한 군주의 부당한 처형에 대한 책임이 알마그로에게 있다고 생각했다. 그 때문에 그의 월계관이 흔들릴지도 모를 일이었다. 한편 알마그로는 총독의 약속 위반과 계속적인 절도 행위에 격노했다. 그로 말미암아 자신과 자신의 패거리들이 황금을 나눠 갖는 데 손해를 입었다고…… 하지만 끝도 없는 오르막길 산중에서, 낭떠러지와 날아다니는 돌들과 숨통을 막는 눈발과 마주한 채 막연한 불안감을 키워가는 동안에는 더이상 이쪽저쪽의 당파도 없고 부자도 빈자도 없었다. 오직 살아남으려 기를 쓰는 인간들만이 있을 뿐.

빛 틈새로 하늘의 우윳빛 덮개가 갈라지더니 빛나는 하늘색이 스쳐 지나갔다. 드문드문 빛이 비치는 한가운데, 검은 새 한 마리가 보였다. 커다란 날개 끝이 사람의 손가락 모양과 흡사했다. 콘도르가 공중에서 춤추며 무한한 힘과 자유를 퍼뜨리고 있었다. 콘도르는 아름다웠다. 하지만 가브리엘은 불쾌한 기억을 떠올리지 않을 수 없었다. 우아이라스

다리 위에서 콘도르에게 공격당한 일, 다리 아래로 내던져진 짐꾼, 에르난도와의 결투.

한순간, 그는 피로와 추위를 잊었다.

하늘이 열릴 때와 마찬가지로 갑작스레 닫히고, 점점 더 짙어지는 눈발이 세차게 흩날렸다. 가브리엘은 아주 잠깐씩만 눈을 뜰 수 있었다. 눈을 뜨자 거센 바람에 몸을 구부린 앞사람의 윤곽이 보였다.

힘이 스르르 빠져나가고 극도의 고독이 밀려오는 순간, 어찌 된 일인지 가브리엘은 지친 몸을 녹여주고 두려움을 눈 녹듯 사라지게 해주는 자신감이 차오르는 것을 느꼈다.

그는 확신했다. 아나마야가 여기, 바로 곁에 있음을.

✲

고개에 다다르자 돌연 폭풍이 잠잠해지고, 하늘이 서서히 맑아졌다. 가브리엘은 눈을 깜박이며 상기된 얼굴로 천천히 숨을 내쉬었다. 앞서 도착한 몇몇 스페인 사람들은 호리병 물을 한참 동안 마셨다.

인디언들은 짐을 내려놓고, 늘 그렇듯 무관심한 태도로 웅크리고 앉았다. 그들 중 하나가 가브리엘을 쳐다보자, 가브리엘은 미소를 지어 보였다. 인디언은 초록색 이를 드러내 보이고, 손가락으로 가브리엘의 이를 가리키며 조용히 웃었다.

"코카, 코카!"

인디언이 만족스럽게 말했다.

거기서 몇 발짝 떨어진 곳에는 알마그로 파의 한 젊은이가 돌에 기대앉아 있었다. 가브리엘이 이름조차 모르는 젊은이였다. 젊은이는 부어오른 잿빛 얼굴로 마른기침을 하며 씩씩거렸다. 이따금 그는 얼굴을 돌리고 장밋빛 거품 같은 것을 뱉어냈다. 그것은 눈 위에 붉은 꽃처럼 떨어졌다.

"이봐, 왜 그래?"

"보여…… 보여……"

젊은이가 가쁜 숨을 몰아쉬며 거듭 말했다. 목구멍을 찢는 듯한 헐떡거림이었다.

"뭐가 보이는데?"

젊은이는 극심한 고통에 사로잡혀, 두 손으로 머리를 부숴버릴 듯 꽉 감싸쥐었다.

"황금이, 황금이 많아요. 무장한 기병이 황금을 지키고 있고……"

젊은이의 말은 기침 발작으로 중단되었다. 모험과 부를 꿈꾸다가 이제는 알 수 없는 병으로 이 고개에서 죽어가는 이름 모를 젊은이에게 가브리엘은 깊은 연민을 느꼈다.

가브리엘은 젊은이 옆에 무릎을 꿇고 앉아, 두 손으로 그의 손을 잡고 온기를 전해주려 애썼다. 죽은 자의 손처럼 차디찼다.

가브리엘은 두 팔로 그를 감쌌다. 그러고는 젖은 옷으로 덮인 젊은이의 가슴에 귀를 갖다 댔다. 물결 사나운 호수가 요동치는 소리가 들리는 듯했다. 이따금 호흡이 갑작스레 멈추었지만 몸속의 격한 움직임은 그치지 않았다.

가브리엘은 가슴에서 얼굴을 떼고는 계속해서 젊은이의 몸을 어루만져주었다.

"자넨 어디 출신인가? 어머니 성함이 어떻게 되지?"

그는 애써 꿋꿋한 목소리로 물었다.

젊은이는 눈을 감고 있었다. 그의 몸이 더이상 억제할 수 없는 경련을 일으켰다. 가래를 뱉을 때는 온몸이 들썩였다.

사람들은 젊은이를 피해 지나치는데, 가브리엘만은 그의 곁에 남아 있었다. 젊은이는 스르르 잠든 것처럼 보였다. 가브리엘은 그의 손목에서 여전히 맥박이 뛰고 있음을 느꼈다.

"에스트레마두라, 마리아……"

이윽고 젊은이가 중얼거렸다. 귀를 갖다 대야 들릴 만큼 작은 소리였다.

"나와 고향이 같군. 우리 어머니도 자네 어머니와 이름이 같다네. 겁내지 말게, 내가 함께 있으니."

젊은이의 그러쥔 손이 경련을 일으켰고, 얼굴은 고통으로 잔뜩 일그러져 있었다. 그의 몸이 위로 들렸다.

"더워. 숨 막혀! 창문 좀 열어줘!"

젊은이가 말했다.

"불에 탄 우리 땅을 나보다 먼저 보게 될 거야. 그리고 어렸을 때처럼 자네 어머니가 자네를 내려다보실 거야."

마지막 떨림과 함께 생명의 숨결이 젊은이를 떠났다. 그는 더이상 평온 속에도 전쟁 속에도 있지 않았다. 숨이 넘어가기 직전, 그는 어머니의 얼굴 혹은 황금을 지키는 기병의 얼굴을 보았다. 그는 죽었다.

가브리엘은 몸을 일으켰다. 그의 안에는 땀에 젖어 싸늘하게 얼어붙은 가련하기 그지없는 생명이 있었다. 생명, 분노와 두려움과 탐욕이 뛰어넘지 못하는 그 기이한 경계선…… 그는 눈을 돌리고 귀를 막았던 많은 사람들을 향해 비틀비틀 걸어갔다.

폭풍이 멀리 사라지자, 갑자기 석양으로 물든 하늘에서 첫번째 검은 점이, 다시 두번째 점이 보였다. 콘도르들이 돌아와, 고개 위에서 음산하고도 위풍당당하게 날고 있었다.

*

고개 통로의 검은 암괴 하나는 성당의 후진과 흡사하게 뒤쪽이 움푹 패어 있었다. 바위가 검푸른 하늘에 뚜렷이 윤곽을 드러내자, 가브리엘의 심장 박동이 갑자기 빨라졌다. 눈 덮인 정상이 황금빛 석양으로 물든, 저 멀리 자리잡은 산의 형상과 바위의 형태가 정확히 일치한 것이다. 가브리엘은 주변의 스페인 사람 몇몇을 돌아보았다. 그들은 머리를 숙이고 어깨를 구부린 채, 신부가 하는 말을 중얼거리고 있었다. 별이 총총한 하늘 아래 점점 혹독해지는 추위 속에서 그들은 신에게 이르는 길을 다시 찾았다. 살면서 그다지 많은 기도를 올리지 않았을 그들. 인디언들이 보지 못하게 재빨리 이불로 감추어놓은 시체를 마주하고서……

가브리엘은 기도에 몰두하지 못했다. 젊은이의 수수께끼 같은 눈빛이 머릿속을 떠나지 않았고, 밤 저편에서 자신을 끌어당기는 손길이 느껴졌다. 그는 그 바위와 뒤편의 산을 줄곧 바라보았다. 그의 시선은 그들 주변에 줄지어 둘러선 돌들을 따라가다가, 한가운데에 놓인 커다란 두 개의 돌덩이로 만들어진 탁자에 다시 이르렀다. 신부는 바로 거기에서 있었다. 산 한복판에 있는 제단……

가브리엘은 얼굴을 돌리고, 바스락거리는 눈을 밟으며 뒤로 몇 걸음 물러났다. 보호막이 되어준 바위에서 벗어나자, 그는 다시금 얼음장같이 차디찬 바람에 휩싸였다. 하늘에서 반짝이는 무수한 별빛 말고는 아무런 빛도 없었다. 그 어떤 의혹도 불러일으키지 않는 별들. 에스트레마두라 출신이든 카스티야 출신이든, 갈리시아 또는 그리스 출신이든 간에, 콩키스타도르들은 모두 같은 하늘 아래 태어났다. 하지만 마치 짓궂은 신이 재미삼아 아무렇게나 별들을 뿌려놓은 듯한 그 하늘은 달랐다. 그렇다, 그것은 진정 다른 세계였다.

그의 등뒤에서 웅얼거리는 기도 소리와 동료들의 불분명한 답송이 들려왔다. 하지만 고개 아래 평지에 세워진 인디언들의 넓은 천막에서는 단조롭고 구슬픈 가락이 울려왔다. 북이나 나팔은 없었다. 그것은 단지 부족들끼리 모여 이야기를 나누며 자신들의 신을 불러내는 인디언들의 낮은 중얼거림일 뿐이었다.

그렇게 서로를 모르고 이해하지 못하면서도 전쟁으로 갈라선 스페인인들과 인디언들은 그들도 모르게 비슷한 인간이 되어갔다. 죽음에 대한 두려움과 하늘 앞에서 느끼는 감탄 어린 공포 속에서.

바위와 눈더미 뒤에 세워진 한 천막에서 큰 목소리가 터져 나왔다. 가브리엘이 다가갔다. 천막 아래 세 사람이 헐떡거리면서 괭이로 얼어붙은 땅을 파려고 애쓰고 있었다. 쇠가 아니라 청동으로 만들어진 괭이였다. 괭이의 끝이 언 땅에 부딪혀 휘어졌다.

"망할 놈의 연장!"

세바스티안이 투덜거렸다.

가브리엘은 땀 젖은 친구의 얼굴과 디에고 멘데스의 얼굴을 힐끗 쳐다보았다. 디에고 멘데스는 알마그로의 사람으로, 갸름하던 얼굴과 두 눈이 부어오르고 눈 하나는 제대로 떠지지 않아 가느다란 선이 되어버렸다. 닥치는 대로 사람들을 공격하고, 목숨까지 앗아가기도 하는 기이한 고산병 탓이었다.

"이리 와서 우리랑 같이 땀 좀 흘려!"

세바스티안이 불렀다.

가브리엘은 대답 없이 어둠 속으로 돌아갔다.

잉카족의 천막들은 찰쿠치막의 천막 주변에 모여 있었다. 하얀 면 장막을 장식한 기하학적인 문양 때문에 그들의 천막을 알아볼 수 있었다.

그가 다가가자, 그들은 목소리를 낮추거나 입을 다물었다. 남자나 여자나 이불을 몸에 두르고 있었는데, 그와 눈이 마주치자마자 눈길을 돌렸다.

"저들은 당신을 두려워하지 않아요."

가브리엘이 돌아보았다. 검은색과 회색 모직 망토를 두른 아나마야가 그의 곁으로 살며시 다가왔다. 가브리엘은 어둠 속에서 미소 지었다.

"당신을 찾고 있었어요……"

"당신 때문에 걱정했어요."

불빛이 없어서, 가브리엘은 아나마야의 표정을 짐작할 수 없었다. 하지만 그녀의 목소리에는 애정 어린 불안이 담겨 있었다. 자신에게 바짝 붙어선 그녀의 몸을 느끼자, 떨림이 그의 온몸으로 퍼졌다. 그 떨림은 추위 때문이 아니었다. 그는 그녀를 껴안고 입 맞추고 싶은 욕망을 누르려고 이를 악물어야 했다.

"퀴즈퀴즈의 병사들이 산속에 있어요. 구아이파르도 그중 한 명인데……"

그녀가 다시 말했다.

"구아이파르?"

잉카 장교의 이름을 듣자, 증오에 찬 눈초리와 오만한 이마와 콧대를 지닌 남자의 모습이 그의 눈앞에 떠올랐다.

"그들은 이제 당신들을 잘 알아요. 당신들이 치명적인 존재라는 것을. 그들은 더이상 대학살 때처럼 고지식하지 않아요. 이제 그들의 영역에 들어와 있는 거예요. 당신들은 검 때문에 거추장스럽고 말도 미끄러지는 판에, 그들의 돌이 날아다니며 후려치고 있지요."

아나마야가 말했다.

가브리엘은 말없이 서 있었다. 며칠 전부터, 모든 스페인인들과 마찬가지로 그의 마음속에도 그런 무력감과 불안감이 자리잡고 있었다. 그들 주위의 인디언들이 하나 둘 다시 말문을 열기 시작했다. 가브리엘은 그들의 적의가 누그러진 것을 느꼈다. 어쨌든 당장은. 한 천막 뒤로 불빛과 흔들리는 그림자가 보였다. 그는 아나마야를 돌아보았다.

"저들이 나무를 찾아냈나요?"

그녀는 대답하지 않았고, 그도 더이상 묻지 않았다. 때때로 그녀의 침묵은 그를 위축시켰다. 두 사람은 조금 전에 신부가 기도를 드리던 바위 쪽으로 걸어갔다.

그들은 가방과 자루를 쌓아 만든 정사각형의 작은 보루 주위에서 농담을 하며 웃고 있는 스페인인들을 지나쳐 갔다. 스페인인들은 어둠 속에서 수상쩍은 움직임이 발견되는 즉시 경보를 울리도록 마구에 방울을 매달아놓았다.

"황금이군."

가브리엘이 한숨을 쉬었다.

"저들은 자기 자신보다도 황금을 더 애지중지하는군요……"

가브리엘은 무력한 몸짓을 했다. 아나마야와 함께 도망쳤다는 이유로 피사로 총독은 그에게서 전리품을 빼앗아갔다. 그런데 그 모욕은 그에게 오히려 축복이었다. 그는 아무것도 갖지 않고 아무것도 원하지 않게 되어 기뻤다. 두 사람은 검은 바위로 다가갔다. 바위는 이제 어둠과 하나가 되어 분간이 되지 않았다.

"이 장소를 알아요?"

아나마야가 물었다.

"아니."

"우리에게는 산이 바로 신이에요. 태양신과 달의 신처럼, 샘과 바람처럼, 또는 그 형상에서 신의 존재가 드러나는 바위들처럼…… 그 바위들은 우리에게 신의 존재를 알려주기 위해 조상들이 손으로 깎은 거지요. 그 후로 신에게 그 풍요로움에 대해 감사드리기 위해 그곳에서 제물을 바쳐요…… 그곳을 우아카라고 불러요."

누군가의 목소리가 어둠 속에서 솟아 나왔다.

"가톨릭교의 신도 제물을 알고 있었지요…… 그러나 그분은 아들 이삭에 대한 아브라함의 손을 막아주셨어요. 뻣뻣한 인간의 목덜미를 숙이게 하셨고, 그들의 죄를 용서하기 위해 그리스도를 보내셨지요……"

부드러운 목소리였다. 프레이 비센테 발베르데의 응징하는 듯한 억양이 아니었다. 가브리엘은 아나마야를 보호하기 위해 본능적으로 몸을 일으켰다.

"겁내지 말게. 난 자넬 알아……"

부드러운 목소리의 남자가 말했다.

바위 그림자에서 사람의 윤곽이 나오더니 그들에게 다가왔다. 발길에 다져진 눈에서는 발소리도 나지 않았다. 남자는 오른손을 들고 미소 지으며 가브리엘에게 말했다.

"이제 내가 누군지 알겠나?"

가브리엘은 어리둥절해져서 남자의 눈과 손을 바라보았다. 젊으면서도 늙어 보이는 매끈한 얼굴의 푸르스름한 회색 눈. 그리고 축복해주려는 듯 위로 들어 올린 손. 손가락 두 개가, 가운뎃손가락과 약손가락이 붙어 있었다. 어렴풋한 기억이 가브리엘의 머릿속을 맴돌았다. 마침내 가브리엘이 외쳤다.

"세상에!"

"필요하다고 느껴질 땐 신을 향해 돌아설 줄도 알아야지, 에라스무스의 친구야……"

"바르톨로메 수도사님!"

"우리가 두 달을 함께 보냈는데, 이 친구가 슬픈 사건 하나를 제외하고는 모든 것을 기억에서 지워버렸다는 생각이 들 때면 말이지요……"

바르톨로메가 아나마야에게 말을 건넸다.

마음의 동요가 가브리엘의 온몸 구석구석을 휩쓸었다. 그는 아주 오래전부터 그 감옥을 다시 생각하지 않았고, 고문의 두려움과 분노, 아버지 앞에서 당한 모욕의 기억을 떠올리지 않았다. 도냐 프란세스카에 대한 기억도. 그는 그것이 다소 부끄러웠다.

가브리엘이 말했다.

"그건 다른 삶이었어요."

"하지만 같은 걸세."

두 남자는 어둠 속에서 서로를 바라보다가 동시에 부둥켜안았다.

"언제부터 원정대에 합류하셨어요?"

"원정대가 출발하고 며칠 뒤에 카하마르카에 도착했지."

"그런데 오늘밤까지도 수도사님을 보지 못하다니, 어찌 된 일일까요?"

"정말 어찌 된 일이지?"

"질문에 질문으로 답하면서 나를 수도사님의 신학생으로 만들지 마세요."

"질문에 대한 대답이 없을 때는 다른 질문을 던지는 게 낫지. 아니면 침묵을 지키든가……"

"침묵이라…… 수년 전에 수도사님이 내게 해준 충고로군요…… 내가 침묵할 수 있을지는 여전히 모르겠어요……"

"내가 보기에 자네는 많은 일을 할 수 있을 것 같은데."

바르톨로메가 아나마야에게 흘낏 눈길을 던지며 쾌활하게 말했다.

두 사람과 아나마야는 세바스티안과 그의 동료들이 무덤을 파고 있던 천막으로 되돌아갔다.

"난 이 불쌍한 사람을 축복해주어야 해."

바르톨로메가 말했다.

"여기서 뭘 하시는 거예요, 바르톨로메 수도사님?"

바르톨로메는 눈도 깜박이지 않고 눈길을 돌리지도 않았다. 대답이 없었다.

"신의 성직을 수행하고 있지."

이윽고 그가 미소를 띠며 말했다.

"질문에 대한 대답이 없을 때는……"

"내가 대답하지 않았나?"

바르톨로메는 천막 아래로 사라졌다.

가브리엘은 어둠을 바라보며 잠시 그대로 있었다. 그러자 아나마야가 그를 이끌면서 말했다.

"저 사람은 다른 사람들과 다르네요. 당신하고도 다르고, 다른 사람들하고도 달라요."

"내게도 정말이지, 그는 이상한 사람이에요……"

"그가 우리를 학살할 수도 있을까요?"

가브리엘의 시선이 하늘을 밝히는 별들을 애써 찾다가, 새들이 숨어든 어둠을 뚫고 추위를 가로질렀다.

마침내 가브리엘이 말했다.

"내 생각엔 그럴 것 같지 않지만 모르는 일이죠."

10

1533년 10월 11일, 아툰 사우사

어슴푸레한 새벽빛 속에서 밭을 발견하고는 모두들 입을 다물었다. 그곳에 사람의 손이 무수히 뿌려놓은 것은 섬세한 연보랏빛 퀴노아도 아니고 황금빛 옥수수도 아니다. 그것은 죽음이었다.

몇 주 전, 우아스카르 일파와 아타우알파 일파 사이에 전투가 벌어졌다. 전사들은 쓰러진 자리에 그대로 남아 있었다. 어떤 자는 진흙탕 속에 머리를 처박고 있고, 또 어떤 자는 하늘을 향해 눈이 돌아가 있었다. 가브리엘은 그 영원한 고요 속에서 몸서리쳐지는 기억을 새겼다. 그것은 부패하는 시체의 악취요, 돋아나는 풀의 억제할 수 없는 생명력과, 상처에서 양분을 빨아먹는 벌레들의 우글거림, 눈구멍을 파먹는 새들이었다…… 사천 구 가까이 되는 시체가 들판을 덮고 있었다. 땅이 그 이상한 수확물을 흡수할 것이고, 곧 초록으로 다시 덮일 터였다.

화창한 날씨였지만, 사람들은 구역질을 해댔다.

가브리엘은 눈길을 돌려 푸르른 경치를 눈에 담으려고 애썼다. 험악한 고개와 눈보라와 추위를 거친 뒤의 새벽은 온화하고 온기를 약속하는 듯했다.

기다란 행렬의 선두에 선 돈 프란시스코 피사로 총독, 그는 아름다움에 무심한 것처럼 살육에도 무심한 듯했다. 그는 땅의 기복을 살피고 설명을 요구하느라 인디언 안내자들을 종종 멈춰 세웠다. 그는 대단한 우정을 천명하며 그 도시의 쿠라카를 자기 옆에 붙잡아두고 있었다. 쿠라카는 폭이 손가락 네 개만 한 왕관으로 기다란 머리채를 묶은 우안카족 사람이었다.

"우리가 당신을 보살펴주겠소. 당신을 잉카족한테서 해방시켜주겠소."

총독은 자주 이렇게 말했다. 통역을 해주면, 남자는 눈빛이 환해지고 머리를 크게 끄덕였다.

피사로 총독은 정복 초기처럼 기도를 하며 밤을 보냈다. 카하마르카의 족장들은 두려움과 불안감으로 변비에 시달렸다.

"곧 전투가 벌어질 것이다."

✲

산의 사면은 아툰 사우사를 굽어보고 있었다. 아툰 사우사는 아름다운 잉카의 도시로, 태양신의 신전, 아클라우아시, 넓은 광장 한가운데 있는 독특한 피라미드 모양의 우스누, 가장자리가 벽으로 둘러싸인 여러 칸차, 창고, 좁은 골목길 등을 갖추고 있었다. 커다란 골짜기 깊숙한 곳에 자리하며, 넓은 강을 거슬러 길게 이어지는 아름다운 도시였다.

아름다운 잉카의 도시이건만, 그것은 불타고 있었다.

산을 조금 더 높이 올라가자 찰쿠치막의 가마가 쉽게 전진하지 못했다. 그 때문에 피사로 총독도 뒤처져 있었다. 찰쿠치막 장군은 결코 모습을 드러내지 않았지만 고문으로 생긴 상처로 걷지 못하는 게 틀림없었다. 그래도 총독은 그가 비밀리에 인디언 군대를 지휘하고 있다고 확신했다. 전투가 가까워지자 총독은 찰쿠치막한테서 한치도 떨어지려고 하지 않았다.

초조해하는 동생 후안과 알마그로를 물리치면서, 그는 소토에게 기병들을 데리고 도시로 가라는 명령을 내렸다. 가브리엘이 선발대에 들어가게 해달라고 간청해야 했던 일은 옛말이었다. 피사로 총독은 손짓으로 그에게 소토를 따라가라고 요구했다. '언제나 그렇듯이 만약을 대비하는 거로군' 하고 생각하며 가브리엘은 재미있어했다. 그는 밤색 말에 박차를 가해, 두 줄로 전진하는 열다섯 명가량의 기병들 사이에 끼어들었다.

도시 입구에서 소토가 손을 들어 일행을 멈춰 세웠다. 강 건너편에 인디언 대부대가 집결해 있었다. 색색가지 튜닉을 입은 병사들이 손에 횃불을 들고, 저장 식량을 넣어둔 콜카부터 시작해 주요 건물들에 불을 질렀다.

"저들이 창고를 불태우는데요. 가봐야겠어요!"

하급 귀족 중 하나인 디에고 데 아구에로가 소리쳤다.

"진정하게."

소토가 대꾸했다.

"소토 대장님은 정말 신중하시군요."

놀란 가브리엘이 말했다.

소토가 웃었다.

"난 총독님의 명령에 따르는 것일세. 총독님 없이 중대한 전투를 벌여서는 안 되니까."

"모든 것이 불타고 있어요, 대장님. 두 시간 뒤면 이 도시에는 옥수수 이삭 하나, 말린 고기 한 점 남아 있지 않을 겁니다."

성미가 몹시 급한 하급 귀족이 투덜거렸다.

"대장님, 제가 아구에로와 페드로와 함께 정찰하게 해주십시오."

가브리엘이 말했다.

"저도 가겠습니다."

뒤에 있는 기병도 나섰다.

"저 사람도 같이 가죠. 말을 빨리 몰아가면, 모든 게 다 타기 전에 저들을 물리칠 수 있을지도 모릅니다."

가브리엘이 뒤도 돌아보지 않고 말했다.

소토가 잠시 숙고했다.

"정말이지 이건 자네들 책임일세! 우리가 증원군으로 도착할 때까지 부디 살아남게."

"걱정하지 마십시오, 대장님. 저희가 식탁을 차려놓겠습니다. 저녁 식사나 놓치지 마세요!"

그들은 서둘러 강의 얕은 곳으로 건너갔다. 가브리엘은 전속력으로 말을 몰았다. 대로가 골목길로 바뀌고 윗부분이 잘린 원추형 집들이 나타났다. 자욱하고 매캐한 연기가 벌써 집들 사이에 고여 있었다. 광장 입구에서 찢어진 튜닉을 입은 인디언 하나가 그을음으로 시커메진 얼굴로 팔을 번쩍 들어 올렸다. 그들이 나타난 것을 보고도 그다지 놀라지 않으면서, 인디언은 말을 뒤쫓아 달리며 케추아어로 소리쳤다.

"저들이 모조리 태우고 있어요! 우릴 구해주세요!"

우안카족은 스페인인들의 지배를 결코 받아들이지 않은 잉카족에게 어쩔 수 없이 굴복한 종족이었다.

가브리엘은 세 동료를 돌아보며 소리쳤다.

"우리를 해방군으로 맞이하는데!"

"그럼 빨리 해방시켜주자고. 그렇지 않으면 몽땅 다 타버릴 거야, 우리도 함께 말이야!"

페드로 데 칸디아가 광장에서 제일 큰 건물을 가리키며 소리쳤다. 잉카 병사들은 그 칼란카에 불을 붙일 태세였다.

연기에 눈이 붉게 충혈된 가브리엘은 검을 빼들고, 뜨거운 열기에 당황하는 말을 쓰다듬었다. 칼란카에서 나오는 병사들은 도끼와 창과 투석기로 무장하고 있었다. 그들을 본 한 잉카 장교가 고함을 지르며 명령했다. 묵직한 나팔 소리가 광장 너머로 울려 퍼지는 사이, 이미 이십여 명의 잉카 전사들이 스페인인들을 향해 돌진했다. 그들은 말도 전혀 겁내지 않았다.

"산티아고!"

페드로의 가슴에서 거친 고함이 터져 나왔다. 동물의 울부짖음 같은 외침이었다. 가브리엘과 페드로, 아구에로와 기병은 똑같은 본능에 따라 움직였다. 그들은 말의 목에 몸을 반쯤 구부린 채, 칼날이 오팔빛으로 반짝이는 검을 겨누었다. 말들 역시 달리면 숨통이 트일 것처럼 맹렬히 달렸다.

네 사람은 첫 공격으로 인디언들 무리를 헤치고 나아갔다. 검이 창을 부러뜨리고, 투석기의 끈을 자르고, 곤봉과 도끼를 쥔 손목을 베어버렸다. 첫번째 잉카 전사가 고통에 찬 외마디 비명을 지르며 쓰러졌다. 다른 이들은 좁은 골목길 쪽으로 흩어졌다. 가브리엘은 페드로와 나란히 그들을 추격했다. 멀리 자욱한 연기 속에서 이구에로와 그의 동료가 강 쪽으로 접어들었다.

"조심해, 조심해!"

페드로가 소리쳤다.

집들 사이의 통로가 비좁아서 기병 둘이 동시에 진입할 수 없었다. 가브리엘이 말의 목에 엎드린 채 먼저 나아갔다. 통로로 들어서자, 한 남자가 비틀거리다 밤색 말의 발굽 아래 둔중하게 쓰러졌다. 엉덩이까지 전해지는 뭔가 짓밟히는 느낌에 가브리엘은 불쾌했다. 투석기 돌 하나가 말의 귀를 가까스로 비켜 갔다. 칸차 입구에 숨어 있는 사수가 보였다. 가브리엘은 사수가 있는 곳 가까이로 말을 몰아 검 끝으로 사수의 가슴을 갈랐다. 순간, 튀어 나온 눈이 그의 얼굴로 날아들었다. 처음으로 죽인 자의 핏방울이 그의 뺨과 입술로 흘러내렸다.

얼마 지나지 않아 그의 앞에는 질주하는 도망병 하나만이 남았다. 푸른 깃털이 달린 무거운 장교 투구를 쓴, 귓불이 늘어진 사내였다. 그가 뛰어오를 때마다 그의 귓불에 박힌 커다란 황금 마개가 어깨 위에서 흔들렸다.

가브리엘은 그가 강을 건너려고 한다는 것을 한눈에 알아차렸다. 강 건너편에는 인디언 대부대가 꼼짝도 않고 기다리고 있었다. 그가 길을 가로막기 위해 밤색 말을 옆으로 몰자, 인디언 장교가 추월당한 것을 눈치채고는 곧바로 멈춰 섰다. 먼지와 그을음을 뒤집어쓴 가브리엘은 그를 알아보고 깜짝 놀랐다. 오만으로 가득 찬 시선, 바위 모서리처럼 우뚝한 콧날. 그는 결코 잊지 않았다.

"구아이파르! 난 네가 누군지 알아!"

가브리엘이 소리쳤다.

"우리말을 할 줄 아느냐? 나를 죽이는 데 그게 무슨 소용이지?"

상대방이 분노하며 대꾸했다.

"종종 네 생각을 했다, 구아이파르."

가브리엘이 웃었다.

구아이파르의 얼굴은 아무런 동요도 내비치지 않았다. 하지만 가브리엘은 자신이 망설이고 있음을 느꼈다. 카하마르카의 학살이 벌어지는 동안 아나마야를 보호하려 했던 남자를 눈앞에 보고 있자니, 이상하게도 어깨가 무겁게 짓눌리는 듯했다. 갑자기 검의 강철이 지독히도 무거워진 것처럼.

"날 죽이는 게 좋을 거다."

구아이파르가 그의 망설임을 눈치채고 말했다.

가브리엘은 말이 꼼짝 못하게 붙잡고 있었다. 강 위로 연기가 나부꼈다. 강 건너편의 잉카 투사들이 자기들 대장이 고립되어 있는 것을 알아보고 소리쳤다. 또다른 고함 소리가 마을을 가득 메웠다. 그러나 가브리엘은 꼼짝도 하지 않았다. 구아이파르도 의혹에 사로잡힌 듯 눈썹 하나 까딱하지 않았다.

그때, 그들로부터 스무 걸음쯤 떨어진 곳에서 사납게 노호하는 소리와 함께 밀짚 지붕이 불타올랐다. 가브리엘이 순간적으로 고개를 돌리자 하늘을 집어삼키는 불길이 보였다. 그는 보지 않고도 알아차렸다. 유연하게 펄쩍 뛰어 말을 피한 구아이파르가 짧은 풀이 자라난 강기슭으로 뛰어가며 자기 몸에 달린 황금 장신구를 모조리 소용돌이치는 강물에 내던지는 것을.

소용돌이 속으로 뛰어들기 전에 구아이파르가 소리쳤다.

"넌 나를 죽였어야 했어. 왜냐하면 이제 내가 널 죽일 테니까!"

✲

가브리엘이 지나가는 곳마다, 어른 아이 할 것 없이 집과 칼란카에서 나와 감사의 눈물을 흘리고 기쁨의 함성을 질렀다. 그는 어색해하며 조심스레 그들을 밀어냈다.

몇몇 사람들이 기어코 그를 어느 칸차로 데려갔다. 칸차에는 손에 망치를 든 잉카 병사 하나가 다리가 부러진 채 누워 있었다. 병사를 둘러싼 우안카족 젊은이들이 소리를 지르며 병사에게 욕설을 퍼부었지만 감히 다가서지는 못했다. 한 아이가 가브리엘의 칼집을 잡아당겼다.

"난 시간이 없습니다!"

가브리엘은 이렇게 소리치고는 칸차를 떠났다.

그는 전속력으로 다시 출발해 광장을 가로질러 갔다. 아구에로의 흔적도 페드로의 흔적도 전혀 보이지 않았다. 그는 다리로 향했다. 아나마야가 불현듯 떠올랐지만, 그는 그 생각을 몸 밖으로 아주 멀리 떨쳐냈다.

강 건너편에는 이백 명이 넘는 인디언 병사들이 군집해 있고, 그 뒤쪽에서는 열다섯 명쯤 되는 또다른 병사들이 동아줄과 밀짚으로 된 다리를 태우려 애쓰고 있었다. 아구에로와 페드로가 그들을 막기 위해 일찌감치 대부대를 헤치고 나아가려 했지만 헛수고였다.

아구에로는 칼날을 넓게 휘둘러 돌과 몽둥이의 공격을 교묘히 피했다. 그리고 솜씨 좋게 말을 몰아가며 용감히 싸웠다. 페드로는 더 적은 움직임으로 똑같은 효과를 거두었다. 두 동료와 합류한 가브리엘은 그들과 맞서는 인디언들의 모습을 보자 소름이 끼쳤다. 동료들이 다리에 불을 질러 스페인인들의 도강을 막을 수 있도록, 카하마르카의 인디언들처럼 비명 한번 지르지 않고 아무런 저항도 없이 목숨을 내놓을 기세로 버티고 있었던 것이다.

스스로에게 용기를 주고 의혹을 없애려는 듯, 가브리엘은 목청이 찢어져라 고함을 지르며 접전 속으로 밤색 말을 내달렸다. 용기를 북돋워주는 페드로의 엉뚱한 웃음소리가 들려왔다.

"자네, 시간이 좀 걸렸는걸!"

가브리엘은 팔을 베고 가슴에 구멍을 뚫고 얼굴을 찢으며, 죽음의 열기에 휩싸여 맹렬히 공격했다. 잉카족의 전통적인 방어는 무엇이든 베어버리는 강철 무기에 저항하기에는 역부족이었다. 열 명, 이어서 스무 명이 무력하게 쓰러졌다. 어떤 자들은 자기들 위로 쓰러지는 동료 병사들에게 깔려 죽고, 또 어떤 자들은 팔다리가 잘린 몸을 강까지 끌고 가서 강에 빠져 죽었다. 하지만 살아남은 병사들은 광기 어린 눈으로 망치를 휘두르고 도끼를 치켜들며 다시 공격했다.

접전중에 가브리엘은 다른 이들보다 강한 한 투사에게 눈길이 끌렸다. 키가 더 크고, 힘도 더 세고, 더 고상한 외모를 지닌 투사였다. 그는 결코 낙담하지 않는 듯 끊임없이 동료들을 독려하고 있었다. 몇 번인가 검의 강철이나 말발굽이 그를 스쳤다. 그는 마치 춤추듯 죽음을 피했다. 그리고 민첩한 동작으로 페드로의 말 엉덩이에 뛰어올라 페드로의 어깨를 움켜쥐고 다른 손으로는 도끼를 찾아 페드로의 옆구리를 후려치려 했다.

가브리엘은 밤색 말을 펄쩍 뛰게 해서 그들 뒤로 달려갔다. 그는 팔을 번쩍 들었다. 칼날이 잉카 투사의 유색 직물과 살갗 사이를 스치는 것이 손바닥으로 느껴졌다.

잉카 투사가 비명을 지르더니 다시 몸을 일으켜 온 무게로 검을 짓눌렀다. 잠깐 동안은 아무 일도 일어나지 않은 듯했다. 인디언의 두 다리가 여전히 말의 둔부를 감아 조이고 있었고, 가브리엘은 자기 칼로 그를 받치고 있다고 생각했다. 그러더니 말을 조이던 다리가 풀리며 인디언이 말발굽 아래로 기울어졌다.

"맙소사, 때마침 잘 왔네, 돈 가브리엘!"

페드로가 옆구리를 문지르며 투덜거렸다.

"다리는 글렀어, 결국 불타버리고 말 거야."

가브리엘이 솟구치는 불길을 가리키며 대답했다.

한편 인디언들은 동료들의 시체와 부상자 들을 버려두고 물러갔다. 귀신에 홀린 듯 전투가 끝났다. 장화와 짧은 바지가 피투성이가 된 아구에로와 그의 동료가 그들과 합류했다. 그들은 말에서 내려 투구를 벗었다. 험상궂은 얼굴이 땀과 피로 젖어 있고, 뺨과 입술은 두려움으로 굳어 있었다.

페드로가 입속말로 투덜거리듯 말했다.

"여러분, 좋은 소식이 있소이다. 바로 우리가 살아 있다는 소식이오!"

✲

소토와 그의 기병들이 합류했고, 정오경에는 피사로 총독과 나머지 행렬이 도착했다. 온 도시가 기쁨의 함성으로 넘쳐났다. 하지만 스페인인들은 축제를 벌이고 선물을 받느라 지체하지는 않았다.

피사로 총독이 강가에 이르렀다. 그의 형제 곤살로와 후안, 소토 대장과 알마그로가 그의 곁에 있었다.

"상황이 어떤가, 가브리엘?"

가브리엘은 강 건너편을 가리켰다. 그곳에서 육백 명쯤 되는 잉카 병사들이 그들과 대치하고 있었다.

"우리가 저들을 추격했습니다, 돈 프란시스코. 그리고 보시다시피 몇 명은 저지시켰습니다. 하지만 저들이 기어이 다리를 파괴시켜버렸습니다."

"겁쟁이! 비겁한 놈!"

경멸의 고함 소리가 곤살로의 입에서 터져 나왔다.

가브리엘은 이마에 맺힌 땀을 닦았다. 그는 구불구불한 갈색 머리에게 가까이 다가갔다. 조금 전 사람을 죽일 때 떠올랐던 사악한 미소가 그의 입가에 칼자국처럼 남아 있었다.

곤살로는 세 발짝 뒤로 물러서며 다시 내뱉었다.

"우린 비겁한 네놈이 어떻게 싸웠는지 이미 알고 있어. 놈들의 우두머리를 도망가게 내버려두고……"

가브리엘은 깜짝 놀랐다. 잠시 주저하던 그는 구아이파르를 말하는 것임을 알아차렸다.

"그만 해, 곤살로!"

피사로 총독이 명령했다. 총독의 퉁명스러운 어조는 말대꾸를 용납하지 않았다. 곤살로와 가브리엘은 증오로 일그러진 얼굴로 서로를 경계했다.

돈 프란시스코는 짐짝처럼 쌓인 희생자들을 냉담한 눈길로 바라보았다. 그리고 마을의 침략자들이 사라진 길과 그들을 갈라놓는 물살 빠른 깊은 강을 바라보았다. 얼굴을 돌리지 않은 채 그는 추가 공격을 위한 지원자들을 요구했다.

"놈들에게 교훈을 줘야 한다. 놈들이 큰 대가를 치르지 않고도 난관을 벗어날 수 있다고 생각하게 내버려두어선 안 돼."

왜 가브리엘은 첫번째 지원자로 나선 것일까? 그 자신도 이유를 알지 못했다. 그의 피 끓는 맥박이 점점 빨라졌다. 그는 다른 사람들의 목소리를 거의 듣지 못했다.

"저도요!"

후안이 말했다.

"저도 가겠습니다!"

소토가 말했다.

"나도!"

알마그로가 마치 긴 잠에서 깨어난 듯 투덜거렸다.

피사로 총독이 미소 지었다. 네 기병은 몇몇 부하를 이끌고 제방을 지나 강까지 내려갔다. 복수심에 불타는 우안카족 젊은이들이 스페인 사람들과 함께 차가운 물속으로 뛰어들었다. 그들은 소용돌이치는 강물 위로 콧구멍을 내미는 말들을 보고 놀라움을 금치 못했다.

✲

물살이 거세었다. 말들이 지치지 않도록 반원을 그리며 헤엄쳐 가야 했다. 하지만 건너편 강기슭은 경사가 완만해 오르기가 수월했다. 도로에 이르자마자, 알마그로와 그의 일당은 잉카군의 배후를 공격하기 위해 산을 향해 박차를 가하고, 후안과 소수의 사람들은 강을 따라갔다.

곧바로 인디언 전사들의 추격에 나서서 그들을 강가에서 역습하는 것은 소토와 가브리엘의 몫이었다.

가브리엘은 더이상 피로를 느끼지 않았다. 곤살로의 모욕적인 언사가 머릿속에서 맴돌았다. 그는 넓적다리로 밤색 말의 몸통을 단단히 조이고, 검을 쥔 오른손으로는 넓적다리를 힘껏 눌렀다. 마치 이 세상의 모든 현실이 거기에 있는 듯이.

잉카 전사들의 첫번째 무리가 그들 앞에 불쑥 나타났다. 그들의 공격은 위협적으로 보이지 않고, 공연히 헛고생을 하는 듯했다. 그런데 소토가 "조심해!"라고 외치는 사이, 투석기 돌들이 비 오듯 쏟아져 그들 주위를 덮쳤다. 밤색 말이 어깨에 돌을 맞고 비틀거리며 비켜섰다. 인디언 전사들은 한데 모여 있어서는 안 된다는 것을 깨닫고 어느새 흩어져버렸다.

그런데 더 멀리 백 보쯤 떨어진 곳에서, 또다른 잉카 전사들이 자리를 잡고서 투석기를 준비하고 있었다. 이번에는 후안 피사로 일당에게 돌이 쏟아져 물러서지 않을 수 없게 만들었다.

그때 가브리엘에게 터무니없는 생각이 떠올랐다. 다른 전사들이 완벽하게 한 줄로 서서 투석기를 다시 장전하는 동안, 그는 말을 내달렸다. 미친 듯이 소리를 지르며 그들을 향해 곧장 질주했다. 눈 깜박할 사이에 벌어진 일이었다. 인디언 투사들은 넋이 나가 꼼짝도 하지 못했다. 그는 계속해서 소리를 질렀다.

"산티아고! 산티아고!"

죽음을 각오한 의지가 그의 혈관 속에서 고동쳤다. 그의 정신은 사나운 불길일 뿐이었다. 입을 벌린 얼굴들이 처음으로 눈에 들어오자, 그는 왼손으로 안장머리를 움켜쥔 채 안장 옆으로 미끄러졌다. 청동 도끼가 그의 머리 위로 날아갔지만 그에게는 보이지 않았다. 그는 잉카 전사들의 목구멍만 쳐다보았다. 말의 율동적인 흔들림만이 허리에 느껴졌다. 그의 오른팔은 떡갈나무보다 더 단단했다. 그는 반쯤 몸을 굽히고 검의 칼날을 뒤쪽으로 기울였다. 그는 그들 위에 있었다.

"산티아고!"

칼날이 목을 쑤셨다. 하나씩 하나씩! 번개처럼 빠르게, 가브리엘의 칼날이 더이상 소리조차 지르지 못하는 열두 사람의 목숨과 숨결을 베었다.

그가 몸을 다시 일으키고 말을 빙그르 회전시키자, 팔다리를 괴상하게 흔들고 풀밭을 피로 적시며 쓰러지는 열두 사람이 보였다.

기이한 정적이 골짜기에 내려앉는 듯했다. 그는 하얀빛 때문에 현기증이 일었다. 안장에서 떨어지지 않기 위해 밤색 말의 갈기에 매달려야 했다. 왼편 저쪽에서 질겁한 인디언들이 숲의 덤불 밑으로 달아났다.

"겁쟁이, 비겁한 놈."

자기 입에서 무슨 말이 나오는지 이해되지 않는 양 그가 중얼거렸다.

그의 뒤에서 함성이 터져 나오고, 알마그로와 우안카족이 도망자들의 추격에 나섰다. 가브리엘은 한 손을 얼굴에 갖다 댔다.

소토 대장이 그에게 다가왔다. 두 사람은 서로를 바라보았다. 머리를 끄덕이는 대장의 태도에서 가브리엘은 경외심 같은 것을 보았다. 지친 사람처럼 그들은 함께 길을 되돌아왔다.

한 시간 뒤, 강가에는 육백 구가 넘는 시체가 쌓였다. 얼마 남지 않은 구아이파르의 전사들이 진흙투성이 거품 속으로 뛰어들며 도망갈 길을 찾았지만 대개는 헛수고였다.

11

1533년 10월 15일, 아툰 사우사

석양 속에, 아툰 사우사 집들의 지붕과 골조는 붉은빛을 발하며 모조리 불타버렸다. 연기가 자욱하고 피비린내가 진동했다. 온 골짜기가 승리의 함성과 웃음으로 메아리쳤다. 이따금 아이들과 여자들의 웃음소리가 이상한 음악으로 중단되었다. 가슴을 에는 듯한 처녀들의 노랫소리와 망치질하는 듯한 끝없는 북소리가 한데 뒤섞인 장중한 피리 소리였다.

가브리엘은 다시 강을 건너가 축제에 합류할 용기가 나지 않았다. 그의 말은 아무도 거둬가지 않은 제방 위 잉카 전사의 시체들 틈에서 짓이겨진 풀을 뜯어 먹고 있었다.

때때로 동료들이 강 건너편에서 그를 소리쳐 불렀다. 소토가 그에게 뭐라고 소리쳤다. 왜 합류하지 않는 것일까? 다치기라도 한 것일까?

아니다, 그의 혈관 밖으로 흐르는 피는 없었다. 하지만 그는 살육의 영상들에 중독된 듯했다. 점점 짙어지는 어둠 속에서, 그는 자기 칼날이 살을 뚫고, 베고, 죽이는 모습을 보았다.

아니다, 그는 다치지 않았다. 하지만 혐오감 때문에 결코 진정되지 않는 고통으로 가슴이 부풀어 올랐다. 그는 아나마야를 떠올렸다. 누군가를 후려치기 위해 수없이 들어 올렸던 고통스러운 팔로 그녀를 껴안고 싶었다. 그녀의 부드러운 입술이 그에게, 그의 뜨거운 두 눈에 입 맞춰주면 좋으련만. 용서와 사랑의 말을 속삭여주면 좋으련만.

하지만 이 순간 감히 그녀의 이름을 입 밖에 내지 못하리라는 것을 그는 알고 있었다. 그녀의 눈길과 손길을 견디지 못하리라.

✻

밤이 되어서야 가브리엘은 말을 불러서 강을 건넜다. 장화에 부딪히는 거품 이는 차가운 물 덕분에 기분이 한결 나아졌다. 강가에 이르자 약간 빠른 속도로 말을 몰았다. 그는 사람들의 시선을 피하고, 사방에서 자기를 소리쳐 부르는, 승리의 열기로 목이 쉰 원기 왕성한 고함 소리를 무시했다.

도시의 커다란 광장에 이르자, 알마그로의 동료들이 총독과 아툰 사우사 추장의 면전에서 여전히 연기가 나는 칼란카의 보물을 끄집어내는 것이 보였다. 매번 그렇듯이 수십 개의 접시와 컵과 가면과 황금 조각상이 쌓였다. 화재로 인한 그을음에도 불구하고, 그 모든 것이 횃불 아래 반짝였다. 스페인 사람들의 눈은 한층 더 빛났다. 그들은 웃으면서 열기에 형태가 일그러진 주발들을 검 끝으로 들어 올렸다. 타오르는 불길 속에서 노예들이 건져낸 것들이었다. 조금 떨어진 곳에서는 그곳의 인디언들이 그들을 수상쩍은 눈으로 지켜보고 있었다.

돈 프란시스코의 얼굴은 내내 침착했다. 그는 마치 아무것도 보이지 않는 듯 황금이 쌓이는 것을 바라보았다. 나무랄 데 없는 수염으로 반쯤 가려진 그의 입술만 달싹거리고 있었다. 가브리엘은 듣지 않아도 그가 성모 마리아에게 기도하는 중이라는 걸 알 수 있었다. 돈 프란시스코는 어떤 경우에도 예전의 태도를 버리지 않았다. 그는 아기 예수를 안은 성모 마리아에게 피와 죽은 자와 고통과 황금의 기쁨을 바쳤다. 그렇게 함으로써 깨끗이 정화된다고 믿으면서. 가브리엘은 잠깐이나마 그가 부러웠다.

이윽고 돈 프란시스코가 돌아섰고, 바로 가까이에 와 있는 가브리엘을 발견했다. 가브리엘은 말에서 내려섰지만, 불끈 쥔 주먹은 여전히 고삐를 잡고 있었다.

"아! 자네 왔군……"

돈 프란시스코가 부드러운 눈빛으로 말했다.

그는 가브리엘을 머리끝부터 발끝까지 훑어보았다. 그의 짧은 바지는 찢어져 축축이 젖어 있고, 오른쪽 소매가 벌어진 윗옷은 반쯤 굳은 피로 꺼멓게 더러워져 있었다. 가브리엘의 그늘진 얼굴과 상처 난 뺨과 얼빠진 시선에 눈길이 머물자, 총독의 얼굴에서 애정이 사라지고 대신 유쾌한 웃음으로 눈가에 주름이 졌다.

"눈 뜨고 볼 수 없는 몰골이군그래! 비겁한 놈치고는 그리 나쁘지 않군."

가브리엘은 칭찬에도, 자존심을 긁는 곤살로의 말을 은근슬쩍 부인하는 말에도 대꾸하지 않았다. 추위와 피로로 몸을 떨며, 그는 인디언 여자들이 가져온 커다란 버들 광주리에 황금 물건을 쌓고 있는 사람들에게 눈길을 돌렸다.

피사로 총독이 갑자기 나팔수 알콘셀에게 손짓하며 조용히 명령했다.

"집합 나팔을 불어라!"

알콘셀이 악기를 입에 댔다. 마을 인디언들이 깜짝 놀라 한 걸음 물러섰다. 카하마르카에서부터 스페인 사람들을 따라온 인디언들은 놀라는 그들을 놀리면서, 골짜기의 소란스러운 대기를 뒤덮는 탄식음이 어디서 나오는 것인지 설명해주었다.

"무슨 일입니까, 돈 프란시스코?"

가브리엘이 물었다.

"자네들이 박살낸 놈들은 일개 분대에 불과했네. 만 오천 명의 전사가 있는 대부대는 남쪽으로 이십사 킬로미터쯤 떨어진 곳에 있지. 이제 사람도 말도 쉬었으니, 기병 쉰 명이 놈들의 추격에 나서줘야겠어."

가브리엘은 당황했다.

"자네한테 하는 얘기가 아닐세. 자넨 쉬어야지. 자네의 일과는 끝났어. 맘껏 즐기게, 우리의 새로운 친구들이 제공하는 음식과 여자 들을 즐기라고……"

피사로 총독은 그를 힘껏 끌어안았다.

등 뒤에서 귀에 거슬리는 비웃음 소리가 들리자, 그들은 놀라서 몸을 뗐다.

"재미난 광경이로군요!"

술 냄새를 풍기는 곤살로 피사로가 있는 대로 거들먹거리면서 격식 차린 인사를 몸으로 흉내내며 웃고 있었다. 윗몸을 너무 뒤로 젖힌 탓에 꽉 끼는 윗옷이 벌어져 더럽고 찢어진 셔츠가 드러났다.

"형님, 확실히 형님이 품에 안고 있는 사람이 진짜 영웅이군요!"

"하지만 너 또한 영웅이다, 곤살로! 총독의 포옹으로 네가 행복할 수 있다면 기꺼이 안아주마!"

총독이 보란듯이 팔을 벌리며 대꾸했다.

곤살로는 내민 손을 무시한 채 주위를 둘러싸고 있는 기병들을 돌아보며 비웃었다.

"모자를 벗으시오, 여러분! 드디어 한줌의 인디언을 죽인 것으로, 돈 가브리엘이 우리의 동지가 되었소. 환영하오, 사생아 양반!"

피사로 총독은 동생의 모욕적인 언사에 얼굴이 창백해졌다. 마치 자기가 모욕당한 것처럼 싸늘하게 굳었다. 그는 왼손으로 가브리엘의 손목을 움켜잡고 제지하며 어렵사리 입을 열었다.

"곤살로, 네 그 독설로 너 자신을 해칠 날이 올 게다. 그날, 내가 널 애석해할지는 확신이 서지 않는구나!"

곤살로의 거만한 미소가 한순간에 걷혔다. 그는 깜짝 놀라 돈 프란시스코를 쳐다보았다. 그가 뭐라 대꾸하려고 입을 벌리고도 아무 말도 못 하고 있을 때, 가브리엘이 총독 손에서 빠져나와 한 걸음 앞으로 나아가서는 곤살로를 노려보았다.

"당신 말이 맞아, 돈 곤살로. 분명 여긴 사생아들이 있어. 하지만 당신만큼 똥 냄새를 풍기는 사람은 아무도 없지."

가브리엘은 발길을 돌렸다. 비웃는 소리는 들리지 않고 첫 행군의 명령만 들려왔다. 돈 프란시스코의 목소리는 아무 일도 없던 것처럼 침착했다.

가브리엘은 짐짓 무심한 발걸음으로 광장을 가로질러 갔다. 오후의 폭력으로 얻은 육신의 고통이 가시지 않은 터였다. 잠시 후 마을 바깥쪽에 있는 천막으로 갈 채비를 할 때에야, 몇몇 전사들로 둘러싸인 찰쿠치막의 가마가 눈에 들어왔다. 여섯 명쯤 되는 귀족 노인이 심각한 얼굴로 아나마야를 에워싸고 그 뒤를 따랐다.

반사적으로 가브리엘은 물 웅덩이가 있을 것으로 짐작되는 좁은 골목길로 달려갔다. 더러운 바지와 가슴과 눈길을 무슨 일이 있어도 그녀에게 보이고 싶지 않았다. 그날 자기가 죽인 인디언들의 피로 더럽혀진 자신의 모습을.

✲

우스누 계단 밑에 고정시켜놓은 횃불 빛에 그들의 윤곽이 희미하게 흔들렸다. 찰쿠치막은 눈짓으로 횃불을 가까이 가져오라고 명령했다.

십여 명의 젊은이들이 서둘러 다가왔다. 샌들이 포석에 부딪히는 소리조차 들리지 않을 만큼 조용히. 가까운 벽에 횃불을 꽂을 돌고리가 없는 탓에 그들은 손으로 횃불을 들고 강력한 군주들 주위에서 꼼짝도 하지 않았다.

이제 아나마야는 그들의 얼굴을 더 또렷이 볼 수 있었다.

코카 잎이 연기를 내며 타는 화로 주위에 둥글게 모여선 그들은 모두 아홉 명이었다. 여독으로 녹초가 된 네 명의 노인, 쿠스코의 강력한 군주 두 사람, 아타우알파가 임명한 지역 사령관, 찰쿠치막, 그리고 그녀, 코야 카마켄.

찰쿠치막 장군의 모습이 가장 인상적이었다. 얼굴의 주름살은 그가 몇 주 전부터 겪고 있는 고통을 고스란히 드러내주었다. 그는 걸을 수도 없고, 입으로 음식을 가져가지도 못했다. 카하마르카에서 고문당할 때 불에 탄 손발은 여전히 생살을 드러내고 있었다. 그를 보살피는 여자들이 매일 아침저녁으로 상처에 고약을 바르고, 상처를 감싼 헝겊을 갈아줘도 소용이 없었다. 마치 강인한 전사의 온몸을 휩쓸어버리려는 듯, 지독한 상처에서는 끊임없이 진물이 흐르고 살이 벌어졌다.

하지만 얼굴만 보이는 널따란 망타를 두르고 가마 좌석에 등을 기댄 채 돗자리에 앉아 있는 그의 모습은 그 자리에 있는 그 누구보다 강건하고 단호해 보였다. 이방인들이 승리를 자축하고 강에 처박혀 죽은 자들을 비웃기 위해 도시의 손상되지 않은 울타리 안에서 잔치를 베푸는 동안, 그 모임을 청한 사람은 바로 찰쿠치막이었다.

찰쿠치막은 엄숙한 얼굴들을 하나하나 훑어보았다. 꿰뚫어 보는 그의 시선이 아나마야의 얼굴에 고정되었다. 횃불 빛을 받아 그의 흰자위가 붉게 물들었다. 한순간, 그녀는 아타우알파의 시선과 마주하는 듯했다. 하지만 찰쿠치막은 눈길을 돌리며 말했다.

"우린 눈을 가린 채 앞으로 가는 어린아이들과 같소. 우리에게는 더 이상 용기도 분별력도 없소. 이방인들이 성스러운 도시로 들어가려 하는데, 우리가 그들의 손을 잡고 거기로 안내하고 있소! 그들이 거기서 뭘 하려는지 알면서 말이오. 여러분 주위를 둘러보시오. 그들은 씨족의 토지를 약탈하고, 신전의 황금을 가져갈 거요. 그런데 강력한 군주 여러분, 내가 여러분의 얼굴을 보고 여러분의 말을 들어보니, 여러분은 그것에 무관심한 것 같구려. 제국 전체의 운명에 무관심하단 말이오!"

가장 늙은 군주 하나가 손을 들어 그의 말을 중단시키고 날카로운 목소리로 말했다.

"당신은 늘 전사로서 행동하고 생각하고 있소, 찰쿠치막. 당신은 힘의 언어밖에 모르오. 그것은 인티의 능력이 당신과 함께하는 한은 당신에게 좋은 결과를 가져다주었소. 하지만 당신이 힘을 잃어 이방인들의 뜻에 굴복한 지금은 실패의 언어일 뿐이오. 오늘 무슨 일이 일어났는지 보시오! 당신의 용사 수백 명이 이방인들 손에 죽었소. 이방인 전사의 수는 불과 몇 명 되지도 않았는데 말이오! 당신 마음에 들든 안 들든, 그들의 말은 당신이 갖고 있지 못한 능력을 그들 팔에 실어주고 있소……"

"찰쿠치막, 아툰 사우사의 주민들이 기뻐하는 소리를 들어보시오! 노래하고 춤추는 소리가 들리지 않소? 이방인들이 가는 길에 재와 연기만 남도록 당신 병사들이 이 골짜기에 와서 불을 질렀소! 이방인들이 마치 자기네 것인 양 잉카의 창고를 비우고 여자들을 취하는데도, 이 지방 주민들이 얼마나 기뻐하는지 들어보시오! 사방위 제국 어디서나 당신이 원하는 게 바로 이런 것 아니오?"

다른 족장이 잔뜩 화가 나서 외쳤다.

"그만들 하시오! 말싸움 해봐야 소용없는 짓이오."

쿠스코의 가장 강력한 군주가 차분한 목소리로 명령했다.

잠시 동안 그들 모두가 침묵에 싸여 있었다. 그런데 강변 도시의 천막들에서 들려오는 고함 소리와 웃음소리로 침묵이 깨졌다.

쿠스코의 세력가는 땅딸막한 사람으로, 광대뼈가 툭 튀어나온 구릿빛 얼굴이 색칠한 도기처럼 보였다. 그의 시선을 받으면서도 찰쿠치막은 여전히 냉담했다. 그의 황금 마개가 어깨를 짓누르며 광채를 발했다. 그는 상대방의 공격에도 눈썹 하나 까딱하지 않았고, 그의 턱은 맹수처럼 떡 벌어져 보였다.

"찰쿠치막의 말에도 일리는 있소. 나 티소크 잉카도 찰쿠치막과 같은 생각이오. 우리는 눈을 가린 채 나아가는 어린아이들과 다를 게 없소. 이제 유일한 군주를 지명해야 할 때가 되었소. 인티가 우리들 중에서 아들을 다시 찾아내야 할 시간이란 말이오."

쿠스코의 세력가가 말했다.

아나마야는 노인들이 고개를 숙이는 것을 보았다. 찰쿠치막은 경멸을 담은 미소를 지었다.

"강력한 티소크께서는 당신 씨족 형제 중 하나가 지명되기를 바라는 모양이구려!"

"찰쿠치막, 당신은 쓸데없는 분노에 싸여 있군. 지명될 사람은 다른 세상의 조상들과 마찬가지로 아버지 태양신의 지지를 받아야 하오. 내가 바라는 것은 그뿐이오."

"당신이 아무도 염두에 두고 있지 않다니 놀랍구려."

찰쿠치막은 얼굴을 찌푸렸다.

"인티와 킬라의 뜻을 전해줄 사제도 없고 예언자도 없는 마당에, 우리가 어떻게 유일한 군주를 지명한단 말입니까? 아타우알파 군주님께서 돌아가시기 전에 어떤 아들에게도 왕의 마스카파이차를 물려주시지 않았는데, 우리가 어떻게 선택을 하지요?"

그때까지 침묵을 지키고 있던 족장이 물었다.

"그는 그럴 필요가 없었지요. 아타우알파가 가장 좋아하는 아들이 아토크 크소파라는 걸 모두들 알고 있었으니. 아버지처럼 쿠리긴그의 깃털 두 개를 이마에 달아야 하는 사람은 바로 그 사람이오."

찰쿠치막이 무뚝뚝하게 대꾸했다.

찰쿠치막의 말에 또다시 모두들 침묵에 빠져들었다. 그러나 이번 침묵은 무겁게 느껴졌다. 사람들의 시선이 아나마야를 향했다. 그녀는 그들이 무엇을 기대하는지 알고 있었다. 하지만 그녀는 세력가들이 속마음을 모두 쏟아놓고 서로 맞서고 난 뒤에 자기가 해야 할 말을 하는 것이 낫다고 생각했다.

"아토크 크소파는 어린아이에 불과하오. 게다가 지금 이곳과 이방인들에게서 멀리 떨어진 북부의 수도에 살고 있소. 어떻게 그에게 그 뜻을 전할 수 있겠소?"

쿠스코의 세력가가 지적했다.

"티소크, 당신은 찰쿠치막의 말 이면에 숨겨진 뜻을 알아차리지 못했군요! 당신 말이 맞소. 아타우알파가 가장 좋아하는 아들은 아이에 불과하지요. 그는 멀리 북부에 살고 있고, 여기 있는 사람 중 그 누구도 그의 얼굴을 모르오. 그는 쿠스코에 들어간 적이 한 번도 없소. 그런데 바로 그 점을 찰쿠치막 장군은 마음에 들어하는 것이지요!"

족장 하나가 빈정거렸다.

"우리의 지명을 받는다면, 그는 찰쿠치막의 꼭두각시가 되어 그의 손에 좌지우지될 것이오. 비록 인티의 아들은 아니지만, 찰쿠치막이 제국의 진정한 주인이 되겠지요!"

다른 사람이 한술 더 떴다.

모두의 시선이 찰쿠치막에게 쏠렸다. 그는 얼굴 근육 하나 움직이지 않고 비난에 맞섰다. 아나마야는 그 강인함과 침착함에 감탄을 금하지 못했다. 그들 사이의 긴장감이 어찌나 팽팽한지 늙은 세력가들의 손이 떨리는 것이 보였다. 가장 나이 많은 사람이 손가락이 뒤틀린 손을 들고 다시 말했다.

"찰쿠치막이 이방인의 말을 할 줄 아는 사람들을 통해 그들의 마추카피투에게 한 말을 들었소. 그는 우리의 동의도 없이 마음대로 아토크 크소파를 우리의 유일한 군주로 제안했소."

"그게 사실이오, 찰쿠치막?"

이상하게도 늙은 장군은 티소크 잉카에게 대답하기 전에 아나마야에게 눈길을 돌렸다. 그는 마치 그녀의 마음속을 들여다보려는 듯 한참 동안 강렬하게 그녀의 눈을 응시했다. 그러더니 다시 몸을 일으키고 웃으면서 말했다.

"그렇소."

분노가 담긴 불만의 소리가 세력가들의 입에서 새어 나왔다. 그러나 찰쿠치막은 이제 티소크 잉카에게만 말하듯 얘기했다.

"여러분 모두에게 무슨 일이 일어나고 있습니까? 아타우알파 군주처럼 여러분도 이방인들이 황금을 가지고 곧 떠나리라고 믿는 거요? 아타우알파 군주는 떠났고, 그가 다른 세상에서 아버지를 만났는지 아닌지는 아무도 모릅니다!"

또다시 분노의 으르렁거림이 사람들의 가슴을 뒤흔들었다. 그러자 찰쿠치막은 몸에 두른 망타를 거칠게 걷어냈다. 모두가 그의 손을 보았다. 그 손에는 살점이라고는 없이 거무스름한 피가 번들거렸다. 그의 발과 다리의 살은 찢어지고 구워진 고깃점이 되어 노란 진물이 흘렀다.

찰쿠치막이 울부짖는 소리로 물었다.

"여러분은 도대체 내가 왜 그것을 받아들였다고 생각하시오? 불에 탄 내 살은 사방위 제국의 공기를 오염시키고 있소. 내 고통은 하늘 끝까지 치달아, 인티가 아침에 오시는 길에 알아차릴 지경이오! 인티는 내가 완쾌되는 것을 바라지 않소. 우리의 모든 전사가 썩어 들어가는 내 살 냄새를 맡고 이방인들 앞에 절대로 굴복하지 않는 나의 의지를 알게 하기 위해서요. 티소크! 그들은 온순하지도 선량하지도 않소. 황금을 집어삼키는 그들의 배는 밑 빠진 독이오! 티소크 잉카, 그들이 쿠스코에 도착하면 아무런 대가도 치르지 않고 쓸어가리라는 걸 모르시오? 그들은 당신의 땅, 당신의 여자들, 당신의 아이들, 당신의 하인들을 앗아갈 것이오…… 언제나 소유하고 또 소유할 것이오. 그들은 갖기 위해 여기 온 것이니! 나 찰쿠치막이 여러분께 말하건대, 그들의 숫자가 얼마 되지 않을 때 그들을 죽여야 하오."

"그렇다면 왜 경험도 없는 어린아이를 지명하는 거요?"

한 노인이 귀에 거슬리는 목소리로 물었다.

찰쿠치막의 미소가 흡사 아랫세상 악마의 미소와도 같아서, 아나마야는 소름이 끼쳤다.

"이방인들이 유일한 군주를 자기들 멋대로 조종한다고 여길 것이기 때문이오. 그들은 유일한 군주에게 이렇게 해라, 저렇게 해라! 하며 명령할 거요. 우린 그들에게 웃어주고, 황금도 줄 것이오. 하지만 그사이 난 풀려날 것이오. 난 우리 전사들을 이끌고 대전투를 벌일 수 있을 테고, 그 전투에서 그들을 전멸시킬 것이오!"

"오늘처럼?"

티소크가 비웃었다.

"비열한 자들! 인티가 당신들을 재로 만드실 것이오!"

찰쿠치막이 상처 입은 손을 흔들면서 소리쳤다.

"인티는 당신 말을 듣지 않소, 찰쿠치막! 배고픈 자는 결국 죽거나 아니면 포식을 하게 되는 법이라는 걸 당신은 잊고 있군. 당신의 선택은 현명하지도 정당하지도 않소. 우리 모두는 누구를 유일한 군주로 지명해야 하는지 알고 있소. 바로 저 윗세상에 계신 강력한 우아이나 카팍의 아들 망코요. 그는 아직 살아 있는 이들 중에서 가장 현명하고 강하오. 그와 함께라면 우리는 제국의 통일과 평화를 이루게 될 것이오……"

티소크가 냉정하게 대꾸했다.

찰쿠치막이 투덜거리는 소리가 웃음소리처럼 들렸다. 그는 아나마야를 돌아보았다. 그의 시선이 어찌나 날카로운지 투석기의 돌이라도 벨 것 같았다.

"그런 선택을 하라고 말한 게 바로 당신이잖소, 코야 카마켄? 그런데 당신은 침묵을 지키고 있군! 아타우알파 군주 옆에 있을 때는 꽤나 말이 많은 사람인 줄 알았는데!"

"찰쿠치막! 어떻게 감히 코야 카마켄을 조롱하는 거요?"

족장 하나가 말했다.

찰쿠치막은 상처 입은 손이 옷을 스치자 얼굴을 찡그렸다. 그는 고개를 저으며 더 낮은 소리로 말했다.

"아니오, 아니오! 강력한 족장, 조롱하는 게 아니오. 난 코야 카마켄이 어떤 사람인지 알고 있소……"

"찰쿠치막, 말싸움은 부질없소. 우린 하루빨리 유일한 군주를 선택해야 하오. 여긴 신탁을 알려줄 예언자도 없고 인티의 하인도 없소. 그 일을 할 수 있는 사람은 코야 카마켄이오. 그녀는 키토의 하늘에 혜성이 나타나기 전에 아타우알파 군주님을 지명했잖소. 당신도 알다시피, 아타우알파 군주님은 모든 결정을 내릴 때 그녀를 신뢰하셨소. 아타우알파 군주님이 이 세상의 마지막 말씀을 그녀와 함께 나누셨다는 것은 우리 모두가 알고 있는 일이오. 키토에서 아타우알파 군주님의 아버지 우아이나 카팍이 그러셨던 것처럼……"

티소크 잉카가 타협적인 목소리로 말했다.

"그렇소! 그게 바로 해야 할 일이오."

한 노인이 큰 소리로 말했다.

"수락하시오, 찰쿠치막! 코야 카마켄이 유일한 군주를 지명하도록, 망코와 아토크 크소파 중에서 선택하도록 말이오!"

찰쿠치막은 아나마야에게서 눈을 떼지 않았다. 그녀는 그 눈에서 처음으로 두려움과 의혹과 애정의 빛 같은 것을 보았다. 그가 갑자기 숨을 가쁘게 몰아쉬며 눈을 감더니 입을 열었다.

"그럼 당신이 말해보시오, 강력한 아나마야."

아나마야는 말문이 막히도록 심장이 세차게 뛰는 것을 억누를 수가 없었다. 그녀는 자신이 할 말의 무게를 알고 있었다. 그녀의 모든 근육과 뼈가 돌처럼 굳었다. 그러나 말은 그녀의 목구멍으로, 입으로 자유로이 넘어왔다. 여느 날 여느 때처럼. 설사 그녀가 입 밖에 내어 말한다 해도, 그것은 그녀의 입이 아니라 다른 곳에서 나오는 것이었다.

"카하마르카의 대학살 전날 밤, 우아이나 카팍께서 다른 세상에서 저를 보러 오셨어요. 어린아이의 모습을 하고 오셨죠. 그분은 제게 이렇게 말씀하셨어요. '낡은 것은 깨지고, 너무 커다란 것도 깨지고, 너무 강한 것은 더이상 힘을 갖지 못해…… 그게 바로 위대한 파차쿠티야. 세상은 조여지고 다시 시작되는 거야. 모든 것이 변했어……'"

놀라움 섞인 중얼거림이 그녀를 감쌌다. 누구도 그녀의 말에 의심을 품지 않았다. 마치 위대한 우아이나 카팍이 직접 말하고 있는 듯했다. 그녀는 그녀의 말 한마디 한마디에 귀 기울이는 긴장된 얼굴들을 바라보았다. 그녀는 말을 이었다.

"우아이나 카팍 군주님은 또 이렇게 덧붙이셨어요. '네가 뱀한테서 구해준 내 아들을 돌봐줘. 그는 미래 시간의 첫 매듭이니까……' 오래전, 제가 아직 지식도 경험도 없는 어린 처녀였을 때 강력한 망코가 성년식에 참여했지요. 그날 그는 경주에서 이겼어요. 그런데 그가 달릴 때 독사 한 마리가 길을 가로막고 그를 물려고 했어요. 때마침 제가 그를 봤지요. 제가 그 뱀을 물러가게 했고, 망코는 여전히 살아 있습니다."

쥐 죽은 듯한 침묵이 흘렀다. 이제 평원에서는 함성도, 웃음소리와 노랫소리도 들리지 않았다.

"그러니까 코야 카마켄, 당신의 선택은 망코로군."

찰쿠치막이 중얼거렸다.

"강력한 찰쿠치막 장군님, 그건 제 선택이 아닙니다. 이미 오래전에 다른 세상의 조상들이 망코를 지명했지요. 하지만 그가 고매하고 올곧은 사람이라는 건 말씀드릴 수 있습니다. 아시다시피 그는 정의롭고 비겁하지 않아요. 어린아이처럼 이방인들에게 굴복하지 않고도 제국을 통합시킬 수 있을 거예요. 그리고 장군님이 바라는 전쟁을 하려면, 전쟁이 꼭 일어나야 한다면, 우선 평화가 필요합니다. 아타우알파 군주님의 힘을 그토록 약화시킨 골육상쟁의 상처를 치유해야 해요. 그래요, 찰쿠치막, 장군님은 훌륭한 전사예요. 하지만 지금의 전쟁은 평화의 모습을 하고 있어요. 평화만이 우리를 강하게 해주고 때가 도래하게 해줄 겁니다. 인티와 킬라가 그걸 원하신다면 말이에요……"

아나마야가 스스로도 놀랄 만큼 담대하게 말했다.

"그녀 말이 옳소! 맞는 말이오!"

두 노인이 말했다.

"찰쿠치막, 여기 있는 우리 모두는 코야 카마켄과 같은 생각이오. 우린 그녀를 믿소. 내일 해가 뜨는 대로 그녀가 망코에게 가서 우리의 선택을 전할 것이오……"

티소크가 말했다.

찰쿠치막은 눈을 반쯤 찡그리고 잠시 자신의 상처를 내려다보았다. 그러더니 다시 얼굴을 들고 티소크를 똑바로 쳐다보며 신랄하게 물었다.

"만약 내가 코야 카마켄의 생각에 동의하지 않는다면 무슨 일이 일어나는 거요?"

티소크는 대답하지 않았다. 군주들의 피곤한 숨결이 침묵을 타고 흘렀다. 군주들은 이제 한 젊은 여자의 입술과 기억에서만 그들의 힘을 끌어내고 있었다. 아나마야는 감탄과 애석함이 담긴 눈으로 찰쿠치막을 쳐다보았다.

"무슨 일이 일어나는 거요?"

찰쿠치막이 더 낮고 위협적인 목소리로 물었다.

아나마야는 잠깐 티소크를 응시했다. 그러고는 그의 허락을 기다리지 않고 부드럽게 대답했다.

"아무 일도 일어나지 않을 거예요, 찰쿠치막 장군님. 아무 일도. 저는 내일 떠날 겁니다."

찰쿠치막이 그녀의 눈을 마주 보았다. 처음으로 그녀는 그의 눈에서 분노도 저항도 아닌 감정을 읽었다. 그것은 체념이었다.

그리고 한없는 슬픔이었다.

✲

바위와 천막을 습기로 뒤덮는 짙은 안개를 뚫고 동이 터왔다. 공기 중에는 차가운 재 냄새가 여전히 감돌았다. 이따금 들려오는 새 울음소리와 줄기차게 흐르는 강물 소리 말고는 아무 소리도 들리지 않았다.

가브리엘은 기다란 승마용 망토를 두른 채 잉카 군주들의 야영지에서 조금 떨어진 나무 밑동에 앉아 있었다. 지난밤, 그는 마치 아직 전투가 끝나지 않은 듯 전날의 전투를 치르는 악몽을 꾸다가 몇 번이나 잠이 깨었다. 그는 아나마야의 천막으로 달려가고 싶은 격렬하고 노골적인 욕망으로 가슴이 두근거렸다. 한없이 계속될 것 같은 사랑의 기쁨 속에 자신의 타는 듯한 기억을 지우기 위해, 그녀를 품에 안고 그녀의 애무와 몸에 빠져드는 것을 상상했다. 그러나 감히 그렇게 하지 못했다. 그녀가 떠날 채비를 하고 있는 지금도 감히 그녀를 만나러 가지 못했다.

잉카 군주들이 새로운 왕을 뽑았다고 돈 프란시스코가 그에게 알려준 터였다. 총독은 다른 상세한 얘기는 없이 "내 동의를 얻어서"라고 말했고, "선출된 사람에게 알려주러 가는 사람으로 그들의 여사제가 지목됐고, 난 그녀에게 행렬을 떠나도 좋다고 허락했지"라고 덧붙였다. '여사제'라고 말하는 총독의 검은 눈이 한순간 가브리엘의 눈을 꿰뚫었다. 가브리엘은 수치심에 가까운 기분을 느끼며 외면했다.

지금, 물기를 머금은 고요한 새벽에, 강과 아주 가까운 곳에서 인디언 짐꾼들이 코야 카마켄의 가마를 준비하고 있었다. 조금 떨어진 곳에서는 젊은 장교의 지휘 아래 십여 명의 호위병들이 기다리고 있었다. 가브리엘의 눈에는 군주들의 천막 사이에 모여 있는 사람들밖에 보이지 않았다.

거기, 공손히 인사를 하는 노인들 앞에 아나마야의 빛나는 모습이 나타났다. 한데 뒤얽힌 푸른색, 자주색, 샛노란색의 문양이 새겨진 라마 모직 망토를 걸치고서. 노란색 깃털 세 개가 꽂힌 황금 왕관 같은 것을 머리에 쓰고 있었다. 그녀의 손목은 황금판으로 덮여 있었다. 그리고 손에는 역시 황금으로 된 옥수수 줄기를 들고 있었다.

가브리엘은 그렇게 위엄 있는 옷차림을 한 그녀를 한 번도 본 적이 없었다. 진정 이방인처럼, 다가갈 수 없는 머나먼 세계의 공주처럼 보였다. 그런 그녀에게 그는 어리석은 질투를 느꼈다.

"적어도 작별 인사는 해야지?"

누군가의 목소리에 그는 소스라치게 놀랐다.

"바르톨로메 수도사님!"

바르톨로메의 기이하게 창백한 얼굴이 옆에서 웃고 있었다. 그의 회색 눈에 애정 같은 것이 깃들어 있었다. 그는 손가락이 붙은 손으로 아나마야를 가리켰다. 바로 그때 노인들이 그녀 앞에서 몸을 굽혀 인사했다.

"저 여자가 자네에게 어떤 존재인지 알고 있네, 가브리엘. 내가 경솔한 말을 하는 게 아니지. 행렬 안에서는 모든 게 알려지고 모든 걸 쑥덕거리니까. 거짓이 진실처럼 만연해 있지만, 별로 똑똑하지 않아도 충분히 가려낼 수 있지……"

가브리엘은 잠시 주저하다가 대답했다.

"수도사님의 충고대로 침묵을 지키는 게 더 나은지 아닌지 판단할 수가 없어요. 수도사님 생각은 어떠세요?"

"미히 세크레툼 메움,* 그렇지 않은가? 자네 마음 내키는 대로 하게. 하지만 난 자네가 입으로 말하지 않는 대답을 자네 눈에서 읽을 수 있지."

가브리엘은 조용히 고개를 끄덕이며 저쪽 광경을 살폈다. 인디언 병사들과 세 명의 군주에게 에워싸이고 소수의 하녀들을 뒤에 거느린 채

* '내 비밀은 나의 것이다' 라는 뜻의 라틴어.

아나마야는 가마로 다가갔다. 가브리엘은 그녀가 이미 자기를 보았음을 알고 있었다.

"다른 공주들과는 다르다더군."

바르톨로메는 가브리엘을 쳐다보며 이렇게만 말했다.

오랫만에 유쾌해진 가브리엘은 입가에 떠오르는 웃음을 참았다. 악의보다는 지성에 지는 것이 더 기분 좋은 법.

"그녀는 인디언들에게 사랑받기도 하고 두려움을 불러일으키기도 하는 재능이 있어요. 고인이 된 우아이나 카팍 왕은 그들의 운명이 달려 있다고 생각하는 비밀을 그녀에게 털어놓았을 겁니다."

가브리엘은 이렇게 말하다 말고는 머뭇거렸다.

"어쩌면 바르톨로메 수도사님한테는 악마적인 것으로 보일 수도 있겠군요……"

바르톨로메가 웃었다.

"도처에서 악마를 보는 버릇 같은 건 내게 없네, 가브리엘. 그 대신 강한 인상을 주는 아름다움은 볼 줄 알지. 아름다움이란 언제나 신의 작품이 아닌가?"

가브리엘은 바르톨로메의 우정 어린 재치 있는 말솜씨를 다시 발견하고 진정한 행복을 느꼈다. 그의 미소가 아나마야의 주의를 끈 것일까? 그녀의 발걸음이 머뭇거렸다. 그녀는 이제 가마에서 겨우 몇 미터 떨어진 곳에 있었다. 하지만 그녀가 가야 할 길은 의식을 치를 때의 길처럼 훤히 드러나 있었다. 한 늙은 군주가 가마와 짐꾼들, 호위대를 손짓으로 가리켰다.

바르톨로메가 가브리엘의 팔을 잡았다.

"다시 묻겠네. 왜 그녀에게 가서 잘 다녀오라고 하지 않는 건가?"

"어제, 어제 나는 많은 사람을 죽였어요. 많은 인디언들을."

가브리엘이 탁한 목소리로 대답했다.

"그 때문에 그녀에게 비난받을까 봐 두려운 것인가?"

"모르겠어요. 하지만 그들을 죽이고 싶었던 기이한 기억이 있어요. 그들을 죽이는 데서 희열을 느꼈고, 심지어……"

바르톨로메는 가벼운 웃음으로 말을 시작했다.

"그건 그녀가 아니라 나한테 해야 할 말이로군."

바르톨로메 수도사의 눈길이 가브리엘의 얼굴에서 인디언 행렬로 옮겨 갔다. 아나마야가 가마에 자리잡는 것을 바라보며, 그는 잠시 입을 다물었다. 다시 말문을 열 때의 그의 목소리는 생기 있고 또렷했다.

"가브리엘 몬테루카르 이 플로레스, 어제 자넨 자네의 의무를 다한 걸세. 자넨 동료들 사이에서 영웅이 되었고, 많은 이들이 오늘 아침 자네에게 감탄하고 있어. 자네로선 그런 걸 무시할 법하지. 자넨 자존심이 대단하고, 그들을 좀 야만스럽다고 여기니까. 그렇다 해도 말이야, 그게 자네 마음에 그렇게 걸린다면 이렇게 생각해보게. 자네가 빼앗은 생명을 신에게 되돌려준 거라고…… 자네 가슴속에 있는 사랑에 관해서라면, 내가 그걸 죄라고 부를 거라고 기대하진 말게……"

너무 놀란 가브리엘은 뒤돌아보며 수도사의 잿빛 눈을 찾았다.

"수도사님이 내게 그런 말씀을 하시다니요? 그녀는 세례조차 받지 않은걸요! 발베르데 신부의 말을 들으면……"

바르톨로메가 성급하게 그의 말을 잘랐다.

"사랑의 힘을 무시하는 게 바로 죄야. 바울로 사도가 말하는 것도 바로 그것이고, 성 아우구스티누스는……"

"하지만 그들이 말하는 건 신에 대한 사랑이잖아요!"

"여기 신학을 논하는 사람이 있군그래, 무신론자가 말이야! 자네가 내게 신에 대한 사랑의 힘을 가르치려는 건가? 내 말하는데, 자네의 사랑에는 신의 불꽃이 있어……"

바르톨로메의 마지막 말은 행렬의 출발을 알리는 청동 나팔 소리에 묻혀 거의 들리지 않았다.

"어서 가게! 서둘러!"

바르톨로메 수도사가 고집스레 외쳤다.

가브리엘은 지난밤부터 자신을 짓누르던 무게를 덜어낸 듯, 병사들과 군주들을 헤치고 사랑하는 여자를 향해 나아갔다.

*

가마는 이미 마을 어귀까지 가 있었다. 인디언 병사들이 조금 놀란 얼굴로, 뒤따라오는 그를 돌아다보았다. 아나마야의 말 한마디에 가마꾼들이 멈춰 섰다.

그녀가 가마에서 내려 가브리엘에게 다가가자, 그의 목덜미에 전율이 퍼졌다. 그는 그보다 더 고운 모습을 본 적이 없었다. 그녀가 그를 한옆으로 데려갔다. 그는 짐꾼이나 병사나 하녀 들 중 어느 누구도 그녀와 자신에게 감히 눈을 돌리지 못하는 것을 눈여겨보았다.

"당신이 와줘서 기뻐요."

아나마야가 말했다. 그러고는 잠시 침묵을 지키더니 덧붙여 말했다.

"당신이 오지 않을까 봐 걱정했어요. 가까이서 당신 얼굴도 보지 못하고 떠나고 싶지 않았거든요."

그의 입술을 만지려는 듯 그녀가 손을 들어 그의 입술로 가져갔다.

그가 입을 맞추려 하자 그녀가 살짝 물러섰다. 하지만 그녀의 입술에서는 미소가 떠나지 않았다.

그녀가 부드럽게 말했다.

"안 돼요. 여기서는, 지금은 안 돼요……"

목이 메어, 격정에 싸인 가슴속에서 할 말을 찾지 못하는 가브리엘의 온몸으로 전율이 스치고 지나갔다. 헤어지기 전에 그녀를 안지 못하는 것이 그로서는 견디기 힘겨웠다.

아나마야가 한 걸음 더 다가오자, 둘은 서로 만지지는 못하지만 몸이 스칠 만큼 가까이 있게 되었다. 그가 다시 눈을 떴을 때, 그를 뚫어지게 바라보며 영혼 깊숙한 곳을 파헤치는 아나마야의 푸른 눈이 보였다.

"난 전쟁이 뭔지 알아요. 우리도 역시 적을 죽이는걸요."

그녀가 나직이 말했다.

"당신이 그리울 거예요. 한시도 당신을 그리워하지 않은 적이 없어요."

"곧 평화가 찾아올 거예요. 우린 새로운 잉카를 지명했어요. 그는 내게 형제와 같은 현명한 사람이에요. 당신네 총독과 화해할 수 있을 거예요."

저만치서 행렬이 여전히 꼼짝도 하지 않고 있었다. 어느 누구도 전혀 움직이지 않았다. 가브리엘은 전날의 전투에서 대치하다가 놓아준 구아이파르를 떠올렸다.

"아직 평화가 온 건 아니에요. 조심해요."

"조심해야 할 사람은 바로 당신이에요……"

그녀가 말했다.

그녀가 갑자기 너무도 강렬하게 불안할 정도로 쳐다보자 그는 마음이 흔들렸다.

"당신은 나를 만나기 위해 먼 길을 달려왔어요. 당신을 잃고 싶지 않아요. 당신은 내게 나약함을 알게 했어요. 당신이 내 마음속에 일으킨 균열은 이제 협곡이 되었어요. 나 자신에 대해서는 이토록 걱정한 적이 없는데, 당신 때문에는 가슴이 타들어가요."

그녀는 그를 외면한 채 말했다. 비록 그녀의 목소리는 낮고 의연하며 얼굴은 무표정했지만, 그는 마음의 동요를 느꼈다.

그는 말할 수가 없었다.

그는 그녀의 손으로 손을 뻗었다. 이번에는 그녀도 그가 하는 대로 가만히 있었다. 뿐만 아니라 열정적으로 그에게 몸을 기댔다. 그녀는 아프도록 그의 손을 꽉 쥐고 눌렀다. 그 포옹을 통해, 어쩌면 사랑을 나누는 동안에는 다 주지 못한 것을 내어주는 것인지도 몰랐다.

두 사람의 눈앞을 스쳐 가는 안개 속에서, 그는 자기들에게 꽂히는 시선을 느꼈다. 그는 "여기서는, 지금은 안 돼요……"라던 그녀의 말을 떠올렸다. 그가 먼저 그녀에게서 몸을 뗐다. 가슴은 뜨겁고 등은 차가웠다.

둘은 잠시 그대로 나란히 있었다. 발밑의 땅이 흔들리는 듯했다. 둘은 움직이지도 못하고, 말하지도 못했다. 꽃향기가 스치자, 가브리엘은 눈을 감고 그 향기 속으로 도망쳤다.

그녀가 행렬로 돌아가려다 말고 돌아보았다.

"조심해요."

그가 목멘 소리로 말했다.

그녀는 말하려고 입을 벌리고는 마음을 가다듬었다. 그녀의 입술과 눈에 그가 맺혀 있었다.

"사랑해요……"

그에게 그 말을 하는 것이 처음이라는 사실을 미처 깨달을 새도 없이, 그녀는 달려가 행렬과 합류했다.

12

1533년 10월 30일, 아푸리막 계곡

남자는 키가 작았다. 나무 마개가 귀에 매달려 있고, 다리를 책임지는 사령관의 튜닉 차림이었다. 가마가 아직 가마꾼들의 어깨 위에 있는데도, 그는 길의 포석 위에 무릎을 꿇고 상체를 숙였다. 호위대 장교가 손에 망치를 든 채 신중하게 그를 주시했다.

"아푸리막 계곡에 오신 걸 환영합니다, 코야 카마켄. 강을 건너시는 것을 도울 수 있게 되어 더없는 영광입니다!"

남자가 자신을 두려워하는 듯한 기색을 보이자, 아나마야는 살짝 미소를 띠었다. 아툰 사우사를 출발한 뒤로, 그녀는 자신의 명성과 행렬이 제국의 관리들과 마을의 순박한 주민들에게 얼마나 깊은 인상을 주는지 날마다 확인했다.

다리를 책임지는 사령관에게는 불안해할 만한 이유가 있었다. 그들 아래로 이백 보쯤 떨어진 곳에 아푸리막 강이 거대한 바위들 사이로 사납게 흐르고 있었다. 노호하는 강물 소리가 남쪽으로 갈수록 더 넓게 벌어지는 계곡으로 울려 퍼졌다. 그런데 다리를 연결하는 끈이 매달려 있어야 할 곳에 허공밖에 보이지 않았다.

"일어나요. 그리고 다리가 왜 사라졌는지 설명해봐요."

아나마야가 명령했다.

"코야 카마켄, 벌써 열흘 전 일입니다. 병사들이 와서 불태웠지요. 그들을 막으라고 제 경비병들에게 명령했지만, 저흰 열 명뿐이고 퀴즈퀴즈 장군의 부대는 백 명이 넘었습니다!"

"퀴즈퀴즈?"

아나마야는 깜짝 놀랐다.

"예, 코야 카마켄. 그들이 그렇게 말했습니다. 아타우알파 군주님의 위대한 장군의 병사들이라고요."

"왜 다리를 태운다고 하던가요?"

"황금을 도둑질하는 이방인들이 쿠스코에 당도하는 것을 막기 위해서랍니다."

키 작은 남자는 계곡의 남쪽을 가리키며 덧붙였다.

"쿠스코에 이르는 산속 도처에 군대가 있답니다."

"그 뒤로는 강을 어떻게 건너죠?"

이야기가 길어질 듯해 아나마야는 짧은 어조로 물었다. 그녀의 질문에 남자는 할 말을 잃은 듯했다. 그는 공손하게 다시 몸을 굽혔다.

"이미 사흘 전에 사자가 코야 카마켄이 오신다는 소식을 알려주셨지요. 그래서 저희가 필요한 것을 준비했습니다. 뗏목을……"

"뗏목?"

“예. 하지만 여기서는 안 됩니다. 보통 다리가 지나가는 곳은 물살이 너무 세고 위험합니다. 여기서 좀 떨어진 곳에 더 적합한 장소가 있습니다. 제가 안내하도록 허락해주십시오.”

“대로에서 벗어나는 것은 신중하지 못합니다. 함정일 수도 있습니다!”

호위대의 젊은 장교가 끼어들었다.

“장교, 보다시피 강 위로는 더이상 길이 없어요. 어쨌든 무슨 일이 있어도 난 길을 계속 가야 하고요. 그러니 날 호위하도록 해요!”

아나마야가 대꾸했다.

✻

그들은 때때로 힘들고 가파른 오솔길을 한 시간 남짓 걸어서, 물살이 갑자기 약해지는 곳에 이르렀다.

나무들이 심어진 두 비탈길 사이로 불쑥 나타난 아푸리막 강의 물살은 대번에 느려지고 일정해졌다. 강줄기는 짤막한 골짜기를 가로지르며 밭 사이로 기다란 곡선을 그렸다. 하지만 반대편 끝에서는 높은 잿빛 바위에 부딪혀 거품 이는 물결로 부서지면서, 또다시 급류가 이어질 것을 예고하고 있었다. 거기서 강은 유유히 흐르면서 넓어졌다. 그런데 강가로 다가가 보니, 물살이 하류보다 덜 위험할 것도 없다는 것을 한눈에 알 수 있었다.

“자, 저 아래 지점에서 뗏목을 띄워야 합니다. 물살을 타고 내려가다가 커다란 바위에 이르기 전에 반대편 강가에 닿아야 합니다.”

다리 책임 사령관이 설명했다.

“뗏목은 어디 있지요?”

아나마야가 물었다.

"저 아래 숲에 숨겨놓았습니다. 코야 카마켄이 오시기 전에 병사들에게 발각되어 파괴될까 봐서요."

"강을 건너가본 적은 있소?"

호위대 장교가 미심쩍은 얼굴로 물었다.

"한 번 건너봤습니다! 왕복했지요."

다리 책임 사령관이 활짝 미소 지으며 대답했다.

"그럼 이번이 두번째가 되겠군요."

그녀가 조용히 말했다.

사령관은 그녀의 격려에 기분이 좋아져서 활기차게 동분서주했다. 그의 부관들이 숲가에서 묵직한 통나무 뗏목 두 개와 막대기들을 끌어냈다. 그들은 좀더 작은 통나무들을 이용해, 뗏목들을 밭을 가로질러 아푸리막 강까지 옮겨 왔다. 그리고 그중 가장 큰 뗏목을 물에 띄웠다.

십여 명의 남자가 노끈으로 뗏목을 붙잡고 있는 동안, 다른 여섯 명은 아나마야가 내린 가마를 뗏목에 실었다. 일단 들것용 의자가 제대로 실리고 나자, 사령관의 부관들은 무릎을 꿇고 기다리다가 코야 카마켄이 뗏목 위에 자리를 잡고 난 뒤 다시 일어섰다. 그리고 장대를 이용해 최대한 뗏목의 균형을 유지했다.

아나마야는 거센 물살에 가마가 흔들리는 것을 느꼈다. 유연하게 엮인 나무줄기가 세차게 요동쳤다. 강가에 뗏목을 붙들어두기가 점점 더 힘겨워질 무렵, 갑자기 호위대 장교와 다리 책임 사령관 사이에 논쟁이 험악해졌다.

"난 적어도 병사 다섯 명과 함께 코야 카마켄을 수행해야 하오."

장교가 화를 내며 말했다.

"불가능합니다! 너무 무거워서 뗏목이 버텨내지 못할 겁니다, 장교님. 뗏목을 안전하게 몰 수 없어요. 기껏해야 두 사람이 탈 수 있는 뗏목입니다. 보세요, 벌써 통나무가 가라앉잖습니까……"

"그건 당신들이 잘못 만든 탓이지!"

"가마가 예상보다 훨씬 무겁기 때문입니다. 그리고 두번째 뗏목이 있잖습니까. 장교님의 병사들은 그걸 타고 코야 카마켄을 뒤따라가면 됩니다……"

"그만 해요! 장교, 다리 사령관과 함께 이 뗏목으로 와요. 뗏목이 잘못 만들어졌다면, 우리와 함께 그도 그 대가를 치르게 되겠죠!"

아나마야가 끼어들었다.

실제로 뗏목이 물에 띄워지자마자 아나마야는 그것을 조종해야 할 사람들의 걱정이 이해가 되었다. 점점 더 심하게 흔들리는 것은 말할 것도 없고, 강의 중심부에 다다를수록 엄청난 속력이 붙었다. 그대로 가다간 틀림없이 놀라울 정도로 빨리 노를 젓는 사람들의 힘을 물의 힘이 곧 능가할 것만 같았다.

갑자기 그들 중 하나가 비명을 질렀다. 예기치 못한 소용돌이가 일어 뗏목이 심하게 기운 것이다. 뗏목의 균형을 잡기 위해 여섯 사람이 뗏목 한쪽으로 이동했다. 모든 일이 순식간에 일어났다. 충격으로 먼저 아나마야가 위로 들어 올려졌다. 통나무들이 튀어 오르다 물에 숨겨진 바위에 긁혔다. 가마가 다시 위로 떠오르더니 옆으로 기울었다. 호위대 장교가 가마를 붙잡으려고 펄쩍 뛰어서 들것 위에 몸을 뉘었다. 아나마야는 의자 다리를 움켜쥔 채 뗏목이 기울어지는 것과 균형을 맞추기 위해 상체를 구부렸다.

둔중하게 떨어지던 가마의 다리 하나가 충격으로 약해져 있던 끈 하나를 단번에 잘랐다. 끈이 풀린 뗏목 중앙의 통나무가 위험하게 가라앉는 동안, 뗏목 전체가 제자리에서 뱅뱅 돌기 시작했다.

급류를 예고하는 저 아래 회색 바위가 꽤 멀리 떨어져 있는 듯싶더니, 광포한 속도로 다가왔다. 다리 책임 사령관이 울부짖는 듯한 소리를 내질렀다. 그리고 또 한 번. 그러자 노를 든 여섯 사람이 완벽한 조화를 이루어 동시에 손을 놀렸다.

그것은 발레와 흡사했다. 노들이 들어 올려지고, 박히고, 휘고, 미끄러지고, 다시 들어 올려지고, 박히고 휘었다. 사람들 목덜미에 땀이 송골송골 맺혔고, 뗏목은 안정을 찾았다. 뿐만 아니라 거센 물살의 중심에서도 벗어났다. 울부짖는 소리는 계속되었다. 노들이 어찌나 심하게 휘는지 금방이라도 부러질 것만 같았다. 하지만 으르렁거리는 급류 소리가 절박한 위협처럼 공기 중에 울리더니, 마침내 뗏목의 속도가 느려졌다. 그러고는 높다란 둑을 향해 미끄러져 가기 시작했다.

사령관이 미소 지었다. 그러고는 아나마야를 돌아보며 인사를 했다. 모두들 코야 카마켄이 위험에 처해 있는 동안 한마디도 하지 않고 공포의 비명도 지르지 않았다는 것을 깨달았다. 그녀도 미소 지었다. 그녀는 뗏목이 강가에 가 닿는 너무도 부드러운 느낌에 놀랐다.

가마가 풀밭에 내려지는 동안, 그녀는 사람들을 바라보며 시원한 공기를 들이마시고 기쁨을 만끽했다. 자신을 향한 사람들의 시선이 감탄과 새로운 존경심으로 가득한 것을 보면서. 요즘 들어 맛보게 되는 그런 기쁨이 아직까지는 너무 낯설었다.

"리막 탐보는 여기서 먼가요?"

그녀가 사령관에게 물었다.

"걸어서 하루도 안 걸립니다. 오늘밤 저희가 대접할 수 있는 영광을 베풀어주신다면……"

아나마야가 그의 말을 잘랐다.

"고마워요. 망코 군주님께 당신의 유능함을 말씀드리지요. 하지만 우린 오늘 저녁에 리막 탐보에 가야 해요."

✲

으르렁거리는 강물 소리가 마음을 가라앉혀주는 숨결처럼 올라왔다. 마을을 둘러싼 산비탈들이 석양빛을 받아, 마치 마을을 보호하는 꽃잎처럼 보였다. 칸차 맞은편으로는, 깊고 좁은 골짜기가 동쪽을 향해 벌어져 있었다. 여전히 희뿌연 안개에 가려진 골짜기는 다가오는 어둠 속에서도 희미하게나마 눈에 보였다.

아나마야는 그 골짜기가 어디로 이어지는지 알고 있었다. 어느 누구도 절대로 그 이름을 입 밖에 내어서는 안 되는 성스러운 도시. 픽추!

리막 탐보는 변한 게 없었다. 이상한 느낌이었다.

몇 년 전, 그녀는 지금과 아주 흡사한 석양빛을 받으며 거기 있었다. 의식을 치르는 광장을 떠받치는, 완벽하게 접합된 아름다운 벽들은 오늘 저녁과 똑같이 마음을 달래주는 평온함을 지니고 있었다. 골짜기를 둘러싼 날카로운 비탈은 땅속에 박힌 삼각형이나 사각형과 비슷한 모양으로, 전에도 아클라우아시의 처녀들이 날마다 완성하는 직물의 기하학적 그림을 생각나게 했다. 전에도 그곳 골짜기에는 보는 사람을 조금 불안하게 만드는, 똑같은 힘이 담겨 있었다. 오직 아나마야만이 변해 있었다. 그때 그녀는 현자 빌라 오마가 주의 깊고 자신감 있는 여자로 만들려고 애쓰는, 불안한 처녀에 불과했다.

바로 이곳에서, 지금과 비슷한 어스름 속에서, 유일한 군주 아타우알파를 가리키는 혜성이 금단의 골짜기에 나타나 그들을 놀라게 했었다.

혜성을 다시 보려면 눈을 감기만 하면 된다.

밤의 태양과도 같은 창백한 노란빛 불덩어리. 그것은 첫 별들 사이로 검은 지평선을 타고 올라갔었다. 혜성 뒤로는 다른 세상의 바람결에 들어 올려진 거대한 머리타래가 나부끼고 있었다.

현자의 목소리를 다시 들으려면 추억 속에서 꺼내오기만 하면 된다.

'두려움을 버려라, 코야 카마켄. 네 영혼이 이끄는 대로 내버려둬. 조상들의 돌 안에서 여행했던 것을 기억해라. 두려움을 버리고……'

새 울음소리에 그녀는 소스라치게 놀라 눈을 떴다.

그녀 주위의 광장은 텅 비어 있었다. 으스스한 한기가 느껴졌다. 그녀의 의식용 망토는 이 산속에서는 그리 따뜻하지 않았다. 하지만 이곳으로 찾아올 유일한 군주 망코를 맞이하려면, 미리 그 망토를 입고 있지 않을 수 없었다. 그러나 밤이 다가오면서, 목과 허리가 얼어붙는 것 같았다. 다시 새 울음소리가 강 옆에서 솟아올랐다. 그리고 탐보 뒤에서 울리는 또다른 울음소리.

어느새 어둠이 찾아들었다. 골짜기는 갑자기 더 음침하고 위협적으로 보였다. 골짜기 남쪽을 둘러싼 가파른 비탈 위에 똑바로 뻗어 있는 대로의 포석들이 숲 사이로 나타났다. 포석들은 기이한 모양을 이루고 있었다. 마치 그 지점에서 산이 분명하고도 단호한 선에 의해 잘리기라도 한 듯. 아나마야는 떨림을 억눌렀다. 이번에는 저물 녘의 서늘함보다는 불안감 때문이었다.

리막 탐보의 여러 농부가 다리 책임 사령관의 말을 확인시켜주었다. 주변 산속에서는 수백 명의 병사들이 배회하며 칸차를 약탈하고 마을 사람들을 학대하고 있었다. 장교들은 이방인들과 평화를 유지하라는 강력한 군주들의 명령에 복종하기를 거부했다. 어떤 자들은 오직 찰쿠치막 장군의 뜻에 따라 움직일 뿐이며 이방인들이 쿠스코에 당도하는 것을 결코 받아들일 수 없다고 단언했다. 망코의 도착이 늦어지자, 아나마야는 그가 그 전사들의 수중에 잡혀 있다는 연락이 올까봐 걱정스러웠다.

그러니까 일은 늘 이렇게 돌아가는 것일까? 이토록 심각한 혼란기에 조상들의 뜻에도 불구하고, 폭력과 증오와 골육상쟁을 일삼게 되는 것일까?

사실 겉보기에는 지극히 평온한 골짜기지만, 숱한 비극의 기억이 땅속까지 새겨진 곳이었다. 유일한 군주 우아이나 카팍의 건조된 몸을 따라가던 노인들이 학살당한 곳이 바로 여기라는 것을 아나마야는 생생히 기억하고 있었다.

어두워지는 숲속에서 여전히 새들이 지저귀었다. 어둠이 짙어지는 가운데 강물 소리가 가슴을 더욱 파고들며 신비감을 더했다. 아나마야는 어깨 주위로 망토를 다시 여미면서도 칸차 안으로는 들어가지 않았다. 마치 자신의 인내로, 자신을 향해 오고 있는 망코를 보호할 수 있는 듯이.

✲

해 질 녘부터 그녀는 움직이지 않았다. 이제 깜깜한 밤이었다. 사람들이 화로를 갖다 주어서, 그녀는 손과 얼굴을 녹일 수 있었다. 시간이 천천히 흐르는 동안 그녀는 떠오르는 별들을 지켜보았다.

이따금 어두운 산속에서 고함 소리와 개 짖는 소리가 울려 퍼졌다. 귀를 기울이고 있었는데도, 그녀는 마지막 순간에야 풀밭을 스치는 발소리를 들었다. 그녀가 미처 뒤돌아볼 틈도 없이 커다란 손 하나가 그녀의 입을 막았다. 누군가 그녀에게 바싹 다가서더니 그녀를 인형처럼 가뿐히 들어 올렸다.

"망코!"

"이런, 너무 빨리 알아보잖아!"

망코가 그녀를 놓아주며 중얼거렸다.

둘은 마주 보았다. 그녀의 눈이 반가움으로 반짝였다. 그 바람에 아나마야는 망코를 보면 격식을 차려 절을 하리라 마음먹은 것을 잊어버렸다. 그녀 앞에 있는 남자는 힘과 기품으로 빛이 났다. 투메밤바에서 처음 만난 뒤로 흘러간 시간을 가늠할 수 있게 해주는 늠름한 얼굴이었다. 그와 재회한 그녀는 크나큰 행복을 느꼈다. 망코 역시 그녀를 마주하고 동요를 느끼는 듯했다. 그는 뒤로 한 발짝 물러나 그녀의 모습을 보며 감탄했다.

"밤인데도 당신은 별처럼 빛나는군요."

그가 부드럽게 말했다.

"다시 만나서 기뻐요, 망코. 또한 더욱 기쁜 것은……"

그녀는 말끝을 흐렸다. 그가 유일한 군주에 어울리는 위엄과 아름다움을 갖추었노라고 말해주고 싶었다. 선이 뚜렷한 입술과 눈의 광채 속에 태양신의 아들로서의 확고한 태도와 확신을 지니고 있다고. 하지만 그녀는 감히 말하지 못했다. 한순간 가브리엘에 대한 사랑의 격정이 그녀의 마음을 스쳐 갔다. 파차쿠티는 세상만 뒤엎은 것이 아니라 그녀의 마음도 뒤엎어놓았다. 그녀는 망코가 자기 말을 유혹의 뜻으로 착각할까봐 불안했다.

"당신이 무사히 와줘서 기뻐요."

그녀는 하고 싶은 말은 묻어둔 채 이렇게만 말했다.

"네, 퀴즈퀴즈와 구아이파르의 군대가 여기저기서 배회하고 있지요. 하지만 북부 사람들은 나만큼 산을 알지 못해요!"

그는 슬며시 미소 짓고는 덧붙였다.

"겁도 내지 않고 이렇게 빨리 나를 알아보다니, 어떻게 그럴 수 있죠? 코야 카마켄은 이제 능력이 하도 많아서 등에도 눈이 달린 건가?"

"몇 시간째 당신을 기다렸어요! 당신 때문에 걱정했고, 혹시 당신일까 기대하면서 어둠의 소리에 귀 기울이고 있었는데……"

그녀는 미소 지으며 말을 멈췄다가 다시 덧붙였다.

"……그리고 당신은 이렇게 똑같은 식으로, 똑같은 장소에서 나를 놀라게 했잖아요!"

둘은 행복하면서도 당황스러워서 함께 웃었다.

망코가 말했다.

"이리 와요, 탐보로 갑시다. 거기가 얘기 나누기에는 더 좋을 겁니다. 그리고 난 배가 고프거든요."

✲

강력한 망코가 도착하자 건물 안은 대단한 활기를 띠었다. 그를 따라온 몇몇 군주들은 아나마야의 호위대 장교와 함께 쓰는 방에 자리를 잡았다. 하녀들이 화로에 땔감을 집어넣고 음식을 준비하고 치차와 이불과 횃불을 가져오느라, 길게 이어진 방들을 따라 뛰어다녔다.

망코를 위해 마련된 방에 들어선 뒤 문의 장막이 내려지자, 아나마야는 망코 앞에 무릎을 꿇었다. 그녀는 두 번씩이나 꿇어 엎드렸다.

"아나마야!"

망코가 당황해서 소리쳤다.

"유일한 군주님……"

"아나마야! 왜 날 그렇게 불러요? 우린 오누이 같은 사이인데……"

망코가 그녀에게 몸을 굽히며 말을 가로막았다.

아나마야는 눈을 들지 않은 채 고개를 저었다.

"곧 있으면 우리는 더는 남매 같은 사이가 될 수 없어요. 세력가들이 군주님을 유일한 군주님으로 지명했거든요."

망코가 몸을 일으켰다. 그의 얼굴이 굳어졌다.

"때가 되었어요."

아나마야가 여전히 낮은 소리로 말했다.

망코는 잠시 그녀를 바라보았다. 그러고는 그녀의 어깨를 잡아 일으키고 그녀의 눈을 똑바로 쳐다보았다.

"당신의 눈을 처음 본 순간을 기억해요. 그때 우린 어렸죠. 그날 당신의 푸른 눈은 내 가슴으로 곧장 들어왔어요. 심지어 사랑하는 내 형제 파울루조차 질투했으니까!"

그가 그녀에 대한 감정을 얘기할 때마다 그랬듯이, 그녀는 다시금 혼란스러워졌다. 그녀는 입술을 깨물었다. 마음을 가라앉힌 망코는 그녀가 거북해하는 것을 못 본 체했다. 그는 꿈꾸는 듯한 미소를 지으며 침묵이 흐르게 내버려두었다.

"파울루가 그립군요. 그가 티티카카 호숫가로 간 지도 여러 달 됐으니. 그는 그곳에 있는 것만 좋아한답니다……"

망코는 한숨을 내쉬었다.

그의 눈빛이 다시 단호해졌다. 그가 말을 이었다.

"우리가 마지막으로 본 순간도 기억해요, 아나마야. 카하마르카 대학살의 그 끔찍한 밤은 그후로도 며칠 동안 밤낮으로 내 머릿속을 떠나지 않았어요."

"강력한 망코, 그날 밤 저는 군주님께 미리 얘기했어요. 유일한 군주님 아타우알파의 이 세상 삶은 끝나가고 있고, 군주님이 곧 그분의 자리를 대신하게 될 거라고. 이제 그 시간이 되었어요."

"그래요. 당신의 말이 마음속에 남아 있어요. 잊지 않았어요. 오래전부터 당신이 내 조상들의 세계로 가는 길을 내게 알려주고 있다는 사실을 잊지 않고 있듯이."

"그건 제가 아니에요. 저는 단지 조상들의 말을 전하는 입에 불과해요. 저는 군주님의 아버지 우아이나 카팍의 분신 형제의 아내일 뿐이라고요. 바로 그분이 군주님을 지명하시는 것이죠. 바로 그분이 군주님 손에 사방위 제국의 미래를 맡기시는 거예요."

"난 알아야겠어요, 아나마야, 그날 밤 무슨 일이 있었는지…… 이방인들에 대해 말들이 많죠. 신이라고도 하고, 불을 토해내고 그들의 짐승과 한 몸을 이루기도 한다고 하더군요…… 쿠스코에서는 그들이 내 형제 아타우알파에게 손을 댄 뒤로 태양이 꺼져버렸다는 소문이 돌고 있어요."

"지금 제국에서 일어나고 있는 모든 일에 어떤 의미가 있는 것인지는 모르겠어요. 군주님의 아버지는 더이상 저를 이끌어주지 않으세요. 제 꿈은 온통 침묵뿐이지요. 하지만 그들이 다른 세상에서 온 게 아니라는 건 단언할 수 있어요. 여러 달 전부터 이방인들 곁에서 지내고 있는데, 그들은 그저 인간일 뿐이에요! 황금을 탐하는 인간 말이에요. 그들은 불을 토해내지도 않고 우리보다 더 능력이 뛰어나지도 않아요. 다만 그들의 무기가 우리 무기보다 강할 뿐이죠."

아나마야가 신중하게 말했다.

망코는 고개를 끄덕이며 아나마야의 어깨를 놓아주고, 방 안쪽에 있는 두툼한 침상으로 가서 앉았다.

"이리 가까이 와요."

"유일한 군주님……"

"아니! 아직 아닙니다. 난 아직 유일한 군주가 아니에요! 이리 와요. 겁내지 말고. 가까이에서 당신의 따스한 체온을 느끼려는 것뿐이니까. 옛날처럼!"

아나마야는 머뭇머뭇 그에게 다가갔다. 망코는 그녀의 손을 자기 손바닥에 얹고는 부드럽게 쥐었다.

"이방인들 이야기를 더 해줘요. 내가 그들을 이해할 수 있게 도와줘요. 그들 모두를 미워해야 할까요, 아니면 그들 중 몇몇은 존경할 수도 있고 우리 세계의 사람들처럼 사랑할 수도 있나요?"

그의 물음에 그녀는 당황했다.

그녀는 심장이 마구 고동치는 것을 느꼈다. 혹시 그가 가브리엘에 대해 알고 있는 것일까? 아니다. 망코의 눈빛에는 근심과 호기심만이 어려 있을 뿐이다.

"그들은 우리에게 친절하지 않아요. 거의 모두가…… 이상하고 이해하기 힘든 사람들이죠. 그들은 자기들 힘이 마치 무슨 여신이라도 되는 양 그 힘을 사랑해요. 말과 행동도 달라요. 거의 모두가……"

그녀는 진지하게 말했다.

"당신은 그들이 두렵나요?"

망코의 물음에 아나마야는 곧바로 대답하지 않았다.

"아뇨, 아니에요. 두려워하는 건 오히려 그들이죠. 그래서 시간이 갈수록 잔인하고 교활해지는 거죠."

"그들과 화해하는 것이 수치스러운 일일까요?"

"저는 그들과의 평화가 지금으로서는 꼭 필요하다고 생각해요. 타완틴수유 어디서나 평화가 꼭 필요한 것처럼 말이에요. 피를 너무 많이 흘렸고 많은 사람들이 죽었어요. 모든 씨족과 가족들이 고통받고 있지만, 왜 고통받아야 하는지 이제는 아무도 그 이유를 몰라요. 우리를 기다리는 미래를 향해 도약하기 전에 우선 숨을 가다듬어야 해요."

망코는 한숨을 쉬고 고개를 끄덕였다.

"찰쿠치막은 내가 지명되는 것에 반대했어요."

그것은 질문이 아니라 확인이었다. 다시 한번 아나마야는 잉카가 될, 아니 이미 잉카가 된 자의 성숙함에 감탄했다. 분명 전과는 달랐다.

"그래요."

"당신은 어떻게 다른 사람들이 나를 지명하도록 설득할 수 있었죠?"

"티소크를 중심으로 한 쿠스코의 강력한 군주들 모두가 찰쿠치막에게 반대했어요. 저는 그저 군주님의 아버지가 대학살 전날 밤에 저를 찾아와서 하신 말씀을 전했을 뿐이에요. 그걸로 충분했지요."

망코는 고개를 끄덕였다.

"당신의 능력을 높이 평가하는 사람이 더이상 나 혼자만은 아닌 것 같군요. 하지만 우린 조심해야 해요. 난 찰쿠치막을 믿지 않아요. 그는 변함없이 산속의 병사들을 지휘하고 있어요. 그는 내 이마에 볼라가 씌워지는 것을 막기 위해 무슨 짓이든 할 겁니다. 차스키들의 보고에 따르면, 구아이파르가 이방인들을 공격할 준비를 하고 있다더군요."

아나마야는 얼굴이 창백해졌지만 아무 말도 하지 않았다.

망코는 그녀를 쳐다보지 않았다. 그는 자신의 운명을 깊이 생각하며 묵연히 어둠을 응시하고 있었다.

"그들은 전쟁을 원해요. 이방인들과의 전쟁, 그리고 우리 쿠스코 사람들과의 전쟁을 원하지요. 그들은 전쟁을 좋아하고, 평화가 제국을 위한 좋은 양식이라는 걸 믿지 않아요. 아나마야, 당신은 이방인들에게 그 위험을 알려야 해요. 찰쿠치막의 병력이 그들을 공격한다면, 그것은 특히 나를 겨냥하려는 것이죠. 그들은 우리 모두에 대한 이방인들의 분노를 폭발시켜서 내가 유일한 군주가 되는 걸 막으려는 겁니다!"

아나마야는 대답하지 않았다. 그녀는 망코의 말이 옳다는 것을 알고 있었다. 설명할 수는 없지만, 어쨌든 찰쿠치막도 구아이파르도 망코의 이마에 왕의 마스카파이차가 씌워지는 것을 막지 못하리라는 것 또한 알고 있었다.

망코는 주의 깊게 그녀를 살폈다. 그의 눈빛이 너무도 강렬해, 아나마야는 진짜 애무처럼 뺨과 입술과 이마에 와 닿는 그의 시선을 느낄 수 있었다. 망코는 아나마야의 목을 살며시 어루만졌다.

"당신 곁에 있어서 행복해요. 당신 향기를 들이마시는 게 너무 행복해. 당신이 많이 그리웠어요, 아나마야. 어떤 여자도 당신만큼 아름답고 강하지 못해요."

그녀는 미소 지으며 다소곳이 고개를 숙였다.

"저도 군주님이 그리웠어요…… 하지만 제가 군주님 앞에 몸을 굽히고 유일한 군주님이라고 부를 수 있는 날이 오리라는 걸 알고 있었죠…… 그런데 황금 분신 형제는 어디 있죠?"

그녀는 애무 속에 감춰진 초대에 응하지 않으려는 듯 물었다.

"쿠스코에 잘 숨겨두었어요!"

망코가 조금은 퉁명스레 대답했다.

"분신 형제 역시 그리워요. 분신 형제 곁에 있으면 무척 행복할 것 같아요. 우아이나 카팍 군주님은 대학살 이후로 두 번 다시는 저를 다른 세상으로 데려가지 않으셨지요."

아나마야가 그의 언짢은 기분을 모른 척하며 중얼거렸다.

"당신은 이제 완벽한 여자예요. 당신이 분신 형제의 아내라는 것은 어쩌면 불가능한 일이 아닐까? 당신이 원한다면 내 옆에 당신 자리를 크게 만들 수 있는데."

망코가 음울한 목소리로 말했다.

아나마야는 망코의 눈에서 진실한 애정과 그만큼의 욕망을 읽었다. 그녀는 젊은 왕자의 손을 잡고 자기 입술에 갖다 대며 속삭였다.

"망코, 이런 식으로 일이 흘러가서는 안 된다는 걸 잘 알잖아요. 내일 새벽, 당신이 다시 떠날 때는 유일한 군주님이 되어 있을 거예요. 내일이면 오직 당신만이 사방위 제국의 분열을 막을 수 있어요. 아무도 당신에게 손대지 못하고 당신을 바라보지도 못할 거예요. 저조차도. 당신의 아버지 태양신이 그걸 원하지 않으실 테니까요. 그게 법이지요. 제국이 강해지고 단결할 수 있도록 당신은 법을 지켜야 해요. 그래야 태양신의 지지를 얻을 수 있어요. 하지만 제게는 언제든, 어떤 일로든 기댈 수 있다는 걸 알잖아요."

망코는 그녀의 얼굴을 유심히 들여다보았다. 그의 눈에 준엄한 빛이 스쳤다. 약간의 분노마저도. 이번에는 그가 아나마야의 손을 자기 입술로 끌어당겨 손가락에 입을 맞추었다.

"얘기해줘요. 당신이 최근 몇 달 동안에 본 것을 모두…… 아타우알파의 죽음과 이방인들의 마추 카피투가 어떤 사람인지 얘기해줘요. 당신 입이 마르고 내 귀가 지칠 때까지. 난 알고 싶고, 또 알아야 하니까."

13

1533년 11월 8일, 빌카콘가

인디언이 두려움과 호기심 어린 미소를 누르며 가브리엘을 쳐다보았다. 그는 이방인이 더 잘 알아들을 수 있도록 천천히 다시 대답했다.

"예, 그녀가 사흘 전에 여기 있었어요. 제가 봤어요."

"코야 카마켄이던가?"

"저는 한낱 아툰루나일 뿐인걸요. 잉카 공주님들 이름은 모릅니다."

"그럼 어떻게 그녀라는 걸 확신할 수 있소?"

"눈으로요. 그녀의 눈이 하늘빛이라고 말했잖습니까. 그런 눈을 지닌 공주님은 한 번도 본 적이 없거든요."

가브리엘은 고개를 끄덕였다. 그는 살짝 미소를 띠며, 자기 역시 그런 눈빛의 공주는 본 적이 없다고 말하려다가 그만두었다.

새벽이다. 어느새 투명한 조각이 되어 피어오르는 가벼운 안개가 리막 탐보의 마을을 둘러싼 산의 가파른 비탈길들을 가리고 있었다. 비탈길과 산꼭대기는 마을을 보호하는 아름다운 꽃잎 같았다. 가브리엘은 실망한 눈길로 그것들을 흘끗 훑어보고는 으르렁거리는 강물을 들여다보았다. 어쩌면 아나마야는 그리 멀리 있지 않은지도 몰랐다. 숲속 어딘가에 있는지도. 지난 며칠간 소토의 뒤를 따라 말을 타고 가는 내내, 가브리엘은 사절의 임무를 마치고 돌아오는 그녀의 가마를 볼 수 있기를 바랐다. 하지만 헛일이었다. 그 때문에 그의 실망은 불안감과 뒤섞였다. 혹시 그녀에게 안 좋은 일이 일어난 것은 아닐까? 그녀가 쿠스코까지 계속 간 것은 아닐까? 하지만 그건 예정에 없는 일이었다.

"그녀는 쿠스코의 한 세력가와 함께 있었어요."

가브리엘의 생각을 읽기라도 한 듯, 인디언 남자가 다시 말했다.

"어느 방향으로 떠났는지 아시오?"

남자는 가브리엘의 물음에 미처 대답할 틈이 없었다. 누군가의 목소리에 그들은 깜짝 놀랐다.

"좋은 소식인가, 나쁜 소식인가?"

소토가 다정하게 미소 지었다. 가브리엘은 그가 꽉 끼는 윗옷에 속을 댄 면 윗도리를 걸치고 있는 것을 눈여겨보았다. 검 손잡이에 놓인 소토의 왼손에는 금속판을 씌운 커다란 가죽 장갑이 끼워져 있었다. 그가 전투를 할 때 즐겨 끼는 장갑이었다.

가브리엘은 입을 비죽거리며 대답했다.

"지금으로서는 좋은 소식도 나쁜 소식도 아닙니다."

그는 다시 인디언을 돌아보고는 주변의 산을 가리키며 물었다.

"숲속에 전사들이 있는지 없는지 알고 있소?"

인디언 남자는 주저했다. 전사 차림의 소토가 끼어든 것에 겁을 먹은 것이다. 가브리엘이 다그쳤다.

"당신들의 다리와 마을을 파괴하고 약탈하는 북부의 병사들 말이오."

인디언이 결심한 듯 뭉툭하고 억센 손가락으로 남쪽의 가파른 비탈길을 가리켰다.

"여러분이 도착하기 바로 이틀 전 밤에 저 위에서 불길이 많이 피어올랐습죠. 그후로는 아무것도 없습니다."

소토는 가브리엘의 통역이 필요하지 않았다.

"저기로 간 게 확실하군. 틀림없이 우리보다 며칠 앞질러 가서 수도로 이어지는 마지막 남은 다리들을 파괴시킬 거야!"

그가 중얼거렸다.

잠시 두 사람은 인디언이 가리키는 방향을 바라보았다. 마을에서 사 킬로미터가 채 안 되는 거리에, 그들이 이제껏 한 번도 맞닥뜨리지 못한 비탈길 위로 대로가 솟아 있었다. 포석도 깔려 있지 않은 길이었다. 매우 가파른 오르막이어서, 숲 한가운데로 난 그 선명한 자국이 피어오르는 안개 아래 수직선처럼 보였다.

"저 비탈길은 우리한테도 힘들지만, 말들한테는 훨씬 더 힘들겠군요. 요 며칠 내내 행군한 탓에 말들이 쉬지 못했으니 더욱 그럴 테고요. 여기서 총독님을 기다리는 게 나을 것 같습니다."

가브리엘이 지적했다.

소토가 얼굴을 찡그리며 고개를 흔들었다.

"난 이 골짜기가 싫어. 이 강도 싫고. 이런 거 정말 질색이야."

소토가 장갑을 벗은 집게손가락으로, 커다란 잉카 건물을 마주한 채 동쪽을 향해 열린 좁고 깊은 협곡을 가리켰다. 기이한 협곡이었다. 사방에서 안개가 걷히며 푸른 하늘이 언뜻 보이는데도, 그곳에는 여전히 안개가 고여 있었다. 짙고도 위협적인 부동의 안개였다. 그 반투명한 소용돌이가 군데군데에서 살아 움직이는 기괴한 동물의 형상을 만들었다.

"겨울에는 이 협곡의 안개가 온종일 걷히지 않았지. 이 협곡은 어느 곳으로도 통하지 않거나 아니면 곧장 악마한테로 이르는 길 같군!"

소토가 덧붙였다.

가브리엘은 유쾌한 웃음을 참지 못했다.

"대장님이 자연의 형태까지 두려워하실 만큼 미신을 믿는 줄은 몰랐습니다, 돈 에르난도!"

"아마도 날씨 탓이겠지…… 빈정거리는 건 옳지 않네, 가브리엘! 저곳의 모양새를 주의해 보게. 망할 놈의 인디언들이 여러 날 동안 안개 낀 이 골짜기에 숨어 있다가 전혀 예상치 못한 순간에 우리를 덮칠 수 있단 말이야."

"설상가상이군요. 저 비탈길을 기어 올라가면, 우린 그들 손아귀에 내맡겨지게 될 겁니다. 말은 우리에게 도움은커녕 방해만 되겠지요."

"그러니 서둘러야 해. 날씨가 나빠지면 상황이 훨씬 더 악화될 걸세. 저 하늘을 봐, 낮에는 화창하고 따뜻할 거야!"

"물론 대장님 말씀대로 해야죠!"

청명한 하늘을 그다지 믿지 않는 가브리엘이 중얼거렸다.

"이봐! 난 자네가 모험에 더 열광적이라고 알고 있었는데. 혹시 돈 프란시스코처럼 자네도 내가 쿠스코에 가고 싶어 안달하는 거라고 의심하는 건가?"

소토가 가브리엘의 팔을 잡고 빈정대며 외쳤다.

"예, 의심하고 있지요. 이번에는 제 의심이 사실이라고 생각하는데요, 소토! 하지만 상관없습니다. 저 비탈길이 아무래도 수상쩍어 보이니까요!"

가브리엘이 똑같은 어조로 대꾸했다.

"자네에게 단언하는데, 수상쩍은 건 바로 이 골짜기야!"

"그럼 우리 둘 중 하나가 틀린 거로군요."

가브리엘이 미소 지었다.

"아니! 차라리 우리 둘 다 틀렸기를 기원하게!"

두 사람이 스페인인들이 분주히 움직이고 있는 건물을 향해 다시 출발하려는데, 인디언 남자가 가브리엘을 소리쳐 불렀다. 그는 북쪽 골짜기 앞으로 불쑥 튀어 나온 산을 가리키며 말했다.

"이방인 군주님, 푸른 눈의 공주님은 이틀 전에 저 산으로 떠났어요."

✲

육십 명의 기병이 말에 안장을 얹고 속을 댄 면 상의를 다시 입는 데는 오랜 시간이 걸리지 않았다. 어떤 이들은 쇠사슬 갑옷까지 입었다. 사실 비가 올 것을 걱정하기에는 날씨가 너무도 맑았다.

화승총 세 자루는 잘 건조된 화약을 채워서 기병이 올라타지 않는 말 등 위에 모아놓았다. 방패를 가진 기병들은 안장에 방패를 고정시켰다. 기계를 이용해 당기는 강철 활의 내부는 전날 밤에 기름칠을 해두고, 가장 약해 보이는 것은 교체해둔 터였다. 어떤 것들은 크랭크를 래크 위에 올려놓아 벌써부터 팽팽히 당겨져 있었고, 강철 화살은 안장에 매달린 화살통 속의 손 닿는 곳에 들어 있었다.

피사로 총독이 도착할 때까지 리막 탐보의 황금을 지킬 열두 명쯤 되는 사람을 정하는 데 가장 오랜 시간이 걸렸다. 아무도 복종하려고 하지 않자, 결국 소토가 말을 가지고 있지 않은 소수의 사람과 가장 젊은 기병 둘을 지목했다. 로드리고 오르고녜스와 그들 중 가장 용감한 자로 꼽히는 자부심 강한 에르난도 데 토로를 필두로 한 훌륭한 기병들과 가브리엘이 소토와 함께 갈 터였다.

정오가 조금 못 되어 출발 명령을 들은 다른 이들은 분노와 실망으로 얼굴이 굳어졌다. 대장간의 불처럼 이글거리는 태양이 투구를 내리쬐이며 반사되었다.

등반은 기꺼운 열정으로 시작되었다. 소토는 말이 너무 지치지 않도록 속도를 늦추라고 동료들을 두세 차례 소리쳐 불렀다. 하지만 모두들 곧 깨달았다. 포석 깔린 길을 지나자 흙길이 이어졌다. 흙길은 미끄럽고 먼지투성이였다. 그리고 경사는 내내 가팔랐다! 곳곳의 말들이 스스로 몸을 가누지 못할 만큼 움직임이 둔해 보였다. 때때로 염소처럼 껑충껑충 뛰어서만 전진했고, 금세 숨이 가빠졌다.

비탈길을 사분의 일쯤 넘어서자, 길이 소관목들 사이로 좁아졌다. 초목이 드문드문해지면서 그늘은 줄어들고 더위는 더욱 기승을 부렸다. 말들과 마찬가지로 사람들도 침이 말라 혀가 잘 돌아가지 않는 입을 헤벌린 채 가쁜 숨을 몰아쉬었다. 소토는 반드시 네 사람씩 조를 지어 전진하라고 명령을 내렸다.

가브리엘과 세 동료는 길에서 벗어났다. 장화가 풀밭에 미끄러지고 뽕나무와 야생초의 무성한 가지에 걸렸지만, 말들은 덜 괴로워했다.

사람들은 숨이 막혀 속을 댄 상의를 차례로 벗었다. 허리띠도 풀고 셔츠의 단추도 끌렀다. 눈이 부실 만큼 햇빛이 강렬해졌다. 말고삐를 잡은 손들이 축축했다. 사람들은 한마디도 하지 않았다. 그렇다고 사위가 조용한 것은 아니었다. 장홧발 소리, 말발굽 부딪치는 소리, 가쁜 숨소리가 맑은 대기 속에 울려 퍼졌다. 억눌린 가슴속에서는 심장이 둔탁하게 고동쳤다. 목과 관자놀이의 혈관이 굵어졌다. 안간힘을 쓰느라 얼굴들은 일그러지고, 입은 잇몸과 이 뿌리를 수염 사이로 드러내며 송장처럼 비죽거렸다.

아무도 더이상 인디언은 생각하지 않았다. 그들 앞에 가없이 우뚝 솟은, 하나하나 기어올라야 할 산의 높이만 생각할 뿐.

✲

오후 서너시경, 그들은 겨우 비탈길의 절반을 넘었다.

더위로 숨이 턱턱 막혔다. 하늘에는 구름 한 점 없었다. 투구를 쓴 야윈 얼굴들은 흙투성이가 된 채 땀을 뻘뻘 흘렸다. 강철 활은 오래전부터 말 안장에 묶여 있고, 말들도 기진맥진해 있었다. 말들의 축 처진 입술과 가슴팍에서는 부글부글 거품이 일었고, 가죽띠는 습기로 거무죽죽했다. 어떤 말들은 숨을 쉴 때마다 폐가 찢어지기라도 하는 듯 계속 으르렁거리며 눈알을 희번덕거렸다.

비탈길은 눈앞에 별이 보일 정도로 현기증을 일으켰다. 그들 아래 있는 리막 탐보의 좁은 골짜기가 식탁보만 해 보였다. 쉬지 않고 으르렁거리는 강물 소리와 군데군데 거품을 일으키며 솟아오르는 소용돌이가 없었다면 푸르스름한 잿빛 강이 마치 잠든 뱀처럼 보일 수도 있으리라.

비탈길 아래에서부터 줄곧 앞서 가던 소토가 드디어 명령을 내렸다. 모두들 얼굴을 들자 일종의 고원 같은 것이 보였다. 비탈길 중턱에서 기이한 발코니 형태를 이루는 기다란 풀밭이었다.

"삼십 분간 휴식."

소토 대장이 소리쳤다.

"한 시간 쉽시다! 숨을 돌려야 하는 건 말뿐이 아니잖소."

오이 하나를 깎아놓은 것처럼 코가 커다란 남자가 말했다.

"그럼 말한테 네 엉덩이에 대고 숨 쉬라고 해, 소이티나. 그러면 네가 더 빨리 걸을 수 있을 테니! 삼십 분, 그 이상은 안 돼. 말에게 물을 먹이고, 여기까지 운반해 온 옥수수를 주도록! 말 등에 지고 가게 하는 것보다 뱃속에 넣고 가게 하는 게 더 낫다!"

소토가 단숨에 대꾸했다.

사람들은 털썩 주저앉아 투구를 벗었다. 그들은 잠시 멍하니 있다가 수통으로 머리에 물을 뿌리고 난 후, 떨고 있는 말의 콧구멍을 적셔주었다.

가브리엘은 숨을 더 잘 고르기 위해 그대로 서 있었다. 그의 밤색 말은 경련으로 가슴팍이 흔들리면서도 버티고 있었다. 가브리엘은 천천히 말에게 물을 먹이며 위안의 말을 속삭여주었다. 귀를 쫑긋 세운 말은 극심한 고통 탓에 그의 말을 제대로 듣지 못했다. 하지만 시원한 물을 마시고 가브리엘이 어루만져주자 효과가 나타났다.

말이 진정되자 가브리엘은 늘 지니고 다니는, 아나마야가 준 헝겊 주머니를 반사적으로 뒤져 코카 잎을 꺼냈다. 진하고 맛없는 즙이 입안에 돌았다. 그때 소토와 에르난도 데 토로가 다가왔다. 가브리엘이 코카 잎 뭉치를 우물우물 씹는 것을 보고 소토는 눈썹을 찌푸렸다. 하지만 피곤한 미소를 지으며 이렇게만 말했다.

"한 시간만 더 가면 내가 옳았다는 게 드러날 거야. 가장 힘든 여정은 끝났네."

가브리엘은 눈을 가늘게 뜨고 비탈길 꼭대기를 바라보았다. 길을 제외하면, 비탈은 약간의 초목으로 뒤덮인 무너진 바위더미일 뿐이었다.

"아직도 사 킬로미터는 남은 것 같은데요. 야곱의 사다리로 하늘에 올라가는 것만큼이나 가파른 비탈길로 꼬박 사 킬로미터요."

가브리엘이 말했다.

"훌륭한 비유로군."

소토가 한숨을 쉬며 중얼거렸다.

"말은 사다리를 못 올라가는데."

에르난도 데 토로가 말했다.

"내가 하고 싶은 얘기도 바로 그겁니다."

가브리엘이 밤색 말의 목을 쓰다듬으며 대꾸했다.

소토가 재빠른 동작으로 비탈길을 가리켰다.

"내가 걱정하는 것은 이제 우리가 길에서 벗어나서는 안 된다는 것이네. 만약 옆으로 말을 몰았다간 말의 다리가 바위틈에 끼어 부러질 거야."

"물론 그렇지요. 하지만 그게 꼭 우리에게 해가 되는 것만은 아닙니다. 어느 누구도 이런 비탈길에서 뛰었다간 목이 부러지고 말 테니까요!"

에르난도 데 토로가 말했다.

가브리엘은 아무 말도 하지 않았다. 두 사람이 서로를 안심시켜주려고 하는 말임을 그는 알았기 때문이다. 세 사람은 한참 동안 비탈길을 바라보았다. 눈앞에서 비탈길이 녹아 없어지기를 바라는 사람들처럼.

"아무것도 안 보이는군. 사람 머리 하나 없고, 그 빌어먹을 라마 한 마리 없군."

소토가 중얼거렸다.

에르난도 데 토로는 장갑으로 얼굴을 훔치며 말했다.

"위에 도착할 때는 조심해야겠어요."

소토가 말했다.

"내가 앞장서지. 이백오십 센티미터 정도 간격을 두고 네 사람씩 조를 짜서 움직이게. 자네들 둘, 가브리엘과 에르난도는 행렬의 후미를 맡게."

✲

그들은 소토의 명령에 따라 다시 등반했다. 말을 몬다기보다는 고삐를 끌어당기며 네 명씩 걸어서. 발걸음을 뗄수록 장화는 더 무거워졌다. 속을 댄 상의를 입은 사람은 이제 아무도 없었다.

해가 기울면서 그림자가 그들 앞으로 길게 드리워졌다. 그들은 길 위에서 고통스러워하는, 너울거리는 그들 자신의 윤곽을 보았다. 약간의 휴식을 취한 효과는 금세 사라져버렸다. 몇 분 만에 그들은 다시 땀에 흠뻑 젖고 숨이 차올랐다.

바로 그 순간, 하늘을 찢을 듯한 함성이 들려왔다.

그들 모두는 비탈길 꼭대기로 눈을 돌렸다. 간담이 서늘해진 그들은 하나같이 화석처럼 굳어버렸다.

"맙소사!"

에르난도 데 토로가 중얼거렸다.

인디언 전사들이 어깨를 나란히 한 채 산을 온통 뒤덮고 있었다. 몇 명이나 되는지 셀 수도 없었다.

'이천 명이 넘겠군.'

가브리엘은 수를 헤아리다 목이 메었다.

와 하는 고함 소리와 함께 미친 듯한 북소리에 맞춰 방패를 두드리고 한꺼번에 발을 구르며 도끼와 곤봉을 흔들고, 투석기를 돌려댔다. 그들의 목숨을 앗아가기 위해 분출된 독처럼, 초록빛 능선을 선명하게 채색한 수천의 사람들.

"맙소사!"

에르난도 데 토로가 거듭 말했다.

"정렬, 정렬!"

어느새 검을 뽑아 든 소토가 명령했다.

"말에 타!"

누군가 소리쳤다.

저 위에서 전사들이 여전히 고함을 지르는 가운데 전열이 흐트러졌다. 전사들의 첫번째 물결이 비탈길로 뛰어 내려왔다. 에르난도 데 토로가 생각한 것과는 반대로, 그들은 지독한 바위더미 위로도 달릴 줄 알았다!

"돌을 조심해! 돌을 조심해!"

누군가 고함을 질렀다.

가브리엘은 그것이 자신의 목소리임을 깨달았다. 그의 주위에는 공포뿐이었다. 사람들은 속을 댄 상의를 허겁지겁 다시 여미고, 좁은 돌투성이 고원에서 안장에 올라앉으려고 기를 쓰면서 검을 뽑고, 방패에서 투구를 떼어내고, 방패의 가죽끈을 팔에 걸친 채 강철 활을 당겨 화살을 고정시키려 허둥거렸다. 하지만 아무것도 제대로 되지 않았다.

"화승총! 빌어먹을, 화승총!"

누군가 고래고래 소리를 질렀다.

하지만 화승총은 소토 뒤에 있는 말에 너무 단단히 묶여 있어서 손이 닿지 않았다. 소토는 미친 사람처럼 자신의 거세된 말을 후려쳤다. 인디언들의 함성은 그치기는커녕 점점 더 날카롭고 열광적으로 변해 갔다. 겁먹은 말들이 미끄러지고 제자리에서 맴돌았다. 말에 올라타기란 불가능했다. 사람들은 숨이 막히고 눈이 벌겋게 충혈되어 비틀거리다 무릎을 꿇고 쓰러졌다.

"안장에 올라타, 제기랄, 안장에 올라타!"

아수라장 속에서 누군지 알 수 없는 목소리가 외쳤다.

하지만 안장에 올라탄 사람들은 더이상 비탈길에서 말을 몰 수 없었다. 인디언들은 맹수처럼 날쌔게 바위더미 위로 퍼져 나갔다. 끔찍하리만치 아름다운 장면이었다. 빽빽하게 내려오는 그들의 수가 하도 많고 울긋불긋해, 산 위에서부터 거대한 옷자락이 펼쳐지는 듯했다.

"돌을 조심해! 돌을 조심해!"

다른 사람들처럼 가브리엘도 방패를 말의 목에 갖다 댔다. 적시의 방어였다. 붕붕거리는 소리가 공기를 뒤흔드는 가운데 수백 개의 돌이 그들을 덮쳤다. 돌은 방패, 풀밭, 장화, 다리, 말의 가슴팍, 목덜미, 얼굴을 강타했다. 무시무시한 공포였다. 비명과 신음 소리가 길게 행렬을 따라 솟구쳤다. 말들이 거친 콧김을 내뿜으며 바위더미 위로 달아나며 겁에 질려 비탈을 내려가려 했다.

"말을 붙잡아!"

가브리엘과 에르난도 데 토로가 동시에 소리쳤다.

가브리엘은 소토와 오르티스를 곁눈질했다. 그들은 선두에 서서 베고 치면서 인디언들과 싸우고 있었다. 청동 도끼와 부딪치는 검의 칼날에서는 불꽃이 튀었다.

한동안 모든 것이 뒤엉켰다. 인디언 전사들은 그들 주위로 수백 명씩 모여들며 미친 듯이 전쟁의 함성을 지르고, 돌과 투창과 화살을 던지고, 말과 사람 들에게 상처를 입혔다. 그들은 아직 몸과 몸을 부딪치는 백병전을 감행하지는 않았다. 그들은 고철을 두르고 갑갑해하는 사람들과 겁에 질려 제정신이 아닌 말들 앞에서 이리저리 춤을 추었다. 무섭게 얼굴을 일그러뜨린 그들은 훌쩍 뛰어올라 몽둥이나 도끼를 휘두르며 방패의 가죽을 갈라놓았다. 크고 둥근 방패를 갈가리 찢어놓고는 곧바로 뒤로 물러나 휙휙 스치는 검을 피했다. 그리고 다시 고함을 지르기 시작했다!

"위로 가요, 위로."

가브리엘이 에르난도 데 토로를 밀며 투덜거렸다.

하지만 사람들 절반이 안장에 올라타지 못하고 있었다. 그들은 좁은 길에서 서로 부딪치고 밀쳐대느라 효율적으로 방어하지 못했다.

아수라장 속에서 갑자기 소름 끼치는 말 울음소리가 한 번, 그리고 또 한 번 울려 퍼졌다. 가느다란 창들이 둘러박히고 나뭇가지로 뒤덮인 구덩이가 마르키나의 발밑에서 무너져 내렸다. 창 끝이 말의 목과 옆구리를 관통하고 척추를 부러뜨려 붉은 살점을 드러냈다. 죽음을 직감한 말이 눈을 희번덕거리며 발버둥칠수록 고통은 더 심해지고 피는 샘처럼 흘렀다. 마르키나는 소이티나의 도움을 받아 구덩이에서 무사히 빠져나와 길 위로 기어올랐다. 하지만 그들의 행동은 그리 재빠르지 못했다. 예닐곱 명의 인디언이 그들에게 덤벼든 것이다. 도끼가 보병의 등에 깊이 꽂히고, 망치에 얻어맞아 코가 터졌다. 그 바람에 얼굴은 대번에 피와 짓이겨진 살과 으깨진 연골이 뒤섞인 죽 덩어리로 변했다.

땅바닥에 엎어져 있는 마르키나에게 인디언 셋이 달려들었다. 그들은 동시에 그의 두개골을 부수어 둘로 갈라놓았다. 인디언들이 기병의 시체를 바위더미 속에서 끌어당기다 돌 위로 쏟아지는 뇌장을 보고 환호성을 질렀다. 스페인 사람들은 얼이 빠져 그들을 바라보았다.

✲

높은 함성이 공기 속에서 진동했다. 마치 검은 새들이 날아가는 것 같았다.

"멈춰라!"

아나마야가 가마꾼들에게 명령했다.

망코는 우회로를 통해 쿠스코로 돌아가고, 그들은 그와 헤어진 후 구아이파르와 퀴즈퀴즈의 군대를 피하기 위해 전날 밤부터 능선의 오솔길을 따라가고 있었다. 격하고도 맹렬한 함성이 계속되었다. 그 함성 때문에 나뭇잎까지 떨리는 듯했다.

호위대 장교가 아나마야를 돌아보며 말했다.

"전쟁의 함성입니다."

저마다 손을 꽉 쥐고 귀를 기울였다. 함성이 여전히 계속되었다.

아나마야는 거의 숨을 쉬지 못했다. 그녀의 몸이 돌보다 더 단단하게 굳었다.

"숫자가 많은데요."

장교가 말했다.

그녀는 상상하기 위해 눈을 감을 필요도 없었다. 이방인들의 고통을 염려해서는 안 되는데도 이만저만 걱정스러운 것이 아니었다.

"그들은 리막 탐보에 있는데."

그녀가 중얼거렸다.

"그렇습니다. 이방인들은 빌카콘가 고개를 넘으려고 할 게 틀림없습니다. 함정으로는 좋은 장소지요. 퀴즈퀴즈는 그 장소를 좋아합니다."

장교가 말했다.

약해지는 듯하던 함성이 더 날카롭고 사납게 다시 이어졌다. 아나마야는 가마꾼들도 이따금 노끈을 이용해 넘어갈 만큼 가파른 비탈길과 바위더미를 타고 내려가는 수많은 전사들을 떠올렸다.

그녀는 그를 생각하고 싶지 않았다. 하지만 첫 순간부터, 망코의 말과 그녀의 마음속에 내려앉았던 서늘함이 생각났다. 가브리엘이 위험했다. 그녀는 그것을 느꼈다. 온몸으로 느꼈다. 그가 저기 전쟁터에 있음을 알았다. 이성을 찾으려 했지만 그에 대한 사랑은 고통이 되어 그녀의 허리를 뻣뻣하게, 가슴을 짓이겼다. 함성은 능선의 찬 공기와 숲속에 쉼없이 울려 퍼졌다.

아나마야는 몸을 떨었다. 그리고 자기도 모르는 사이에 기도를 중얼거렸다.

"오 인티여, 오 다른 세상의 세력가여, 오 조상들의 아버지 태양신이여, 오 어머니 킬라여, 퓨마의 도약을 막지 말아주세요! 오, 저를 지명하셨던 유일한 군주님, 저를 데려가셨던 길에 저를 버려두지 마세요. 오 낮을 정하시는 당신, 밤을 정하시는 당신, 저만 남겨두고 그를 아랫세상으로 데려가지 마세요!"

그녀가 안간힘을 다해 정신을 차리자, 주위의 짐꾼과 병사 모두가 놀란 눈으로 자신을 주시하는 것이 보였다. 하지만 그녀가 쳐다보자 모두들 시선을 떨어뜨렸다.

허공을 꿰뚫는 고함 속에 우르릉거리는 천둥소리가 들렸다. 아나마야는 이방인들의 화기 소리임을 알아차렸다. 또다시 쾅 하는 소리에 짐꾼들이 소스라치게 놀랐다. 폭발의 메아리가 흩어지자마자, 더욱 격분한 전사들의 더 높은 함성이 다시 시작되었다.

그녀가 억양 없는 목소리로 명령했다.

"되돌아가자. 최대한 빨리 리막 탐보로 내려가야겠다."

✲

얼마 동안이나 싸우고 있었을까? 가브리엘은 더이상 아무것도 알지 못했다. 그들의 그림자는 기다랗고 피가 흥건했다.

아수라장은 끝나지 않았고 인디언들의 고함 소리도 그치지 않았다. 발포도 멎지 않고 돌과 화살도 줄기차게 날아들었다. 말들의 옆구리에서는 피가 번쩍였다. 겨우 이 킬로미터쯤 기어 올라가자, 스페인인들은 강철 활을 맞쏘아 이따금 인디언을 한 번에 둘씩 죽이기도 했다. 하지만 잉카 전사들은 겁먹기는커녕 더 난폭해질 뿐이었다. 그들은 그 무기의 특성을 알아차렸다. 무기를 다시 장전하려면 시간이 필요하다는 것을 알고, 무시무시한 고함을 지르며 말에서 떨어진 기병에게 달려들었다.

가브리엘은 밤색 말이 창들이 박힌 구덩이를 건너뛰게 한 후, 말의 엉덩이를 세게 쳐서 놓아주었다. 말은 사납게 뛰어오르면서 통로를 파고들어, 비탈길 꼭대기를 향해 혼자서 길을 트며 나아갔다. 가브리엘 바로 옆에서 한 무리의 인디언들이 말을 붙잡으려고 말꼬리에 매달리자 기병이 말에서 떨어졌다. 가브리엘은 분노의 고함을 지르며 돌진해, 인디언의 손과 말의 꼬리를 단칼에 베었다. 인디언은 고통으로 울부짖으며 뒤로 쓰러졌다. 가브리엘은 사람들 눈에 어린 두려움을 똑똑히 보았다. 그는 단검과 검을 엇갈리게 해서 도끼의 공격을 피하고, 적의 배를 장홧발로 차서 비탈길에 넘어뜨렸다.

에르난도 데 토로가 가브리엘의 위쪽에서 소리쳤다.

"소토가 위에 있어요! 위에 도착했어요!"

그는 더 말하려고 했지만, 인디언들 한 무리의 공격을 경계하지 않을 수 없었다.

토로와 가브리엘은 늦게 도착하는 사람들이 지나갈 수 있도록 창이 박힌 구덩이 근처의 통로를 방어했다. 그들은 좌우로 뛰어다니고 점점 더 가쁘게 숨을 몰아쉬며 망치와 도끼를 밀쳐냈지만, 역습은 한 번도 하지 못했다.

에르난도 데 토로가 고통스러운 비명을 내질렀다. 넓적다리에 투창이 꽂혀서 비틀거리는 것이 보였다. 가브리엘은 기다란 검으로 공기를 가르며 동료에게 달려가, 그가 살에서 투창을 빼낼 시간을 벌어주었다.

"올라가, 어서. 내가 엄호할 테니!"

가브리엘이 소리쳤다. 그의 목소리가 탕 하는 화승총 소리에 묻혔다. 두 번의 총성.

하지만 소토에게서 열 발짝 떨어진 곳에 있는 인디언들만 총에 맞았다. 길게 비탈길을 따라 아직도 수백 명의 잉카 전사들이 남아 있었고, 하도 수가 많아서 넘어지고 제자리걸음을 하기도 했다. 마치 화약으로 불붙은 그들의 광기가 폭발하는 듯했다.

행렬 뒷부분의 스페인인들은 한 걸음씩밖에 전진하지 못했다. 마지막으로 남은 말들은 한계에 이르러 있었다. 에르난도 데 토로가 바위와 소관목의 나뭇가지를 움켜잡고 바닥에 엎드려 간신히 기어오르는 사이, 우측에 있는 가브리엘은 인디언들의 팔과 가슴을 후려치며 접근을 막았다. 관자놀이가 지끈거리고 시야가 흐려졌다. 검이 무거워지기 시작해, 그의 공격은 사람의 살보다 허공을 찌르는 일이 더 잦아졌다. 그는 이루 말할 수 없는 피로가 엄습해 네 발로 기다시피 했다. 두려움의 악취와 피비린내로 숨이 막혔다. 그는 한 인디언이 두 발을 모으고 높이 뛰어올라 에르난도 데 토로를 덮치는 것도 겨우 알아차렸다.

싸움은 간단히 끝이 났다. 토로는 별 모양의 곤봉이 자신의 뺨을 파고들어 턱을 깨부수려는 바로 그 순간, 있는 힘을 다해 단검을 내던졌다. 눈을 크게 뜬 토로는 인디언 전사가 무기를 치켜들고 자기 이마에 죽음의 공격을 가하는 것을 보았다.

가브리엘은 미처 생각할 틈도 없이 빙그르 몸을 돌려 상반신을 앞으로 숙였다. 옆으로 누운 그의 칼날이 피로 가득한 공기를 갈랐다. 칼끝이 인디언의 목을 베었다. 하지만 너무도 맹렬히 공격하다가 그만 검이 그의 손에서 빠져나갔다. 이상하게도 그는 더이상 두렵지 않았다. 시간이 느려지는 듯했다.

완전히 기진맥진한 그는 피에 진절머리가 쳐졌다. 그는 단검을 들고 천천히 다시 일어섰다. 소란의 한가운데에서, 그는 사방위 제국 전사들의 눈초리를 흘끗 보았다. 그것은 스페인인들이 카하마르카나 아툰 사우사에서 학살했던 자들의 체념한 얼굴이 아니었다. 잃어버린 자존심을 되찾은 투사의 얼굴이었다.

가브리엘은 멀리서 들리는 듯한, 자신을 부르는 소토의 고함 소리를 들었다. 하지만 투석기 돌이 그의 이름보다 훨씬 더 빨리 날아왔다. 그는 또다시 투구에 부딪히는 둔중한 충격음을 듣고 정신을 잃었다.

✲

밤이 되자, 아나마야의 가마에서도 멀리 리막 탐보의 계단식 대지가 보였다.

빌카콘가 비탈길 꼭대기에서는 고함 소리와 북소리가 여전히 들려왔다. 상처 입은 전사들이 강까지 이르렀다. 팔이 잘리고 가슴이나 등이 베여 목숨이 위태로운 전사들은 제방 위에 쓰러지고 차가운 물에 닿자마자 숨이 끊어졌다.

아나마야의 요구에 따라, 호위대 장교가 소식을 알아보기 위해 병사 둘을 앞서 보냈다. 두 병사가 가마 앞에 무릎을 꿇었을 때, 아나마야는 땅거미가 져서 어둑어둑한데도 끔찍한 소식이라는 것을 그들 얼굴에서 읽었다.

"말하라!"

그녀가 냉담하게 명령했다.

"구아이파르 대장이 이끄는 퀴즈퀴즈 장군 부대의 전사 이천 명이 산꼭대기에서 이방인들을 기다리고 있었습니다. 그들은 이방인과 말들이 지쳐서 평소처럼 빨리 움직이지 못하도록, 아주 높이 올라가게 내버려두었습니다."

병사는 고개를 숙이고 시선을 떨어뜨린 채 입을 다물었다. 아나마야는 가장 중요한 것은 아직 말하지 않았음을 알아차렸다.

"계속 말해라."

그녀가 명령했다.

"이방인 다섯 명이 전사들에게 죽임을 당했고, 많은 사람들이 다쳤습니다. 이방인들의 말도 두 마리 죽었습니다."

그녀는 두려움을 드러내지 않으려 애를 써야 했다.

그녀가 조금 천천히 물었다.

"지금은?"

"이방인들은 고개 꼭대기에 있습니다. 은신처를 찾아내어 말을 쉬게 하고 있지요. 구아이파르의 전사들도 공격을 멈췄습니다. 하지만 내일 새벽에는 말들한테 겁주기 위해 불화살 공격 명령이 내려질 겁니다."

비탈길 저 위에서는 벌써 야간 전투를 알리는 목소리와 노랫소리가 더 크게 울려 퍼졌다. 아나마야는 잠시 구아이파르를 생각했다. 그는 분명 저곳에 있었다. 분노와 광적인 살기를 품고서. 전쟁과 이방인들에 대한 완벽한 지식을 갖추고서. 그는 밤 동안 이방인들이 잠 한숨 못 자고 조금도 휴식을 취하지 못하게 방해할 것이다. 어뚝새벽의 여명 속에서 가브리엘과 그의 동료들을 학살하는 것은 어린아이의 장난과도 같은 일이리라.

그녀는 호위대 장교와 눈이 마주쳤다. 그의 눈에서 혼란스러운 마음을 읽은 그녀는 그 이유를 쉽사리 짐작했다. 처음으로 제국의 전사들이 이방인들을 죽이고, 진짜 전투에서의 승리를 눈앞에 둔 참이었다. 장교는 기뻐하고 싶었지만 그녀 앞이라 감히 그러지 못했다.

가마에서 내린 그녀는 젊은 장교에게 손짓해 한옆으로 데리고 갔다. 저 아래 리막 탐보와 강 사이에 불이 피워져 있고, 조금씩 무리를 지어 모여드는 부상병들에게 음식을 가져다주는 농부들이 보였다. 바위더미에 넘어져 팔이나 다리만 부러진 사람들이 많은 것 같았다.

"장교, 내가 유일한 군주님 망코와 이야기한 것을 알고 있겠죠."

아나마야가 말했다.

상기만 시켰을 뿐인데도, 장교는 고개를 숙이고 몸을 굽혔다.

"알고 있습니다."

"그분은 제국 어디든 평화롭기를 바라세요. 이방인들하고도 말이에요. 저 고개 위에서 전투를 벌이는 자들은 유일한 군주님의 뜻을 거역하는 거지요."

장교는 잠자코 있었다.

"유일한 군주님은 이방인들이 쿠스코에 도착할 수 있도록 우리가 도와주기를 원하세요. 쿠스코에서 그들을 맞이해 당신의 힘을 보여주고 싶으신 거지요. 필요하다면, 우리는 반역자들과 싸워야 할 겁니다! 그분이 단 한 분뿐인 유일한 군주님이고, 우리 모두는 그분께 복종해야 해요. 내 말 알겠어요, 장교?"

그녀가 분명한 목소리로 말했다.

장교는 잠시 입을 다물고 있다가 천천히 몸을 세웠다.

"예, 코야 카마켄. 명령대로 하겠습니다."

"고마워요, 잊지 않을게요."

장교의 눈에 조금 슬픈 빛이 어렸다.

"말을 탄 이방인 부대가 아푸리막 강 건너편 대로에서 그리 멀지 않은 곳에 있다고 들었습니다."

그가 아주 작은 소리로 말했다.

아나마야는 기쁨의 몸짓을 가까스로 억누르며 명령했다.

"그럼 그들을 맞이하러 부하들을 보내요! 그들이 최대한 빨리 강을 건너올 수 있게! 그들은 새벽이 되기 전에 여기로 와야 해요."

✲

가브리엘이 정신을 차렸을 때는 날이 완전히 저물어 있었다. 그의 머릿속에는 지옥 같은 고통밖에 없었다. 가랑비가 반갑도록 부드럽게 그의 얼굴에 떨어졌다.

"일이 더럽게 됐군! 아주 더럽게 됐어!"

소토가 피가 끈적거리는 손으로 몸을 일으키며 중얼거렸다.

가브리엘은 눈에 보이는 것보다 더 많은 사람들이 자기 주변에 있는 것을 알아차렸다. 소토의 얼굴도 너울거리는 그림자에 가려 잘 보이지 않았다.

"움직이지 말게, 가브리엘. 자네를 돌봐준 다음에 우리 모두 빠져나갈 거야."

소토가 너무 소리를 질러서 갈라진 목소리로 말했다.

가브리엘은 의심스러웠다. 그는 미소를 지으며 소토에게 말을 해, 사망자의 숫자라도 알고 싶었다. 소토가 무사한 부하들과 함께 방어를 하고 부상자들을 구해줄 수 있는지 궁금했다. 그가 아닌 다른 부상자들을. 이제 그 자신은 끝인 듯했다. 이상하게도 그것은 낯설지 않고 아무런 두려움도 불러일으키지 않았다. 아니, 두렵기는커녕 죽음을 생각하면 마음이 진정되었다.

하지만 그 자신에게도 잘 들리지 않는 느린 헐떡거림 말고는 단 한 마디도 그의 입술 밖으로 새어 나오지 않았다. 또한 이상하게도 머리는 아프지 않은데 왼팔에 극심한 통증이 느껴졌다.

그는 에르난도 데 토로가 죽은 뒤로 어떤 일이 있었는지 잘 기억나지 않았다. 그가 무의식에서 깨어났을 땐 인디언들의 공격이 한창이었고, 동료들이 그를 비탈길 꼭대기로 끌어올리고 있었다. 그러다가 어처구니없게도 팔이 바위틈에 끼어 부러질 뻔했다.

하지만 그는 알고 있었다. 통증은 팔에 있지만, 죽음이 이미 자신의 머리를 집어삼키고 있음을. 피를 너무 많이 흘린 탓에 그의 얼굴은 끈적끈적한 피딱지로 뒤덮여 있었다. 죽은 말의 덮개가 그의 머리를 감쌌고, 그의 몸 어느 부분도 더는 정상적으로 돌아가지 못했다. 사지도, 시각도, 청각도, 말도. 밤이 찾아온 것은 알았지만, 이 세상의 밤인지 자신의 어둠이 시작된 것인지는 알지 못했다.

그는 전투가 끝난 것인지 궁금했다.

인디언들이 계속해서 소리를 지르는지 궁금했다.

다시 고함 소리와 나팔 소리 같은 것이 들리는 듯했다. 그는 자기가 죽은 자들의 세계로 들어가고 있다고 생각했고, 신이 저 나팔 소리를 울리게 하는 것은 아닐까 생각했다. 그는 자신이 커다란 조수에 떠밀려 가는, 한 척의 작고 약한 배처럼 여겨졌다. 하지만 나팔 소리는 끔찍하고 견딜 수 없었다. 그에게는 오직 한 가지 욕망뿐이었다. 죽음의 해방과 어둠 속으로 더 깊이 들어가는 것.

그는 이제 자신을 엄습하는 행복한 마비 상태만을 느끼며 그것에 빠져들었다.

14

1533년 11월 9일로 넘어가는 밤, 빌카콘가

그들은 숨을 돌리려 멈춰 서지조차 않았다. 인디언과 스페인인들이 리막 탐보에 이르기 위해 쉬지 않고 걸었든, 밤이 찾아오든 상관없었다. 날씨가 나빠져 끈적끈적한 습기가 스며들어 옷이 살갗에 달라붙어도 상관없었다.

고갯길을 오르는 아나마야에게 끔찍한 함정에 대한 기억이 엄습해 왔다. 몇 년 전 바로 그곳에서, 우아이나 카팍의 용감한 봉사자인 강력한 족장들이 우아스카르의 광기에 희생되어 목숨을 잃었던 것이다. 그녀는 부서진 무기, 신음하는 부상자, 사지가 벌어진 시체들과 같은 전투의 첫 흔적을 발견하면서, 잔혹한 행위가 쌍을 이루어 반복되고 있는 듯 여겨졌다.

그들은 창들이 박힌 구덩이에 이르렀다. 돌덩이에 얼굴이 으깨진 백인 둘과 말 한 마리의 시체가 널브러져 있었다. 그때 이방인들의 격분한 고함 소리를 듣고, 그녀는 그들이 자신을 적으로 여길까봐 염려되었다. 그런데 이미 알마그로가 부하들에게 설교를 늘어놓으며 계속 가라고 명령하고 있었다.

"저놈들한테는 더이상 신경 쓰지 마! 산꼭대기까지 올라가도록! 저 위에서 틀림없이 소토가 우리를 기다리고 있을 거야. 비열한 인디언놈들은 분명히 전투를 다시 하려고 들겠지."

인근 산속에서 승리의 함성과 숨죽인 노랫소리, 승리한 구아이파르 병사들의 북소리와 나팔 소리가 울려 퍼졌다. 아나마야는 인디언들은 밤에 싸우지 않는다는 걸 알고 있었다. 하지만 구아이파르는 무슨 일이든 할 수 있는 인물이었다. 그 누가 알겠는가? 그가 이번 첫 승리에 도취해 최후의 학살을 꿈꾸고 있을지.

그녀 뒤에서 스페인 병사들이 숨을 헐떡이며 투덜거리는 소리가 들렸다. 그들은 말을 잡아끌며 바위더미의 비탈길을 오르느라 안간힘을 쓰고 있었다. 이따금 그녀는 눈을 감고, 마치 오직 저 위의 가브리엘이라는 존재에게 이끌리듯, 다시 만나 그를 만지고 싶은 격렬한 욕망에 이끌리듯 계속 올라갔다. 그가 살아 있음을 확신하면서.

그들이 산꼭대기에 당도하자 구아이파르 전사들의 소란이 희미해졌다. 이방인 지원군이 도착한 것을 벌써 알아차리고 멀리 물러났는지도 몰랐다. 말들은 너무 지쳐서 사람들을 향해 머리를 쳐들지도 못했다. 하지만 소토의 병사들은 기쁨의 함성을 지르며 달려와 그들을 맞이했다. 사람들이 서로 얼싸안는 곳에서 벗어나, 아나마야는 고원 끝에서 서로서로 몸을 붙인 채 꼼짝도 하지 않고 모여 있는 사람들의 그림자를 보았다. 아니, 보았다기보다는 감지했다. 어둠 속 시커먼 그림자들은 이 세상에도 저 세상에도 속하지 않는 듯했다.

소토 대장의 남은 부대원들은 어둠 속에서 표적이 되지 않고자 불도 피우지 않고 있었다. 말 한 마리가 모로 누워 있었고, 진흙투성이 땅바닥에 길게 누워 있던 지친 두 사람이 힘겹게 몸을 일으키려 했다. 그때 저 멀리서 흐릿한 신음 소리가 어둠을 가로질렀다. 알마그로가 소토 대장에게 달려갔다.

"소토!"

소토는 간신히 고개를 돌렸다. 그는 말할 기력조차 없어 손짓으로만 인사를 했다. 윗부분이 찢어진 쇠사슬 갑옷과 피가 엉겨붙어 뻣뻣해진 짧은 바지가 치열한 격전이었음을 여실히 보여주었다. 특히 분노와 고통이 서린 그의 얼굴은 차디찬 가면을 쓴 것처럼 보였다.

"우리 편 전사자 수는 얼마나 되오?"

알마그로가 물었다.

"내가 아는 바로는 다섯입니다. 마르키나, 소이티나, 에르난도 데 토로, 루이스와 로다스. 그런데 여섯번째 희생자가 오늘밤을 넘기지 못할 것 같습니다. 이미 떠났는지도 모르겠군요……"

소토가 한숨을 지었다.

"그게 누구요?"

"가브리엘입니다."

"몬테루카르 이 플로레스? 프란시스코의 보호를 받는 자 말이오?"

알마그로가 희미한 미소를 지으며 말했다.

소토는 고개를 끄덕이다가, 자신의 팔을 붙잡는 아나마야의 손길에 화들짝 놀랐다.

"그는 어디 있어요?"

"여기서 뭐 하는 거요?"

소토가 몸을 빼내면서 투덜거렸다.

"그녀의 호위대가 우리에게 공격에 대해 미리 알려주었소."

알마그로가 말했다.

"제발 말해줘요. 그는 어디 있죠?"

아나마야가 채근했다.

소토는 턱짓으로 그녀가 조금 전에 흘끗 보았던 한 무더기의 그림자를 가리켰다.

"저기, 다른 부상자들과 함께 있소."

그녀는 달려갔다. 어둠에 녹아버리려는 듯 신음하며 길게 누워 있는 사람들에게 코야 카마켄이 단숨에 달려가는 것을 보고, 호위대의 인디언들은 깜짝 놀랐다.

그녀가 부상자들에게 붕대를 감아주는 스페인인들을 밀치고 가브리엘 앞에 무릎을 꿇고 앉아도, 스페인인들은 아무도 항의하지 않았다. 이불이 그의 목까지 덮여 있었다. 또다른 이불은 셔츠를 찢어 감아놓은 그의 머리 밑에 둘둘 말려 있었다. 그에게서 이상하리만치 창백한 빛이 났지만, 그 때문에 옆구리에 맺힌 피의 반점이 더 위중하고 끔찍해 보일 따름이었다. 반쯤 벌어진 입술에서는 거의 느껴지지 않는 숨결이 새어 나왔고 고열로 눈꺼풀이 파르르 떨렸다. 그의 두 뺨에 갖다 댄 아나마야의 손가락이 식은땀에 젖었다.

그녀는 심호흡을 하고 마음을 진정시키려고 애쓰며 두려움을 떨쳐버렸다. 그런데 누군가의 손이 그녀의 어깨에 살짝 놓이자, 그녀는 비명을 지르며 소스라치게 놀랐다.

"내게 맡겨두시오……"

그녀는 바르톨로메 수도사의 회색 눈과 마주치기에 앞서 그 부드러운 목소리를 먼저 알아들었다.

"내가 돌봐주겠소."

수도사가 다시 말했다.

"어떻게 하시려고요?"

그녀가 작은 목소리로 물었다.

"내 임무지요. 가톨릭교인으로서 저 세상으로 가게 도와주는 것 말이오……"

아나마야는 고개를 저으며 그를 바라보더니 손을 들어 밀쳐냈다.

"그럴 거라면 다른 일이나 하세요. 가브리엘은 내게 맡기시고요!"

그녀의 목소리는 냉정하지는 않지만, 바르톨로메의 입을 다물게 할 만큼 단호했다. 바르톨로메는 가브리엘의 얼굴 위로 몸을 숙인 채 그의 귀에 대고 속삭이는 그녀를 보았다. 케추아어와 카스티야어가 뒤섞인 이상한 속삭임이었다. 그러더니 그녀는 이불 속 가브리엘의 가슴 위로 두 손을 슬그머니 집어넣었다. 천천히, 규칙적으로, 그녀는 심장이 자리잡고 있는 흉곽을 마사지했다. 그녀는 고개를 들지도 않고 스페인어로 말했다.

"이 사람 양쪽에 불을 피우고 이불을 더 갖다 주세요……"

그녀는 사람들이 자기 말을 들었는지, 요구대로 따르는지 신경도 쓰지 않았다. 그녀는 케추아어로도 명령을 반복했다. 호위대 병사들은 한 옆에 비켜서서 스페인인들과 똑같이 의심 어린 태도로 그녀를 바라보았다.

"그녀의 말대로 하라!"

바르톨로메 수도사가 명령했다.

잠시 후 첫번째 불꽃이 나뭇가지 사이에서 흔들리자, 소토가 부리나케 달려오며 목청껏 외쳤다.

"정신 나갔나? 불을 피우면 안 된다고 했잖아."

가브리엘의 윗몸을 벗겨 미세한 진흙으로 몸을 문지르던 아나마야는 동작을 멈추지 않은 채 소토에게 대꾸했다.

"전투는 끝났어요, 소토 대장님. 오늘밤도 내일도 더이상 공격은 없을 거예요. 전투의 북소리가 조용해진 걸 듣지 못했나요?"

그녀는 대답을 기다리지도 않고 케추아어로 또다시 명령한 후, 마치 몸과 몸을 맞대는 사랑의 몸짓과도 같이 가브리엘 위에 길게 누워 그의 몸을 끌어안았다. 인디언들이 망타를 가지고 달려와, 두 사람이 보이지 않도록 완전히 덮어주었다.

소토는 어이가 없어서 화도 내지 못했다. 바르톨로메가 손가락이 기이하게 들러붙은 손을 들고 말했다.

"그녀의 말이 맞소, 소토 대장. 그녀가 하는 대로 내버려둡시다, 제발……"

곧 두 개의 커다란 장작불이 두 사람 양옆에서 타오르며 고원을 빛으로 가득 채우자, 어리둥절해하는 지친 얼굴들이 어둠 속에서 나타났다.

이불 속에서 아나마야는 꼼짝도 하지 않는 가브리엘의 몸을 쉼없이 어루만졌다. 마치 생명의 불꽃을 피우려는 듯 그의 맨살에 입김을 불었다. 그녀는 허리춤의 주머니에서 꺼낸 코카 잎을 열심히 씹어서 애인의 뜨거운 입술 사이로 즙을 흘려 넣어주었다. 그러고는 계속해서 그의 가슴을 문질러 심장 박동이 잦아들지 않게 했다. 진영의 소음은 잠잠해진 지 오래였다. 한순간, 그녀는 가브리엘의 목구멍에서 약한 헐떡거림을 감지했다. 곧 그의 배가 경련으로 흔들렸다.

또다시 아나마야는 가브리엘에게 코카 즙을 삼키게 했다. 그의 숨결은 더 무겁고 더 깊고 쉰 소리를 냈다. 그의 심장이 가슴뼈를 쿵쿵 두드렸다. 아나마야는 그의 가슴에 입술을 대고, 다음에는 뜨겁게 달아오른 두 뺨을 갖다 댔다. 그녀는 그와 마찬가지로 자신에게서도 생명이 다시 태어나는 것처럼, 조심스러우면서도 엄청난 기쁨에 휩싸였다.

15

1533년 11월 10일, 빌카콘가

천막 입구에서 바르톨로메 수도사는 발걸음을 멈추었다. 들어 올려진 천막의 늘어진 자락 사이로 그들이 보였다.

천막 안쪽의 융단을 쌓아 만든 잠자리 위에 가브리엘이 깨어나 있었다. 깨끗이 씻은 얼굴에 머리에는 푸른 터번 같은 것을 두르고 있었다. 그는 두 눈을 크게 뜨고서 사랑하는 여인의 손에 입을 맞추었다. 잉카족에게는 영향력 있는 공주로 통하는 인디언 처녀. 마녀 같은 여인!

바르톨로메는 안으로 들어갈까 되돌아갈까 잠시 망설였다. 그들이 자신의 존재를 알아차리지 못했음을 깨달은 그는 안으로 들어가지도 되돌아가지도 않은 채 그저 날카로운 호기심에 빠져들었다.

바르톨로메 수도사의 입가에서 미소가 피어났다. 젊은 인디언 여자는 분명 마녀다! 이틀 전 밤에 자기 두 눈으로 본 그녀의 행동은 스페인에서라면 마땅히 화형당할 일이었다.

이제 두 연인은 부드럽게 키스했다. 애정이 빛의 후광처럼 둘을 결합시켰다. 바르톨로메 수도사는 또 한 번 주저했지만 호기심을 이기지 못했다.

키스에서 살며시 빠져나오는 그녀가 보였다. 그녀는 가브리엘의 상처 입은 팔을 옆으로 편히 놓아주고, 살짝 웃으며 그의 뺨을 쓰다듬었다. 잠깐이지만 그녀는 사랑에 빠진 이 세상 모든 젊은 여자들과 다르지 않았다.

하지만 다음 순간, 그녀는 다시 공주가 되어 절도 있는 움직임과, 그녀의 아름다움에 어울리지 않는 위엄 서린 태도를 취했다. 그녀가 수도사를 보았다. 가브리엘도 연인의 시선을 따라가다가 그를 발견했다.

바르톨로메 수도사는 그다지 당황하지 않았다. 그는 한 걸음 내디디며 그들에게 인사했다.

"이런, 부활한 라자로* 같군!"

바르톨로메가 가브리엘을 놀렸다. 그의 웃음은 허공으로 사라졌다. 그는 젊은 공주의 눈빛에 깊은 인상을 받았다. 그녀는 눈도 깜박거리지 않고 간단한 고갯짓을 해 보였다.

"날 겁내지 마시오."

바르톨로메가 그녀에게 말했다.

그녀는 무표정한 얼굴로 바르톨로메를 바라보았다. 마치 그의 마음속 아주 깊은 곳까지, 잊고 싶은 우여곡절까지 들여다보듯 바라보자, 그는 거북한 느낌이 들었다. 그는 그녀의 찬란한 푸른 눈빛 속에 미소

---

* 〈요한복음〉 11장에 나오는 인물로, 죽은 그를 예수가 다시 살려주었다.

의 광채가 보인다고 생각했다. 그런데 어찌나 순식간에 스쳐 가는지 정말로 본 것인지 확신이 서지 않았다.

공주는 가브리엘에게 케추아어로 빠르게 몇 마디를 건넸다. 그러고는 간단히 손목을 놀려 어깨 위로 비단 망타를 여미고, 스페인 왕비도 감탄할 만큼 사뿐히 천막 밖으로 나갔다. 바르톨로메 수도사가 눈으로 그녀를 좇는데 등 뒤에서 가브리엘의 탁한 목소리가 들렸다.

"오해하지 마세요, 수도사님. 아나마야는 수도사님을 좋은 분이라고 생각하고 있어요. 하지만 스페인 사람이라면 모두가 그녀를 경계하죠."

"그래서 불만이라면 자네가 잘못하는 것이네!"

"그게 무슨 말씀이시죠?"

"그녀가 자네한테서 날 어떻게 떼어냈는지 봤다면…… 사실 다른 사람들처럼 나도 자네가 죽었다고 생각했는데, 그녀만은 아니었지……"

심신이 아직 몽롱한 가브리엘은 유쾌해하는 바르톨로메를 보며 난처함을 느꼈다. 그가 살짝 지친 미소를 짓자 바르톨로메가 말을 이었다.

"한 가지는 확실하네. 그녀가 자네 목숨을 구했어, 내가 증언할 수 있네."

바르톨로메는 다시 감긴 가브리엘의 어두운 눈꺼풀을 잠시 바라보았다.

가브리엘은 눈을 뜨지 않은 채 미소 지으며 물었다.

"말씀해주세요, 수도사님. 그녀는 내게 아무 말도 해주려 하지 않아요. 난 아무것도 기억이 안 나요, 추웠던 것 말고는……"

그는 추위를 떠올리기만 해도 온몸이 떨려왔다.

"……그리고 정신을 차렸을 때 내 눈을 들여다보던 그 눈밖에는 기억이 안 나요."

"하나님 말고는 모두들 자네가 죽은 목숨이라고 생각했네. 소토 대장이 맨 먼저 그렇게 생각했지! 자넨 아무 반응이 없었거든. 숨결도 더 이상 느껴지지 않았어. 소토가 자네에게 종부성사를 해주라고 내게 부탁하더군. 내가 막 종부성사를 해주려고 할 때 그녀가 왔네."

가브리엘은 그 장면을 상상하자 절로 미소가 떠올랐다.

"그녀가 뭘 했는지 아나? 아침까지 자네와 몸을 바싹 붙이고 있었어. 자네 몸을 따뜻하게 해주려고 횃불 가운데에서 말이야. 아, 두 사람 모습이 아름답고 감명 깊었다는 말을 해줘야겠군……"

가브리엘은 상상의 나래를 펼쳤다. 감동으로 목이 멨다. 그는 다시 눈을 뜨고 비꼬는 말투로 마음의 동요를 감추었다.

"수도사님은 그녀가 하는 대로 내버려두셨어요?"

바르톨로메 수도사는 고개를 끄덕였다. 그는 기형적으로 달라붙은 손가락을 관자놀이에서 턱으로 미끄러뜨리며 생각에 잠기는 몸짓을 했다.

"그래, 이상하고 정말 점잖지 못한 행동이었다는 걸 인정하네. 하지만 그토록 고통을 겪고 난 그날 밤, 자네들 두 사람을 둘러싸고 있던 흥분 속에서는, 그건 거의…… 당연해 보였지. 하지만 가브리엘, 그 장면을 목격하지 않은 사람들에게는 그런 사실을 알리지 않는 게 좋겠네. 내 말 알겠나?"

가브리엘은 대꾸하지 않았다. 그는 몸속의 기분 좋은 온기를 느끼며, 아나마야가 자기에게 완전히 몰두할 만큼 죽음이 임박했던 모양이라고 생각했다.

'그렇게까지 할 만큼 내가 정신이 없었다니……'

이런 생각에 그는 미소 지었다. 얼굴을 찡그린 듯한 미소였다.

바르톨로메가 고개를 끄덕이며 덧붙였다.

"다음날 자네가 이 천막으로 옮겨지자마자, 공주가 강둑에서 가져온 진흙으로 자네의 상처를 덮었지. 그러고는 정성껏 준비한 엄청난 양의 탕약을 자네에게 먹였네."

"그게 다입니까?"

가브리엘이 놀라며 물었다.

"그게 다라네. 대단한 일이지."

"무슨 말씀입니까?"

"그러고 나서 자네가 완쾌되었단 말일세."

갑자기 바르톨로메가 가브리엘을 불편하게 만드는 어조로 말했다. 그러더니 다시 말을 이었다.

"분명 자네는 헛소리를 조금 했어. 하지만 아주 즐겁게. 내가 보기에 자네 자신을 일종의 맹수로 생각하는 것 같더군. 이상하게도 자네가 카스티야어가 아니라 자네 애인의 언어로 말해서 나는 알아들을 수 없었네. 자네도 알다시피 나도 케추아어를 배우고는 있지만 기초밖에 몰라서 말이야……"

"그건 틀림없이 고통을 가라앉혀주는 탕약이었을 겁니다. 이곳 인디언들은 식물의 효용을 훤히 꿰고 있고, 아나마야는…… 공주 말입니다…… 그녀는 그 비법을 알고 있거든요. 그건 이 나라에서 흔한 일이지요."

"그렇겠지. 그런데 가장 이상한 점은 말이야, 자네 머리의 상처에서 흐르던 진물과 피가 곧바로 멈췄다는 거야. 자네도 확인해보면 알 걸세. 상처가 이미 아물고 있으니까. 팔의 상처처럼 말일세."

바르톨로메의 부드러운 어조에 가브리엘은 몸서리가 쳐졌다. 아주 오래전에 나누었던 대화가 떠오른 것이다. 사제라는 족속만이 지닌, 더 확실한 함정을 파기 위한 그 음흉한 미소가 생각난 것이다.

"무슨 얘기를 하려는 겁니까?"

가브리엘이 물었다.

"그 아름다운 공주는 내게 많은 것을 생각하게 하네. 그녀에게는 잉카의 가장 강력한 군주에게까지 영향을 미치는 능력이 있다고들 하지 않던가?"

바르톨로메가 아주 진지하게 말했다.

가브리엘은 애정의 흔적이 걷힌 굳은 얼굴로, 예전의 경계심을 일깨우며 몸을 일으켰다.

"만약 마법 따위를 염두에 두고 하시는 말씀이라면, 잘못 생각하신 겁니다. 아나마야는 여자로 변장한 악마가 아니에요!"

"난 그렇게 말하지 않았는데?"

"그런 생각도 하지 않으셨으면 합니다."

"자네가 오해하고 있군."

바르톨로메 수도사는 정말 놀란 것 같았다. 그의 웃음소리에도 가식이 없었다. 그는 기형 손가락을 가브리엘의 어깨에 올려놓았다.

"무슨 생각을 하는 겐가, 가브리엘? 내가 자네 여자에게 해를 끼치려 한다고 생각하나? 아니면 자네의 혼란스러웠던 속마음을 들켜서 나를 원망하는 겐가?"

가브리엘은 거만하게 입을 비죽거리며 바르톨로메의 암시를 물리쳤다.

"자신이 이해하지 못하는 것을 오랫동안 용인하는 성직자는 한 번도 보지 못했습니다."

"아닐세! 아냐, 자네가 잘못 생각하는 거야. 날 잘못 알고 있는 거라고, 가브리엘. 난 두려움을 만들기 위해서가 아니라 두려움을 달래주기 위해 온 거야! 그것이 가능하다면 말이지. 자넨 날 믿어야 해!"

바르톨로메가 갑자기 몸을 바로 하며 반박했다.

"두고 보면 알겠지요."

가브리엘이 침상으로 올라가며 냉담하게 대꾸했다.

바르톨로메 수도사는 한동안 그를 바라보았다.

"예수님의 이름을 걸고 맹세하네. 내게 가장 중요한 것은 말이야, 이보게, 그건 바로 이해할 수 없는 것처럼 보이는 것을 배우는 것이라네."

가브리엘은 바르톨로메 수도사가 천막에서 나가는 것을 쳐다보았다.

그는 지쳐서 눈을 감았다. 마음속으로는 여전히 적의를 느끼면서도, 당치도 않은 호의를 베푸는 그 이상한 수도사가 없었다면 아마 아나마야에게 작별 인사도 하지 못했을 것이고 "사랑해요"라는 속삭임도 듣지 못했으리라는 사실을 떠올렸다. 그 말이 그의 마음속에 남아서 그의 목숨을 구해준 것인지도 모르는데……

바르톨로메를 다시 부르기에는 너무 늦었다.

하지만 가브리엘은 입가에 미소를 머금은 채 잠이 들었다.

16

1533년 11월 13일, 리막 탐보

"고요히 잠드소서!"

발베르데 신부가 말했다.

탐보의 널따란 광장에서 무장한 사람들이 이례적인 명상에 잠긴 채 미사를 경청했다. 평소와 같은 중얼거림이나 투덜거림은 전혀 없었다. 저 아래에서 들리는 시냇물 소리와 말 울음소리뿐.

신부의 권고에도 그들은 움직이지 않았다.

광장 중앙에는 급조된 연단 위에 하얀 천으로 덮인 시신들이 놓여 있고, 그들은 절대로 눈을 떼지 않을 듯이 시신에 눈길을 고정시키고 있었다.

가브리엘은 붕대로 감아 어깨에 건 팔이 영 거북했다. 그는 다른 사람들처럼 쇠사슬 갑옷을 입지 않고, 평소에 늘 착용하는 가죽으로 덮인

면 가슴받이를 했다. 이제는 피의 세례를 받은 것이다.

새벽부터, 그들과 동맹을 맺은 가장 충실한 인디언들조차 스페인 사람과 마주칠 때면 시선을 떨어뜨렸다. 찰쿠치막을 수행하는 귀족들은 마치 산속에서 자취를 감춰버린 듯 보이지 않았다. 장군 자신도 가마에서 나오지 않았다.

돈 프란시스코 피사로는 열을 가로질러 가서 시신들 바로 앞 발베르데 옆에 자리를 잡았다. 그는 검은 새처럼 작은 머리만 밖으로 나오는 완전한 차림의 갑주를 입고 있었다. 그가 말하기에 앞서 부하들을 한 사람 한 사람 쳐다보자 부하들도 우두머리를 향해 눈을 들었다. 그들 사이에 또다시 열기가 스쳐 지나갔다. 보병도 기병도 부자도 빈자도 더 이상 없었던, 카하마르카 전투 전날 밤에 이미 경험했던 열기……

"제군들은 고통과 분노를 느낄 것이다……"

돈 프란시스코가 단호한 목소리로 말했다.

그는 천으로 덮인 시신들 쪽으로 돌아서서 그들을 가리켰다.

"이들은 우리의 친구였고 용감한 병사들이었다. 나는 제군들이 이들의 이름을 잊지 않기를 바란다. 후안 알론소 데 로다스, 가스파르 데 마르키나, 프란시스코 마르틴 소이티나, 미구엘 루이스, 에르난도 데 토로……"

그는 마치 성인의 이름을 열거하듯이, 이름 하나하나를 힘주어 발음했다.

"그들은 바스크, 세비야, 그리고 우리의 사랑하는 에스트레마두라 출신이었다…… 그들 얼굴은 맑은 색이거나 엷은 황갈색이었고, 글을 쓸 줄 아는 이들도 있었고, 싸우는 것밖에 할 줄 모르는 이들도 있었다. 기병도 있었고, 보병도 있었다…… 그들은 배반 행위에 희생되어 죽었지만, 남자로서 죽었다……"

가브리엘은 에르난도 데 소토의 얼굴을 흘끗 쳐다보았다. 그는 무표정했다.

"제군들 중에 그들이 희생된 이유를 궁금하게 여기는 이들이 있다는 것을 알고 있다. 내가 그 이유를 말해주겠다."

피사로 총독은 이렇게 말하고는, 갑주가 툭툭 부딪치는 소리를 내면서 빌카콘가 고갯길을 가리켰다. 그는 마치 지평선을 따라가려는 듯 저 위 꼭대기를 향해 그대로 손을 내뻗고 있었다.

"우리가 황금의 나라를 발견하리라는 사실을 의심했던 자들을 나는 기억한다. 제군들, 하지만 난 알고 있었다…… 우리는 여기 황금의 나라의 수도 문턱에 와 있다. 내 말 알겠나?"

그는 거의 웃는 듯한 목소리로 말했다.

그의 눈이 금괴처럼 반짝였고, 그와 함께 그들의 눈도 반짝이기 시작했다. 총독의 시선이 생명 없는 시신들 쪽으로 옮겨 가면서 그의 목소리도 낮아졌다.

"하지만 황금 때문에, 황금의 나라 수도에 있는 모든 황금 때문에, 내가 한순간이라도 잊을 수 있을 거라 생각하는가? 이들, 스페인 땅의 이 용감한 이들을 누가 죽였는지를?"

"아닙니다! 아닙니다!"

고함 소리가 사방에서 터져 나오고, 가브리엘은 강물보다 더 거세게 노호하는 복수심을 감지했다.

총독이 격분하며 말했다.

"이 기억을 생생히 간직하라, 제군들. 제군들의 뜨거운 가슴속에 간직하라. 그리고 명심하라. 언젠가 제군들의 칼날에서 이 기억이 빛을 발하게 해야 한다는 것을!"

✲

빌카콘가 고갯길을 올라가면서, 가브리엘은 기이한 느낌을 받았다. 수풀 속에서, 바위 뒤에서, 급류 속에서 여전히 망령들이 배회하는 듯했다. 경계의 눈초리로 망을 보는 그에게는 수천의 전사들이 불쑥 나타나는 게 보이는 것 같고, 집결한 병사들의 함성과 겁에 질린 말 울음소리가 들리는 듯했다. 대기도 잔잔하고 천천히 걷고 있는데도, 그는 굵은 땀방울을 흘렸다.

그는 선두에서 걷고 싶었지만, 돌이 미끄러워 발걸음이 둔해지고 팔이 쿡쿡 쑤셨다.

"나리께서 피곤하신가?"

세바스티안의 말에 가브리엘은 돌아보지도 않고 대꾸했다.

"바보 같은 검둥이를 구하느라 머리와 몸에 구멍이 뚫릴 뻔했어."

세바스티안이 웃음을 터뜨리며 한걸음에 친구 옆으로 다가왔다.

"내 주인은 서둘러 자네들과 합류했어…… 그런데 사람들 말로는 소토가 쿠스코에 가려고 너무 성급하게 굴어서……"

"그게 뭐야?"

가브리엘은 세바스티안의 옆구리에 매달려 주책없이 흔들리는 장검을 가리켰다. 그의 울긋불긋한 옷차림은 여전히 볼만했다.

"검을 한 번도 본 적이 없나, 귀족 양반?"

"어디서 났어?"

"돈 디에고 데 알마그로가 내게 정식으로 건네줬지. 그동안의 내 봉사에 대한 감사의 표시로, 신과 왕과 돈 디에고 데 알마그로 자신에게 복종할 것을 약속하고 말이야."

세바스티안이 어린 학생처럼 암송했다.

가브리엘은 입술 사이로 휘파람을 불었다.

"어떤 순서로 복종하는데?"

"제일 먼저 요구하는 자를 위해 봉사하는 거지."

"자네가 어떻게 검을 쓸 작정인지 알 수 있을까?"

"아! 저런!"

세바스티안은 무력함과 무지를 드러내는 몸짓을 해 보였다. 하늘이 투명하도록 맑은데도 대기가 어두워졌다. 그들은 울창한 수림 아래로 전진해 들어가고 있었다. 그 출구에는 고개 꼭대기가 있을 것으로 짐작되었다.

"난 자네가 뭔가 교훈을 주기를 바랐는데."

세바스티안이 수줍어하듯 말했다.

가브리엘은 생각에 잠겨 그를 바라보았다.

"자네, 기필코 전사하기를 바라는 건 아니겠지?"

"내가? 무슨 당찮은 소리야, 풋내기. 난 내 검의 뜻에 따르는 거야……"

"검의 뜻이 뭔데?"

"미 다마 에스 미 레이."*

"대단한 서약이로군……"

"그런데 말이야, 내 검은 전 주인에게 행운을 가져다주지 않았어."

---

* '내 귀부인은 곧 나의 법이다' 라는 뜻.(원주)

"그게 누군데?"

"미구엘 루이스."

두 사람은 침묵에 빠졌다. 루이스는 빌카콘가 전투에서 죽은 가브리엘의 동료 중 한 사람이었다. 그는 허섭쓰레기 같은 존재였는지도 모르지만 어쨌든 땅속에 잠든 쓰레기가 되었다. 그는 세비야의 귀족과 흑인 노예 사이에서 태어난 아들이었으므로……

그들이 수림에서 나와 햇볕에 눈부셔할 때, 고개 꼭대기가 가브리엘의 눈에 들어왔다.

그곳에서 일곱 개의 검은 그림자가 뚜렷한 윤곽을 드러냈다.

✲

오전 내내 아나마야는 찰쿠치막의 가마 주위를 떠나지 않았다. 그녀는 인구일을 불러 자기 자리에 있게 하고, 자신은 장군 곁에서 걸었다. 또다시 잉카 장군을 사슬로 묶은 스페인 병사들의 적의와 장군을 둘러싼 죽음의 냄새와 두려움에도 불구하고.

그녀는 붉은 바탕에 검은색과 하얀색 바둑판 문양이 그려진 고급 알파카 모직 장막 쪽으로 몸을 굽혔다.

"찰쿠치막?"

"말씀하시오."

그녀는 미소 지었다. 잉카 전사의 거칠고 딱딱한 목소리가 그녀에게만은 나긋나긋했다.

"오늘 아침에 이방인들이 하는 얘기를 들었습니다. 그들 목소리에 장군에 대한 증오가 담겨 있었어요. 그들은 이번 일의 책임이 장군에게 있다고 생각해요."

"내 걱정은 하지 마시오."

"도망가고 싶다면 지금이 기회예요……"

장막 너머로 음산한 웃음소리가 들렸다.

"도망칠 마음이었다면 벌써 오래전에 도망갔을 거요."

길이 좁아서 스페인 병사들이 가마의 앞뒤로 서서 갈 수밖에 없게 되자, 아나마야는 병사들한테서 따로 떨어져 나올 수 있었다.

"그들에게는 증거도 없고, 오직 나만이 퀴즈퀴즈와 구아이파르에게 무기를 버리라고 설득할 수 있소."

아나마야는 공포를 느꼈다.

"그들에게는 증거가 필요 없다는 걸 잘 아시잖아요. 그리고 난 망코를 지명했는데, 장군은……"

"그를 지명한 것은 당신이 아니라, 우리의 위대한 아버지 우아이나 카팍이오. 오늘 당신들은 이방인들과 평화를 맺으려 하지만, 내일은……"

찰쿠치막 장군의 마지막 말은 희미한 중얼거림이 되어 잘 들리지 않았다. 길이 넓어지자 스페인 병사들이 어느새 위협적인 태도로 그녀에게 다가왔다.

"내일은 잉카족과 모든 인디언들이 이방인들에게 대항하는 전쟁이 있을 것이고, 바로 당신이 그 전쟁을 이끌 것이오."

스페인 병사 하나가 아나마야를 밀어냈다.

"또 무슨 음모나 배신을 꾸미고 있는 거요?"

그녀는 경멸 어린 태도로 병사를 바라보며 대답조차 하지 않았다. 그녀는 가마에서 멀어지면서 찰쿠치막이 한 말 때문에 혼란스러웠다. 눈앞에 전쟁과 불과 피가 보였다.

혼란의 와중에 가브리엘과 망코의 얼굴이 떠올랐다. 두 사람의 얼굴은 이마와 이마, 입과 입을 맞대고 닿을 듯이 가까이 있었다. 한 사람의 구불구불한 금발 머리와 다른 한 사람의 검은 머리가 서로 뒤엉킨 채.

*

'바로 저 사람이구나.'

다른 사람들보다 한 발짝 나아가 있는 젊은 잉카를 보면서, 가브리엘은 생각했다. 노란색 면 망토를 두른 젊은 잉카는 자부심이 강하면서도 소심해 보이는 얼굴이었다.

시간이 지나면서 가브리엘은 인디언들의 얼굴을 구별할 줄 알게 되었다. 처음에는 그들의 얼굴이 카하마르카의 보물과 함께 녹아버린 수천 개의 라마 상처럼 모두 어슷비슷해 보였다.

그는 아타우알파의 핏빛으로 충혈된 눈, 구아이파르의 자부심 강한 시선, 찰쿠치막의 근엄한 얼굴을 기억했다. 하지만 젊은 잉카의 얼굴에서 보이는 것은 사뭇 달랐다. 그의 얼굴에는 위엄과 고통과 강인함이 어려 있었다. 이미 파란만장한 삶을 살았고, 뛰어놀아야 할 어린 나이에 일찍이 죽음을 경험한 젊은이의 모습이었다.

소수의 인디언들이 빌카콘가 고개 꼭대기에 한 명 한 명 도착하는 스페인 사람들을 아무런 두려움도 드러내지 않고 바라보았다. 그들은 움직임이 없었다. 가브리엘은 총독과 통역자들을 기다리지 않고 제일 먼저 다가갔다.

젊은 귀족이 가브리엘에게 단호한 목소리로 말을 건넸다.

"난 망코 잉카 카팍이오. 잉카 우아이나 카팍의 아들이고, 강력한 군주들에게 사방위 제국의 잉카로 지명되었소……"

"알고 있습니다."

가브리엘이 케추아어로 말했다.

망코는 전혀 놀라는 기색 없이 가브리엘을 날카롭게 쳐다보았다. 이윽고 그가 물었다.

"그대의 마추 카피투는 도착하려면 멀었소?"

"곧 오실 겁니다."

가브리엘은 정상에서 풍광을 내려다보았다. 아푸리막 계곡의 가파른 비탈길 너머로는 경치가 넓어지고 완만해지면서, 여러 언덕이 둥그스름하면서도 널따란 고원을 이루었다. 멀리 비탈길 위에는 옹기종기 모여 있는 하키하구아나의 집들이 보이고, 그 너머로 고개 하나가 보였다.

마지막 고개. 그 너머에 황금의 도시가 있었다……

그는 고개 꼭대기로 몰려드는 사람들과 말들을 바라보고 있는 잉카족에게로 돌아왔다. 망코 뒤로는, 귀에 황금 원반을 매단 비슷한 나이의 귀족이 다섯 명 있었다. 다른 사람들보다 나이가 많고 키가 작으며 피부색이 더 짙은 인디언 하나는 약간 뒤쪽에 서 있었다. 그는 어깨까지 내려오는 기다란 머리에 이상하게 생긴 사각 모자를 쓰고 있었다. 다른 이들과 달리 그는 스페인 사람들이 아니라 산 쪽을 바라보았다.

돈 프란시스코가 형제들과 동시에 도착하고, 그 뒤로 알마그로, 소토, 그리스인 페드로, 그리고 스페인 대장들이 모두 속속 도착했다. 피사로 총독은 망코의 두 손을 잡고 우정의 표시를 아끼지 않았다. 젊은 잉카는 수줍은 미소로 얼굴이 환해지긴 했지만 더 많은 감동을 드러내지는 않은 채 환대를 받았다.

"나와 쿠스코 사람들은 내 아버지 우아이나 카팍의 뜻을 거스르고 우리를 지배하기 위해 북쪽에서 온 자들이 저지른 보복과 죄악을 감내해야 했소……"

망코가 말했다.

"잘 압니다. 바로 그 때문에 우리가 저 험한 산들을 넘어온 겁니다. 도와드리기 위해서 말이지요……"

피사로 총독이 친절하게 말했다.

"당신의 군대를 공격한 자들도 내 부하가 아니라 바로 그자들이오. 우리는 평화를 원하오."

총독의 미소가 더 환해졌다.

"그러니까 우린 형제입니다. 저는 전쟁을 하거나 군주님의 재산을 빼앗기 위해 군주님께 온 것이 아니니까요."

"내가 말하는 평화는 우리를 찾아오는 이방인들과 싸우지 않고 이 나라를 다스리는 것을 말하오."

망코가 시선을 떨어뜨리지 않고 말했다.

"우리도 같은 생각입니다. 북쪽 사람들이 저지르는 죄악을 더이상 겪지 않고 군주님의 수도가 평화를 되찾도록 도와드릴 테니 믿으십시오."

두 사람은 서로 미소 지었다.

"말해주고 싶은 게 있소. 퀴즈퀴즈 장군과 구아이파르 대장의 군대가 전사들을 모두 이끌고 쿠스코로 오고 있는데, 그들은 쿠스코를 불태워버리려는 의도를 갖고 있소. 당신이 그 어떤 보물도 찾지 못하고 부하들을 먹일 것도 전혀 구하지 못하게 하려고 말이오."

망코가 다시 말했다.

"우리가 내버려두지 않을 겁니다. 우리가 친구로 맞이하고 대접했는데도, 은밀한 전갈과 명령을 통해 우리를 파멸시키려는 행동을 계속 하는 자의 배신 행위는 저지시킬 것입니다. 찰쿠치막, 그 개자식 말입니다."

'개자식'이라는 말이 총독의 입에서 화살처럼 난폭하게 터져 나왔다. 그는 말을 멈추고, 망코를 쳐다보며 반응을 기다렸다.

망코는 잠자코 있었다.

"그 개자식이 죽을 때가 되었다고 생각하지 않으십니까?"

망코는 여전히 대답하지 않았다. 그의 시선은 총독의 눈을 떠나 길의 출구에 붙박여 있었다. 여덟 명의 가마꾼이 든 아나마야의 가마가 다가와서 멈추었다. 아나마야가 내려섰다.

"코야 카마켄은 우리와 함께 가야 하오. 그녀는 쿠스코에 갈 때까지 우리 곁을 떠나서는 안 되오."

망코가 위엄 있게 말했다.

총독은 가브리엘을 돌아보고는 크게 머리를 끄덕였다.

"물론 그렇게 하고 싶으시다면 그렇게 하도록……"

가브리엘은 숨이 멎는 듯했다. 그는 가까이 지나가는 아나마야와 눈을 맞추려 했다. 그러나 그녀는 그를 모르는 체하고 싶은 듯했다. 그는 이번에는 망코의 시선을 찾았다. 놀랍게도 망코의 검은 동공 속에서는 도발적인 기색이 읽혔다. 하지만 또한 존경의 표시도 내비쳤다.

17

1533년 11월 13일 밤, 하키하구아나

망코는 잠을 잊은 채 칸차 뜰에 앉아, 인디언 젊은이들이 땔감을 넣고 있는 화로를 망연히 바라보았다. 아나마야는 머리가 긴 인디언과 함께 망코의 곁에 남아 있었다. 그녀는 이제 그 인디언의 이름을 알고 있었다. 카타리. 그녀는 망코의 불안감을 느꼈다. 이방인들이 내는 소리, 그들의 울리는 목소리, 높은 웃음소리와 고함 소리에 익숙해지기란 불가능한 듯했다……

축축한 밤기운에 아나마야는 얄팍한 리클라를 바짝 여몄다. 그녀는 확신이 사라지는 것을 느꼈다. 가브리엘과 마주하고 있던 망코의 모습이 떠올랐다. 대립된 두 세계에서 왔으면서도 그녀의 마음속에서는 하나가 되는, 너무 가깝고도 먼 두 사람. 그녀는 가브리엘에게 말하지 않은 것을 한순간 후회했다. 하지만 뭐라고 말한단 말인가? 어떻게 설명한단 말인가? 환영이 그녀에게 분명하게 나타나던 때가 있었다. 그러나 이제는 더이상 보이지 않았다. 눈을 감은 채 길을 가야 했다. '퓨마를 믿어라.' 이제는 멀어진 말, 그 의미를 다시금 알 수 없게 된 말. '내일은 전쟁이 있을 것이고, 바로 당신이 그 전쟁을 이끌 것이오.' 그녀는 찰쿠치막의 얼굴을 보지 못했지만, 그것은 이미 아랫세상에서 들려오는 말 같았다. 그녀 안에 남아서 그녀에게 힘을 얻는 그 모든 말들.

그녀의 눈길이 카타리에게 향했다.

망코는 몇 마디 말로 그녀에게 카타리를 소개했다. 그는 훌륭한 전사 콜라의 아들로 외삼촌의 손에서 자랐는데, 옛 신들에 대한 지식과 존경 속에서 성장했고 그 뒤에는 돌을 조각하는 법을 배웠다고 했다. 망코는 카타리가 늘 곁에서 자기를 보호해주고 신의 존재를 보여주었다고 했다.

카타리의 얼굴은 펑펑하고, 광대뼈가 툭 튀어나와 있었다. 눈은 길고 가느다란 단춧구멍 같은데, 양쪽 눈 끝에 주름살이 한 개씩 그어져 있었다. 어두운 피부에 두드러진 두 개의 줄 같았다. 그리고 머리카락은 어깨까지 내려와 제멋대로 흩날렸다.

"시간이 되었습니다."

카타리가 망코를 쳐다보지도 않고 말했다.

젊은 잉카는 벌떡 일어나, 놀라는 아나마야에게 손짓을 했다.

이제 사위는 만귀잠잠했고, 불침번을 서는 스페인 병사들은 찰쿠치막을 감시하도록 배정된 병사들뿐이었다. 세 젊은이는 칸차를 떠나, 언덕 사면에 교묘히 자리잡은 작은 도시의 좁은 골목길 너머로 조용히 빠져나갔다.

곧 부드러운 하얀빛을 내리비추는 보름달 아래 그들만이 별들과 마주하게 되었다.

카타리가 단호한 걸음으로 앞장섰다. 곧이어 마지막 집들이 사라지고, 그들은 커다란 검은 바위 네 개로 경계가 지어진 자연 광장 같은 곳에 다다랐다. 망코는 아나마야의 팔을 붙잡고는, 카타리가 몇 발짝 앞서 가도록 내버려두었다.

카타리는 망토를 벗어 깔고 앉았다. 그는 머리를 오른쪽으로 살짝 기울인 채, 고요한 어둠 속에 잠겨 한동안 꼼짝도 하지 않았다. 그러더니 천조각을 꺼내어 앞에 펼쳤다. 천 위를 오가던 그의 손이 조심스럽게 천의 귀퉁이를, 그들 주위에 한 줄로 늘어선 바위들 쪽으로 향하게 했다.

아나마야는 그렇게 한 줄로 정렬된 방향을, 어둠을 꿰뚫는 번갯불처럼 불현듯 알아차렸다. 그들 뒤로 금단의 도시 저편에, 달빛 아래 은회색 눈이 반짝이는 살칸타이 정상이 있었다. 그들 앞 오른편으로는, 고개 너머 퓨마의 도시보다 훨씬 먼 곳에 어마어마한 덩치의 윌카노타 산이 있었다.

살칸타이와 윌카노타, 두 개의 산은 어둠 속에 조용히 솟아 있었다. 그들 앞 어딘가 골짜기의 오목한 부분에 자리잡은 쿠스코를 두 아푸가 보살피고 있는 것이다.

세 사람은 서로 한마디도 하지 않고, 카타리가 단지 천으로 방향을 잡아 일깨워준 그 신성한 존재를 몸속까지 느꼈다.

카타리는 추스파를 꺼내어 천 가운데에 반을 쏟아놓았다. 그는 가장 고운 잎사귀 세 장을 집어서 손가락 사이에 부채꼴로 놓고, 그 위에 입김을 내불며 아푸를 향해 몸을 돌렸다. 그리고 중얼거리며 아푸에게 낮은 소리로 간청한 뒤 천의 한 귀퉁이에 다시 내려놓았다. 그는 귀퉁이마다 같은 행동을 반복했다.

그가 의식을 끝마치자, 망코가 다가가서 자기도 잎사귀 세 장을 골라 아푸마다 돌아보며 그 위에 입김을 불고 난 뒤 그 잎사귀를 씹기 시작했다.

카타리도 같은 순간에 똑같이 했다. 두 남자의 눈이 반쯤 감겼다. 한 마디도 나누지 않고 서로 쳐다보지도 않지만, 그들의 움직임과 생각은 완벽한 일치를 이루었다. 아나마야는 달의 신 마마 킬라의 빛을 받으며 조용히 있었다. 그녀에게 요구된 것은 그 자리에 있는 것뿐이었다.

그때 망코가 잎사귀를 두 손 가득 집어서 천 위로 한 뼘 높이만큼 들어 올리더니 다시 떨어뜨렸다. 카타리는 잎사귀 위로 몸을 구부리고, 은밀한 몸짓으로 아나마야를 가리켰다.

그녀는 천을 바라보았다. 가장 커다란 잎사귀가 그녀를 향해 있었다.

망코는 잎사귀를 모아서 다시 시작했다. 잎사귀를 세 번 손에 담아, 천 위로 세 번 들어 올리고, 세 번 떨어뜨렸다.

가장 큰 잎사귀는 다른 잎들과 세 번 분리되었고, 그 끝이 아나마야를 가리켰다.

어둠 속에는 아무 소리도 없었다. 잎사귀와 천 위로 손가락 스치는 소리, 이따금 밤의 미풍을 스쳐 가는 새의 날갯짓 소리 말고는.

아나마야는 마음이 가볍고 자유로워지는 듯했다. 오늘밤 그녀는 더 이상 환영을 이해하고 말을 해독해야 하는 여자가 아니다…… 단지 코카 잎들이 가리키는 여자이고, 돌봐주고 인도하는 여자일 뿐. 길을 열어주는 여자.

망코는 투석기의 돌처럼 단단하고 반질반질한 검은 현무암 하나를 추스파에서 꺼내어 카타리의 힘센 두 손에 올려놓았다. 카타리는 마치 돌을 따뜻하게 데우려는 듯 손바닥을 오므렸다.

카타리가 손바닥을 폈을 때, 아나마야는 반짝이는 돌을 보고 자기가 착각한 것이 아닐까 싶었다. 돌이 마치 머리 위의 달처럼 반짝였다.

카타리는 손바닥 한가운데에 돌 제물이 놓인 두 손을 천천히 들어 올렸다. 그의 손이 얼굴 높이에 이르자, 돌이 똑바로 서서 저절로 날아올라 하늘에 걸렸다.

시간이 멈추었다.

바로 그 순간, 고함 소리가 어둠을 갈랐다.

*

프레이 비센테 발베르데는 화가 나서 한걸음에 광장 한가운데로 달려갔다. 그는 천 앞에서 멈춰 서더니 천을 짓밟고 둘둘 말아서 멀리 내던졌다.

"이교도! 우상 숭배자 같으니라고……"

그가 이 사이로 내뱉었다.

두 젊은이는 꼼짝도 하지 않았다. 그들은 아나마야 쪽으로 고개를 돌렸다. 놀란 망코의 눈은 휘둥그레지고, 카타리의 눈은 감기다시피 해서 가느다란 금이 되었다.

아나마야는 미처 대답할 틈이 없었다. 그녀의 눈에, 손가락 두 개가 붙은 젊은 수도사 바르톨로메와 함께 다가오는 가브리엘이 보였다.

"신부님."

바르톨로메가 진정시키는 어조로 말했다.

"점술, 제물이라니……"

"목이 잘리는 어린아이들의 비명 소리는 들리지 않잖습니까. 프레이 비센테, 진정하세요, 제발."

바르톨로메가 은근슬쩍 빈정대는 투로 말했다.

아나마야는 수도사의 부드러운 음성에서 권위를 느꼈지만, 도미니크 회 신부의 갑작스러운 난입과 뒤이은 가브리엘의 출현으로 인한 충격에서 아직 벗어나지 못하고 있었다.

"조금 전에 경보가 내려졌어요. 당신들이 사라져서…… 총독님이 당신들을 찾아보라는 명령을 내렸어요."

가브리엘이 억양 없는 목소리로 말했다.

"우린……"

아나마야는 말을 멈추었다. 그에게 설명할 수 없는, 아직은 설명할 수 없는 또 하나의 이야기였다. 아푸, 코카 잎, 시간을 멈추는 돌…… 그들 사이에 침묵이 자리잡았다. 가브리엘이 혼란스러워하는 모습에 그녀는 마음이 흔들렸다. 언젠가 곧……

바르톨로메가 카타리에게 다가갔다. 회색 눈의 수도사와 긴 머리의 젊은 현자는 눈에 띄게 대조적인 모습이었다. 그렇지만 그토록 대조적인 그들의 외양에서 똑같은 평온함과 빛이 발산되었다.

"우린 당신네 관습을 배울 것이오. 그리고 당신들이 전지전능한 신을 알도록 인도할 것이오. 검이 아니라 사랑을 통해서……"

바르톨로메가 부드러운 목소리로 말했다.

카타리는 이해하지도 못하는 그의 말을 들으며 미소 지었다. 바르톨로메가 발베르데를 향해 돌아섰다.

"신부님, 신부님의 열성은 이해하지만, 나도 신부님만큼 진정한 신앙의 향상에 애착을 가지고 있다는 것을 믿어주세요. 하지만……"

"……하지만 당신은 당신이 말하는 그들의 관습이라는 것에 지나치게 관심이 많지요!"

"더 잘 인도하려면 더 잘 알아야 합니다."

발베르데는 입을 다물었다. 아마도 자신을 사로잡았던 폭발적인 난폭함이 갑자기 거북해진 모양이었다. 어둠 속에 고함 소리가 울려 퍼지고 병사들이 다가오는데도, 고요함이 다시 자리잡았다.

가브리엘은 심란한 마음으로 망코에게 다가갔다.

"군주님의 안전을 위해서라도 이렇게 멀리 나와 있는 것은 신중하지 못합니다."

가브리엘이 케추아어로 말했는데도, 망코는 직접 대답하지 않고 아나마야를 돌아보았다.

"나를 보살펴주는 아푸들만 있으면 난 충분히 안전하고 이방인 병사들은 필요 없다고 그에게 말해주시오."

"퀴즈퀴즈와 구아이파르를 몰아내기 위해 우리를 필요로 하신다고 생각했는데요? 군주님이 우리 총독님께 그렇게 말씀하지 않으셨습니까?"

가브리엘이 기다리지 않고 끼어들었다.

"그에게 밤은 우리의 것이라고 말하시오."

아나마야는 두 남자의 말이 본능적으로 격렬하게 맞서고 있음을 느꼈다. 젊고 강인한 그들은 승리를 확신하며 분노에 차서 서로를 경계하는 두 마리 살쾡이 같았다.

"우린 돌아갈 거예요, 가브리엘. 부디 이런 소란을 일으키려고 한 게 아니었다고 총독님께 말해줘요. 각자 조용히 자신의 밤을 마무리할 수 있게 해주세요."

가브리엘은 그녀를 바라보았다. 그녀를 괴롭히는 말 없는 애원이 가득한 시선으로. 그러고는 발베르데와 바르톨로메, 뒤에 남아 있던 병사들을 도시 쪽으로 데리고 갔다.

다시 찾아든 침묵 속에 카타리와 망코가 그녀와 함께 있었다. 하지만 그녀는 평온을 되찾지 못했다. 산꼭대기들이 정렬해 있음을 느꼈을 때, 돌이 카타리의 손바닥에서 떠올랐을 때, 그녀의 마음속에 깃들었던 그 놀라운 평온을.

망코가 침묵을 깨고 물었다.

"누구요?"

그녀는 대답하지 못했다.

18

1533년 11월 14일, 하키하구아나

도시의 광장 한가운데에 기둥을 세우라는 명령이 새벽부터 내려졌다. 화형대에 필요한 나뭇단을 가져오라고 인디언 노예들을 채찍질할 필요는 없었다.

스페인인들은 찰쿠치막이 북부 전사들의 약탈 행위에 대한 책임자라고 생각하여, 거의 모두가 가슴속에 그에 대한 복수심을 품고 있었다. 그들은 벌써부터 구경거리를 즐기고 있었다. 그들에게는 나뭇짐이 가뿐하게 여겨졌다. 그들은 은밀하게 농담을 주고받으며 나무와 짚단을 쌓았다. 세찬 빗줄기가 퍼부어 불꽃을 적시게 될까 싶어 하늘을 유심히 살피며.

그러나 맑은 하늘에는 구름 한 점 없었다.

✲

스페인의 주요 대장들인 소토, 알마그로, 후안, 곤살로는 횃불 하나가 밝혀진 어둠침침한 방에서 돈 프란시스코 피사로를 둘러싸고 있었다. 어느 조상의 궁전이었다는 곳인데도 음산하고 낡은 집 한 채뿐이었다. 그 집의 방마다 패어 있는 벽감에는 물건이라곤 하나도 없고, 늙은 여자 하나가 떨면서 집을 지키고 있었다.

"망코 잉카가 뭐라고 할까요?"

소토가 물었다.

"그는 동의했고, 우리에게 요구하고 있소."

알마그로가 단언했다.

피사로 총독은 애꾸의 말에 대한 동의의 표시로 고개를 끄덕였다.

"증거가 필요하다면, 우리에겐 필요한 만큼 있지. 그가 보낸 사자들, 그가 정보를 담아 보낸 보석들, 또한 노끈들을 가지고……"

"퀴푸입니다."

가브리엘이 말했다.

총독이 그를 훑어보았다. 곤살로와 후안은 그를 쳐다보고 낄낄거리기 시작했다.

"퀴푸, 푸퀴. 잉카의 친구가 말하는 것이니 그의 말을 들어야지."

피사로 총독이 동생들에게 위엄 있게 한 손을 들어 올렸다.

"그가 원한다면 퀴푸라고 해라. 또한 우리는 찰쿠치막이 자기네 병사들에게 우리와 우리의 말들도 역시 죽는다는 사실을 폭로한 것도 알고 있네. 그들 군대의 대부분은 우리를 본 적도 없으면서 우리를 신이라고 불렀는데 말이다…… 그 배신자만 없었다면, 에르난도 데 토로를 비롯한 이들이 여전히 우리와 함께 있었을 것을."

"하지만 망코는?"

소토가 재차 물었다.

"그는 마음속 깊이 찰쿠치막을 증오하고 있네. 다만 자존심 때문에 우리에게 찰쿠치막을 화형시키라고 요구하지 못하는 게지. 게다가 우리에겐 선택의 여지가 없네."

총독의 목소리에는 아타우알파의 죽음을 둘러싸고 그가 보여주었던 의혹이나 망설임이 조금도 없었다. 총독이 성모 마리아 앞에서 기도하는 밤이면 아타우알파의 죽음에 대한 회한이 이따금 찾아들어 그를 괴롭혔던 것이다. 그는 가브리엘을 돌아보지도 않고 발베르데에게 말했다.

"그자를 개종시키도록 노력해보시오. 시간을 너무 끌지는 말고!"

"하지만……"

신부가 이의를 제기했다.

"서두르란 말이오. 다시 말하지만, 그자가 우리의 신을 알게 된다 해도 난 그자를 화형시킬 것이오. 프레이 비센테, 그자가 우리에게 저지른 악행을 생각하면, 그런 개자식한테는 늦게 신앙에 귀의한 사람에게 베푸는 천상의 자비란 없소. 그들 신앙으로는 불에 타 끝장나는 것보다 더 지독한 저주는 없는 것으로 아는데…… 난 우리 손으로 그놈에게 저주를 내렸다는 것을 그들이 느끼게 해주고 싶소."

바르톨로메는 마치 그날 아침에 일어날 일은 자기 소관이 아니라는 듯 사라지고 없었다. 가브리엘은 아툰 사우사에서 그가 자신을 아나마야에게 떠밀었을 때 서로에게 그토록 강하게 느꼈던 친밀감을 더이상 느끼지 못했다. 바르톨로메에게 이끌리는 호감에 막연한 두려움이 뒤섞였다.

"자, 여러분, 이제 우리와 쿠스코의 부(富) 사이에는 작은 모닥불 하나만이 있을 뿐이오. 나는 여러분이 스페인인으로서, 또한 가톨릭교인으로서 의무를 다하고 싶어 조바심 내는 것을 느낄 수 있소."

피사로 총독이 말했다.

총독의 목소리에는 음산한 쾌활함이 스며 있었다. 그 잔인한 빈정거림 때문에 그들은 기꺼이 웃지 못했다.

'총독은 이자들을 너무 잘 알아. 이자들의 탐욕을 무시하는 동시에 교묘히 부추기고 있어……'

가브리엘은 생각했다.

알마그로, 소토, 후안, 곤살로를 위시한 사람들은 총독을 따라 집 밖으로 나왔다. 그 커다란 돌집은 도시에 하나밖에 없는 집으로, 총독이 밤을 보내기 위한 병영으로 삼은 터였다.

기다리는 동안 인디언 군중이 광장에 조금씩 모여들었지만, 스페인인들은 우스누까지 가는 길을 트기 위해 검을 치켜 올릴 필요조차 없었다.

그들은 피라미드 계단 앞에 당도하자마자, 사슬에 묶인 찰쿠치막 장군이 도착하는 것을 보기 위해 돌아섰다. 피사로 총독은 장군이 가마에 오르는 것을 거부했다. 북쪽의 잉카족이든 쿠스코의 잉카족이든, 동맹을 맺은 자든 반역자든, 모든 인디언이 찰쿠치막 장군이 처한 상황과 이방인들이 그에게서 끌어낸 복수심을 볼 수 있도록 하기 위해서였다.

찰쿠치막은 누구라도 신음을 내뱉지 않을 수 없을 고통으로 괴로워하며 매우 천천히 걸었다. 그는 불에 탄 두 손을 앞으로 하고 있었다. 녹아내린 생살은 아무리 특효가 있는 탕약으로도 낫기는커녕 고통조차 줄어들지 않았다. 그러나 그의 얼굴은 여전히 속마음을 드러내지 않고, 눈에는 한없는 자만심이 담겨 있었다. 일직선으로 굳게 닫힌 입술은 굽힐 줄 모르는 그의 의지를 나타냈다.

찰쿠치막은 임박한 죽음을 향해 갔다. 총독은 장군에게 한마디도 하지 않고, 장군은 총독을 쳐다보지 않았다. 마치 서로가 존재하지 않는 것처럼, 둘 중 어느 누구도 쳐다보지 않았다. 지친 장군이 바닥으로 미끄러지지 않도록 계단 위 기둥에 단단히 묶어야 했다.

발베르데 혼자 그를 뒤따라 올라가, 억눌린 목소리로 신과 지옥과 천국에 대해 몇 마디 말을 했다. 찰쿠치막은 펠리피요에게 통역할 시간을 겨우 주었다.

"나는 네놈들을 저주하고 경멸한다. 네놈들과 네놈들의 종교를. 네놈들의 이상한 신을 나는 모르며 앞으로도 결코 알고 싶지 않다."

쇠약한 몸과 달리 그의 목소리는 우렁찼다.

"그만 합시다, 발베르데. 끝냅시다!"

피사로 총독이 고함을 질렀다.

횃불이 나뭇단으로 다가왔다. 첫 불꽃이 찰쿠치막 장군의 다리와 상반신을 타고 올라가는데도, 그의 목소리는 여전히 드높았다.

"이미 나를 태웠듯이 태워라. 하지만 날 죽이지 못할 것이다! 우리의 신을, 우아나카우리와 만물을 만드신 비라코차를 죽이지 못할 것이다. 네놈들이 인티를 불에 태울 수 없는 것과 마찬가지로 나 역시 불태우지 못할 것이다!"

그의 모습은 탁탁 소리를 내며 맹렬히 타오르는 불길 속으로 거의 사라졌지만, 목소리는 육신보다 오래 살아남아서 몸을 빠져나와 높이 솟구치는 듯했다.

"퀴즈퀴즈! 구아이파르! 잉카의 모든 장군들이여! 대장들과 병사들이여! 와서 내 원수를 갚고 배신자들을 괴멸시켜라! 악취를 풍기는 탐욕스러운 이 이방인들을 괴멸시켜라!"

총독의 신호에 따라, 장작불이 하늘까지 타오르도록 노예들이 장작을 더 갖다놓았다. 너무도 거센 바람에 장군의 완강한 목소리는 불꽃에 삼켜져 끝내 사라졌다.

불길이 인디언 수천 명의 넋 나간 눈에 되비쳤다. 기쁨의 표현도 없고, 아타우알파의 죽음을 둘러쌌던 신음 소리도 비명도 없었다. 놀라움뿐이었다. 이루 말할 수 없이 격노한 싸움 앞에 일종의 쇼크 상태에 빠져든 것이다.

장작불이 사그라지고 불꽃이 잦아들 무렵, 화형대 한복판에서 솟구친 마지막 고함이 하늘을 휩쓸고 투석기의 돌처럼 모두의 가슴을 세차게 후려쳤다.

"안 돼!"

이 마지막 거부의 메아리가 사라지자 불길이 단번에 무너져 내렸다. 몇 개의 불꽃만이 여전히 시신의 발을 핥고 있었다. 시신은 끔찍하게 타서 숯처럼 시커먼데도, 놀랍게도 눈은 부릅뜬 채로 한 지점을 강렬히 응시하고 있었다. 사형 집행인들 너머, 조용한 군중 너머, 산과 도시 너머로.

저 멀리.

✲

잉카 장군이 숨을 거둔 바로 그 순간, 하늘이 갑자기 어두워지더니 빗방울이 떨어지기 시작했다.

그때부터 비가 줄기차게 쏟아졌다. 쇠사슬 갑옷과 짧은 바지 안으로 스며들어 뼛속까지 얼어붙게 만드는 차가운 비. 무거운 잿빛 하늘에는 비를 잔뜩 머금은 먹구름이 계속해서 흘러갔다.

평원 안쪽은 늪이었다. 잉카족은 그 늪 가운데를 높이 돋우어 길을 만들고 양쪽 길가에는 난간으로 벽을 쌓아놓았다. 쿠스코 시가 바라다 보이는 언덕에 이르는 마지막 오르막길 어귀에, 거대한 행렬이 약 사 킬로미터에 걸쳐 길게 늘어서 있었다.

공격이나 방화가 있을 거라는 소문이 인디언들과 스페인인들 사이에 퍼졌다. 모두들 퀴즈퀴즈와 구아이파르의 이름을 들먹였다. 짐꾼들은 두려움 때문에 주저앉고, 무거운 갑주가 거북스러운 노련한 기병들도 안장을 얹고 굴레를 쓴 채 밤을 보낸 말들의 신경이 극도로 날카로워져 있는 것을 느꼈다.

행렬의 선두에는 망코의 가마가 있었다. 이상하게도 그는 찰쿠치막 장군의 가마임을 나타내는 표식을 모두 제거하게 한 뒤 그 가마를 그대로 썼다. 가마 위에는 노란 천조각이 얹혀서 차가운 바람에 국왕기처럼 나부꼈다. 스페인 사람들이 망코를 처음 보았을 때, 그가 입고 있던 망토 색깔도 노란 황금색이었다.

피사로 형제들과 다른 스페인 대장들이 그 뒤를 따랐다. 가브리엘은 돈 프란시스코 옆에서 말을 타고 가면서, 주변의 산들을 두리번거리며 적이 있는지 살폈다. 총독이 불쑥 말했다.

"자네 우울해 보이는군."

그것은 질문이라기보다는 확인이었다.

"혹시 그 젊은 여자 때문인가? 그들이 그녀를 뭐라고 불렀지? 코야 뭐라던데?"

"코야 카마켄입니다."

"아름다운 여자야, 정말이지…… 자넬 이해하네!"

피사로 총독은 침묵이 감돌게 내버려두었다. 극도의 잔인성 앞에서 소름 끼치는 태연함을 드러내고 뜻하지 않은 민감한 감성을 보여줄 수 있는 그의 직감에 가브리엘은 다시 한번 놀랐다.

"그래, 이해하고말고. 그래서 우리 동료 누구한테나 할 수 있는 말을 자네한텐 못 하는 걸세. 그 여자가 아니더라도 다른 여자를 갖게 될 거라고 말이야……"

가브리엘은 몸이 뻣뻣해졌다.

"진정하게, 가브리엘. 여자는 여자일 뿐이야. 우린 여자 때문에 여기 온 게 아닐세."

돈 프란시스코가 그를 훑어보며 작은 소리로 중얼거렸다. 그는 그들 앞에 몇 발짝 떨어져 있는 망코의 가마를 눈짓으로 가리켰다.

"자네도 저자의 말을 들었잖나. 저자는 그 여자를 원하고 있어. 이유를 알 수가 없군. 난 그 여자가 태양이나 달, 아니면 뭐 커다란 콘도르하고 결혼한 줄 알았는데 말이야…… 그런데 그가 그녀를 요구하고 있단 말일세. 그녀를 요구하는 자는 우리의 친구라고. 내 말 이해하겠나?"

가브리엘은 고개를 끄덕였다. 불행히도 그는 언제나 돈 프란시스코를 이해하고, 돈 프란시스코는 그의 이해력을 칭찬했다.

"난 그가 필요하네. 우린 그가 필요해. 그는 반역자이지만, 고통 받은 반역자야. 우린 전쟁을 멈추고 이 나라의 진가를 측정해볼 필요가 있네. 그러려면 그자를 친구로 만들어야 해…… 가능한 한 오랫동안.

자넨 언제나 날 이해해주지?"

길이 차츰 수평을 되찾았고, 넓은 계단이 그들을 고개로 안내했다. 비는 그쳤고, 무거운 구름만 하늘에서 노닐고 있었다. 그들은 이제 고지에 있는 게 익숙하면서도 힘을 쓸 때마다 숨이 가빠지는 것을 느꼈다.

"제가 총독님을 이해하는지 어떤지 잘 모르겠습니다, 돈 프란시스코. 저 자신이 유연하게 생각할 수 없는 주제에 대해 말씀하시니까요."

이윽고 가브리엘이 투덜거렸다.

"확실히 자존심이 세시군!"

총독이 짓궂은 미소를 지으며 말했다.

"그녀는 제 생명의 은인입니다. 그걸 잊지 말아주세요. 이 두번째 삶은, 총독님께서 놀라실지 모르겠습니다만, 그것은 자존심이 아니라 사랑의 산물입니다. 그자인지 저인지를 결정하는 것은 바로 그녀입니다."

그러자 총독의 말이 투창처럼 날아왔다.

"천만에, 가브리엘 몬테루카르 이 플로레스. 결정하는 건 그녀도 아니고 자네도 아닐세. 바로 나야. 나에 대한 자네의 맹세를 잊지 말게. 자네가 내게 빚지고 있는 게 무엇인지도. 내가 이 나라에 세운 모든 것을 자네가 공중누각으로 만들도록 내버려둘 만큼 관용을 베풀 거란 기대는 하지도 말게!"

가브리엘은 대답도 하지 않은 채, 부상당한 어깨가 몹시 아플 만큼 거친 동작으로 박차를 가했다. 밤색 말이 빠르게 내달렸다. 격노한 그의 몸에서 불길이 일었다. 그는 필요 이상으로 거칠게 말을 몰아, 놀란 눈으로 바라보는 행렬 사람들을 추월해 고개를 향해 곧장 질주했다.

분노로 고동치는 가슴을 안고 고개에 당도하자, 그는 말에서 내려서서 투구를 벗어 앞으로 내던졌다. 그는 빙글빙글 돌면서 떨어지는 투구를 흐릿한 눈으로 뒤쫓다가 그제야 골짜기를 발견했다.

충격이 어찌나 강렬한지 새로운 세상에 눈을 뜨는 듯했다.

우선 깨끗이 씻겨 투명할 정도로 새파란 하늘이 보였다.

요람처럼 경치를 감싸안은 고요한 산이 보였다. 저 멀리에는 눈 덮인 거대한 산괴가 있었다.

경작지가 여기저기 흩어져 있는 넓은 골짜기가 보이고, 계단식 경작지는 질서정연하게 층을 이루며 늘어서 있었다.

그 다음으로 그것이 보였다. 도시였다.

모게르와 부에노의 묘사를 들은 뒤로, 가브리엘은 황금더미를 예상했다. 그러나 축축한 대지를 아직 충분히 데워줄 시간이 없었던 태양빛 아래, 도시는 차라리 골짜기 한가운데에 놓인 금은빛 찬란한 배처럼 보였다.

햇빛을 받아 신전과 궁전과 집의 벽들이 미묘한 무지갯빛으로 반짝이고, 태양이 열린 하늘에 보석을 만들어놓았다. 두 손으로 퍼내고 싶을 색색가지 보석이었다. 골짜기 안쪽으로는 도시를 관통하는 두 줄기 에메랄드빛 강이 보였다.

가브리엘은 말로 형용할 수 없는 기쁨으로 가슴이 떨리고, 손뼉이라도 치고 싶었다. 그는 행렬의 선두에 있던 사람들이 하나하나 다가와 자기처럼 눈앞의 광경에 감탄하는 소리도 듣지 못했다.

"나하이, 투쿠이킨 아툰 쿠스코!* 당신이 이제야 도시를 보는군요!"

다정한 목소리가 그의 귓가에 속삭였다.

돌아보지는 않았지만, 그는 서늘한 미풍보다 더 부드럽게 자신의 목

---

* '위대한 도시 쿠스코여, 내가 네게 인사하노라!' 라는 뜻.(원주)

덜미를 데우는 그녀의 숨결을 느꼈다.

"저 도시를 뭐라고 부르는지 알아요?"

그는 고개를 저었다.

"퓨마의 도시예요. 퓨마에게서 태어난 도시…… 당신과 내가 미래의 길을 찾아야 할 도시지요."

아나마야가 말했다.

강렬한 태양빛 속에서, 빙빙 맴도는 미풍 속에서, 그 부드러운 말은 가브리엘에게 의혹과 비밀과 위협을 모두 날려보내는 약속과도 같았다.

제3부

19

1533년 11월 15일, 쿠스코

어느새 초록색으로 변한 옥수수 밭을 가로지르다가, 스페인인들은 왼편으로 언덕의 둥그스름한 부분을 보았다. 그런데 언덕이 차츰 진짜 성채로 변모해갔다. 멀리서도 성벽은 거대했고, 현기증 나는 절벽이 솟아 있었다. 동쪽과 서쪽과 남쪽에는 카스티야의 탑보다 더 육중한 탑 세 개가 세워져 있었다. 두 개의 탑은 사각형이고 하나는 원형이었다.

무기 부딪히는 소리, 포석 길에 편자 부딪히는 소리, 말의 가죽 뱃대끈 스치는 소리만 들릴 뿐, 이상하게도 그들은 침묵에 싸여 있었다. 서로 한마디 말도 나누지 않았다. 가파른 비탈길 때문에 신경이 곤두선 말들은 쓰다듬어주길 바라며 부르르 몸을 떨었다.

비탈길 아래로, 정성스레 손질된 계단식 대지 맞은편에는 도시의 길이 곧게 뻗어 있었다. 첫 새벽빛에 반짝이는 울긋불긋한 옷을 입은 남녀가 그 길로 몰려들었다. 꽃 담장 안에서 두 개의 불길이 연기를 내며 타올랐다. 수많은 안뜰과 화려한 건물이 있는 칸차들로 둘러싸인 아주 널따란 광장에 사람들이 꼼짝하지 않고 모여 있었다. 그들의 얼굴은 스페인인 행렬을 향해 있었다. 벽들 위에서 황금이 빛났다. 이방인들이 다가오는 것을 바라보는 군주들의 옷에서도 황금이 빛났다. 더 멀리 골짜기에는 돌의 도시 다음으로 천막 도시가 이어져 있었다. 그곳에서도 수천 개의 눈이 제국의 새로운 주인들이 내려오는 성스러운 계단식 대지를 향해 있었다.

행렬의 선두에는 피사로 총독이 자리잡고 있었다. 그의 검은 시선은 마치 작은 조각 하나라도 놓치지 않고 움켜잡으려는 듯 찬란한 도시를 샅샅이 훑고 있었다. 그의 양옆에 선 동생들과 애꾸눈 알마그로와 대장들은 감히 한마디 말도 하지 못했다.

인디언 병사는 단 한 사람도 없었다.

"가브리엘!"

총독이 소리쳐 불렀다.

후안과 곤살로가 동시에 돌아보았다. 그들의 질투 어린 눈길을 무시한 채, 가브리엘은 혀 차는 소리를 내어 자신의 밤색 말을 총독의 검은 말 가까이 몰고 했다.

"부르셨습니까?"

"내 옆에 있게. 우리 영광의 향기를 한껏 들이마시길 바라네."

총독의 목소리는 거의 들리지 않을 만큼 작았다. 총독은 경멸이 담긴 시선으로 알마그로와 그의 패거리를 흘끗 쳐다보았다.

"저자들은 툼베스에서도 카하마르카에서도 없었어. 저들은 오직 황금을 실컷 집어삼키려 여기 있지. 하지만 자넨 달라. 자넨 나와 같지. 내가 알고 있네. 내 옆에 있게, 그리고 이 햇살을 누리게. 이건 우리 것이야!"

첫번째 집들이 도로 가장자리에 늘어서 있었다. 집의 아랫부분은 돌로 되어 있고, 벽은 햇볕에 진흙을 말려 만든 아도비 벽돌로 지어져 있었다. 스페인인들은 말 위에 올라앉은 채로, 경사가 급한 밀짚 지붕을 내려다보았다.

이제 도시 인디언들이 수십 명씩 그들을 에워쌌다. 사방에서 나오는 듯한 그들은 겉으로 두려움을 드러내지 않았다. 가브리엘은 그들의 다양한 생김새와 옷차림, 그리고 울림 깊은 말소리에 놀랐다.

피사로 총독이 정지 명령을 내리고는 말했다.

"잉카를 데려오게. 그가 우리에게 길을 열어주었으면 하네."

가브리엘은 동료들의 놀라움 어린 물음에 개의치 않고 조금 빠른 속도로 스페인 선두 부대를 거슬러 올라갔다. 멀리서도 그는 자신에게 고정된 망코의 눈길을 느꼈다. 망코의 가마는 믿을 수 없을 만큼 호화로웠다. 가마 내부에는 무수한 보석 별과 황금 태양과 은으로 만든 달이 뿌려져 있었다. 그가 앉아 있는 정교한 나무 의자는 밀림 가에서 잡은 앵무의 알록달록한 깃털이 달린 쿠션으로 덮여 있었다. 수많은 황금실로 수놓은 커다란 노란색 면 망토를 두른 젊은 잉카는 그를 못 본 척 외면했다.

그 뒤에 있는 가마에서, 하얀 리클라를 입고 붉은 허리띠를 두른 아나마야가 가브리엘에게 살짝 미소 지었다. 하지만 그는 그녀가 너무 멀고 도도하게 느껴져, 자기 품에 그녀를 품었다는 사실이 믿어지지 않았다. 그러자 음험한 의혹이 또다시 그를 괴롭혔다.

그는 뻣뻣한 태도로 잉카에게 인사를 하고는 전혀 친근하지 않은 목소리로 말했다.

"잉카 군주님, 피사로 총독님께서 군주님이 행렬의 선두에 서주시면 영광으로 여기겠다고 하십니다."

망코는 마치 속마음을 읽을 수 있다는 듯 가브리엘을 쳐다보았다. 그는 손짓으로 아나마야에게 함께 가자고 명했다. 두 사람은 가브리엘이 알아들을 수 없을 만큼 빠르고 낮은 소리로 몇 마디를 나누었다. 그녀가 어느새 복종하며 잉카의 발치로 기어오르는 것을 보자, 가브리엘의 혈관에 질투의 싸늘한 불길이 다시 한번 번졌다.

가브리엘은 기분이 상한 채로 말 머리를 돌렸다. 그는 고삐를 당겨 보통 걸음으로 가면서, 가능한 한 몸을 곧추세우고 잉카의 가마를 행렬의 선두로 안내했다.

그런데 그들이 행렬의 앞으로 나아가는 동안, 유일한 군주를 알아본 인디언 군중 틈에서 거대한 함성이 솟구쳤다. 도시와 하늘이 하나의 소리로, 하나의 진동으로 바뀌는 것처럼 갑작스럽게.

"사파 잉카 망코! 사파 잉카 망코!"

함성은 큰 물결을 이루었다. 아무리 용감한 스페인인들도 팔과 가슴의 털이 곤두서는 것을 느꼈다. 잠시 골짜기의 분위기가 타오르는 돌처럼 달아올랐다.

돈 프란시스코 피사로는 미소 지었다. 좀처럼 볼 수 없는 밝은 미소로 그의 흰 수염과 수척한 얼굴이 환해졌다. 그는 열에 들뜬 것처럼 번쩍이는 두 눈으로 하늘을 올려다보았다. 아기 예수를 품에 안은 그의 영원한 요정, 성모 마리아가 하늘에서 자신을 주시하고 있음을 그는 알고 있었다. 매우 흥분한 그는 말의 등자에서 몸을 일으키고는 가브리엘의 어깨를 움켜잡았다. 가브리엘은 그의 바로 곁으로 돌아와 장화를 맞대고 있던 참이었다.

"사파 잉카 망코! 사파 잉카 망코!"

군중이 여전히 외쳐댔다.

돈 프란시스코는 스페인 사람들 모두에게 잘 들리도록 안장 위에서 몸을 빙그르 돌리며 소리쳤다.

"이 소리를 잘 들어라, 제군들. 이들은 자기들 우두머리에게 환호를 보내고 있지만, 저들도 모르는 사이에 우리를 환대하는 것이다! 실컷 귀를 채워라, 제군들. 제군들은 결코 잊지 못할 것이다!"

가브리엘은 몸을 떨었다. 그의 앞에, 거의 손이 닿을 거리에, 아나마야가 망코와 함께 서 있었다. 그녀의 눈부신 아름다움에 그는 총독의 고함 소리를 잊었다. 그녀가 그의 시선을 찾으려고 고개를 돌렸을 때, 그는 총독의 말이 옳다고 생각했다. 그는 결코 그 순간을 잊을 수 없을 터였다.

✲

젊은 잉카 주위에서 수천의 사람들이 몸을 숙였다. 아나마야는 가마 위에서 그 기이한 광경을 바라다보았다. 성스러운 계단식 경작지와 길과 광장이 갑자기 한데 모아놓은 몸과 머리로 바뀐 것이다. '세상의 배꼽' 인 쿠스코라는 도시는 이제 남자와 여자로 이루어진 하나의 직물이었다. 이제껏 한 번도 본 적 없는 문양이 그려진 거대한 운쿠와 흡사했다. 얼굴도 눈도 보이지 않는 그 인간 양탄자로부터 우렁찬 소리가 끊임없이 솟아올랐다.

"사파 잉카 망코! 사파 잉카 망코!"

"저들이 내게 전쟁을 촉구하는 것이오, 아니면 평화를 촉구하는 것이오?"

망코가 억양 없는 목소리로 물었다.

"저들은 군주님께 자신들의 군주님이 되어달라고 촉구하는 겁니다."

"날 도와줄 거요?"

아나마야는 웃음을 터뜨렸다.

"군주님은 이제 허공과 뱀을 무서워하던 어린 소년이 아닙니다."

"아니, 난 여전히 그때의 소년이오. 날 도와주겠소?"

아나마야는 군중에게서 시선을 돌려 그를 쳐다보고는 깜짝 놀랐다. 망코의 말이 옳았다. 그의 얼굴은 지금도 앳된 소년 같았고, 군중에게 압도된 그는 기쁨을 내보이기는커녕 떨지 않으려고 입술을 꼭 다물고 있었다.

"군주님, 군주님은 고향으로 돌아가시는 거예요. 지난 몇 달간 도주와 두려움밖에 경험하시지 못했던 도시 쿠스코에 말이에요. 오늘은 군주님이 그 도시의 주인인데, 즐겁지 않으세요?"

"모르겠소, 아나마야. 내 가슴은 소리쳐 울고 싶소. 내 형제 파울루가 내게서 멀리 있다는 것이 잊혀지지가 않아……"

"군주님은 큰 혼란에서 빠져 나오셨고, 아직도 마음속에 혼란이 남아 있는 거예요."

망코의 눈빛이 안정되었다.

"당신에게 쿠스코를 보여주겠소. 내 조상들의 궁전을……"

"저도 거기서 살았는걸요."

망코는 놀라워했다.

"당신은 여기 한 번도 온 적이 없는 줄 알았는데."

"용서하세요, 군주님, 군주님 말씀이 맞아요. 하지만 쿠스코의 돌이 너무 성스러운지라 그중 몇 개가 투메밤바로 옮겨졌는데, 제가 그곳 아클라우아시에서 처녀들과 함께 자랐답니다. 그 처녀들이 제게 제국의 배꼽에 대해 말해줬어요. 그리고 그날 밤, 군주님의 아버지 우아이나 카팍이 떠나신 그 끔찍한 날 밤, 그분이 저를 궁전 곳곳으로 데려가주셨어요……"

"당신에게 나를 지명하신 내 아버지 말이오?"

망코의 손이 자기 손 위에 놓이자, 아나마야는 느껴지지 않을 만큼 살짝 몸을 떨었다. 젊은 잉카는 그것을 알아차리고 말없이 손을 거두었다.

✲

쿠스코 시로 들어가는 길은 완벽한 석공술로 세워진 벽들 사이로 맑은 물이 흐르는 강을 따라 뻗어 있었다. 길이 넓은데도, 그들은 한 번에 두 명씩밖에 나아갈 수 없었다. 석조 궁전을 따라 늘어서서 우렁찬 함성을 지르는 군중을 가로질러 가야 했기 때문이다. 군중의 함성은 수많은 북이 둥둥거리는 소리처럼 들렸다. 인디언들은 잉카의 가마를 발견하자, 숭배와 제물을 바치는 표시로 손바닥을 하늘로 향하게 해서 들어올렸다.

두려움, 아나마야와 떨어져 있다는 슬픔, 미지의 인물에 대한 감정이 가브리엘에게서 차츰 사라졌다. 어쩌면 그는 호탕한 돈 프란시스코가 빠져 있는 도취를 함께 느끼는 것인지도 몰랐다. 하지만 새로운 잉카와 잉카를 에워싸고 보호하는 이들을 향한 신뢰, 그 열기에 그는 충격을 받았다. 이제 그들 주변에는 수백 명의 사람들이 있었다. 수많은 사람들이 그들에게 몸이 닿지 않도록 조심하면서 밀려들었다. 말소리는 전혀 들리지 않고, 오직 중얼거림과 발소리뿐이었다.

"무슨 생각을 그리 하고 있나?"

바르톨로메가 어디선가 불쑥 나타나 그의 말 옆에서 걷고 있었다. 그는 기형인 손을 가브리엘의 넓적다리에 올려놓고 웃는 눈으로 올려다보며 덧붙였다.

"한동안 생각에 잠겨 있던 모양이군. 그건 아주 멀리 있네, 자네가 있던 세비야의 감옥 말일세……"

"잘못 생각하신 겁니다! 그건 여기에도 늘 아주 가까이 있어요."

바르톨로메에게 말할 때마다 가브리엘은 그에 대한 감정이 기이하게 뒤섞이는 것을 느꼈다. 두터운 친밀감에 기대어 마음속 고민을 모두 털어놓고 싶은 충동이 걷잡을 수 없이 밀려드는 한편, 은밀한 내면의 목소리가 경계하라고 일러주었다.

그들은 넓은 광장에 이르렀다. 광장 바닥은 길에 깔린 돌 대신 모래로 되어 있어서, 말발굽이 사그락거리는 소리를 냈다. 가운데에는 둥근 돌 모양의 우아한 분수가 당당히 자리잡고 있고, 거기서 여러 개의 도랑이 시작되어 광장을 둘로 나누는 강까지 흘러 내려갔다.

그들이 방금 건너온 강 저편에는 건축물이라곤 하나도 없고, 이제 막 세우기 시작한 벽 하나뿐이었다. 그러나 강 이편에는 그들이 제국 어디서도 유사한 것을 보지 못했던 궁전들이 펼쳐져 있었다. 그중 한 궁전은 붉은색과 흰색과 초록색의 결이 있는 대리석으로 만들어진 듯 보였다. 높은 원추형 지붕으로 덮인 둥글고 육중한 탑이 은과 다른 귀

금속 조각을 붙인 넓은 정면을 부분적으로 가리고 있었다.

어마어마한 횡목 아래에서, 나이 많은 한 군주가 빼어나게 조각된 왕좌에 앉아 스페인인들의 난입을 꼼짝 않고 주시했다. 그의 태도에는 그들을 주눅 들게 만드는 고결함과 태연함이 배어 있었다. 흰옷을 입은 십여 명의 여자들이 우아한 춤을 추듯, 조용하면서도 분주하게 그의 주위에서 움직였다. 그중 두 여자는 번쩍이는 깃털로 그에게 부채질을 해주고, 다른 두 여자는 그의 발치에서 타오르는 장작불에 땔감을 집어넣고 있었다.

그 광경에서 믿을 수 없을 만큼 강한 지배력이 뿜어져 나오는 듯했다. 그 앞을 지나는 강철 투구와 말 들은 세계의 질서에 아무런 영향을 미치지 못하는 하찮은 존재일 뿐이었다.

군중은 말없이 광장으로 흘러들었고, 조심스레 한옆으로 물러나 있었다.

"맙소사!"

가브리엘은 바르톨로메의 입술에서 새어 나오는 외침을 들었다. 그는 바르톨로메 쪽으로 몸을 돌렸다.

"무슨 일이에요?"

"자넨 안 보이나?"

바르톨로메가 늙은 군주가 앉아 있는 왕좌를 가리켰다.

이마에서 방울져 떨어지는 땀 때문에 가브리엘의 시야가 흐려졌다. 모든 장면이 뿌연 안개에 가려져 있었다. 그는 헌신적인 하인들에게 둘러싸여 미동도 하지 않는 군주 말고는 아무것도 보이지 않았다.

"죽은 사람이야."

바르톨로메가 말했다.

"죽은 사람이라니요?"

"미라 말일세."

20

1533년 11월 15일, 쿠스코

'퓨마의 꼬리' 라는 뜻의 푸마추판이라 불리는 지역에, 콜라수유로 이어지는 남쪽 길에서 쑥 들어간 위치에 수수한 칸차 하나가 있었다. 인티팜파에서 의식이 진행될 때면 신관의 목소리, 나팔 소리, 북소리, 노랫소리가 들릴 정도로 태양신의 신전에서 가까운 곳이었다.

아나마야는 안뜰로 머뭇거리며 들어갔다. 칸차는 아무 장식 없이 돌만 맞물려 쌓아놓은 벽으로 둘러싸여 있고, 칸차를 에워싼 방들은 적막한 어둠 속에 빠져 있었다. 그렇지만 분명 이곳이라고 그녀는 확신했다.

맹수의 포효 소리에 깜짝 놀란 그녀는 간신히 비명을 눌렀다. 용설란 줄로 들보에 묶인 퓨마 한 마리가 그녀를 마주 보고 있었다. 그녀는 마음을 겨우 다스리고 퓨마의 눈을 똑바로 들여다보았다.

퓨마는 그녀에게서 눈을 떼지 않은 채 몇 발짝을 움직였다.

"공주님, 친구를 잊어버리기예요?"

등 뒤에서 놀리는 듯한 목소리가 들려왔다.

✲

태양신의 신전을 둘러싼 벽 위의 돌에 황금 장식띠가 고정되어 있었다. 폭은 손 길이만 하고 두께는 손가락 하나만 했다. 뚱뚱한 페드로 마르틴 데 모게르가 모여 있는 몇몇 사람에게 마치 자기가 주인인 것처럼 우쭐대며 그것을 가리켰다.

피사로 총독과 돈 디에고 알마그로를 포함해 대여섯이 모여 있었다. 그들은 황금을 더 잘 보려고 얼굴을 쳐들었다.

"카하마르카에 가져오지 못한 게 바로 이것이로군, 모게르!"

"이 나라에서는 황금이 하늘에서 떨어지죠, 총독 각하. 땅에서도 솟아나고요…… 우리가 이 벽에서 황금을 떼어내자마자 벽이 다시 황금으로 덮일 겁니다!"

모게르는 몇 달 앞서 마르틴 부에노와 함께 쿠스코를 '발견했고', 이곳 쿠스코에서부터 아타우알파 궁전의 몸값을 채우는 방까지 보물을 운송하는 일을 맡았었다. 이날 그는 동료들의 방문을 영광으로 여기고, 어린애처럼 들떠서 길을 안내했다.

그런데 술 달린 기다란 튜닉을 입은 잉카 신관 하나가 울타리 벽 입구에 불쑥 나타났다. 그는 모직 케이스로 덮인 조각상을 나르고 있었다. 가브리엘은 그의 날카로운 시선과 얄팍한 입술을 보았다. 입가에서 코카 잎의 초록색 즙이 흐르고 있었다. 그의 뒤에는 손에 창을 들고 양쪽 옆구리에 황금 도끼와 망치를 매단 전사 두 명이 따르고 있었다. 노란색 시종 옷을 입은 두 소년이 부채 모양의 비를 가지고 그들을 앞서 가며, 아주 깨끗해 보이는 포석을 먼지 하나 없이 말끔히 쓸어버렸다.

그들은 스페인인들을 보고 놀라움을 드러내더니 위엄 있게 신전 안으로 들어갔다.

"무슨 일이지?"

총독이 물었다.

"우리가 저들의 의식을 방해하고 있습니다."

가브리엘이 말했다.

그의 뒤에서 웃음소리가 터져 나왔다. 후안과 곤살로가 조롱하며 가브리엘을 노려보았다.

"좀 보세요. 저자가 우리에게 저 따위 소리를 하는 걸요. 산티아고데콤포스텔라에서 부활절 미사를 방해하는 건 아니고?"

곤살로가 비웃었다.

"모게르, 이 신전의 내부도 알고 있나?"

총독이 비웃는 소리에 대꾸하지 않고 물었다.

"예, 총독님."

총독이 미소 지었다.

"그렇다면 제군들, 저 종교 의례가 어떻게 생겨먹었는지 구경이나 하러 가세."

"저도 가겠습니다."

누군가 부드러운 목소리로 말했다.

총독의 동의를 기다리지도 않고, 바르톨로메는 경쾌한 걸음으로 앞장을 섰다.

넓은 사다리꼴 입구 뒤로, 창을 서로 교차시켜 통행을 막고 있는 두 명의 인디언 전사가 보였다. 그들의 무기는 전혀 위협적이지 않았지만, 스페인 사람들은 잠시 주춤했다.

가브리엘은 전사들 뒤로 수도원 같은 것을 언뜻 보았다. 그 중앙에는 황금으로 덮인 의자 형태의 돌 하나가 놓여 있었다. 신관은 거기에 조각상을 올려놓았다.

신관은 그들이 따라온 것을 알아차리고 그들을 바라보았다. 그러고는 이상한 불안감을 주는 느린 걸음으로 그들에게 다가왔다.

✻

"해가 뜰 때마다 놀라지만, 난 죽지 않았어요."

난쟁이가 말했다.

아나마야는 줄곧 미소 짓고 있었다.

"보고 싶었어요."

"공주님! 그 고약한 신관이 나를 산속에 버렸던 날을 기억하세요?"

"아저씨는 처량한 목소리로 '공주님! 공주님!' 하면서 슬퍼했지요."

"정말이지 난 죽을 수도 있었어요. 공주님한테야 관심 없는 일이었겠지만요."

"바보 같은 소리 하지 마요! 그 뒤로 아저씨 생각을 수없이 했는걸요……"

아나마야가 즐거워하며 말했다.

그녀는 난쟁이와 함께 숨어 있는 방을 둘러보았다. 밖에서 보면 초라하지만, 안에는 깃털이나 털로 된 보드라운 이불과 돗자리가 안락하게 갖춰진 방이었다. 벽에는 벽감이 여러 개 패어 있는데, 거기에는 퓨마, 콘도르, 뱀 형상의 섬세한 돌 조각상이 정렬되어 있었다.

"지내는 형편이 그리 나쁘진 않군요, 불쌍한 사람치고는……"

"퓨마를 지키는 사람, 그건 건강한 잉카인이라면 꺼리는 일이지요. 보상을 받을 만한 일이에요!"

난쟁이는 술이 바닥에 쓸리는 기다란 붉은 옷을 입고 있었다. 그는 내내 가만히 있지 못하고 아나마야 주위에서 춤추듯 이상하게 발걸음을 옮겼다.

"어떻게 그런 중대한 책무를 맡게 되었죠?"

"아무 말도 못 들었어요?"

"아저씨가 살아 있다는 말밖엔……"

"살아 있다, 그렇게 말할 수도 있겠네요…… 우리가 우아이나 카팍 주인님의 건조된 몸과 함께 도시에 들어왔을 때, 난 두려움을 떨쳐내려고 행렬 선두에 서서 춤추며 소리쳤어요. '나 여기 있어요, 난 침부예요, 위대한 우아이나 카팍의 아들이요! 실례, 실례합니다!' 라고요. 하지만 아무 소용이 없었어요. 그곳의 세력가들이 날 붙잡아서 가루로 만들려고 했지요. '난쟁이 놈! 쥐방울만 한 놈! 어떻게 태양신이 우리에게 그토록 많은 사랑과 선행을 베푸신 우리 군주님이자 아버지이신 분을 빼앗아가고, 너같이 천한 놈을 주실 수 있단 말이냐……' 하고 소리치더군요. 그들은 내게 욕하고, 침 뱉고, 내가 눈물을 흘리며 애원하는데도 나를 마구 때렸어요. 다행히도 행렬에 있던 사람들이 와서 막아주었고 내가 다른 죄수들과 함께 있어도 좋다는 허락을 받아내주었지요……"

기억을 되새기는 난쟁이의 얼굴이 어두워졌다.

"산카 칸차 감옥을 아세요?"

"아뇨."

"거긴 아랫세상의 악몽에나 나올 법한 곳이랍니다. 어떻게 보면 미로투성이에다 문과 구석진 곳이 여기저기 많은 지하 통로지요. 벽에는 뾰족한 부싯돌들이 박혀 있고, 특히……"

"특히 뭐죠?"

"그 감옥에는 보초가 없어요. 호랑이, 사자, 곰, 그리고 온갖 종류의 뱀밖에는…… 우리는 그곳에 사흘 동안 버려졌어요. 울부짖음과 공포의 사흘, 눈물로 얼룩진 사흘, 죽음이 바로 곁에 있어 마치 죽은 것처럼 느껴지는 사흘이었죠…… 하지만 우린 살아남았어요."

"그래서 그들이 풀어줬군요."

난쟁이는 고개를 끄덕였다.

"그 모든 무시무시한 관습 중에서, 유일하게 내가 즐길 수 있는 것이죠. 나는 평생 수없이 죽었지만, 이번 삶은 다른 어떤 삶보다도 더 값지답니다……"

난쟁이가 이야기하는 내내, 아나마야는 넋을 잃은 채 그의 끔찍한 경험을 함께 나누었다.

"그 다음에는요?"

"망코와 파울루, 두 형제의 뒤를 따라갔어요. 그리고 그들을 도와줬지요. 그게 다예요."

"도와줬다고요?"

"그래요, 도와줬어요. 망코가 도시를 떠날 수 있게 될 때까지 바로 여기에 숨겨줬어요. 그리고 또 파울루가 감옥에 갇혔을 때는 내 보잘것없는 목숨을 내놓을 각오로 그에게 전갈을 전해주었지요……"

난쟁이가 우스꽝스럽게 거드름을 피우며 말했다.

"파울루가 감옥에요!"

"군사 행동 때문은 아니에요, 그 점은 마음 놓으세요! 단지 우아스카르가 제일 좋아하는 후궁에게 접근했기 때문이죠…… 북부 사람들이 도착했을 때, 그는 그들에게 호감을 갖고 있다는 이유로 박해받았다고 주장했어요. 머리를 쓴 거지요. 그들은 의심스러워하면서도 그를 풀어줬어요. 현명하게도 그는 그들 마음이 바뀌기 전에 곧바로 티티카카 호숫가로 떠났어요. 한동안 남의 눈을 피하려는 것이죠……"

아나마야는 생각에 잠겼다. 그녀는 우아라치쿠 때 자기가 도와주었던 두 젊은이를 떠올렸다. 오늘 한 사람은 사파 잉카가 되었는데, 다른 한 사람은 도피중이었다.

"망코는 애정을 갖고 내게 아저씨에 대해 얘기해줬어요. 아저씨가 있는 곳을 알려준 사람도 바로 망코예요."

"난 망코 역시 두려워요. 유일한 군주님이 된 이상, 그가 어떻게 변할지 알 게 뭐예요?"

"걱정하지 마요. 우리가 서로 보살펴줘야 한다는 걸 잊었나요?"

"설사 내가 잊었다 해도, 공주님, 어느 분이 눈으로 끊임없이 내게 그 사실을 환기시켜주던걸요……"

"누가요?"

난쟁이는 아나마야 앞에 와서 우뚝 서더니 동그란 눈으로 그녀를 올려다보았다.

"그를 모른다고는 하지 마세요, 공주님."

*

가브리엘은 피사로 총독에게 몸이 닿을 만큼 가까이 다가오는 초록색 입의 남자를 바라보았다.

"내 이름은 빌라 오마요. 우리의 조상 망코 카팍이 세운 태양신의 신전인 코리칸차의 대신관이오. 이곳에는 그 어떤 이방인도 들어갈 수 없소……"

가브리엘이 통역했다. 총독은 상대방의 마음을 가라앉히는 몸짓을 하며 대꾸했다.

"우린 북부 사람들의 죄악으로부터 이들을 보호해주기 위해 온 거라고 말하게……"

"그리고 진정한 신을 알리고 이교도의 종교 의례를 그만두게 하려고 왔다는 말도 하시오!"

곤살로가 덧붙였다.

"그 점에 관해서는 사제들에게 맡겨두시오."

바르톨로메가 끼어들었다.

가브리엘은 총독의 말을 통역하면서 미소를 금치 못했다.

신관의 태도는 전혀 누그러지지 않았다. 그는 비쩍 마른 훌쭉한 몸으로 인디언 예수처럼 두 팔을 벌리고서 계속해서 그들의 통행을 가로막았다.

"이곳에 들어가고자 하는 자는 먼저 일 년간 단식을 하고 어깨에 무거운 짐을 진 채 신발을 벗고 들어가야 하는데, 어찌 감히 들어가려 하는 것이오?"

그러자 곤살로가 웃음보를 터뜨렸다.

"우린 그 이상으로 굶었고 어깨도 무겁다고, 아주 무겁다고 이 깃털 달린 자에게 말하시오…… 우리의 장화로 말하자면……"

스페인 사람들이 웃는 사이, 곤살로가 장화 한 짝을 벗어서 신관의 얼굴 앞에 대고 흔들었다.

"이봐요, 바르톨로메 수도사! 우린 관습을 대단히 존중하고 있다고요, 이……"

장화에서 자갈 하나가 떨어지자 곤살로가 얼굴을 찡그리며 장화를 다시 꿰어 신었다. 그의 표정에 일동이 또다시 웃음을 터뜨렸다.

"……야만인들의 관습을 말입니다. 그리고 신의 문제는 사제들에게 맡겨둔다면, 인간의 문제는 우리가 처리하겠소…… 인간으로서 말이지."

곤살로는 팔로 잉카 신관을 밀치고 신전 안으로 들어갔다.

스페인인들은 그를 따라 안뜰 한가운데까지 들어갔다. 사방에 배치된 건물들의 입구 너머로 반사광이 느껴졌다. 윗부분이 황금판으로 된 가장자리 선이 안뜰을 에두르며 금관 모양을 이루고 있었다.

벽에는 쇠시리로 정교하게 조각된 벽감이 네 개 패어 있고, 감실과 비슷하게 생긴 벽감의 내부는 금박으로 덮여 있었다. 모서리에는 에메랄드나 터키옥 같은 진귀한 보석이 박혀 있었다. 피사로 총독이 빌라 오마에게 돌아섰다.

"우리는 당신네 궁전과 신전에 대한 위협이 있다는 소문을 들었소. 그리고 당신네 적들이 저지른 파괴의 현장을 다른 도시에서 직접 보았소. 우린 평화를 원하는 마음으로 여기 온 것이오."

빌라 오마 신관은 근엄하게 눈살을 찌푸렸다. 그러고는 조용히 그들을 쳐다보더니 당당히 말했다.

"나는 당신들을 믿지 않소."

가브리엘이 신관의 말을 통역하는 동안, 피사로 총독은 눈도 깜박이지 않았다. 총독이 미소 지었다.

"우리가 이자의 신임을 얻어낼 거라고 확실히 말해주게. 우선 이자를 보호하고 이 신전의 재산을 보호하기 위해 이곳을 수색하겠다. 돈디에고?"

알마그로의 하나밖에 없는 눈이 신전 울타리 안에 숨겨진 금은보화를 보고 반짝였다.

"난 자네의 권위를 믿네. 나와 함께 책임지고 이 신전의 어느 것 하나라도 왕의 조세에서 새어 나가지 못하게 하리라는 것을 말이야."

알마그로는 투덜거리는 소리로 대답했다.

스페인 사람들이 앞 건물의 문 쪽으로 가는 동안, 빌라 오마는 그들 뒤에 남아 팔을 들어 올리고 소리쳤다.

"오, 전능하신 태양신이여, 명백한 징후로 당신의 힘을 모두에게 보여주십시오!"

신전 안 태양의 양옆으로, 그들이 방금 전 광장에서 본 것과 비슷한 미라들이 살아 있는 사람처럼 위엄 있게 왕좌에 앉아 있었다. 미라들은 번쩍이는 황금과 보석 조각이 박힌 고급 모직 튜닉을 입고 있었다. 그들의 이마에는 왕의 술 장식과 색색가지 깃털이 꽂혀 있고, 귀에는 황금 원반이 매달려 있었다. 그중 한 미라는 코끝이 없었는데, 그 기괴한 생김새를 보고 총독의 두 동생이 또다시 미친 듯이 웃음을 터뜨렸다.

이 방에서 저 방으로, 스페인인들은 그렇게 안뜰을 한 바퀴 둘러보다가 달에게 바쳐진 은으로 된 방을 발견했다. 거기서 모게르는 비너스에게 기도를 하려다가 그만두었다. 어디서든 볼 수 있는, 황금판으로 덮인 건물도 있고, 한 벽에서 다른 벽까지 온통 무지개 색깔로 뒤덮인 건물도 있었다.

그들은 술에 취해 여자를 찾아 나선 들뜬 젊은이들처럼 호기롭게 방문을 시작했다. 건물마다 정적이 내려앉았고, 그 정적은 시간이 흐를수록 점점 더 무거워졌다.

그들이 그렇게 여섯 개의 방을 들여다보고 안뜰로 되돌아왔을 때, 대신관과 수행원들은 사라지고 없었다. 모게르는 말이 없고, 애꾸눈 알마그로는 생각에 잠겼으며, 총독의 동생들도 잠시 침착해졌다.

그들은 동쪽으로 열린 통로를 넘겨다보고는 신전 울타리가 상상 이상으로 넓다는 것을 발견했다. 계속해서 이어지는 건물과 방에는 그들이 갑자기 나타나는 것을 보고 모습을 감추는 하인들이 있고, 몇 주간의 포위 공격에도 버틸 수 있는 양의 식량이 비축되어 있었다. 아름다운 건물과 방 들을 둘러본 가브리엘은 동료들의 탐욕에 찬 시선을 느끼며 마음이 무거웠다.

"우리가 처음 왔을 때 들은 얘기가 있는데……"

모게르가 불쑥 입을 열었다.

"뭔가?"

피사로 총독이 초조하게 물었다.

그러나 모게르는 대답하지 않았다. 그들 중 아무도 어떤 이야기인지 물을 생각을 하지 못했다. 그들도 모르는 사이에 황금 정원 안으로 들어선 것이다.

✲

난쟁이는 탁하고도 고른 목소리로 계속해서 얘기했다.

"이방인들이 가까이 왔다는 소문이 돌자, 망코는 당시 유카이에 머물고 있던 나를 곧바로 불렀어요. 망코의 부하들이 친체로에 있는 그에게 나를 데려갔죠. 콜카 아래에 있는 계단식 대지에 그 고약한 신관과 함께 우리 셋만 남게 되었어요. 그때 난 생각했어요. 그들이 나 모르게 화해하고 다시 무자비한 생각에 사로잡히게 되었나 보다 하고요……"

"망코와 빌라 오마가요?"

아나마야는 놀랐다.

"이상하죠? 그 당시에는 세월이 변했다는 걸 생각할 겨를이 없었어요. 보잘것없는 내 몸을 보호하느라 여념이 없었거든요. 내게는 다행한 일이지만, 그들은 머릿속으로 다른 것을 생각하고 있었지요."

아나마야는 난쟁이의 이야기에 공포와 유머가 뒤섞여 있는 것을 알아차리고 미소 지었다.

"그 얘기를 하려고 이렇게 길게 끌고 있군요."

"놀리시는군요, 공주님!"

그는 한숨을 쉬었다.

"그들은 내게 공주님의 고귀한 남편인 분신 형제를 돌보라고 했어요."

"아저씨한테요!"

아나마야의 입에서 곧바로 탄성이 튀어나왔다.

"나도 말했죠. 하지만 그들은 내 얘기를 듣지 않았어요. 탐욕스러운 이방인들이 황금을 있는 대로 쓸어갈 거라고 했어요. 이방인 물결의 끝이 보이지 않을 정도로 수가 많은 것은 그들에겐 관심 밖의 일이었죠.

하지만 코리칸차에 있던 분신 형제는 불경한 그들의 손에 더럽혀져서는 안 되었어요."

아나마야는 뜨겁고도 차가운 전율이 온몸에 퍼지는 것을 느꼈다.

"분신 형제는 여기 있나요?"

난쟁이는 진지한 눈으로 그녀를 바라보았다.

"사나운 퓨마의 보호까지 받고 있는 내가 분신 형제를 경솔하게 내 집에 두었으리라고 생각하세요? 밤이 되면 가도록 하지요. 분신 형제가 공주님을 기다리고 있어요."

✲

정원에 있는 모든 것이 황금으로 되어 있었다. 풀, 꽃, 나무, 몸집이 크거나 작은 동물, 집에서 기르는 동물이나 야생동물, 그 모든 것이. 바닥에는 황금 뱀과 도마뱀이 기어가고, 허공에는 황금 새와 나비가 보이지 않는 줄에 매달려 있었다.

계단식 대지 하나는 옥수수 밭과 흡사하고, 다른 계단식 대지는 인디언들이 퀴노아라 부르는 볏과 식물의 밭과 흡사했다. 황금으로 된 라마, 은물이 흐르는 황금 분수. 채소와 과일 나무도 황금이나 은으로 되어 있고, 심지어 나뭇단도 황금으로 모조되어 있었다.

피사로 총독은 입을 다물지 못했다.

"아무것에도 손대지 마라."

그가 메마른 입으로 겨우 말했다.

"우리가 본 미라들 중 하나를 정확히 본떠서 황금으로만 만든 상이 있다는 얘기였어요. 우리가 보았던 그 어떤 조각상보다 더 아름답고 크며, 종종 그렇듯이 속이 비어 있는 게 아니라 진짜 황금 덩어리로 되어 있답니다."

마침내 모게르가 말했다.

"얼마만 한데?"

알마그로가 물었다.

"사람과 거의 비슷한 크기라고 했어요."

"무게는?"

"틀림없이 수백 파운드는 되겠죠."

아무도 더이상 모게르를 놀릴 생각을 하지 않았다. 모두들 조용히 황금상을 머릿속으로 그려보며 그 값어치를 페소로 환산하고 있었다. 분명 그 조각상은 이야기될 때마다 부풀려질 터였다.

"그게 어디 있다는 거야?"

알마그로가 물었다.

모게르는 모른다는 막연한 몸짓을 했다.

"찾아야 해요."

곤살로가 말했다.

후안이 반짝이는 눈으로 동의했다.

"자네가 말하는 조각상에 이름이 있나?"

가브리엘이 물었다.

"그럼, 기억하고 있지. 이상한 이름인데, '분신 형제'라는 뜻이라고 통역해주더군."

모게르가 자랑스럽게 말했다.

곤살로가 가브리엘을 흘끗 쳐다보았다.

완전히 황금으로 이루어진 세상, 일찍이 그들의 상상력이 만들어낸 가장 터무니없는 동화에 속하는 세상에 동료들이 온통 정신이 팔려 있는 동안, 가브리엘은 정원을 나오면서 아나마야의 말을 떠올렸다. 그리고 결코 그 말을 입 밖에 내어선 안 되겠다고 확신했다.

그녀는 그에게 자신이 분신 형제의 아내라고 말했다. 마음이 혼란스러워, 그는 그것이 잉카족에게 무엇을 의미하는지 미처 알지 못했다. 하지만 이제는 알았다. 동료들에게는 무엇을 의미할 것인지.

21

1533년 11월 15일 밤, 쿠스코

쿠스코 시는 잠들지 않았다.

쿠스코 시는 결코 잠들지 않았다.

제국의 삶에 필요한 활동은 쿠스코 시에서 결코 멈추지 않았다. 아클라우아시에서 직물을 짜는 처녀들의 활동, 금은세공사와 조각가와 신관 들의 활동, 죽은 군주들을 섬기며 끊임없이 보살피고 음식을 주고 제사를 지내고 아랫세상에서 와서 이 세상의 흐름에 계속 영향을 미치는 죽은 군주들의 말을 수집하는 모든 파나카들의 활동.

사크사우아만의 사각 탑 안에서는 병사들이 교대로 보초를 섰다. 그리고 모요크마르크카의 둥근 탑에서는 언제나처럼 잉카를 맞이할 준비를 하고 있었다.

그날 밤 궁전에서나 평범한 집에서나 많은 수군거림이 있었고, 우아타나이의 강물은 무시무시한 비밀을 싣고 흘러갔다.

미라들은 그들의 궁전에서 눈을 뜬 채 잠을 잤다.

미라들은 살아 있는 사람들이 모르는 것을 알고 있었다.

✲

난쟁이는 앞서 달리며 아나마야를 좁은 골목길 너머로 안내했다. 이슬비가 내려 길이 미끄럽고 습기가 그녀의 아나코로 스며들었다.

수상한 소리가 들릴 때마다 난쟁이는 멈춰 서거나 벽의 사다리꼴 출구로 그녀를 숨겼다. 난쟁이는 우아타나이 강 위의 다리를 건너고, 우아카 한가운데의 단층 속에 있는 것처럼 여겨질 만큼 어두운 골목길을 앞서 갔다.

비탈길에 들어서면서, 아나마야는 자기가 퓨마 몸의 어느 부분에 있는 것인지 상상해보았다. 위로 올라갈수록, 그리고 이따금 저 위 사크사우아만의 탑 안에서 반짝이는 빛이 보일 때마다, 퓨마의 머리를 향해 가고 있다는 생각뿐이었다.

마침내 가파른 비탈길을 빠져나왔다. 그녀는 아우카이파타와 똑같이 모래로 뒤덮인 널따란 광장을 발견하고 숨이 멎는 듯했다. 광장 안쪽에는 궁전 벽의 벽감들이 언덕에 바짝 붙어서 질서정연하게 늘어서 있었다. 벽감 맞은편 도시에서는 불빛이 반짝이고, 산비탈 위로는 횃불과 장작불이 타올랐다.

"여기가 어디예요?"

그녀가 난쟁이에게 물었다.

"콜캄파타입니다, 공주님."

그 한마디에 그녀는 가슴이 떨렸다. 사크사우아만 바로 밑에 있는 그곳은 쿠스코에서 가장 광활한 지역 가운데 하나로, 망코 카팍의 혈통인 치마 파나카가 잉카 왕조의 창시자를 기리며 숭배하는 곳이었다.

"이젠 어떡하죠?"

난쟁이는 대답하지 않았다. 그는 아나마야의 팔을 잡고 궁전 벽 쪽으로 데려갔다. 벽감들은 비어 있었다. 아마도 처음에 왔던 이방인들이 벽감을 장식하고 있던 황금 조각상들을 손쉬운 전리품으로 쓸어간 모양이었다. 황금판으로 된 우아한 장식띠가 있던 자리에는 구멍만 휑하니 뚫려 있었다. 하지만 그 장소는 습하고 칠흑 같은 어둠 속에서 위력을 그대로 간직하고 있었다. 경사진 벽의 완벽하게 절단된 돌들은 한층 가중된 위엄을 뿜어냈다.

그들은 벽을 따라가다가 모퉁이를 돌아섰다. 궁전이 언덕 안으로 깊숙이 들어가는 듯하더니 갑자기 어둠이 점령했다. 그들은 검은 돌에 달라붙어 출구를 만날 때마다 미끄러지듯 내벽을 따라갔다.

세번째 출구에서, 난쟁이는 뒤로 바싹 붙어서 온몸으로 벽을 밀었다. 그러자 천천히, 조용히 벽이 빙그르르 회전했다.

아나마야의 시야가 트였다.

*

널따란 광장에서 돈 프란시스코 피사로는 명령을 내렸다. 강을 따라 길게 북쪽에 자리잡고 있고, 기병 육십 명이 '기마전'을 벌일 수 있을 만큼 넓은 방이 있는 궁전은 그의 차지였고, 옆의 궁전은 동생 곤살로와 후안의 차지였다. 광장 건너편에 돌뱀으로 벽이 장식된 궁전은 소토가 차지하게 될 터였다.

"천막을 치자."

총독이 말했다.

말문이 막힌 가브리엘은 건물을 가리키며 그를 쳐다보았다.

"난 우리 모두가 계속 경계하기를 바라네. 무질서는 원하지 않아. 내가 명령을 내리지 않는 한 아무도 집 안으로 들어가지 않았으면 좋겠네. 나는 젊은 친구와의 평화를 바라거든."

"젊은 친구라니요?"

"망코. 잉카 말일세. 그자가 우리의 평온함을 믿었으면 하네. 알마그로, 소토, 그리고 내 동생들…… 그들은 원하는 것을 모두 갖게 될 걸세. 하지만 아무도 이해하지 못하고 있어. 우리가 여기 머물기 위해 왔고 지금이 바로 우리에게 가장 위험한 순간이라는 것을 말이야. 우리가 해이해지고 그들이 약탈하도록 내버려두면, 우린 죽네. 내일 그 젊은 친구를 만날 생각이네. 그와 함께 북쪽 군대 토벌 계획을 세울 것이네."

피사로 총독의 눈이 반짝였다. 가브리엘은 그에게서 침착함과 흥분이 뒤섞여 있는 것을 느꼈다. 그것은 힘든 순간에 그가 드러내는 특징이었다. 총독은 대장들에게 명령을 내렸다. 가브리엘은 곧 광장에 자그마한 천막 숲이 세워지는 것을 보았다.

"그 다음에는요?"

가브리엘이 묻자, 총독은 빈정대는 미소를 지으며 그를 바라보았다.

"자네가 좋아하지 않을 대답을 듣게 될 질문은 하지 말게."

가브리엘이 다른 곳으로 가려는데, 총독이 메마른 손으로 어깨를 잡으며 말했다.

"자네에게 할 얘기가 있네."

✲

통로가 꽤 넓어서 희미한 빛 속에서도 어렵지 않게 나아갈 수 있었다. 점점 더 짙어지는 어둠 때문에 무시무시한 허공에 빠지지 않도록 한 걸음 한 걸음 조심스레 내디뎌야 하는 높은 층계를 지난 뒤, 두 사람은 그곳에 이르렀다. 투팍 잉카 유판키*가 언덕을 관통해 당시 건축중이던 사크사우아만 성채까지 이르는 그 터널을 파게 했다고 했다.

난쟁이의 목소리가 축축한 안개 때문에 숨 막혀하는 아나마야에게 전해졌다. 공기 중에 맺힌 안개의 작은 물방울에 아나마야의 얼굴이 젖었다.

통로가 구부러졌다. 아나마야는 조금 떨어진 곳에서 장막 너머로 흔들리는 어렴풋한 불빛을 알아보았다. 아나마야를 앞서 가던 난쟁이는 그녀가 먼저 방에 들어가도록 비켜섰다.

벽감이 하나도 없는 동그란 방으로, 벽에는 횃불 하나만 걸려 있었다. 바닥에는 돗자리도 이불도, 아무것도 없었다. 흔한 나무로 간단히 만든 의자 하나뿐이었다.

의자 위에 분신 형제가 앉아 있었다. 그녀는 온몸에 전율을 느끼며, 균형을 잃지 않으려고 눈을 감았다. 분신 형제에게 두 팔 벌려 손을 내밀었지만 만지지는 않았다. 그녀의 입술 사이로 중얼거림이 흘러나왔다.

그녀가 다시 눈을 떴을 때, 난쟁이는 사라지고 방은 어둠에 잠겨 있었다. 그러나 전혀 공포를 자아내지 않는 어둠이었다. 분신 형제의 황

---

* 잉카 제국의 제10대 왕.

금 몸이 마음을 가라앉혀주는 영원한 밤의 태양처럼 빛났다.

그녀는 벽에 친숙한 형상들이 그려져 있는 것처럼 여겨졌다. 숲의 동물인 것도 같고, 투석기 돌을 번개처럼 내뿜고 도끼를 치켜들고 후려치며 서로 맞서는 군대인 것도 같았다.

차츰 흥분이 가라앉자 그녀는 놀라운 평온에 휩싸이면서 몸이 둔해져 바닥으로 미끄러졌다. 이 세상에서의 여정이 계속되는 동안 줄곧 그녀가 따르고 보호해야 할 존재의 발치까지.

'너 여기 있구나.'

둥근 천장 아래에서 울려 퍼진 목소리인가? 그녀 자신의 입술에서 새어 나온 속삭임인가? 아무래도 상관없다. 어쨌든 마침내 그의 목소리를 들은 것이다. 자신을 버렸다고 생각했던 그의 목소리를.

'넌 평화보다 강하고, 전쟁보다도 강하다. 넌 잉카보다 더 오래전부터 있었고, 내게 이르기 위해 사막과 물을 건넜다. 네게 속하는 것은 모두 어둠에서 나온다.'

침묵이 자리잡고, 그녀는 더이상 추위도 더위도, 축축함도 메마름도 느끼지 못한다. 그녀는 우주 한가운데에 있고, 정말 놀랍게도 모든 세계와 만나고 있다.

'내 말은 언제나 변함없다. 넌 어떤 것도 잊어버려서는 안 돼.'

목소리는 돌을 넘어 공기 속으로 그녀에게까지 전해진다. 때로는 아주 낮게, 때로는 바다 고동처럼 울리며. 그러나 말을 할 때는 거의 들리지 않는 중얼거림에 불과하다. 그녀가 듣기를 기다리면서도 감히 기다린다고 스스로 인정하지 못했던 그 말.

'퓨마를 믿어라.'

그녀는 자신의 온몸 구석구석 긴장을 풀어주며 부드럽게 감싸는 안

락함을 즐길 시간이 없었다. 다시 찾아온 빛에 눈이 부셨다. 그녀는 비명을 질렀다.

✻

"자네는 어떤 걸 원하나?"

피사로 총독이 길에 튼튼한 벽들이 늘어서 있는 어느 궁전을 가리키며 가브리엘에게 물었다.

"아무것도 원하지 않습니다. 저는 천막을 원합니다."

총독이 부드럽게 웃었다.

"자넨 늘 나를 놀라게 하는군. 하나님은 자네를 스페인에서 쫓아냈고, 자넨 황금 때문에 온 게 아니라……"

"저는 총독님과 똑같은 것을 원한다고 생각했는데요, 돈 프란시스코……"

"오직 하나님과 성모 마리아만이 내가 뭘 원하는지 알고 계시네. 가끔 나 자신에게 물어보기도 하지……"

그들의 발소리가 포석을 울렸다. 어둠 속에서 아이의 울음소리가 들리고, 유유히 흐르는 가느다란 물줄기가 그들을 갈라놓고 있었다.

"제게 물어보고 싶으신 게 있습니까?"

"물어보고 싶은 거?"

총독은 몽상에 잠겨 있다가 깨어나는 듯했다.

"아, 그래, 뭔가…… 중요한 거……"

가브리엘은 숨을 죽였다.

"자네가 그 여자를 자네 이불 속으로 끌어들인 건 이해 못 할 일도 아니야. 그 푸른 눈의 여자 말일세. 그걸 비난하지는 않네. 잘 알아두게. 나 같은 늙은이도 인디언 여자들을 보면 피가 다시 뜨거워지는걸……"

가브리엘은 심장이 크게 고동치고 갑자기 입이 말랐다. 총독은 그의 동요를 전혀 눈치채지 못한 체했다.

"그 젊은 친구가 그녀를 대단히 중히 여기는 것 같은데, 그 이유를 모르겠네. 그가 그녀를 어떻게 하려는 것인지 통 모르겠어. 부인으로 삼을지, 후궁으로 삼을지, 그것도 아니면 그가 믿는 종교의 새로운 여사제로 만들지…… 자네도 알다시피, 난 그런 흉계를 좋아하지 않아. 하지만 전도서에서도 말하듯이, 모든 일에는 때가 있는 법이야. 간단히 말해서……"

피사로 총독은 말을 멈추고, 동요를 감추지 못하는 가브리엘을 흘끗 쳐다보았다.

"내가 보기엔 자네가 선택한 여자는 바람직한 여자가 아니야."

"제가 사랑하는 여자입니다, 돈 프란시스코."

가브리엘은 저도 모르게 그 말을 내뱉고는 후회했다. '사랑한다'…… 그게 총독에게 무슨 의미가 있겠는가?

"이미 사랑을 해봤기 때문에 그렇게 가볍게 그 말을 쓰는 건가?"

"저는 사랑한 적이 없습니다. 그렇기 때문에 이제야 그 말의 의미를 깨닫는 겁니다……"

"그럼 이거 심각한 문제로군……"

총독의 목소리에는 비웃는 기색이 전혀 없었다. 오히려 예기치 못한 슬픔이 담겨 있었다.

"하지만 끝내야 하네, 가브리엘…… 아니면 어쨌든 그 여자가 젊은 친구와 나에게 걱정거리가 되지 않도록 대단히 신중해야 하네. 내 말 알겠나?"

가브리엘은 대답하지 않았다. 총독이 그의 팔을 아프도록 쥐었다.

"내 말 알겠나?"

"노력해보겠습니다."

"꼭 노력하게. 그리고 자네가 그 근심거리를 잊게 해주기 위해……"

가브리엘은 냉소를 터뜨렸다.

"다른 여자라도 찾으셨습니까?"

"그보다 더 좋은 거라네! 임무일세."

"어떤 임무입니까?"

"그 조각상을 찾아주게. 그들이 그토록 중요시하는 그 분신 형제 말일세. 정말 보고 싶네."

가브리엘은 자기 얼굴이 한순간 창백해지는 것을 총독이 알아채지 못했기를 바랐다.

*

햇불이 망코의 얼굴을 비추었다. 망코는 아나마야에게 다가가 조용히 그녀를 바라보았다. 아나마야는 어렵게 호흡을 다시 가다듬고, 애써 화를 눌렀다.

"군주님의 아버지께서 제게 말씀하시는 중이었어요."

그녀가 짧게 말했다.

"미안하오."

그 말이 하도 진지하고 솔직해서 그녀는 가슴이 뭉클해졌다.

"요 몇 달 전부터…… 대전투가 있던 밤 이후로 그분은 침묵을 지키고 계셨어요. 제 마음속에는 고독이 자리잡고 있었죠……"

"그분을 다시 찾았소?"

"그분은 저를 떠나신 적이 없어요. 이제 제가 그분을 보호해드려야 할 차례예요. 그분은 단지 제게 이미 하신 말씀을 상기시키기 위해서만 말씀하시는 게 아닐까 싶은 느낌이 들기도 해요. 마치 제가 아직도 아클라우아시에서 그분의 가르침을 받는 어린 소녀인 것처럼 말이에요."

"내 얘기도 하시나요?"

망코의 목소리는 눈물겹도록 순진했다. 그 역시 안심시켜주기를 바라는 어린아이인 것이다.

"말씀드렸잖아요. 그분은 미래 시간의 첫번째 매듭으로서 오래전에 군주님을 지명하셨다고. 지금 이루어지는 모든 일은 새로운 일이 아니에요. 군주님의 아버지가 제게 전해주신 대로 우주의 질서에 들어 있는 것이지요. 두려워하시면 안 돼요. 우아라치쿠가 있던 날처럼, 군주님의 힘과 태양신의 힘이 이끄는 대로 단호하게 전진하셔야 해요."

"두려워하지 않을 수가 없소."

"군주님의 두려움은 아무것도 아니에요. 그건 실재하는 게 아니죠. 군주님의 아버지는 제게 군주님의 두려움에 대해서는 말씀하지 않으셨고, 저도 세력가들이 군주님을 지명했을 때 그것에 대해서는 아무 말도 하지 않았어요. 군주님의 아버지는 두려워하셨을까요? 군주님의 선왕이셨던 투팍 잉카 유판키와 파차쿠텍은요? 어쩌면……"

"망코 카팍은?"

잉카 왕조 창시자의 이름을 듣자 아나마야는 입을 다물었다. 그녀는 망코가 어느 정도로 그에게 끌리는지 알고 있었다.

"갑시다."

그가 말했다.

그녀는 떠나기 전에 분신 형제에게 손바닥을 펼쳐 보였다.

"저는 치차와 옥수수, 코카를 가지고 다시 와야 해요."

"난쟁이가 분신 형제에게 음식과 물을 꾸준히 바쳤소. 하지만 당신 말이 맞소. 그에게는 당신이 필요하지."

그들은 재빨리 통로를 떠났다. 망코는 두 손만으로 손쉽게 벽을 회전시켰다. 어쩌면 그들은 방금 떠나온 어둠보다 훨씬 더 짙은 암흑 속에 있게 되는 것인지도 몰랐다.

콜캄파타 광장에서 망코는 아나마야의 팔을 붙잡았다. 그는 도시와 골짜기를 굽어보는 돌난간 가장자리로 그녀를 데려갔다. 이따금 달빛과 별빛이 칠흑 같은 어둠을 가르고 강력한 산꼭대기, 아푸를 드러내주었다.

"내 조상 망코 카팍은 마마 오클로와 함께 이 산, 우아나카우리를 통해 이곳에 도착했소. 기원이 되는 티티카카 호수에서부터 먼 길을 여행했지. 비라코차 신이 깊은 곳으로부터 만물을 솟아오르게 하신 그 호수 말이오. 그는 이 골짜기를 봤소. 풍요롭고, 깊고, 기름진 이 골짜기를……"

망코는 말을 멈추고 아나마야를 향해 돌아섰다.

"당신 말이 맞소. 망코 카팍도 두려워했을지 모르지만, 그건 별로 중요하지 않지. 두려움 속에 살아가야 할 이유는 많았으니까. 여행으로 인한 피로, 홀로 깨달은 자기 운명에 대한 확신, 싸우기 전부터 마음을 좀먹는 끔찍한 적인 의혹. 망코 카팍이 황금 낫도끼 타클라를 차지해 처음으로 이 땅에 박기 위해 어떤 두려움을 극복해야 했는지는 전설에 나타나 있지 않소. 전설에는 없지만 뭔가……"

때때로 검은 구름이 갈라지며 별이 총총한 거대한 강의 한 자락을 찬란하게 드러냈다. 별빛이 반짝이는 동안, 하늘 빛은 땅 빛과 하나가 되고 세상은 완벽한 모습을 이루었다. 그러더니 습기를 머금은 변덕스러운 바람이 위세를 떨치면서 차갑고 음산한 어둠이 내렸다.

"전하는 바에 따르면, 그는 마마 오클로와 함께 있었다는군. 한 여인의 도움을 받아 제국을 세웠다는 얘기요."

그제야 아나마야는 망코가 하는 말의 의미를 불현듯 깨달았다. 그녀는 자신의 둔한 이해력을 자책했다.

"저는 제가 할 수 있는 만큼 군주님과 함께했어요, 망코. 앞으로도 계속 그러리라는 걸 잘 아시잖아요."

"그런 얘기를 하는 게 아니오."

"아내를 더 원하시는 건가요? 그건 불가능해요. 저는 왕족이 아니니까요. 잠자리를 함께할 후궁을 더 원하시는 건가요? 하지만 이미 수십 명의 후궁이 있고, 또 분명히 말씀드리지만 저는 그 방면에는 재주가 없어요."

"알아요, 아나마야. 당신은 이미 내게 그렇게 말했고, 난 미사여구로 당신에게 거짓을 말하고 싶지는 않소. 하지만 당신이 그런 식으로 말하는 까닭이……"

"까닭이라니요?"

아나마야의 목소리에는 도전이 담겨 있었다. 망코는 낮은 휘파람 소리가 섞인 목소리로 그 도전을 받아들였다.

"……당신이 이미 다른 사람에게 마음을 빼앗겼기 때문이라는 생각이 드는군."

그들은 밤의 침묵에 사로잡혔다. 아나마야는 천천히 숨을 내쉬었다. 자신이 보호해준 청년이었지만 이제는 제국의 유일한 군주인 망코의 말에 담긴 난폭함을 깨닫고 엄습해오는 두려움을 애써 쫓아버렸다.

"사실이에요. 저는 그들 중 한 사람을 사랑해요."

마침내 그녀가 말했다.

"이방인을?"

"예."

망코는 한참 전에 그녀의 팔을 놓은 터였다. 그녀는 그의 호흡이 둔해지는 것을 느꼈다. 마치 그의 숨결을 몸으로 느끼듯 아주 분명하게. 그의 맹금과도 같은 옆모습이 어둠 속에 선명히 윤곽을 드러냈다. 펄쩍 뛰어올라 할퀼 기세로……

"그가 온다는 것을 오래전에 군주님의 아버지께서 제게 알려주셨어요."

"아!"

격분이 실린 탄성이 망코의 입에서 새어 나왔다. 그의 손이 난간을 사납게 후려쳤다.

"망코!"

아나마야의 목소리가 분노로 떨렸다.

"저는 거짓말을 못 한다는 거 아시잖아요. 제가 부끄러운 사랑을 감추기 위해 우아이나 카팍 군주님의 이름을 들먹거릴 만큼 부도덕하고 뻔뻔스러울 수 있을 거라고 생각하세요?"

"아니오, 그저……"

망코의 분노는 소나기처럼 순식간에 지나갔다. 이제는 끝없는 슬픔만 남아 있었다.

"군주님의 아버지는 제게 퓨마를 기다리라고 말씀하셨어요. 그런데 바로 그 사람이 퓨마예요."

"그는 이방인이오. 이방인은 퓨마일 수가 없어."

"저도 그게 이상해요, 망코. 하지만 그렇답니다. 사실이 아니라고 부정하기 위해 마음속으로 온갖 노력을 다했어요. 그런데 제가 멀어질 때마다 군주님 아버지의 목소리가 울려 퍼지며 퓨마를 믿으라고 엄명을 내리셨어요."

망코는 대답하지 않았다.

"그는 너그럽고 착해요. 군주님도 보셨다시피, 그는 이미 우리말을 하고, 다른 사람들과는 달라요. 그는 황금을 좋아하지 않아요. 게다가 제가 아는 바로는, 진지하게 우리를 도와주고 싶어해요. 제가 직접 보았어요……"

망코는 그녀의 입에서 이어지는, 가브리엘에 대한 칭찬의 말이 침묵을 타고 습기에 젖게 내버려두었다. 아나마야는 다소 어리석게 느껴져 입을 다물었다.

"그럼 지금은?"

망코가 물었다.

"지금이요?"

"그래요, 잉카와의 결혼이 당신에겐 가당치 않은 일이고, 당신은 어딘지도 모르는 곳에서 튀어 나온 퓨마를 더 좋아하는 지금……"

"분노는 두려움만큼 나쁜 거예요. 아마 더 나쁠지도 몰라요."

"나는 종종 오랜 적에게 말하듯 분노에게 말하고, 날 조용히 내버려두라고 부탁한다오. 어린아이처럼, 사파 잉카가 되면 고쳐질 거라고 생각했는데…… 이제는 아무 소용 없다는 걸 알아요."

어둠 속에서 그가 거짓웃음을 소리 내어 웃었다.

"당신은 그자의 소유가 될 수 없소."

"알아요."

"당신은 분신 형제의 아내 코야 카마켄이오. 다른 누구의 아내도 될 수 없소. 퓨마건 콘도르건, 이방인이건 잉카건……"

"알아요, 망코. 제가 원한 운명은 아니지만 받아들이고 있어요."

그녀도 모르게 마지막 말에서 목소리가 갈라졌다. 어머니의 얼굴, 그녀의 마음을 따뜻하게 해주던 한없이 다정한 말을 더는 한마디도 하지 못한 채 뒤로 젖혀진 얼굴, 그 얼굴이 한순간 그녀에게로 기울어져 오랜 고통으로 전율케 했다. 그녀는 꿋꿋하게 다시 정신을 가다듬었다.

"저는 군주님의 아버지 곁에 있었고, 아타우알파 군주님 또한 한 번도 저버리지 않았어요. 뱀으로부터 군주님을 구해드렸고, 제 목소리를 통해 군주님은 잉카가 되실 거예요…… 제 충성의 증거가 더 필요한가요?"

"당신을 믿소, 아나마야. 당신을 의심하지 않아. 당신이 한 일을 알고 있소. 그 점은 고맙게 생각하고 있소, 나와 모두가. 게다가 우리에겐 당신이 필요하오. 앞으로의 예고된 시간을 위해……"

망코가 마음을 가라앉히며 말했다.

"지금 있는 것은 반드시 그대로 있을 거예요."

"지금 있는 것은 반드시 그대로 있겠지."

망코의 목소리는 아나마야 목소리의 메아리가 되고, 세상은 질서를 되찾았다. 그는 수없이 그랬던 것처럼 그녀의 팔을 잡기 위해 손을 내밀었다. 그러고는 동작을 멈추었다. 그는 자기 고통의 정체를 알아냈다. 지금 있는 것은 반드시 그대로 있겠지만, 지금 있지 않은 것은 있어서는 안 되고 앞으로도 없을 터였다. 그것은 정말 잔인한 일이었다.

22

1533년 11월 말, 쿠스코

아클라우아시의 하나뿐인 문은 아우카이파타 광장으로 나 있었다. 광장에는 스페인인들이 숙영지로 쓰기 시작한 아툰 칸차 건물과 피사로 총독이 소토 대장에게 할당해준 아마루 칸차 궁전 사이에 건물들이 빽빽이 들어서 있었다.

이방인들이 도착하자 '처녀들의 집'을 지키던 스무 명의 문지기들은 달아나버렸다. 충성심에서인지 아니면 도망칠 여력이 없어서인지 단 한 사람만이 남아 있었다. 그는 장님이었다.

아나마야가 그를 소리쳐 불렀다.

"지나가게 해주세요, 할아버지. 난 태양신의 처녀나 아내에게 씨를 뿌리러 온 수염 난 남자가 아니에요!"

장님 노인이 투덜거렸다.

"그런 일을 가지고 농담을 하면 안 돼오. 그런 일이 벌어지는 날에는……"

"할아버지가 우리를 지켜주시겠죠!"

노인은 지치고 무력한 몸짓을 하며, 하얀 두 눈으로 보이지 않는 태양을 올려다보았다.

아나마야는 골목길로 접어들었다. 골목길을 따라 아클라우아시의 건물들이 길게 배치되어 있는데, 먼저 작업장이 있고 그 다음에는 창고가 있었다. 창고에는 잉카에게 필요한 온갖 물품이 보관된 커다란 항아리 피루아가 가득했다. 매일 아침 태양신의 우상을 숭배하는 의식이 행해지는 안뜰을 지나면, 골목길은 하녀들, 이미 대부분이 가족에게 돌아간 평범한 아클라의 거처들로 나뉘고, 그 끝에 태양신의 아내들의 거처가 있었다. 그곳에는 아무도 들어갈 수 없고, 어겼을 경우 사형에 처해졌다.

아나마야는 일종의 왕비 자격으로 쿠스코의 아클라우아시에 남아 있었다. 망코의 코야인 쿠리 오클로조차 감히 그녀의 권위에 대해 왈가왈부하지 못할 것이었다. 남아 있는 여자들, 신의 숭배에 평생을 바친 여신관들은 자기들이 위협받고 있으며 광장 주변의 모든 궁전과 신전이 이방인들에게 점령당했음을 느끼고 있었다. 이방인들이 도시를 지날 때마다 강간을 저질렀다는 소문도 돌았다. 아나마야의 푸른 눈이 마음을 진정시켜주기 때문인지, 두려움에 떠는 그곳 여자들을 그녀가 늘 부드럽게 대하고 친절한 말을 건네기 때문인지 이유는 알 수 없지만, 모두들 희망을 가지고 그녀를 돌아보았다.

태양신의 아내들 방 바로 앞에, 그녀에게 초대받지 않고는 아무도 들어갈 수 없는 그녀의 방이 있었다. 돗자리와 털 이불을 제외하고는 아무것도 없는 방으로, 하나뿐인 벽감에는 돌뱀이 있었다.

아나마야가 장막을 넘어서자 누군가의 흐느낌이 그녀를 맞이했다.

"인구일!"

젊은 여자는 돗자리 발치에 몸을 잔뜩 웅크리고서, 아나마야가 들어가도 꼼짝도 하지 않았다. 아나마야는 그토록 슬픔에 빠진 그녀를 본 적이 없었다.

"인구일, 무슨 일인지 말해봐!"

인구일은 일그러진 작은 얼굴을 들었다.

"제가 그분 말씀에 복종한 게 무슨 소용인가요? 저를 강간하고 괴롭히려는 병사들을 피해 산을 넘은 것이 무슨 소용인가요? 코야 카마켄이 저를 거두어주신 게 무슨 소용이죠?"

"무슨 일인지 말해주지 않으면, 너 혼자 이 방에서 불행을 한탄하며 울게 내버려둘 거야!"

"그분은 저를 곁에 두지 않으실 거예요!"

"망코 군주님 말이야?"

"오래전에 제게 약속하셨지만 지키지 않으실 거예요. 그분은 가장 홀대하는 후궁보다도 더 저를 경멸해요……"

"왜 이렇게 이성을 잃은 거야?"

"우리가 쿠스코에 들어온 뒤로는 한 번도 제게 말을 건네지 않으셨어요……"

"망코 군주님은 바로 다음 날로 소토 대장의 기병들과 함께 떠나셨잖아. 너를 박해한 북부 군대들을 추격하려고!"

"저는 기대했어요, 아나마야. 정말 기대했어요……"

"내 말 들어봐……"

아나마야는 그녀에게 말하지 못했다. 망코가 인구일을 고통스럽게 하는 것과 똑같이 자신도 망코에게 고통을 주고 있다고…… 그러나 이 세상에는 묘한 감정들이 퍼져 있고, 사랑하고 사랑받는 것이 행복한 운명인지 불행한 운명인지는 결코 알 수 없는 일이라는 것은 말해줄 수 있었다. 아나마야가 퓨마와 가브리엘에 대해 말하자, 눈물로 반짝이던 인구일의 두 눈이 놀라움과 즐거움으로 반짝였다.

"이방인을요!"

그러나 인구일의 탄성에는 남자들의 반응처럼 두려움과 경멸이 담겨 있지 않았다. 그녀 앞에서는 아나마야도 한 여자로서 말할 수 있었다. 인구일은 그의 손이 부드러운지 그의 입술은 어떤 느낌인지 물었다. 아나마야는 입 안에서 감미로운 말들이 맴돌도록 내버려두었다. 자신의 애정과, 그를 안고 몸을 섞을 때 눈에 고이는 눈물을 감춰야 하는 것에 대한 말들.

"하지만 난 이제 그를 만나서는 안 돼."

아나마야가 갑자기 냉담하게 결론지었다.

"왜요?"

"망코 군주님의 명령이지. 그분은 내가 남편인 분신 형제와 제국의 생존에 전념하기를 바라셔……"

인구일은 말이 없었다. 잉카족 운명의 수수께끼 앞에서 여자로서의 본능이 멈춘 것이다.

이윽고 아나마야가 말했다.

"망코 군주님한테 네 얘기를 할게. 널 혼자 내버려두지 않으실 거야."

인구일은 그녀 품에서 몸을 웅크렸다.

"다른 사람들은 자기들이 이해하지 못하는 비밀을 당신이 보고 듣기 때문에 당신을 좋아하지만, 저는 당신이 착한 분이어서 좋아요."

아나마야에게는 그녀의 말이 거의 들리지 않았다. 가브리엘에 대해 말하는 것은 더없이 기분 좋은 일이었다. 마음속에 담아두지 않고 마침내 누군가와 비밀을 함께 나눌 수 있다는 것은. 하지만 말이 입 밖으로 나오자, 그녀는 다시 말하고 싶어지고, 아픔은 전보다 더 커졌다. 망코의 말에 복종하는 것은 날마다 더 버거워지는 시련이었다. 아무 의미도 없고 아무런 결과도 가져다주지 않는 시련이었다.

그녀는 말 한마디 없더라도 그가 미소를 머금고 두 눈으로 바라봐주며 그저 옆에 있어주기를 바랐다. 조용히 그녀를 원하고, 당당하고 멋지게 그녀를 향해 다가서는 태도로.

✲

새벽에 쿠시파타의 텅 빈 잿빛 광장에서 바르톨로메가 카타리를 처음으로 멈춰 세웠을 때, 전사 콜라의 아들은 두려워하는 태도를 보였다. 그는 검은 옷에 하얀 끈을 두른 이방인을 쳐다보았다. 이방인의 머리에는 머리카락 한 올 없고, 손가락 두 개는 붙어 있었다…… 그는 검은 눈으로 수도사의 잿빛 눈을 들여다보며, 수도사의 얼굴이 미소로 환해질 때까지 놓아주지 않았다. 악의도 사나움도 두려움도 없는 미소였다. 이상하게도 누군가와 닮은 듯한 미소였다.

카타리는 머리를 끄덕이고 그들 머리 위 사크사우아만의 튼튼한 성벽과 탑을 가리켰다. 그리고 밭과 계단식 대지의 요람에 잠긴 도시 위로 팔을 한 바퀴 돌리더니, 그들을 둘러싼 산비탈 위 태양빛이 비치는 곳까지 팔을 내려뜨렸다. 저기, 보이지 않는 머나먼 대양이 있는 동쪽에서 해가 뜨고 있었다.

두 사람은 함께 걷기 시작했다.

그 뒤로 그들은 거의 날마다 만나서 함께 도시나 산속의 가장 외딴 구석으로 산책을 나섰다. 쿠스코 너머로, 성스러운 바위와 샘과 신들이 있는 곳으로……

그들은 침묵에서 벗어나 몇 마디 말을 나누었다. 비록 완전히 이해하지는 못한다 해도, 한 사람의 언어가 다른 한 사람의 언어로 파고드는 느낌이었다. 종종 카타리는 수도사가 옷에서 밋밋한 옷감과 도기 장수의 것과 비슷한 붓을 꺼내어 뭔가 기호를 그리는 것을 보고 놀랐다. 하지만 아무것도 묻지 않았다. 공기를 들이마시고, 그대로 바람에 몸을 맡겼다. 그는 수도사에게 땅속 깊은 곳으로 내려가는 계단을 보여주었다. 그는 수도사가 하나님을 찾는 소리를 들었다.

소나기에 쫓겨 예상보다 더 일찍 돌아오게 된 날, 바르톨로메는 자신의 소박한 거처로 카타리를 데려갔다. 칸투파타에 있는 집이었다. 칸투파타는 탐스럽게 핀 꽃들이 이 세상 모든 황금보다도 더 마음을 감동시키는 동네였다.

카타리는 몇 가지 가구를 호기심 어린 눈으로 바라보았다. 식탁, 의자 네 개, 책이 몇 권 놓인 선반. 카타리는 십자가에 시선을 고정시키고 있었다. 바르톨로메는 아무런 설명도 설교도 하지 않았다. 수도사는 의자를 당겨 앉으라고 권했다. 카타리가 막연한 불안감에 싸여 그를 쳐다보자, 수도사는 한 손으로 부드럽게 카타리의 어깨를 눌러 앉혔다. 카타리는 땅 위에 떠 있는 느낌이었다. 눕지도 웅크리지도 서 있지도 않은, 인간이 알지 못하는 자세로……

수도사는 하얀 천조각을 꺼내어 다른 붓과 함께 앞에 놓았다. 그는 검은 액체가 담긴 조그만 그릇 같은 것에 붓을 적시더니 한두 방울 떨어낸 후 하얀 천에 기호를 그렸다. 카타리가 놀란 눈으로 그를 바라보았다. 바르톨로메는 천 위에 입김을 불고는 미소를 지으며 그에게 천을 내밀었다.

"이것 봐, 나처럼 해보게."

그는 카타리에게 붓을 내밀었다. 카타리는 작은 병에 서툴게 붓을 적셨다. 천에 기호를 그려보려고 애썼지만 잘 되지 않았다. 바르톨로메의 큰 웃음을 자아내는 얼룩만 생길 뿐이다. 카타리는 노여운 눈으로 바르톨로메를 쳐다보았지만, 수도사는 그의 손을 끌어다가 참을성 있게 다시 시작했다.

"좋아."

마침내 바르톨로메가 말했다.

카타리는 자기가 그린 것을 쳐다보았다. 바르톨로메의 그림을 서투르게 베낀 것이 아니라면, 아무것도 나타내지 않는 그림이었다. 그는 묻는 듯한 눈으로 수도사를 쳐다보았다.

"아미고.*"

수도사는 기호를 보여주며 말했다.

카타리가 바르톨로메의 얼굴과 천에 그려진 기호를 여러 차례 번갈아 쳐다보았다.

바르톨로메는 붙어 있는 손가락 끝으로 글자 하나하나를 짚어가며 참을성 있게 말했다.

"아. 미. 고. 아미고!"

---

* '친구' 라는 뜻의 스페인어.

그는 미소를 지으며 자기 어깨에 손을 올려놓았다가 다시 카타리의 어깨에 손을 올려놓았다.

"자네와 나, 친구!"

카타리의 얼굴이 대번에 환해졌다.

"아미고!"

그가 고개를 끄덕이며 되뇌었다.

23

1533년 12월 4일 밤, 쿠스코

난쟁이는 도시가 깜깜한 어둠에 휩싸이기를 기다렸다가 거리로 나섰다. 말발굽 소리가 들릴 때면 문으로 숨어들어가 벽에 바싹 몸을 웅크렸다. 그는 곧장 아우카이파타에 이르는 우아타나이 강을 따라가지 않고, 골목길로 우회하면서 종종 뒤돌아보고 귀를 기울였다.

그는 광장에 이르자, 스페인 병사들이 머무는 천막 마을을 마주한 채 한참 동안 어둠 속에서 꼼짝 않고 있었다. 왜 아나마야에게 그러겠다고 말했을까? 왜 다시 한번 목숨을 잃을 위험을 무릅쓰는 것인가? 그는 한숨을 쉬고는 몇 걸음 나아갔다. 아나마야는 아마루 칸차에서 가장 가까운 천막이라고 알려주었다. "그는 케추아어를 할 줄 알아요. 그리고 내가 우리 우정을 얘기했어요. 아저씨를 보면, 내가 보낸 사람이라는 걸 금방 알아차릴 거예요"라고 그녀는 분명히 말했다.

병사들은 난쟁이와 마주쳐도 눈여겨보지 않거나, 쳐다보며 서로 팔꿈치로 쿡쿡 찌르거나 웃음을 터뜨렸다. 난쟁이는 천막에 다가갈수록 다리 힘이 풀리는 것을 느꼈다. 입구의 장막을 넘어서려는 순간 아주 가까이에서 누군가의 목소리가 귓전을 울렸다. 그는 천막 안으로 굴러 들어갔다.

그곳에는 이상한 분위기가 감돌고 있었다. 검은색이나 다갈색 털로 덮인 벗은 몸을 반쯤 드러낸 사람들을 보는 것 또한 무시무시했다. 그들 키보다 더 기다란 무기와 그 무기들을 견고하게 해주는 금속 뼈대도 보였다. 난쟁이는 한마디 말도 할 수 없어서, 말을 해도 알아듣지 못하겠지만, 그들로부터 최대한 멀리 떨어져서 눈을 이리저리 굴리며 한 사람씩 쳐다보았다. 자기가 찾는 사람이 기적처럼 눈에 띄기를 바라면서.

그러나 이방인들이 고함을 지르고 요란한 몸짓을 하며 다가오자, 난쟁이는 팔을 휘저으며 물러났다. 그는 천막에서 나가려다가 장막에 몸이 반쯤 감겨 넘어졌다. 더욱 세찬 웃음이 터져 나왔다. 그는 다소 우스꽝스러운 몸짓을 했다. 이번에는 아무리 위대한 우아이나 카팍이라도 자기를 보호해주지 못하리라고 생각하며.

"여기서 뭐 하는 거지?"

천막 안으로 들어서던 이방인이 본의 아니게 난쟁이를 발길로 찼다. 머리카락도 눈빛도 똑같이 밝은 색인 그는 다른 사람들처럼 야생동물 같은 구석이 별로 없었다. 특별히 친절한 태도는 아니었지만, 그는 난쟁이를 일으켜주었다.

"혹시…… 가브리엘?"

이방인은 당황한 낯으로 난쟁이를 쳐다보았다. 그의 두 눈이 빛났다. 그는 낄낄거리는 사람들에게 몇 마디를 하더니, 더는 말하지 않고 천막들 한가운데로 카사나까지 난쟁이를 따라갔다. 콜캄파타로 가는 골목길에 들어섰을 때, 그가 난쟁이의 옷깃을 움켜쥐고는 귀에 대고 소리쳤다.

"도대체 나를 어디로 데려가는 거지?"

"말할 수 없어요…… 그냥 따라오시기만 하면 돼요."

가브리엘은 언짢은 기분에 난쟁이를 앞으로 떼밀긴 했지만 그를 뒤따라갔다. 그들을 뒤따르는 그림자는 눈치채지 못한 채.

*

난쟁이가 내벽에 손을 갖다 대자, 가브리엘은 자신이 혼자이며 너무 신중하지 못했음을 한순간 깨달았다. 만약 함정에 빠진 것이라면, 깊이 생각해보지도 않고 기분 좋게 빠져든 셈이었다.

왜 그런 결심을 한 것인가? 아나마야가 카하마르카에서 해준 키 작은 남자와의 우정 이야기 때문일까? 그리고 그 남자가 "가브리엘?" 하고 부르던 우스꽝스러운 발음 때문일까?

통로는 완전한 어둠에 잠겨 있었다. 그는 헛되이 외쳐보고, 그에게서 멀어지는 벽을 짚으려고 뒤로 돌아섰다. 현기증이 일고, 아주 오래된 두려움이 몸속 깊은 곳에서부터 솟구쳐 올라왔다. 격렬한 심장 박동 소리가 관자놀이까지 울렸다.

그는 바닥이 고른지 알 수 없어 조심조심 발을 내딛었다. 바닥에는 대광장 바닥과 똑같이 모래가 깔려 있었다. 그의 손이 내벽의 단단한 돌에 쓸렸다. 그는 더 빨리는 아니지만 이제 그럭저럭 당황하지 않고 앞으로 나아갔다.

그런데 갑자기 그의 손에 허공 말고는 아무것도 잡히지 않았다. 그의 머리 위 멀리 있는, 아무것도 비춰주지 못하는 잿빛이 그에게 이르는 것 같았다. 그는 꼼짝도 하지 않는데, 온몸이 빙빙 돌며 구멍 밑바닥으로 추락하는 느낌이었다. 누군가 두 손을 그의 어깨에 올려놓았다. 그는 거칠게 물러서다가 하마터면 넘어질 뻔했다.

"여기 있군요."

사랑하는 여인의 부드러운 목소리였다.

그는 자칫 두려움에 굴복할 뻔했던 만큼 더 격렬하게, 스스로도 믿어지지 않을 만큼 격렬하게 그녀를 붙잡았다. 두 손으로 그녀의 몸을 움켜쥐었다. 상처 입은 짐승이 으르렁거리는 듯한 소리가 그의 가슴에서 새어 나왔다. 이상하게도 그녀를 사랑하고 싶으면서도 아프게 하고 싶고, 키스를 퍼붓고 싶으면서도 신음하고 비명이라도 지르도록 고통을 주고 싶었다.

그가 격정을 누르고 있을 때, 그녀가 그를 바닥으로, 부드러운 털 이불이 깔린 돗자리로 이끌었다. 그 부드러움은 그에게 더 많은 욕망과 분노를 불러일으켰다. 그는 지금까지와는 달리 몹시 거칠고도 대담하게, 끝없이 그녀를 탐했다.

그는 그녀 어깨에서 튜닉을 흘러내리게 했다. 그녀도 더이상 욕망을 억누르지도 수줍어하지도 않으며 스스로를 내맡기는 듯했다. 마치 그들이 떨어져 지낸 날들로 인해 모든 장벽이 무너져버린 것처럼. 애무를 할 때마다 그녀의 살갗은 뜨겁게 꿈틀거리며 전율했다.

흥분된 욕망이 그의 몸 구석구석에 도사려 있어, 몸의 어떤 부분도 그녀를 피하지 않았다. 그녀가 목에 키스하면, 가슴과 가슴이 스치면, 그의 무릎이 그녀의 허벅지 사이로 들어가면, 그는 자기 안의 팽팽한 긴장감을 표현하기 위해 비명을 지를 수밖에 없었다. 그것은 분노인 듯도 했다. 그녀가 그를 멀리하려는 듯 여러 날 아무런 소식도 없이 그를 내버려둔 것에 대한 분노.

서로의 배가 맞닿아 격렬하게 열정적으로 굽이쳤다. 그는 그녀의 친구인 뱀처럼 그를 감미롭게 에워싸고 이끌어가는 그 힘에 그대로 몸을 맡겼다. 그녀의 몸속으로 들어갈 때, 그는 그녀가 긴 침묵에 놀라 숨죽이고 있음을 느꼈다. 하지만 아주 천천히, 그녀의 몸은 은밀하고도 저항할 수 없는 물결 운동을 다시 시작했다.

짙은 어둠 때문에 그는 그녀의 얼굴을 분간할 수 없었다. 그런 까닭에 흥분은 더욱 고조되었다. 어떤 남자가 야밤의 금지된 사랑으로 이끄는, 어쩌면 다소 불길한 힘을 지닌 낯선 여자를 동경하지 않겠는가? 물론 그녀라는 것은 잘 알고 있지만, 그녀를 낯선 여자로 만드는 상황에 그는 격정에 휩싸였다. 통제할 수 없을까봐 두려울 만큼 대단한 격정이었다.

"내 목에 손을 감아요."

그녀가 말했다.

그는 깜짝 놀라서 그녀를 밀쳐낼 뻔했다. 하지만 그녀는 그의 몸속 깊이 들어가 있어, 어렵지 않게 그의 충동을 억누를 수 있었다. 이번에는 그가 잠시 꼼짝도 하지 않았다. 그러더니 갑자기 그녀 말에 온순하게 복종했다. 그는 늘씬한 허벅지에서 두 손을 떼어 그녀의 목을 어루만지고 목걸이처럼 손가락으로 깍지를 꼈다. 연약한 새처럼 그녀의 살이 꿈틀거리는 것이 느껴졌고, 몸의 움직임이 격렬하게 빨라졌다. 그는 그녀의 몸 위에서 파도처럼 일렁이면서 숨 막힐 정도로 그녀를 조였다가 풀어주었다. 그와 함께 그의 모든 분노도 그녀의 몸 안으로 사라지고, 그의 눈에서는 눈물이 솟기 시작했다.

아나마야는 이불로 그와 함께 몸을 휘감고, 그의 목에 머리를 묻었다. 그는 눈물을 멈출 수가 없었다. 그녀는 고양이처럼 그의 얼굴을 핥았다. 대답 없는 수많은 질문과 함께 그의 마음속에 평온이 다시 찾아들었다.

"당신을 아프게 하고 싶지 않았어요."

그가 말했다. 그리고 잠시 사이를 두었다가 다시 말했다.

"당신을 아프게 하고 싶었어요."

"난 당신에게 두 가지 모두를 바랐는걸요. 나를 아프게 하지 않으면서도 아프게 하는 것을요."

"그래서요?"

"당신은 둘 다 잘해요."

두 사람은 꾸밈없이 웃었다.

"정말 이상한 세상이에요. 우아카 한가운데에서 갈라진 틈처럼 문이 열리고, 땅속으로 빠져들고, 가장 어두워질 때 빛이 솟아나 눈부시게 하지요. 거기서 나올 때는 또다시 살아 있어요. 하지만 변화하고 달라지게 되지요. 언젠가 당신을 그곳으로 데려갈게요."

"이미 데려온 게 아닌가?"

"당신은 아직 아무것도 몰라요."

그가 휘파람 소리를 내자 그녀는 웃었다.

"여기가 어디지요?"

"당신도 신비를 용납하지 않고 모든 것을 알고 싶어하고 소유하고 싶어하는 다른 이방인들과 같은가요?"

"이방인들을 아주 잘 아는 것 같군요."

"바로 당신이 가르쳐줬지요. 여기는 이제 쿠스코에서 우리가 만날 수 있는 유일한 장소예요. 당신 종족이나 내 종족이 우리를 해칠 염려 없이 말이에요."

"망코 말이오?"

"망코는 당신을 해치지 않을 거예요. 하지만 그의 곁에는 내가 있어야 하고, 난 내 아버지의 말씀을 저버릴 수가 없어요."

"당신 아버지? 내가 알기론……"

"내 아버지 우아이나 카팍이요……"

"아나마야, 도무지 이해가 안 돼요. 당신은 그 왕과 결혼한 걸로 생각했는데……"

"분신 형제와 결혼한 거지요."

"분신 형제는 어디 있어요?"

그녀가 싸늘하게 몸이 굳어 그의 품에서 빠져나가려 했다.

"왜 그래요?"

"분신 형제가 어디 있는지 왜 묻는 거죠?"

"내 종족의 탐욕으로부터 당신을 보호하려고. 신의 저주를 받아 마땅한 젊은 피사로 형제들이 그 황금상에 대한 소문을 들었어요. 이제 그들에게는 그것이 쿠스코에서 탐낼 만한 가장 중요하고 값어치 있는 것인 모양이에요. 아마 한 번도 본 적이 없는 것이기 때문인지도 모르죠…… 게다가 기막히게도, 총독이 내게 황금상을 찾아오라는 임무를 맡겼어요."

"황금상을 찾으면 어떻게 할 거죠?"

"물론 다른 사람들처럼 하겠지요. 아름다운 금덩어리로 녹여 부자가 되겠지요! 당신을 유혹한 것도 바로 내 탐욕 아니오?"

"어떻게 할 건지 솔직하게 말해봐요."

"그들의 탐욕을 피해서 숨기도록 당신을 도울 거요. 내가 그것을 찾는다면, 분명 그들도 찾게 될 테니까."

아나마야가 그의 품에서 빠져나갔다. 그녀를 잡으려고 뻗은 그의 두 팔은 허공만 휘저었다. 그의 목소리가 헛되이 울렸다. 그는 벌거벗고 있었다. 추웠다.

그러더니 횃불이 방을 어슴푸레하게 비추었다. 방은 세례를 받는 작은 성당처럼 동그스름했다. 처음에는 그의 눈에 춤추듯 흔들리는 그림자밖에 보이지 않았다. 역시 벌거벗고 있는 그녀의 유연한 몸에 그는 여전히 끌렸다. 방 한가운데 받침돌 위에 조각상이 놓여 있고, 횃불 빛을 받아 조각상의 황금이 다갈색 섬광을 발했다. 조각상은 가브리엘이 보았던 미라들과 같은 자세로 왕좌에 앉아 있었다. 코끝이 약간 잘린 듯한 코를 제외하면 완벽한 모습이었다.

가브리엘은 몸을 떨었다. 추위 탓이 아니었다. 이제 막 사랑의 유희를 끝냈는데, 그토록 오랫동안 허락되지 않았던 감미로움을 이제 막 즐겼는데, 다시 몸이 떨리고 있었다……

"우리처럼 당신들도 명령에 복종하지 않는 것은 큰 잘못 아닌가요?"

"잘못이죠. 하지만 복종이 단지 몇몇 사람의 탐욕에 대한 핑곗거리에 불과하다면, 그들이 배신이라 부르더라도 복종하지 않는 게 더 바람직하죠."

"단순한 감정을 아주 고상하게 말하네요……"

"나를 고상하게 하는 것은 바로 그 감정 자체지요."

"당신에게 엄청난 위험이 닥치게 될 거예요, 가브리엘."

"오늘밤에 그 조각상을 숨겨요."

"우린 더이상 함께 있어서는 안 돼요. 당신은 날 믿어야 해요. 어떤 시련이 있더라도, 어쩌면 정반대의 징조가 보이더라도, 날 보지 않고도 믿어야 해요. 때로 명백한 사실에 어긋나더라도……"

"무슨 뜻이에요?"

아나마야의 목소리는 이미 멀어지고 있는데, 그는 마지막으로 그녀를 만지고 싶었다. 그녀 팔에 자신의 흔적을 남기고 싶고, 그녀의 입술로 찰나의 애무나마 받고 싶었다.

"내가 당신을 믿었듯이 날 믿어요. 필요할 때는 내가 함께 있을 거예요, 가브리엘. 눈을 감아요."

그는 자신의 몸을 관통하는 본능에 귀 기울이지 않으려고 온몸을 긴장시키며 그녀의 말에 따랐다. 그녀를 데려갈 것. 총독과 망코, 총독의 동생들에게 맞설 것…… 그녀의 목소리가 부드러운 메아리가 되어 그를 뒤쫓았다. '내가 당신을 믿었듯이 날 믿어요.'

그가 눈을 떴을 때, 난쟁이의 개구리눈이 보였다. 난쟁이와 함께 통로로 접어드는 동안, 그는 황금 분신을 돌아보지도 않았다. 그는 자신이 텅 비고 약해지는 것을 느꼈다.

어둠이 내린 곳으로 나오자, 그는 콜캄파타의 계단식 대지 위로 갔다. 그는 별을 찾고, 은하수의 검은 그림자들을 보았다. 아타우알파가 죽고 난 어느 날 밤, 그녀가 은하수의 빛 속에 숨은 동물들을 보여준 적이 있었다. 개, 라마, 콘도르……

한순간, 별빛 찬란한 하늘 한가운데에서 매우 또렷하게 보였다. 네 발을 세우고 입을 벌린 채 그를 바라보는 살쾡이가.

퓨마.

그는 두려움 없이 광장을 향해 걸어갔다.

24

1533년 12월 20일, 쿠스코 신전

그림자를 흩뜨리는 축축한 안개 때문에 이따금 아나마야는 앞서 가는 두 그림자가 잘 구별되지 않았다. 너무도 다른 빌라 오마와 카타리의 그림자. 안개로 인해 현자의 야윈 몸은 엄청나게 길어진 반면, 그렇잖아도 작은 카타리의 몸은 더 작아진 듯했다.

한마디 말도 오가지 않았다.

쿠스코에서 그리 멀지 않은 곳에 있었지만, 날씨가 험악해서 가장 험준한 산맥 한복판에서 길을 잃을 수도 있었다. 현자는 길가 군데군데에 작은 난간이 있는 좁은 길을 따라 그들을 신전으로 안내했다. 마스카파이차를 받아들이기 전 의례적인 단식을 하기 위해 망코가 사흘 전부터 은둔해 있는 곳이었다.

뒤를 돌아보니 집과 도시와 골짜기 전체가 안개에 묻혀버린 듯 보였다. 그런데 빛이 하늘을 꿰뚫고, 그들을 마중하기 위해 바위와 동물과 전사 들의 그림자를 보냈다. 때때로 몰아치는 돌풍 때문에 그 그림자에서 불분명한 외침 소리가 터져 나왔다.

비라코차는 무엇을 원하는 것인가?

마침내 넓은 광장이 있는 포케칸차 신전이 그들 앞에 모습을 드러냈다. 신전 건물들은 코리칸차와 마찬가지로 완벽한 균형을 갖추고 있었다. 그것은 띠를 이루는 계단식 옥수수 밭으로 둘러싸여 있는데, 띠의 폭이 벽 높이와 정확히 일치했다.

빌라 오마가 입구를 지키는 보초들에게 신분을 밝히는 동안, 아나마야는 뒤돌아서서 그곳의 조화로움에 동화되었다. 거의 사라져가는 위풍당당한 그들 세상의 모습이 다른 세상과 이토록 닮았던 적은 없었다.

신전 안뜰에도 안개가 짙게 끼어 있었다. 안개는 바닥에서 올라와 벌새의 깃털처럼 가벼운 은조각으로 퍼져 나가면서 규칙적으로 찰랑이는 분수 소리를 억누르는 듯했다. 분수에서는 그물처럼 복잡하게 얽힌 물줄기가 솟구쳤다.

망코는 방 입구에 홀로 있었다.

내일이면 잉카의 옷을 입을 터였다. 아클라우아시에서 수많은 처녀들이 황금과 반짝이는 색색가지 실로 짠 의식용 운쿠, 무수한 차퀴라로 만든 목걸이, 라우투와 쿠리긴그, 묵직한 황금 마개, 가슴 장식과 함께…… 그러나 지금은 단순한 흰색 운쿠에 밀짚 샌들을 신고 있었다. 그는 티아나에 앉아서 오팔빛 하늘을 바라보고 있었다.

아나마야와 카타리와 빌라 오마는 머리를 조금 숙이고서 조용히 그 앞에 가서 섰다. 하늘을 쳐다보던 그의 눈이 그들을 향했다. 그는 살짝 미소 지었지만, 초췌한 표정은 지워지지 않았다.

"태양신의 아드님이 안개 속을 헤매고 계신 것 같군요."

카타리가 말했다.

아나마야는 놀라고, 빌라 오마는 숨이 막힐 뻔했다. 잠시 침묵이 흐르더니, 망코가 웃음을 터뜨렸다. 그는 웃느라고 온몸을 들썩이고 기침을 해댔다. 카타리의 얼굴이 환해지고, 아나마야도 그럭저럭 넘기는데, 초록색 입의 현자는 여전히 굳어 있는 불만스러운 태도를 보였다.

"안개 속을 헤매는 태양신의 아들이라…… 내가 그런 방자함을 용서할 수 있는 건 카타리, 너뿐이다. 안 그렇소, 빌라 오마?"

신관은 대답하지 않았지만 탐탁지 않게 여기고 있음이 분명했다. 아나마야는 그가 어느 때보다 더 말이 없고 침울하다는 생각이 들었다. 마치 그의 몸속에서 깊은 분노가 요동치는 듯했다.

"이리들 오시오."

망코가 말했다.

그는 안뜰 둘레에 있는 어느 방으로 그들을 데려갔다. 다른 많은 신전들과 달리, 그 방은 아직 약탈당하지 않은 터였다. 이추 지붕을 떠받치고 있는 가느다란 뼈대 바로 밑, 벽 맨 위쪽에 황금 장식띠가 길게 이어져 있을 뿐만 아니라, 송곳으로 동물 그림을 새겨 넣은 두꺼운 황금판도 있었다. 벽감에도 우상이 여전히 들어 있었다. 신의 조각상들은 터키옥과 에메랄드 같은 보석이 박힌 눈으로 방의 온 사방에서 그들을 뚫어져라 쳐다보았다.

그리고 그림이 있었다.

아나마야는 그 그림을 보고 숨이 멎는 듯했다. 그림들은 방의 벽 위에 배열된 널빤지에 그려져 있었다. 그녀는 그 그림들을 한 번도 본 적이 없지만, 잉카족 역사의 가장 유명한 일화라는 것을 한눈에 알아보았다. 망코 카팍의 쿠스코 건국, 파차쿠텍의 코리칸차 건설, 창카족과의 전투…… 그림들에 매료된 그녀는 단 하나의 장면에만 눈을 고정시킬 수가 없었다. 모든 것이 너무 생생하고 강렬하여, 그림 속 인물들이 마치 이 세상 사람들처럼 보였다. 화가가 그들 사이 어딘가에 숨어 있지 않을까 하는 생각이 들 정도로.

빌라 오마조차 그곳의 엄숙함에 감명을 받은 듯했다. 잉카 세계의 모든 전설이 이곳에 단순하고도 견고한 그림으로 그려져 있었고, 그 그림은 인간의 말보다 더 강하고 바람이나 격렬한 무기 소리보다 더 오래 지속되었다.

한순간, 그녀는 쿵 하고 가슴이 내려앉았다. 한 그림에서, 오래된 나무처럼 금이 가서 알아보기 힘든 위대한 우아이나 카팍의 얼굴을 발견한 것이다. 그것은 번개가 내리치듯 선명하게 눈에 들어왔다. 그는 돗자리 위에 길게 누워서, 추위를 막아주는 양모와 깃털 이불로 몸을 가리고 있었다. 그 옆에서는 어둠에 얼굴이 반쯤 가려진 어린 소녀가 겁먹은 푸른 눈으로 조심스럽게 바라보고 있고, 늙은 왕의 손은 소녀의 몸에 올려져 있었다.

망코는 두 눈 가득 눈물이 고이는 아나마야를 바라보았다. 우아이나 카팍이 죽은 뒤로 소녀가 제국 안에서 맡고 있는 역할을 그녀 자신이 모를 리 없었다. 그러나 이제 그녀가 전설 속 인물이 되었음을 그 그림보다 더 잘 보여주는 것은 없었다.

"내일은 잉카족에게 중요한 날이 될 것이오……"

망코가 천천히 말했다.

아나마야의 시선이 그림을 떠나 망코의 위엄 서린 얼굴, 날카로운 옆모습, 한없는 생명력으로 떨리는 짙은 두 눈에서 멎었다.

"하지만 내일은 위험 많은 하루가 될 것이오. 단식 덕분에 쓸데없는 걱정이 많이 줄어들긴 했지만 그렇다고 혼란스러움이 모두 사라진 것은 아니오. 명확히 보려면 난 여러분이 필요하오."

망코가 엄숙하게 다시 말했다.

그의 시선이 빌라 오마를 향했을 때 빌라 오마는 눈도 깜박이지 않았다. 다음으로 카타리를 향하자 카타리는 살며시 환한 미소를 지었다.

마침내 망코의 눈길이 아나마아에게서 멈추었고, 더이상 움직이지 않았다.

✲

크리스마스를 며칠 앞두고, 드디어 돈 프란시스코 피사로는 부하들에게 광장의 천막을 거두어 병영으로 들어가라는 명령을 내렸다. 대다수 부하들은 광장 반대편에 있었지만, 가브리엘은 카사나 궁전에서 총독과 함께 머물렀다. 그는 방에 혼자 남아 자신에게 주어진 유일한 사치를 즐겼다. 그는 밖을 내다볼 수 있는 자그마한 사다리꼴 창을 기름종이로 가려놓지 않았다. 우아타나이 강의 흐름과 조화를 이루는 얼룩덜룩한 사람들의 물결과 거리 광경을 언제든지 엿보기 위해서였다.

"가브리엘?"

희미한 빛 속에서 그는 바르톨로메의 형체를 알아보고, 자신을 옥죄는 이유 없는 불안감을 가까스로 억눌렀다.

"네?"

수도사가 다가와 말없이 미소 지으며 그를 살짝 스쳤다. 수도사는 창문 앞에 자리를 잡고 앉아 자신도 거리의 움직임을 바라보았다.

"그들은 원하고 있네."

수도사가 가볍게 말했다.

"그들이 뭘 원하는데요?"

"사람이라면 으레 원하는 것. 평화, 음식, 여자 엉덩이…… 그리고 우리 부하들에게는 황금, 은, 온갖 종류의 물건들이지."

"그건 사실입니다. 총독님이 대관식이 끝나면 곧바로 분배를 시작할 거라고 약속하셨어요."

"자넨 하나도 기쁘지 않은 것 같군."

"나는 황금에 관심 없다는 거 잘 아시잖아요. 그리고 은에도, 그 어떤 물건에도……"

바르톨로메는 호기심 어린 눈으로 그를 쳐다보았다.

"그럼 자네는 오직 한 가지 이유로 여기 있을 수 있는 건가?"

"무슨 이유요?"

"나와 같은 이유 말일세. 신의 영광."

바르톨로메의 눈빛이 흔들렸지만, 그는 가브리엘과 함께 웃었다.

"정말이지, 우리가 처음 만난 상황에 비추어 보건대, 나의 종교적인 열성을 그렇게나 신임하시다니 정말 자비로우시군요."

"내가 틀렸나?"

가브리엘은 빈정거리고 싶은 것을 참으며 입을 비죽거렸다.

"이번에는 인정하시죠. 미사 준비를 도와달라고 부탁하러 오신 겁니까?"

"아닐세. 그 점이라면 자네도 잘 알다시피, 직무에 관한 한 발베르데 신부님은 그 누구에게도 당신의 직무를 맡기지 않는 사람이지. 그는 총독이 할당해준 궁전을 이미 무염시태의 성모 마리아께 바쳤다네. 그를 보기만 하고도 소리 지르며 달아난 사탄인지 뭔지를 궁전에서 쫓아낸 후에 말이야."

"크리스마스를 위해 교회가 세워질 건가요?"

"아마 아닐걸. 하지만 그건 단지 우리가 더는 기적을 믿지 않기 때문이지……"

"내가 기적을 행할 수 있으리라고 생각하는 건 아니겠죠?"

"이젠 날 그만 경계하게나, 가브리엘. 부디 날 믿어달라고. 자넨 난처한 상황에 처해 있고, 난 자넬 도와줄 수 있어. 이리 오게."

두 사람은 갑주를 입은 병사들이 밤낮으로 순찰하는 널따란 안뜰을 가로질러 갔다. 궁전과 신전에서 강탈한 보물들이 재무관의 감시 아래 녹기를 기다리고 있었다. 그 보물에서 스페인 왕에게 바칠 조세를 빼놓고 드디어 분배가 이루어지게 될 곳도 바로 이곳, 총독의 궁전 한복판에서였다.

그들은 천막 도시가 사라진 뒤 원래 모습을 되찾은 광장으로 나갔다. 바르톨로메는 가브리엘을 중앙 분수 쪽으로 데려갔다. 새벽에는 짙은 안개가 끼어 있더니, 열린 하늘에서 뜨거운 태양이 비추었다.

"그들이 자네를 봤어."

바르톨로메가 말했다.

"내가 알아들을 수 있는 카스티야어로 말씀해주시겠어요?"

바르톨로메는 진정하라는 뜻으로 달라붙은 두 손가락을 들어 올렸다.

"며칠 전 야밤에 자네가 그자들 중 한 사람의 안내를 받아 어떤 신전으로 가지 않았나. 자네는, 이런 표현을 써서 미안하네만, '벽 속으로 사라졌다가' 몇 시간 뒤에 다시 나타났지."

"그래서요?"

가브리엘은 도전적으로 물었다.

바르톨로메는 잠시 사이를 두었다.

"자네 내키는 대로 대답해도 괜찮네. 하지만 총독에게도 똑같은 식으로 대답할 수 있을까."

가브리엘은 창백해졌다.

"난 그날 밤 자네가 누구를 만났는지 정확히 알 것 같은데. 날 믿게, 자네가 무슨 생각을 하든 비난하진 않을 테니."

가브리엘은 함정이 있는지 알아보려고 수도사의 매끈한 이마와 회색 눈을 유심히 살폈다. 거기에는 진지한 걱정이 깃든 주름살밖에 보이지 않았다.

"문제는 피사로 형제들 생각은 다르다는 거야. 그리고 자기들이 옳다고 총독을 설득하는 중이라는 것도 문제지."

"그 개자식들 둘이서 무슨 생각을 하는데요?"

"그들 생각에 따르면, 총독이 자네에게 찾아보라고 명한 그 유명한 황금상을 자네가 찾았는데, 그걸 자네 혼자서 차지하려고 눈에 안 띄는 장소에 갖다 놨다는 거야."

가브리엘은 발밑의 땅이 꺼지는 듯했다. 바르톨로메는 회색 눈으로 가브리엘의 눈을 들여다보았다.

"빌어먹을, 이제는 내 카스티야어를 알아들을 만한가?"

*

신랄하고 까다로운 논의가 길게 이어졌다. 카타리가 보는 앞에서 망코와 빌라 오마가 가장 빈번하게 이견을 보였다. 우아이나 카팍의 죽음을 재현한 그림에 시선을 붙박고 있는 아나마야는 추억 속으로 빠져드는 듯한 느낌이 들었다.

"이제 전쟁을 해야 합니다. 아타우알파의 실수를 되풀이해서는 안 됩니다. 우리에게 아직 힘이 남아 있는 한, 그들을 쳐부숴야 합니다. 모든 마을에서 군대를 다시 소집해야 합니다. 파울루 형제를 다시 부르고, 퀴즈퀴즈나 구아이파르와 합의할 수도 있겠지요……"

빌라 오마의 말에, 망코는 얼굴을 붉혔다.

"그놈들, 필요하다면 난 다른 세상까지라도 뒤쫓아 갈 것이오…… 난 그들을 뒤쫓아 가서 패주시켰소……"

"이방인들의 도움으로 말이지요! 그들의 거짓 웃음과 입에 발린 말을 믿으십니까? 그들이 군주님을 회유하기 위해 하는 말을 믿으십니까? 군주님이 그들 왕 밑에서 통치하고 군주님의 신들이 그들 신 아래 존속하게 되리라는 말을 정녕 믿으십니까? 군주님은 노예처럼 그들을 섬기시게 될 겝니다……"

"빌라 오마!"

"말씀이 지나치세요, 현자님."

아나마야가 끼어들었다.

"망코 군주님을 겁쟁이라고 비난하는 게 아니오. 나는 단지 우리가 이방인들을 알고 있다고 말하는 거요. 그들은 오직 우리를 착취하고, 금 다음에는 은을, 터키옥 다음에는 에메랄드를 가져가고, 우리 신전을 파괴하려 할 뿐이라는 것을 알고 있다고…… 더이상 우리에게 뭐가 필요하오? 항전을 준비하기 위해 얼마나 기다려야 하는 거요?"

빌라 오마가 화를 냈다.

"우린 아직 준비가 안 됐어요, 현자님. 그뿐이에요."

아나마야가 망코에게 말하지 말라고 손짓했다.

현자는 수년 전 자기가 잉카 세계의 의식을 가르쳐주었던 젊은 여자를 바라보았다. 골이 깊게 팬 그의 잿빛 얼굴에 우울한 미소가 번졌다.

"많이 변했군, 아나마야."

"저는 듣고 깨달았어요. 저는 이방인들을 잘 알고 그들의 의도도 알아요. 하지만 우리 아버지 우아이나 카팍의 계시는 망코 군주님이 통치해야 한다는 거예요. 망코 군주님은 돌 사이로 미끄러져 들어가고 잎사귀 사이로 사라지는 뱀처럼 통치를 시작할 거예요. 하늘의 주인인 콘도르와 같은 통치가 아니고요."

망코는 카타리를 돌아보았다.

"넌 어떻게 생각하느냐?"

젊은이는 긴 머리채를 흔들었다.

"아나마야의 말이 맞습니다."

"그럼 빌라 오마, 당신은?"

현자는 대답하지 않았다. 하지만 패배를 인정하며 보일 듯 말 듯 고개를 끄덕였다. 당장은.

"분신 형제는 안전한 장소에 있소?"

망코는 비난하듯 물었다.

"분신 형제는 콜캄파타와 쿠스코를 떠나 비밀스러운 새 거주지로 향하고 있어요."

아나마야가 짧게 말했다.

"그 거주지도 이방인이 알게 되는 것이오?"

아나마야는 망코가 어떻게 아는지 의아스럽지는 않았지만, 부끄러움으로 얼굴이 창백해졌다.

"아닙니다."

카타리와 빌라 오마는 침묵을 지키고 있었다. 현자는 엄격함과 경멸이 담긴 눈빛이었다. 아나마야는 반발심이 솟는 것을 느꼈다. 그녀보다 앞서 카타리가 끼어들었다.

"잘못 생각하신 겁니다, 망코 군주님."

젊은 잉카는 잠시 주저했다. 카타리에 대한 그의 신임은 대단했지만, 그의 마음속에서 모호한 감정이 소용돌이쳤다.

"코야 카마켄은 늘 제국에 봉사했습니다."

이번에는 빌라 오마가 말했다. 현자는 늘 그렇듯이 무뚝뚝하게 말했지만, 아나마야는 그 말에 힘이 있음을 느꼈다. 망코가 슬그머니 그녀의 어깨를 만졌다.

"난 당신이 필요하오, 아나마야. 사방위 제국엔 당신이 필요하오."

갑자기 힘을 잃은 그의 목소리에 아나마야는 마음이 흔들렸다. 그녀는 자기가 길을 열어줘야 했던, 뱀 앞에서 잔뜩 굳어 있던 청년의 모습을 다시 보았다.

"카파 코차를 위한 만반의 준비가 되어 있습니다."

아나마야는 피가 얼어붙는 듯했다. 그녀는 방금 초록색 입술 사이로 그 말을 내뱉은 현자를 올려다보았다.

"있을 수 없는 일이에요!"

그녀는 태연한 망코를 돌아보며 소리쳤다.

"있을 수 없는 일이라고? 태양신의 아들의 영광을 위해 명예롭게 희생되려고 가장 고귀한 집안의 아이들이 이미 제국의 온 사방에서 도착하고 있는데……"

현자가 비웃었다.

아나마야가 냉정하게 말했다.

"이방인들이 결코 용납하지 않을 거예요."

"이방인들이라고!"

이번에는 빌라 오마가 망코를 증인으로 삼았다. 그러나 젊은 잉카는 아무런 기색도 드러내지 않았다.

"이방인들이 누구이기에, 제국이 건국된 이래 잉카족을 지배해온 전통을 바꾼단 말이오? 그들이 무엇이기에, 우리에게 그들의 법과 신을 강요한단 말이오?"

빌라 오마가 호통을 쳤다.

아나마야는 현자를 뚫어지게 응시했다. 이상하게도 그녀는 화가 나는 대신 극도로 침착해졌다.

"현자께서 잘못 생각하시는 겁니다."

아나마야와 신관 사이에 언쟁이 벌어지는 내내, 카타리는 망코처럼 움직이지도 않고 입을 벌리지도 않았다. 하지만 이 마지막 말로 간단히 그녀의 편을 들어주었다.

빌라 오마는 경멸을 내뱉었다.

"그럼 망코 군주님은요?"

아나마야는 최대한 부드러운 목소리로 말했지만 떨리는 것을 참을 수 없었다. 그녀의 눈앞으로 번개처럼 한 영상이 스쳐 지나갔다. 여러 해 전에 비밀스러운 도시가 내려다보이는 산꼭대기에서 콘도르가 구해준 어린 소녀의 영상이.

망코는 눈길을 돌리며 말했다.

"이방인들은 분명 아무것도 이해 못 할 것이오. 하지만……"

"하지만?"

"……하지만 나의 통치는 카파 코차 없이는 시작될 수 없소."

아나마야는 대답하지 않았다. 그녀는 그를 뚫어지게 쳐다보려 하는데, 그는 고집스럽게 눈길을 돌렸다. 그녀는 입으로 올라오는 경멸과 혐오의 말을 억눌렀다.

카파 코차라는 말이 산속의 좁은 시발지로 되돌아가는 끔찍한 메아리처럼 그녀의 머릿속을 울렸다. 마침내 푸르게 갠 하늘 아래 그들이 신전을 떠나는 동안, 메아리는 그녀의 마음속에서 끊임없이 울려 퍼졌다.

✲

카사나 궁전의 커다란 방이 사람들로 북적거렸다. 유색 튜닉을 입고 귓불에는 황금 원반을 끼운 지역 추장들이 병사들에게서 멀지 않은 곳에서 어슬렁거렸다. 어떤 자들은 특혜를 얻거나 배반을 부추기려고 안달을 했고, 또 어떤 자들은 현자나 망코를 위한 정보를 구하려고 했다. 어떤 자들은 두 가지를 한꺼번에 원하기도 했다. 가브리엘은 군중들을 가로질러 가면서, 야심과 옹졸함이 극에 치달았던 톨레도의 궁정을 번개처럼 떠올렸다. 인간의 본성이란……

"여보게?"

승리를 목전에 두고서야 피사로 총독은 비로소 긴장을 푸는 듯했다. 잉카의 대관식이지만 피사로의 승리이므로. 그는 갑주나 쇠사슬 갑옷을 벗어던지고, 늘 입는 검은색 옷차림에 진홍색 조끼를 입고 있었다. 믿을 수 없을 만큼 대담하게도! 하얀 장식깃에서조차 봄이 약동하고, 모자에 달린 깃털은 살아 있는 새의 깃털처럼 유연하게 흔들렸다.

돈 프란시스코는 자신을 에워싼 몇몇 사람들을 물리치고 가브리엘에게 다가왔다. 가브리엘은 그 주변 사람들 틈에서 총독 형제들의 적의에 찬 시선과 소토와 페드로의 미소를 단번에 알아보았다.

"요즘 얼굴 보기가 힘들더군."

"돈 프란시스코, 말씀드릴 게 있습니다."

"사실 나도 그런 생각을 하고 있었네."

우호적이고 아버지 같은 얼굴은 변함없었지만, 가브리엘은 그의 목소리에서 위협적인 뉘앙스를 알아챘다. 그는 미리 귀띔해준 바르톨로메에게 조용히 감사했다. 피사로 총독은 주저하는 가브리엘의 팔을 잡고, 모여 있는 사람들에게 데려갔다.

"가브리엘이 우리에게 말할 게 있다는군."

그가 만족스러운 어조로 말했다.

"저는 총독님께 말씀드리고 싶다고 했는데요."

"무슨 소린가? 내 동생들의 귀가 너무 물러서? 소토 대장의 귀가 너무 커서?"

가브리엘은 넘어가지 않았다. 말이란 기분 좋은 겉치레 뒤에 가혹한 교훈을 예고하는 법. 소토는 한 손을 들어 진정시키고는 고개를 숙인 뒤 말없이 휙 돌아서서 가버렸다. 키다리 그리스인 페드로도 자리를 뜨려고 하자 가브리엘이 눈짓으로 옆에 남아달라고 부탁했다.

"배신자와 도둑 들이나 저렇게 비밀이 많은 법이지."

곤살로가 씩씩거렸다. 모욕당한 가브리엘은 얼굴이 벌겋게 달아올라 검 손잡이에 손을 갖다 댔다.

"입 닥쳐, 곤살로. 네가 총독님 동생만 아니었다면 벌써 그 빌어먹을 곱슬머리를 네 입속에 처넣었을 거야."

"난 널 잘 알아, 사생아 녀석! 우리 형 에르난도가 너에 대해 말해줬지. 내가 조심하라고 말했을 텐데……"

가브리엘은 돈 프란시스코를 곁눈질했다. 돈 프란시스코는 사생아라는 말에 눈썹 하나 까딱하지 않았다. 오히려 그 상황을 교묘히 즐기는 듯했다. 그들 주변에서 말소리가 그치고, 사람들의 원이 형성되었다. 서로 맞서기를 기다리며 이를 드러내고들 웃었다. 가브리엘은 불안한 기색으로 자신을 쳐다보는 세바스티안의 다정한 얼굴을 보았다.

"버릇을 고쳐주지, 코흘리개 녀석. 너한테는 네 형에게 베풀었던 관용을 베풀지 않을 거다……"

"난 너에 대해 모든 걸 알고 있어, 머저리 같은 놈. 네 검과 불알을 가질 테다. 네가 숨겨놓은 황금상도 가질 거고. 그리고 네 푸른 눈의 여자도 가질 테다. 그 계집의 넓적다리를 벌려서 진짜 귀족 맛이 어떤 건지 보여주지."

말이 끝나기도 전에, 가브리엘은 곤살로에게 달려들었다. 그는 세찬 주먹질로 곤살로의 눈 위를 터뜨렸다. 피가 조금 솟았다.

"그만!"

돈 프란시스코가 큰 소리로 명령했지만, 곤살로가 가브리엘처럼 격렬하게 덤비는 바람에 형 후안이 두세 사람과 함께 그를 꽉 붙들어야 했다. 가브리엘을 향해 돌아서는 총독의 검은 눈에는 더이상 봄날 같은 기색이 없었다.

가브리엘은 가슴속에서 대장간 화덕처럼 뜨거운 숨결이 이는 것을 느꼈다. 그는 자기 주인인 총독에게 눈으로 맞섰다.

"가브리엘, 자넨 언제쯤 어린애 같은 짓을 그만두려나? 자넨 두 손아귀에 모든 행복을 쥐고 있어. 내 우정, 내 신뢰, 그리고 자네가 싸우는 것을 본 이들의 존경을 말이야. 왜 모든 걸 잃어버리려고 고집을 부리지? 내 동생이긴 하지만 내가 중요하게 여기지도 않는 녀석이 트집 좀 잡기로, 자네한테 그게 무슨 대수라고? 나, 총독이 저 녀석의 수다 때문에 저 녀석에게 싸움을 걸던가?"

돈 프란시스코가 화를 내며 말했다.

가브리엘은 날쌘 동작으로 몸을 빼내고 곤살로를 노려보았다. 곤살로는 눈썹에서 흐르는 피를 열심히 닦았다.

"총독님 말씀이 맞습니다. 수다 떠는 것은 쓸데없는 일이지요! 제가 제 보물을 어디에 숨겼는지 그렇게 알고 싶어하시니 저를 따라오시지요."

가브리엘이 한 발짝 떼어놓자 모두들 따라나설 듯이 보였다. 그는 멈춰 서서 총독의 형제들을 가리켰다.

"아니, 당신들은 안 돼! 총독님과 페드로와 세바스티안. 그 외에는 단 한 사람도 안 돼."

그는 반대나 동의를 기다리지 않고 돌아섰다. 피사로 총독은 놀라는 기색을 드러내지 않았다. 그는 동생들의 거센 항의를 무시하고, 페드로에게 눈짓하며 가브리엘의 바로 뒤를 따라갔다.

*

날이 저물었다.

콜캄파타의 길로 들어선 뒤로 총독과 가브리엘은 한마디도 나누지 않았다. 그들 두 사람만 통로로 들어갔다.

광장에 남은 세바스티안과 페드로 역시 조용히 기다렸다.

"어떻게 될까?"

페드로가 말했다.

세바스티안은 처음에는 아무 말이 없다가 대꾸했다.

"기대해봐야지."

페드로가 심지 끝을 우물우물 씹다가 뱉어냈다.

마침내 피사로 총독과 가브리엘이 통로에서 빠져나오자, 흑인과 백인 두 키다리는 두 눈에 물음을 담고 그들을 향해 돌아섰다. 가브리엘과 총독의 얼굴에서는 아무것도 읽을 수가 없었다. 페드로가 조바심을 참지 못하고 먼저 말했다.

"어떻게 됐어, 가브리엘?"

가브리엘은 총독을 가리켰다.

"아무것도 없네. 벽으로 둘러싸인 지독히도 험한 계단, 쥐와 뱀 몇 마리뿐이야."

총독이 말했다.

"황금상은요?"

"황금상은 없네."

두 친구는 가슴속에서 올라오는 안도의 한숨을 억눌렀다.

"자리 좀 비켜주게."

피사로 총독이 말했다.

페드로와 세바스티안이 두 사람한테서 멀어졌다. 피사로 총독과 총독의 총애를 받는 사람 사이의 침묵은 여전히 깨어지지 않았다. 가브리엘은 저 멀리 금빛 석양으로 빛나는 산을 망연히 바라보았다.

"내 말을 거역하고 그녀를 만났다고 자네를 비난하지는 않겠네."

돈 프란시스코가 나직이 말했다.

가브리엘은 대답 없이 그를 돌아보았다.

"아마도 그 황금상에 대해 내게 거짓말을 하는 것이겠지만, 그것조차 비난하지 않겠네. 붙잡히는 도둑에겐 벌을 주긴 하지만, 만약 우리 군대에서 도둑과 거짓말쟁이를 기어이 쫓아내야 했다면 아마 나 혼자 떠나게 되었으리라는 것도 잘 알아……"

그는 메마른 웃음을 살짝 지으며 말을 멈추었다.

"어쩌면 나 자신도 못 떠났을지 모르지."

가브리엘의 얼굴에 미소가 스쳤다.

"요컨대 난 자네를 아무것도 비난하지 않네. 단지 마음이 좀 괴롭군. 정말이지, 난 이 군대에서 아무도 사랑하지 않아. 함께 있는 그들을 볼 때, 내가 그들에게 말할 때, 그들이 싸울 때, 한 목소리로 기도하는 소리가 들릴 때, 그럴 때는 그들을 사랑하지. 하지만 그들 하나하나는……"

경멸을 담은 휘파람 소리가 그의 입술에서 새어 나왔다.

"도둑과 거짓말쟁이, 위선자, 술주정뱅이, 죄인, 거의 전부가 그렇지. 내 동생들이 누구보다 그런 놈들이고. 내가 그걸 모를 줄 아나?"

가브리엘은 고개를 저었다.

"하지만 자네, 난 자네를 알아봤고, 자네를 선택했어. 자네를…… 자식으로 삼았지!"

돈 프란시스코는 가브리엘을 외면한 채 다소 열정적으로 말했다.

그 말에 가브리엘은 흠칫 놀라면서도 여전히 입을 다물고 있었다. 그러나 몸속 깊숙한 곳에 응어리져 있던 반감이 풀리기 시작했다.

"그런데 자네가 내게 거짓말을 하고, 뭔가를 숨기고, 그건…… 내게……"

그는 생각나지 않는 단어를 허공에 그리려는 듯 가늘고 흰 손을 움직였다.

"저것 보세요, 돈 프란시스코!"

총독의 눈이 가브리엘의 손이 가리키는 방향을 천천히 따라갔다.

"여기도! 저기도!"

가브리엘의 팔이 고장 난 나침반 바늘처럼 움직였다. 두 사람이 황혼녘에 발견한 것은 온 사방에서 동시에 쿠스코를 향해 천천히 모여드는 완전한 행렬이었다. 그 행렬들은 산과 골짜기의 모든 공간에 일종의 거대한 인간 방위 표시도를 그리고 있었다.

"저게 뭐지? 군대인가? 저런 대형으로 전진하는 군대는 한 번도 본 적이 없는데……"

피사로 총독이 아연실색하여 물었다.

"개와 라마와 여자와 아이 들이 있는 군대도 본 적이 없어요……"

"그럼 뭐지?"

가브리엘은 어깨로 총독의 어깨를 스쳤다.

"정말 놀라운 일인데요, 돈 프란시스코."

두 사람은 다시 침묵에 빠져 있었다. 이윽고 총독이 침묵을 깨며 작은 소리로 말했다.

"자네가 적당한 단어를 찾아냈구먼. 자네가 내게 뭔가를 숨긴다는 것, 그것 역시 정말 놀라운 일이야."

25

1533년 12월 25일, 쿠스코

우렁찬 나팔 소리가 골짜기 전체를 가득 채웠다. 보이지 않는 나팔수들이 이 비탈에서 저 비탈로 서로 화답하는 것인지, 아니면 단지 끊임없이 메아리가 되돌아오는 것인지 알 수 없었다. 지속적인 가락이 들릴 때마다, 아나마야는 가마꾼의 움직임에 흔들리며 축제의 즐겁고도 엄숙한 감동에 휩싸였다.

코리칸차를 출발할 때, 빌라 오마는 망코가 영광스럽게도 자기 바로 뒤, 우아이나 카팍의 미라를 실은 가마 옆에 자리잡으라고 명하자 기쁨의 전율을 느꼈다.

그것은 아침에 아나마야가 망코에게 귀띔해준 생각이었다. 다른 세상에 있는 아버지와 아타우알파의 충신인 현자 빌라 오마가 함께 있으면 열세번째 잉카의 대관식이 다른 씨족에 대한 한 씨족의 승리를 나타내는 것이 아님을 증명해줄 거라고.

아나마야는 자기가 그런 생각을 말했을 때의 빌라 오마의 얼굴을 즐거운 마음으로 떠올렸다. 궁지에 몰려 있는 동안, 현자는 격분을 감추지 못했다. 어떻게 감히 또다시 그녀가 마치 제국을 좌지우지하는 조종자처럼 말한단 말인가! 그러더니 그는 자명한 진리임을 통감하고는 짜증과 존경심이 섞인 눈으로 그녀의 눈을 뚫어지게 쳐다보았다. "코야 카마켄 말이 맞습니다"라고 그는 간단히 시인하고, 자기가 제국의 이인자라도 소용없음을, 이 이상한 여인이 유일한 군주의 결정에 자기보다 더 큰 영향력을 미치고 있음을 다시 한번 인정했다.

마찬가지로 아나마야는 행렬에서 자기 옆자리는 비워두도록 허락을 받아냈다. 그것은 마땅히 분신 형제가 있어야 할 자리지만, 미쳐 날뛰는 뻔뻔스러운 이방인들 때문에 전통을 따르는 것이 불가능하다는 이유에서였다. 대관식이 끝나자마자 그들이 분신 형제를 빼앗아 총독의 궁전으로 보내 녹여버릴 수도 있는 일이었다. 그 생각을 떠올리기만 해도 그녀는 가슴이 오그라들었다. 운명을 받아들이자 그녀는 어느 때보다도 침착해졌다.

코리칸차에서 아우카이파타를 향해 천천히 올라가는 동안, 군중은 더 많아지고 행렬은 느려졌다. 노랫소리와 춤추는 소리가 들리고, 무엇보다 잉카를 알아본 군중의 웅성거림이 점점 더 높아졌다. 망코를 보고 그러는 것일까? 그의 아버지를 본 것일까? 이번만은 실로 오랜만에 거의 모든 인디언 부족의 열정이 오직 하나의 방향을 향하고 있었다. 그럴 수 있다는 사실에 아나마야는 진정 자부심을 느꼈다.

퀴즈퀴즈와 구아이파르가 북쪽에서 끝끝내 일으키려 하는 전쟁은 멀리 축소된 다른 시간, 다른 세계에 속한 일인 듯했다. 이상하게도 구아이파르의 얼굴이 그녀의 꿈에 종종 나타났다. 꿈속에서 그는 언제나 두 눈에 파르르 떨리는 분노를 담은 채 위협적이고 도전적인 태도와 냉정하고 엄격한 얼굴을 보여주었다. 그러나 시간이 지남에 따라 그의 표정은 흐릿해지고, 모래 위 흔적이 물에 씻겨 사라지듯 이따금 지워지기도 했다.

아나마야는 미친 듯한 북소리와 온 골짜기로 몰려드는 파도처럼 군중을 휩쓰는 움직임을 온몸으로 느꼈다. 마치 애무를 받는 것처럼. 그러다가 갑자기 그녀의 얼굴이 침울해졌다. 그녀는 뇌리를 꿰뚫는 고통의 충격에 눈을 감아야 했다.

가브리엘.

그녀를 보호하는 색색가지 화려한 장막, 깃털 베개, 인파에 휩쓸려 흔들리는 가마의 소라고둥 모양 장식, 그녀는 그런 것에서 아름다움도, 평화도, 어떤 형태의 희망도 더이상 느끼지 못했다. 불안한 열병으로 그녀를 휘어잡는 동요밖에는.

가브리엘.

그녀는 그의 이름을 중얼거리다가 점점 더 큰 소리로 되뇌었다.

행렬이 아우카이파타에 이르렀을 때, 함성인지 노래인지 북소리인지 나팔 소리인지 구분할 수 없는 소란 속에서, 그녀는 그의 이름을 목놓아 불렀다.

✲

미사가 진행되는 동안, 가브리엘은 발베르데 주교 옆에서 제식을 집행하는 바르톨로메에게서 눈을 떼지 않았다. 주교에게 성서를 펴주고

성배를 건네주는 그의 행동이 어찌나 신중하고 공손한지, 그의 회색 눈에서 발산되는 빛에도, 침착하고 정확한 몸짓에도 위엄이 깊이 서려 있었다.

성당의 중앙 홀로 변모된 카사나 궁전의 커다란 방에는 흥분과 명상의 분위기가 기이하게 뒤섞여 있었다. 제식을 준비하는 동안, 가브리엘은 병사들이 황금 라마 두 개를 가져오는 것을 보았다. 거기에 판자를 올려놓고 얌전한 흰 보자기를 씌우자 그럴듯한 제단이 만들어졌다. 자유로운 사상을 지닌 가브리엘은 황금 송아지가 세상 끝까지 돌아다닌다는 생각에 미소 짓지 않을 수 없었다.

스페인인들이 모두 모였지만, 인디언들의 수도 많았다. 두려움 때문에 혹은 기회주의에 편승해 이미 개종한 자들과, 도대체 이방인들이 어떤 신에게서 힘을 얻는지 가까이서 보고 싶은 호기심 때문에 온 자들이었다.

즉석에서 만든 제단의 열을 따라 곧장 가면, 커다란 방 안쪽에 보물의 방을 지키기 위한 쿠스코 최초의 문과 자물쇠가 제작되어 있었다. 황금 뒤에는 은이 있고, 또 은이 있었다…… 벽에는 수십 개의 횃불이 밝혀져 스페인 대성당의 조명과도 같은 분위기를 자아냈다. 제단 오른편으로는 성모 마리아가 나무에 그려져 있었다. 그 고장의 유일한 성화였다. 피사로 총독이 이미 카하마르카에서 가지고 있던 것으로, 어디에나 가지고 다니는 성화였다.

사람들의 눈도 빛났다. 그들은 한마디도 이해하지 못하는 말씀을 입속으로 중얼거리며 기꺼이 시편을 노래했다. 그리고 유례없이 열정적으로 신에게 기도했다. 총독—총독 각하에게 평화가 있기를!—은 늘 "내일, 내일……"이라고 말하지만 그토록 오랫동안 그들 손아귀에서 빠져 나가는 그 망할 놈의 보물을 많이, 아주 많이 달라고. 그러니까 내 일은 오늘 시작되는 것이었다.

알론소는 자기가 디에고보다 더 공을 많이 세웠다고 생각했고, 기사 크리스토발은 보병 페드로보다 두 배의 몫을 받아야 마땅하다고 투덜거렸다…… 하지만 그들이 아무리 탐욕에 집착한다 하더라도, 가브리엘은 횃불과 욕망의 불빛으로 환해진 그들의 얼굴을 훑어보면서 총독이 그들에게 감탄했다는 말이 무슨 뜻인지 이해했다. 물론 거칠고 무례하지만, 용기백배하고 지칠 줄 모르며 어린아이 같은 신념에 고무된 얼굴들이었다.

발베르데가 마지막 축도를 할 때, 가브리엘은 눈으로 총독을 찾았다. 모두들 주교를 쳐다보는데, 돈 프란시스코는 성모 마리아를 넋을 놓고 바라보고 있었다. 그의 입술은 보이지 않았지만, 가브리엘은 그가 다시 한번 성모 마리아에게 감사의 기도를 하고 있음을 알 수 있었다.

그 순간 가브리엘은 자신을 바라보는 바르톨로메의 눈길을 느끼고, 마치 잘못을 저지르다 들킨 것처럼 당황했다. 그는 동료들을 출구로 몰고 가는 인파에 파묻힐 수 있게 된 것을 다행으로 여겼다.

피사로 총독을 선두로 스페인인들과 인디언들, 귀족과 야나코나, 부자와 빈자 모두가 즐거이 떠들썩하게 궁전을 나섰다. 그들은 잉카를 맞으러 온 열 배 백 배는 더 많은 군중을 헤치고 광장의 중앙을 향해 갔다. 가브리엘은 굳이 따라가려고 애쓰지 않았는데도, 페드로와 세바스티안 사이에 끼어 돈 프란시스코 뒤로 몇 발짝 떨어진 곳에 다시 있게 되었다.

태양이 찬란히 빛났고, 하늘은 강렬하고도 짙푸르렀다.

잉카 복장을 하고 티아나 위에 앉아서 왕이 신하를 기다리듯 총독을 기다리는 망코의 모습이 모든 이들의 눈에 들어왔다. 미라들 모두가 황금 받침대 위에 되돌아와 있었다. 신관 빌라 오마의 뻣뻣하고 적대적인 기다란 윤곽이 보였다. 연기를 내며 타오르기 시작한 장작불과 치차 단지도 있었다.

가브리엘에게도 그 모든 것이 보였지만, 그의 부신 두 눈은 의식이 진행되는 곳에서 방황하는 흰나비 한 마리를 끈질기게 쫓고 있었다. 나비는 세력가들 머리 위로 날다가 연기의 소용돌이 속으로 날아갔다.

그는 아나마야를 찾을 수가 없었다.

"옛일을 회상하고 계신가?"

가브리엘은 누구의 목소리인지 알아내느라고 뒤돌아설 필요가 없었다. 대답을 하지 않아도 순간, 추억이 밀려들었다. 입 안에 싸구려 사발술의 시큼하고 달착지근한 맛이 느껴지고, '자유로운 술단지'라는 간판과 모험을 기다리며 식탁에 앉아 있는 두 키다리가 보였다. 이제 그 모험이 실행되어, 그들 모두가 생각했던 것보다 훨씬 멀리 와 있었다.

힘센 손이 느닷없이 가브리엘의 손을 붙잡았다. 세바스티안이었다. 그는 세바스티안의 눈을 보고 싶었지만, 키다리 흑인은 끝끝내 앞만 바라보며 모여 있는 잉카 군주들에게 시선을 고정시켰다. 자신의 손을 꽉 쥔 세바스티안에게서 가브리엘이 읽을 수 있는 것은 짓궂고도 다정한 미소뿐이었다.

✲

바르톨로메는 모여 있는 잉카 귀족 모두를 한눈에 파악했다. 황금 티아나 위에서 방석에 기대어 값진 직물 위로 발을 뻗고 있는 망코는 물론이고, 은으로 된 의자에 앉은 기다란 얼굴의 신관, 주석으로 된 자리, 다음에는 나무, 대나무, 마지막으로 밀짚으로 된 자리에 점점 더 낮게 앉아 있는 모든 족장들도 한눈에 보였다.

귀금속과 색채가 한껏 조화를 이룬 그 질서정연한 세계의 아름다움에, 사람들의 고상하고 자부심 강한 얼굴에, 바르톨로메는 깊은 감명을 받았다.

그의 바로 앞에 있는 피사로 총독은 비단 벨벳 옷차림에다 옆구리에는 의식용 검을 차고 있는데, 그다지 세련되지 못한 지방 관리처럼 보였다. 너무 꼭 끼는 옷에 파묻혀 있고, 하얀 레이스 깃 장식은 그의 비쩍 마른 목을 제대로 감춰주지 못했다.

하지만 망코에게 말하는 그의 목소리에는 전혀 흔들림이 없었다.

"강력한 군주님, 우린 친구로서 군주님께 왔고, 진정한 신의 안내로……"

펠리피요가 통역을 하는 동안, 바르톨로메는 인디언들의 얼굴 중에서 새로 사귄 친구의 얼굴을 찾았다. 그런데 그의 얼굴이 보이지 않자 마음이 불편해졌다.

"……그리고 그것이 우리의 법칙이므로, 이제 군주님은 통지서 낭독을 들으시게 될 것입니다. 그것을 이해하고 받아들이겠다고 말씀해주실 것을 부탁드립니다. 군주님과 군주님의 의회 귀족들이 말입니다. 그 뒤에 우리는 영원한 친구가 될 것이며, 군주님을 모든 적으로부터 보호해드릴 것입니다."

망코는 알아들었다는 표시로 보일 듯 말 듯 고개를 끄덕였고, 총독은 페드로 산초 데 라 오스에게 신호를 했다.

페드로는 목소리가 새되고 힘이 없기로 스페인인들 사이에서 이름이 나 있었다. 하지만 그는 총독의 비서이고, 그토록 중요한 통지서를 읽을 수 있는 유일한 사람이었다. 그의 어조는 평소보다 훨씬 더 활기가 없었다. 말이 들리지 않는다는 것을 확인이라도 하려는 것일까? 낭독이 끝나기도 전에 인디언들을 달아나게 만들려는 것일까?

통지서 내용은 돌처럼 무겁고 위엄 있지만, 그것을 전하는 목소리는 그 내용을 우스꽝스러운 돌멩이로 만들어버렸다.

"돈 카를로스 국왕 폐하와 그의 어머니 도냐 후아나, 카스티야, 레온, 아라곤, 두 개의 시칠리아, 예루살렘, 나바르, 그라나다, 톨레도, 발렌시아, 갈리시아, 마요르카의 왕들……"

새로운 이름이 나올 때마다 페드로는 목소리를 크게 하여 모든 고장과 나라를 전하려고 애썼지만 헛수고였다.

"……루시용과 세르다냐의 백작, 오리스탄과 고티의 후작, 오스트리아의 대공, 부르고뉴와 브라반트의 공작, 플랑드르와 티롤의 백작의 명령에 따른 것이다. 페루 미개인의 지배자들과 그 신하들에게 우리는 하나뿐인 영원한 우리 주님께서 하늘과 땅을 창조하셨음을 최선을 다해 알리고 통고하는 바이다."

페드로의 목소리는 펠리피요의 불쾌하고 쉰 목소리 못지않게 엄숙하지 못했다.

당황스럽게도 바르톨로메는 물리치기 어려운 욕구에 사로잡혔다. 그는 웃고 싶었다.

"……세상이 창조된 지 오천 년이 넘는 세월 동안 수많은 세대를 거쳤기에, 어떤 이들은 이곳으로, 또 어떤 이들은 다른 곳으로 가서 수많은 왕국과 고장으로 나뉘는 것이 불가피했다. 그 모든 사람들 가운데, 우리 주님은 성 베드로라 불리는 한 사람에게 모든 세상 사람들의 구세주가 되라는 임무를 부여하셨다……"

드디어 카타리와 눈이 마주쳤을 때, 바르톨로메는 그 인디언이 한참 전부터 입가에 미소를 머금은 채 자신을 주시하고 있었음을 깨달았다. 조롱이 아니라, '저 이상한 말이 무슨 뜻인지 얘기해주세요' 라는 물음이 담겨 있었다.

"따라서 우린 최선을 다해 기도하고 우리가 방금 한 말을 그대들이 잘 알아들었음을 알리는 바이다……"

통지서 낭독은 끊임없이 이어졌고, '가톨릭 신앙'과 '간교한 핑계'라는 말, '위엄' 이라는 말과 신이 도와줄 거란 약속은 궁전 벽에 부딪혀 되돌아오고, 분수 물과 함께 흘렀다.

거북해진 바르톨로메는 카타리의 시선을 몇 번이나 피했다. 하지만 다시 눈길을 돌리면, 인디언은 다정하면서도 의혹이 가득한 눈으로 여전히 그를 바라보고 있었다.

"……그러나 만일 그대들이 그렇게 하지 않으면, 우리는 주님의 도움으로 기필코 그대들과 강력하게 맞설 것이며 도처에서 전쟁을 벌일 것이다. 그대들을 속박하고, 교회와 폐하께 복종하게 만들 것이다. 그대들의 하인과 여자와 아들을 붙잡아서 노예로 팔아버릴 것이다. 또한 그대들의 재산을 빼앗고, 주님에게 복종하지 않고 저항하는 신하들에게 줄 수 있는 모든 고통과 손실을 그대들에게 줄 것이다. 그 결과로 인한 죽음과 손실은 그대들의 잘못이지 폐하의 잘못도, 우리의 잘못도, 우리와 함께 있는 기병들의 잘못도 아님을 분명히 밝혀두는 바이다."

통역이 진행되면서 바르톨로메는 카타리의 얼굴 표정이 어두워지면서 깊은 불신이 새겨지는 것을 보았다. 이번에는 그가 카타리에게 그 말에서 발산되는 극도의 난폭함을 억누르는 우정의 표시를 보내려 했지만, 더이상 친구의 시선을 찾을 수 없었다.

피사로 총독이 망코에게 다가가 껴안으려는 듯 몸을 굽혔지만, 잉카는 의자에서 꼼짝도 하지 않았다. 기수가 두 번에 걸쳐 왕의 깃발을 내미는 사이 나팔 소리가 울려 퍼지기 시작했다. 마침내 망코가 일어섰다.

✲

'그녀는 여기 없어.'

의식이 진행되는 내내 통지서의 말이 귓전을 울렸지만 가브리엘은 널따란 광장과 동료들 사이를 헤매다가, 속을 알 수 없는 인디언들 얼굴을 마주한 채 그녀를 찾아 헤매는 자신을 느꼈다.

그녀는 여기 없다. 그가 생각하고 느끼고 보고 들을 수 있는 것은 오직 그것뿐이다. 그들의 마지막 포옹은 그의 안에 존재했다. 아물지 않는 화상으로, 그치지 않는 고통으로, 그녀의 요구보다 더 격렬하지 못했음을, 그녀의 두려움보다 더 격렬하지 못했음을 후회하게 만드는 욕망으로…… 격렬하다고? 놀란 그는 고쳐 생각한다. 차라리 부드럽다는 표현이 더 나으리라. 아무 의미도 없지만 사랑의 모든 대가가 되는 보잘것없는 말로, 온몸으로 애무하는 무한한 부드러움.

이따금 미풍이 스치며, 튜닉 자락과 화려한 깃털 장식과 커다란 부채를 나부끼게 했다.

이따금 나팔 소리가 골짜기 너머로 울려 퍼졌다.

이따금 한줄기 빛이 태양신의 우상에 내리꽂혔다. 우상은 신관 빌라 오마의 손에 덮개가 벗겨져, 광장 중앙 분수 바로 옆에서 모습을 드러냈다.

이따금 가브리엘은 무표정한 미라가 움직이는 듯 여겨졌다. 황금 의자에 위엄 있게 앉아 있는 미라들은 저마다 군중과 화려함에 둘러싸인 채, 마치 모든 과거가 현재를 주재할 수 있는 것처럼 하나씩 하나씩 광장에 도착했다.

하지만 가브리엘이 아는 것은 오직 한 가지뿐이었다. 사랑하는 여인이 거기 없어 너무도 고독하며 무력함에 피가 끓는다는 것. 그는 싸늘한 증오 같은 것을 느끼며 망코를 뚫어지게 바라보았다. 그리고 경멸이 담긴 말을 나직이 중얼거리며 그에게 욕을 하고 잔인한 결투를 청했다. 그러나 망코는 그를 쳐다보지 않고, 통지서를 낭독하는 페드로 산초 데 라 오스도, 펠리피요도 쳐다보지 않았다. 그의 눈길은 피사로 총독에게서 떠나지 않았다.

망코가 일어서고 마침내 그의 뒤에서 아나마야가 모습을 드러내자, 가브리엘은 소리를 지를 듯 입을 벌렸다가 입술을 깨물고 참았다.

피사로 총독은 잉카 군주들 한 사람 한 사람과 포옹을 했고, 웅성거림과 함성과 노랫소리가 사방에서 올라오기 시작했다. 광장 구석구석에서, 길과 궁전에서, 골짜기 전체에서, 산에서, 그리고 어쩌면 저승에서.

그것은 기쁨, 그것도 엉뚱한 기쁨이요, 뭔지 모를 것에 대한 희망이었다. 그러나 온몸을 사로잡은 전율 속에서, 가브리엘 역시 기쁨과 희망으로 가득 찼다. 설령 질투가 강한 독처럼 사지에 남아 있다 해도.

여러 날 밤낮으로 계속될 축제, 모든 두려움과 전쟁을 쓸어갈 축제를 위해 온 대지가 술렁였다.

누구에게 왕관이 씌워질 것인가? 누가 승리할 것인가?

무슨 상관이랴?

모두들 춤을 추기 시작했다.

가브리엘과 아나마야는 얼굴을 마주한 채, 오직 둘이서만 꼼짝도 하지 않았다. 두 사람은 아무것도 모르지만, 둘의 사랑은 모든 것을 알고 있었다.

26

1534년 1월, 쿠스코

엇비슷한 밤이 이어졌다. 밤마다 함성과 노래와 술잔치와 연회가 계속되었다. 도시의 다른 광장과 마찬가지로 아우카이파타에서도, 가장 외진 칸차와 궁전에서도 치차 단지가 비워지고 끊임없는 춤사위 속에 다시 채워졌다. 화로는 아침부터 밤까지 타올랐다. 산 자와 죽은 자 들에게 식사가 제공되는 것이었다. 황금 의자에 앉은 미라들이 사람들에게 에워싸인 채 신전과 궁전에서 나와 광장에 이르는 걸 보다 보니, 나중에는 미라들이 중얼거리는 목소리, 그들의 옛 권력의 메아리가 들려왔다.

심지어 가브리엘에게도 들렸다.

미라들은 제국의 전설, 치열한 격전, 모습을 드러내는 신들, 정복당한 적들을 이야기했다. 태양신과 번개신, 공기가 희박하고 콘도르밖에 보이지 않는 산의 고독을 이야기했다.

대관식 날 이후로 아나마야를 다시 보지 못한 가브리엘은 낙담하여 끝없이 반복되는 축제를 배회했다. 낙담은 이제 고약한 노여움이 되고, 그의 기분을 사납게 만들었다.

카사나 궁전에서는 총독과 그의 형제들, 소토, 알마그로 사이에 하루 종일 비밀회의가 열렸다. 가브리엘이 더이상 환영받지 못하는 마당에, 사실 아무래도 상관없는 일이었다. 황금상이 사라진 사건이 있은 뒤로 돈 프란시스코는 고집스럽게 그를 피했다. 그 자신의 '배신' 으로 인해 말하자면 행복한 주변인이 된 것이다. 그에게는 그 우스꽝스러운 잔치에 끼고 싶은 마음이 전혀 없었으므로. 그렇다 해도 적어도 아나마야의 부재가 야기하는 절망에 빠져들지 않으려면 뭔가를 하면서 나날을 보내야 했다. 그리하여 그는 그 이상한 도시를 배회하면서 아이들과 늙은 여자들에게 미소를 지어 보였다. 자기 친구들에게조차 주변인이 되어.

"가브리엘!"

그는 부르는 소리에 소스라치게 놀라 본능적으로 옆구리에 손을 갖다 댔다.

"어이!"

"이런, 내가 자네에게 공격술과 위장술을 제대로 가르치긴 했나 보군. 하지만 난 불가피한 경우가 아니라면, 그 기술에 당하고 싶지는 않은데!"

위협적인 그림자 대신, 가브리엘은 페드로와 세바스티안의 거대하지만 다정한 모습을 알아보았다.

"미안하네, 친구들. 난……"

"……우리를 피하려고 했지, 제기랄! 자넨 그것밖에 안 하더군!"

페드로가 정답게 나무랐지만, 활짝 웃는 미소와 호의도 가브리엘의 기운을 북돋워주지는 못했다.

"우리가 자네의 우울함을 치료해줄 약을 찾았네. 치료약을 찾은 것 같다고."

세바스티안이 말했다.

가브리엘은 기분이 좋지 않긴 했지만 호기심을 완전히 누르지는 못했다.

"그 강력한 약이 뭔데? 콘도르의 정자인가? 라마 똥인가?"

"그것보다 훨씬 더 좋은 거! 자, 불평은 그만 하고 우리를 따라와."

가브리엘은 주저하다가 그들 뒤를 따라갔다.

*

칸차는 어슴푸레한 빛에 잠겨 있고, 새들 노랫소리 같은 여자들의 목소리가 방에서 새어 나왔다. 가브리엘은 뒤로 물러났지만, 두 친구가 그의 등을 툭 치며 잡아끌었다. 그는 감각이 없어진 듯 그대로 끌려갔다.

그들이 들어선 방은 따뜻했다. 잉카족의 집 안이 늘 그렇듯이 가구는 하나도 없지만, 장막과 돗자리와 털 이불과 다양한 색깔의 깃털 이불이 가득했다. 특히 처녀 셋이 있었다. 그들이 들어가자 처녀들이 말없이 활짝 미소 짓는 것으로 보아, 이미 두 친구를 알고 있으며 가브리엘을 두려워하지 않는 것을 알 수 있었다.

여자들은 싱싱한 몸매를 가려주는 색깔 있는 튜닉을 입고 있었다.

무릎까지 드러난 다리는 스페인 사람들이 좋아하는 달콤한 살갗을 윤기 있게 드러냈다.

"우린 부대 내에서 처녀들을 강간하고 저속함을 부추기는 모든 야만성에 반대하는 활동을 벌이고 있네. 잉카와 그의 신하들이 통지서를 호의적으로 받아들였다는 말을 듣고, 우린 지역 주민들에게 귀족의 진정한 친절을 가르쳐주기 위한 운동에 착수했지."

세바스티안이 짐짓 엄숙한 체하며 말했다.

가브리엘은 웃음을 참을 수가 없었다. 주위 처녀들의 호의를 보니, 교육 효과가 일찌감치 나타난 듯했다. 처녀들은 부드러운 손을 그의 어깨에 올리며 친구들과 함께 돗자리에 앉으라고 권했다. 돗자리의 이불이 더없이 폭신해 보였다.

"난……"

가브리엘이 들릴 듯 말 듯한 목소리로 말을 꺼냈다.

"자넨 아무 말도 하지 말고, 우리가 하는 대로 맡겨둬."

페드로가 말했다.

사실 그들이 하는 대로 맡겨두는 것은 썩 기분 좋은 일이었다. 무엇 때문에 어긋나는 운명과의 질기고 헛된 싸움에 진을 빼려는 것인가? 방 안에는 부드러운 온기가 넘쳐났다. 처녀들은 그들 주위에서 단정한 춤을 추듯 움직이며 황금잔에 마실 것을 담아다 주고, 자기네 언어로 이방인들이 정말 멋지고 늠름하다고 속삭였다. 세상 모든 처녀들처럼 자유분방하게 마주 보고 깔깔거리면서.

"나는 신앙심 없는 사람이 되고 싶지도 않고, 발베르데 신부에게 용서받기를 바라지도 않아. 하지만 이교에도 좋은 점이 있다고 생각해."

페드로가 성호를 그으며 말했다.

"그거라면, 난 태어날 때부터 알고 있었어."

세바스티안이 응수했다.

"그래, 하지만 우리와 함께 여러 해를 보내고 돈 디에고 데 알마그로에게 봉사하고, 세례를 받고, 검을 얻고…… 그 모든 것이 사람을 변하게 하지. 이 처녀들을 봐. 아무리 성서를 못 읽는다 해도 우리에게 저항할 것 같지는 않은데……"

"난 그 이상의 말을 하고 싶은걸, 페드로. 이 처녀들이 다른 종류의 책을 읽었는데, 그 책에 이들이 기필코 우리를 만나서 알게 될 거라는 내용이 씌어 있었다고 말이지."

가브리엘은 친구들의 말을 들으며 자기도 모르게 미소 지었다. 피로, 실망, 밀려드는 가벼운 취기, 그는 그 모든 것에 이끌렸다. 미소 짓는 처녀 품에 그대로 몸을 맡기는 것이 유일한 철학이요, 유일하게 가치 있는 희망인 세계로.

이미 능란한 손이 두 친구의 윗옷과 셔츠를 벗겨 맨몸을 드러냈다. 가브리엘은 세바스티안의 강인한 근육과 더 가늘긴 해도 당당한 페드로의 근육을 흘끗 쳐다보았다. 그리고 자신에게 고정된 검은 눈동자를 느꼈다. 젊고, 순진하고, 의혹이 담긴 듯하지만 의심할 여지 없는 약속으로 가득한 두 눈.

"예쁘구나."

가브리엘이 케추아어로 말했다.

처녀는 자기네 언어를 말하는 것을 듣고도 놀라지 않았다. 그녀의 눈길은 더 뜨겁고 다정해질 뿐이다. 반쯤 벌린 입술 사이로 끌로 깎은 듯 희고 고른 치열이 보였다.

처녀는 돗자리에 웅크리고 앉아 그에게 몸이 닿을 때까지 슬그머니다가왔다. 하지만 그가 움직이지 않자 손이 닿고 숨결이 느껴지는 거리에서 멈추었다. 그는 나무 냄새와 꽃향기를 들이마셨다. 향기가 온몸에 스며들어 퍼지도록 눈을 감았다.

나뭇조각이 탁탁 튀며 타는 소리, 숨죽인 웃음소리, 평온과 신뢰가 가득한 쾌락의 침묵만이 있을 뿐이다. 처녀의 손이 그의 이마를 만지더니, 콧날을 따라 내려가 예전 난투 때 생긴 보일 듯 말 듯한 상처에서 잠시 멈추었다가 입술 위에서 머물렀다. 그는 여전히 눈을 감고 있었다. 몸 안에서 욕망이 솟구치는데도 그의 입술은 그 손에 입 맞추지 않았다. 그녀가 그의 셔츠를 풀고 뜨겁게 타오르며 갈망하듯 그의 살갗에 두 손을 갖다 댔다. 그러자 그의 숨결이 빨라지고 가슴과 온몸이 격렬히 팽창하는 듯했다. '맙소사, 내가 이 여자를 원하다니……' 그는 이렇게 생각하며 놀랐다.

그러나 그의 감각과 자연스러운 본능 한가운데로 어떤 말이, 어떤 생각이 슬그머니 찾아들어 그를 혼란스럽게 했다. 그 생각을 떨쳐버리려 했지만 사라지기는커녕 자리를 잡고 울려 퍼지며 다른 생각을 불러일으켰다. '아나마야, 아나마야, 당신은 내게서 도망가지만 도망갈 수 없어. 당신은 내게서 멀어지지만 멀어지지 못할 거야……' 처녀가 그의 어깨를 드러나게 하자, 그는 욕망으로 몸이 굳어지는 것을 느꼈다. 아니, 어쩌면 그렇게 되기를 바랐는지도 몰랐다. 그는 눈을 떴다.

방이 무지갯빛으로 보였다. 두 친구는 어느새 애무의 물결에 빠져 있고, 처녀는 눈을 반쯤 감은 채 발 너머로 그를 관찰하듯 그에게 시선을 고정시키고 있었다. 그가 그녀의 손길을 저지하자, 그녀는 그대로 가만히 있었다. 놀라지도 않고, 여전히 자신을 내맡긴 채…… 당신이 원하는 건 무엇이든 가지세요…… 그 자유와 권세에 그는 웃음이 나오고, 그것이 대단히 하찮게 여겨졌다.

그는 그녀를 돗자리에서 일으켜 자기 앞에 세웠다. 그가 손으로 그녀의 머리카락을 쓰다듬자, 이번에는 그녀가 눈을 감고 고양이처럼 가르랑거렸다. 그는 똑바로 서서 셔츠를 걸치고, 그녀가 자기 뜻에 어긋나게 움직이는 대로 내버려두었다.

그는 흔들렸다.

처녀가 그랬듯이, 그도 처녀를 거칠지 않게 다루면서 아주 천천히 조용한 음악에 맞춰 춤을 추었다. 그것은 거친 욕망으로부터 부드러운 애정으로 그를 이끄는 음악이었다.

"널 갖고 싶어. 하지만 그녀를 향한 기다림만큼 널 원하지는 않아…… 오! 이 기다림은 얼마나 끔찍한지! 하지만 네 덕분에, 그 기다림보다 더 감미로운 것은 아무것도 없다는 사실도 알게 됐어."

그는 혼자서 중얼거렸다.

그의 긴장된 몸이 서서히 풀렸다. 그가 처녀를 떼어놓자, 처녀가 미소를 지어 보였다.

"넌 예뻐, 하지만……"

그는 거듭 되뇌었고, 중단된 문장은 그의 두 눈이 대신 끝을 맺었다.

그가 손으로 그녀에게 키스를 보내자 그녀는 놀라는 기색 없이 그 키스를 받았다. 그는 방을 나와 칸차를 가로질러 거리로 뛰어나가 안데스 산맥의 공기를 한껏 들이켰다.

바로 그 순간, 주먹이 비 오듯 쏟아지기 시작했다.

*

잠시 그의 몸은 방금 떠나온 방의 열기, 애무와 옷깃 스치는 소리, 자신을 사로잡았던 감미로움, 놀라운 가벼움과 강렬한 욕망 말고는 아무것도 느끼지 못했다. 그러나 이어지는 주먹질과 폭력에 꺾인 그는 자신의 무력함에 분노가 치밀어 눈물이 쏟아졌다.

그들은 모두 넷이었다. 뒤의 둘은 몸을 빼내려고 필사적으로 몸부림치는 가브리엘을 꼼짝 못하게 붙들고 있었고, 나머지 둘은 주먹과 발로 정확하고도 조직적으로 그를 구타했다.

숨소리와 투덜거리는 소리 말고는 잠잠한 가운데 이상한 소리가 들렸다. 그게 무슨 소리인지 그가 확인하는 데는 잠시 시간이 걸렸다. 그것은 그의 가슴에서 올라오는 가쁜 숨소리, 몸을 빼내거나 얻어맞지 않으려고 안간힘을 쓰느라 헛되이 지쳐 헐떡거리는 소리였다.

어두워서 공격자들의 얼굴이 보이지 않는 데다, 그들은 코와 입을 머플러로 가리고 있었다. 그 때문에 어지럽게 돌아가는 검은 눈만 간혹 보일 따름이었다.

엄습해오는 무기력 속에서, 붉은 안개가 그의 눈앞을 스쳤다. 그것은 머리에서 흘러내려 앞을 가렸다. 뜨거운 핏물이었다. 눈물, 땀, 콧물과 뒤섞인 피…… 그의 몸속 깊은 곳에서 어리석지만 생명력 있는 무언가가 정신을 놓지 않고 계속 싸우도록 그를 부추겼다. 싸운다고? 무질서한 몸놀림, 쥐꼬리만 한 효과가 있는 몸짓일 뿐인데도, 그의 저항에 그들은 악착스럽게 달려들었다.

단편적인 생각이 그의 뇌리를 스쳤다. '이자들이 나를 죽일 생각이라면……' 그들이 죽이려 들었다면, 그는 이미 검을 옆에 놓아둔 채 머리가 터져 죽었으리라.

그는 정신을 잃었다. 언뜻 곤살로의 솜씨 좋게 매만져진 구불구불한 갈색 머리카락과 미소 띤 얼굴이 그의 얼굴 위로 악의 화신처럼 스쳤다.

그 모습은 정말로 그가 의식을 잃기 전에 본 것일까? 아니면 그에게 몰려드는 첫번째 악몽에 불과한 것일까?

그는 골목길 한가운데에 술 취한 사람처럼 누워 있었다.

그러나 그의 입술에서 개울 쪽으로 흐르는 것은 피였다.

27

1534년 1월, 쿠스코

"가엾은 친구……"

그를 향한 피사로 총독의 눈길에 조롱과 슬픔, 경멸과 동정이 뒤섞여 있었다. 가브리엘은 단 한 군데도 성한 곳이 없음을 느꼈다. 하지만 카사나 궁전까지 간신히 몸을 끌고 온 뒤로 아직 거울을 들여다볼 용기가 나지 않았다.

"후안 데 발보아는 만나봤나?"

"제 걱정은 마십시오, 돈 프란시스코. 의사는 필요 없습니다."

"자네에게 가장 필요한 게 뭔지 모르겠군. 충고인가? 자네가 듣겠다면, 충고가 부족하지는 않을 걸세."

피사로 총독은 궁전에 거주하든 천막에 거주하든, 늘 똑같이 꾸며진 침실을 원했다. 좁다란 침대, 식탁과 의자 두 개, 그가 가장 좋아하는 성모 마리아의 초상화. 그는 가브리엘에게 앉으라고 손짓했지만, 가브리엘은 통증 때문에 구부정하게 서 있을 수밖에 없었다.

"자네가 아무 말도 듣지 않으니, 내가 자네 얘기를 들어보지."

"돈 프란시스코, 어쩌다가 제가 이 지경이 되었는지 총독님은 제게 한마디도 묻지 않으셨습니다."

"굳이 그걸 물어봐야 하나?"

총독의 메마른 얼굴이 조롱기 없는 희미한 웃음으로 환해졌다.

"물어볼 필요가 없다면 그 이유는 간단하죠. 총독님이 잘 알고 계시니까요."

"날 책망하는 건가?"

"총독님을 책망한다고요? 정말이지, 그것을 어떻게 불러야 좋을지 모르겠군요……"

"말하게, 그러면 어떻게 부를지 신경 쓰지 않아도 될 테니."

"총독님의 동생들 말입니다, 돈 프란시스코, 총독님의 동생들이……"

그들의 이름을 입에 담는 것만으로도 가브리엘은 얼굴이 창백해졌다. 빌어먹을 더러운 놈들……

"그래, 내 동생들이?"

총독이 가브리엘의 분노를 모르는 체하며 나직이 물었다.

"돈 프란시스코, 돼지만도 못한 도둑놈이라는 말로도, 비겁함과 탐욕과 위선으로 총독님의 이름을 더럽힌다는 말로도 부족한……"

가브리엘이 숨 가쁘게 반쯤 쏟아냈을 때 총독이 검은 장갑을 들어 올리며 그의 말을 잘랐다.

"더이상 말하지 말게. 한마디도."

두 사람은 서로 쏘아보았다. 가브리엘은 몸을 떨었다.

"난 정말 자네를 용서하고 싶네. 동생들이 자네를 심하게 때려눕혔고, 자네는 굴욕감에서 그런 말을 하는 거니까……"

피사로 총독이 억양 없는 목소리로 천천히 말했다.

"굴욕감을 핑계로, 저는 모두들 수군대면서 총독님께만 숨기고 있는 진실을 말씀드리는 겁니다."

총독이 둔탁한 웃음을 터뜨렸다.

"자넨 내가 내 동생들을 모른다고 생각하나? 그들이 왜 나와 함께 있고 뭘 기대하는지 내가 모른다고 생각해? 내가 핏줄에 눈이 먼 채로 쿠스코에 왔다고 생각하나?"

"제가 뭘 생각하는지 잊고 지낸 지 오래됐습니다, 돈 프란시스코."

가브리엘은 스스로도 당황할 만큼 가시 돋친 투로 말했다.

"그래, 바로 그거야. 자넨 그 푸른 눈의 여신관을 본 뒤로 자네가 어떤 지경에 이르렀는지 깨닫지 못하고 있어. 그 황금상과 관련된 뭔지 모를 술책에 빠져든 뒤로 말이야. 자네의 감정이 이성을 대신하고 있고, 그래서 내 동생들을 욕하는 거야."

가브리엘은 충격을 받았다. 총독이 민감한 부분을 건드린 것이다. 모든 게 명백하지 않다는 것을 가브리엘 스스로도 잘 알고 있는 부분을. 하지만 종종 그랬듯이 그는 바로 그 순간에 침착함과 명석함을 되찾았다. 한창 언쟁을 벌이는 와중에.

"총독님이 이성을 잃지 않고 계시다는 건 인정합니다. 하지만 이성을 잃지 않으셨어도, 심지어 제가 혼란에 빠져 있더라도 여전히 총독님이 잘못 생각하시는 겁니다."

"설명해보게."

"총독님은 동생들이 한계가 있긴 하지만 필요악이라고 생각하시지요. 총독님을 따라온 모든 부하들과 돈 디에고 데 알마그로를 통제하듯이 그들을 아무 문제 없이 통제하고 있다고 생각하시고요. 총독님은 그들보다 뛰어나십니다. 참을성과 용기도 더 많고, 황금보다 더 높고 멀리 있는 것을 추구하시죠. 총독님은 생각 있는 분이시고 단호한 수완을 가지고 계시죠. 총독님은 수장이시고, 그들은 물어뜯는 개지요. 이 모든 점에서는 총독님이 옳으십니다. 그러나 그 사람들, 총독님의 동생들과 돈 디에고 말입니다, 그들이 총독님께 등을 돌릴 준비를 하고 실행에 옮길 순간만을 노리고 있다는 것은 모르고 계십니다……"

"내 동생들이?"

"총독님을 해치지야 않겠지요. 하지만 머지않아 지독한 고통을 안겨줄 겁니다. 제가 당한 구타는 여자의 애무쯤으로 여겨질 만큼 심한 구타를 총독님이 당하는 것이나 마찬가지가 되겠지요."

이번에는 총독의 얼굴에 가벼운 놀라움이 떠올랐다. 평소에는 볼 수 없는 당황한 기색이었다. 침묵이 내려앉은 가운데, 두 사람은 서로에게서 시선을 떼지 않았다. 그들이 함께한 기묘한 역사 전체가 주마등처럼 스쳐 지나갔다. 그리고 그들을 묶어주는, 이따금 그들 자신의 뜻을 거스르는 그 끈끈한 관계도.

마침내 돈 프란시스코가 두 팔을 벌렸다.

"그러니까 결국 자네는 날 정말로 좋아한다는 거지."

"아마도요."

총독의 얼굴이 환해졌다.

"아마도라…… 정말 풋내기답군그래! 까짓것, 뭐 그런 건 아무래도 좋아. 내가 자네를 도와주겠네."

"저를 도와주신다고요?"

"자네를 구해주겠단 말이야!"

가브리엘은 더이상 말을 막지 않고 피사로 총독의 얘기를 들었다. 총독의 말이 이어지는 동안, 그는 구타당하는 것보다 더 세게 얻어맞고 무너지는 것을 느꼈다.

카사나 궁전에서 비틀거리며 나온 그는 빛에 눈이 부셔 더듬더듬 분수 쪽으로 걸어갔다.

빗방울이 떨어지기 시작했다. 그는 홀로 남아 있었다.

✲

낮이 지나갔다.

그는 움직이지 않았다.

습기, 추위, 다시 찾아드는 열기, 심해지기도 하고 가라앉기도 하는 고통…… 기억 속에서 울리는 그 말 말고는 어느 것도 진정 그에게 영향을 미치지 못했다.

황혼이 찾아왔다.

동료들이 지나가면서 측은히 여기거나 조소를 보냈다. 어떤 이들은 그를 부르기도 했다. 그는 수군거림을 무시했다. 그리고 위를 향해 고집스럽게 눈길을 고정시키고 있었다. 산과 성채를 향해, 태양과 함께 기울어지는 성채의 그림자를 지켜보며. 그는 여전히 꼼짝도 하지 않은 채 밤의 냉기 속으로 미끄러졌다.

횃불 하나가 다가와 그의 얼굴을 비추었다. 그는 눈이 부셔서 손을 들어 빛을 가렸다.

"내게 호의를 보이는 사람이 누구요?"

그가 비웃었다.

"날세."

"댁도 누구처럼 날 구해주려는 거요?"

바르톨로메는 대답하지 않았다. 그는 가브리엘의 팔을 살며시 잡아끌었다. 가브리엘은 저항하지 않았다. 어제 이후로 줄곧 저항만 한 터였다. 젊은 여자의 검은 눈에 저항하고, 구타에 저항하고, 총독의 말에 저항하고. 이제는 세상 모든 사람들과 싸우는 것에 진저리가 쳐졌다.

그들은 느린 걸음으로 카사나 궁전을 가로질러 갔다. 바르톨로메는 안내하듯 그를 방으로 데려갔다. 초라한 촛불 하나가 그들 얼굴 위에 노르스름한 반사광을 너울거리게 했다. 가브리엘은 아주 조심스럽게 누우며, 아픈 육신에서 올라오는 신음을 억눌렀다. 바르톨로메는 침대에 앉아, 두 손가락이 붙은 손을 가브리엘의 가슴에 올려놓았다. 가브리엘은 그가 하는 대로 내버려두었다. 호흡이 진정되자 이윽고 바르톨로메가 입을 열었다.

"어떻게 된 건가?"

가브리엘은 갑자기 온몸을 꿰뚫는 슬픔으로 숨이 막힐 것만 같았다. 말하고 싶은데 말이 나오지 않았다. 고독, 무력함, 분노, 모든 것이 가슴과 입술 사이에서 뒤죽박죽되어 밀려나왔다. 쉴 새 없이 뿜어져 나오는 그것은 횡설수설하는 흐느낌에 불과했다.

바르톨로메는 한마디도 하지 않고 그가 울게 내버려두었다. 호기심 어린 다정한 눈으로 그를 쳐다보며 한 손으로 그를 진정시켰다.

"수도사님은 전사 같군요!"

드디어 가브리엘이 말했다.

"전사들은 눈물을 흘리지 않는다던가?"

"말씀 한번 잘하시네요……"

바르톨로메는 그저 웃기만 했다.

"그는 내가 자기를 따라가야 한다고 했어요. 왕국의 수도를 세우기 위해 곧 쿠스코를 떠날 예정인데, 내가 필요하다는 거예요. 만약 내가 쿠스코에 남아 있으면 죽을 거라고, 죽으면 어느 누구에게도 소용이 없다고 하더군요. 내가 쿠스코에 남아 있으면, 그의 동생들이 복수심을 채우기 위해 물불을 가리지 않을 테니 그녀도 죽게 될 거라고요…… 이건 명령이랬어요. 그리고 언젠가는 우리가 돌아올 거라고 했어요……"

"어떻게 할 작정인가?"

"몰라서 물으세요? 물론 따라야지요. 그의 말이 옳으니까, 그가 적절하고도 고약한 말을 찾아냈으니까. 내가 그 못된 동생들을 두려워하지 않는다는 걸 그는 잘 알고 있어요. 하지만 또한 내가 내 목숨보다 그녀를 더 걱정한다는 것도 알고 있죠."

"자네를 위해 내가 뭘 해줄 수 있을까?"

놀란 가브리엘이 바르톨로메를 올려다보았다.

"날 위해서요? 아무것도요. 날 위해 뭘 해주고 싶은가요?"

"자네가 내게 원하는 것……"

"고작 그것뿐입니까! 수도사님, 주님은 그대가 가장 들어서기 어려운 길로 다가가게 하나니……"

"계속 말해보게."

바르톨로메는 또 웃었다.

가브리엘은 큰 소리로 꿈꾸듯 말했다.

"내가 원하는 거라…… 내가 원하는 것……"

"내가 애써보겠네."

가브리엘은 깜짝 놀라 입이 벌어졌다.

"어떻게……"

"그게 자네가 원하는 것 아닌가? 노력해볼 테니, 날 믿게."

가브리엘이 미처 뭐라고 말하기도 전에, 수도사는 일어나서 촛불을 들고 사라졌다.

28

1534년 1월, 켄코

얼마나 오랫동안 난쟁이를 따라갔는지 가브리엘은 알지 못했다. 이따금 그는 일종의 반수면 상태에 빠지는 것을 느꼈다. 자기가 걷고 있는 것인지, 아니면 보이지 않는 손에 이끌려 미끄러지듯 자기 발밑으로 길이 펼쳐지는 것인지 알지 못했다.

처음에는 이런저런 가정을 세워보았다. 콜캄파타인가, 성채인가? 그러더니 집들이 사라지고, 벽이 드문드문 나타났다. 사크사우아만의 탑들도 뒤로 멀어졌다. 그가 출발할 때 추정했던 북동 방향은 더이상 의미가 없었다. 팔을 앞으로 내밀자, 별 한가운데서 헤엄치는 듯한 기이한 느낌이 들었다. 밤은 거대하고, 광활하고, 무한했다. 밤은 땅을 집어삼켰다.

상처의 고통도 둔감해졌다. 그는 절뚝거리며 철학적인 사색에 잠겼다. 인간이란 얼마나 묘한 존재인가. 아침에는 절망에 빠졌다가, 밤이 조금의 가능성이라도 열어 보이면 마음이 태평해지고 자유로워지니.

확정된 출발조차 더는 그리 잔인하게 여겨지지 않았다. 내일이든, 더 나중이든…… 진실은 총독의 위협 속에 있는 것이 아니라, 이 밤 한가운데 어딘가에 있었다.

정확히 어느 곳인지는 모르지만, 그는 쿠스코 위로 올라가면서 땅이 바뀐 듯한 느낌이 들었다. 더 희박해진 공기, 나무가 없어지고 둥그레지는 언덕을 침식하는 돌, 맑은 밤…… 그는 시간과 공간의 여행자였고, 신들의 존재를 깨달은 듯 여겨졌다.

난쟁이는 입을 열지 않았고, 그가 말을 걸어도 대답하지 않았다. 어쩌면 그는 다른 세상으로 가고 있는 것이고, 난쟁이는 그곳의 첫번째 주민인지도 몰랐다.

난쟁이가 갑자기 길에서 벗어났다. 가브리엘은 바위들이 지면 위로 드러난 곳을 향해 주저 없이 따라갔다. 그는 마지막 순간에 이르러서야 그곳의 넓이를 가늠했다. 그곳은 자연적으로 만들어진 원형 경기장 같은 곳으로, 주변에는 신전과 가장 아름다운 궁전의 벽감을 상기시키는 벽감들이 패어 있었다. 뒤를 돌아보았을 때 난쟁이는 사라지고 없었다.

그는 중앙에 있는 바위로 다가가 우뚝 멈춰 섰다. 무엇을 나타내는 바위인지는 모르지만, 바위의 모든 힘이 고동치는 것 같았다.

"사람의 손이 돌 위로 스쳐 갔어요. 하지만 태어난 것은 신이죠."

"다시는 당신을 못 보는 줄 알았어요."

가브리엘이 짧게 말했다.

웃음소리가 그에게 대답했다.

"당신에겐 아직 내가 안 보여요. 날 따라와요."

아닌 게 아니라 가브리엘이 눈길을 돌린 곳에는 춤추는 듯한 그림자밖에 보이지 않았다. 그림자는 완만한 경사를 이루는 길을 따라 언덕에 패어 있는 동굴로 그를 데려갔다.

"아나마야……"

그는 넓은 돌계단이 있는 동굴 입구에서 망설였다.

층계 몇 칸을 내려간 그는 밤보다 더 짙은 어둠 속에서 멈춰 섰다. 그는 두 손으로 더듬거리며 장애물을 찾았다. 땅속에서 올라오는 축축하고 신선한 공기밖에는 잡히지 않았다. 불에 그을린 풀 냄새가 났다. 그를 끌어당기기도 하고 밀어내기도 하는 들척지근한 냄새였다.

몇 걸음 나아가던 그는 비틀거리다가 쿵 하고 넘어졌다. 고통의 비명 소리가 동굴에 울려 퍼졌다.

"아나마야!"

그의 탁한 목소리가 울렸다. 이 벽에서 저 벽으로 반사되는 헛된 부름뿐 아무 소리도 들리지 않았다.

"아나마야!"

"이리 와요……"

속삭임이 아주 가까이에서 들리자, 그는 두려움을 잊고 이끄는 대로 끌려갔다. 어둠 속에서 그는 그녀의 반짝이는 눈과 미소를 느끼며 한 걸음씩 다가갔다. 그녀는 그의 손목을 잡고, 일종의 제단 같은 돌탁자 위에 그의 손을 올려놓았다.

"내가 옆에 있을 거라고 했잖아요."

"너무 오래된 일이라……"

"나를 믿으라고 말했죠."

아나마야의 손이 그의 손으로 다가왔다. 그녀의 손이 아프지 않게, 아주 부드럽게 그의 팔과 어깨와 목을, 상처 입은 곳을 모두 스치고 지나갔다. 하지만 그의 몸은 굳어졌다.

"겁내지 말아요……"

그는 눈을 감고 그녀에게 몸을 맡겼다. 그녀는 그의 몸 곳곳을 스치며 미풍처럼, 시냇물처럼 진정시켜주었다. 그는 감미로움과 열기를 다시금 느꼈다. 그 안으로 그대로 미끄러져 들어가기만 하면 되었다. 그의 숨결이 잦아들고, 몸은 유연해졌다.

"회색 눈의 남자가 카타리를 찾아와 말하기를, 당신에게 내가 필요하다고 했어요……"

"바르톨로메가?"

"이름은 모르겠어요. 카타리와 종종 만나서 서로의 지식을 나눈다더군요……"

가브리엘은 초조한 몸짓을 했다.

"난 떠나라는 명령을 받았소, 아나마야."

"알아요."

아나마야의 차분한 목소리에 어리둥절해진 가브리엘은 그녀의 눈에서 진실을 읽으려고 했다.

"여기는 당신을 노리는 위험이 너무 많아요. 당신은 멀리 가야 해요……"

"망코 말인가요?"

"망코 군주님은 당신을 해치지 않을 거라고 내가 말했죠. 당신의 종족 얘기라는 걸 당신도 잘 알잖아요."

"내가 모르는 또다른 위험이 있는 겁니까?"

"알지 못하는 위험은 늘 있는 법이죠. 그렇게 생각하지 않는 사람은 무지한 거예요."

아나마야가 미소 지었다.

"아니면 현명하거나."

그는 그녀의 미소를 감지했다.

"그래요, 아니면 현명한 거죠. 하지만 어쨌든 당신은 떠나야 해요."

가브리엘은 침묵에 귀를 기울이며 공기를 가득 채운 낯선 냄새를 들이마셨다.

"여긴 어디죠?"

"우아카 안이에요. 우리의 성스러운 장소 가운데 하나죠. 쿠스코 주변에는 수백 개의 성스러운 장소가 수레바퀴 모양의 줄을 따라 배치되어 있죠. 그 중앙에 우리 수도가 있어요. 어떤 곳에는 당신들이 손쉽게 차지할 수 있는 보물이 간직되어 있고, 또 어떤 곳은 아주 은밀한 곳이어서 결코 찾아내지 못할 거예요."

"제물이 바쳐지는 장소요?"

그는 아나마야가 주저하는 것을 느꼈다.

"맞아요, 제물이 바쳐졌었죠."

확신에 사로잡힌 듯, 가브리엘은 자신의 목을 조르던 냄새가 무엇인지 불현듯 알아차렸다. 그것은 불에 태워진 살과 피의 냄새였다…… 차디찬 전율이 그의 등줄기를 훑고 지나갔다.

그의 동요를 느끼고, 아나마야가 그를 잡아끌었다.

"자, 나가요."

밖으로 나오자 그는 기분이 한결 나아졌다. 어두운 동굴을 지나오자, 별빛 환한 한낮인 듯 느껴졌다. 그들은 돌계단을 올라가 우아카 꼭대기에 이르렀다.

"험난한 시기가 다가오고 있어요."

그녀가 말했다.

"험난한 시기 때문에 내가 사라져야 하나요?"

"이 평화는 거짓과 잘못으로 가득 차 있어요……"

"망코를 말하는 거요? 당신네 종족을?"

"모두를 말하는 거예요, 가브리엘……"

"그 때문에 내가 사라져야 하는 거요? 대답해봐요."

그의 목소리가 본의 아니게 퉁명스러웠다. 아나마야는 약간 혼란스러워하는 목소리로 대답했다.

"물론 그렇지 않아요. 당신이 살아야 하기 때문에, 우선 살아야 하기 때문이에요!"

한마디 한마디를 들으면서, 가브리엘은 마음이 가라앉았다. 하지만 부드러운 애정도 그의 마음속 깊은 곳에서 검은 샘처럼 새어 나오는 불안을 잠재우지는 못했다.

언덕 꼭대기 돌 틈에서 시냇물이 갈지자로 시작되었다. 조각된 형상이 바위들 위에 나타나고, 정박지의 계주(繫柱)처럼 동그란 돌로 된 돌출물 두 개가 초라한 장소 한가운데에 세워져 있었다.

가브리엘은 물음을 담은 눈으로 아나마야를 쳐다보았다. 그녀는 그저 미소 지으며 그를 곁으로 바짝 잡아끌었다.

둘은 돌 위에 그대로 드러누웠다.

가브리엘은 고통을 잊었다.

"말해봐요. 무엇 때문에……"

그가 말문을 열었다.

아나마야는 가냘픈 손으로 그의 입을 막았다.

"하늘을 봐요. 별을 봐요…… 그리고 이유는 묻지 마세요."

그는 그녀와 함께 꿈에 젖어들었다.

그는 자기가 알지 못하는 모든 것을 잊고, 모든 질문과 의혹을 잊었다. 퓨마처럼 펄쩍 뛰어오르고, 콘도르처럼 날고, 번갯불처럼 하늘을 가로질렀다. 그러는 내내 그녀는 그의 손을 잡고 있었다. 아무 말도 하지 않았다.

그녀가 그를 일으키더니 그에게 몸을 바싹 붙였다.

그는 감정이 북받쳤다. 그녀의 나약함을 느꼈기 때문이다. 여전히 한마디도 하지 않지만 그녀가 느끼는 이별의 고통을, 어쩌면 너무도 인간적이고 단순한 불안을 느꼈기 때문이다.

그녀는 그에게서 몸을 빼내고 하염없이 그를 바라보았다. 그는 그녀의 눈에서 원하는 모든 것을 읽었다. 그녀의 이야기, 그가 알고 짐작하는 모든 것, 그녀가 마음속 깊이 숨겨둔 것이 스쳐 지나는 게 보였다.

"봐요."

이윽고 그녀가 말했다.

달빛이 두 개의 동그란 돌 주변에 그림을 그렸다. 두 개의 돌은 창백한 눈이 되어 어둠 속에서 반짝였다. 그림자가 조용하고도 위협적인 살쾡이의 형상을 뚜렷이 드러냈다.

퓨마.

그는 더이상 아무것도 묻지 않았다.

*

동이 텄을 때, 그녀는 사라지고 없었다.

퓨마의 눈은 다시금 바위 꼭대기의 동그란 두 개의 돌이 되어 있었다.

가브리엘은 동굴 쪽으로 내려가지 않았다.

그는 훨씬 더 멀다는 것을 잘 알면서도, 쿠스코로 가는 길로 들어섰다.

제4부

29

1535년 7월, 쿠스코

7월의 그날, 총독의 형제들이 유일한 군주 망코의 궁전에 도착한 것은 이른 새벽이었다. 안개가 콜캄파타 광장 앞의 성스러운 옥수수 밭을 뒤덮고 있었다.

곤살로는 모자 리본에 푸른색과 노란색의 멋진 깃털을 꽂고 있었다. 후안은 괴상하게도 하얀 비단띠로 모자를 장식했다. 그들은 큰 소리로 웃었다. 그들의 웃음소리가 골목길의 높은 담들 사이로 메아리치며, 그들과 경관들의 장홧발 소리에 한데 뒤섞였다. 십여 명의 경관들이 창과 강철 활로 무장하고 그들을 뒤따르고 있었다.

왕의 칸차 입구에서 인디언 전사들이 길을 막아설 듯이 보였다. 전사들을 지휘하는 대장은 황금 배지가 떨어져 나간 투구를 쓰고 있었다. 곤살로 피사로가 잉카 장교의 가슴을 경멸에 찬 태도로 떠밀자, 후안이 짐짓 화난 척하며 곤살로의 옷깃을 잡았다.

"조심해, 곤살로! 우린 친구로서 여기 왔다는 걸 잊지 마!"

그 말에 곤살로가 미친 듯 웃음을 터뜨렸고, 곧이어 모두가 따라 웃었다. 무력함과 모욕감에 불타는 잉카 병사들이 지켜보는 가운데, 그들은 조금 구겨진 윗옷을 매만졌다. 그들은 안달루시아의 궁전 안에서 사열받을 병사들처럼 완전무결하게 두 줄로 정렬했다. 그러고는 큰 보폭으로 칸차의 첫번째 안뜰을 가로질러 두번째 안뜰로 들어갔다. 하녀들과 군주들은 그들의 난입에 놀라 꼼짝도 하지 못했다.

돈 곤살로는 잘생긴 얼굴 가득 환한 미소를 띠고, 가장 커다란 건물의 문 쪽으로 곧장 부하들을 끌고 갔다. 젊은 보초들이 창을 치켜들었다. 한 스페인인이 총독의 형제들 앞에서 펄쩍 뛰었다. 그는 장화를 앞으로 뻗을 필요조차 없었다. 인디언들이 잠시 망설이더니 방어 태세를 포기한 것이다. 제일 먼저 문턱을 넘어선 곤살로는 재미와 호기심에 못 박힌 듯 움직이지 않았다.

윗옷을 벗은 유일한 군주 망코가 아내와 후궁들 앞에 서 있었다. 고개를 숙인 여자들이 몸을 굽히고 시선을 떨어뜨린 채, 새의 깃털처럼 고운 직물로 만든 여러 가지 튜닉을 그에게 내보이고 있었다. 그녀들 중 하나가 이방인들의 난입을 알아채고는 감히 고개도 들지 못하고 외마디 비명을 질렀다. 망코의 몸이 경직되었다. 놀란 그는 노여움에 표정이 굳어졌지만 곧 마음을 누그러뜨렸다.

"인사드립니다, 사파 잉카!"

곤살로가 몸을 굽히며 말했다.

망코는 무시하고 다시 운쿠로 눈길을 돌렸다. 그는 보란듯이 시간을 끌며 운쿠를 골랐다.

"그가 옷을 입게 내버려두자."

후안이 고개를 돌리며 곤살로에게 제안했다.

"그야 물론이지! 우린 야만인이 아니니까."

곤살로가 방 안으로 더 깊숙이 들어가며 비웃음을 흘렸다.

그가 한 처녀에게 가까이 다가가자 처녀가 눈길을 돌리며 물러섰다. 곤살로는 처녀가 내미는 튜닉을 잡아채서는 일행들 앞에 대고 흔들었다. 그가 잘 손질된 수염을 들어 올리고 아가씨 같은 표정으로 눈을 깜박이며 장식 깃이 달린 윗옷에 튜닉을 갖다 대자, 스페인인들이 웃음을 터뜨렸다.

"이 왕의 복장은 나한테도 썩 잘 어울리겠는걸!"

그가 태연히 빈정거리자 몇몇 사람들이 상스럽게 웃었다.

망코는 여전히 무관심하게 그들 쪽으로는 눈길 한번 주지 않고, 기하학적인 자줏빛 문양으로 장식된 짙푸른 색깔의 운쿠를 가리켰다. 이방인들의 야유에도 불구하고 두 여자가 떨면서 망코가 옷 입는 걸 시중드는 사이, 다른 여자는 어느새 망타를 내밀고 있었다. 개어놓은 망타 위에는 왕의 띠가 놓여 있었다.

그 광경에 이끌린 군중, 남자와 여자, 하녀와 군주 들이 안뜰로 모여들어 웅성거리며 항의를 표했다. 비스듬히 기운 아침 태양 아래, 유일한 군주가 모욕당하는 것을 보고 그들의 눈은 공포감으로 빛났다.

"곤살로……"

후안은 무슨 일로 곤살로 주위에서 고함과 웃음이 터져 나오는지 둘러보았다. 곤살로가 한 하녀의 손에서 잉카가 거들떠보지 않은 튜닉 하나를 빼앗았다. 그러고는 한 후궁에게 다가가 운쿠를 내밀며 입어보라고 권했다. 이방인의 난폭한 행동보다 신성모독적인 태도에 더욱 겁먹은 후궁은 무기력하게 거부했다.

"이 여자는 이걸 좋아해. 용기를 북돋워주기만 하면 돼."

곤살로가 말했다.

"곤살로……"

후안이 점점 더 거북해하며 말했다.

다른 여자들이 방의 가장 외진 구석으로 물러서는 동안, 망코는 여전히 무표정한 얼굴로 손가락 하나 까딱하지 않았다. 그 광경을 쳐다보지도 않는 듯했다. 젊은 인디언 여자가 곤살로를 피하려다 무릎을 꿇고 넘어질 때조차.

바로 그때, 모두가 알고 있는 목소리가 울려 퍼졌다.

"여러분, 유일한 군주님은 결코 당신 침실에서 사람들을 맞이하지 않습니다. 제발 안뜰로 나가십시오. 유일한 군주님은 여러분이 원하는 대로 면담을 해주실 것입니다."

스페인인들은 소스라치게 놀라 욕을 하며 갈라섰다. 문턱에서 아나마야가 노기 띤 푸른 눈으로 각자의 얼굴을 훑어보았다. 곤살로는 몸을 떨다가, 살짝 인사를 하는 형 후안을 보고 피식 웃었다.

"부인, 사실대로 말씀드리자면 부인은 아직 잘 모르시겠지만 마침 잘 오신 겁니다. 우린 부인이 필요하거든요."

후안이 말했다.

아나마야는 두 형제를 뚫어지게 쳐다보았다. 그녀는 마음속 경멸과 분노, 두려움에도 휩쓸리지 않았다. 그녀가 당당하게 서 있자, 곤살로조차 그녀 앞에서 눈길을 돌리지 않을 수 없었다.

*

“당신은 우리에게 거짓말을 했소. 당신은 황금을 약속했는데, 황금은 어디 있는 거요?”

곤살로가 화가 나서 말했다.

그는 햇볕 속으로 걸어가 팔을 내저었다. 망코는 계속 티아나 위에 앉아서 입을 열지 않았다. 뒤로 물러나 있는 아나마야는 차갑고도 꼿꼿한 자세로, 스페인인들에게 줄곧 시선을 붙박고 있었다. 안뜰 건너편에는, 위협적으로 늘어선 이방인들로부터 상당히 떨어진 거리에 강력한 군주들이 밀집해 있었다.

“석 달이 되었소, 사파 잉카. 당신이 우리에게 황금을 약속한 지 말이오. 당신 왕이기도 한 우리 국왕에 대한 우정과 존경의 표시로, 그리고 반란의 소문이 근거 없는 얘기라는 걸 우리에게 증명해 보이기 위해 당신이 약속했잖소. 날짜가 지났소. 몇 주가 흘렀건만 우리가 받은 거라곤 달랑 접시 몇 개와 당신이 당신 하녀들한테서 빼앗은 하찮은 물건들뿐이오!”

곤살로가 망코에게 손가락질을 하며 말했다.

그가 입을 다물자 다시 안뜰에 침묵이 내려앉았다.

새들이 칸차 위로 짹짹거리며 날아갔다. 새들의 그림자가 스페인인들과 인디언 군주들 사이를 화살처럼 힘차게 지나갔다. 후안 피사로는 끈질기게 아나마야의 눈을 찾았다. 하지만 그녀는 다른 사람들에게 그런 것처럼 그에게도 주의를 기울이지 않았다. 이윽고 망코가 미소 지으며, 궁전의 뜰과 건물 벽과 자기 침실의 문지방을 가리켰다.

“여기에 황금이 보이시오? 당신들이 퓨마의 도시에 들어온 뒤로 겨울이 두 번 찾아왔소. 생각해보시오! 당신들이 도착한 날, 이 벽 여기저기, 그리고 칸차의 방마다 황금이 있었소. 내 정원에도, 궁정의 귀족들 집에도 황금이 있었소. 내 후궁들과 아내들의 머리카락에도 있었소! 당신이 방금 전 그중 한 여자를 데리고 놀았으니, 당신에게 묻겠소. 그 여자가 황금을 지니고 있었소? 내 친구인 총독의 아우여, 자 한번 돌아보시오. 내 집의 귀족들, 그들의 귀에 황금 마개가 있습니까? 아니, 나무뿐이오. 그들의 가슴과 팔을 보시오. 거기엔 아무것도 없소. 농부들의 팔처럼 아무것도 없어. 이미 당신들에게 다 주었기 때문이지! 황금이 이미 당신들 손아귀에 있는데 어디서 또 황금을 찾을 수 있겠소? 당신들이 이 나라의 주인인데, 내가 어떻게 황금을 숨길 수 있겠소?"

망코가 이상하리만치 부드러운 목소리로 물었다.

곤살로는 간사한 웃음을 띠고 그를 쳐다보았다.

"당신은 거짓말을 하고 있어. 이 나라에 황금이 더 있다는 걸 난 알아. 그것도 아주 많이."

곤살로는 손가락으로 망코를 가리키면서 한마디 한마디 강조해서 말했다.

"당신이 봤소, 이방인 친구? 어딘지 말하시오, 그러면 내가 곧 찾으러 보내겠소!"

곤살로는 씩씩거리며 슬그머니 망코에게 바싹 다가섰다. 망코의 얼굴에 침을 뱉으려는 듯 보였다. 그런데 그가 눈을 치뜨고 아나마야의 얼굴을 똑바로 쳐다보았다.

"당신은 우리가 어떤 황금을 말하는지 잘 알고 있잖아…… 내 형님인 돈 프란시스코 총독이 요구한 커다란 황금상은 어디 있지? 내 형님의 인내심은 한계에 이르렀고, 나는 훨씬 더 심하지. 몇 달 전부터 당신은 우리에게 터무니없는 얘기를 하고 있어. 사흘 뒤에는 내 집에서 그 조각상을 볼 수 있기를 바라오!"

침묵이 흘렀다. 이번에는 후안이 앞으로 나섰다.

"그건 있을 수 없는 일입니다."

아나마야가 분명히 대답했다.

"아? 왜 그렇습니까, 부인?"

곤살로가 아주 예의 바른 투로 물었다.

"그 조각상은 이제 이 세상에 없기 때문이에요. 조각상은 태양이 지는 나라의 강력한 조상들 옆에 머무르고 있어요."

곤살로는 한동안 말없이 그녀를 바라보았다. 마치 그 말의 의미를 이해하려고 애쓰는 듯, 놀란 눈으로 눈썹을 치켜 올렸다. 그가 후려칠 기세로 손을 들자, 인디언들 대열에 전율이 휩쓸고 지나갔다. 하지만 그의 손은 계산된 부드러운 태도로 망코의 어깨에 놓였다.

"내 친구 잉카는 태양신의 아들이 아니신가? 그에게는 살아 있는 자들과 죽은 자들에 대한 권력이 있지 않나요?"

곤살로가 다시 말했다.

"당신은 유일한 군주님의 몸에 함부로 손댈 수 없어요!"

아나마야가 차갑게 말했다.

"설마, 내 친구 잉카가 덕 있는 자의 우정에 동반되는 친밀감의 표시쯤은 용인해주겠지. 알다시피 우리에게 이건 진심 어린 감정에서 우러나오는 자연스러운 표현이오. 웃음이나 포옹이나 선물이나……"

곤살로는 여전히 싱글거리면서, 망코를 붙잡았을 때처럼 갑작스럽게 놓아주었다. 잉카가 애써 위엄을 되찾는 동안, 곤살로는 병사 하나를 돌아보고는 가까이 오라고 턱짓으로 명령했다. 병사는 안장에 매다는 커다란 가죽 가방을 어깨에 메고 있었다. 병사는 가방을 열고, 두꺼운 강철 자물쇠가 달린 쇠사슬을 꺼냈다. 곤살로는 사슬 끝을 움켜쥐고는 잉카의 발치에 내려놓았다.

"보시오, 난 당신과 달라. 당신을 위해 멋진 선물을 가져왔거든."

망코와 아나마야는 사슬을 내려다보았다.

"이 사슬은 내 형님인 돈 프란시스코 피사로 총독께서 고인이 된 잉카, 당신 형제 아타우알파를 그의 종족의 애착으로부터 보호해주기 위해 사용했던 바로 그 사슬이란 말이지. 난 이 사슬이 당신에게 훌륭한 보물이 될 수 있으리라 생각했는데. 내 생각이 틀렸소?"

안뜰이 쥐 죽은 듯 고요했다.

"그 대신 내가 말한 조촐한 선물을 받게 되기를 기다리겠소."

망코도 아나마야도 위협 앞에서 떨지 않았다. 하지만 강력한 군주들과 칸차의 보초들은 스페인인들 옆으로 다가갔다. 스페인 사람들은 자기네 우두머리들 주변을 보호하며 천천히 한 줄로 좁혀들었다. 후안은 동생의 손목을 잡고 인디언들에게 겸연쩍은 미소를 지어 보였다.

"잠깐, 곤살로…… 우리에겐 다른 제안거리가 있다는 걸 기억하라고!"

후안은 공손하게 보이려고 망코 앞에서 몸을 굽히면서 모자를 벗었다.

"사파 잉카, 다른 어떤 조각상보다 아름답고 훌륭하다고들 입을 모아 말하는 그 아름다운 조각상을 보지 못해서 실망스러운 건 사실입니다. 우리가 우정보다 황금을 더 좋아한다고들 합니다만, 그건 부당한 얘깁니다. 우리가 괴로운 것은 그 조각상을 갖고 싶어서가 아니니까요. 군주님이 보여주시는 불신의 태도 때문이지요…… 우리 중 어떤 이들은 군주님이 우리와 전쟁을 하고 싶어하는지도 모른다고까지 생각합니다! 물론 우리 생각은 그렇지 않지요. 바로 그 때문에 제가 군주님께 한 가지 제안을 하고자 합니다. 만약 군주님이 받아들이신다면, 우리가 친구라는 것을, 영원한 친구라는 것을 모든 이들의 눈앞에 명명백백하게 드러낼 제안이지요……"

후안이 타협의 뜻을 내비치며 말했다.

그는 자기 말이 확실한 효과를 나타낼 수 있도록 잠시 입을 다물었다. 그의 목소리가 하도 평온해서 팽팽한 긴장감이 가라앉았다. 망코 자신도 긴장을 풀었다. 머리를 끄덕이던 그는 후안이 앞에 대고 흔드는 모자를 다소 놀란 눈으로 쳐다보았다.

"사파 잉카, 오늘 저는 모자에 하얀 비단 리본을 둘렀습니다. 제 고향에서 이건 아내를 원한다는 뜻이지요……"

후안은 아나마야를 돌아보았다. 그는 잠시 집요하게 그녀를 뜯어보더니, 뜨거운 눈 위로 눈썹을 치뜨고 큰 소리로 말했다.

"저는 당신을 선택했습니다, 부인. 사람들 말로는 부인에게 남편은 없지만 당신네 풍습으로는 커다란 황금상이 부인의 남편이나 마찬가지여서 결혼할 수 없다고 하더군요. 그런데 부인 말씀이 조각상이 이 세상에 더는 없다고 하셨지요? 슬프면서도 기쁜 소식이군요! 이제 부인은 자유의 몸으로 저와 함께 성당에 가서, 영원히 부인을 보호해드릴 축복을 같이 나눌 수 있게 되었으니까요!"

아나마야는 아연실색하여 얼굴이 창백해졌다. 후안이 한 걸음 더 걸어나와 손을 잡으려고 하자, 그녀는 반사적으로 손을 배로 가져가 꼭 쥐었다. 격분한 망코는 얼굴이 벌게지고 목의 핏줄이 불거진 채로 벌떡 일어서 있었다.

"코야 카마켄은 내 아버지의 여자요. 아무도 그녀에게 손댈 수 없소!"

"다른 데나 가서 말씀하시지!"

곤살로가 떠들어댔다. 그는 망코를 도전적인 눈초리로 쳐다보더니 둔탁한 목소리로 덧붙였다.

"이 여잔 파나마의 창녀나 마찬가지야. 모두들 누가 그녀의 넓적다리를 벌리는지 알고 있는걸……"

망코는 이미 아나마야 앞에 와 있었다. 망코가 너무 거칠게 밀치는 바람에 후안은 비틀거리다 땅바닥에 무릎을 꿇었다.

당혹감이 잠시 안뜰을 뜨겁게 달구었다. 곤살로가 펄쩍 뛰어 망코의 팔을 움켜쥐자, 인디언 전사들이 유일한 군주를 돕기 위해 달려들었다.

부하들이 끼어들고, 짧은 디툼이 아나마야의 주의를 돌려놓았다. 안뜰 가장자리에 있던 여자들이 새된 비명을 지르며 첫번째 안뜰로 달아나는 동안, 이번에는 후안도 망코를 붙잡으려고 했다.

갑자기 어디선가 검은 그림자가 나타나 후안을 멈춰 세웠다. 그 바람에 후안은 망코를 놓쳤지만, 곤살로는 여전히 잉카의 팔을 꽉 쥐고 있었다.

"당신들 모두 미쳤소?"

아나마야는 가브리엘의 친구인 바르톨로메 수도사를 알아보았다. 바르톨로메는 백짓장처럼 창백했다. 그는 손가락이 붙은 괴상한 손으로 곤살로의 얼굴을 가리키며 다시 한번 고함쳤다.

"돈 곤살로, 미쳤소? 무슨 권리로 이 인디언 군주에게 난폭하게 구는 거요?"

"내가 가진 권리요. 당신이 상관할 바 아니라고."

"그를 놓아주시오!"

바르톨로메의 회색 눈이 늑대처럼 번득였다. 그런데 가장 인상적인 것은 그의 침착함이 지닌 힘이었다.

곤살로는 입을 비죽거리더니 잉카의 팔을 꽉 쥐었던 손을 풀었다. 후안은 곤살로가 손을 마저 풀기도 전에 동생의 팔을 잡아 뒤로 물러서게 했다.

"이 야만인이 우리를 놀렸소."

곤살로가 경멸하는 태도로 내뱉었다.

"우린 저 여자와 내 형을 결혼시키려고 왔소. 그런데 저자가 그녀에게 손댈 수 없다고 주장하는 거요. 손댈 수 없다고!"

그는 마치 아나마야가 도자기라도 되는 양 턱짓으로 가리켰다.

바르톨로메는 그제야 아나마야를 발견한 듯 그녀에게 짧은 눈길을 던졌다. 그는 아나마야와 망코 사이에 와서 섰다.

"사파 잉카 망코는 이 나라 인디언들의 군주요. 카를로스 1세 황제께서 그를 지명하셨고, 당신의 형인 총독의 보호를 받게 하셨소. 그걸 잊었단 말이오?"

그가 모두에게 들리는 큰 소리로 말했다.

"설교는 그만두시지요, 바르톨로메 수도사. 아직 주일이 아니올시다! 내 형님이 총독이라는 거, 물론 기억하고 있소이다. 그리고 내 형님은 여기서 아주 먼 곳에서 수도를 세우고 왕국을 건설하는 일에 몰두하고 계시지. 그동안 형님은 우리에게 이 도시의 책임을 맡겼소……"

곤살로가 낄낄거렸다.

"그렇다면 당신은 총독에게 보고를 해야 할 것이오. 이 사람을 어떻게 대했는지에 대해서도."

"여기선 우리가 결정하오. 누가 사람이고 누가 아닌지를…… 프란시스코 형님이 그것을 우리에게 가르쳐주러 오기엔 그리 가까운 거리에 있다고 생각하지 않는데……"

곤살로가 노발대발했다.

"스페인이 당신을 보고 있소!"

"스페인? 그게 어디 있는 거요? 이제 그만 하시지! 당신이 무슨 권한으로 우리에게 설교를 늘어놓는 거요?"

곤살로가 비웃었다.

"곤살로! 제발……"

후안이 입을 열었다.

"내겐 아무런 권한이 없소, 돈 곤살로."

바르톨로메가 나직이 대꾸했다.

"말 잘했소. 그럼 이제 영혼이나 구제하러 가시지요, 그럴 수 있다면 말이오. 우리에게 거드름 피우지 말고……"

곤살로가 씩씩거렸다. 그는 경멸에 찬 눈으로 수도사를 흘낏 쳐다보고는 몸싸움을 벌이던 중에 굴러떨어진 모자를 주워 들었다. 후안의 얼굴이 침울했다. 바르톨로메는 그들을 쳐다보며 희미하게 미소 지었다.

"물론 나는 여러분에 대해 아무런 권한이 없소. 하지만 우리의 신께는 그런 권한이 있지요. 최후의 심판은 신에게 속한 일이니 말이오. 그분은 비천한 사람들에게는 자비의 신이요, 오만한 자들에게는 복수의 신이지요."

"내 동생은……"

후안이 불쌍한 목소리로 입을 열자 곤살로가 말을 잘랐다.

"입 다물어!"

곤살로는 안뜰을 떠나며 바르톨로메에게 도전적인 시선을 던졌다.

그 모든 광경이 벌어지는 내내 아나마야는 몸을 떨었다.

✲

바르톨로메는 칸차 벽에 조심스럽게 몸을 기댄 채, 안뜰을 왔다갔다 하는 아나마야를 눈으로 좇았다. 그는 그녀를 만나러 가기에 앞서, 조금이나마 질서와 평화가 다시 자리잡히기를 기다렸다.

조금 더듬거리기는 하지만 자신감 넘치는 케추아어로 수도사가 말했다.

"다른 사람을 위해 누군가를 용서하는 게 어렵다는 건 잘 압니다. 하지만 당신과 유일한 군주님께 조금 전에 욕을 보인 것을 부디 용서해주시오. 그런 폭력을 없애는 게 내 권한으로 할 수 있는 일이라면, 그런 일은 결코 일어나지 않았을 거요. 나는 그런 태도를 싫어합니다. 부끄럽습니다."

아나마야는 잠시 그를 쳐다보다가 작은 몸짓을 해 보였다.

"알아요. 그리고 수도사님께 감사드려요."

"아뇨, 감사라니요, 아닙니다…… 나는 단지 유일한 군주님에게 당신이 설명해주기를 바랄 뿐이오. 우리 모두가 총독의 형제들과 똑같다고 생각해서는 안 된다고 말이지요."

아나마야는 곧바로 대답하지 않고 바르톨로메의 눈을 쳐다보았다. 그러더니 천천히 고개를 저었다.

"유일한 군주님이 다시 기운을 차리실 수 있을 만큼 수도사님 같은 사람이 충분히 많다고는 생각하지 않아요."

바르톨로메는 입가에 우울한 미소를 엷게 띠며 고개를 끄덕였다. 그는 기형인 손으로 수도복 소매에서 편지를 꺼내고는 혀를 끌끌 차며 갈색 종잇장을 펼쳤다. 종이는 빽빽이 행을 맞춰 쓴 고른 글씨 때문에 한층 더 어두워 보였다.

"적어도 두 명은 있다고 생각하는데요! 돈 가브리엘이 내게 도움을 청했고, 난 기꺼이 도움을 주고자 합니다. 이건 어제 온 그의 편지요. 내가 여기 온 진짜 이유지요. 피사로의 발톱에서 당신을 꺼내주기 위해서가 아니고. 하지만 신과…… 당신의 '조상들' 덕분에 만사가 잘 해결된 것 같군요."

바르톨로메가 낮은 소리로 말했다. 그는 자기도 모르게 살짝 웃었다. 확실히 아나마야의 존재로 인해 그의 내면의 뭔가가 부드러워졌다. 마치 그녀의 아름다움만이 그를 진정시키고 위로해주는 것처럼. 그는 턱짓으로 한 건물의 그늘을 가리켰다. 그곳에서는 일상의 일과로 돌아간 하녀들이 유일한 군주의 식사를 위해 사냥한 고기와 수프를 준비하고 있었다.

"괜찮다면, 저쪽에 편히 자리잡고 앉아 이 편지를 읽어드리고 싶군요."

잠시 후, 아나마야는 성스러운 술에 취하듯 몸속에 퍼지는 행복감으로 눈을 반짝였다. 바르톨로메의 목소리 너머로 가브리엘의 숨결과 음성이 들리는 것만 같았다. 그녀는 눈을 감고 귀를 기울였다. 말은 애무와도 같았다.

왕의 도시, 1535년 6월 18일

바르톨로메 수도사님, 친구 바르톨로메여.

이 글을 수도사님이 곧 보게 되기를 바랍니다. 눅눅하고 질 나쁜 종이에 끼적거린 것이긴 하지만, 여긴 다른 종이가 없답니다.

이 편지에 놀라실지도 모르겠군요. 내 침울한 기분과 우울함을 쫓아버리기 위해 수도사님께 편지를 쓸까 하고 종종 생각했습니다. 그런데 그 즐거움을 망치는 이유 몇 가지가 늘 생기더군요. 시간이 흘렀습니다. 번개처럼 순식간이 아니라 이루 말할 수 없이 느린 속도로. 내 그리움이 큰 만큼 더욱 그렇지요. 우리가 못 만난 지 일 년하고도 반년이 되어갑니다. 내 기억으로는 작별 인사가 좀 짧았던 것 같습니다. 작별 인사를 할 때, 어려운 시기에 도와주고 우정을 베풀어주신 것에 대해 충분히 감사드리지 못했어요. 나를 구속하는 이 유배 생활에 맞먹을 만큼 힘든 시기였지요. 예전에 수도사님께 느꼈던 불신이 이제는 몹시 낯설고, 한마디로 유치하게 여겨집니다. 오히려 수도사님께 너무도 자연스럽게 구원을 요청하게 되는군요.

총독님 곁에서 긴 여행을 하는 동안 종종 수도사님을 생각했습니다. 수도사님의 인간에 대한 지식과 더불어, 우리가 대화를 나눌 때 마음을 달래주던 온기가 그리웠습니다. 돈 프란시스코가 동생들 비위를 맞추느라 내게 강요한 이 완벽한 고독 속에서, 수도사님과의 따스한 대화가 몹시 그리웠어요. 또한 수도사님의 지식이 필요한 순간을 수없이 맞닥뜨렸고요!

새 소식이랄 만한 게 전혀 없을 것 같군요. 소문이나 다른 경로로 수도사님도 이미 알고 계실 테니까요. 소문의 문제점은 그 오류에 있지 않다는 걸, 소문은 들어맞을 때가 숱하다는 걸 잘 알고 계실 테지요. 내 친구 소토 대장은 파나마 행 배를 탔습니다. 자신의 가치나 공적에 걸맞은 중요하고 부유한 인물이 되도록 총독 형제들이 절대로 가만있지 않을 거라는 걸 확신한 거죠. 그가 떠난 것은 내게 또 하나의 상실입니다. 우리를 갈라놓으려는 그 모든 것에도 불구하고 우리는 서로 좋아했으니까요. 그에 대해 많은 추억을 간직하게 될 겁니다.

프레이 비센테 발베르데 주교 역시 스페인으로 가는 배를 탔습니다. 돈 프란시스코가 지원하는 도유식*을 하고서 말입니다. 돈 프란시스코는 수염은 더 하얘지고 눈은 더 맑아져서 현명한 대주교의 역할을 떠맡으려 애쓰고 있지요. 하긴, 그라면 그런 일을 할 수 있을 거예요. 그 자신과 함께 우리를 여기까지 이끌고 온 광기의 껍데기 속에는 늘 훌륭한 무언가가 들어 있답니다. 그는 늙어가면서도 결코 나약해지지 않아요. 느닷없이 평화를 걱정하고, 고인이 된 잉카 아타우알파의 동생이자 아내인 여자를 그야말로 친절하게 임신시키기도 합니다(그의 가족을 보호하겠다는 약속을 지키는 그만의 방법이지요!). 그의 그런 모습을 보면 볼수록, 그의 내면에는 두 종류의 사람이 있다는 생각이 듭니다. 그중 한 사람은 모든 것을 할 수 있는 사람, 난 그 사람이 싫습니다. 폭력과 거짓말을 일삼고, 목적을 이루기 위해 끝없는 만용을 부리고 아첨하는 사람 말입니다. 그는 야만적인 짐승에 가깝지요. 그에게는 이 땅에서 거의 찾아볼 수 없는 힘과 능력이 있습니다. 그리고 다른 한편으로는 주의 깊고 똑똑하며 능숙한 정치가가 있습니다. 내 생각에 그는 오직 한 가지를 원하되 비범한 것을 원하는 사람입니다. 나라를 세우는 것 말입니다! 그는 사실 나보다도 더 황금에 관심이 없습니다. 자신의 권력을 확고히 하는 데

* 병을 치유하고 악마를 쫓는 상징적인 의미로 몸에 기름을 바르는 종교의식.

필요하다면 모를까. 그는 쿠스코의 잉카 군주들과 권력을 함께 나눌 수도 있을 것 같은 사람입니다. 나는 그러기를 바라지요……

그 두 사람 중 누가 나를 '아들'이라고 부르는 것인지 정말 모르겠습니다. 웃지 마세요, 바르톨로메 수도사님! 그 말의 유혹에 넘어간 건 아니니까요. 하지만 진지한 말이라는 것도 느낍니다. 그는 자기 동생 에르난도의 반대를 무릅쓰고, 비열한 곤살로와 가련한 후안의 반대를 무릅쓰고 나를 선택했어요. 다른 사람들이 그에게 강요하고 온갖 수단을 동원해 나를 제거하려 하는데도 말입니다. 수도사님도 직접 보셨지요. 그가 내게 부당하게 대할 때조차 나는 진정한 애정을 느낍니다. 그래요, 아버지의 애정이라고도 할 수 있겠지요. 수도사님은 내 과거를 알고 있습니다. 그 과거 덕분에 우리가 세비야의 감옥에서 처음 만났지요. 그러니 수도사님은 그게 내게 어떤 의미인지 아실 겁니다…… 그리고 내가 왜 그의 그림자 속으로 뛰어드는지도.

여하튼 수도사님이 알고 있는 것과는 거리가 먼 일로 허비하는 이 시간 내내 생각에 잠겨 있지 않도록 나는 날마다 크든 작든 일을 하며 바삐 지내고 있습니다!

그중 가장 중요한 일은, 수도사님도 알고 계신지 모르겠지만, 페루의 수도를 물색하는 것이었습니다. 쿠스코에서 멀리 떨어져서 지낸 그 오랜 시간 중에서 내게 가장 좋은 순간 중 하나였다고 고백하지 않을 수 없군요.

지난 가을부터 돈 프란시스코는 하루도 빠짐없이 그 거창한 계획에 합당한 장소를 물색하러 다녔습니다. 그의 의견에 따르면, 남쪽 바다에 인접한 장소가 이상적인 곳이었지요. 항구에서 바다로 나가

항해하고 파나마와 스페인의 연결을 용이하게 하기 위해서죠. 모두가 그의 의견에 동의했습니다. 사막을 수백 킬로미터 걸어갔고, 1월 초인 어느 날 오후 우린 진정한 에덴 골짜기에 이르렀어요. 과일이 묵직하게 매달린 나무들 아래로 세 시간을 꼬박 말을 타고 갈 만큼 풍요롭고 비옥한 땅을 상상해보세요! 옥수수 밭, 고구마 밭, 흙이나 등심초로 만들어진 주거지, 훌륭하게 손질된 작은 정원이 톨레도의 세공품처럼 섬세하게 점점이 흩어져 있는 과수원을. 정원에는 구아바와 아보카도, 토마토가 꽃처럼 자라고, 그 모든 것이 결코 마르지 않는 수로망을 통해 물을 공급받게 되어 있지요.

우리는 그 매혹적인 골짜기 한가운데에 있는 얕은 강가에 이르렀어요. 강가 바로 옆에는, 꽃 덤불과 자주색이나 노란색 잎이 달린 소관목으로 가장자리가 둘러싸인 넓은 빈터 같은 것이 있었어요. 거기에는 인디언 신전에서 흔히 볼 수 있는 석총만이 자리를 차지하고 있었지요.

우리는 서두르지 않고 그곳에 들어갔어요. 마치 그토록 매혹적인 장소가 말들의 콧김에 날아가버리기라도 할까봐 두려운 듯 말이죠! 총독님이 나를 쳐다봤어요. 수도사님도 익히 알고 있는 그 표정으로. 승리의 흥분에 취한 순간이나 아기 예수를 안고 있는 성모 마리아의 축복받은 초상화 앞에서 보이는 그 표정 말이에요. 그가 모자를 벗으며 "여기로 하자!" 하고 말했어요.

그날이 마침 그리스도의 공현절*이어서, 그는 "수도의 이름은 '동방박사들의 도시' 다!"라고 덧붙였어요.

* 동방박사에게 예수가 태어났음을 알린 것을 기념하는 날. 1월 8일이 축일이다.

그 소망이 현실로 이루어지는 데는 며칠이면 충분했습니다. 올해 1535년 1월 18일, 그 빈터에서 측량이 이루어졌지요. 이곳 주민들은 리마라고 부르는 곳입니다. 이제부터 몇 개의 말뚝이 대광장, 미래의 성당, 미래의 시장 그리고 미래의 총독 관저와 시청을 가리키는 것이지요! 파나마에서 막 상륙한 신부 하나가 그 형체 없는 장소를 축성했어요. 이곳 풍습이 아직 낯설었던 가엾은 신부는 온 사지를 떨었어요. 자기가 하는 행동을 쳐다보는 인디언들이 자기를 불에 구울 생각만 하고 있다고 확신한 거지요!

어쨌든 그 순간은 기대 이상으로 감동적이었다고 고백해야겠군요. '이제 우리가 한 나라에 도착해서, 오늘 도시를 세우는구나!' 하는 생각이 든 거지요. 상상해보세요. 당장은 풀과 손등 위에 생생한 석회 자국밖에 없는 그곳에, 내일이면 길이 생기고 수레 소리가 들리고 건물이 들어서고 상인과 신부와 사기꾼(이렇게 표현하는 것을 용서하세요)이 돌아다니게 되는 겁니다. 생활이 완전하게 돌아가는 거지요! 그래요, 거기에는 확실히 전투가 끝날 때보다 훨씬 더 가슴 벅찬 뭔가가 있어요. 우리가 이 이상하고도 놀라운 나라에 황금과 약탈과 사취 때문이 아니라 다른 이유로 온 것이기를 드디어 바랄 수 있게 된 것이죠. 드디어 생각할 수 있게 된 겁니다. 신의 작품을, 아니면 적어도 위엄 있는 사람의 작품을 만들기 위해 우리가 여기 온 거라고 말이에요!

그 감동의 순간에 적어도 나는 상황을 그렇게 보고 싶었어요.

바르톨로메 수도사님, 내 친구여, 엷은 미소를 띠고 이 글을 읽고 계실 모습이 눈에 선하군요. 이런 묘사가 수도사님께 무슨 쓸모가 있을지 의아해하면서 말이죠.

사실은 내가 침울하게 있고 싶지 않아서랍니다. 수도사님도 아실지 모르겠지만, 총독님과 돈 디에고 데 알마그로의 사이는 더 나아진 게 없습니다. 수없이 언쟁을 벌이고 화해하고 또 그만큼의 싸움으로 으르렁거리고 난 뒤 그들 자신의 욕구를 떼어놓을 방법을 찾아야만 했어요. 두 마리 개가 밥그릇 하나를 놓고 배불리 먹을 수 없는 건 사실이니까요.

그저께 소식을 알게 됐어요. 수도사님도 분명 알고 계시겠지만, 그렇게 해서 돈 디에고 데 알마그로가 페루 남부를 정복하러 가기로 결정되었답니다. 지금까지 가본 어떤 곳보다 황금이 풍부한 지역이라고 하니, 알마그로의 병적인 탐욕을 달래줄 만한 일이죠. 내가 보기엔, 분명 뜬소문 같지만 말입니다.

돈 프란시스코는 내게 돈 디에고의 원정대에 합류해달라고 부탁했어요. 간단히 말하자면, 거기서 그의 눈이 되어달라는 것이죠! 난 그 임무가 싫습니다. 그 임무가 의미하는 것이 싫습니다. 그건 또 일 년간 떠돌아야 한다는 뜻이니까요. 어쩌면 일 년이 넘을지도 모르죠. 웬 여행입니까! 내 자리가 어디여야 하는지 잘 알고 있는데.

내 친구여, 그녀의 이름, 아나마야를 써도 괜찮겠지요.

새벽에도, 저녁에도, 침묵 속에서도 늘 그녀를 생각해요. 뜨겁게 달궈진 쇠로 새겨놓은 것처럼 내 뇌리에 각인된 그녀의 얼굴을 보기 위해 눈을 감지 않는 날이 하루도 없습니다. 친구여, 난 그녀를 향한 사랑으로 떨고 있습니다. 내 안에서 부글부글 끓어오르고, 어찌 할 바를 모르게 하는 그 사랑으로 말이에요. 상상 속에서 수없이 해보지만 결코 현실이 될 수 없는 애무로 떨고 있어요. 언젠가 그녀의 목소리와 입술과 살내음을 잊게 될까봐 떨고 있지요!

떨면서 이제 끝났다고 생각합니다. 우린 너무 오랫동안 떨어져 있었어요. 그리고 이 새로운 출발은 결정적으로 우리를 갈라놓게 될 겁니다. 그것이 두렵습니다.

난 그녀가 몹쓸 일을 겪게 될까봐 두렵습니다. 그녀를 보호해줄 수 없어서 몹시 화가 납니다. 총독의 형제들이 무슨 짓을 저지를 수 있는지 너무도 잘 알고 있으니까요.

그러니 내가 떠는 게 당연하다는 것도 압니다!

바르톨로메 수도사님, 내 친구여, 사제인 당신에게 이런 감정을 털어놓는 것을 용서하세요. 욕망이 남긴 상흔과 실망, 그리고 우리를 인간적으로 만들어주는 흥분이 마구 섞여 있어 나 자신도 구별하지 못하는 그런 감정을 말입니다. 그래요, 정말로 인간적이지요. 마음을 다해 사랑하니까! 나와는 너무도 다르지만, 그 사람과 떨어져 있으면 나의 본질 자체가 사라져버리는 그런 사람이 존재한다는 것, 그걸 알게 되면 무한한 행복감을 맛볼 수 있지요!

이런 상황에서 나를 도와줄 수 있는 사람은 수도사님뿐입니다. 아나마야에게 나의 출발을 알려주실 수 있나요? 그리고 그것이 얼마나 내 뜻에 반하는 일인지 말해줄 수 있나요? 무엇보다 그녀를 보호해주실 수 있나요? 그녀를 친구처럼 여기고, 곤살로와 후안의 광기를 그녀에게 미리 귀띔해주시면 고맙겠습니다. 그들의 광기는 알마그로가 쿠스코를 떠나자마자 본색을 드러낼 겁니다. 그들이 도시의 주인이 되겠지만, 제멋대로 광기를 휘두르는 건 안 됩니다!

필요하다면, 그녀가 쿠스코를 떠나게 할 수는 없을까요? 판단은 수도사님께 맡깁니다……

아! 보시다시피 종이가 모자라는군요. 끝마쳐야겠습니다. 물에 빠진 사람이 신의 뜻에 자신을 맡기듯 수도사님께 나를 맡기겠습니다. 세바스티안이 은밀히 이 편지를 전해줄 겁니다. 그는 믿어도 좋은 사람입니다. 그에게 도움을 부탁해도 좋고, 심지어 황금을 달라고 해도 괜찮습니다. 얼마 전에 하우하에서 큰 성공을 거두었거든요. 도박 전문가가 된 그는 하룻밤 하루 낮 동안 주사위를 던져서, 만시오 시에라 데 레구이사몬을 가금 사육장의 암탉처럼 벗겨먹었답니다. 시에라는 이 년 전에 쿠스코의 큰 신전을 털었던 자입니다. 흑인이라는 건 변함이 없지만, 이제 돈 세바스티안은 자유인이고 부자랍니다! 수도사님의 신은 때로 장난도 칠 줄 아시는 모양입니다.

수도사님의 신이라고 말했지만, 오늘은 그 신이 나의 신이 되기를 진심으로 빌고 싶습니다. 안녕히, 친구 바르톨로메여. 부탁이니, 그녀를 돌봐주세요. 내 목숨보다 더 그녀를 사랑합니다. 지옥에 가더라도 그녀를 잊지 못할 겁니다.

당신의 가브리엘. 그녀의 가브리엘.

편지에서 눈을 뗀 바르톨로메는 처음으로 코야 카마켄이 흐느끼는 것을 보았다. 그녀는 얼굴을 높이 들고, 칸차 벽 너머로 웅장한 산을 바라보고 있는 것 같았다. 그런데 두 뺨이 눈물로 반짝였다. 그녀는 눈물을 닦으려고도 하지 않았다.

조금 당황한 바르톨로메는 체념의 몸짓으로 손을 들어 올리고 부드럽게 말했다.

"우리나라에서는 사람들이 나를 신과 가까운 사람으로 생각한다오. 보이지 않는 존재와 가깝기 때문에 이곳 사람들이 당신을 찬양하는 것처럼. 그것은 분명 우리를 갈라놓는 요인이겠지요. 신은 자기 자신 말고는 보이지 않는 다른 존재를 인정하지 않으니 말이오. 그렇지만 난 당신을 볼 때마다 우리를 가까워지게 하는 뭔가를 느낀다오."

아나마야는 눈살을 찌푸렸다. 괴로운 생각에서 빠져나오는 듯했다.

"수도사님으로서는 우리를 이해하기 힘들 거라는 것 잘 알아요. 그 사람에게조차 힘든 일이죠."

그녀는 가브리엘의 몸을 스치듯 편지를 가리키며 말했다.

"그건 그 사람에게도 어려운 일이지요. 하지만 노력하시는 점에 대해서는 감사드립니다."

"당신이 필요로 할 때마다 옆에 있겠소. 가브리엘이 옳게 봤소. 이곳은 당신에게 위험하오. 조심해야 해요."

바르톨로메는 그저 대답만 했다.

"그 말이 무슨 뜻인지 알아요. 하지만 그건 내 삶에 속한 것이 아니에요. 조심하든 안 하든 난 이루어져야 할 일을 할 뿐이지요."

그녀가 여전히 반짝이는 푸른 눈에 환한 미소를 담고서 바르톨로메의 눈을 들여다보았다. 바르톨로메는 그녀의 깊고 강렬한 시선에 당황하지 않을 수 없었다.

그녀가 부드럽게 말했다.

"어쩌면 조심해야 할 사람은 바로 수도사님이 아닐까요?"

30

1535년 8월, 티아우아나쿠

가브리엘이 알마그로의 행렬을 찾아 길을 떠난 지 두 주째였다. 그는 남쪽 바닷가를 따라 오랫동안 길을 간 뒤, 한 인디언에게 골짜기와 고개 쪽으로 안내를 받았다.

그리고 이틀 전부터 다시 혼자였다. 비탄에 빠져 길을 잃은 것인지도 몰랐다. 이틀 동안 시야는 텅 비었고 식량보다는 바람과 먼지를 더 많이 먹으며 지냈다. 식량은 아직 안장 가방을 불룩하게 채우고 있었다.

이따금 그는 세상의 지붕 위에 있는 기분이었다. 메마르고 보드라운 땅에 푹푹 빠지는 밤색 말의 발걸음은 곤충들을 쫓지도 못했다. 끝이 보이지 않을 만큼 광활하고 평온한 고원은 여기저기 이추로 뒤덮여 있었다. 그 짧고 굵은 풀은 끊임없이 돌풍에 휩쓸리고 햇볕에 타들어갔다. 해 질 무렵이면 검푸른 하늘 아래 땅 전체가 다갈색이 되는 듯했다.

가브리엘은 먼지를 막기 위해 머플러를 얼굴 위로 끌어올렸다. 똑같은 것을 계속 쳐다보다 보니 시력이 약해진 것 같았다. 느닷없이 고함소리가 들렸다. 공기가 진동하는 소리 같기도 했다. 그는 한참을 바라다보고 나서야 점점 길어지는 서쪽 어스름 속 평평한 지평선에 꼼짝 않고 서 있는 뻣뻣한 형태를 알아보았다. 마침내 어딘가에 도착한 것인지도 몰랐다!

수통 물로 머플러를 적셔 얼굴을 시원하게 축인 뒤, 그는 말의 목을 쓰다듬어 속력을 냈다. 족히 삼십 분은 더 간 뒤에야 그는 아주 이상한 광경을 발견했다.

사람 키보다 두세 배는 크고 각이 많은 거대한 바위들이 황폐한 땅에서 솟아오르는 듯 일렬로 서 있었다. 어두운 빛깔의 돌에 드러난 얼굴과 사지는 마치 투박한 인형 같았다. 조금 멀리 떨어진 곳의 흙먼지투성이 고원은 윤이 나는 커다란 바윗덩어리들의 암해(岩海)로 울퉁불퉁했다. 그 바위들은 마치 땅속 괴물에게 집어삼켜지다 만 듯 반쯤 파묻혀 있었다.

어떤 바위들은 하나의 돌덩어리에 횡목과 경첩을 새긴 거대한 문처럼 보였다. 이럴 수가? 하늘과 바람과 흙먼지밖에 없는 이곳에서, 어떻게 높이가 구 미터가 넘고 폭이 오 미터 가까이 되는 경이로운 작품을 조각하고 윤을 내고 옮겨 올 수 있었단 말인가? 어떤 도구로, 어떤 연장으로, 어떤 지식으로 더할 나위 없이 경이로운 작품을 만들었단 말인가?

그 거대한 돌덩어리들 앞에서, 마치 그것들과 함께 춤을 추려는 듯 누군가 몸을 흔들며 제자리를 맴돌았다. 그는 가브리엘과 키는 비슷하지만 체구는 더 컸다. 넓적한 얼굴은 이마에서부터 목까지 무수한 주름살로 덮인 데다 납작코에 눈은 찢어져 있었다. 입 안에는 비스듬히 박힌 검은 치근 두 개만 남아 있었는데, 그 치근 사이로 혀가 날렵하게 움직였다. 노인은 찬바람에 맨다리를 드러낸 채 넝마를 걸치고 있었고 선명한 색깔의 융단으로 만든 모자를 쓰고 있었다. 정사각형 모양으로 각 모서리 끝이 염소 뿔처럼 생긴 괴상한 모자였다.

가브리엘이 다가가자, 노인은 밤색 말을 뚫어지게 쳐다보았다. 대다수 인디언들과 달리 전혀 말을 두려워하지 않는 태도였다. 노인은 잠시 입을 다물고, 가브리엘의 인사에도 반응을 보이지 않았다. 가브리엘은 남쪽으로 가는 긴 행렬을 보았는지 물었다.

"나처럼 옷을 입은 이방인들과 이런 짐승들 말입니다."

가브리엘이 밤색 말의 옆구리를 손바닥으로 치면서 말했다.

노인은 눈살을 찌푸렸지만 입은 여전히 다물고 있었다. 가브리엘은 노인이 알아듣지 못한 거라고 생각했다. 해안을 떠난 뒤로 종종 겪은 일이었다. 그만큼 이 나라에는 많은 종류의 인디언과 서로 다른 언어가 있었다!

그런데 갑자기 노인이 풍차처럼 팔을 휘둘렀다. 그러고는 가브리엘이 충분히 알아들을 수 있는 케추아어로 외쳤다.

"타이피칼라, 타이피칼라! 여긴 타이피칼라요! 이방인, 당신은 세계의 중심에 있소. 당신이 보고 있는 것은 우리가 인간이 되기 전의 인간들이오! 그들은 돌로 이루어져 있지만, 당신을 보고 있소. 나 역시 보고 있고! 그래서 난 날마다 그들에게 인사하러 오는 것이오. 날마다 태양이 내 머리 위에 있을 때. 그래, 그렇소! 이방인, 당신도 그들에게 인사해야 하오. 나를 따라 하시오!"

노인은 눈알을 굴리며 무릎을 꿇고 하늘로 팔을 들어 올렸다. 그러고는 날카로운 목소리로 가브리엘이 전혀 알아들을 수 없는 말을 중얼거렸다.

가브리엘은 묘한 흥미를 느끼며, 밤색 말의 고삐를 아무렇게나 어깨에 걸치고 노인을 바라보았다. 노인은 팔을 쳐들고 상반신을 앞뒤로 흔들며, 축축한 느낌의 혀 차는 소리를 냈다. 암탉이 꼬꼬댁거리는 소리와도 비슷했다. 그런데 가브리엘이 말 옆에 가만히 있는 것을 알아차리고는 동작을 멈추더니 화난 표정으로 가브리엘을 노려보았다.

"왜 돌인간들에게 인사하지 않는 거요? 저들이 당신을 보고 화를 낼 게요! 나처럼 인사를 드리시오, 그렇지 않으면 후회하게 될 게요!"

노인이 겨우 알아들을 수 있는 케추아어로 가브리엘을 나무랐다.

사실 노인의 터무니없는 말이 하도 확신에 차 있어서, 가브리엘은 그의 말을 믿을 수도 있을 것 같았다. 그곳은 이제껏 본 가장 특별한 장소 중 하나였던 것이다.

마치 가브리엘의 생각을 읽은 듯 노인이 다가왔다. 말을 무서워하기는커녕 무시하면서, 손톱이 맹수의 발톱처럼 시커멓고 기다란 손가락으로 가브리엘의 셔츠를 움켜쥐었다. 그는 고약한 입내를 가브리엘의 코에 내뿜으면서 중얼거렸다.

"이방인, 아주 오래전에 시작과 끝의 창조주이신 비라코차가 땅 위에 인간을 두고 싶어하셨소. 하지만 비라코차가 처음에 창조한 인간은 돼먹지를 못했지. 짐승처럼 굴었거든. 서로 죽이고, 으르렁거리고, 자기들끼리 잡아먹고! 짐승처럼 교미했고, 아이들도 짐승 같았소! 인간과 동물 사이에 차이가 없었던 거요, 이방인! 그래서 비라코차가 그들을 파멸시켰지. 그들을 돌로 만들어버린 거지. 당신 앞에 보이는 게 바로 그들이오. 비라코차는 생각하셨소. '완전한 사람, 인간답고 강하고 현명하고 아름다운 인간 몇몇을 창조하리라! 그리고 그들이 살아갈 완벽한 도시를 주리라. 그러면 그들 스스로가 완벽하지 않은, 아직 완전히 인간이 되지 못한 자들을 교육시키리니……'라고 말이오. 그래서 비라코차는 잉카 군주들과 퓨마의 도시 쿠스코를 창조하신 것이오! 그곳은 모든 것이 완벽하다오, 이방인!"

노인은 갑자기 입을 다물었다. 그러고는 눈을 깜박이며 혀를 차더니 가브리엘의 셔츠를 놓아주었다. 그리고 석양에 핏빛 황금색으로 물든 거대한 돌조각을 향해 돌아서서 다시 팔을 들어 올리며 중얼거렸다.

"이방인, 그것이 바로 비라코차가 행하신 일이오! 그러고 나서 쿠스코에 복종하는 모든 종족을 창조하셨소! 비라코차는 당신이 보고 있는 것을 조각하셨고, 거대한 돌에 노인과 젊은이, 여자와 아이 들의 형상을 만드셨소. 종족마다 하나씩! 그리고 그들 각자에게 한 가지씩의 모자와 한 가지 색깔의 직물과 매듭 없는 퀴푸를 주셨소. 또한 그들에게 이곳 대신 칸차를 만들어주셨소. 그들이 안과 밖에서 사는 것을 배울 수 있도록 커다란 문도 함께 말이오. 그리고 쿠스코의 성스러운 산들 주변 땅을 그들에게 분배해주셨소……"

말이 이어질수록 노인의 혀 차는 소리는 더욱 심해졌다. 마치 자기가 말을 내뱉는 순간 차가운 바람이 자기 말을 휩쓸어 갈까봐 걱정스러운 양, 노인은 튀어 나올 듯한 눈빛으로 외쳤다.

"비라코차는 그들에게 이렇게 말했소. '여기 너희의 종족이 있다, 인간들이여! 이들은 칸치족, 콜라족, 윤가족이 되고 너희가 늘 복종해야 할 강력한 군주들은 태양신의 아들로 쿠스코의 사람들이 될 것이다. 그들은 너희에게 경작하는 법과 도로 만드는 법, 그리고 인간이 마땅히 갖추어야 할 지혜를 가르칠 것이다……' 그리고 비라코차는 각 종족의 지도자들을 불러 명하셨소. '돌인간들과 함께 땅속으로 들어가거라. 그리고 내가 너희에게 정해준 종족의 땅 위로만 나오거라.' 그들은 그리하여 땅속을 돌아다녔고, 샘과 동굴과 커다란 바위의 갈라진 틈으로만 나왔소. 거기서 비라코차는 그들의 거대한 돌몸에 입김을 불어 넣으며 말했소. '생명을 지녀라, 타이피칼라의 인간들이여! 생명을 지녀라! 인간의 육체로 이 황폐한 땅에 가서 정착하라. 비라코차와 태양신의 아들인 군주들의 뜻을 존중하며 번식하라' 라고 말이오."

흥분한 노인은 이 마지막 말을 소리 높여 부르짖었다. 그는 눈을 감고 이우는 태양빛에 물든 하늘을 향해 얼굴을 든 채, 숨을 헐떡이며 입을 다물었다. 노인의 기묘하고도 장엄한 모습을 쳐다보면서, 가브리엘은 구약에서 곧장 튀어나온 듯한, 세상 끝까지 헤맸을 법한 예언자의 모습을 떠올렸다.

바람이 매서워졌다. 가브리엘은 몸을 떨었다. 그는 말 안장 위에 놓인 윗옷을 입었다. 노인이 돌아보았다. 노인은 여전히 말의 존재를 무시하는 듯 손뼉을 치며 미소 지었다. 가브리엘은 다소 거북해하며 마주 웃어주었다. 노인이 고개를 끄덕이며 고원의 한 지점을 가리켰다.

"당신이 찾는 사람들은 저기 있소, 이방인. 숫자가 많아, 아주 많아! 쿠스코의 군주들도 있고 다른 사람들도 있소. 그렇소, 당신과 같은 이방인들도 있고."

노인이 다시 차분해진 목소리로 말했다.

"고맙습니다!"

가브리엘이 며칠간 거의 말을 하지 않아 잠긴 목소리로 말했다. 노인의 입에서 귀에 거슬리는 웃음소리가 새어 나왔다.

"그들은 저기 있소, 이방인! 그리고 비라코차는 틀림없이 다시 일을 시작하실 게요!"

노인은 손바닥으로 거석을 잡아 고원 저 너머로 던지려는 듯 팔을 둥그렇게 휘둘렀다.

"타이피칼라는 끝났소! 주변을 둘러보시오. 그러면 모든 것이 깨어지는 게 보일 거요. 당신이 찾아가려는 자들 역시 짐승과 다를 바 없소. 서로 죽이고 으르렁거리고 싸워대지! 짐승처럼 교미하려고 늙은 여자든 젊은 여자든 가리지 않고 취한다오! 인간과 동물 사이에 차이가 없어졌지. 다시 예전처럼 되었소, 이방인. 비라코차가 땅 위에 인간을 두시기 전처럼 말이오. 이건 새로운 파차쿠티요. 타이피칼라는 끝났소!"

노인이 외쳤다.

가브리엘은 몸을 떨었다. 바람 탓이 아니었다. 등뒤의 정신 나간 노인의 웃음소리 때문이었다. 그는 작별의 몸짓을 한 뒤 밤색 말을 급히 몰았다. 잠시 차가운 대기에 고함 소리와 웃음소리가 진동했다.

"타이피칼라는 끝났소! 비라코차는 틀림없이 다시 시작하실 게요!"

*

가브리엘이 고원을 건너 알마그로의 행렬과 가까워졌을 때는 날이 저물어 있었다. 멀리 종대가 보이고 사람들 소리가 들려왔다. 고원의 굴곡 사이에 자리잡은 거대한 군단이었다. 수많은 횃불이 점점이 흩어져 있었다. 그것을 보자, 가브리엘은 이 년 전 카하마르카를 떠날 때 형성되었던 기다란 행렬이 떠올랐다. 이번 종대 역시 길고 인원이 많았다. 알마그로와 콩키스타도르들을 뒤따르는 인디언이 만 명쯤 되는 듯했다.

가브리엘은 말의 옆구리에 박차를 가해 속력을 냈다. 그는 고원을 비스듬히 가로질러 그 기나긴 인간 집단의 첫머리에 이르렀다. 대개 선두에는 스페인인들이 있었다. 하지만 인디언들 수가 하도 많은 탓에 그가 맨 먼저 만난 것도 인디언들이었다. 횃불에 비친 광경을 본 순간 그는 경악했다.

거기에는 사람들이 열 명씩 묶여 있었다. 스무 명쯤 되는 사람들이 어둠 속에 바람을 맞으며 거의 벌거벗은 채로 발목과 팔이 가죽끈으로 서로 엮여 있었다. 그중에는 여자들도 있었는데, 젊은 여자나 늙은 여자나 똑같은 자세로 달빛 아래 고통으로 일그러진 얼굴들이었다. 식사와 취침을 위한 불이나 천막은 어디에도 보이지 않았다. 어디서나 사람들은 두려움에 그의 시선을 피했고 질문을 던져도 묵묵부답이었다.

정신 나간 노인의 고함 소리가 그의 머릿속에 다시 떠올랐다.

"인간과 동물 사이에 차이가 없어졌지."

가브리엘은 메스꺼움을 느끼며, 고통과 공포 한가운데로 한참 동안 말을 달렸다. 마침내 돈 디에고의 야영지에 이르렀다. 미늘창들 위에 횃불을 꽂아 만든 울타리가 모든 것을 환히 밝혀주고 있었다. 그 광경과 고함 소리와 웃음소리는 이제 그가 무엇을 발견하게 될지 예고해주었다.

입구를 가린 장막을 걷어 올리자, 왁자지껄한 소리와 램프의 섬광과 열기가 단번에 그를 감쌌다. 방은 상상한 것 이상으로 컸다. 허약한 애꾸눈 알마그로는 구운 고기 찌꺼기가 널린 기다란 탁자 끝의 안락의자에서 반쯤 졸고 있었다. 스무 명쯤 되는 술 취한 스페인인들이 옷매무새가 흐트러진 인디언 처녀들에게 둘러싸여 웃고 떠들며 여자들을 끊임없이 괴롭혔다. 어떤 여자들은 거의 나신이 되어 눈을 크게 뜨고 있었고, 또 어떤 여자들은 함께 취해 눈물을 머금은 채 웃고 있었다.

만족에 취한 와중에도 돈 디에고 데 알마그로는 장막을 넘어오는 가브리엘을 맨 먼저 알아보았다. 그의 외눈이 크게 열리며 벌써부터 빈정거림으로 번득였다. 그가 고함을 지르자, 모두들 입을 다물고 가브리엘 쪽을 돌아보았다. 가브리엘은 사람들 얼굴을 휙 훑어보았다. 아는 얼굴이 거의 없었다.

"돈 가브리엘! 이거 정말 뜻밖이군!"

알마그로가 외쳤다.

그는 의자에서 벌떡 일어서더니 손바닥으로 탁자를 세게 내리쳤다. 여자들은 소스라치게 놀라고, 남자들은 웃었다.

"여러분, 돈 가브리엘 몬테루카르 이 플로레스를 소개하오! 내 친구 돈 프란시스코의 측근이자 그가 아주 좋아하는 친구지요."

돈 디에고의 비꼬는 목소리에 취기 젖은 사람들의 눈빛이 날카로워졌다. 피사로 총독 얘기가 나오자 그들의 눈은 증오로 빛났다. 가브리엘은 빈정거리는 말에 응수하지 않았다.

"돈 프란시스코는 여러분의 계획을 확고히 지지하고자 저를 보내셨습니다. 총독님의 지원은 재정적인 차원에서 끝나지 않을 거라는 것을 여러분께 알려드리라고 하셨습니다…… 도움이 필요하다고 느껴지면 말씀만 하십시오. 그분께선 당신의 도움을 받아들이는 것에 대해 여러분에게 감사할 것입니다……"

알마그로가 다시 웃기 시작했다.

"관대한 배려가 퍽이나 감동적이군. 돈 프란시스코는 두둑한 황금으로 주머니를 채웠어. 지금 이 순간에도 그는 폭신한 침대에서 늘어지게 자고 있는데, 우린 아직도 길을 달리며 먼지만 날리고 있단 말이지. 게 다가 난 눈이 하나밖에 없는데 그에겐 두 쌍이나 있고! 여러분, 여러분 앞에 그를 대신하는 한 쌍의 눈이 있소이다!"

가브리엘이 말을 가로막았다.

"돈 디에고, 남은 여정을 위해 객쩍은 소리는 아껴두시죠. 행렬을 쫓아 한 시간 동안 말을 타고 오면서 보니 지옥이 따로 없더군요. 대장님은 사람들을 짐승처럼 다루고 있어요! 이 나라 백성 전체가 우리에게 대항해 들고일어나기라도 바라시는 겁니까?"

찬바람만큼이나 싸늘한 침묵이 자리잡았다. 알마그로의 목소리 또한 차가웠다.

"나를 가르칠 셈인가, 돈 가브리엘?"

가브리엘은 미처 대답할 시간이 없었다. 한 남자가 탁자에서 벌떡 일어서더니 몇 발짝 떨어져 있던 처녀들 중 한 여자를 잡아채어, 단검으로 그녀의 튜닉을 완전히 찢어놓았다.

그녀의 젖가슴이 드러났다. 여자는 영문도 모르는 채 겁에 질려 자신의 피 묻은 손가락을 쳐다보았다.

"여기서는 우리가 원하는 대로 한다. 여기서는 돈 디에고가 우리의 총독이야."

젊은 여자가 빠져나가려고 정신없이 몸부림치는 사이 남자가 소리쳤다.

가브리엘은 이미 손에 검을 쥐고 있었다. 그러나 칼집에서 빠져나오는 스무 개 검의 마찰음이 그에게 대꾸했다. 번득이는 강철의 섬광 속에서 검의 울타리가 가브리엘 앞에 세워졌다. 알마그로의 입이 반사적으로 떨렸고 야위고 얽은 두 뺨도 함께 씰룩거렸다.

"이 너그러운 사람들을 보게, 돈 가브리엘. 내가 들을 수 없었던 그

칭호로 이들이 얼마나 자연스럽게 나를 부르는지 보란 말이야…… 그게 다가 아닐세. 이들이 나를 위해 어디까지 갈 준비가 되어 있는지 보고 싶나? 자, 자네가 용기 있는 젊은이라는 건 아네. 하지만 우린 오백 명이고 자넨 혼자야. 아무리 자네라지만, 그건 너무한 일 같아 걱정이구먼…… 돈 크리스토발 데 나르바에스가 방금 자네에게 말했지. 여기서는 바로 내가 가부를 결정하네. 그리고 내가 원하는 대로 여행하지. 내 방식이 마음에 들지 않는다면, 돌아가서 돈 프란시스코의 장화나 닦아주게나."

가브리엘은 천천히 칼집에 검을 도로 집어넣었다. 여독 때문에 사지가 납덩이처럼 무겁고 입에서는 쓴맛이 났다.

비웃는 소리를 뒤로 한 채 그가 발길을 돌리는데, 정신 나간 노인의 말이 머릿속에서 슬프게 울려 퍼졌다.

"타이피칼라는 끝났소! 비라코차는 틀림없이 다시 시작하실 거요!"

31

1535년 8월, 쿠스코

"살려주세요, 군주님!"

"넌 내가 찌를 거야!"

"아이고 아파라, 귀족 나리!"

"티투! 로크! 그 막대기들 조심해, 그러다 다칠라!"

대여섯 살쯤 된 두 소년이 나무토막을 검처럼 쥔 손을 잠시 멈추었다. 아이들은 어머니를 쳐다보았다. 어머니는 다른 하녀들과 함께 커다란 공동 방을 청소하고 이부자리 망타의 먼지를 떠느라 분주했다. 어머니가 꾸짖고 나서 이미 돌아서 있는 것을 보고 두 아이는 웃음을 터뜨렸다. 아이들은 새끼 맹수처럼 팔짝팔짝 뛰면서 더욱 거칠게 놀이를 다시 시작했다. 이방인들처럼 이방인 무기를 가지고 싸우는, 대담하고도 새로운 놀이였다!

그늘에서 아나마야는 아이들이 하는 양을 가만히 바라보았다. 입가에 미소가 떠올랐지만 그 우울함이 눈빛을 밝혀주지는 못했다.

"뭘 그렇게 생각하세요, 코야 카마켄?"

바로 옆에서 경쾌한 목소리가 말했다.

"인구일!"

흠칫 놀라 돌아본 아나마야는 앳된 친구의 다정한 얼굴을 발견했다.

"네가 오는 소리 못 들었는데! 넌 언제나 흐르는 공기처럼 다니는구나."

아나마야가 부드럽게 덧붙였다.

"뭘요! 방금 전에 온걸요. 하지만 저 사내애들한테 빠져 계시는 것 같아 감히 말을 걸지 못했어요. 제 생각에는……"

인구일이 입술을 깨물며 머뭇거리더니 나직이 속삭였다.

"저 아이들을 보시면서 그분 생각하신 거죠?"

아나마야는 고개를 살짝 끄덕이고는 다시 아이들에게 눈길을 던졌다. 아이들은 안뜰 이 끝에서 저 끝으로 숨이 차도록 서로를 쫓아다니며 뛰놀았다. 아이들의 고함 소리와 웃음소리에 이방인들이 말하는 몇몇 단어가 뒤섞였다.

"그분이 그리우시겠군요. 못 만난 지 너무 오래됐잖아요! 어떻게 생겼는지 얼굴조차 기억나지 않으시겠어요. 저라면 이미 오래전에 울다 지쳐 죽었을 거예요."

아나마야는 그녀의 말을 막고 싶은 것을 참았다. 자기 말이 잔인하다는 걸 깨닫지 못할 뿐, 인구일의 애정은 진심이었다. 그리고 인구일의 말이 옳았다. 실제로 아나마야는 너무도 오랫동안 가브리엘에 대한 사랑을 숨겨야 했다! 오랜 시간, 혼자 어두운 밤과 침묵을 지키는 산에만 자신의 고통과 고독을 털어놓고 있었다.

"정말 그래. 이제는 하루 종일 그를 잊고 지내는 날도 있어. 그를 생각하느라 잠 못 이루지 않고 푹 잘 자는 날도 있고. 네 말이 맞아. 이따금 난 그의 얼굴과 입매와 부드러운 손길이 잊혀질까봐 두려워…… 그러다가도 그가 다시 생각나곤 해. 이유는 알 수 없지만 아무것도 잊혀지지 않아, 전혀. 방금 전에도 이 뜰을 건너오다가 사내아이들이 노는 걸 봤어. 그런데 불현듯 그를 보는 것 같았어."

아나마야가 아주 나직이 말했다.

"하지만 돌아올지 어떨지도 모르는 그분을 왜 계속 생각하시죠? 게다가 그분은 절대로 코야 카마켄의 진짜 남편이 될 수 없다는 걸 잘 아시잖아요. 헛된 고통이에요."

아나마야는 눈물이 핑 도는 것을 애써 참으며 반짝이는 눈으로 엷은 웃음을 지었다. 그녀는 인구일이 내미는 손을 다정하게 잡았다.

"네 말이 맞을지도 몰라. 하지만 그래…… 내가 뭘 어쩌겠어? 그가 내 마음에 있어서 생각나는 걸. 여기 내 영혼 속에, 어쩌면 다른 세상에서 나를 기다리는 영혼에 새겨져 있는 걸. 내 몸은 그의 애무를 기다리며 다른 손길은 원치 않는 걸……"

"끔찍한 일이겠네요!"

"아니, 늘 그런 건 아냐……"

두 여자는 잠시 입을 다물었다. 두 소년의 어머니가 아이들을 부르는 소리가 들렸던 것이다. 이번에는 어머니가 막대기 검을 빼앗자, 아이들이 울음을 터뜨렸다.

"가브리엘은 여기 없지만, 그래도 아주 가까이, 내 숨결과 몸 사이에 그를 위한 자리가 있어! 어떤 날은 그의 존재가 너무도 강렬하고 생생해. 그가 방금 쿠스코를 떠난 것처럼. 그런 날은 돌아서기만 하면, 그의 얼굴을 만지고 그의 품에 안길 수 있을 것만 같아. 하지만 네 말이 맞아. 그 숱한 날들을 기다리는 동안 난 진실을 알고 있지. 그가 멀리, 아직 이 세상에 살아 있는지조차 의심이 들 만큼 아주 멀리 있다는 걸."

아나마야가 우는 아이들을 바라보며 나직이 말했다. 눈물 한 방울이 흘러내렸다. 그녀는 살며시 눈물을 닦았다. 그녀는 쓸쓸한 웃음을 지으며, 인구일의 팔을 잡고 칸차 문 쪽으로 데려갔다.

"자, 여자들 수다는 그만두자! 아우카이파타 대광장으로 나를 따라와. 오늘 아침에 망코 씨족 옛 군주님들의 건조된 몸이 그곳으로 옮겨졌거든. 그분들께 가서 인사하고 싶구나."

그녀가 더 굳어진 목소리로 말했다.

안타까움으로 빰이 붉어진 인구일은 머리를 끄덕이고는 생각에 잠긴 눈으로 아나마야의 뒤를 따랐다.

그들이 칸차의 울타리 벽 가까이 이르자, 짤막한 나팔 소리가 울려 퍼졌다. 명령을 내리지 않았건만 어느새 호위병 여섯 명이 코야 카마켄 곁으로 달려왔다. 호위병들의 창은 유일한 군주 망코가 꽂고 있는 것과 같은 색깔의 깃털로 장식되어 있었다.

아우카이파타로 향하는 가파른 내리막길로 들어서자, 인구일이 아주 작은 소리로 불쑥 물었다.

"아나마야, 말씀해주세요. 우리 종족의 남자를 사랑하는 것처럼 이방인을 사랑할 수 있나요?"

아나마야는 깜짝 놀라서 그 자리에 멈춰 섰다. 대답하기에 앞서, 그녀는 호위병들이 듣지 않았는지 살폈다.

"가브리엘은 다른 이방인들과는 달라. 네게 설명하기는 어렵지만,

그에게는 자신을 다른 사람들과 다르게 만드는 어떤 힘이 있어. 그의 나라 사람들과 마찬가지로 이곳 사람들과도 다른 어떤 힘이."

인구일은 당황스러웠지만 장난기 어린 미소를 지으며 고개를 끄덕였다. 그녀는 들릴 듯 말 듯 속삭이는 소리로 또 물었다.

"제 말은요, 그들도 이곳 사람들처럼 사랑을 나누느냐고요. 이방인들은 우리네 남자보다 그걸…… 더 중요하게 여긴다고 여자들이 말하는 걸 들었어요! 그들은 사랑을 나누는 걸 더 좋아하고, 우리 여자들에게는, 그러니까……"

인구일은 말을 끝맺지 못했다. 이번에는 아나마야가 정말로 걸음을 멈추었다. 의식을 치르는 대광장이 보였다. 왼편으로 미라들이 정렬해 있고 각각의 미라 앞에서는 장작불이 타올랐다. 한 신관이 꺼지지 않도록 불씨를 보살피고 있었다.

"왜 그런 걸 묻지, 인구일?"

"망코 군주님을 도와드리고 싶어요. 코야 카마켄이 도와주시면 제가 할 수 있을 것 같아요. 이방인 군주들이 어제 망코 군주님을 다시 찾아와서 황금 분신 형제를 내놓으라고 괴롭혔어요. 얼마나 고함을 지르고 협박을 해댔는지! 그들이 군주님께 무례하게 군 게 분해서 밤새 한숨도 못 잤다구요……"

아나마야는 인구일이 무엇을 생각하는지 잘 알았다. 피사로 총독의 두 형제인 후안과 곤살로의 협박이 여전히 그녀의 마음속에서 울리고 있었다. 그들은 가브리엘을 멀리 떼어놓은 악마였다!

망코는 한 번 더 그들에게 황금상을 넘겨주기를 단호하게 거절했다. 그들은 한 번 더 그를, 잉카를, 태양신의 아들을 떠돌이 개처럼 모욕했다! 그런 뒤에 비열한 거래를 제시했다. 망코의 아내 코야가 그의 잠자리를 떠나 후안의 잠자리로 갈 것을!

"그런 짓을 저지르도록 내가 내버려두지 않을 거야."

아나마야는 분노로 몸을 떨었다.

호위병들이 그들을 주시하기 시작했다. 아나마야는 다시 걸음을 떼며 인구일을 광장 쪽으로 데려갔다. 그녀는 더 작지만 여전히 격한 목소리로 내뱉었다.

"유일한 군주님은 더이상 경멸을 받아들여서는 안 돼! 군주님은 나를 그들에게 넘겨주는 것을 수락하지 않으셨던 것처럼 코야도 그들에게 넘겨주실 수 없어. 코야 쿠리 오클로는 왕비야. 유일한 군주님의 후손을 낳을 수 있도록 태양신과 달의 신이 그녀의 배를 축복해주셨잖아. 그녀는 나보다 훨씬 더 성스러운 존재야. 그 이방인이 그녀를 차지한다는 건 너무도 수치스러운 일이야! 그렇게 되면 어떤 강력한 군주도 더 이상 망코 군주님을 믿지 않게 돼. 망코 군주님은 모든 권위를 잃게 될 거야!"

인구일이 갑자기 일그러진 얼굴로 반박했다.

"아나마야, 군주님에게는 선택의 여지가 없어요. 또 거절하실 수는 없어요! 그랬다간 이방인들이 군주님을 사슬로 묶을 거예요. 그래요, 그들은 그렇게 할 거예요…… 오, 비라코차가 오셔서 우리를 도와주셨으면!"

아나마야는 굳은 얼굴로 호위대에게 물러서라고 손짓했다. 광장으로 향하는 포석 깔린 마지막 계단에 이르렀던 것이다. 사람이 별로 많지 않았다. 미라 주위로 몇몇 잉카 군주들과 신관들과 어린 소녀들이 있을 뿐이었다. 스페인 사람 몇이서 뒤로 물러서서 시큰둥한 얼굴로 그들을 바라보고 있었다. 그 의식에 그들이 매혹되었던 순간은 머나먼 옛

일이었다.

"아냐, 인구일. 두려워하지 마. 두려움은 언제나 사악한 조언자야. 우린 쿠스코를 떠나야 해. 그게 최선의 방책이야. 이 도시를 이방인들과 공유한다는 건 더이상 불가능해."

아나마야가 인구일의 얼굴을 마주 보며 분명하게 말했다.

"아나마야, 그건 터무니없는 짓이에요. 그렇게 되면 전쟁만 벌어질 거예요!"

"그건 감수해야 할 위험이지. 방금 전에 사내아이들 봤지? 그 아이들은 이방인 놀이를 하고 그들의 말을 썼어. 아이들 막대기는 잉카 전사들의 망치나 창이나 활이 아니라, 이방인들의 무기를 흉내낸 거였지. 그게 바로 요새 아이들이 좋아하고 즐기는 거야. 이방인들과 닮는 것 말이야! 그대로 내버려두면 그 아이들이 커서 뭐가 되겠어? 아이들은 인티와 마마 킬라를 사랑하지 않게 될 거야. 비라코차에게 사방위 제국을 부여받았던 인간들의 아들이 되기를 그만둘 거라고. 그들은 다른 세상의 우리 족장들을 경멸하고 우리나라를 '페루'라고 부르는 이방인들의 노예가 될 거야. 인구일, 너도 잘 알지. 찰쿠치막이 전쟁을 원할 때 난 평화를 지키기 위해 최선을 다했다는 걸. 망코 군주님이 우리의 유일한 군주가 되려면 그렇게 해야 했어. 하지만 이제는 유일한 군주님 망코가 전쟁을 벌일 줄 아셔야 해."

아나마야가 침착하게 대꾸했다.

인구일이 외쳤다.

"유일한 군주님은 전쟁을 하실 수 없어요! 저 같은 계집애가 알지도 못하는 일에 참견하더라도 용서하세요, 코야 카마켄. 하지만 온 사방에서, 아클라우아시에서까지 우리에겐 힘이 부족하다고들 해요. 이방인들과 전쟁을 할 전사들마저도 충분치 않다고요."

"몇 달 뒤에는 상황이 달라질 거야."

"몇 달 뒤엔 유일한 군주님 아타우알파처럼 망코 군주님의 목과 발에도 사슬이 묶일 거예요! 사흘 뒤면 이방인들이 코야를 찾으러 올 거고요!"

아나마야는 격분해서 돌아섰다. 마음을 차분히 가라앉히려 그녀는 잠시 신관들을 쳐다보았다. 술 달린 기다란 튜닉을 입은 신관들이 제물을 마련하고 있었다. 그들은 정확한 동작으로 고기 조각과 옥수수 낟알을 장작불에 던졌다. 그런 다음 마치 마시라고 권하는 것처럼 건조된 몸 앞에서 치차 단지를 높이 들어 올렸다.

아나마야는 인구일을 외면한 채, 씁쓸한 마음을 감추지 못하고 물었다.

"좋아, 네가 그 모든 것에 대해 심사숙고했나 본데, 더 좋은 해결책이라도 있는 모양이지?"

"예! 제게 화내지 마세요, 아나마야. 저는 단지 망코 군주님과 코야 카마켄을 돕고 싶을 뿐이에요."

"어떻게 도울 수 있다는 거지?"

인구일은 몸이 굳어지더니 단숨에 말했다.

"이방인들이 저를 선택할 수도 있어요."

"너를? 인구일! 바보 같은 소리 마. 넌 코야가 아니야!"

"그래요, 하지만 그들은 몰라요! 그리고 모두들 내가 쿠리 오클로와 많이 닮았다고들 하니까……"

아나마야는 어이가 없어서 인구일의 순박한 얼굴을 잠시 쳐다보았다. 튀어나온 넓은 광대뼈, 짧지만 섬세한 윤곽선이 자리잡힌 예쁜 입,

약간 구부러진 코…… 아닌 게 아니라 그녀는 망코의 아내와 닮았다. 하지만 아나마야는 흥분하여 고개를 저었다.

"안 돼, 인구일. 그건 미친 짓이야. 넌 네가 무슨 말을 하고 있는지도 모르고 있어."

"아나마야, 제 말을 들어보세요! 아시다시피 저는 망코 군주님을 정말 사랑해요. 코야 카마켄이 그 이방인을 사랑하시는 것만큼. 저는 망코 군주님께 모든 것을 신세지고 있고, 무엇보다 그분은 제 생명의 은인이에요. 기억하시죠! 그리고 비록 망코 군주님이 잠자리에서 저를 원하지 않으셨더라도, 제 사랑을 보여드리고 싶어요……"

"이방인의 아내가 되는 것으로?"

"군주님에게 아직 승산 없는 전쟁을 피하시게 하는 것으로요."

동요된 마음으로 아나마야는 인구일을 바라보았다.

"하지만 그게 너에게 뭘 뜻하는지 알아?"

"많이 생각했어요. 그래서 이방인들은 어떻게 사랑하는지 조금 전에 여쭤본 거고요. 제가 후안이라는 사람의 아내가 되겠어요. 그를 잘 살펴봤어요. 동생만큼 잔인하지는 않은 것 같아요."

인구일이 창백한 미소를 지으며 단언했다.

아나마야는 믿을 수 없어 여전히 고개를 저었다. 인구일이 눈물이 그렁그렁한 눈으로 웃으며 덧붙였다.

"그리고 저는 그렇게 해서 잠시나마 왕비가 되는 거예요! 도와주세요, 코야 카마켄! 제 계획을 설명드릴 수 있도록, 저를 망코 군주님 곁으로 데려다주세요."

*

벽 구멍 앞으로 끌어내려진 망타 뒤에 몸을 숨긴 채, 아나마야는 안뜰을 지배하는 활기 넘치는 축제를 바라보았다. 망코는 이방인들을 기분 좋게 대접했다. 이번만큼은 이방인들도 즐거운 얼굴이었다.

왕의 칸차 뜰에는 스페인인이든 잉카족이든 호위병과 병사는 십여 명뿐이었다. 수많은 예쁜 여자들이 오갔다. 여자들은 모두 강렬한 색깔의 의식용 튜닉 차림이었다. 붉은 칸투타 화환이 여자들의 머리쓰개에 고정되어 있었다. 여자들은 무희처럼 몸을 움직이며, 유일한 군주와 손님들 앞에서 접시를 빙그르르 돌렸다. 접시에는 향기 나는 요리들이 넘치도록 담겨 있었다. 자두를 잔뜩 넣어 구운 라마 고기, 작은 감자와 함께 노랗게 구운 멧비둘기와 자고새 고기, 땅콩을 곁들인 퀴노아죽……

후안 피사로는 새것처럼 보이는 옷을 입고 있었다. 손바닥 너비의 넓은 레이스가 검은 점을 감춰주고 목을 조여주는, 소매가 넓은 옷이었다. 그는 한 손에는 장갑을 들고, 다른 한 손에는 하얀 카틀레야를 들고 있었다. 그는 카틀레야를 코로 가져가 눈을 껌벅이며 풍부한 꽃향기를 들이마셨다. 그의 옆에 앉은 곤살로는 과일과 꿀이 잔뜩 든 옥수수 전병을 어찌나 상냥하게 받아 드는지, 그 순간에는 아무도 그가 비열한 영혼의 소유자인지 믿지 못할 정도였다. 두 형제는 고급 모직 이불을 깔아 더 편안해진 긴 의자에 자리를 잡고 있었다. 왕의 삼각 의자에 앉은 망코와 마주 보는 자리였다.

"다 잘 될 거야. 이방인들은 만족하고 있어. 망코 군주님은 저들을 기쁘게 하는 게 무척 자랑스러운 듯 행동하시고. 저들은 곧 코야를 요구할 거야……"

아나마야가 아주 작게 말했다.

그녀의 등뒤에 웅크려 앉은 인구일이 중얼거리는 소리로 시인했다. 어슴푸레한 빛 속에서 인구일의 황금 머리쓰개만이 빛나고 있었다.

하녀들이 고개를 숙이고 눈길을 떨어뜨린 채 치차 단지를 가져오는데, 아나마야가 예견한 대로 후안 피사로가 말했다.

"사파 잉카, 음식도 훌륭하고 이리 환대해주시니 기분이 좋습니다. 하지만 우리가 찾아온 이유를 군주님께서 잊지 않으셨기를 바랍니다."

망코는 대답하지 않고 오른손으로 손짓을 했다. 곧 하녀들이 움직임을 멈추고 두번째 뜰의 문까지 두 줄로 늘어섰다.

천천히, 아주 우아하게, 하얀 튜닉을 입은 어린 소녀 둘을 앞세우고 망코의 첫번째 후궁이 모습을 드러냈다. 그녀가 늘어선 하녀들 사이로 종종걸음으로 다가가는 동안, 두 스페인 남자는 후궁의 넓은 얼굴, 작은 키, 윤곽이 뚜렷한 입술을 살폈다. 그녀는 아름답다기보다는 건강해 보였다. 하지만 분명히 육감적이었다. 그녀는 유일한 군주 앞으로 곧장 가더니 이방인들에게는 눈길 한번 주지 않고 꿇어 엎드렸다.

망코가 일어나라는 명령을 하기도 전에 곤살로의 입가에 멸시의 표정이 어렸다.

"사파 잉카! 이 여자가 당신 아내라는 걸 우리더러 믿으라는 거요?"

곤살로가 투덜거렸다.

"이 여자는 내 아내요!"

망코가 웃으면서 단언했다.

"천만에. 우리를 속이는 거야! 이 여자는 코야와 전혀 닮지 않았어! 봐, 곤살로, 나보다도 더 나이가 많아 보이잖아!"

후안이 분통을 터뜨리며 소리쳤다.

"사파 잉카, 다시 화내지 않겠소. 내 형을 위해 당신 여자들 중 가장 아름다운 여자가 필요하오. 당신이 가장 좋아하는 아내인가 보군, 안 그렇소?"

곤살로가 일어서면서 한탄하는 투로 말했다.

아나마야는 곤살로의 미소와 목소리에 분노의 떨림이 억제되어 있음을 알아차렸다. 망코가 부드럽게 웃는 것을 보니, 망코 역시 알아차린 게 틀림없었다.

"브라보! 당신 말이 맞소, 총독의 형제여, 당신이 정확히 봤소. 이 여자는 분명 내 여자이고, 남자가 여자의 허벅지 사이에서 어떻게 처신해야 하는지 오래전에 내게 가르쳐준 여자요."

두 스페인 남자가 웃음보를 터뜨리자 망코가 곧바로 말을 이었다.

"그 아름다움을 알아보지 못하는 남자에게 내 가장 아름다운 여자를 준다면, 내가 불쾌할 것 같구려. 당신 눈이 나만큼이나 까다로워서 기쁘오."

망코는 손뼉을 쳤다. 그의 침실과 마주한 커다란 공동 방에서 스무 명쯤 되는 젊은 여자들이 나왔다. 스페인인들은 입을 헤벌린 채 눈을 크게 뜨고 돌아보았다.

"친구들, 여기 나의 가장 아름다운 여자들이 있소. 당신들이 직접 고르는 게 최선일 것 같구려!"

망코가 친절하게 말했다.

어두운 곳에 숨은 아나마야는 젊은 여자들이 두려워하는 얼굴로 그들에게 다가가는 동안 이방인들이 아연실색하는 것을 보았다. 여자들은 하나같이 연푸른색의 똑같은 아나코를 입고, 아랫부분을 몇 개의 색깔 있는 문양으로 장식한 하얀 망토를 걸치고 있었다.

"됐다. 후궁들이 저기 있어."

아나마야가 중얼거렸다.

긴장한 인구일이 아나마야의 어깨로 바짝 다가왔다. 인구일에게서 미끈거리는 듯한 짙은 사향내가 났다.

"저길 봐……"

아나마야는 인구일에게도 잘 보이도록 벽 구멍을 가린 망타를 좀더 밀쳐냈다. 안뜰을 가득 채운 햇볕 아래에서, 총독의 형제들이 후궁들을 살펴보고 있었다. 그들은 한 여자씩 턱과 손을 들어 올려보고, 어깨를 어루만지고, 한 바퀴 돌게 했다. 곤살로의 행동과 웃음은 더 집요해졌다. 그가 여자의 젖가슴과 배를 더듬고 추잡하게 슬그머니 주무르기도 하자, 아나마야는 불쾌감으로 몸을 떨었다.

"인구일, 너 확실히……"

인구일이 말을 가로막았다.

"예, 예! 저는 그들이 저를 보기도 전에 후궁 중 하나를 선택해버릴까봐 걱정일 뿐이에요!"

그러나 그렇지 않았다. 모든 일은 인구일이 예상한 대로 진행되었다. 후안은 대단히 만족한 듯 모자로 연신 인사를 했지만, 곤살로는 눈살을 찌푸리며 그런 형을 잡아챘다. 잠시 그들은 속닥거리며 이야기를 나누었다. 그러더니 곤살로가 망코 바로 곁으로 와서 멈춰 섰다. 이번에는 그의 눈이 분노로 번득였다.

"사파 잉카, 빌어먹을! 우리에게 더이상 거짓말을 해서는 안 된다는 걸 대체 언제쯤 깨달을 셈이오?"

곤살로가 버럭 내지른 고함 소리가 안뜰에 울려 퍼졌다. 후궁들과 하녀들은 옴짝달싹도 하지 못했다.

"더이상 절대로 안 된다고!"

인구일은 본능적으로 아나마야의 팔을 꽉 붙잡았다. 마치 이방인의 분노에 몸이 으스러질까 두려운 듯.

그러나 망코는 화를 낼 수 없게 만드는 평온한 태도로 대응했다. 그는 곤살로를 무시하고 후안에게 평탄한 어조로 물었다.

"총독의 형제여, 이 여자들 중 마음에 드는 여자가 하나도 없소?"

"여자들이 예쁘지 않은 건 아닙니다, 사파 잉카. 눈을 즐겁게 해주고, 싱싱하고, 몸매도 훌륭하군요. 그건 인정합니다."

후안이 당황하여 말했다.

"하지만 그녀들 중 누구도 코야가 아니오. 당신도 잘 알겠지……"

곤살로가 으르렁거리며 말을 잘랐다.

"아, 친구들! 당신들은 정말 까다롭군!"

망코가 한숨을 내쉬었다.

"더이상 왈가왈부하지 마시오. 난 당신 장난에 놀아나고 싶지 않아. 우린 당장 왕비를 보고 싶다고."

망코의 얼굴이 한순간 어두워졌다. 가슴이 찢어지는 듯 그의 눈길이 붙박였다. 아나마야는 떨면서 인구일에게 몸을 바짝 붙였다.

"이제 너를 부르실 거야. 준비해."

아나마야가 말했다.

그녀는 인구일의 두 뺨이 눈물로 촉촉해진 것을 느꼈다. 두려움이 가득한데도, 인구일은 아나마야의 손에 입을 맞추며 중얼거렸다.

"저는 두렵지 않아요! 두렵지 않아요!"

아나마야는 그녀의 얼굴에 자기 얼굴을 바싹 갖다 댔다. 망코가 부르는 소리가 들렸다.

"쿠리 오클로! 코야 쿠리 오클로를 이리 들라 하라!"

"내가 널 사랑한다는 걸 잊지 마! 그리고 만약 그가 널 괴롭히려고 하면 도망치겠다고 약속해……"

아나마야가 속삭였다.

그런데 하녀들이 어느새 망타를 걷어내고 방문턱에 꿇어 엎드렸다. 아나마야가 어둠 속으로 좀더 물러나는 사이, 인구일은 빛 속으로 나아갔다.

이방인들의 눈길이 만족감에 이내 부드러워졌다. 인구일은 지금처럼 아름다운 적이 없었다. 이방인들은 그녀의 아름다움에 넋을 잃었다. 시침 자리를 분간할 수 없을 정도로 정교하게 짜인, 광택이 흐르는 초록색 아나코가 그녀의 섬세한 몸매를 드러내주었다. 허리띠의 정교한 문양과 조화를 이루는 보라색 리클라는 그녀의 어깨 위에서 찰랑이며 연기처럼 바닥까지 내려왔다. 작은 금빛 조가비가 점점이 박힌 머리쓰개를 한 얼굴은 완벽했고, 눈썹은 붓으로 그린 듯 아치를 이루었다. 막 눈물을 흘릴 듯 떨리는 눈꺼풀과 입술은 그녀의 아름다움을 한층 더해줄 따름이었다.

"아! 형, 드디어 그녀가 나타났어! 코야야, 난 알아볼 수 있어."

곤살로가 소리쳤다.

후안은 쳐다보는 것조차 힘겨운 듯했다. 아나마야는 자기가 생각한 것 이상으로 그가 진심으로 동요하고 있음을 느꼈다. 그는 황홀한 눈으로 인구일을 바라보며 머뭇머뭇 다가가 정중하게 인사를 했다. 그가 다시 몸을 일으켰을 때 그의 행복 속에 진심 어린 존경심이 배어 있음이 느껴졌다.

"이 여자가 맞습니다! 맞아요, 사파 잉카. 난 알아볼 수 있어요. 내겐 당장 이 여자가 필요합니다……"

후안이 망코를 향해 더듬거리며 말했다.

그가 인구일의 손을 잡으려 하자, 인구일은 예정대로 울부짖기 시작했다. 그녀는 등을 돌리고 두 손으로 얼굴을 가린 채 신음했다. 그녀는 몸을 떨며 종종걸음으로 물러서더니 소리쳤다. 유일한 군주를 떠나고 싶지 않다고, 이자들이 무섭다고! 그녀의 두려움과 고통은 그 자리에 있는 모든 후궁들과 하녀들의 얼굴로 번졌다. 긴장된 분위기 속에 웅성거림과 함께 눈물이 솟구쳤다.

"그만 해요! 진정해! 새 남편을 대단히 환영하시는군!"

곤살로가 웃었다.

후안이 비탄에 젖은 눈으로 지켜보는 가운데, 인구일은 아름다운 몸치장이 흐트러지도록 망코의 발치에 그대로 주저앉았다. 그 모습이 마치 꽃잎들이 당장이라도 활짝 벌어질 것 같은 화려하고 호사스러운 한 송이 꽃 같았다. 그러나 그녀는 한탄했다.

"유일한 군주님, 제발 저를 버리지 마세요! 저는 군주님만을 사랑해요! 제 심장은 오직 군주님과 다른 세상의 조상들을 위해서만 고동쳐요! 유일한 군주님, 제 가슴을 열고 심장을 가지세요. 하지만 그것을 이방인들에게 주지는 마세요."

아나마야는 그것이 인구일과 자신이 미리 짜 맞춘 문장임을 알고 있었지만 소용이 없었다. 그 말들이 어찌나 마음을 깊이 울리는지 온몸의 전율을 막을 수가 없었다. 모두들 동요했다. 이방인들조차 당황했다.

"일어나라. 내 친구인 이 군주와 함께 가거라. 그가 이방인이라는 것은 걱정하지 마라. 너는 그의 충실한 아내가 되는 것으로 나를 섬기게 될 것이다. 난 그렇게 결정했다."

망코가 침울하게 대답했다.

"오, 유일한 군주님! 저를 불쌍히 여겨주세요! 저를 다른 남자의 손에 넘기신다면 제게는 더이상 살 이유가 없으니, 저를 죽여주세요……"

아나마야의 몸이 다시 떨려왔다. 인구일의 말은 화살과도 같았다. 유일한 군주가 인구일의 눈물을 모른 척하리라고 생각했는데, 예상과 달리 망코는 인구일에게 몸을 굽혔다. 그는 그녀의 팔을 잡아 일으키고는 그녀를 와락 끌어안아 키스를 했다. 키스는 길지 않았지만, 안뜰을 얼어붙게 만드는 침묵이 키스를 한없이 지속시키는 듯했다.

망코가 덧없이 인구일을 밀어낼 때, 아나마야와 그녀의 눈길이 마주쳤다. 인구일의 얼굴이 묘한 미소로 반짝였다. 후안이 그녀를 덥석 잡을 때에도, 그리고 스페인 병사들의 호위대에 에워싸여 안뜰 문으로 끌려가듯 갈 때에도 그 미소는 아나마야의 눈에 남아 있었다.

총독의 형제들은 사냥감을 가지고 재빨리 사라졌다. 아나마야는 수치심과 분노와 고통으로 속이 뒤틀리고 목이 메어 방문턱으로 나왔다. 안뜰은 사람들 얼굴이라기보다는 가면으로 가득 차 있는 듯했다. 그 가면에는 하나같이 똑같은 고통의 표시가 새겨져 있었다.

망코가 일어나 아나마야를 따라왔다. 그는 몰려드는 후궁들과 하녀들을 물리쳤다. 그것은 몸이 무거운, 술 취한 듯한 사람의 거동이었다. 그의 얼굴에 억지 미소 같은 것이 어렸다. 하지만 그것은 입가에 경련이 이는 것에 불과했다.

아나마야가 눈을 들자, 짙푸른 하늘에 사크사우아만 성채의 담벼락과 파괴되지 않을 듯 강건하게 서 있는 세 개의 탑이 보였다.

"우리가 성공했군."

망코가 침울하게 말했다.

아나마야는 고개를 끄덕이며 그를 바라보았다. 그녀는 마음속 깊이 슬픔과 쓰라린 고뇌를 느꼈다.

"저것이 군주님의 권위에서 남아 있는 것입니다. 태양신 아래 솟아 있는 권력의 허울, 권력의 추억물……"

아나마야는 그들 위의 벽을 가리키며 말했다.

"코야 카마켄, 제발."

"……그 괴물들의 탐욕을 채워주기 위해 순수한 마음을 지닌 한 처녀의 희생을 받아들이도록 만든 권력……"

망코는 잿빛 얼굴이 되어 주먹을 불끈 쥐었다.

"내가 그 사실을 모르고 있다고 생각하지 마시오. 퓨마의 발톱에 배를 찢기듯 내 마음도 고통으로 찢어지오……"

그가 음울하게 말했다.

아나마야는 입을 다물었다. '퓨마' 라는 말에 그녀는 소스라치게 놀랐다. 너무도 강하지만 멀디먼 곳에 있는 퓨마……

그녀는 속으로 중얼거렸다.

'이리 와요, 제발, 이리 와서 날 도와줘요.'

32

1535년 9월, 쿠스코

빗소리가 부드럽다. 지붕 위에서 온 사방으로 탁탁 튀는 빗방울. 빗물도 부드럽다. 빗물은 아나마야의 머리카락과 이마 위로 살며시 흐르며 아나코를 적신다.

아나마야는 잠자리에 누워 안뜰의 물웅덩이와 진흙에 떨어지는 빗방울 소리를 듣고 있었다. 그녀는 어둠을 적시는 부드러운 빗줄기를 보고 싶었다. 그녀는 잠자리에서 일어나는 자신의 모습을 떠올려보았다. 그런데 그 순간, 상황이 여느 때와 다르다는 것을 알아차렸다.

지붕 아래 있는 그녀의 이마와 머리 위로 왜 비가 떨어지는가? 칸차 뜰은 포석이 깔려 있어 비가 와도 진흙탕이 되지 않았다.

그녀는 정말로 일어나서 문턱까지 갔다. 그랬다, 그녀의 착각이었다! 그녀는 칸차 안이 아니라 밀림 마을, 그녀가 태어나 어린 시절을 보낸 마을의 오두막에 있었다. 빗줄기가 더욱 거세어졌다. 모든 것이 시작되기 전, 그날 밤 비가 내리던 것처럼.

그녀가 코야 카마켄이 되기 전.

한순간 꿈이라고 생각했다. 꿈을 쫓아버리려면 잠에서 깨어야 하나? 하지만 그녀는 커다란 오두막집 네 채가 있는 마을의 마당을 황홀한 눈으로 바라보지 않을 수 없었다. 오두막이 비어 있는 것 말고는 모든 것이 예전과 똑같았다. 그렇지만 그녀는 위험을 느꼈고, 유일한 군주 망코의 전사들의 공격을 겁내고 있었다. 그렇다, 그녀는 두려웠고 잠에서 깨어야 한다는 걸 알고 있었다.

그러나 어둠 속으로 쏟아지는 눈부신 빗줄기와 그 부드러운 빗소리가 하도 끈질겨서 헤어날 수 없었다. 어린 소녀였을 때 살던 마을을 다시 보게 되다니 얼마나 놀라운 일인가! 그럴 용기만 있다면, 어쩌면 어머니의 얼굴도 보게 되지 않을까?

아나마야는 이런 꿈을 허락해준 남편인 분신 형제가 고마웠다. 그녀는 두려우면서도 마음이 가벼워졌다.

어떤 소리가 들리자 그녀는 소스라치게 놀랐다. 종종걸음 치는 소리. 짐승이 종종걸음 치는 소리 같았다. 그리고 또다른 발소리. 밝은 색 털을 지닌 맹수가 으르렁거리며 생울타리로 펄쩍 뛰어오르는 모습이 보이는 듯했다.

아니다. 착각이다. 그것은 젖은 땅을 울리는 발소리였다. 그리고 아주 특별한 소리라는 것까지도 그녀는 알아들었다. 장홧발 소리! 이방인의 발소리.

그가 오두막집들 사이로 나타나는 순간, 그녀의 가슴이 불타오른다. 그다. 그 사람, 가브리엘이다. 그는 모자를 벗었고, 어둠 속 얼굴이 한

낮처럼 환히 빛난다. 비에 젖지도 않았다. 그의 아름다운 금발에는 물기가 없다. 그가 미소 짓는다. 행복에 겨워 온몸을 떠는 그녀에게 팔을 내민다. 그녀는 너무도 오랫동안 그를 기다려온 터였다. 드디어, 드디어 그가 돌아온 것이다. 살아서, 처음 만난 날처럼 아름다운 모습으로!

그와 포옹할 때 아나마야는 미칠 듯한 행복감에 휩싸인다. 그녀는 축축한 셔츠 속 그의 온기를 느낀다. 그가 그녀의 아나코를 벗기기 시작할 때, 키스를 퍼붓는 그의 다급한 숨결을 느낀다. 그의 열의에 웃음이 난다! 그가 깃털처럼 사뿐히 그녀를 들어 올려 잠자리에 내려놓는다. 그녀는 그의 얼굴과 눈이 보고 싶다. 너무 오랫동안 그의 얼굴이, 감미로운 입술이, 갸름하고 오똑한 코가, 맑은 뺨이 그리웠다. 그런데 그가 너무 성급하고도 거칠어진다. 그를 밀쳐낸 그녀는 그의 턱과 입이 수염으로 덮여 있는 것을 깨닫는다. 그의 얼굴이 변했다는 것을.

그 순간, 그녀는 비명을 질렀다.

눈을 크게 떴다. 어둠 속에서 그녀 위에 엎드려 있는 남자는 가브리엘이 아니었다. 그의 손가락이 그녀 가슴에 상처를 내고, 견딜 수 없이 난폭하게 그녀를 벌거벗기려 했다. 그녀는 강간당하고 있음을 깨닫고 다시 비명을 질렀다.

이번에는 공격자가 증오에 찬 눈으로 주춤 물러섰다. 그는 스페인어로 욕을 하며, 한 손으로는 그녀의 입을 틀어막고 다른 한 손으로는 그녀의 젖가슴을 더듬었다.

"가만있어, 더러운 년!"

그녀는 증오와 욕망으로 뒤틀린 입가에서 거품처럼 뿜어져 나오는 말을 거의 알아듣지 못했지만, 총독 형제의 목소리라는 것은 알아차렸다.

아나마야의 두려움은 분노로 바뀌었다. 그녀는 옆으로 몸을 빼내려 애썼지만, 남자가 그녀를 붙잡았다. 그녀가 몸부림치고 머리를 흔들자, 남자의 손이 그녀의 입 위에서 미끄러졌다. 그녀는 이로 손을 깨물었다. 그녀가 피의 비릿한 맛을 느끼는 순간, 남자가 비명을 내질렀다.

"가랑이 벌려, 이 인디언 창녀야!"

아나마야는 남자가 놀라는 틈을 타서 무릎을 가슴까지 당겨 몸을 오그렸다. 곤살로가 헐떡거렸다. 그는 손에 입은 상처 때문에 그녀를 잘 붙잡지 못했다. 그가 다시 덮쳤다. 하지만 아나마야는 곤살로의 배를 발끝으로 힘껏 걷어찼다. 아나코를 찢고 그녀의 한쪽 젖가슴을 할퀴던 그는 벽 있는 데까지 나뒹그러졌다.

아나마야는 단숨에 몸을 일으켰다. 그러고는 곧바로 하녀들을 소리쳐 불렀다. 그녀는 정말 비가 내리고 있고, 곤살로의 짧은 바지가 흠뻑 젖은 것을 알아차렸다. 열어젖힌 윗옷 속 셔츠까지 젖어 있었다. 그의 머리카락은 광기 어린 얼굴에 찰싹 달라붙어 있었다. 그는 얼굴을 찌푸리고는 가소롭다는 듯이 비웃었다. 그는 잠자리 옆에 버려둔 칼집을 더듬거리며 찾았다. 그러고는 칼집을 움켜쥐고 다시 일어섰다.

"입 닥쳐, 이 갈보년아!"

하지만 곤살로가 칼을 꺼내기도 전에 아나마야가 다시 발로 걷어찼다. 그는 상반신을 비틀어 피하려고 했지만 공격이 너무 날쌨다. 이제껏 한 번도 경험하지 못한 폭력에 자극받은 아나마야는 살인의 욕망에 휩싸였다. 그녀는 자신의 발꿈치가 이방인의 얼굴을 후려치고 광대뼈 위로 미끄러져서 눈구멍에서 멎는 것을 느꼈다. 그녀는 잠자리 위로 온 무게를 실어 몸을 날렸다. 곤살로의 머리가 헝겊으로 만든 공처럼 튀어 올라 돌벽에 부딪혔다.

"코야 카마켄! 코야 카마켄!"

그녀가 다시 일어섰을 때, 하녀들의 애처로운 비명 소리가 그녀를 에워쌌다. 보초들이 횃불과 망치와 창을 들고 달려왔다. 모두의 시선이 그녀에게, 그녀의 할퀴어진 얼굴과 피 묻은 찢어진 튜닉에 쏠렸다. 탄식 소리가 들려오자, 그녀는 조용히 하라고 손짓하고는 숨을 가다듬었다.

"난 괜찮다, 괜찮아. 내게 아무 짓도 못 했어……"

그녀가 혼잣말처럼 말했다.

그녀의 발치에 쓰러진 총독의 형제는 일어나지 못했다. 그의 관자놀이에서 피가 흘러, 목을 따라 가느다랗게 갈지자를 그리며 셔츠로 스며들었다.

하녀가 건네주는 망토로 어깨를 감싸며 아나마야가 물었다.

"살아 있느냐?"

보초 하나가 몸을 굽혀 곤살로의 가슴에 손을 대보더니, 귀를 그의 입에 바짝 갖다 댔다. 보초가 미소 지으며 고개를 끄덕였다.

"기절한 것뿐입니다, 코야 카마켄! 원하신다면 제가 숨통을 끊어놓겠습니다."

그녀는 죽이라는 명령을 내리고 싶은 욕구와 싸우느라 눈을 감고 숨을 깊이 들이마셨다. 그녀가 나직이 말했다.

"아니다…… 아냐! 유일한 군주님을 모셔 오너라."

✲

침실 벽에 등을 기댄 채 의식을 잃었던 곤살로가 깨어났을 때, 그의 왼쪽 눈은 벌겋게 멍이 든 채 부어올라 있었다. 그는 투덜거리며 왼쪽 눈을 만져보더니, 관자놀이에 고약을 붙이려는 하녀들을 밀쳐냈다. 그는 이십여 개의 창이 자기를 겨누고 있는 것을 발견하고 깜짝 놀랐다.

유일한 군주의 전사들이 망코와 아나마야의 양옆에 자리잡고 있었다. 궁정의 몇몇 세력가도 와 있었다. 흔들리는 횃불 빛이 그들의 무표정한 얼굴을 비추며 엄격함을 한층 더 고조시켰다.

총독의 형제는 냉소를 지으려 했지만 고통 때문에 얼굴이 일그러졌다. 그의 얼굴은 이제 천사는커녕 상처 입은 잔인한 짐승 같았다. 그가 성한 한쪽 눈으로 아나마야를 사납게 노려보자 그녀는 몸을 떨었다.

"이번 일은 앞으로 네가 겪을 일에 비하면 아무것도 아니야."

마침내 그가 비열한 미소를 드러내며 중얼거렸다. 아나마야는 온몸에 독이 퍼지는 듯한 두려움을 느꼈다.

곤살로는 일어섰지만 이내 비틀거렸다. 그는 고통에 일그러진 입과 오만함이 가득한 태도로 벽을 짚고 어렵사리 서 있었다.

그때 망코가 변함없는 목소리로 말했다.

"총독의 형제여, 당신이 한 짓을 생각하면 당신을 죽여 마땅하오. 내가 이미 말했잖소. 어느 누구도 코야 카마켄에게 손댈 수 없다고!"

곤살로는 처음에는 조금 놀라 그를 쳐다보더니, 얼굴을 일그러뜨리며 딸꾹질하듯 웃었다.

"우리 제국에서는 여자를 강간하는 남자는 맹수들이 바닥에 뼈만 남길 때까지 매달아놓소."

망코가 말했다.

"좋아, 그럼 해보시지. 날 죽여보라고!"

곤살로는 뒤뚝거리며 두 발짝을 뗐다. 창 끝들이 곧바로 그의 가슴을 겨누자 그는 꼼짝하지 못했다. 그는 한쪽 눈으로 아나마야와 망코를 노려보더니 다시 거만하게 소리쳤다.

"당신은 내가 겁먹고 있다고 생각하겠지! 하지만 겁쟁이는 바로 당신이야, 사파 잉카! 당신은 남자가 아니야, 지금 여기서 나를 죽이지도 못하지. 당신 대신 나를 죽일 전사가 십수 명이 있어도 말이야. 내가 그 이유를 말해줄까……"

곤살로는 침을 뱉고 목소리를 가다듬기 위해 마른기침을 했다. 그의 얼굴에 사악한 미소가 어렸다.

"당신은 내 죽음이 곧 당신의 죽음을 의미한다는 걸 알기 때문이지. 무엇보다 당신은 자기 목숨에 집착하니까. 당신의 황금보다도, 당신의 여자들보다도…… 당신의 명예보다도……"

격분한 곤살로는 교활한 증오를 품고서 망코를 뚫어지게 쳐다보았다. 그리고 마치 검을 내리치듯 모욕적인 말을 내뱉었다.

"우리가 당신을 그렇게 만들었지, 오 태양신의 아들이여, 신성한 사파 잉카여! 고함치고 쉴 새 없이 몸을 놀리는 꼭두각시. 당신 입에서 나오는 소리는 젖먹이의 울음처럼 아무 의미가 없어……"

곤살로가 계속 떠드는 동안 전사들이 창을 들이밀었다. 청동으로 된 창 끝이 그의 더러운 셔츠를 눌렀다. 그는 거칠게 손을 휘둘러 그중 몇 개의 창을 밀쳐냈다. 힘을 쓰다가 현기증이 일자, 그는 벽에 기대기 위해 비틀거리며 뒤로 물러나더니 술 취한 사람처럼 소리쳤다.

"오, 왕 중의 왕이여! 당신은 나를 속였다고 생각했겠지?"

그는 또다시 냉소를 터뜨리며 바닥에 피 섞인 침을 뱉었다.

"당신의 코야는 일개 하녀였어. 당신의 왕비에게 키스한다고 믿었는데 침대에 매춘부만 끌어들인 셈이지. 불쌍한 후안! 우리가 알아차리지 못할 거라고 생각했나, 엉?"

망코는 전사들에게 비켜서라고 손짓했다. 그는 곤살로의 검을 그의 배와 같은 높이로 맞잡은 채, 둘 사이의 거리가 칼 길이밖에 안 될 정도로 가까이 다가섰다. 순간 곤살로의 성한 눈이 두려움으로 흐려졌다.

아나마야 역시 한 발짝 움직였다. 그녀는 망코를 제지하려는 듯한 손짓을 했다. 그런데 전사들이 소스라치게 놀랄 만큼 갑작스럽게, 유일한 군주가 검과 무릎을 동시에 들어 올리면서 무릎으로, 날카로운 쇠붙이 소리와 함께 검을 두 동강 냈다.

"누가 살고 죽어야 하는지를 결정하는 사람은 바로 우리야! 살아 있는 자와 죽은 자를 지목하는 건 바로 우리라고!"

곤살로가 퍼부어댔다.

눈을 부릅뜬 망코는 한 병사의 손에서 망치를 빼앗아 높이 치켜들었다.

"안 돼요! 안 돼요, 유일한 군주님! 그만두세요, 아직은 안 돼요!"

아나마야가 다급하게 소리쳤다.

동요의 순간. 모두들 망코의 손을 쳐다보았다. 그의 눈은 살아생전의 아타우알파처럼 붉게 충혈된 듯했다. 곤살로의 그르렁대는 숨소리가 모두에게 들릴 만큼 고요했다.

"이자를 놓아주세요, 유일한 군주님. 이자의 거짓말에도 일리가 있어요. 이자가 죽으면 살아 있을 때보다 군주님께 더 큰 해를 끼칠 거예요."

아나마야가 침착하게 말했다.

망코는 팔을 내리고 곤살로의 발치에 망치를 내던졌다.

"여기서 꺼져라, 이방인. 이 칸차를 떠나라……"

망코가 분연히 소리쳤다.

곤살로가 미소 지었다. 그는 전사들한테서 벗어나, 또다시 피가 흐르는 뺨을 손으로 문질렀다.

"당신의 손댈 수 없는 창녀 말을 들어! 내가 곧 손대게 되겠지만 말이야. 당신에겐 내가 계속 살아 있는 게 더 낫지."

하녀들과 보초들이 멀찌감치 물러나며, 그가 방문턱으로 다가갈 수 있게 길을 열어주었다. 곤살로는 돌아서더니, 바닥에 침을 퉤 뱉으며 피 묻은 손가락으로 망코를 가리켰다.

"당신은 그 뻣뻣한 태도를 버리는 게 좋아, 사파 잉카. 당신은 이제 여기서 아무것도 아니야, 개똥에 지나지 않는다고! 이제부터 쿠스코의 왕은 바로 나야."

마지못해 창을 치우고 망치 든 손을 내린 인디언 전사들 가운데로 나아가는 그를 쳐다보면서, 아나마야는 그의 마지막 말을 머릿속으로 되뇌었다.

그 말은 비열하고 기괴했다.

그 말은 사실이었다.

✲

"오늘밤 바로 떠나셔야 합니다, 유일한 군주님. 쿠스코에서 멀리 떠나셔야 해요."

보초들과 하녀들이 물러가자마자 아나마야가 말했다.

"조금 전에 나를 막지 말았어야 했어."

망코가 그녀의 말을 무시한 채 투덜거렸다.

"그랬다면, 내일은 그자의 형이 군주님을 해치러 왔을 거예요. 군주님은 맹수처럼 마음 한구석에 증오를 간직하셔야 해요, 폭발시키지 말고……"

도저히 폭력을 억누를 수가 없는 듯, 망코는 고함을 지르며 비가 그친 어둠을 향해 그러쥔 주먹을 휘둘렀다.

"그놈을 죽이게 그냥 두었어야 했어! 그놈이 당신을 더럽혔는데 놈을 살려주다니? 당신 자존심은 어디로 간 거요, 코야 카마켄?"

아나마야는 냉정한 눈빛으로 그에게 맞섰다.

"그를 죽이는 건 전쟁을 의미해요. 당장 내일부터! 유일한 군주님은 이방인들과 전쟁을 할 수 있는 상태가 아닙니다. 전쟁을 하려면 우선 쿠스코를 떠나 우리 힘을 다시 모아야 해요. 우리에겐 아직 전사 수가 충분하지 않다는 걸 알고 계시잖아요! 이방인들은 여전히 우리보다 강해요……"

망코는 그녀의 얼굴을 주의 깊게 살폈다.

"전쟁을 할 때가 되었다고 생각하는 거요?"

"전쟁을 준비할 때가 된 거지요. 우린 당장 오늘밤에 떠나야 합니다. 군주님은 더이상 이 궁전에 머무실 수 없어요."

아나마야가 하는 말의 모든 의미를 헤아리는 듯, 망코는 잠시 그녀를 바라보았다.

"전쟁을 준비한다…… 하지만 어떻게? 빌라 오마와 내 형제 파울루가 알마그로와 함께 남쪽 지방으로 떠났는데. 더이상 친구가 아닌 이방인들을 스스로 갈라서게 만들기 위해, 우리 힘을 나누었잖소. 지금쯤 빌라 오마와 파울루는 쿠스코에서 적어도 두 달은 걸리는 곳에 있을 텐데. '성스러운 골짜기'의 산중에 남아 있는 병사는 오천도 안 되오. 내가 완전한 군대의 우두머리가 될 수 없는 상태에서 쿠스코를 버린다면 사방위 제국에 더이상 희망은 없을 것이오. 누가 내 힘을 믿고 나와 합류하려 들겠소?"

"군주님이 사슬에 묶여 이방인들의 포로가 되시면, 군주님의 왕국에서 눈물은 흐르겠지만 저항은 없을 거예요, 유일한 군주님! 우린 우리를 이끌어주는 사람 없이 우리끼리만 남게 되겠지요. 만약 군주님이 산속으로 가신다면 군주님의 조상들이 도와주실 거예요. 대부분의 차스키들은 언제나 군주님께 충실하지요. 군주님의 한마디면 모든 지방의 군대를 소집할 겁니다. 그것을 토대로 군주님께 필요한 군대를 조직하는 거예요. 빌라 오마와 파울루는 군주님의 부름을 기다리고 있다가, 수많은 부하들과 함께 돌아올 겁니다. 모두가 군주님을 도울 거예요. 군주님을 자랑스럽게 여기니까요."

"내 아버지가 그런 말씀을 하신 것이오?"

망코의 목소리에 귀에 거슬리는 빈정거림이 배어 있어, 아나마야는 흠칫 몸을 떨었다. 하지만 눈길을 돌리지는 않았다.

"잘 아시다시피 군주님의 아버지 우아이나 카팍은 오래전부터 더는 저를 가까이 부르지 않으세요. 저도 군주님과 마찬가지예요. 낮이고 밤이고 단 하루도 그분의 목소리가 들리기를 바라지 않는 날이 없지요. 지난밤엔 꿈을 꿨는데…… 그분이 저를 부르시려나 보다 생각했어요."

아나마야는 눈물로 눈앞이 흐려져서 잠시 말을 멈추었다. 자기 몸을 더럽히던 곤살로의 포악한 모습이 머릿속에 떠오르더니 가브리엘의 추억과 뒤섞였다. 그녀는 망코가 주의를 기울이는 것을 느끼고 힘주어 말했다.

"저를 믿으세요, 군주님. 저는 이방인들의 생각을 잘 알아요. 조금 전에 일어난 일을 보면, 더는 아무것도 그들을 멈출 수 없으리라는 것을 알 수 있죠. 총독의 형제가 군주님께 말했잖아요. 군주님을 모욕하기 위해서라면 무슨 짓이든 할 거라고. 이제 몸을 피해야 합니다. 시간을 허비하지 말고 당장 오늘밤에. 너무 늦기 전에요. 그렇지 않으면 태양신 아들의 백성을 군주님 주위로 규합할 수 없게 돼요. 제발, 군주님, 제 말을 들으세요! 저는 느낄 수 있어요, 다가오는 새벽이 위협으로 가득 차 있다는 것을요."

망코는 여전히 망설였다. 그는 손가락 끝으로 아나마야가 망토 안에 그대로 입고 있는 찢어진 아나코를 스치고, 곤살로의 손톱자국이 난 뺨을 살짝 건드렸다. 이윽고 그가 체념한 듯 고개를 끄덕였다.

"좋소, 당신을 믿지, 코야 카마켄. 알려야 할 사람들에게 알리시오. 태양신 탑의 비밀 계단을 통해 쿠스코를 떠납시다……"

*

드디어 콜캄파타의 계단식 대지와 사크사우아만의 높은 태양신 탑을 잇는 끝없는 비밀 미로에서 나왔을 때, 동녘 하늘은 이미 여명으로 환해져 있었다. 희붐한 빛 속에서, 쿠스코 위로 불쑥 솟은 성채의 커다란 담벼락이 잠든 괴물의 머리 모양을 그렸다.

그들은 고작 서른 명 안팎이었다. 망코는 아내 몇 명과 하인들, 그리고 궁정의 강력한 군주들 대여섯만 동행하기를 원했다. 다른 사람들은 모두 왕의 칸차에 머물면서 이방인들이 그들의 도주를 가능한 한 늦게 알아차리도록 평소대로 움직이라는 명령을 받았다.

좁은 미로를 서둘러 빠져 나오느라 가슴이 터질 듯한 도망자들은 가쁘게 숨을 몰아쉬며 탑 발치의 대지 위로 흩어졌다. 아나마야는 계단을 급히 올라온 탓에 이마는 땀에 젖고 허벅지는 뻣뻣해져 있었다. 그녀는 난쟁이를 바라보았다. 난쟁이는 감시터에 이르는 낮은 담장 위로 놀랍도록 날렵하게 뛰어올랐다. 그의 작은 윤곽이 어둠에 삼켜진 듯 잠시 꼼짝도 하지 않았다.

그가 되돌아올 즈음, 아나마야는 가마꾼들이 가마 내려놓는 소리를 들었다.

"다 잘 되어가고 있어요. 아무 소리도 없어요! 이방인들이 황금 꿈을 꾸고 있나 봐요. 아직 깨지는 않을 거예요."

난쟁이가 미소 지으며 말했다. 그런데 아나마야를 보고는 금세 얼굴이 굳어졌다.

"어디 안 좋아요?"

난쟁이가 그녀의 손을 잡으며 물었다.

"괜찮아요…… 올라오느라 숨이 차서……"

사실 그녀에게는 이따금 가브리엘과 꿈의 영상이 떠올랐다. 마치 먹잇감에게 달려들듯 악착같이 그녀의 옷을 찢던 곤살로의 끔찍한 모습도. 이미 그녀는 두 번이나 구토를 했고 사크사우아만까지 올라오다 보니 지칠 대로 지친 터였다.

"이리 와요. 잠시라도 쉬어야겠어요. 뭘 좀 먹어야 하고요. 떠나기 전에 이걸 챙겨왔어요. 공주님을 위해서요."

난쟁이가 그녀를 가마 쪽으로 데려가며 말했다.

그녀가 가마에 앉는 동안, 난쟁이는 어깨에 비스듬히 둘러멘 작은 융단 가방에서 노르스름하게 익힌 옥수수 이삭과 망고를 꺼냈다.

아나마야는 미소를 짓고는 난쟁이의 손을 쓰다듬으며 과일과 옥수수를 집어 들었다가 가만히 옆에 내려놓았다.

"지금은 아무것도 못 먹겠어요! 조금 있다가……"

몇 발짝 떨어진 곳에서 들려온 망코의 또렷한 목소리에 그들은 깜짝 놀랐다.

"먹어요. 난쟁이 말이 맞소. 당신은 먹고 기운을 차려야 해. 하룻길이 멀 것이고, 내겐 당신이 필요할 테니까."

그녀는 애써 미소 지었지만 피곤하고 통 식욕이 없었다. 망코가 그녀를 필요로 할 때 그녀는 옆에 있었다. 언제나 그랬듯이. 그러나 그녀가 누군가를 필요로 할 때는 누가 옆에 있었던가? 고독이, 지독하리만치 오랜 고독이 차가운 어둠처럼 그녀에게 밀려들었다.

✻

그들은 잠든 도시의 동쪽으로 소리 없이 우회했다. 뛰는 듯 빠른 걸음으로 군주들의 몇몇 칸차 벽을 따라간 후, 금은세공사들이 사는 동네의 골목길로 들어섰다. 흙집 앞마당의 화덕들은 아직도 붉은빛을 띠고 있었다. 그들은 평야에 인접한 도시 지역을 가로질렀다. 그곳은 쿠스코에서 태어나지 않은 사람들이 사는 곳이었다. 집들이 드문드문 있었다. 잘 손질된 뜰로 둘러싸여 있었지만 보호벽은 없었다. 이따금 나뭇단을 든 남자나 여자가 나타났다. 그들은 꼼짝도 하지 않고, 깜깜한 어둠 속으로 멀어져 가는 낯선 행렬을 놀란 눈으로 바라보았다.

도시의 대형 창고들을 지나자 남쪽에 이르는, 포석이 잘 깔린 대로가 나왔다. 하늘이 우윳빛이 될 때까지 거의 한 시간 동안 아무도 말이 없었다. 포석 위에 샌들 스치는 소리와 잠에서 깨어나는 새들의 요란한 지저귐만 들려올 뿐.

아나마야는 난쟁이가 뛰느라 지치지 않도록 자기 옆에 그의 자리를 만들었다. 그녀는 너무도 풍요로운 들판과 아름다운 산을 발견하고 놀랐다. 몇 달이 지나도록 거의 칸차를 떠나본 적이 없는 그녀였다. 밤에 내린 비로 인해, 떠오르는 태양 아래 들판의 붉은빛과 황톳빛이 선명했다. 산의 측면은 오색이 영롱하게 펼쳐진 계단식 대지로 가꾸어져 있었다. 마치 의식용 직물처럼 정교하게 문양이 배합된 커다란 운쿠로 덮여 있는 듯했다. 골짜기의 굴곡과 꼭대기 쪽으로는 안개띠가 가볍게 미끄러지며 서로 뒤섞였다. 어머니 대지의 아름다움을 느끼자, 그녀의 가슴을 짓누르는 중압감도 조금은 덜해졌다. 그녀는 그것이 조상들이 그들에게 보내는 신호이기를 바랐다. 그녀 자신이 더럽혀질 뻔했던 것처럼 이방인들에게 더럽혀진 도시에서 멀어지는 그들을 보고 기뻐하는 조상들이. 그러나 그녀의 바람은 오래가지 못했다.

첫 태양빛이 봉우리를 비출 때 한 병사가 겁에 질린 눈으로 두리번거리며 가마가 있는 곳까지 행렬을 거슬러 뛰어왔다.

"유일한 군주님! 유일한 군주님!"

망코가 장막을 젖혔다.

"유일한 군주님, 차스키가 방금 전에 와서 전하는 말이, 이방인들이 벌써 군주님의 궁전이 빈 것을 알아차렸답니다. 군주님이 칸차에 계시지 않다는 것을요. 그자들이 칸차에 있는 모든 것을 파괴했고……"

"이미 우리를 뒤쫓고 있겠군요!"

난쟁이가 아나마야를 쳐다보며 말했다.

"그들이 말을 타고 오면 따라잡히겠구려! 비라코차가 우리를 도와주시기를!"

한 늙은 군주가 벌써부터 잊어가는 손길을 느끼는 듯, 도금한 나무 마개를 만지작거리며 탄식했다.

"탄식할 때가 아니오!"

망코가 말을 잘랐다.

그는 군주들과 여자들과 하인들에게 남쪽 대로로 계속 가라고 몇 마디 말로 명령했다.

"서두를 필요 없소. 그들에게 추격당하면, 내가 그대들에게 내 형제 파울루와 그들의 친구 알마그로와 합류하라고 했다고 말하시오…… 난 동쪽 골짜기로 가겠소. 코야 카마켄은 나와 함께 갈 것이오."

"제발 저도 데려가주세요, 유일한 군주님!"

난쟁이가 꿇어 엎드리며 외쳤다.

망코가 얼굴을 찡그리는 것을 보고 아나마야가 간청했다.

"침부도 같이 가게 해주세요. 군주님도 아시다시피, 그는 필요하다면 군주님을 위해 목숨이라도 내놓을 사람이에요."

"게다가 저는 군주님이 자유롭게 사실 수 있도록 끝끝내 살아남을 겁니다!"

난쟁이가 말했다.

망코는 어깨를 으쓱하며 허락한 뒤 짐꾼들에게 다시 출발하라고 명령했다. 짐꾼들은 짐을 지고 있는데도 놀랍도록 빠르게 달렸다. 대로를 벗어나자마자 미끄러운 흙길과 물웅덩이가 여기저기 흩어져 있었다. 하지만 짐꾼들 발에는 갈퀴가 달려 있는 듯했다. 얼마 지나지 않아 그들은 점점 더 밝아오는 새벽빛을 받으며 골짜기 경계에 이르렀다. 갑자기 짐꾼 하나가 비명을 지르며 손짓을 했다. 한참 전부터 지평선을 살피던 난쟁이도 동시에 소리쳤다.

"저기 그들이에요!"

푸른 잿빛의 퀴노아 밭 너머로 이방인의 군대가 보였다. 검고 단단한 껍데기가 경작지에 닿을 듯 말 듯 엄청난 속도로 미끄러지는 커다란 곤충 같았다. 말 덕분에 그들은 속도만 빠른 것이 아니라 멀리 평원도 내다볼 수도 있었다.

"그들은 대로에 있다. 여자들을 뒤쫓아 달리고 있으니, 우리를 보지는 못할 것이다."

망코의 낙관적인 말에 아나마야가 고개를 저었다.

"그렇지 않아요. 밭 위의 가마는 눈에 잘 띄거든요."

"아나마야 말이 맞습니다, 유일한 군주님. 우리 눈에 그들이 보인다면, 그들도 우리를 볼 수 있어요!"

난쟁이가 거추장스러운 격식을 생략한 채 말했다.

그들은 무력감에 분통을 터뜨리며, 떼 지어 달려오는 스페인인들을 잠시 바라보았다. 고함 소리가 사냥하는 맹수의 울부짖음처럼 평원으로 울려 퍼졌다. 그런데 갑자기 난쟁이가 손뼉을 치며 가마에서 땅 위로 펄쩍 뛰어내렸다.

"유일한 군주님, 저쪽에 늪이 있어요. 말들에겐 속수무책이라, 이방인들이 두려워하는 장소죠. 짐꾼들은 산속 오솔길로 곧장 가게 하고, 그동안 우리는 숨도록 해요!"

난쟁이가 평원과 계단식 대지 끝에 있는 작은 숲을 가리키며 소리쳤다.

망코는 그의 말에 순순히 따랐다.

✲

난쟁이의 말은 사실이었다. 산에 만들어진 첫번째 계단식 대지에서 조금 떨어진 곳에 있는 작은 숲은 늪지와 경계를 이루고 있었다. 기다란 형태의 늪지는 등심초로 뒤덮여 있었다.

난쟁이는 재빨리 등심초들을 꺾어서 말랐거나 썩은 다른 등심초와 뒤섞었다. 그러고는 거기에 죽은 나뭇가지와 진흙을 쌓아서 커다란 덤불더미를 만들었다. 오래전부터 거기에 있었던 덤불처럼 보였다. 난쟁이가 망코에게 그 안에 숨으라고 하자, 망코는 경멸에 찬 태도로 씩씩거렸다.

"나를 쥐새끼로 여기는 것이냐?"

"유일한 군주님……"

"안 된다! 태양신의 아들이 썩은 나뭇가지 더미 아래 숨다니 말도 안 된다! 내 아버지가 나를 어떻게 생각하시겠느냐?"

망코가 화가 나서 소리쳤다.

"군주님, 잠시 이방인들을 피하는 것뿐입니다!"

아나마야가 부드럽게 애써 설득했다.

격분한 망코는 그녀의 얼굴을 뚫어지게 바라보았다.

"코야 카마켄! 내가 겁쟁이처럼 숨는 것으로 이방인들과의 전쟁을 시작하기를 바라시오? 일라파와 인티에게 이 냄새 나는 더미 밑에 아이처럼 웅크린 내 모습을 보여드리란 말이오? 총독의 형제가 나를 겁쟁이라고 한 게 사실이 되기를 바라시오?"

"저는 군주님이 붙잡히지 않기를 바랄 뿐입니다."

아나마야가 대답했다. 하지만 헛수고였다. 망코는 외면한 채 거만하게 말했다.

"결정은 내 아버지와 비라코차가 하실 것이고, 난 그들이 결정하지 않는 한 그대로 서 있을 것이오!"

망코는 이렇게 말하고 나서 등심초 줄기 사이로 가서 물에 발을 담근 채 반쯤 몸을 숨겼다. 사실 그런 말은 곤살로에게나 해야 할 말이었다. 그리고 그의 굴욕감은 쓸데없이 거만한 말이 아니라 술책으로 되갚아줄 수 있는 것이었다. 아나마야는 그렇게 설명하고 싶었지만 어찌 말해야 좋을지 몰랐다.

그들은 그렇게 한참을 있었다. 아나마야와 난쟁이는 나뭇가지 더미 아래 몸을 바싹 붙이고 있었고, 망코는 제대로 몸을 감출 수 없는 등심초 한가운데에서 초조해했다. 그들은 어느새 스며든 차가운 습기에 온몸이 얼어붙었다. 아나마야는 떨지 않으려고 주먹을 꼭 쥐었다.

한동안 그녀는 성공했다고 생각했다. 이방인들의 고함 소리와 부르는 소리가 여전히 멀리서 들리고 심지어 희미해지는 것 같기도 했다. 갑자기 난쟁이가 짧은 손가락으로 그녀의 어깨를 조였다.

그녀가 먼저 땅을 구르는 말발굽 소리를 들었다. 이어서 사람 소리가 들렸다. 무슨 소리인지 알아들을 수 있을 만큼 가까운 곳에서.

"저기, 벨트란! 덤불을 한번 찾아봐……"

"저들이 오고 있어요."

아나마야가 속삭였다.

난쟁이는 대답 대신 손에 힘을 줄 따름이었다.

엮인 나뭇가지 사이로 기병 둘이 나란히 모습을 나타냈다. 그들은 말의 속도를 늦추고 사방을 살폈다. 그들은 보통 걸음으로 나뭇가지 더미 쪽으로 다가왔다. 그들 중 하나가 덤불을 더 잘 살펴보려고 말 옆구리로 미끄러져 내려왔다. 아나마야는 눈을 감았다. 그런데 자신들이 숨은 곳을 지나쳐 가는 말발굽 소리가 들렸다. 이방인들은 아무것도 보지 못한 채 계속 늪을 따라갔다.

그때 더 멀리 산 쪽에서 고함 소리가 울려 퍼졌다.

"아! 빌어먹을! 짐꾼들이 붙잡혔어요…… 가마가 빈 것이 들통날 거예요!"

난쟁이가 투덜거렸다.

다시 고함 소리가 들렸다. 그들이 망코가 숨어 있는 등심초에 시선을 고정시킨 채 물속에서 말들이 제자리걸음 하는 소리를 듣고 있었다. 그때 한 스페인인이 외쳤다.

"아! 돈 페드로! 그리스인! 찾았소?"

대답이 없자, 그들은 되돌아와서 덤불 가까이로 다시 지나갔다. 그때 키 큰 이방인 하나가 늪 반대편에서 불쑥 나타났다. 그의 말이 입에 흰 거품을 물고 온 사방으로 물을 튀겼다.

"가마를 찾았어. 멀리 가지 못했을 거야."

이방인이 말했다.

그 이방인이 가브리엘의 몇 안 되는 친구 중 하나임을 아나마야가 알아본 순간, 그가 뒷발로 일어서는 말의 고삐를 잡아당겼다.

"워워! 여기야! 그가 여기 있어, 이보게들!"

"안 돼! 안 돼!"

아나마야가 숨죽여 소리쳤다.

"쉿…… 아무 말 마세요!"

난쟁이가 속삭였다.

말들이 진흙탕에서 발을 굴렀고 등심초가 휘고 꺾였다. 당당히 곧추선 망코가 장화를 신은 것처럼 장딴지가 진흙투성이가 되어 모습을 드러냈다.

"움직이지 마요."

난쟁이가 아나마야의 팔을 움켜쥐고 애원했다. 키다리 이방인의 명령 소리가 아나마야에게 들려왔다.

"벨트란! 돈 곤살로에게 가서 그를 찾았다고 알리게. 사파 잉카의 가마를 이리 가져오게 하고."

잠깐 동안 아나마야는 자신을 찾는 망코의 시선이 나뭇가지 너머로 느껴지는 듯했다. 그녀는 더이상 숨을 쉴 수 없었다. 난쟁이만 없었다면 일어섰으리라.

그런데 망코는 목욕을 하고 나오는 사람처럼 태연한 표정으로 얼굴을 돌렸다. 가마꾼들이 달려왔다. 그리스인이 미소를 지으며 공손한 몸짓으로 그에게 가마에 오르라고 권했다. 망코는 망토를 걷어내며 가마에 올라앉았다.

"난 망코와 함께 가야 해요."

아나마야가 입을 열었다.

"제정신이에요?"

"그를 혼자 버려둘 순 없어요!"

"이방인들에게 일단 붙잡혀 가면 공주님이 뭘 할 수 있겠어요?"

"그래도 가야 해요……"

난쟁이가 작은 손으로 그녀의 입을 막았다.

"조용히 하세요, 제발! 지난밤 일을 잊었어요? 그 스페인 사람이 이제 공주님을 어떻게 할 거라고 생각하세요?"

바로 그 순간, 마치 난쟁이의 생각이 악몽에서 불쑥 튀어 나오게 한 것처럼, 곤살로가 늪 가까이에 나타났다. 그와 마찬가지로 미친 듯이 말을 달리는 세 기병에 둘러싸여서. 그는 가마 바로 옆으로 말을 몰아왔다. 너무 가까이 모는 바람에 그의 말 발굽 하나가 가마꾼의 넓적다리에 부딪혀, 가마꾼이 신음하며 쓰러졌다.

총독의 형제는 우악스럽게 말고삐를 잡아당겼다. 그러자 말이 썩은 물을 온 사방으로 튀기면서 물속에서 원을 그리며 맴돌았다. 그의 머리를 감싼 자주색 붕대가 다친 한쪽 눈을 가리고 있었다.

"위대한 왕을 다시 뵙게 되어 기쁘군요, 물에 젖은 나의 유일한 사파 잉카님."

곤살로는 차분하고도 사악한 목소리로 빈정거렸다. 그는 가마로 바짝 다가가더니, 갑자기 안장 위로 몸을 구부려 망코의 머리카락을 움켜쥐고는 가마 밖으로 휙 끌어냈다.

"망코……"

아나마야가 입을 열었다.

"조용히 하세요! 조용히, 쳐다보지 마세요!"

난쟁이가 투덜거렸다.

"돈 곤살로, 그를 이런 식으로 대하면 안 됩니다……"

그리스인 페드로가 항의했다.

곤살로는 페드로의 말에는 전혀 아랑곳하지 않고, 말을 옆으로 비켜서게 하며 망코를 질질 끌고 갔다.

"돈 곤살로!"

"그리스인, 당신은 가서 당신 어머니 밑이나 닦아주지!"

곤살로가 고함을 지르며 망코의 머리채를 쥔 손을 놓자, 망코는 무릎을 꿇고 쓰러졌다.

"사슬을 가져다가 이 원숭이 왕에게 채워라!"

아나마야는 차마 더는 바라보지 못했다. 아직도 심장이 뛰고 있는 것이 놀라웠다. 사슬 부딪치는 소리, 고함 소리, 모욕의 욕설이 들려왔다. 그 모든 것이 그녀를 바위처럼 짓눌렀다. 그녀에게 바짝 몸을 붙인 난쟁이가 숨 막히는 듯 헐떡거렸다.

"오, 다른 세상의 세력가들이여, 오, 비라코차여! 어찌하여 우리를 버리시나요? 왜요?"

"조용히 하세요, 조용히, 제발."

난쟁이가 속삭였다.

스페인인들이 죄수가 된 망코와 함께 멀어지는 동안 두 사람은 침묵을 지켰다.

미풍 스치는 소리와 찰랑거리는 물소리 말고는 아무 소리도 들리지 않았다. 난쟁이가 그녀의 팔을 덥석 움켜잡았다.

"이제는 공주님뿐이에요. 그러니 저들에게 붙잡히게 이대로 있어서는 안 돼요, 내 말 아시겠어요? 절대로."

33

1535년 11월~12월, 투피사-살라르 대사막*

그들은 수백 명이었다. 노인이고 젊은이고 할 것 없이 열 명에서 스무 명씩 줄줄이 묶여 있었다.

모두들 타는 듯이 뜨겁고 더러운 쇠고리를 목에 두르고 있었다. 어깨에는 서로를 얽어맨 사슬이 수없이 스친 탓에 심한 상처가 나 있었다. 피로와 허기에 지친 뺨들은 하나같이 움푹 들어가 있었다. 모두가 뜨거운 낮과 어두운 밤을 더이상 구별하지 못하는 멍한 눈빛이었다.

그들은 며칠 전부터 함께 걷고 있었다. 고개를 넘거나 황량한 평원을 가로지르면서, 그들은 자기 몸무게만큼이나 무거운 바구니를 운반

* 투피사는 볼리비아 남서부의 지명이고, 그 근처에 거대한 소금 황무지인 살라르데우유니가 있다. 북쪽의 살라르데코이파사도 이곳과 비슷하지만 규모가 작다. 따라서 여기서 말하는 살라르 대사막은 살라르데우유니를 가리키는 것이다.

하느라 앙상한 근육을 긴장시켰다. 바구니는 옷과 음식, 주석 접시와 컵, 잡다한 부엌 집기들로 가득했다.

정오쯤 수직으로 내리쬐는 햇볕 아래에서 그들 중 하나가 비척거렸다. 그는 잠깐 정신을 차리는 듯하더니 잠든 것처럼 다시 무릎이 휘었다. 가죽 채찍이 철썩하며 공기를 갈랐지만 그를 깨우지는 못했다. 사람들 사이의 사슬이 팽팽해졌다. 몇 걸음 더 가는 동안 사슬이 사람들의 목을 반쯤 조르면서 목에 상처를 냈다. 아무도 고통에 항의하지 않았다. 그 고통이 무엇을 의미하는지 그들 모두가 알고 있었다.

이상하게도 컵과 사발이 가득한 바구니가 쓰러진 남자의 어깨에 여전히 들러붙어 있었다. 하지만 그 바구니를 진 사람은 숨이 끊어져 있었다. 그의 나머지 몸은 죽음에 굴복했고 팔은 강직 경련을 일으켜 짐에 달라붙은 듯했다.

끝내 바구니가 요란한 소리를 내며 기울어지자 안에 든 것들이 쏟아졌다. 사슬에 묶인 사람들은 꼼짝도 하지 않았다. 낮은 중얼거림이 주위 사람들 입에서 입으로 물결쳤다. 죽은 사람은 쇠집게에 매달린 물건에 지나지 않았다. 기이하게도 쇠집게가 죽은 자의 머리를 똑바로 붙들고 있었다.

오십 보쯤 떨어진 곳에서 말을 타고 가던 가브리엘은 고철 소리를 듣고 휙 돌아보았다. 그의 눈에 보이는 광경은 뜨거운 태양 아래에서도 그를 얼어붙게 했다.

널찍한 모자를 쓴 기병 하나가 두 인디언 사이에 매달린 죽은 자의 사슬 앞에 가 있었다. 그는 채찍을 왼손으로 옮겨 쥐더니 오른손으로 칼집에서 검을 빼들었다. 가브리엘은 칼날이 햇빛에 번득일 때에야 비로소 깨달았다. 그는 날쌔게 밤색 말을 돌려 세차게 박차를 가하며 외쳤다.

"안 돼! 안 돼!"

그러나 광택이 희미한 칼날은 이미 날아오른 뒤였다. 기병은 상반신을 굽히고 낫을 던지듯 팔을 쭉 펴면서 죽은 자의 머리를 단숨에 베어버렸다. 머리가 이추 덤불 사이로 굴러가는 사이, 환각에 사로잡힌 동료들의 시선 아래 죽은 자의 어깨가 벌어지며 몸뚱이가 무너져 내렸다.

가브리엘은 전속력으로 내달렸지만 시체가 웅크리는 것밖에 보지 못했다. 그가 검을 빼자 짐꾼들 사이에서 비명이 솟구쳤다. 기병은 모자 그늘에 가려진 놀란 눈으로 돌아보았다. 그는 아무것도 할 시간이 없었다. 비명을 지를 시간도, 방어할 시간도. 검 손잡이를 꽉 쥔 가브리엘은 말이 전력을 다해 실어온 포탄처럼 엄청난 힘으로 기병의 가슴을 후려쳤다. 메마른 나뭇가지 부러지는 소리를 내며, 기병은 옆구리가 꺾여 안장에서 벗어났다.

기병은 새된 비명을 지르며 말 엉덩이 위에서 거꾸로 굴러 떨어졌다. 그가 영문을 몰라 눈을 크게 뜨고 몸을 다시 일으키려는데 침에 피가 섞여 나왔다. 기병의 눈앞에 보이는 것은 가브리엘의 장화 두 짝과 세상을 없애버릴 듯한 광포한 시선이었다. 이미 가브리엘의 칼날이 기병의 숨구멍을 짓누르고 있어서, 기병은 숨도 쉬지 못하고 겨우 고함소리만 들었다.

"네놈의 더러운 낯짝을 베어주마!"

기병은 검이 살 속으로 파고드는 것을 느꼈다. 그가 두 손바닥을 펼쳐 검을 움켜쥐고 밀어내려는 순간, 또다른 목소리가 쩌렁쩌렁 울렸다.

"내가 자네라면 아무 짓도 안 하겠어, 돈 가브리엘. 조금이라도 움직이면 자네 머리가 날아갈 걸세!"

가브리엘이 살짝 얼굴을 돌리자, 다섯 발짝 떨어진 곳에서 그의 가슴을 겨누고 있는 강철 활의 화살이 보였다. 한순간, 그는 자기 행동을 마무리 짓고 싶은 욕망을 느꼈다. 숱한 날 자신을 괴롭히던 수치심을 그만 끝내고 싶었다. 힘줄이 우두둑 끊어지는 소리를 기어코 듣고 싶었다!

"물러서게, 그렇지 않으면 발사 명령을 내리겠네!"

그가 망설이는 것을 눈치챈 알마그로가 다시 소리쳤다.

강철 활 사수 뒤에서 말에 올라타 있는 돈 디에고가 집게손가락으로 그를 가리켰다. 그의 지독히도 못생긴 얼굴이 격분으로 벌겋게 달아올라 있었다. 입술은 보랏빛에다 오랫동안 매독을 앓아온 그의 뺨은 금방이라도 터질 듯 보였다. 앙상한 몸에는 부어오르고 터진 흉터가 분화구처럼 움푹움푹 패어 있었다.

기병이 투덜거리며 가브리엘의 발치로 기어서 지나갔다. 가브리엘은 그가 하는 대로 내버려두었다. 그들 옆의 행렬은 꼼짝도 하지 않았고, 수백 명의 인디언들은 멀찌감치 떨어져서 두려운 듯 그들을 주시했다. 시커먼 피를 천천히 쏟아내는 시체 쪽으로 다가가는 사람은 하나도 없었다.

알마그로는 고삐를 철썩 쳐서 가브리엘이 있는 곳으로 말을 몰았다.

"이런 빌어먹을! 정신 나갔나?"

그가 으르렁거렸다.

"당신은 미쳤어요, 알마그로. 당신 주변을 둘러보시오. 사슬이나 노끈에 매이지 않은 사람이 하나도 없어요! 그들은 배고픔과 갈증으로 죽어가는데, 당신은 하루 한 시간도 짐을 덜어주지 않고 있어요. 그들은 가마에 당신의 망아지들까지 싣고 간다고요. 비가 오나 서리가 내리나, 밤에도 당신은 아무 보호 조치 없이 그들을 야생동물처럼 족쇄로 묶어놓고 있어요. 이런 식으로 가다간 아이들은 일주일도 못 버티고 죽습니다. 죽으면 차라리 복 받은 거죠! 여자들은 가랑이 안쪽이 피투성이가 되도록 날마다 열 명이 넘는 남자들에게 강간을 당하지요! 주민들이 당신들을 피하려고 하면 곧바로 마을을 불태우거나 그들 집의 지붕을 떼어내어 수프 끓일 땔감으로 씁니다. 이제는 당신의 포악한 부하가 사슬의 자물쇠를 여는 수고를 덜려고 시체 목을 베는 지경까지 이르렀군요! 알마그로, 당신에게 말하는데, 당신은 이 세상의 썩어빠진 쓰레기요. 전부터 당신 얼굴에서 알아봤지. 이제는 발걸음을 뗄 때마다 냄새 고약한 흔적을 남기시는군!"

가브리엘은 화가 나서 부들부들 떨었다. 그가 한마디 한마디 할 때마다 알마그로는 야윈 몸을 흔들면서 더 크게 웃기만 했다. 스무 명가량의 스페인 보병과 기병이 그들 주위에 모여 서서 따라 웃었다.

"한심한 녀석! 어리석기 짝이 없는 놈! 여보게들, 들어보게. 이 멋쟁이가 우리에게 얼마나 교훈을 주고 싶어하는지 말일세. 아, 까짓것! 이해해줘야지. 돈 프란시스코의 엉덩이를 너무 핥다 보니, 가브리엘 나리께서 장미 향기에 익숙해지신 게지!"

알마그로가 더욱 낄낄거리며 비웃었다.

가브리엘은 한 걸음 나서서 팔을 뻣뻣하게 내밀어 알마그로의 앙상한 윤곽을 검으로 가리켰다. 단번에 침묵이 내려앉았다. 그때까지 무기력하게 언쟁을 지켜보던 무리 진 인디언들의 눈초리가 한층 날카로워졌다. 단검을 쥐고 있던 기병들이 말을 몰아 가브리엘을 포위했다. 알마그로는 경멸에 찬 미소를 지으며 손을 들어 그들을 저지했다.

"총독님은 결코 페루 백성들에게 이같은 폭력을 저지른 적이 없소!

알마그로! 당신은 카하마르카에 도착한 뒤로 끊임없이 당신 주변에 수치와 비탄을 뿌리고 다녔소. 당신은 아타우알파를 죽이기 위해 속임수를 쓰고 거짓말을 했소. 당신은 한낱 쓰레기에 지나지 않아! 나는 하늘에 지옥이 있기를 기도하오. 당신이 이곳에 존속시키는 지옥과 아주 흡사한 지옥 말이오! 만약 신이 살아 있다면 그 지옥에서 당신을 맞을 것이오……"

가브리엘은 극도로 흥분해 칼날을 휘두르려고 했지만, 고함을 지른 탓인지 조금 전부터 목을 조이던 구토가 밀려왔다. 현기증이 일었다. 그는 식은땀으로 범벅이 된 채 한쪽 무릎을 꿇고 검 손잡이를 지팡이 삼아 몸을 기댔다. 기력이 떨어진 그는 딸꾹질을 하느라 눈물이 맺히고 신물까지 토해냈다. 그의 머리 위로 웃음소리가 높아졌다.

돈 디에고는 말을 조금 전진시키더니 가브리엘의 목덜미에 장화 뒤축을 갖다 댔다.

"가브리엘! 내 생각엔 이 여행이 자네 건강에 좋지 않은 것 같군. 자네의 작은 심장은 허약하고 정신도 유약하긴 마찬가지지. 이런 식으로 가면 이게 자네의 마지막 산보가 되지 않을까 심히 걱정스러우이. 내 충고를 따르게. 우린 우리의 지옥길을 가게 내버려두고, 자넨 가서 천국의 향기나 들이마시라고……"

돈 디에고가 달콤하게 속삭였다.

가브리엘은 쏟아지는 웃음과 야유 속에서 입을 다물었다. 쓰지만 마지막 한 방울까지 마셔야 하는 음료처럼 새로운 감정이 차올랐다. 그 웃음소리를 하나하나 들어야 하고, 냉소 하나하나를 양분으로 취하고, 가장 비열한 본능의 먹이가 된 인간들 얼굴에 대고 미소를 지어야 한다. 일어나서 목구멍에 남은 담즙을 마저 삼켜야 한다. 감주처럼 달게.

모욕은 힘의 어머니인 법.

✲

가브리엘은 행렬을 거슬러 잉카 대군주들의 가마가 있는 곳까지 단숨에 말을 달렸다. 그의 입은 여전히 쓰디썼다. 사파 잉카 망코가 가장 아끼는 형제 파울루와 현자 빌라 오마의 지휘 아래, 그들은 행렬을 따라가고 있었다. 심지어 행렬을 이끄는 듯 보였다.

거기에는 사슬도 없고 죽어가는 얼굴도 없었다. 쿠스코 광장에서처럼 나무랄 데 없는 튜닉을 입은 몇몇 경비병이 창으로 그의 통행을 가로막으려 했다. 명령 소리가 울려 퍼졌다. 경비병들은 빌라 오마의 가마까지 안내하는 호위대로 바뀌었다. 현자의 가마 장막이 걷히고, 그 옆 가마에서도 장막이 걷혔다. 가브리엘은 그 가마에서 파울루의 가냘프고도 약삭빠른 얼굴을 알아보았다.

두 잉카 군주는 적잖이 놀라서 가브리엘을 쳐다보았다. 가브리엘은 흥분을 가라앉히고 예의를 갖춰 인사한 뒤 목소리를 가다듬으면서 말했다.

"현자님, 이 행렬에서 당신 백성들에게 가해지고 있는 고통을 끝내주기를 돈 프란시스코 피사로 총독의 이름으로 부탁드립니다. 이런 식으로 남쪽까지 계속 간다는 것은 불가능합니다. 당신네 백성들은 도착하기도 전에 죽고 말 겁니다! 장담컨대, 돈 프란시스코가 여기 있었다면 이런 가혹함을 결코 묵과하지 않았을 것입니다! 이 모든 일은 총독님의 의지와 명령에 어긋나는 것입니다."

젊은 파울루는 한순간 눈을 반짝이더니 시선을 돌렸다. 현자의 눈은 그대로 고정되어 있었다. 그는 입속에 든 코카 잎 뭉치를 한쪽 뺨에서 다른 쪽 뺨으로 옮길 따름이었다. 한마디 대꾸도 손짓도 하지 않았다.

"제 말이 무슨 뜻인지 아실 겁니다. 돈 디에고에게 말씀하셔야 합니다! 짐꾼들은 더이상 묶어두지 말고 여자들과 아이들은 행렬에서 빠질 수 있도록 요청하십시오! 유일한 군주님 망코의 이름으로……"

가브리엘이 계속 주장했다.

현자의 짙은 눈동자가 어찌나 강하게 가브리엘을 짓누르는지, 가브리엘은 그만 입을 다물었다. 그의 주변에는 온통 침묵뿐이었다.

몸이 불편해진 밤색 말이 발굽으로 차면서 거친 콧김을 내뿜었다. 가브리엘은 하는 수 없이 말을 제자리에서 한 바퀴 돌게 한 뒤 떨리는 목소리로 다시 말했다.

"현자님! 저는 당신이 누군지 알고 있고, 당신도 저를 압니다. 망코 군주님이 이마에 마스카파이차를 썼을 때 저는 쿠스코에 있었지요. 그분이 당신을 사방위 제국의 이인자로 지명했다는 것을 압니다! 그리고 저는…… 저는 코야 카마켄의 친구이지요. 부탁건대 제 말을 들어주십시오. 당신네 백성이 이토록 가혹하게 다루어지는 것은 피사로 총독의 뜻이 아닙니다! 당신은…… 오! 파울루 군주님, 현자님, 당신들은 어떻게 이런 일을 용납할 수 있는 겁니까?"

분노하고 낙담한 와중에도, 가브리엘은 자신의 말소리 저 아래로 깊이를 모를 우물처럼 침묵이 패는 것을 느꼈다. 자신을 향해 있는 모든 얼굴들이 무슨 생각을 하고 있는지 짐작할 수가 없었다. 귀족들이나 짐꾼들, 경비병들의 눈이 주의 깊게 빛났다. 그러나 대답은 오로지 적막뿐이었다.

갑자기 현자가 밤색 말의 말발굽 사이로 짙은 초록색 코카 즙을 내뱉었다. 그러고는 혀 차는 소리로 가마꾼들에게 다시 길을 가라는 명령을 내리고 가마 장막을 내렸다.

*

길고 추운 밤. 가브리엘은 잠이 오지 않았다.

거대한 행렬에서 일 킬로미터 남짓 떨어진 곳의 경사지 발치에 있는 커다란 바위에 그는 등을 기댔다. 경사지가 어느 정도 바람을 막아주었다. 그는 알마그로와 그 부하들의 야영지를 비추는 횃불을 몇 시간째 하염없이 바라보았다. 맞은편에 있는 잉카 군주들의 천막 앞에서도 횃불 몇 개가 타올랐다. 횃불과 횃불 사이에는 짙은 어둠뿐이었다. 마치 어둠이 고통과 수치심을 가려주는 듯이.

어둠 속에서 가브리엘은 걷잡을 수 없는 분노와 무력감에 휩싸여 있었다. 그사이 달은 찬란한 남쪽 별들 사이에 죽음처럼 어두운 하늘을 남겨둔 채 사라져버렸다. 그는 자신의 울부짖는 소리가 너무 멀리까지 들리지 않도록 칼집을 입에 물고서 신과 인간을 저주했다. 이 땅과 삶 자체를 저주했다.

그때 아나마야, 그녀의 얼굴과 이름이 떠올랐다. 맑아진 공기를 훅 들이마시듯이. 알마그로 패거리에 대한 분노와는 다른 것으로 인해 그의 몸이 떨리기 시작했다. 잠시 그의 온몸이 평온한 미소처럼 가벼워졌다. 그는 팔을 내밀어 사랑하는 여자가 내맡기는 따뜻한 몸을 손으로 느끼는 상상을 했다.

이제 새벽이 밝았다. 잿빛 물결과도 흡사한 새벽빛이 동쪽의 거대한 산꼭대기 위를 떠돌았다. 그는 여전히 눈을 크게 뜨고 있었다. 습기 때문에 눅눅한 이불 속에서 이따금 몸을 떨었다. 그가 간밤에 피워놓은 불은 재가 되어 있었다. 점점 더 싸늘해지는 새벽 추위 속에서 그는 결정을 해야 했다. 두 가지 불행 중에서 선택해야 했다. 야유와 신랄한 공격을 감수하며 이 지옥 길을 계속 갈 수도 있었다. 그리고 고약한 알마그로가 말했듯이, 리마로 돌아가 돈 프란시스코 옆에서 '천국의 향기나 들이마실' 수도 있었다. 이러든 저러든, 수치심은 양 어깨를 짓누를 터였다!

그에게서 몇 발짝 떨어진 곳에서 안장을 벗은 밤색 말이 졸고 있었다. 말은 가끔 불안한 듯 귀를 움죽거리며 한쪽 눈꺼풀을 치켜 올리고, 콧구멍을 벌름거리며 갈기를 흔들었다. 그리고 한쪽 눈을 반짝이며 우윳빛 앞머리를 내밀고 다정하게 비벼댔다.

갑자기 말이 긴장한 듯 등마루를 곧추세우고는 눈을 휘둥그레 떴다. 말이 제자리에서 맴을 돌며 숨을 내쉬는 순간, 가브리엘은 자갈 틈에서 바스락거리는 소리를 들었다. 소리 죽인 가벼운 발걸음이 돌을 스쳤다. 이불 속에서 가브리엘은 단검을 움켜쥐었다. 그의 예상과는 달리 왼편에서 형체가 불쑥 나타났다. 속삭이는 소리에 그는 더욱 놀랐다.

"겁내지 말우, 군주님! 겁내지 마."

하지만 가브리엘은 어느새 손에 무기를 든 채 일어서 있었다.

갈색에 가까운 짙은 붉은색 망타 아래에서 손가락 모양이 뒤틀린 늙은 손 하나가 나타났다. 그 손이 망토를 걷어내자, 주름이 자글자글한 얼굴이 드러났다. 처음에는 남자인지 여자인지도 알아보기 힘들 만큼 일그러진 얼굴이었다. 얼굴이 미소 지었다. 입에는 이가 하나도 없지만, 늦겨울 눈 같은 잿빛 눈이 반짝였다.

"겁내지 말우, 군주님!"

망토가 벌어지고, 다른 손이 네 귀퉁이가 묶인 보퉁이를 내밀었다.

"군주님을 위해 따로 떼어놓은 음식이라우."

가브리엘은 깜짝 놀라 보자기를 풀었다. 안에는 옥수수 낟알 한움큼과 오랫동안 얼렸다가 불에 구운 감자 몇 알이 들어 있었다. 감자가 석탄처럼 까맣게 오그라들어 있었다.

"고맙습니다. 그런데 왜?"

가브리엘이 낮은 소리로 말했다.

장난기 어린 웃음이 늙은 얼굴에 떠올랐다. 가브리엘은 여자구나 하고 생각했다.

"어제 이방인 군주님이 착하고 용기 있게 나서주셨기 때문이지. 우린 밤사이 군주님 불이 다른 사람들에게서 멀리 떨어져 있는 것을 보았다우. 고맙다는 말씀을 드리고 싶어서요."

"우리라니요?"

노파가 뒤틀린 손으로 행렬을 가리켰다.

"우리 모두…… 모두가 안다우. 군주님이 어째서 화가 나셨는지 밤에 모두들 얘기했거든. 사슬을 없애라고 호통을 치고, 현자에게 가서 이방인 종족에게 대항하라고 제안하셨던 것도 말이우."

"그럼 현자 빌라 오마가 왜 대꾸조차 하지 않았는지 혹시 설명해주실 수 있나요?"

노파는 잠시 망설였다. 가브리엘이 불편함을 느낄 만큼 강렬한 시선으로 노파가 그의 눈을 살폈다.

"이미 마음을 굳혔기 때문이지. 그는 우리의 유일한 군주님을 구하고 쿠스코의 이방인들과 전쟁을 하기 위해 오늘밤에 떠났소."

가브리엘은 소름이 끼쳐, 몸의 털들이 곤두섰다.

"무슨 말입니까?"

"유일한 군주님께서 쿠스코의 감옥에 갇히셨다네. 차스키가 이틀 전에 현자에게 알려줬지요. 그곳 이방인들도 여기 이방인들과 마찬가지라우. 그들이 유일한 군주님의 목에 사슬을 씌웠어."

"오, 세상에!"

가브리엘은 차마 다음 질문을 던지지 못했다. 그의 근심 가득한 눈빛이 흔들렸다. 이윽고 그가 물었다.

"코야 카마켄은? 그녀도 감옥에 갇혔나요?"

노파는 겨우 고개를 흔들었다. 입을 비죽거리느라 입 끝이 올라갔다.

"코야 카마켄이 누구요?"

가브리엘은 대답하지 않았다. 아나마야를 괴롭히는 곤살로와 후안의 모습이 섬광처럼 스쳤다. 목에 사슬이 감긴 아나마야가 보였다. 아나마야……

아니, 이렇게 상상에 빠져들어선 안 돼! 갈 길이 아직 멀다. 이러다간 도착하기도 전에 미치고 말 것이다!

그는 이불을 개고 안장을 들었다. 밤색 말이 콧김을 내뿜고는 기다렸다는 듯이 몸을 좌우로 흔들면서 곧바로 다가왔다.

"현자가 어느 방향으로 떠났습니까?"

가브리엘이 말의 등마루에 안장 덮개를 올리며 물었다.

노파가 미소 지었다.

"멀리 돌아가는 길로 갔다우. 하지만 우리가 왔던 길로 가면 쉽게 따라잡을 수 있을 게요. 더 많은 음식과 물을 가져가야 할 텐데. 먹을거리 구하는 건 내가 도와드리리다……"

가브리엘은 코뚜레 안에 말의 뱃대끈을 집어넣으면서 돌아보았다.

"왜 이렇게까지 날 도와주는 겁니까?"

"군주님이 마음에 드니까."

"나도 할머니가 마음에 들어요. 정말입니다, 할머니는 아주 사랑스러운 분이에요."

"사랑스럽다고, 아!"

노파는 아가씨처럼 웃었다.

노파가 멀어지고 그가 안장을 다 얹을 때까지도, 노파의 웃음소리는 계속되었다. 며칠 만에 처음으로 그의 마음에 평화가 깃들었다. 재난의 성벽 한가운데에서 삶의 문이 열린 것이다.

이제 할 일은 한 가지뿐이었다.

설사 그것이 터무니없이 미친 짓이라 할지라도.

34

1535년 12월, 우추이 코스코

밤이 다가오고, 날은 서늘했다. 아나마야는 난쟁이가 피워놓은 불 쪽으로 손을 내밀었다. 갈색 토기 단지 안에서 수프가 천천히 데워지고 있었다. 들양파와 토마토의 새콤한 냄새가 축축한 공기와 뒤섞였다.

아나마야는 충실한 친구인 난쟁이를 몰래 바라보았다. 그가 마을에 도착했을 때 그의 몰골은 못 알아볼 지경이었다. 이틀 동안 비를 흠뻑 맞으며 걷다가 조금 전에야 오들오들 떨면서 도착한 터였다. 지금도 그의 얼굴은 마음속 깊은 고통으로 일그러져 있었다.

그들 아래로, 옥수수 밭과 감자 밭이 골짜기 위로 현기증이 날 만큼 우뚝 솟은 고원을 뒤덮고 있었다. 밭들의 강렬한 초록색 속에서 우추이 코스코 칸차의 높고 붉은 담이 석양에 빛났다. 여느 때라면, 아나마야는 하늘과 땅 사이에 매달린 도시의 평화로운 균형미를 즐겼으리라. 하지만 사랑하는 대지의 신 파차 마마도 아침부터 난쟁이와 똑같은 고통을 겪고 있는 듯했다.

새벽에는 천둥을 동반한 엄청난 비바람 때문에 왕의 도시 골짜기 전체가 떨었다.

그들 머리 위 하늘에는 안개만 끼어 있었다. 잿더미 같은 회흑색 소용돌이가 고원 끝의 밭 가장자리까지 몰려와 있었다. 한순간, 골짜기 전체가 아랫세상의 증기를 토해내는 냄비로 변했다. 윌카마요 강가의 나비 날개처럼 층을 이룬 옥수수와 퀴노아 밭들이 사라졌다. 다음에는 급경사의 비탈길이, 그리고 끝내는 우추이 코스코에 이르는 거의 수직선 같은 길도 사라졌다.

그러더니 은빛 액체의 물결이 순식간에 불투명한 구름 속에 퍼졌다. 평소처럼 하늘이 아니라 골짜기 한가운데에서 천둥소리가 나는데도, 모두들 천둥신 일라파가 노호하는 소리를 들었다.

농부들이 투덜거렸다. 여자들은 아이들을 집 안으로 들여보냈다. 우추이 코스코의 신관들과 세력가들은 고원 맨 끝의 벽으로 다가갔다. 모두들 같은 생각을 하고 있었다. 갑자기 뒤집힌 세상을 본 것이라고!

안개 때문에 약해진 인티의 빛이 우추이 코스코의 밭과 골목길을 비추었다. 저기, 왕의 도시 골짜기 너머로는 인티의 빛을 받아 동쪽의 거대한 산들이 빛나고 있었다. 그러나 그 중간에는 구름바다가 끊임없이 들끓었고, 은색을 띤 빛의 물결이 구름바다 여기저기를 관통하고 있었다.

그러더니 뚝 그쳤다. 구름이 부드럽게 올라가며 재빨리 갈라지는 소용돌이 모양으로 서로 휘말려들었다. 포근한 열은 안개가 밭으로 밀려들더니 가랑비를 뿌리고 칸차의 흙벽을 휘감았다. 높은 하늘이 어두워지고, 오후까지 쉼없이 비가 내렸다.

난쟁이가 도착한 것은 바로 그때였다. 그는 험한 산길을 하루 종일 걸은 탓에 지칠 대로 지친, 온 몸이 진흙투성이였다. 이제 하늘에는 구름 한 점 없었다. 안절부절못하는 난쟁이의 얼굴밖에 없었다. 아나마야는 흙을 구워 만든 커다란 사발을 집어서 김이 나는 수프를 가득 담았다.

"자, 들어요. 추위와 배고픔으로 떨고 있군요. 먹고 나서 얘기해요."

그녀가 부드럽게 명령했다.

난쟁이는 사발을 잡으려고 아이같이 조그만 손을 반사적으로 내밀었다. 잠시 그는 불그스름한 수프를 쳐다보더니 고개를 저으며 두툼한 눈꺼풀을 들어 올렸다.

"아뇨, 못 먹겠어요. 먼저 얘기부터 해야겠어요……"

난쟁이가 말했다. 하지만 그는 말을 잇지 못했다.

그는 열에 들떠 반짝이는 눈으로 아나마야의 눈을 찾았다. 그녀가 손을 내밀었다. 그녀는 손가락으로 난쟁이의 뺨을 살짝 건드렸다. 그는 불가의 돌 위에 사발을 내려놓고, 그녀의 손을 잡아 자기 이마에 갖다 댔다. 마치 부족한 힘을 그 손에서 얻을 수 있는 양.

"처음에 그들은 유일한 군주님을 끌고서 도시 아래쪽을 휘젓고 다녔어요. 유일한 군주님 목에 사슬을 둘러 코리칸차 앞을 지나가게 했지요. 그런 다음 군주님을 사흘 동안 콜캄파타 광장 꼭대기에 그대로 남겨두었어요. 목과 발목에 이방인들의 쇠를 둘러놓고서요……"

난쟁이가 낮은 소리로 말했다. 그러더니 이내 입을 다물었다. 마치 한마디 한마디 할수록 그 말이 독이 되어 그에게 스미는 것처럼. 그는 아나마야의 손을 밀어내고 몸을 움츠렸다.

"거기에…… 그래요, 그들이 망코 군주님을 거기에 버려두었어요. 우리의 유일한 군주님을 말이에요. 사슬을 두르시고, 찢어진 더러운 운쿠를 입으신 채로 계셨죠. 오, 아나마야, 군주님은 그 튜닉을 사흘씩이나 입고 계셨어요! 인티의 아들인 군주님이 조상들의 건조된 몸 앞에, 쿠스코 주민들의 눈앞에 그렇게 계셨어요! 아침부터 저녁까지 이방인들이 와서 군주님을 비웃었어요."

또다시 난쟁이는 입을 다물었다.

아나마야는 더는 그를 쳐다볼 수 없어 머나먼 산만 바라보았다. 눈 덮인 산꼭대기가 어둠 속에 솟아 있었다. 그녀는 온몸으로 그 산의 얼음장 같은 차가움을 느꼈다.

"그들이 유일한 군주님을 콜캄파타에서 데려갈 때, 퓨마의 도시 전체가 신음했지요. 그들은 공주님을 강간하려고 했던 그 못된 이방인의 집으로 군주님을 데려갔어요. 하녀들은 군주님이 어떤 대접을 받는지 보고 공포에 사로잡혀 울부짖었어요. 어떤 하녀들은 도망갔고, 또 어떤 하녀들은 이방인의 무기로 자기 목을 베거나 가슴을 갈랐지요. 후궁들이 찾아가서 유일한 군주님을 부디 잘 대해달라고 애원했어요. 이방인들은 웃기만 했지요. 그들은 후궁들을 한 마당에 가두고, 온몸에 사슬을 두르신 망코 군주님을 그곳으로 데려다놓고는 그 앞에서 여자들을 벌거벗겼어요. 유일한 군주님 눈앞에서 밤새도록 후궁들을 괴롭히고 강간했어요. 이튿날 후궁 몇 명이 죽었지요. 심장이 다리 사이로 다 빠져나간 거예요."

난쟁이는 가쁜 숨을 내쉬었다. 몸이 너무 떨려 균형을 잃지 않으려고 돗자리에 기댔다. 그는 감히 아나마야를 쳐다보지 못했다. 그녀는 조금이라도 움직이면 깨져버릴 듯이 굳어 있었다.

난쟁이가 갑자기 흐느끼는 듯한 비명을 지르며 주먹으로 수프 단지를 내려쳐, 단지가 산산조각이 났다. 지지직 수증기 피어오르는 소리와 함께 불이 꺼졌다.

"그들은 구덩이에 군주님을 밀어넣고, 떼거지로 가서 그 위에 오줌을 갈겼어요!"

"그만 해요!"

아나마야가 외쳤다.

그녀는 일어서 있었다. 그녀의 얼굴이 밀랍처럼 창백했다.

조금 전까지만 해도 전쟁은 멀리 있는 폭력 같은 것이었고, 대치중인 수많은 전사들은 낯선 광경이었다.

하지만 이제 전쟁은 그녀의 마음속에 있었다.

✲

횃불에 둘러싸인 황금 분신 형제가 어둠 속에서 반짝였다.

작은 신전 안, 반들반들한 바위를 덮은, 솜이 가득 든 융단 방석 위에 이방인들이 그토록 탐내는 조각상이 놓여 있었다. 조각상 발치에서는 코카 잎들이 화로 장작불에 타면서 두통을 일으키는 냄새를 퍼뜨렸다.

아나마야가 들어가자, 두 젊은 여자가 분신 형제 옆에 음식물을 내려놓은 뒤 바닥에 칸투타 꽃잎을 흩뿌리고 있었다. 아나마야는 그들에게 나가라고 손짓했다.

그녀의 시선은 멍하고 얼굴은 무표정했다. 은으로 된 두 개의 혹 단추로 기다란 모직 망토를 여몄지만, 이따금 온몸이 너무 세차게 떨려서 이가 딱딱 부딪쳤다.

그녀는 치차 단지를 들어서, 채색된 나무로 만든 의식용 잔을 가득 채웠다. 그러고는 한마디도 하지 않고 잔을 머리 위로 치켜들더니 분신 형제의 황금 얼굴을 뚫어지게 바라보았다. 그녀처럼 무표정하고 속마음을 알 수 없는 얼굴이다.

그녀는 다른 세상의 남편에게 인사를 해야 하는 순간, 다시 팔을 내려뜨렸다. 치차를 바닥에 붓지 않았다. 분신 형제에게 바치지 않았다. 그녀는 잔을 가슴에 바짝 대고 눈을 감았다. 그녀의 겨우 벌어진 입에서 말이 분노의 소리가 되어 흘러나왔다.

"오, 나의 남편인 강력한 분신 형제여, 왜 당신에게 마실 것과 먹을 것을 날마다 바쳐야 하나요? 유일한 군주이신 우아이나 카팍이여, 왜 당신을 부르고 당신이 들어주지 않는 제 고통을 중얼거려야 하나요? 무엇이 못마땅하셔서, 그토록 오랫동안 침묵을 지키시는 건가요? 무엇이 못마땅하셔서, 여기서 우리 모두가 수치를 겪게 하시는 건가요?"

그녀는 잠시 입을 다물었다. 몸이 휘청거렸다. 어쩌면 그녀는 깨닫지 못하는 것인지도 몰랐다. 그녀의 이맛살이 찌푸려지고 입술이 비틀렸다. 그녀가 쉰 목소리로 외친 고함이 방 안에 퍼졌다. 그 소리가 어찌나 격렬한지 한순간 횃불 불꽃이 꺼질 듯했다.

"왜 우리를 버리시나요?"

아나마야는 눈을 감은 채 한 걸음 나아가 두 손을 내밀었다. 그녀가 흐느끼며 움켜쥔 황금 조각상 위로 치차 잔이 엎어졌다.

"오, 다른 세상의 세력가들이여! 거기 계시나요? 우리의 사랑과 탄식 소리가 들리지 않나요? 우리의 고통이 보이지 않나요? 오, 다른 세상의 세력가들이여, 어디서든 그 무엇이든 당신들께 복종하지 않는 날이 단 하루도 없었습니다. 우리는 일어날 때나 자리에 누울 때나 당신들을 생각합니다. 당신들의 심기를 헤아리려 새들의 비행과 구름의 흐름을 살핍니다. 당신들을 위해 좋은 옥수수 묘목을 기르고 당신들이 행복하고 우리를 자랑스러워하실 수 있도록 가장 훌륭한 라마의 피를 바칩니다. 다른 세상에 계신 당신들을 이 세상에서도 공경하고자 우리는 평화로운 날처럼 아름다운 색깔의 이불을 짜드립니다. 우리는 모든 것을 당신들의 법과 뜻에 따릅니다. 그런데 그 보답이 침묵뿐이라니요! 이방인들을 다스리는 세력가들이 두려우신가요? 당신들도 우리처럼 약해지신 건가요?"

아나마야는 눈물을 흘리지는 않았지만, 온몸의 근육이 고통과 분노로 터질 듯이 팽팽해졌다. 그녀는 더이상 참지 못하고 방석 위에 놓인 분신 형제의 황금상을 흔들었다. 그녀가 소리쳤다.

"거기 계시나요?…… 난쟁이가 한 말을 들으셨나요? 당신의 아들 망코가 적들의 오줌 줄기 아래에서 눈을 감는 것을 보셨나요?"

그녀의 말이 신전 밖으로 울리며, 가만히 고여 있는 스산한 어둠 속으로 퍼졌다.

"오, 우아이나 카팍이여! 인티와 만나시기 전에 어린 저의 손을 잡아주셨던 분이시여, 저를 버리지 마세요! 제게서 등을 돌리지 마세요! 깊디깊은 산중에서 길 잃은 어린아이처럼, 우리가 혼자라는 생각이 들지 않게 해주세요. 정적 속에서 우리가 기진맥진하게 하셨던 것처럼, 전쟁에서 우리가 전멸하게 내버려두실 건가요? 이방인들의 힘에 우리 백성이 홀로 맞서도록 버려두지 마세요. 저 코야 카마켄이 과오를 범했다면 기꺼이 재가 되겠습니다!"

그녀가 다시 애원했다. 불평의 소리조차 침묵 속에 흐려졌다.

작은 신전 밖에서는, 우추이 코스코의 주민들이 모여서 코야 카마켄의 외침을 듣고 있었다. 그녀와 마찬가지로 이제 그들도 몸을 떨고 입술을 깨물었다. 그녀와 마찬가지로 그들도 침묵이 깨지기를 기다렸다. 그러나 이추 지붕에서 포석 위로 뚝뚝 듣는 물소리밖에 없었다.

✲

새벽이 다가올 무렵, 그녀는 신전을 떠나기로 결심했다. 횃불이 꺼졌지만 아무도 감히 다시 불을 붙이러 오지 못했다.

어둠이 아직 짙었다. 하지만 아나마야는 신전 문턱을 나서는 순간 빛을 피하느라 눈을 깜박이지 않을 수 없었다. 번개처럼 짧은 순간이었다.

고원과 '성스러운 골짜기'와 동쪽의 산들이 갑자기 눈부신 강렬한 태양빛에 감싸이는 듯했다. 가없는 흰 소금 벌판처럼 모든 것이 매끈해지고 먼지에 뒤덮이는 듯했다. 우주 전체가 한순간에 사막이 되는 듯했다! 땅이 갈라진 죽은 피부에 불과한 듯했다. 더이상 그림자도 없고, 풀 한 포기, 나무 한 그루, 바람 한 점 없었다. 곤충 한 마리조차 없었다.

아나마야는 무릎이 꺾이는 것을 거의 느끼지 못했다. 자신을 부축하는 난쟁이의 작지만 단단한 손힘을 느끼지 못했다. 자신이 쓰러지면서 중얼거리던 소리도 듣지 못했다. 단지 영원히 소멸하기 직전의 인간 세상과 닮은 모습만 보았을 뿐.

바로 그때, 그녀의 눈에 그가, 가브리엘이 보였다.

누더기 옷을 걸친 검은 살결의 그가 보였다. 그는 끝없는 평원 저 멀리 있다가 아주 가까이 다가왔다. 그의 탁한 숨결이 느껴지고 낡은 가죽처럼 주름이 진 뺨과 부어오르고 터진 입술이 보일 만큼 가까이. 그의 눈동자가 죽은 사람처럼 흰색으로 덮여 있었다. 눈썹에 맺힌 땀방울은 햇볕에 미세한 소금 결정체로 변해 있다. 손가락에 피가 잔뜩 엉겨 붙어 있었다. 그는 죽어가는 사람처럼 휘청거렸다. 더는 발치에 그림자를 달고 다니지 않는 사람처럼. 그의 멍한 시선은 무의식 상태에 빠져 있었다.

거대한 사막으로 변한 세상에서, 그가 비틀거리며 발걸음을 뗄 때마다 미세한 먼지가 일어 발자국을 지웠다. 그러더니 대번에 그가 쓰러졌다.

그녀는 비명을 질렀다. 가브리엘이 죽어가고 있고, 동시에 다른 세상의 세력가들이 자신의 말을 들었음을 깨달았다.

35

1535년 12월, 살라르 대사막

저 멀리까지, 눈에 보이는 모든 것이 온통 하얗다.

방금 마지막 고개를 지난 터였다. 그들 발밑의 비탈길은 가팔랐다. 비탈길은 촘촘히 늘어선 열대여섯 개의 구불구불한 길로 그 놀라운 골짜기와 연결되었다. 그 다음에는 왼편의 가파른 비탈길들 사이로 점점 더 넓어지고 길어지는 소금 바다가 그의 시야 너머까지 이어졌다. 하늘을 향해 열린 죽음의 문처럼 위협적이고 거친 소금 바다.

"쯧! 그리로 갈 때가 아니오!"

인디언 남자가 쉰 목소리로 알아들을 수 없는 말을 했다.

남자의 몰골은 며칠 전부터 가브리엘이 처한 상황을 고스란히 드러내주었다. 남자는 키가 작고 몹시 지저분하며, 햇볕에 피부가 까맣게 그을려 있었다. 색 바랜 모자를 쓰고 있는데, 땋아서 길게 내려뜨린 머리카락은 때에 찌들어서 흐트러져 있었다. 옷이라고는 얼룩으로 지저분해진 낡은 튜닉이 전부였고, 라마 가죽으로 된 기다란 끈을 허리에 두르고 있었다. 그의 넓적다리와 장딴지 근육은 마치 생살이 드러난 것처럼 윤곽이 뚜렷했다. 그런데 가장 놀라운 것은 그의 발이었다. 그들이 지나온 온갖 길과 돌의 형태에 맞춰진 발. 사실 그의 발은 사람이라기보다는 짐승의 발과 흡사했다. 발가락은 더이상 구분이 되지 않고, 발톱은 갈라진 틈이 벌어져도 피조차 나지 않을 만큼 두툼한 굳은살에 덮여 있거나 아예 없었다.

가브리엘은 간밤에 그를 만났다. 현자 빌라 오마를 뒤쫓아 일주일을 내처 달린 뒤, 길을 잃었다는 것을 인정해야 했다.

투피사를 출발한 첫날부터, 이상하게도 앞서 있는 현자와 그의 호위대와의 얼마 안 되는 거리가 계속해서 벌어졌다. 그는 밤색 말에게 꼭 필요한 만큼의 휴식만 겨우 취하게 했다. 그는 약간의 식량을 얻은 한 마을에서, 현자가 지나는 곳마다 사람들을 모았다는 이야기도 들었다. 현자는 모두에게 북부로 돌아가라고 명령했다. 가마꾼이 충분한 덕분에 현자는 가마에서 내내 먹고 자며 밤낮으로 계속 길을 갔다.

가브리엘은 그렇게 서두르는 것을 보니 쿠스코에서 대단히 심각한 일이 벌어진 모양이라는 생각이 문득 들었다. 그리고 현자가 사람들 모집에 몰두하는 것은 전쟁을 의미한다는 것도.

그 다음으로 떠오른 생각은 절망적이었다. 그는 빌라 오마를 만나 그와 함께 큰 위험 없이 제국을 가로질러 갈 수 있기를 더는 바랄 수 없었다. 그렇다. 아나마야 곁으로 어서 가게 되기를 더는 바랄 수 없었다! 오히려 그 반대였다. 피사로 형제들이 아나마야에게 가장 사악하고도 잔인한 짓을 저지를 게 뻔한 마당에, 그는 지렁이처럼 꾸물거리며 질질 끌게 될 터였다. 의심할 여지가 없었다. 알마그로의 못된 부하들과 함께 지난 몇 주 동안 겪은 일로 말미암아 그는 어떠한 희망도 가질 수 없었다. 끔찍한 영상에 시달리지 않고 지나는 날이 단 하루도, 단 한 시간도 없었다.

가브리엘은 자신의 무분별함과 돈 프란시스코에게 지나치게 복종한 것을 동시에 자책했다. 그것 때문에 자기 삶의 유일한 원천인 그녀에 대한 사랑으로부터 너무 먼 곳까지 끌려온 것이다!

그는 어떻게 곤살로의 세상을 정화시킬 것인지 꿈꾸었다. 새가 되어, 자신을 무력함 속에 못박아둔 이 더딘 속도에서 벗어나기를 꿈꾸었다. 그녀를 다시 만나고, 헤어지던 날과 똑같이 아름답고 손상되지 않은 그녀의 부드러운 가슴과 팔을 곧 다시 보게 되기를 꿈꾸었다.

그리하여 그는 분별없이, 비틀거리는 밤색 말을 필요 이상으로 자주 빠르게 몰았고, 밤에도 한동안 걷게 했다. 그러다 길을 잃고 만 것이다! 바윗더미를 지나는 그 앞에 나이를 알 수 없는 남자가 땅속에서 솟아오른 귀신처럼 불쑥 나타날 때까지.

이제 남자는 어두운 밤처럼 검은 눈으로 그를 쳐다보며, 혀를 굴리는 탓에 잘 알아들을 수 없는 케추아어로 다시 한번 경계시켰다.

"쯧! 그리로 가면, 빨리 도착할 수는 있지만 빨리 죽을 수도 있소."

사실 희끄무레하고 광대무변한 소금 바다를 보기만 해도 그런 예상은 충분히 할 수 있었다. 새벽 태양이 거기에 산 그림자를 엄청나게 길게 드리워놓았다. 북쪽에는 아침 안개에 싸인 창백한 지평선이 대양의 수평선처럼 굽어 있었다.

"사흘 걸린다고요?"

가브리엘이 두번째로 물었다.

"도착한다면 사흘이지요. 그전에 태양이 당신을 집어삼키지 않는다면 말이오."

"차라리 낮보다 밤에 걷는 게 나을 수도 있겠군요."

"밤에는 길을 잃는다오! 구름 때문에 길잡이가 되는 아푸 꼭대기가 보이지 않으니 말이오. 그럼 당신은 죽소. 그리고 낮에 구름이 너무 오랫동안 사라져 있어도 역시 죽소. 인티가 당신을 잡아먹을 테니."

가브리엘은 남자의 말을 알아듣기라도 한 듯 몸을 떠는 밤색 말을 손바닥으로 툭 쳤다.

"사흘이라. 산으로 가면 엿새나 이레쯤 걸릴 거라고요……"

가브리엘이 다시 말했다.

"쯧! 그렇다오, 길이 곧 강이 되는 우기라서 이레가 넘게 걸리지요. 그래도 살아 있긴 할 거요."

"그녀가 더는 살아 있지 않다면, 내가 살아 있은들 무슨 소용이겠습니까? 갑시다. 수다 떠느라 시간 허비하지 말고. 날 안내해주겠소?"

그는 별 기대 없이 물었다. 그런데 놀랍게도 남자가 고개를 끄덕였다.

"당신이 나보다 더 미쳤군."

가브리엘이 말했다.

그리고 그는 소금 사막을 향해 나아갔다.

✲

살라르 대사막에 들어서자 놀라운 광경이 펼쳐졌다. 소금밖에 보이지 않을 거라고 생각했는데, 그곳에는 물뿐이었다. 어느새 높이 뜬 태양은 지평선을 지우는 옅은 안개에 가려져 있었다. 하늘과 물이 하나의 담채화로 뒤섞여 있었다. 가브리엘은 아직 손대지 않은 흰 캔버스 안으로 들어가는 기분이었다. 마치 동떨어진 세계의 불길한 영혼과 맞서기 위한 의식이라도 치르는 양, 그들은 눈을 가렸다.

인디언 남자가 시범을 보였다. 그는 밤색 말의 안장에 단단하게 고정시킨 네 개의 물병 중 하나에 담긴 물로 모자를 적신 다음, 앞이 보이지 않도록 모자를 이마까지 푹 눌러썼다.

"당신도 이렇게 하고, 당신 짐승한테도 똑같이 하시오. 그렇지 않으면, 소금 빛 때문에 눈에 구멍이 뚫리고 머리가 불덩어리가 될 거요."

인디언이 쉰 목소리로 말했다.

가브리엘은 안장에 매단 가방에서 한 장 남은 셔츠를 꺼내어 조각조각 찢어 물에 적셨다. 밤색 말은 콧김을 많이 내뿜지는 않았지만 반사광 때문에 벌써 괴로워하고 있었다. 임시로 만든 붕대를 두른 말의 꼴이 하도 우스워서 가브리엘은 미소 지었다. 그는 어디에 발을 디딜지 볼 수 있도록 가느다란 틈만 남기고 자기도 머리를 감쌌다.

그러고 나서 그는 한마디도 하지 않고 어깨에 말고삐를 걸친 채 인디언을 따라갔다. 인디언은 어느새 흰색 바다 안에 들어가서 그를 기다리고 있었다. 인디언의 윤곽이 마치 허공 속에 떠 있는 듯했다.

*

한 시간쯤 지나자 물이 사라졌다. 물 대신, 이 세상이 더는 움직이지 않는 것처럼 응고된 바다가 나타났다. 그것은 꺼칠꺼칠하고 서걱거리며 금이 가 있었다. 포석들이 까마득히 펼쳐져 있는 듯했다.

안개 역시 걷히고, 그의 불안감을 되살아나게 하는 짙푸른 하늘이 드러나 있었다. 그의 발걸음은 말의 말발굽 리듬에 맞춰 따닥따닥 경쾌한 소리를 냈다.

산 그림자는 오래전에 물러나 있었다. 바람 한 점 없었다. 인디언은 앞만 보고 전진했다. 오랫동안 그들은 왼편의 바위투성이 섬을 따라갔다. 저 세상에서 온 전사들의 군대로 착각할 만큼 커다란 선인장들이 솟아 있는 섬이었다. 그리고 하얀 바다 군데군데에 산의 비탈길들이 멀리 뻗어 있었다. 뜨거운 안개 때문에 흔들리는 비탈길은 뿌옇게 흐려지고 멀어지면서 지평선 위에 떠 있었다.

태양은 천정점에 이르기도 전에 백열하는 칼날이 되었다. 가브리엘은 불꽃처럼 강렬해진 반사광에 살갗이 타는 것을 느꼈다. 턱이며 뺨, 며칠 동안 면도를 하지 않아 텁수룩한 수염 아래 피부가 드러난 곳이면 어디든. 물병에 든 물을 조금이나마 마시고 싶은 마음이 간절했지만 매번 유혹을 떨쳐버렸다.

아무런 예고도 없이 인디언이 우뚝 멈춰 섰다. 가브리엘은 밤색 말이 그에게 부딪히지 않도록 비켜서야 했다.

인디언은 한마디 말도 없이 천천히 제자리를 돌았다. 마치 지평선을 샅샅이 살피는 듯이. 이윽고 그가 가브리엘을 쳐다보았다. 그는 모자를 살짝 들어 올리며 고개를 흔들었다.

"무슨 일입니까? 방향이 틀렸습니까?"

가브리엘이 물었다. 입 안이 말라 혀가 잘 돌아가지 않았다.

인디언이 손가락으로 하늘을 가리켰다.

"쯧! 태양이 너무 강하오."

"뭐라고요, 태양이 너무 강하다고요?"

가브리엘이 붕대 틈을 벌리며 외쳤다.

"구름이 충분치 않소. 태양이 우릴 먹어치울 거요."

가브리엘이 이해를 못 하는 듯 보이자, 인디언이 검은 손으로 광활한 사막과 나무랄 데 없이 푸른 하늘을 가리켰다.

"오늘과 내일, 그리고 내일모레는 태양이 아주 강할 거요. 사막을 건널 수 없소. 태양이 우릴 먹어치울 거요. 밤이 되기 전에 산 쪽으로 되돌아갈 수 있소."

"안 돼요! 말도 안 돼요! 난 돌아갈 수 없어요!"

가브리엘이 투덜거렸다.

인디언이 뒤로 두 발짝 물러서며 어깨를 으쓱했다.

"당신의 짐승도 죽을 거요. 구름이 없으면 아무도 소금 바다를 건널 수 없소."

인디언이 조용히 말했다.

"당신은 두려워서 그러는 것뿐이오! 난 건너가겠습니다."

인디언이 잠시 그를 쳐다보았다.

"때로는 두려워할 필요도 있는 것이오."

인디언이 눈 위로 모자를 다시 눌러쓰고 덧붙였다.

"내일 만약 인티가 원하신다면, 깍지 낀 손처럼 생긴 산을 당신에게 보여주실 것이오. 아푸 투누파라는 산이지요. 먼 옛날 산이 되기 전에는 쿠스코의 강력한 군주들처럼 생긴 인간이었지요. 그것이 바로 소금 바다의 끝을 가리키는 것이오. 하지만 산을 보려면 눈이 남아 있어야겠지요."

인디언은 갑자기 멈춰 섰던 것처럼 갑작스럽게, 말도 없이 다시 길을 가기 시작했다. 이번에는 가장 가까운 동쪽 산을 향해 곧장 갔다.

가브리엘은 망설였다. 인디언의 말이 옳다는 것을 알았다. 자기 혼자서는 소금 바다를 건너기가 쉽지 않다는 것을. 하지만 그는 자신의 하나뿐인 진리를 되뇌었다. 그녀가 더이상 살아 있지 않다면, 자신이 살아 있은들 무슨 소용이겠는가?

떠나가는 인디언의 그림자가 매우 짧았다. 가브리엘은 장화를 신고서도 벌써 두 발이 타오르는 것 같은데 저 남자는 어떻게 맨발로 이 거친 소금 껍질 위를 걸어갈 수 있을까 궁금했다.

인디언이 뒤도 돌아보지 않고 꽤 앞서 갔을 때, 가브리엘은 말의 목을 부드럽게 쓰다듬으며 중얼거렸다.

"이리 와, 귀여운 것, 이리 와. 우리도 궁지에서 헤어나게 될 거야!"

그러나 그는 자신이 정말 그렇게 믿는지 생각해볼 시간을 스스로에게 내주지 않았다.

✲

새벽이 되기 전, 가브리엘은 번쩍이는 백색 어둠 속을 다시 걷기 시작했다. 하늘에서 즐거워하는 무수한 별들이 위안을 주었다. 날이 제법 선선해서 가브리엘은 남십자성으로 방향을 잡으며 몇 시간이고 말을 몰았다. 그 뒤에는 안개가 끼었다. 가브리엘은 인디언의 말이 틀렸다고 생각했다. 태양은 그를 먹어치우지 못할 터였다. 구름 사이로 나타난 태양은 흰 바다 위의 흰 원반에 지나지 않았다.

모든 일이 순조로웠다. 열기도 그리 대단하지 않았고, 반사광도 그다지 살인적이지 않았다. 가브리엘은 다시 말에서 내려 밤색 말보다 앞서 걸었다. 가브리엘과 말은 반나절 가까이 순조롭게 가고 있었다.

흰 태양 원반이 서쪽으로 질 무렵에야 비로소 가브리엘은 허벅지로 서서히 피로가 몰려드는 것을 느꼈다. 처음에는 가벼운 둔통에 지나지 않았다. 그런데 이내 수많은 바늘이 근육을 찌르는 듯했다. 그는 끙끙거리며 신음했다. 처음으로 가던 길을 멈추고 잠시 길게 드러눕기까지 했다가, 밤색 말이 불안하게 지켜보는 가운데 다시 출발했다.

그러고는 얼마 못 가서 또다시 멈춰 섰다. 이해할 수 없는 고통이었다. 마치 허벅지 근육이 더이상 풀릴 수 없도록 꽁꽁 묶여 있는 듯했다.

곧 그의 움직임이 너무 둔해져서, 밤색 말이 커다란 머리로 주인의 등을 떠미는 지경에 이르렀다. 그러는 와중에 갑자기 끼이익 하는 소리가 들리더니 말의 울음소리에 파묻혔다. 말의 머리가 등에 세게 부딪는 바람에 그는 나동그라졌다. 다시 말 울음소리가 들렸다. 얼이 빠진 채 무릎을 꿇고 넘어진 가브리엘은 다시 일어설 기운을 차리지 못했다. 그의 눈에 보이는 광경은 최악의 악몽이었다.

눈을 가린 밤색 말의 오른쪽 앞발이 소금 결정체가 흐트러져 있는 캄캄한 구멍 깊숙이 박혀 있었다. 두텁고 딱딱한 소금 껍질에 손바닥만 한 구멍이 뚫려 있었던 것이다. 앞발이 부러진 게 틀림없었다.

"밤색 말아! 밤색 말아!"

가브리엘이 붕대를 벗으며 외쳤다.

이빨 위로 입술이 젖혀진 말은 콧구멍을 떨고 목을 빼며 고통으로 울부짖었다. 말은 필사적으로 다시 일어서려고 했다. 하지만 두 다리가 허공을 휘젓는 동시에 겁에 질려 휘둥그레진 두 눈은 어렴풋이 죽음을 예감하고 있었다. 말이 신음 소리를 내며 옆으로 휙 쓰러졌다.

드디어 정신을 차린 가브리엘은 말이 있는 곳까지 기어갔다. 그가 말의 머리를 붙잡자, 오랜 친구인 말이 온몸을 부르르 떨었다. 이제 말은 거칠고 가쁘게 숨을 쉬었다. 쉰 소리로 으르렁거리는 탓에 가슴이 흔들렸다. 피가 말 가슴팍 아래의 소금을 붉게 물들이며 흐릿한 먼지 속에서 반짝였다.

그제야 가브리엘은 말이 소금기 있는 물을 넣어둔 물병 위로 넘어졌고 말의 무게 때문에 물병이 깨졌다는 것을 알아차렸다. 단검처럼 날카로운 도기 파편이 말의 늑골 사이에 박혀 폐를 찔렀다. 말의 입에서는 피가 흘러나왔다.

"밤색 말아! 밤색 말아! 네겐 이름도 없었구나. 지금 이름을 지어준들 무슨 소용이 있을까……"

가브리엘이 말의 머리를 가까이 끌어당기며 속삭였다. 말은 이미 체념해 흐릿해진 순한 눈을 끔벅였다.

극도로 흥분한 가운데, 가브리엘은 허벅지의 고통도 잊은 채 말의 재갈과 고삐를 벗겨주었다. 헛된 흥분이었다. 말의 눈은 오직 쓰다듬어주기만을 바라는 듯했다. 또다시 열과 고통으로 말이 온몸을 떨었다.

가브리엘은 몹시도 고통스러운 허벅지로 말의 머리를 받쳐주었다. 그는 오랫동안 손바닥으로 말의 뺨을 쓰다듬고, 귀 사이의 앞머리를 쓸어주었다.

그는 뭘 해야 하는지 알면서도 결심하지 못했다. 그는 허리띠에서 단검을 빼서 옆에 놓았다. 말의 가쁜 호흡에서 고통이 극심해지는 것을 느끼면서도 아직은 아니라고 생각했다. 그는 소금기 섞인 눈물을 흘렸다. 거부감과 무기력과 두려움 때문에 딸꾹질이 났다.

그는 더 깊이 생각하지 않고 움직였다. 단검을 움켜쥐고 목의 부드러운 부분에 내리꽂았다. 숨이 붙어 있는 최후의 순간에 말이 머리로 가브리엘의 가슴을 너무 세차게 밀치는 바람에, 가브리엘은 친구의 피로 범벅이 된 채 뒤로 넘어졌다.

✻

또다시 하룻밤이 지났다. 언제부터 걷고 있는 것인지도 이제는 가물가물했다. 밤색 말의 피가 태양으로부터 그를 보호해주는 단단한 껍질처럼 그의 온몸에 말라붙어 있었다. 태양이 다시 나타나 그를 집어삼키려고 했다. 가브리엘은 때가 되었음을 알았다. 입술이 바짝 마르고 부어올라 숨 쉬기가 힘들었다. 그는 아나마야가 자기를 보면 너무 끔찍해서 얼굴을 돌릴 거라고 생각했다.

하지만 그는 계속해서 걸었다. 이제는 다리도 아프지 않았다. 마치 몸에 걷는 기능밖에 없는 것처럼 걸었다. 늘어진 두 팔은 풍선처럼 부어오르고, 가마 속에 넣었던 것처럼 뜨거웠다.

때때로 그는 눈꺼풀을 들어 올리고 눈을 가린 붕대를 손목으로 걷어냈다. 그러자 예전에 인간이었던 산, 투누파의 들쑥날쑥한 정상이 보이는 듯했다! 하지만 그는 그곳에 도달하지 못하리라는 것을 알았다. 그의 장화 가죽은 소금에 쓸려 벌어지고, 발은 현명하게도 죽음의 길을 따라오지 않은 인디언의 발처럼 변해 있었다.

"당신이 나보다 더 미쳤군."

가브리엘은 더이상 누구에 대해 말하는 것인지도 모르는 채 이따금 되뇌었다.

그때 아나마야의 얼굴과 몸이 눈앞에 보였다. 그는 걸어간다. 웃으면서 그녀를 쳐다보고, 그녀도 그에게 미소 짓는다. 그가 말한다.

"난 이제 당신을 다시 만나지 못해요. 하지만 언제까지고 당신을 기다릴 겁니다. 내가 당신을 사랑한다는 걸 잊지 마요."

그녀는 고개를 끄덕이고, 자기는 잘 지내니 걱정하지 말라고 대답한다. 그녀가 말한다.

"당신이 퓨마라는 걸 잊지 마세요!"

그는 웃는다. 갑자기 투누파 산의 푸른 풀밭 위로 그녀가 보인다. 이번에는 멀리 있어서 그녀의 눈이 잘 보이지 않는다. 그녀가 작은 황토색 흙집 앞에서 그에게 팔을 내민다. 그녀가 외친다.

"당신이 퓨마라는 것, 그리고 당신은 언제든지 자유로워질 수 있다는 것을 잊지 마세요!"

그는 자신이 미쳤다고 생각한다. 그리고 신에게 그녀와 자신을 구해달라고 기도해야겠다고 생각한다. 기도를 하고 신이 노하게 하지 않을 시간이 아직 남아 있기를!

그런데 다시 그를 소리쳐 부르는 아나마야의 목소리가 들린다. 이번에는 훨씬 더 가까운 곳이다. 겨우 오십 보쯤 떨어져 있는 듯하다. 그는 믿으려고 하지 않으면서도 믿는다. 그의 심장이 평화로운 듯 천천히 뛰기 시작한다.

마침내 그는 그토록 기나긴, 무익한 행진을 그만두었다. 괴물 같은 두 손으로 눈에서 붕대를 걷어냈다. 예측한 대로, 그는 투누파의 비탈길 위 밭이 아니라 끝간데없이 하얀 세상에 있었다. 그런데 놀랍게도, 그를 마중 나오는 듯한 검은 윤곽의 긴 행렬이 저 멀리 움직이는 열기 속에 보였다. 춤추고 노래하고 빙빙 도는 윤곽들.

그는 미소 지으며 깨달았다. 천사들이었다.

드디어 그는 얼굴에 와 닿는 아나마야의 키스의 숨결을 느꼈다. 그리고 쓰러졌다. 그는 자신이 가게 될 천국에 그녀가 있을 것임을 알았다.

36

1536년 2월, 우추이 코스코

새벽부터 그들은 수백 명씩 우추이 코스코 위로 불쑥 솟은 고개를 넘어갔다. 어깨에 방패를 메고 주먹에는 별 모양의 곤봉을 쥐고서, 꽃이 핀 계단식 감자밭 사이로 내려가 칸차의 붉은 담에 이르렀다. 라마 가죽 샌들이 골목길의 포석에 부딪히는 소리가 땅속에서 올라오는 속삭임처럼 울렸다. 하녀들이나 군주들이나, 노인들이나 아이들이나, 북쪽과 남쪽과 머나먼 바닷가 모래사장에서 온 사람들 모두가 그들의 튜닉을 보고 감탄했다.

그들은 앞뒤로 열을 지어서, 골짜기를 굽어보는 널따란 계단식 대지로 모여들었다. 의식이 치러지는 장소였다. 많은 얼굴들이 심각해 보였지만, 행복한 미소를 짓고 있는 사람들도 있었다. 어떤 이들은 장군의 기장과 창을 가지고 있고, 또 어떤 이들은 젊은 장교에 불과했다. 대부분은 아타우알파나 우아스카르의 대장군들 휘하에서 싸웠던 장교들이었다. 오래전부터 기다려온 중요한 이날, 그들 모두는 옛날의 전투를 잊었다.

인티도 그들을 보고 기뻐했다. 비가 그치고, 날씨는 온화하며 하늘도 깃털 융단처럼 가벼워 보였다. 코카 잎이 타는 화로의 연기가 하늘로 곧장 올라가고, 그와 함께 유일한 군주가 사랑하는 아버지 태양신도 산 위로 올라갔다.

젊은 처녀들이 새로 오는 사람들에게 시원한 물 단지와 발효된 라마 젖, 과일과 옥수수 전병을 갖다 주었다. 신관들은 계단식 대지의 네 귀퉁이에, 그리고 다음에는 날마다 인티가 자리를 잡는 성스러운 돌 주변의 어두운 땅에 신성한 술을 바쳤다. 이윽고 북소리가 울렸다. 현자 빌라 오마와 코야 카마켄이 계단식 대지 위로 나아갔다.

현자는 전쟁의 최고 우두머리를 상징하는 묵직한 황금창을 들고 있었다. 단 하나의 기하학적인 문양이 그려진 자주색과 초록색 운쿠 차림이었다. 푸른색과 노란색 깃털들이 반원 형태로 꽂히고 황금으로 덮인 가죽 투구는 사방위 제국에 빛을 퍼뜨리는 제2의 태양처럼 반짝였다.

우스누의 돌까지 나아가는 현자를 보며, 몇몇 젊은 전사들이 자랑스럽게 중얼거렸다. 빌라 오마의 귓불을 꿰뚫은 황금 마개는 최근 몇 년 동안에 그와 비슷한 것을 본 적이 없을 정도로 크고 화려했다.

현자 옆에서 걷는 코야 카마켄도 보석으로 치장하고 있었다. 이방인들의 줄기찬 노략질로 고갈되었다고 여겨졌던 보석으로. 그녀의 하얀 튜닉과 고급 직물로 된 허리띠에는 인티의 무거운 황금 원반이 매달려 있었다. 머리카락에서는 아마루 뱀의 황금 술 장식이 반짝였다. 아마루 뱀은 그녀처럼 눈에 보이는 세계에서 보이지 않는 세계로 여행할 줄 아는 존재였다.

아나마야와 빌라 오마가 무장한 수백 명의 잉카 전사들을 마주하고 멈춰 서자, 소라고둥 나팔 소리가 길게 울렸다. 그 장중한 진동음이 산속에 울려 퍼지고, 메아리가 이곳저곳으로 천천히 신호를 보내며 활기찬 매처럼 왕의 도시 골짜기를 넘었다. 그사이 전사들은 사방위 제국의 가장 강력한 두 사람 앞에서 고개를 숙였다.

아나마야는 허리를 굽힌 전사들을 향해 나아갔다. 그러고는 자기 가슴을 누르는 황금 원반을 높이 치켜들고 힘찬 목소리로 읊조렸다.

오 비라코차여, 오 인티여,
우주의 강력한 아버지시여,
변화무쌍한 불멸의 아버지시여,
우리의 부름을 들어주소서!
오 비라코차여,
저 아래 하늘에 계실 수 있는 분이시여!
오 인티여,
저 위 하늘에 계실 수 있는 분이시여!
오 비라코차여, 오 인티여,
근원의 사랑을 받는 아버지시여,
모든 세력가들의 군주시여,
우리를 굽어보소서!
우리에게 당신의 힘을 주소서!
오 비라코차여, 오 인티여,
우리에게 다른 욕망은 없습니다.

밤이 지나고 낮이 오면
오직 당신의 현존을 느낄 수 있기를 바랄 뿐입니다.

잠시 침묵이 흐른 후 전사들이 다시 몸을 세웠다. 그들의 타오르는 시선이 아나마야의 창백한 눈을 살폈다. 그녀가 단호한 목소리로 말했다.

"타완틴수유 군대의 강력한 대장들이여! 나의 부름에 응해주셔서 기쁩니다. 나는 여러분이 내 입을 통해 소식을 듣게 되기를 바랐습니다. 곧 유일한 군주님 망코가 자유의 몸이 되실 거라는 소식을 말입니다. 이방인들이 유일한 군주님의 목과 발목에 묶어놓은 사슬은 이미 끊어졌고, 곧 그분의 고통도 가라앉을 것입니다. 이제 두 달 뒤면 유일한 군주님이 우리와 합류하여, 이 '성스러운 골짜기'에서 인티가 만들어주시는 그분의 그림자를 보게 될 것입니다……"

그녀가 말하는 동안 사람들의 가슴속에서 들끓던 중얼거림이 외침이 되어 터져 나왔다. 격렬한 함성이 투석기의 수많은 가죽끈이 부딪히는 소리처럼 아침 공기 속에 울려 퍼졌다.

빌라 오마는 초록색 이를 드러내며 씁쓸한 미소를 지었다. 다시 고함 소리가 터져 나오기 전에 그가 아나마야에게 다가갔다. 그는 계단식 대지 가장자리에 남아 있던 네 명의 병사에게 간단히 손짓을 했다. 병사들이 커다란 바구니를 들고 달려왔다. 그들은 바구니를 열어 전사들 앞에 내용물을 쏟아놓았다.

응고된 피로 시커메지고 찢어진 윗옷, 장화 한 켤레, 부러진 검이 짧은 풀 위로 굴러갔다. 그리고 또다른 것도 굴러갔다. 밝으면서도 어둡고 물렁물렁하면서도 단단한, 기괴한 덩어리였다. 빌라 오마는 그 덩어리에 창을 꽂았다. 그는 무표정한 얼굴로 천천히 살덩어리를 들어 올렸다. 모두들 산 채로 벗겨진 백인 이방인의 살가죽을 보았다.

나이 많고 노회한 장교들은 눈썹 하나 까딱하지 않았지만, 젊은 전사들의 얼굴에는 공포의 숨결이 스쳐 지나갔다. 아나마야는 눈길을 돌렸다. 그녀가 치미는 메스꺼움을 간신히 억누르고 있을 때, 빌라 오마의 목소리가 요란하게 울렸다.

"이 살가죽의 주인이 자기 개들에게 우리 아이들을 잡아먹게 했소. 이방인들 중에서 최초로 코리칸차를 더럽힌 자요. 이자의 이름은 모게르였소! 그의 비명 소리가 내 귀에는 작게 들렸소. 감히 유일한 군주님을 모욕한 자들의 웃음소리가 덮어버렸기 때문이오. 이것이 바로 우리가 그들에게 보내는 첫번째 응답이오!"

빌라 오마는 청동 도끼만큼이나 냉기 서린 얼굴로 전사들 앞을 지나가며, 그들 모두에게 끔찍한 전리품을 쳐다보게 했다. 그가 똑같은 목소리로 다시 말했다.

"내가 이곳을 떠나 있는 동안 코야 카마켄이 다른 세상 세력가들의 지지를 얻어냈소. 우리가 사랑하는 우아이나 카팍의 분신 형제가 그분의 아들인 망코 군주님을 구하기 위해 나선 것이오! 우리 모두 그녀에게 감사해야 하오. 그녀는 비록 여자이지만 전사처럼 행동하고 있소. 그러나 내일, 유일한 군주님이 다시 자유의 몸이 되어 인티의 빛을 받으며 이 골짜기에서 우리와 합류하시면, 우리는 군주님을 더럽힌 파렴치한 놈들을 영원히 벌할 수 있는 힘을 군주님께 드려야 할 것이오!"

빌라 오마는 손목을 움직여 창을 빙그르르 회전시켰다. 전리품이 젊은 장교들 코앞으로 주르르 미끄러졌다.

"나, 빌라 오마, 타완틴수유 제국의 이인자는 아우카이쿠스키 달이 되기 전에 이방인들에게서 퓨마의 도시를 되찾아 그곳에서 태양신의 대축제를 치를 것을 선언하는 바이오! 우리의 유일한 군주님이 칸차로 돌아가 자리에 앉으실 수 있도록, 그리고 우리 조상들의 미라가 코리칸차의 대신전에서 평화를 되찾을 수 있도록 우리는 대전투로 쿠스코를 정화시킬 것이오. 오늘부터 그대들 각자는 우리에게 필요한 무기와 부하들을 소집해야 하오. 쿠스코 주변의 언덕 꼭대기들을 모조리 덮을 만큼 병사들이 충분하기를 바라오. 그날이 오면 유일한 군주님의 전사들이 도시 주변에 라마 가죽끈처럼 견고한 띠를 형성할 수 있기를 바라오. 그리 하면 이방인들의 목을 조르게 될 것이고, 그들 중 살아남는 자는 단 한 사람도 없을 것이오!"

빌라 오마는 두 손으로 적의 목을 조르는 몸짓을 했다. 하지만 전사들 사이에 퍼지는 전율은 그의 행동 때문이 아니었다.

조금 전부터 골짜기 반대편의 이 산에서 저 산으로 소나기가 지나가고 있었다. 쿠이추의 무지개가 반짝였다. 무지개는 대번에 팽팽해지며 하늘 꼭대기에서 구부러지더니, 우추이 코스코 고원으로 이어지는 가파른 비탈길 위에 박혔다. 한참 동안 무지개는 찬란하고 선명하게 그대로 머물렀다.

아나마야와 빌라 오마, 우추이 코스코의 주민들과 모여 있는 전사들 모두가 함께 가슴 앞으로 손바닥을 펼친 채 꼼짝도 하지 않았다. 그리고 존경심을 담아 나직이 읊조리며 전쟁 세력가들의 사자인 무지개를 찬양했다.

"당신이 보입니다, 쿠이추, 당신이 보입니다! 전투의 힘과 기쁨을 주시는 당신이 우리에게 오신 것을 환영합니다!"

✲

부드럽고 희미한 빛에 잠긴 작은 신전 안으로 바깥의 강렬한 빛이 비쳐 들어 분신 형제의 얼굴에 미소가 드리워졌다. 빌라 오마는 한참 동안 분신 형제를 바라본 뒤, 제물을 배치하고 있는 아나마야를 흘끗 쳐다보았다.

"코야 카마켄, 이 중요한 시기를 위해 우리가 다시 모이게 되어 기쁘오. 그대가 정말 자랑스럽군. 그대가 망코 군주님을 위해 한 일은 매우 값진 것이오."

그가 낮은 소리로 말했다.

아나마야는 무람없이 입을 샐쭉거리며 고개를 저었다.

"그건 기나긴 계략의 시작에 불과해요. 저는 한시바삐 그 계략이 성공을 거두는 것을 보고 싶어요. 총독의 첫째 동생이 자기 나라에서 돌아왔어요. 이제부터는 그가 쿠스코의 이방인들을 지휘할 거예요. 그는 거만하고 누구 말도 듣지 않아요! 황금을 얻고 싶어서 유일한 군주님께 미소 짓는 거예요. 우리가 유일한 군주님께 항아리와 식기를 전달했어요. 총독의 동생은 그걸 받고 군주님의 사슬을 벗겨준 거고요. 그래서 우리는 신관들이 주어도 좋다고 허락한 비라코차의 조각상을 보냈어요. 그 조각상은 내 남편인 분신 형제만큼 크지만 속은 비어 있죠. 망코 군주님이 그 조각상을 이방인들에게 주셨고, 그들은 아주 만족했지요. 그렇게 해서 이제 유일한 군주님이 도시 안을 자유롭게 다니실 수 있게 된 거예요. 군주님은 곧 총독의 형제에게 분신 형제를 찾아오겠다고 제안하실 거예요. 모든 이방인들이 분신 형제가 무겁고 황금으로 꽉 차 있다는 걸 알고 있기 때문이죠. 유일한 군주님은 쿠스코를 떠나시겠지만, 반드시 우리 군대와 함께 돌아가시게 될 거예요……"

그녀의 미소가 유쾌해 보였다.

"오래전부터 현자님이 제게 가르쳐주신 것을 응용하는 것뿐이에요."

그녀가 덧붙였다.

현자의 웃음소리가 모래알 서걱이는 소리와 비슷했다. 그의 억센 손가락이 아나마야의 손목을 살짝 쓰다듬었다.

"난 아나마야라고 불리는 이상한 여자아이에게 내가 알고 있는 것 중에서 초보적인 지식만 가르쳐주었는데. 코야 카마켄은 이미 오래전의 그 아이가 아니더군!"

아나마야는 빌라 오마의 칭찬에 당황한 듯 눈을 깜박이며 시선을 떨어뜨렸다.

"한 가지 여쭤봐도 될까요, 현자님?"

빌라 오마는 눈살을 반쯤 찌푸렸다. 그녀는 자신을 살피는 날카로운 시선에 얼굴이 달아오르는 것을 느꼈다.

"물어보시오, 코야 카마켄. 그대가 모르는 것을 내가 알까."

그녀는 입을 다물려고 했지만 알고 싶은 욕구가 너무도 강했다. 한 달 전쯤부터 밤마다 그녀를 괴롭히는 불안감은 견딜 수 없는 것이었다.

"그를 보셨나요?"

그녀가 속삭였다.

빌라 오마의 얼굴과 몸이 활시위처럼 팽팽해졌다. 그의 입은 가느다란 칼날 같고, 찢어진 두 눈에서는 분노의 불꽃이 일었다.

"누구 얘기요, 코야 카마켄?"

"아시잖아요. 남쪽 도로에서 현자님과 함께 있었고……"

"어떻게 감히?"

"현자님!"

"어떻게 감히 이럴 수 있소? 그대가? 우리가 방금 이방인들을 물리칠 전쟁을 결심한 날에 말이오!"

"현자님, 가브리엘은 다른 이방인들과는 달라요. 그는 퓨마예요!"

"입 다무시오! 여기서 그의 이름은 꺼내지 마시오. 이 신전을 더럽히지 말라고! 이방인들은 모두 똑같소, 코야 카마켄, 그걸 모르오? 단 하나의 예외도 없이 다 똑같아. 그들이 지나가는 길 위에 살아 있는 모든 것을 모조리 파괴하는 것을 여러 날 보았소. 남자, 여자, 아이들, 집과 동물, 돌과 신전을! 밤이고 낮이고 말이오. 그들은 악마요, 코야 카마켄. 그자도 다른 사람들과 똑같아."

"아뇨, 그는 달라요! 그는 우아이나 카팍 군주님이 제게 지명해주신 사람이에요!"

"그건 그대의 착각이오!"

"현자님, 그렇다면 아타우알파 군주님을 지명한 혜성을 보았을 때도 제가 착각한 것이죠. 분신 형제가 제게 우리 잉카로 망코를 지명하게 했을 때도 착각한 거고요. 빌라 오마, 가브리엘에 대해 제가 착각하는 거라면, 그가 저를 인도해야 하는 퓨마가 아니라면, 그렇다면 우아이나 카팍 군주님이 제게 손을 내미셨던 첫날 밤부터 제가 착각한 거예요."

현자는 신전 문턱에 코카의 초록색 즙을 퉤 뱉었다.

"코야 카마켄, 마음대로 생각하시오! 하지만 나는 유일한 군주님 군대의 최고 수장으로서 그대에게 경고하는 바이오. 그 이방인이 마땅히 받아야 할 벌을 그대가 막아서는 것은 말도 안 되오. 난 그가 제일 먼저 죽도록 애쓸 것이오! 아직 그럴 힘이 남아 있다면 잘 생각해보시오. 그대가 그자와 함께 그대 남편인 분신 형제를 속인다면, 우리 모두는 위험에 빠질 것이오. 그대는 애무에 신음하는 창녀처럼 처신해 결국 망코 군주님과 제국 전체를 파괴할 것이오, 아나마야! 그런 일이 벌어진다면, 이 세상에서 태양신의 아들이 완전히 사라지기 전에 나, 빌라 오마가 먼저 그대를 파멸시킬 것이오!"

아나마야는 눈길 한번 주지 않고 멀어지는 현자를 바라보며, 자신을 고무시키는 확신으로 몸이 굳었다.

'퓨마를 믿어라.'

처음으로 그녀는 자기가 착각한 게 아닐까 생각했다.

37

1536년 2월, 티티카카 호수

유리 깨지는 소리, 크리스털이 땡그랑 울리는 소리, 고함 소리와 웃음소리가 들린다. 그의 몸이 얼음 속에 얼어붙어 있다. 모든 것이 붉어진다. 작업대의 바이스에 끼인 것처럼 고통이 극심하다. 항의하려 해도 목소리가 나오지 않는다.

밤이 오고, 밤과 함께 평화가 깃든다.

마치 자신의 피 속에서 헤엄치고 있는 것처럼 또다시 온 사방이 붉다. 액체가 그를 지탱해주고 감싸고 보호해주는 것을 보니, 어쩌면 태어나는 중인지도 모른다. 붉은색이 더 강렬해진다. 웃음소리와 크리스털 부딪는 소리가 들린다. 관자놀이를 격렬하게 조이는 차가운 한기에 그는 눈을 떴다.

이가 딱딱 부딪치고 숨 쉬기가 힘들었다. 하지만 처음으로 공기 한 모금을 길게 들이마시자 호흡 곤란이 가라앉았다. 그리고 눈앞의 시야가 밝아왔다. 그가 발견한 광경은 경이로웠다. 진짜라고 하기에는 너무도 놀라웠다.

주변의 모든 것이 푸르렀다. 크리스털이라고 생각했던 것은 맑은 물이었다. 그는 거대하고 얼음장처럼 차디찬 바다 속에 빠져 있었다. 꼭대기가 보이지 않을 만큼 높은 산들 틈에 끼워진 바다.

가브리엘은 몸을 떨며 다시 한번 숨을 들이쉬었다. 자신을 살피는 스무 명쯤 되는 사람들의 얼굴이 보였다. 아이들과 여자들이 몹시 즐거워했다. 어떤 이들은 가브리엘처럼 물에 빠져 있고, 또 어떤 이들은 물 위에 서 있었다. 그들은 왔다갔다하더니 몸을 구부려 그에게 손을 내밀었다. 그는 이상한 세상에 와 있다는 두려움에 도망치려 했다.

차가운 물속에서 그의 발이 돌과 모래에 부딪쳤다. 마침내 그가 비틀거리며 일어섰다. 아이들이 웃음을 터뜨리며 더욱더 즐거워했다. 가브리엘이 돌아보았다. 몇 채의 집 너머로 작은 만과 모래 해변의 균형 잡힌 곡선이 보였다. 그곳 나무들은 소나무와 비슷하고 올리브나무와도 흡사했다. 잠시 그는 고향 스페인으로 돌아간 꿈을 꾸고 있는 거라고 생각했다. 그의 심장이 즐겁게 두근거렸다. 제방으로 달려가고 싶었지만 몸에 힘이 없었다. 세 발짝을 뗀 후, 그는 사람들의 터져 나오는 웃음 속에 물을 잔뜩 튀기며 쓰러졌다.

그는 사력을 다해, 자신이 일으키는 잔물결 속으로 수염을 질질 끌며 기어갔다. 사람들 손이 그를 잡아주고 부축했다. 기름 바른 긴 머리에서 향기가 나는 젊은 여자들이었다. 실재하는 매우 아름다운 여인들. 그가 벌거벗고 있음을 깨닫고 허우적거리며 성기를 가리려 하자, 사람들이 또다시 웃음을 터뜨리며 그를 고운 모래 해변으로 데려갔다.

해변에서 작달막하고 딱 바라진 남자가 그를 바라보고 있었다. 그의 눈빛이 평온하고 다정했다. 기다란 머리카락이 남자의 어깨에서 찰랑였다. 두 손은 이상하리만치 커다랗고 강인했다. 젊은 여자들이 가브리엘을 모래 위에 눕힐 때 남자가 고갯짓으로 간단히 인사를 했다. 마침내 가브리엘은 그를 알아보았다.

"카타리!"

그가 자신도 알아듣지 못할 목소리로 외친다.

"안녕하세요, 코야 카마켄의 친구."

카타리가 부드럽게 말한다.

"부탁이니, 여기가 어떤 세상인지 말해주세요."

카타리가 대답은 하지 않고 오른손을 펴자 손바닥에 검은 돌 하나가 보였다. 그는 손목을 살짝 움직여 돌을 수직으로 던져 올렸다. 돌이 잠시 동안 떨어지지 않고 공중에 멈춰 있는 듯했다. 그러더니 그의 손바닥으로 되돌아왔다.

가브리엘은 그를 흘끗 쳐다본 뒤 경치를 둘러보았다.

이곳인지 다른 곳인지, 지금인지 그때인지 시간과 공간 모두가 모호했다. 카타리가 그에게 미소 지으며 부드럽게 말한다.

"이 세계에 잘 오셨습니다."

*

가브리엘은 정교하게 짜인 여러 장의 망타로 만든 부드러운 잠자리에 길게 누워 있었다. 한 여자가 그의 몸에 참을성 있게 약을 발라주었다. 약을 바르니 살이 부드러워지면서 햇볕 아래 눈이 녹아내리듯 근육이 따뜻해졌다.

그들은 그가 정신을 차린 해변 조금 위쪽의 야외에 자리잡고 있었다. 눈앞의 광경이 그의 마음속에 깊은 감동을 불러일으켰다. 완전한 벽을 갖춘 수십 개의 계단식 대지만 없다면 지중해의 작은 만과 비슷한 만이다. 계단식 대지들은 비탈길이나 굴곡과 일치를 이루었다.

낯선 배들이 바람을 피해 그곳에 붙박여 있었다. 어떤 배들은 작고, 어떤 배들은 스무 명쯤 되는 사람이 올라탈 수 있을 만큼 큰 뗏목처럼 생겼다. 가브리엘이 반의식 상태에서 생각한 것처럼, 거기서 왔다갔다 하는 어부들 모습이 마치 물 위를 걷는 듯이 보였다. 그런데 가장 놀라운 것은 선체와 돛이었다. 그것들은 나무나 천이 아니라, 노란 갈대를 솜씨 좋게 엮어서 만든 것이었다.

가브리엘이 바다라고 생각한 것은 사실 호수였다. 군데군데의 제방이 시야에서 사라질 만큼 아주 거대한 호수. 북쪽으로는 희끄무레한 안개에 지워지는 수평선이 대양처럼 곡선을 그리고 있었다. 동쪽에는 가브리엘이 이제껏 보지 못한 가장 높은 산의 날카로운 비탈이 메마르고 가파른 기슭을 이루었다. 만년설로 뒤덮인 산꼭대기가 수면에 비쳐 평화롭게 반짝였다. 서쪽과 남쪽으로는, 멀리 눈에 보이는 곳까지 수많은 계단식 경작지가 비탈을 뒤덮고 있었다.

가장 높은 능선까지 이어지는 계단식 대지는 어마어마한 초록색 융단처럼 펼쳐져 있었고, 그 부드럽고 유연한 굴곡은 호수의 푸른 심연 속으로 서서히 잠겨들었다. 마치 산들은 신의 의지로 생겨난 것이 아니라, 수많은 사람들이 계단식 대지와 벽을 차례로 쌓아서 하늘 높이까지 돋운 것인 듯했다.

그 광대한 아름다움에 넋을 잃은 가브리엘은 자기 몸에 생기를 불어

넣어주는 마사지의 손길도 잊은 채 하염없이 바라보았다. 정녕 꿈이 아니라 생시인 것인지 여전히 확신이 서지 않았다.

"이 호수는 티티카카입니다. 비라코차가 원한 세상이 바로 여기서 태어났죠. 당신 눈에 보이는 저 산들은 가장 강하고 높은 것으로 아푸 안코우마, 아푸 일람푸인데 여기서 제일 먼저 태어난 생명체이지요. 오늘 산의 군주들이 당신이 소생하는 걸 보고 기뻐하고 있군요."

가브리엘에게서 몇 발짝 떨어진 곳에 웅크리고 있던 카타리가 설명했다.

가브리엘은 잠시 카타리를 쳐다보고는 자신을 놀리는 게 아니라는 걸 확신했다. 잉카족의 돌의 대가는 눈 덮인 정상을 진지하게 바라보았다. 그는 내내 지니고 있던 검은 돌을 기계적으로 만지작거렸다.

"당신이 있는 이곳은 섬입니다. 바로 이 섬에서, 인티가 '성스러운 바위'에서 빠져 나와 하늘로 뛰어올라갔지요. 인티가 태어나시던 날 말입니다. 저기 언덕 뒤에 다른 섬도 있습니다. 더 작은 섬인데, 어머니 달의 신도 태어나던 날 거기서 쉬고 계셨지요. 지금의 당신처럼."

카타리가 다시 말했다.

처음으로 가브리엘은 카타리의 시선과 어조에서 약간 빈정거리는 기색을 느꼈다. 가브리엘을 보살피는 젊은 여자가 전혀 부끄러운 기색 없이 노련하게 그의 엉덩이를 마사지했다. 그는 기저귀 차는 아기가 된 느낌이었다.

"이 여자가 나를 꼭 이렇게 주물러야 하는 겁니까?"

"그러는 게 좋아요. 당신은 수십 일 동안 걷지도 못하고 꼼짝 않고 누워만 있었어요. 큰 고통 없이 빨리 일어서기를 바란다면 마사지를 열심히 받아야 합니다. 부끄러움 때문이라면 걱정 마세요. 이 하녀는 오래전부터 당신의 벗은 몸을 보고 있었으니까……"

카타리가 재미있다는 듯 말했다.

가브리엘은 키타리의 말을 확인시켜주려는 듯한 하녀의 미소와 손길을 물리쳤다.

"카타리, 난 최대한 빨리 쿠스코로 다시 떠나야 해요!"

그러자 돌의 대가가 살짝 웃었다.

"적어도 한 달 내로는 떠날 수 없습니다. 당신에겐 이제 타고 갈 말도 없어요. 걸어가야 할 거요. 그러려면 힘을 비축해둬야 해요."

"그럴 수 없어요. 난 그전에 떠나야 한다고요……"

"코야 카마켄 때문이라면 걱정할 것 없어요. 그녀는 잘 있습니다. 쿠스코의 이방인들이 모르는 산속 도시에 머무르고 있지요."

카타리가 부드럽게 말했다.

가브리엘은 그를 더 잘 보기 위해 몸을 일으켰다. 하녀가 잠시 마사지를 멈추었다.

"'쿠스코의 이방인들'이라고 했나요, 카타리…… 내 자존심에 상처를 주지 않으려 그렇게 말하는 겁니까? 그들이 얼마나 사악한지 나보다 더 잘 아는 사람은 없어요. 피사로 총독이 데려온 사람들은 다들 미쳤어요. 황금과 피가 그들의 유일한 욕망이고 생각이며, 그들이 살아가는 유일한 이유가 되었지요! 그들은 선이고 악이고 아무것도 몰라요. 인간다운 행동과 짐승 같은 짓을 구분하지 못한다고요. 그건 공포를 일으키는 광기입니다. 분명히 말하는데 난 그들처럼 미치지 않았어요."

"나도 그들을 지켜봤어요. 그들은 짐승만도 못해요. 짐승은 필요 이상으로 잔인하지 않지요. 노예 제도도 모르고 생존을 위해서만 살생을 하니까요…… 하지만 당신은 그들과 달라요. 그건 사실입니다. 당신이 그들 같았다면, 코야 카마켄에게 지금과 같은 존재가 될 수 없었겠죠!"

카타리가 절제하며 말했다.

"고맙군요."

"나는 내가 사는 이 세계를 위해 무엇이 좋고 나쁜지 압니다."

"전쟁이 일어날까요?"

"아마도."

"아나마야가 쿠스코에서 멀리 있어야 하는데."

가브리엘이 중얼거렸다.

카타리가 고개를 저었다.

"아뇨! 코야 카마켄은 망코 군주님에게서 멀리 떨어져 있을 수 없어요. 그녀가 군주님을 구할 겁니다. 그 다음에는 군주님을 도와 전쟁을 할 겁니다. 지금 아나마야는 태양신의 아들에게 이 세상에 하나뿐인 지표입니다. 강력한 조상들의 뜻을 들을 줄 아는 이는 그녀밖에 없지요. 당신이 뒤쫓았던 빌라 오마는 이제 현자가 아닙니다. 그저 복수에 목마른 전사일 뿐이죠."

잠시 가브리엘은 침묵을 지키며, 돌의 대가가 한 말의 의미를 모두 이해하려고 애썼다. 적어도 한 가지 사실에 그는 마음이 진정되었다. 아나마야가 살아 있고, 총독의 형제들로부터 멀리 있다는 것!

"나를 어떻게 구했죠? 그 소금 지옥에서 어떻게 찾아낸 겁니까?"

가브리엘이 문득 놀라서 물었다.

카타리의 웃음소리가 부드럽게 들렸다.

"그 점에 대해서라면 아나마야에게 고마워하세요! 당신이 어디 있는지 본 사람도, 소금 때문에 당신이 죽어가는 것을 본 사람도 바로 그녀니까요. 나는 차스키한테 전해 듣고 당신을 마중 나간 것뿐이죠. 내가 발견했을 때, 당신은 잠에 이끌려 다른 세상으로 가고 있었어요. 영혼이 당신에게서 떠나지 못하게 하느라고 수십 일 동안 당신을 여기 붙들어둬야 했어요."

"내가 수십 일 동안 잠만 잤다고요? 불과 엊저녁부터 눈을 감고 있었던 것 같은데! 내가 쓰러지던 순간을 기억해요. 내 밤색 말의 죽음과 더이상 앞으로 나아가려 하지 않던 내 그림자도! 갈증에 시달리고 화상을 입은 것도 기억하는데……"

가브리엘이 미심쩍은 태도로 중얼거렸다.

그는 자신의 두 손과 팔을 내려다보았다. 젊은 하녀가 햇볕에 반짝이는 기름을 바르면서 계속 마사지하는 어깨를 만져보았다. 그는 자기 눈을 믿을 수 없었다!

"피부가 그대로잖아. 어디도 다친 데가 없군요. 그 지독한 소금 사막을 건너온 게 전부 꿈인 것 같아요!"

가브리엘이 조금 불안한 듯 웃었다.

카타리의 짙은 눈동자가 즐거움으로 반짝였다. 또다시 그가 손을 펴서 검은 돌을 공중으로 던졌다. 가브리엘이 보기에는 돌이 다시 한번 궤도에 매달려 있다가 돌의 대가의 손바닥 안으로 떨어지는 것 같았다.

"당신은 수십 일 동안 잤어요. 몸이 회복되려면 그래야 했지요. 소금 때문에 몸이 안에서부터 마르기 시작해 미라로 변해가고 있었으니까요. 만약 깨어 있었다면 극심한 고통을 견디지 못해 죽었을 겁니다. 그래서 잠들게 하는 풀을 당신에게 먹였지요. 그리고 천천히 물을 보충해주었고요. 당신이 물에서 나온 오늘까지!……"

한 생명을 구한 것이 자랑스러운 듯, 카타리가 웃음 지었다. 그가 손짓하자 하녀가 마침내 손을 멈추었다. 그녀는 가브리엘에게 노란 운쿠를 내밀었다. 그는 그것을 입었다. 그의 수염이 브이 자로 팬 목 부분에 걸려 잘 들어가지 않자, 하녀가 솜씨 좋게 매만져주었다.

"면도를 해야겠어요. 난 수염이 텁수룩한 게 싫거든요."

가브리엘이 거북한 듯 투덜거렸다.

"그러면 섬의 모든 여자들이 슬퍼할 텐데요. 그들은 황금실로 덮인 당신 얼굴을 아주 마음에 들어하거든요. 당신을 산이 주는 선물로 알고 자기네 남자들도 곧 모두 당신처럼 될 거라고 기대하고 있지요. 당신 수염이 없어지면, 당신보다 훨씬 더 심각한 병을 앓는 그녀들을 내가 돌봐줘야 할 걸요!"

카타리가 농담을 했다.

그제야 가브리엘이 미소 지었다. 그는 돌의 대가에게 손을 내밀었다.

"당신한테 너무 많은 빚을 졌군요, 카타리. 그 빚을 갚을 수 있을지 모르겠어요……"

카타리가 그의 손을 힘껏 잡았다.

"여기 이 세계에서는 다른 세상에서와 마찬가지로 아무것도 갚을 게 없답니다. 오로지 주기만 하는 거지요. 끝없이 주기만."

✲

카타리의 말이 모두 옳았다.

가브리엘이 수염을 깎자 섬의 여자들이 일주일이 넘도록 눈물을 쏟았고 그와 마주칠 때면 손으로 얼굴을 가렸다. 걷는 것으로 말하자면, 처음에는 열 발짝, 다음에는 스무 발짝이나 쉰 발짝으로 만족해야 했다. 그러고 나면 고개 하나를 기어올라간 것처럼 녹초가 되었다.

열흘이 지난 후에야 그는 큰 고통 없이 한 시간 동안 호수를 따라 걸을 수 있게 되었다. 곧 그는 산보를 하며 섬의 훌륭한 경치를 둘러보게 되었다. 자신이 소생한 해변 위로 불쑥 나온 방대한 광장이 보였다. 광장의 가장자리는 나무들이 있어서 경사가 완만했고 라마 떼가 평화로이 풀을 뜯고 있었다.

가브리엘 역시 높은 동쪽 산들의 기이한 힘을 서서히 느끼기 시작했다. 움직임 없는 호수에서 솟아오른 거대한 산봉우리와 굴곡은 쉬고 있는 듯 보였다. 또한 우주의 어둠 속으로 전 지구를 끌고 갈 수도 있는 경이로운 움직임을 기다리는 것 같기도 했다.

두 주 뒤, 마침내 가브리엘은 섬 위로 불쑥 솟은 고개에 이르러 서쪽 풍경을 보고는 경악했다. 그곳에는 라마 한 마리도, 계단식 옥수수 밭이나 감자 밭도 없었다. 초목에는 생기가 없고, 그 수조차 얼마 되지 않았다. 온 사방에서 바람이 덤불과 풀, 돌까지 긁어대며, 끊임없이 돌을 닦고 윤을 냈다.

이따금 그는 축제 날에 호숫가 주민들이 모이는 인티 신전과 '성스러운 바위'를 멀리서나마 바라보기도 했다. 하지만 너무 많은 호기심을 갖게 될까봐 결코 가까이 다가가지는 않았다.

날이 갈수록 그의 산보는 길어졌고, 그는 온통 아나마야 생각에 사로잡혔다. 그녀를 만나고 싶은 욕망이 한없이 커졌다. 그는 호수의 수평선에 두 눈을 고정시킨 채, 그녀의 몸 구석구석과 둘이서 경험한 순간을 하나하나 떠올려보려 애썼다. 그는 서풍을 맞으며 그녀의 향기를 들이마시고 그녀의 목소리를 찾으려 했다. 오로지 자신이 재현한 그녀의 모습하고만 살기 위해, 그는 더이상 섬 여자들을 쳐다보지 않았다.

밤에는 그녀가 생생한 모습으로 꿈속으로 찾아왔다. 서늘한 어둠을 두 손으로 움켜쥐며 소스라치게 놀라 잠에서 깨면 그녀의 부재가 가혹하게 느껴졌다.

이상하게도 섬은 그녀에 대한 사랑을 지켜줄 수 있을 것만 같았다. 육신의 피로보다 더 그를 기진맥진하게, 때때로 꼼짝도 할 수 없게 하는 그 사랑을. 그리하여 그는 이곳의 평화 속에서 하루하루 아나마야와 함께 살아가는 자신의 모습을 그려보았다. 해변의 집에서, 드디어 가정을 이루고서. 그것은 사랑으로 결합된 남녀의 자연스러운 모습이 아니던가.

그리고 그것은 하나의 의식이 되었다. 황혼녘이 되면 그는 거대한 티티카카 호수를 마주하고 돌 위에 앉아, 그 찬란한 장소에서 그녀와 함께 살아가는 모습을 상상했다.

어느 날 밤, 그는 하늘에 갑자기 강렬한 초록색 줄이 그어지는 것을 보았다. 두려움의 전율로 그의 몸이 굳어졌다. 하지만 그는 눈앞의 광경을 목격했다! 태양이 서쪽 능선 뒤로 막 사라지고, 산들이 자줏빛 구름에 휩싸였다. 그런데 기다란 초록색 꼬리가 어두워진 하늘 높이 나아갔다. 그는 마치 세상의 변화를 알리는 또다른 신호가 나타날 것처럼 벌떡 일어섰다. 그리고 뒤에서 들려오는 감미로운 노랫소리에 소스라치게 놀랐다.

해님,
달님,
낮과 밤,
봄과 겨울,
돌과 산,

옥수수와 칸투타.
헛되이 존재하는 것은 어디에도 없네, 오 비라코차여.
모두가 티티카카 호숫가를 떠나
당신이 지명하신 장소에 이르네.
비라코차여, 우주는 당신의 소망이요,
당신의 소망은 티티카카 호숫가에서 실현되었네.
오 비라코차여, 여기서 당신은 기원의 지휘봉을 잡았고
여기 티티카카에서 나는 내 두 영혼과 함께 있네,
아래의 영혼과 위의 영혼,
오 비라코차여, 그것이 당신의 뜻이로세,
티티카카에서 멀어진 자가
어느새 귀로에 있네.

목소리의 주인은 지난 몇 주 동안 그를 정성껏 돌봐준 하녀였다. 그녀가 그에게 미소 지었다. 하지만 슬픈 눈빛이었다. 그녀는 초록색 줄무늬가 어느새 지워지고 있는 하늘을 손가락으로 가리켰다.

"하늘이 초록빛이 될 때는 비라코차가 인간에게 평화를 주시는 거랍니다. 비라코차는 당신을 사랑하시고, 당신에게 사랑을 말씀하시죠."

하녀는 이렇게 말하고 가브리엘의 손을 부드럽게 힘주어 잡았다.

"이방인이여, 당신이 떠날 시간이에요. 아직 당신 눈에는 보이지 않는 것을 호수가 당신에게 가르쳐주기 시작했어요. 언젠가 당신은 돌아오고 싶어질 거예요. 비록 당신의 피부는 희고 머리카락은 금발이지만 비라코차가 당신을 알아보셨기 때문이죠. 당신은 비라코차의 기원의 지휘봉에서 나왔고, 아래의 영혼이 여기서 당신을 기다리고 있어요."

이런 알 수 없는 말을 남긴 채, 그녀는 어안이 벙벙해진 가브리엘의 손을 잡고 다시 노래하기 시작했다.

해님,
달님,
낮과 밤,
봄과 겨울,
돌과 산,
옥수수와 칸투타.
오 비라코차여, 그것이 당신의 뜻이로세,
티티카카에서 멀어진 자가
어느새 귀로에 있네.

38

1536년 4월, 칼카

이틀 전부터 칼카의 신전들에서는 신관과 예언자 들이 수없이 전조를 물었다. 코카 잎이 몇 번이나 불에 태워졌다. 사람들은 흰 라마와 검은 라마의 심장을 아침저녁으로 관찰했다. 도시 외곽의 우아카를 둘러싼 석탑에서는 시간을 계산하는 자들이 지치지도 않고 일했다. 창고에서는 퀴푸를 묶는 사람들이 노끈 다발을 만지는 동안, 빌라 오마의 지명을 받은 장군들은 모집한 군사의 수와 비밀 탐보에 쌓인 식량과 무기양의 통계를 냈다.

이틀 전부터 왕의 칸차는 벌집을 쑤셔놓은 듯했다. 하녀들은 갖가지 요리를 준비하고, 옷감 짜는 처녀들은 저장고 안에 호화로운 튜닉 더미를 갖다 놓았다. 잉카의 아내와 후궁 들은 아름답게 단장하며 눈썹까지 곱게 다듬었다.

이틀 전부터 칼카의 주민들은 어떤 상황에서든 물만 마셨다.

이틀 전부터 유일한 군주 망코가 자유의 몸이 된 까닭이었다.

희붐하게 밝아오는 이날 새벽, 나팔 소리가 골짜기에 울려 퍼졌다. 칼카를 둘러싼 비탈길에서부터 유일한 군주의 가마 주위로 행렬이 형성되었다. 가마가 지나가는 길의 먼지를 비로 쓸고 노래하는 수많은 처녀들, 둥둥 울리는 북소리, 나무랄 데 없는 복장으로 활이나 망치를 들고 행렬을 따르는 수많은 전사들.

그때 왕의 칸차에서 아나마야가 분신 형제를 안뜰 중앙에 놓으라는 명령을 내렸다. 분신 형제 주위에 코카 잎, 음식물, 치차를 비롯한 봉헌물이 배치되었다.

그 뒤에 쿠스코와 각 지방의 강력한 군주들이 와서 분신 형제의 황금 얼굴에 인사를 하고, 각자 안뜰 옆에 있는 묵직한 직사각형 돌 뒤에 자리를 잡았다. 유일한 군주의 아내와 후궁 들은 왕의 삼각 의자 뒤에 줄을 맞춰 자리를 잡았다. 왕의 의자는 박쥐 털로 문양을 짜 넣은 기다란 쿰비 위에 놓여 있었다.

제각기 자리를 잡은 그들의 얼굴은 자긍심으로 가득했다. 망코가 마스카파이차를 받은 뒤로는 그토록 호사스러운 광경이 펼쳐진 적이 없었다. 그 순간에는 모두에게 사방위 제국의 찬란함이 고스란히 복원된 듯했다. 비라코차가 창조한 땅에 이방인들이 단 한 발짝도 들여놓지 않았을 때처럼.

아나마야의 얼굴에는 빛이 가득했고, 그녀의 몸짓 하나하나에는 투사들에게 힘과 긍지를 주는 고결함이 배어 있었다. 하지만 그녀의 마음은 모두에게 감추어야만 하는 우울과 그리움이 바다를 이루었다.

✻

태양이 천정점에 이르기 전, 칼카의 벽들 사이로 나팔 소리와 북소리가 울려 퍼졌다. 왕의 안뜰에서는 잉카의 여인들이 꿇어 엎드린 채 꼼짝도 하지 않았다. 강력한 군주들과 장군들이 발치에 놓인 무거운 돌을 집을 차례였다. 그들은 등에 돌을 올려놓고 그렇게 몸을 구부린 채 유일한 군주의 입장을 기다렸다. 아나마야도 무릎을 꿇고 바닥에 손바닥을 붙이며 고개를 숙였다.

처녀들의 노랫소리가 그쳤다. 마지막으로 나팔 소리와 함께 북소리가 둥둥 울렸다. 거대한 정적이 도시에 내려앉았고 모두들 숨을 죽였다.

어찌나 고요한지, 망코가 가마에서 내려설 때 그의 쿰비 자락 스치는 소리가 안뜰에 있는 모든 이들에게 들릴 정도였다. 유일한 군주의 발걸음에 앞서 처녀들이 깃털 비로 포석을 쓰는 소리도 들렸다.

그가 아나마야의 어깨를 만지며 건네는 말소리도 모두에게 들렸다.

"일어나시오, 코야 카마켄. 일어나서 날 보시오."

아나마야가 일어섰다. 그녀는 눈물을 참고, 살아서 드디어 자유의 몸이 된 망코를 바라보았다. 그는 태양처럼 빛났고 그의 투구와 튜닉에 박힌 황금은 분신 형제의 황금만큼이나 찬란했다.

"다시 뵙게 되어 너무 기쁩니다, 유일한 군주님! 군주님이 그리웠습니다. 우리 모두가 군주님을 그리워했습니다."

그녀가 외쳤다.

망코는 살짝 미소 짓고, 등에 돌을 진 채 몸을 숙인 세력가들을 모두 돌아보았다. 그때 아나마야는 그의 변한 얼굴에 충격을 받았다.

한눈에도 그는 밤처럼 어두워 보였다. 뺨은 움푹 패고, 입술은 얄팍해졌다. 눈가에는 잔주름이 흩어져 있었다. 심장이 뽑혀 나가고 두 눈의 눈동자만 겨우 살아 있는 사람 같았다. 언젠가 우아라치쿠의 대경주에서 승리한, 활발하고 혈기 넘치던 청년 망코의 모습은 온데간데없었다. 이방인들이 남겨놓은 끔찍한 모욕의 흔적과 증오로 얼어붙은 숨결만 있을 뿐.

망코가 아나마야의 뺨에 손가락을 갖다 댔다. 그의 손이 닿자 그녀는 뒤로 물러서고 싶은 걸 애써 참으며 몸을 떨었다.

"나도 당신을 다시 보게 되어 기쁘오, 아나마야. 당신에게 많은 빚을 졌다는 걸 잘 알고 있소."

진심 어린 말이지만 어조는 냉담했다. 아나마야는 망코의 등뒤에 꽂히는 빌라 오마의 주의 깊은 시선을 느꼈다.

망코가 손을 거두고 입을 열었다.

"내가 변했다고 생각하오?"

"아닙니다. 유일한 군주님, 군주님께는 평온한 휴식과 좋은 음식이 필요할 뿐입니다."

아나마야가 주저하며 대답했다.

망코가 입을 비죽거리며 매정하게 말했다.

"틀렸소, 코야 카마켄. 난 변했고, 내게 필요한 건 오직 전쟁뿐이오."

"전쟁은 유일한 군주님만을 기다리고 있었습니다."

그녀는 그에게 미소 지었다.

그리고 어느 때보다도 혼자임을 느꼈다.

✲

"아나마야!"

아나마야는 난쟁이가 부르는 소리를 듣지 못했다.

달이 중천에 뜬 지 오래였다. 왕의 칸차에 축제의 소리가 울려 퍼졌다. 군주들은 전투에 바칠 힘과 충성을 다짐하면서 취하도록 마셨다. 또한 적을 비웃으면서. 특히 과거의 전투와 조상들의 대승리를 얘기할 때는 말을 한다기보다는 고함을 질러댔다.

안뜰 한켠으로 물러나 있는 아나마야에게는 그들이 멀게만 보였다. 하지만 그들의 얼굴은 횃불 빛 속에서 어린애 같았다가 험상궂어지기를 반복했다.

"아나마야!"

그녀는 그제야 돌아보고 건물 귀퉁이에서 작은 윤곽을 발견했다. 난쟁이가 가까이 오라고 손짓했다.

"왜 숨어 있어요?"

"사람들 눈에 띄면 안 되니까요. 귀 좀 가까이. 드릴 말씀이 있어요."

난쟁이가 그녀의 망토 자락을 잡아당기며 중얼거렸다.

"왜 이렇게 쉬쉬하는 거죠?"

"몸 좀 숙여보세요!"

그녀는 다소 피곤한 듯 한숨을 쉬며 시키는 대로 했다. 그녀의 얼굴이 가까워지자 난쟁이가 속삭였다.

"그가 여기 있어요."

아나마야는 소스라치게 놀라며 몸을 떨었다. 그녀는 머릿속을 스치는 생각을 물리쳤다. 가슴이 마구 뛰었다. 그녀는 눈살을 찌푸리며 묻지 않을 수 없었다.

"누굴 말하는 거예요?"

"그 사람이요. 그가 여기 있다고요."

난쟁이가 장난스레 웃었다. 하지만 그녀가 끝내 알아듣지 못하자 투덜거렸다.

"바보같이 굴지 마세요! 그가 여기 있다고요. 그 사람, 퓨마 말이에요."

그녀는 다리에 힘이 빠지는 듯 난쟁이의 손을 꽉 붙잡았다. 그녀는 눈을 감고 숨을 내쉬며 다시 물었다.

"어디에 있어요?"

"내가 모직물 창고 안에 들어가 있게 했어요. 거기가 가장 안전한 장소예요. 그리로 안내할게요."

난쟁이는 벽 밑에 놓인 바구니 같은 것을 집어 들었다.

"검은 망토를 가져왔어요. 공주님이 칸차에서 나갈 때 사람들 눈에 띄지 않게 하려고요."

아나마야가 난쟁이의 팔을 붙잡았다.

"침부……."

"공주님, 내 이름을 부르는 걸 보니 분명 심각한 일이군요!"

"두려워요."

*

정말 가브리엘인지 그녀는 한동안 의심스러웠다. 그는 농부 바지와 노란색 튜닉을 입고 있었다. 짧게 자른 금발 머리에는 네 모서리가 뾰족한 티티카카의 모자를 쓰고 있었다. 그녀와의 거리가 조금 먼데도 그가 모자를 벗고 활짝 웃었다.

"옷차림이 이상하죠. 하지만 이 옷차림 덕분에 여기까지 큰 어려움 없이 올 수 있었죠. 가장 어려웠던 건 난쟁이의 주의를 끄는 거였죠……"

그가 낮은 소리로 말했다.

아나마야 귀에는 아무 말도 들리지 않았다. 가브리엘의 웃음이 그녀의 몸을 행복의 불꽃으로 꿰뚫었던 것이다. 그녀는 몇 발짝 못 가서, 낮 동안 스스로를 억압했던 코야 카마켄의 엄격함을 모두 놓아버렸다.

그녀가 두 팔로 끌어안을 때도 그는 여전히 웃고 있었다. 그녀는 입술로 그의 웃음을 막고 그의 열기에 몸을 묻었다. 그녀는 그의 품에서 거칠게 빠져 나와, 기름 램프의 희미한 빛 속에서 그의 얼굴을 뚫어지게 바라보았다. 그러더니 그녀도 미친 듯이 웃기 시작했다. 가벼운 애무로 그의 몸을 스치고 그의 주위를 돌며 거듭 말했다.

"살아 있었군요! 살아 있었어요!"

이번에는 그가 그녀를 붙잡고서 입술로 그녀의 입에서 목으로, 가슴으로 훑어내려갔다. 마치 앞으로 다가올 시간을 위해 그녀의 피부와 향기를 양분으로 취하려는 듯이. 키스를 퍼부으면서 그가 속삭였다.

"그래요, 난 살아 있어요. 하지만 내게 생명을 준 사람은 바로 당신이요! 난 이미 죽었었으니까!"

두 사람은 그토록 오랜 이별에 눈이 멀기라도 한 듯 상대방의 얼굴을 더듬었다. 너무 오래도록 억누르며 상상만 해왔던 욕망으로 연인의 몸은 불타오르고 애무는 격렬해졌다. 아나마야는 가브리엘의 튜닉을 벗기고 손가락으로 어깨의 표식을 따라갔다. 그녀가 신음했다.

"퓨마! 퓨마!"

그가 그녀를 안아 올려 가공되지 않은 모직물 더미로 데려갔다. 그는 살결 하나하나에서 그녀의 몸을 끊임없이 재발견했다. 그들은 살과 살, 배와 배, 숨결과 숨결을 쉼없이 뒤섞었다.

저 멀리 산들로 둘러싸인 호수에서, 카타리는 두 사람을 위해 다시 한번 검은 돌을 어두운 하늘로 던졌다. 돌은 그들의 사랑이 피난처를 찾을 수 있도록 시간을 멈춘 채 허공에 그대로 붙박여 있었다.

*

한참 뒤에 두 사람은 젊은이의 수줍음을 되찾았다. 그들은 서로의 몸을 어루만지는 틈틈이 각자 지내온 세월과 참고 견딘 고통을 이야기했다. 심각한 이야기에 가슴이 답답해졌지만, 그들은 행복한 느낌을 내내 간직하려 했다.

이윽고 가브리엘이 말했다.

"난쟁이가 쿠스코에서 일어난 일을 모두 얘기해줬어요. 망코에 대해서, 그리고 당신에 대해서……"

그녀는 대답 없이 눈을 감았다. 그리고 그의 손가락에 깍지를 낀 채 자신의 탄탄한 젖가슴과 배와 허벅지를 애무하는 그의 손길에 자신을 내맡겼다.

가브리엘은 잠시 그녀가 하는 대로 내버려두었다. 그러더니 갑자기 아나마야의 손을 꽉 쥐었다.

"곤살로에 대해 알고 있어요. 그놈이 감히 무슨 짓을 했는지. 약속하는데, 내가 반드시 놈을 죽이고 말겠어요."

"내 머릿속에서 말끔히 지워진 일이에요. 잊었어요. 그런 일은 있지도 않았어요."

하지만 그녀의 눈꺼풀 밑으로 눈물이 방울져 흘러내렸다. 가브리엘은 입술로 살며시 그 눈물을 삼켰다.

"퓨마가 누구인지 알 것 같아요. 그를 봤어요……"

그가 가슴에 스미는 감동을 느끼며 말했다.

아나마야는 말이 없었다.

"그늘과 햇빛과 어둠 속에서, 그리고 돌 위에서 그를 봤어요. 당신네 전설과 역사가 태어났고 나 역시 두번째 탄생을 경험한 그 호수에서 그를 봤어요. 당신에게 오면서, 퓨마가 내 안에 있다는 것을 깨달았어요. 내가 퓨마라는 것을…… 그리고 두려움이 사라졌어요."

아나마야는 내내 침묵을 지켰다. 그녀가 덧붙일 수 있는 말은 아무것도 없었다. 하지만 그의 말 중에서, 이제 오래된 것인 양 그녀 안에 자리잡은 고독을 진정으로 달래주는 것은 아무것도 없었다.

"우리 떠나요. 난 당신을 데리고 이 혼돈에서 벗어나기 위해 돌아온 거예요. 티티카카의 섬에 가서 삽시다. 거기서라면 평화를 찾을 것이고, 아무도 우리 행복을 파괴하지 못할 거예요. 피사로 형제들도, 망코도……"

그가 반짝이는 눈으로 단언했다.

그녀의 몸이 굳었다. 그녀는 잠시 어둠 속으로 눈길을 돌렸다. 흐느낌 같은 묘한 웃음이 그녀의 목구멍을 진동시켰다. 그녀는 한마디도 하지 않은 채, 가브리엘의 얼굴을 잡고 욕망이 되살아날 때까지 오래도록 키스했다. 이번에는 더 천천히 그에게 몸을 맡겼다. 마치 눈에 보이는 세상의 모든 현실을 지우고 약속의 호수가 될 수 있을 것처럼.

✲

영원할 것 같은 밤이 지나고 나면 언덕 꼭대기로 새벽이 찾아오리라. 결코 끝나지 않을 것 같은 밤도 곧 끝나리라.

더는 바랄 게 없는 듯 두 사람은 벌거벗은 채 뺨과 뺨을 맞대고 나란히 누워 있었다.

이윽고 아나마야가 말했다.

"난 망코 옆에 남아 있어야 해요."

"안 돼요!"

그의 입에서 고함 소리가 터져 나오자 그녀가 손으로 그의 입을 막았다.

"가브리엘, 우린 전쟁을 할 거예요. 그렇지 않으면, 태양신의 아들들에게는 이제 곧 아무것도 남지 않을 거예요."

가브리엘은 그녀를 외면했다. 그녀가 다시 말했다.

"당신은 여기, 내 옆에 남아 있을 수 없어요. 빌라 오마가 당신을 죽이려고 할 테니까."

가브리엘은 눈물이 고이도록 잔인하게 빈정거리며 고개를 흔들었다.

"나는 넘쳐흐르는 사랑으로 당신에게 왔는데, 당신은 날 쫓아내는군요! 그토록 먼 길을 왔는데, 날 쫓아내다니! 난 마음속 깊은 곳의 진심을 말하는데, 당신에겐 아무 의미도 없군요. 당신은 내게 당신의 전쟁을 말하고, 내 종족의 광기에 대해 당신네 종족의 광기로 대답하는군요……"

그녀는 주저했다. 그러고는 검은 망토를 끌어당겨 그의 어깨를 덮어주었다.

“당신은 퓨마예요. 당신은 이 세상에서나 다른 세상에서나 내 몸을 가질 수 있는 유일한 남자예요.”

“하지만 당신은 내가 다른 세상으로 떠나야 나를 더 사랑하겠지!”

“제발 그만 해요!”

가브리엘은 억제할 수 없는 전율에 사로잡혔다. 그는 위로할 길 없는 아이와도 같은 몸짓을 했다. 그녀가 꼭 끌어안아주려 했지만, 그는 화를 내며 밀쳐냈다. 그녀가 가만히 있자, 그가 그녀의 목을 붙잡고 할퀴고 조이고 애무했다…… 그러더니 거칠게 그녀를 밀어냈다. 마치 가슴에서 불타오르는 말을 떨쳐내려면 그런 난폭함이 필요한 것처럼.

“당신들은 그 전쟁에서 이길 수 없어요! 당신들은 약하고, 당신들의 세상은 끝나가고 있어요. 우리의 정복이 부당하다는 건 나도 알아요. 그 정복에 내가 수치스러워하는 공포가 뒤따른다는 것도 알아요. 하지만 당신들은 카하마르카와 다른 곳에서처럼 패배할 거예요…… 그걸 모르나요?”

“우린 그 전쟁을 치러야 해요. 산의 신들과 우리 조상들이 허무하게 소멸되지 않으려면 우리가 필요하니까요. 그리고 난 망코가 싸울 때 그의 곁에 있어야 해요. 그게 내 자리니까.”

가브리엘은 격분하여 일어섰다. 그는 창고 입구로 가서 거기에 걸려 있는 장막을 걷어버렸다. 한기에 몸이 떨려왔다.

“그럼 우린 서로 싸워야겠군요.”

“당신에겐 그럴 의무가 없잖아요.”

그녀가 나직이 말했다.

“당신 자리가 나 아닌 망코 곁이라면, 그건 내가 다른 사람들처럼 ‘이방인’이기 때문이겠죠. 그러니까 내 자리는 이방인들 틈에 있는 거로군요."

가브리엘이 갑자기 부드럽게 대답했다.

그들은 얼어붙은 채 한참 동안 서로를 바라보며 서로의 시선에서 희망을 엿보았다.

이윽고 아나마야가 굳은 목소리로 낮게 말했다.

"난 그 전쟁을 해야 해요. 그래야만 해요! 그게 아니라면, 우아이나 카팍 군주님이 내 손을 잡으실 필요가 없었어요."

가브리엘은 이상하게도 침착해졌다. 모든 분노가 썰물처럼 빠져 나갔다.

"이해해요. 그게 무슨 뜻인지는 모르지만 마음속 깊이 이해해요. 인정해요."

그가 지극히 부드럽게 말했다.

그 부드러움이 고함 소리보다 더, 어떤 항의보다 더 아나마야의 마음을 뒤흔들었다. 그 순간, 그는 진정한 퓨마였다. 그녀가 기다리던 퓨마. 이별의 순간, 그들은 기원의 호수에서 오직 한 몸이었다가 파도와 별의 바다를 건너 재회한 두 남녀만큼이나 가까워져 있었다.

"내가 바라는 건, 내가 바라는 건 이성에 어긋나는, 그 전쟁에 어긋나는…… 정말 힘든 일이에요, 너무 힘들어……"

목이 멘 그는 마른기침을 하고 목소리를 가다듬어 다시 말했다.

"……당신을 만나기 위해 그 먼 길을 헤쳐 왔는데, 또다시 당신과 헤어진다는 건 정말 힘든 일이에요……"

"사랑해요."

가브리엘은 눈물로 흐려진 눈으로 고개를 저었다. 그는 그녀에게 다가갔다. 이번에는 그가 그녀의 얼굴을 잡고 오래도록 키스했다.

훗날, 암울한 시기에, 돌과 화살이 휙휙 날아가는 전쟁의 혼돈 속에서 삶의 감각마저 잃게 될 때, 그는 고독과 절망에 맞서 그녀의 감미로운 입술을 간직하게 되리라. 종말 뒤에는 또다른 탄생이 있으리라는 확신을 말하던 그녀의 입술을.

제3권 『마추픽추의 빛』으로 이어집니다.

리클라 여자가 입는 망토.

라우투 머리를 여러 번 둘러싸서 머리쓰개를 만드는, 길게 엮은 색깔 있는 모직끈.

마스카파이차 '볼라' 참조.

망타 이불을 뜻하는 스페인어로, 남자 망토 '라콜라'와 여자 망토 '리클라'를 지칭하기도 한다.

물루 태평양 연안의 붉은빛 혹은 장밋빛이 도는 조가비. 자연 상태로든 가공된 상태로든, 종교적인 의식에 중요하게 쓰인다.

볼라(스페인어) 또는 마스카파이차(케추아어) 이마 위로 내려오는 일종의 모직술 장식으로, 라우투와 쿠리긴그의 깃털과 함께 사파 잉카의 상징적인 머리장식이다.

사파 잉카 문자 그대로는 '유일한 지배자'라는 뜻. 최고 잉카의 칭호.

아나코 발목까지 일직선으로 내려오는 여자들의 긴 튜닉.

아클라우아시 선택받은 여자들(아클라)의 거주지.

아툰루나 '농부'를 뜻하는 케추아어.

아푸 '군주'를 뜻하는 케추아어. 일반적으로 산꼭대기를 가리키는데, 이때의 산꼭대기는 보호의 신을 의미한다.

야나코나 노예나 농노도 아니고 시민도 아닌, 잉카 제국의 특수한 계층. 농목

업, 가사를 돕는 인부나 하인으로, 귀족이나 왕이 부렸다.

우스누 잉카족의 광장에 있는 권력층 전용의 작은 피라미드.

우아라치쿠 하지 때 행하는 성년식.

우아카 '성스러운 것'을 뜻하는 단어. 넓은 의미로는 성소나 신의 거처를 뜻한다.

운쿠 남자들이 입는 소매 없는 튜닉으로, 무릎까지 내려온다.

이추 고지의 야생식물로, 그 짚은 특히 지붕을 덮는 데 쓰인다.

인티 라이미 동지 즈음에 열리는 잉카족의 중요한 의례 중 하나.

잉카 '최고 지도자'라는 뜻으로, 원래 군주에게 붙이는 칭호였지만 차츰 왕가와 가까운 귀족에게도 사용했다. 잉카 제국의 일반 백성도 '잉카'라고 칭하게 된 것은 최근의 일이다.

차스키 계주와 같은 방식으로 소식을 전달하는 파발꾼.

차퀴라 꿰어서 목걸이로 만들거나 의식용 의복으로 짜놓는, 장밋빛 조가비(물루)의 작은 진주.

추스파 종교적인 것을 상징하는 문양을 넣어서 짠 작은 주머니로, 코카 잎을 담는 용도로 쓰인다.

치차 대개 옥수수를 발효시켜 만든 술로, 공식적인 의식 때 마셨다.

칸차 포석을 깐 안뜰. 넓은 의미로는 거주지 단위를 이루는 서너 개의 건물 전체를 이르는 말.

칼란카 길쭉한 건물로, 입구가 대개 행정 중심지의 광장으로 나 있다.

코야 잉카의 합법적인 아내에게 주어지는 칭호.

콜카 원형이나 직사각형 방 하나로 이루어진 건물로, 식량, 직물, 무기 또는 다른 사치품을 보관하는 데 쓰인다.

쿠라카 '우두머리'라는 뜻으로, 지방 군주나 공동체 수장 등 지역의 세력가를 일컫는다.

쿠리긴그 맷과의 작은 조류로, 검은색과 흰색 깃털은 사파 잉카의 머리쓰개를 장식하는 데 쓰인다.

쿰비 대개 야생 라마 털로 만들어진 매우 질 좋은 직물.

퀴노아 단백질이 풍부한 안데스 산맥의 곡식.

퀴푸 역사적 사건이나 숫자 등을 끈의 매듭 수나 간격으로 나타낸 일종의 문자로, 끈의 색깔에 따라 내용을 구별했다.

탐보 제국의 도로에 일정한 간격으로 위치한 역참의 일종. 이곳에서 여행자는 숙소, 식기, 그리고 의복까지 제공받을 수 있었는데, 그 비용은 나라에서 부담했다.

토카푸 잉카의 직물을 장식하는 상징적인 의미를 지닌 기하학적인 문양.

투푸 황금이나 은, 청동 또는 구리로 된 기다란 핀으로, 머리 부분이 세공되어 있다. 소매 없는 망토나 망타를 여미는 데 쓰인다.

티아나 권력을 상징하는 작은 의자로, 잉카만이 사용할 수 있다.

파나카 혈통. 최고 잉카의 후손.

파차쿠티 새 시대의 시작을 알리는 대혼란.

플라테로 귀금속 전문 세공업자를 가리키는 스페인어.

옮긴이 **진인혜**

연세대학교 불문학과를 졸업하고 동 대학원에서 플로베르 연구로 석사, 박사 학위를 받았다. 파리 4대학에서 D.E.A.를 취득했으며 현재 배재대학교에서 강의하고 있다. 저서로는 『프랑스 리얼리즘』이 있으며, 옮긴 책으로는 『부바르와 페퀴셰』『플로베르』『티아니 이야기』『말로센 말로센』『종말 전 29일』『통상관념사전』『해바라기 소녀』『미소』 등이 있다.

문학동네 세계문학

잉카 2 · 쿠스코의 황금

초판인쇄 | 2007년 11월 28일
초판발행 | 2007년 12월 4일

지 은 이 | 앙투안 B. 다니엘
옮 긴 이 | 진인혜
펴 낸 이 | 강병선
책임편집 | 이후남 신선영
펴 낸 곳 | (주)문학동네
출판등록 | 1993년 10월 22일 제406-2003-000045호

주 소 | 413-756 경기도 파주시 교하읍 문발리 파주출판도시 513-8
전자우편 | editor@munhak.com
전화번호 | 031) 955-8888
팩 스 | 031) 955-8855

ISBN 978-89-546-0427-7 04860
978-89-546-0425-3 04860 (세트)

www.munhak.com